An Illustrated Guide to Various Editions of Chin P'ing Mei

金瓶梅版本图鉴

邱华栋
张青松
编著

北京大学出版社
PEKING UNIVERSITY PRESS

图书在版编目（CIP）数据

金瓶梅版本图鉴 / 邱华栋，张青松编著．—北京：北京大学出版社，2018.10
ISBN 978-7-301-29556-4

Ⅰ．①金… Ⅱ．①邱… ②张… Ⅲ．①《金瓶梅》–版本–图集 Ⅳ．① I207.419-64

中国版本图书馆 CIP 数据核字 (2018) 第 101468 号

书　　名　金瓶梅版本图鉴
JINPINGMEI BANBEN TUJIAN
著作责任者　邱华栋 张青松 编著
责 任 编 辑　李冶威
标 准 书 号　ISBN 978-7-301-29556-4
出 版 发 行　北京大学出版社
地　　址　北京市海淀区成府路 205 号　100871
网　　址　http://www.pup.cn　新浪微博：@ 北京大学出版社
电 子 信 箱　pkupw@qq.com
电　　话　邮购部 62752015　发行部 62750672　编辑部 62750883
印 刷 者　天津联城印刷有限公司
经 销 者　新华书店
660 毫米 ×960 毫米　16 开本　31 印张　160 千字
2018 年 10 月第 1 版　2022 年 5 月第 4 次印刷
定　　价：179.00 元

出版说明

兰陵笑笑生所著的《金瓶梅词话》自万历丁巳年间刊刻问世以来，在世人眼中是一部名副其实的“奇书”。一方面，作者直面人生，洞达世情，展现社会的丰富，暴露明代社会的腐败黑暗，同时透析人性的善恶，其深其细其广，在中国古代文学史上罕有其匹。另一方面，作品在涉笔饮食男女之时，多有恣肆铺陈的性行为描写，触犯了中国传统文化中最敏感的神经，因而长期被视为“淫书”，长期列名于禁书的黑名单上，而云锁雾绕。

根据现存《金瓶梅词话》中的“东吴弄珠客序”，该书刊刻时间为万历丁巳年，也就是从1617年首次坎坷出版以来算起，到2017年，这本书刊刻印刷整整400年。而我们著录的各种版本也超过400种。不谋而合，自有天意。

为纪念这一中国古代小说杰作正式出版、刊刻、印刷、发行400周年，我们特撰写《金瓶梅版本图鉴》一书，以示纪念。

本书紧紧围绕《金瓶梅》的版本演变史来呈现，以版本演变来印证这本书在400年的流传、印刷、出版以及翻译的过程。

全书以图为主，文字为辅。以现存的《金瓶梅》词话本（万历本）、崇祯本（绣像本）和第一奇书本（张竹坡评本）为重点，呈现现存的《金瓶梅》两个版本系统、三大分支的古代线装书的书影。

同时，也呈现出现当代海峡两岸及香港出版的各时期的几十种线装影印本的书影，尤其是当代出版的线装书，包括刘心武评点本等线装新版本图录。

本图鉴还呈现自1933年至今的海峡两岸及香港出版的各类《金瓶梅》的现代排印本，也就是《金瓶梅》的各种整理校对本，以及当代的评点本、会评会校本等百十种各类现当代印刷本，可以看到《金瓶梅》自民国以来的出版情况。

本图鉴还呈现自19世纪开始的《金瓶梅》海内外各种语言文字的翻译本的版本图录。《金瓶梅》的各种译本，累计有满、蒙、英、法、德、意大利、俄、荷兰、匈牙利、瑞典、芬兰、波兰、丹麦、西班牙、捷克、罗马尼亚、日、越南、朝鲜/韩文等近20种文字，主要呈现的是《金瓶梅》在海外的传播。

《金瓶梅》受到国外学者的高度重视。它在海外颇有名声，不是由于色情，而是因为它是“中国第一部伟大的现实主义小说”。而且自20世纪以来，随着各国学者对《金瓶梅》的社会价值、艺术价值的不断了解，许多汉学家对小说版本、作者、故事本源、语言等的研究也不断深入，成果斐然。

一个多世纪以来，《金瓶梅》在国外一直是翻译、改编、研究的经久不衰的热门作品。现代著名学者郑振铎指出：“在西方翻译家和学者那里，《金瓶梅》的翻译、研究工作是做得最好的。”日本是翻译《金瓶梅》时间最早、译本最多的国家，1831年至1847年就出版了由著名通俗作家曲亭马琴改编的《草双纸新编金瓶梅》。1853年法国的苏利埃·德·莫朗翻译了节译本《金莲》；德国汉学家弗·库恩德的德文译本名叫《西门及其六妻妾奇情史》；英文译本的书名为《金色的莲花》，直接以小说中最有代表性的人物潘金莲来命名。本书呈现19个语种，100多种各类语言的翻译版本图录，殊为不易。

另外，本书还涉及《金瓶梅》在流传过程中的各种绘画作品，包括木版画、国画、油画、漫画、连环画等，以及日本绘画、版画等衍生出版物的图录。

《金瓶梅版本图鉴》一书，以图鉴加版本说明的方式，将这一文学名著的出版、流传、翻译、研究展现出来，是对其出版400周年的最好纪念。

本书资料收集截止于2018年6月，全面吸收了学术界的最新研究成果，出版界最新出版的版本，以及收藏界近年新发现的各种《金瓶梅》版本，例如《金瓶梅词话》国会胶片本、《第一奇书》苹华堂本等。需要强调的是，本图鉴收录的都是图书封面和内页的书影，对涉及淫秽内容的插图和后来日韩等国出版的漫画等，一律不予收录。这是要特别说明的。

郑重感谢如下师友提供的无私帮助，没有你们就没有此书的面世：

蒋一谈、刁斌、刘玉林、于海波、陈守志、赵新波、王利民、王汝梅、黄霖、马文大、苗怀明、李金泉、徐秀荣（中国台湾）、王廷凯（中国台湾）、中川谕（日）、于鹏、史鑫、廖生训、张颖杰、梁健康、王珅、赵淑杰、袁柏春、吕小民、刘紫云、秀云、宋刘波。

前 言

《金瓶梅》是中国古代伟大的现实主义文学作品。之所以称其为“伟大”，是因为它在中国古典小说领域有着太多的开创性贡献。比如，《金瓶梅》是中国古代文人独立创作的一部规模宏大的古典小说，在此之前，中国的古典小说，能够达到一定规模的，都具有在民间长期流传的特征，经过历代文人的修饰、加工、创作，最后由一位“大名士”统筹定稿，从而得以流传，如《水浒传》《西游记》《三国演义》、“三言”“二拍”等，也就是说它们都是集体智慧的结晶。而《金瓶梅》却横空出世，前无古人，后无来者。虽然目前还没有定论，它的作者“笑笑生”究竟是谁，但这部鸿篇巨制是由这位“大家”独立创作的，这一点基本没有异议。而且一经问世，就达到如此高度，文笔之酣畅淋漓，内容之博大精深，思想之特立独行，令人感到不可思议。更为难得的是，《金瓶梅》对人性的描写、刻画入木三分，其中性描写也占有相当数量的篇幅。

《金瓶梅》作者笑笑生是一个谜。从古至今，方家论争，提出上百种说法，但莫衷一是，猜谜游戏愈演愈烈。作者既然刻意隐瞒身份，以“笑笑生”之名笑看世间纷扰，还是尊重他的愿望吧。不必去做过多的猜测，仔细欣赏这部巨著，用心感受作者的思想，走进他笔下的世界，对话古人，不是很美好的事情吗？

历史上对《金瓶梅》多为贬低诋毁，认为是淫词秽语，粗鄙淫荡，不堪入目。稍有见识的学者也只是说其是一部有争议的作品，虽有秽语，而其佳处自现；未敢、未能充分认知其巨大的文学、社会、历史价值。我们应该从人性的角度来看待这部书中的性描写。性对于人类来说，除了传宗接代，更具有快乐、自然的性质。古代以及近现代中国，对“性”讳莫如深，极大地摧残了人性。当代社会早就应该摒弃这种陋识，重新认识《金瓶梅》的伟大意义。现在看来，《金瓶梅》的性描写与西方的进步性观念是一致的，是对封建传统的反叛。越来越多的学者、读者已经认知、接受这一观点。

《金瓶梅》也是较早走出国门，广为世界翻译、出版的热门作品。世界各国翻译、出版的各种版本的《金瓶梅》至少有上百种之多，世界各国读者对它的喜爱，甚至超过我们最推崇的古典小说《红楼梦》。《红楼梦》在国内家喻户晓，人手一套，但在世界范围的传播与口碑，却远低于《金瓶梅》。这是一个不争的事实，墙内开花墙外香。

所以说《金瓶梅》的出现，是中国文学史上一件划时代的大事件。对古代小说的创作、发展产生了极其深远的影响。但是因为其内容的“特殊性”，在历代屡遭禁毁，导致它的版本并不像“四大名著”那么普及而众多。但读者的需求又导致了盗版、翻印的横行，改头换面，花样繁多，质量良莠不齐，给学者和读者造成极大困扰。本书力图梳理《金瓶梅》从古至今各种不同的版本，以张青松、邱华栋的收藏为基础，将古今中外的《金瓶梅》版本搜罗殆尽。讲述版本的特征和传承，以图录的形式分项罗列，使研究者、爱好者掌握清晰详备的第一手资料。中文版条目（含分项）收录版本 300 余种，外文翻译版 100 余种，总计收录各种版本 400 余种。有朋友戏称为“金瓶梅购买指南”。但由于资料收集的困难，本书的图片仅限于能够见到的、有实物的各种版本。至于历史文献、书目记载的版本，未曾有实物出现，则仅罗列条目。一般来讲，《金瓶梅》的版本主要分三类：一为词话本，也称万历本；二为崇祯本，也称绣像本；三为第一奇书本，也称张评本。虽然说第一奇书本与崇祯本一脉相承，文字也基本一致，但它是《金瓶梅》进入清代后唯一流行的本子，影响巨大，版本很多，本书将它单独分成一大类。

本书收录部分重要的缩写本，但戏曲、弹词、说唱类的改编作品，以及《金瓶梅传奇》《金瓶梅传》之类的再创作作品不在收录范围。

本书原则上只收录正式出版的《金瓶梅》，条目共分为五篇：词话本、崇祯本、第一奇书本、图像本、翻译本。分类排列先按照原本、影印本、整理本的顺序，再分别按照出版年代排列；并在条目的尾部进行标注，使读者一目了然。一种版本的不同版次、版别，则以小项分列。作为特殊存在的缩写本，是《金瓶梅》传播史的特色，由于数量不多，本书将其排列在第一奇书本的后面，不再单独成篇。

目 录

第一篇 词话本（万历本）

1

1-1 《新刻金瓶梅词话》介休本 8
1-2 《新刻金瓶梅词话》京都大学藏残本 8
1-3 《新刻金瓶梅词话》日光轮王寺慈眼堂藏本 9
1-4 《新刻金瓶梅词话》德山毛利家栖息堂藏本 10
1-5 《新刻金瓶梅词话》古佚小说刊行会（影印本） 10
1-6 《金瓶梅词话》国会胶片本（影印本） 16
1-7 《金瓶梅词话》文学古籍刊行社（人民文学出版社·影印本） 17
1-8 《金瓶梅词话》大安株式会社（影印本） 23
1-9 《金瓶梅丛刻》(影印本) 32
1-10 《金瓶梅词话》天一出版社（影印本） 33
1-11 《金瓶梅词话》祥生出版社（影印本） 34
1-12 《金瓶梅词话》联经出版事业公司（影印本） 35
1-13 《全本金瓶梅词话》香港太平书局（影印本） 39
1-14 《金瓶梅词话》线装书局（丝绸版·影印本） 41
1-15 《金瓶梅词话》线装书局（影印本） 43
1-16 《金瓶梅词话》奇文书局（整理本） 44
1-17 《金瓶梅词话》世界文库版（整理本） 45
1-18 《金瓶梅词话》施蛰存校本（整理本） 47
1-19 《金瓶梅词话》上海中央书店（整理本） 51
1-20 《金瓶梅词话》“新京”艺文书房（整理本） 54
1-21 《古本金瓶梅词话》启明书店（整理本） 55
1-22 《古本金瓶梅》文化图书公司（整理本） 56
1-23 《金瓶梅》刘本栋校本（整理本） 57
1-24 《金瓶梅词话》《金瓶梅词话注释》魏子云校本（整理本） 60

1-25 《金瓶梅词话》戴鸿森校本（整理本） 68
1-26 《金瓶梅词话》梅节校本（整理本） 70
1-27 《金瓶梅词话》亚洲文化事业公司（整理本） 77
1-28 《初刻本金瓶梅词话》艺苑出版社（整理本） 78
1-29 《绘图本金瓶梅词话》山西人民出版社（整理本） 79
1-30 《金瓶梅词话》白维国、卜键校本（整理本） 80
1-31 《金瓶梅》三诚堂出版社（整理本） 83
1-32 《金瓶梅词话》陶慕宁校本（整理本） 84
1-33 《双舸榭重校评批金瓶梅》作家出版社（整理本） 86
1-34 《金瓶梅词话》明镜出版社（整理本） 89
1-35 《刘心武评点金瓶梅》漓江出版社（整理本） 90
1-36 《刘心武评点全本金瓶梅词话》台湾学生书局有限公司（整理本） 91

第二篇 崇祯本（绣像本） 95

2-1 《新刻绣像批评金瓶梅》通州王孝慈旧藏本 102
2-2 《新刻绣像批评金瓶梅》张青松藏残刊本 105
2-3 《新刻绣像批评金瓶梅》北京大学图书馆藏本 106
2-4 《新刻绣像批评金瓶梅》日本天理图书馆藏本 108
2-5 《新刻绣像批评金瓶梅》上海图书馆藏甲种本 108
2-6 《新刻绣像批评金瓶梅》上海图书馆藏乙种本 109
2-7 《新刻绣像批评金瓶梅》周越然旧藏本 110
2-8 《新刻绣像批评金瓶梅》天津图书馆藏本 110
2-9 《新刻绣像批评金瓶梅》吴晓铃旧藏残刊本 112
2-10 《新刻绣像批评金瓶梅》吕小民藏残刊本 114
2-11 《新刻绣像批评金瓶梅》日本东京大学藏本 116
2-12 《新镌绣像批评原本金瓶梅》日本内阁文库藏本 116
2-13 《新刻绣像批评金瓶梅》首都图书馆藏本 118
2-14 《新镌绣像批评原本金瓶梅》东北师范大学藏残本 121

2-15 《金瓶梅》吴晓铃旧藏抄本 122
2-16 《绣刻古本八才子词话》 122
2-17 《新刻绣像批评金瓶梅》北京大学出版社（影印本） 124
2-18 《新刻绣像批评原本金瓶梅》天一出版社（影印本） 126
2-19 《新刻绣像批评金瓶梅》台湾学生书局有限公司（影印本） 127
2-20 《新刻绣像批评金瓶梅》线装书局（影印本） 129
2-21 《吴晓铃藏乾隆钞本金瓶梅》火鸟国际文化出版有限公司（影印本） 130
2-22 《新镌绣像批评原本金瓶梅》南洋出版社（影印本） 134
2-23 《金瓶梅》齐鲁书社（整理本） 136
2-24 《新刻绣像批评金瓶梅》三联书店（香港）有限公司（整理本） 138
2-25 《新刻绣像批评金瓶梅》晓园出版社有限公司（整理本） 142
2-26 《新刻绣像批评金瓶梅》浙江古籍出版社（整理本） 143
2-27 《新刻绣像批评金瓶梅》“笠翁文集”版（整理本） 146
2-28 《金瓶梅》南洋出版社（整理本） 147

第三篇 第一奇书本（张竹坡评本） 151

3-1 《皋鹤堂批评第一奇书金瓶梅》本衙藏板翻刻必究本（《寓意说》多227字） 158
3-2 《皋鹤堂批评第一奇书金瓶梅》本衙藏板翻刻必究本 165
3-3 《皋鹤堂批评第一奇书金瓶梅》苹华堂本 168
3-4 《皋鹤堂批评第一奇书金瓶梅》影松轩本 170
3-5 《皋鹤堂批评第一奇书金瓶梅》在兹堂本 172
3-6 《皋鹤堂批评第一奇书金瓶梅》皋鹤草堂本 174
3-7 《皋鹤堂批评第一奇书金瓶梅》康熙乙亥本 176
3-8 《全像金瓶梅第一奇书》本衙藏板本 178
3-9 《四大奇书第四种》本衙藏版本 180
3-10 《全像金瓶梅第一奇书》玩花书屋本 182
3-11 《全像金瓶梅第一奇书》崇经堂本 184
3-12 《全像金瓶梅第一奇书》本衙藏版本（巾箱本） 185

3-13 《新刻金瓶梅奇书》济水太素轩本 186
3-14 《新刻金瓶梅奇书》六堂藏板本 188
3-15 《第一奇书》福建如是山房活字本 189
3-16 《醒世奇书正续合编》广升堂本 191
3-17 鸟居久晴《〈金瓶梅〉版本考》著录版本四种 192
3-18 姚灵犀《瓶外卮言》著录版本二种 193
3-19 《第一奇书金瓶梅》湖南刻本 193
3-20 《新镌绘图第一奇书钟情传》香港依西法石印等 194
3-21 《绘图第一奇书》香港旧小说社 200
3-22 《绘图多妻鉴》上海益新社印行 202
3-23 《增图像皋鹤草堂奇书全集》东京爱田书室石印本 203
3-24 《改过劝善新书》铅字排印本 204
3-25 《校正全图足本金瓶梅全集》上海书局石印本 205
3-26 《金瓶梅——两种竹坡评点本合刊天下第一奇书》
文乐出版社（影印本） 207
3-27 《第一奇书》里仁书局（影印本） 210
3-28 《张竹坡批评第一奇书金瓶梅》北京师范大学出版社（影印本） 212
3-29 《金瓶梅》大连出版社（影印本） 213
3-30 《皋鹤堂批评第一奇书金瓶梅》台湾学生书局有限公司（影印本） 214
3-31 《彭城张竹坡批评金瓶梅第一奇书》南洋出版社（影印本） 216
3-32 《增图绣像金瓶梅奇书全集》二友印刷所（整理本） 217
3-33 《绘图真本金瓶梅》存宝斋印行（整理本） 218
3-34 《真本金瓶梅》文艺出版社（整理本） 220
3-35 《古本金瓶梅》上海卿云图书公司（整理本） 221
3-36 《古本金瓶梅》上海中央书店（整理本） 222
3-37 《古本金瓶梅》上海三友书局（整理本） 226
3-38 《古本金瓶梅》新文化书社（整理本） 226
3-39 《古本金瓶梅》上海育新书局（整理本） 228

3-40 《古本金瓶梅》东鲁书局（整理本） 228
3-41 《金瓶梅》达文书店（整理本） 229
3-42 《真本/古本金瓶梅》海外翻印本（整理本） 230
3-43 《张竹坡批评第一奇书金瓶梅》齐鲁书社（整理本） 244
3-44 《金瓶梅》三秦古籍书社（整理本） 248
3-45 《会校会评金瓶梅》香港天地图书有限公司（整理本） 249
3-46 《皋鹤堂批评第一奇书金瓶梅》吉林大学出版社（整理本） 252
3-47 《金瓶梅会校会评本》中华书局（整理本） 255
3-48 《金瓶梅故事》作家出版社（缩写本） 256
3-49 《金瓶梅故事》四川美术出版社（缩写本） 256
3-50 《金瓶梅》贵州人民出版社（缩写本） 256
3-51 《金瓶梅》华语教学出版社（缩写本） 257
3-52 《金瓶梅精彩故事》河北少年儿童出版社（缩写本） 258
3-53 《金瓶梅》书目文献出版社（缩写本） 258
3-54 《金瓶梅》三久出版社（缩写本） 259
3-55 《金瓶梅》薪传出版社（缩写本） 259
3-56 《金瓶梅》世一书局股份有限公司（缩写本） 259
3-57 《通俗本金瓶梅》典藏阁（缩写本） 260
3-58 《金瓶梅》俊嘉文化事业有限公司（缩写本） 260

第四篇 图像本 261

4-1 《金瓶梅图》袁克文、王孝慈旧藏崇祯本 264
4-2 《清宫珍宝皕美图》清内府彩绘绢本 268
4-3 《绘图真本金瓶梅》插图 存宝斋本 284
4-4 《金瓶梅全图》曹涵美绘本（影印本） 288
4-5 《潘金莲》郭固绘 296
4-6 《金瓶梅秘戏图》胡也佛绘 297
4-7 《连环图画金瓶梅》吴一舸绘 302

4-8 《金瓶梅人物论》插图 张光宇绘 303
4-9 《绘物语金瓶梅》高泽圭一绘 306
4-10 《中国的唐璜：金瓶梅中的一段虐恋》英文版 关山美绘 311
4-11 《金瓶梅》木刻套色版画 原田维夫作 312
4-12 《金瓶梅故事》临华绘 313
4-13 《中国十大古典文学名著画集·金瓶梅》杨秋宝绘 314
4-14 《金瓶梅百图》吴以徐绘 317
4-15 《图解金瓶梅》周惠等绘 318
4-16 《绘图本金瓶梅词话》插图 潘犀、亚力、百石绘 318
4-17 《陈全胜画集》陈全胜绘 319
4-18 《胡永凯彩绘金瓶梅百图》胡永凯绘 321
4-19 《金瓶插梅》插图 黄永厚绘 322
4-20 《戴敦邦彩绘金瓶梅》等四种 戴敦邦绘 322
4-21 《金瓶梅人物百图》王国栋绘 326
4-22 《绘画全本金瓶梅》等四种 白鹭绘 327
4-23 《金瓶梅人物百图》李之久绘 332
4-24 《金瓶梅彩色长篇连环画》聂秀公绘 333
4-25 《马小娟画金瓶梅百图》上海人民美术出版社 334
4-26 《金瓶梅故事》朱光玉、钱晔等绘 336
4-27 《金瓶三艳全集》黄山绘 337
4-28 《金瓶梅全传》欧阳然绘 338
4-29 《金瓶梅全本连环画》杨雨绘 339
4-30 《金瓶梅系列》岭南阿谈、程峰等绘 344
4-31 《金瓶梅》动漫版 许大保、颜智朝绘 345
4-32 《画说金瓶梅》刘文嫡绘 346
4-33 《手绘金瓶梅全图》愚公绘 350
4-34 《金瓶梅图谱》张文江绘 353
4-35 《金瓶梅人物图》于水绘 355
4-36 《金瓶梅》油画 魏东绘 358
4-37 《金瓶梅》团扇组画 韦文翔绘 360

第五篇
翻译本

361

5-1 英文译本（图 5-1-1 ~ 21） 364
5-2 德文译本（图 5-2-1 ~ 27） 385
5-3 法文译本（图 5-3-1 ~ 12） 410
5-4 俄文译本（图 5-4-1 ~ 5） 421
5-5 日文译本（图 5-5-1 ~ 24） 425
5-6 意大利文译本（图 5-6-1 ~ 4） 446
5-7 波兰文译本（图 5-7） 450
5-8 西班牙文译本（图 5-8-1 ~ 4） 451
5-9 荷兰文译本（图 5-9 阙如） 454
5-10 匈牙利文译本（图 5-10-1 ~ 3） 454
5-11 罗马尼亚文译本（图 5-11） 458
5-12 捷克文译本（图 5-12-1 ~ 2） 459
5-13 芬兰文译本（图 5-13-1 ~ 3） 460
5-14 朝鲜文（韩文）译本（图 5-14-1 ~ 6） 462
5-15 满文译本（图 5-15-1 ~ 5） 467
5-16 蒙古文译本（图 5-16） 473
5-17 越南文译本（图 5-17-1 ~ 4） 474
5-18 丹麦文译本（图 5-18） 478
5-19 塞尔维亚文译本（图 5-19 阙如） 478
5-20 瑞典文译本（图 5-20） 479

参考书目 480

第一篇

词话本（万历本）

一般认为，《金瓶梅》现存最早刊本是万历四十五年（1617）东吴弄珠客及欣欣子序的《金瓶梅词话》，10卷100回。所谓“词话”是指书中插有大量的诗词曲赋和韵文，这个本子及其传刻本，统称词话本。特点是保存有民间说唱色彩，语言叙事都比较朴质，具有原始风貌。目前发现的词话本共计三部半，分藏于中国和日本。国内本1931年冬于山西介休发现，现由台北“故宫博物院”收藏。1941年至1962年，在日本又先后发现了两部半词话本，均与介休本同版。分别是京都大学藏残本23回、日光轮王寺慈眼堂藏本10卷100回、德山毛利氏的栖息堂书库藏本10卷100回。这三部半本子都或有缺页，但可以互相弥补而成为足本。其中以介休本最为完善，且刷印较早，最为清晰，并存有朱笔批改、墨笔批语。此本最新又发现有美国国会图书馆于1943年“二战”期间摄制的胶片，为此书暂存美国国会图书馆时拍摄，是最真实的介休本原貌的展现。

词话本目录如下：

金瓶梅词话序　欣欣子
跋　廿公
金瓶梅序　东吴弄珠客
新刻金瓶梅词话·词曰
四贪词
第一回　景阳岗武松打虎　潘金莲嫌夫卖风月
第二回　西门庆帘下遇金莲　王婆子贪贿说风情
第三回　王婆定十件挨光计　西门庆茶房戏金莲
第四回　淫妇背武大偷奸　郓哥不愤闹茶肆
第五回　郓哥帮捉骂王婆　淫妇鸩杀武大郎
第六回　西门庆买嘱何九　王婆打酒遇大雨
第七回　薛嫂儿说娶孟玉楼　杨姑娘气骂张四舅
第八回　潘金莲永夜盼西门庆　烧夫灵和尚听淫声
第九回　西门庆计娶潘金莲　武都头误打李外传
第十回　武二充配孟州道　妻妾宴赏芙蓉亭
第十一回　潘金莲激打孙雪娥　西门庆梳笼李桂姐
第十二回　潘金莲私仆受辱　刘理星魇胜贪财
第十三回　李瓶儿隔墙密约　迎春女窥隙偷光
第十四回　花子虚因气丧身　李瓶儿送奸赴会
第十五回　佳人笑赏玩灯楼　狎客帮嫖丽春院
第十六回　西门庆谋财娶妇　应伯爵庆喜追欢
第十七回　宇给事劾倒杨提督　李瓶儿招赘蒋竹山
第十八回　来保上东京干事　陈经济花园管工
第十九回　草里蛇逻打蒋竹山　李瓶儿情感西门庆
第二十回　孟玉楼义劝吴月娘　西门庆大闹丽春院
第二十一回　吴月娘扫雪烹茶　应伯爵替花勾使
第二十二回　西门庆私淫来旺妇　春梅正色骂李铭
第二十三回　玉箫观风赛月房　金莲窃听藏春坞
第二十四回　经济元夜戏娇姿　惠祥怒詈来旺妇

第二十五回　雪娥透露蝶蜂情　来旺醉谤西门庆
第二十六回　来旺儿递解徐州　宋惠莲含羞自缢
第二十七回　李瓶儿私语翡翠轩　潘金莲醉闹葡萄架
第二十八回　陈经济因鞋戏金莲　西门庆怒打铁棍儿
第二十九回　吴神僊贵贱相人　潘金莲兰汤午战
第三十回　来保押送生辰担　西门庆生子喜加官
第三十一回　琴童藏壶觑玉箫　西门庆开宴吃喜酒
第三十二回　李桂姐拜娘认女　应伯爵打诨趋时
第三十三回　陈经济失钥罚唱　韩道国纵妇争锋
第三十四回　书童儿因宠揽事　平安儿含恨戳舌
第三十五回　西门庆挟恨责平安　书童儿妆旦劝狎客
第三十六回　翟谦寄书寻女子　西门庆结交蔡状元
第三十七回　冯妈妈说嫁韩氏女　西门庆包占王六儿
第三十八回　西门庆夹打二捣鬼　潘金莲雪夜弄琵琶
第三十九回　西门庆玉皇庙打醮　吴月娘听尼僧说经
第四十回　抱孩童瓶儿希宠　妆丫鬟金莲市爱
第四十一回　西门庆与乔大户结亲　潘金莲共李瓶儿斗气
第四十二回　豪家拦门玩烟火　贵客高楼醉赏灯
第四十三回　为失金西门庆骂金莲　因结亲月娘会乔太太
第四十四回　吴月娘留宿李桂姐　西门庆醉拶夏花儿
第四十五回　桂姐央留夏花儿　月娘含怒骂玳安
第四十六回　元夜游行遇雪雨　妻妾笑卜龟儿卦
第四十七回　王六儿说事图财　西门庆受赃枉法
第四十八回　曾御史参劾提刑官　蔡太师奏行七件事
第四十九回　西门庆迎请宋巡按　永福寺饯行遇胡僧
第五十回　琴童潜听燕莺欢　玳安嬉游蝴蝶巷
第五十一回　月娘听演金刚科　桂姐躲在西门宅
第五十二回　应伯爵山洞戏春娇　潘金莲花园看蘑菇
第五十三回　吴月娘承欢求子息　李瓶儿酬愿保儿童
第五十四回　应伯爵郊园会诸友　任医官豪家看病症

第五十五回　西门庆东京庆寿旦　苗员外扬州送歌童
第五十六回　西门庆周济常时节　应伯爵举荐水秀才
第五十七回　道长老募修永福寺　薛姑子劝舍陀罗经
第五十八回　怀妒忌金莲打秋菊　乞腊肉磨镜叟诉冤
第五十九回　西门庆摔死雪狮子　李瓶儿痛哭官哥儿
第六十回　李瓶儿因暗气惹病　西门庆立缎铺开张
第六十一回　韩道国筵请西门庆　李瓶儿苦痛宴重阳
第六十二回　潘道士解禳祭灯坛　西门庆大哭李瓶儿
第六十三回　亲朋祭奠开筵宴　西门庆观戏感李瓶
第六十四回　玉箫跪央潘金莲　合卫官祭富室娘
第六十五回　吴道官迎殡颁真容　宋御史结豪请六黄
第六十六回　翟管家寄书致赙　黄真人炼度荐亡
第六十七回　西门庆书房赏雪　李瓶儿梦诉幽情
第六十八回　郑月儿卖俏透密意　玳安殷勤寻文嫂
第六十九回　文嫂通情林太太　王三官中诈求奸
第七十回　西门庆工完升级　群僚庭参朱太尉
第七十一回　李瓶儿何千户家托梦　提刑官引奏朝仪
第七十二回　王三官拜西门为义父　应伯爵替李铭释冤
第七十三回　潘金莲不愤忆吹箫　郁大姐夜唱闹五更
第七十四回　宋御史索求八僊鼎　吴月娘听宣黄氏卷
第七十五回　春梅毁骂申二姐　玉箫愬言潘金莲
第七十六回　孟玉楼解愠吴月娘　西门庆斥逐温葵轩
第七十七回　西门庆踏雪访爱月　贲四嫂倚牖盼佳期
第七十八回　西门庆两战林太太　吴月娘玩灯请蓝氏
第七十九回　西门庆贪欲得病　吴月娘墓生产子
第八十回　陈经济窃玉偷香　李娇儿盗财归院
第八十一回　韩道国拐财倚势　汤来保欺主背恩
第八十二回　潘金莲月夜偷期　陈经济画楼双美
第八十三回　秋菊含恨泄幽情　春梅寄柬谐佳会
第八十四回　吴月娘大闹碧霞宫　宋公明义释清风寨

第八十五回　月娘识破金莲奸情　薛嫂月夜卖春梅
第八十六回　雪娥唆打陈经济　王婆售利嫁金莲
第八十七回　王婆子贪财受报　武都头杀嫂祭兄
第八十八回　潘金莲托梦守御府　吴月娘布施募缘僧
第八十九回　清明节寡妇上新坟　吴月娘悞入永福寺
第九十回　来旺盗拐孙雪娥　雪娥官卖守备府
第九十一回　孟玉楼爱嫁李衙内　李衙内怒打玉簪儿
第九十二回　陈经济被陷严州府　吴月娘大闹授官厅
第九十三回　王杏庵仗义赒贫　任道士因财惹祸
第九十四回　刘二醉殴陈经济　洒家店雪娥为娼
第九十五回　平安偷盗假当物　薛嫂乔计说人情
第九十六回　春梅游玩旧家池馆　守备使张胜寻经济
第九十七回　经济守御府用事　薛嫂卖花说姻亲
第九十八回　陈经济临清开大店　韩爱姐翠馆遇情郎
第九十九回　刘二醉骂王六儿　张胜忿杀陈经济
第一百回　韩爱姐湖州寻父　普静师荐拔群冤

1-1 《新刻金瓶梅词话》介休本

也称“故宫本”“台藏本”。10 卷 100 回，分装 20 册，无扉页。开本尺寸：28.2 厘米 ×18.3 厘米。半框尺寸：23 厘米 ×14.2 厘米。正文半叶 11 行，行 24 字。卷首欣欣子序、万历丁巳东吴弄珠客序。此本刷印较早，版面清晰。全书有朱墨笔批改，间有墨笔批语。1931 年冬于山西介休发现，被书商张修德收购，转卖琉璃厂“文友堂”书店，奇货可居，后由北平图书馆购藏。终由徐森玉、马廉倡导，以“古佚小说刊行会”名义单色缩小影印 104 部。此本全书几近完整，仅第 52 回缺失第 7、8 两叶。原本在抗战时寄存美国国会图书馆，1965 年归还台湾，由台北“故宫博物院”收藏。（图 1-1）

1-2 《新刻金瓶梅词话》京都大学藏残本

与“介休本”同版。残存 23 回。正文半叶 11 行，行 24 字。1917 年，有学者发现日本京都大学所藏《普陀洛山志》所用的纸褙是《金瓶梅词话》的残页。后来取下逐回编订成 3 册，共残存 23 回，全部完整的有 7 回。（注：参见鸟居久靖《关于京都大学藏〈金瓶梅词话〉残本》，载《中国语学》第 37 期。）（图 1-2 阙如）

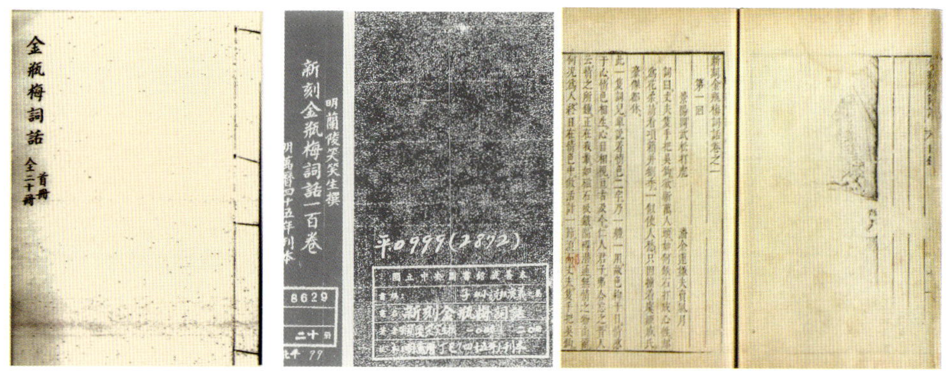

图 1-1 《新刻金瓶梅词话》，介休本

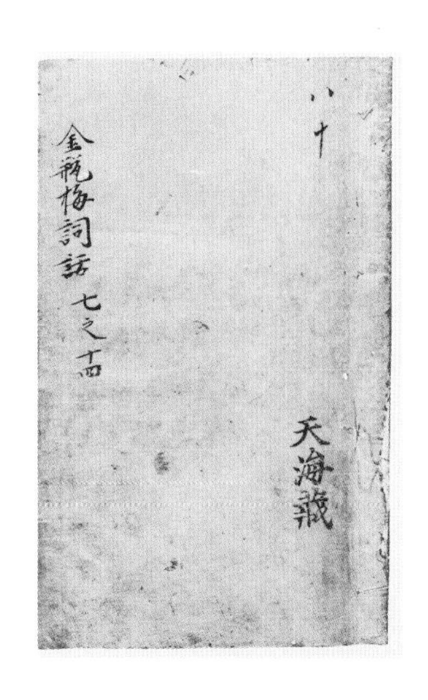

1-3 《新刻金瓶梅词话》日光轮王寺慈眼堂藏本

与“介休本”同版。10 卷 100 回，分装 16 册，无扉页，内文缺 5 叶。正文半叶 11 行，行 24 字。日本学者丰田穰氏和中国学者王古鲁于 1941 年在日光轮王寺访书时共同发现。之后丰田穰氏在《某山法库观书录》中，以及孙楷第在《中国通俗小说书目》中披露此书。1959 年，慈眼堂将此书对社会公开。值得一提的是，北京图书馆所藏《金瓶梅词话》缺少的第 52 回第 7、8 两叶，在慈眼堂藏本中是完整的。（图 1-3）

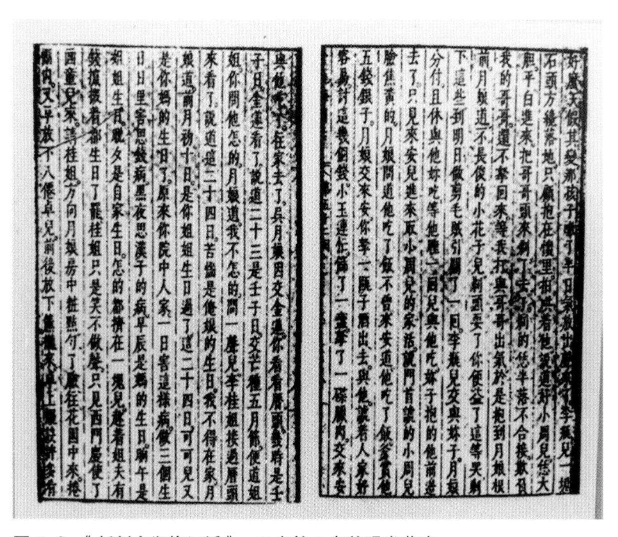

图 1-3 《新刻金瓶梅词话》，日光轮王寺慈眼堂藏本

1-4 《新刻金瓶梅词话》德山毛利家栖息堂藏本

与“介休本”同版。10卷100回，分装18册，无扉页。正文半叶11行，行24字。正文缺3叶：第26回第9叶、第86回第15叶，以及第94回第5叶。1962年秋，学者在日本德山毛利氏的栖息堂书库中发现。值得注意的是，该书第5回第9页正面第10行第7字起的这一页在文字上与其他词话本不同，属异版。（注：有关毛利本的详细情况，参见上村幸次《关于毛利本〈金瓶梅词话〉》，载黄霖、王国安编译《日本研究〈金瓶梅〉论文集》。）此本近归日本周南市美术博物馆收藏。（图1-4）

1-5 《新刻金瓶梅词话》古佚小说刊行会（影印本）

1. 民国古佚小说刊行会1933年3月出版，10卷100回，2函21册。开本尺寸：21.4厘米×13.7厘米。首册收录王孝慈藏崇祯本插图200幅。由马廉主导，以“介休本”为底本影印104部，编号发行。书中正文前后均钤盖有“古佚小说刊行会”朱色图章。最后一页有编号章。所缺第52回第7、8两叶无正文。近年古佚本作假时也曾出现，天津有一种盗版，用旧纸影印，颇具迷惑性。也有盗刻“古佚小说刊行会”印鉴及编号章钤盖于书中，但位置不符者，出现于拍卖市场。（图1-5-1）

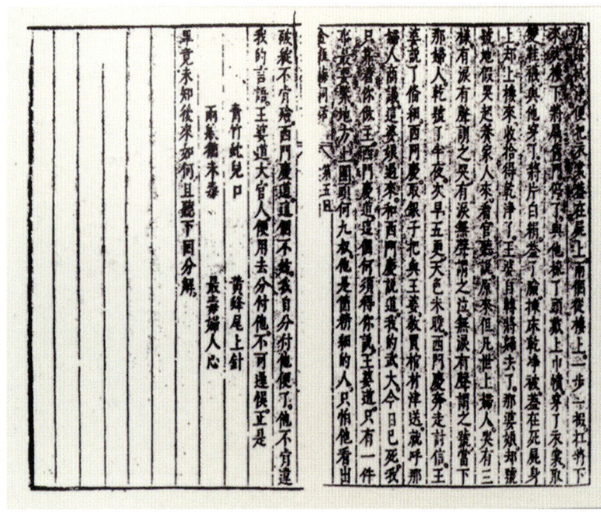

[illegible]在床上两個從樓上一步一扛扛將下
來[illegible]下尋扇舊門停了與他梳了頭戴上巾幘穿了衣裳取
雙鞋襪與他穿了將片白絹蓋了臉揀床乾淨被蓋在死屍身
上却上樓來收拾得乾淨了王婆自轉將歸去了那婆娘却號
號地假哭起養家人來看官聽說原來但凡世上婦人哭有三
樣有淚有聲謂之哭有淚無聲謂之泣無淚有聲謂之號當下
那婦人乾號了半夜次早五更天色未曉西門慶奔走討信王
婆說了備細西門慶取銀子把與王婆教買棺材津送就呼那
婦人商議這婆娘過來和西門慶說道我的武大今日已死我
只靠着你做主西門慶道這個何須得你說王婆道只有一件
事最要緊地方上團頭何九叔他是個精細的人只怕他看出

金瓶梅詞話　第五回

破綻不肯殮西門慶道這個不妨我自分付他便了他不肯違
我的言語王婆道大官人便用去分付他不可遲誤正是
青竹蛇兒口　黃蜂尾上針
兩般猶未毒　最毒婦人心
畢竟未知後來如何且聽下回分解

图1-4 《新刻金瓶梅词话》，德山毛利家栖息堂藏本

图 1-5-1《新刻金瓶梅词话》，古佚小说刊行会

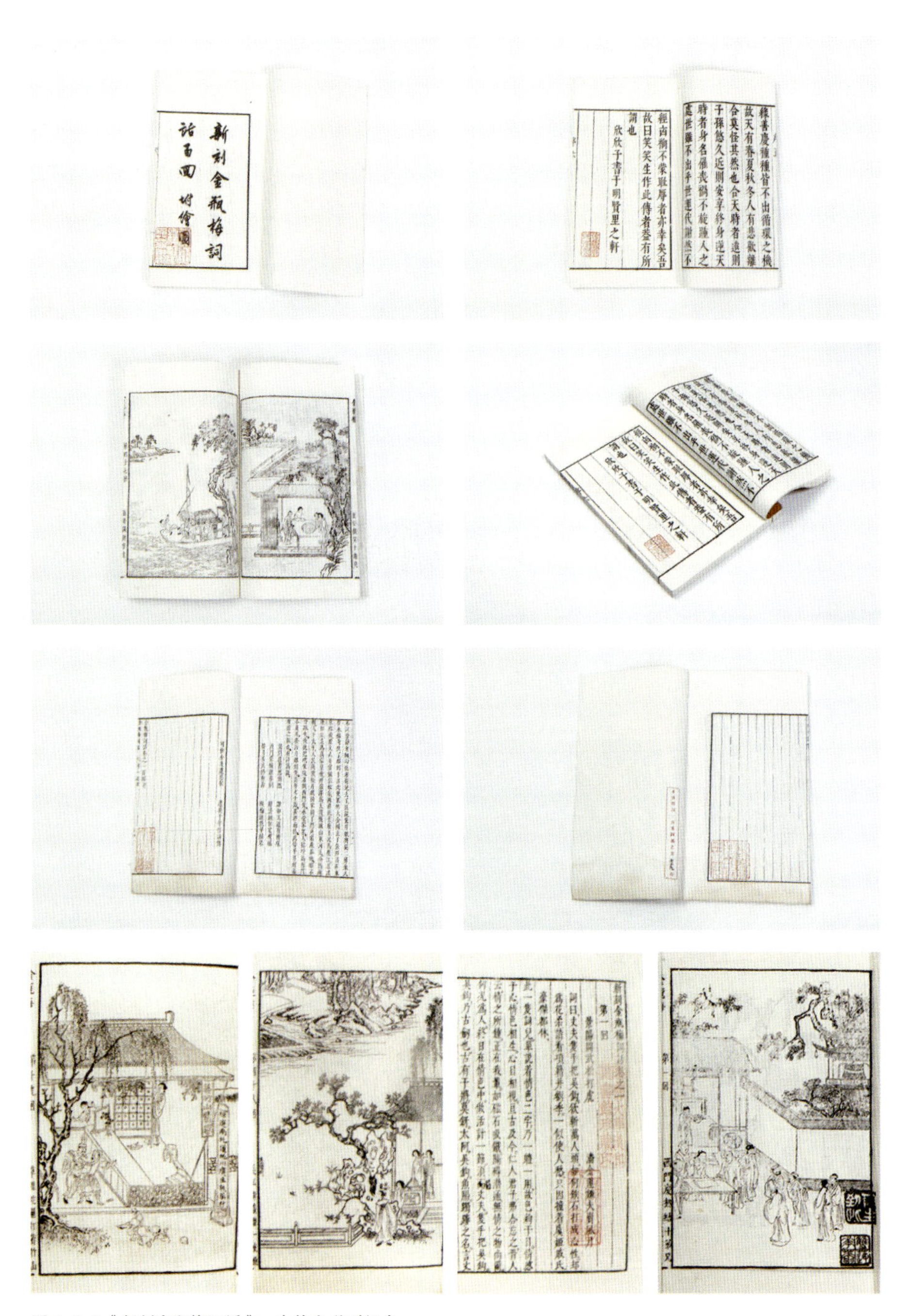

图 1-5-1《新刻金瓶梅词话》，古佚小说刊行会

2. 日本某书肆翻印 300 部，函套为黑色回文格图案，开本大小一仍其旧，书尾保留“古佚小说刊行会”图章，但用墨色影印。编号章去除。所缺第 52 回第 7、8 两叶用崇祯本抄补。（图 1-5-2）

3. 北京琉璃厂富晋书社翻印本。此种本子有民国报刊记载。琉璃厂富晋书社店主王富晋为谋利，将古佚小说刊行会本盗印，被北平图书馆察觉，该馆为维护版权利益而对簿公堂。经判决予以处罚，并将富晋书社封门停业数日。（图 1-5-3 阙如）

图 1-5-2　古佚本《新刻金瓶梅词话》，日本翻印本

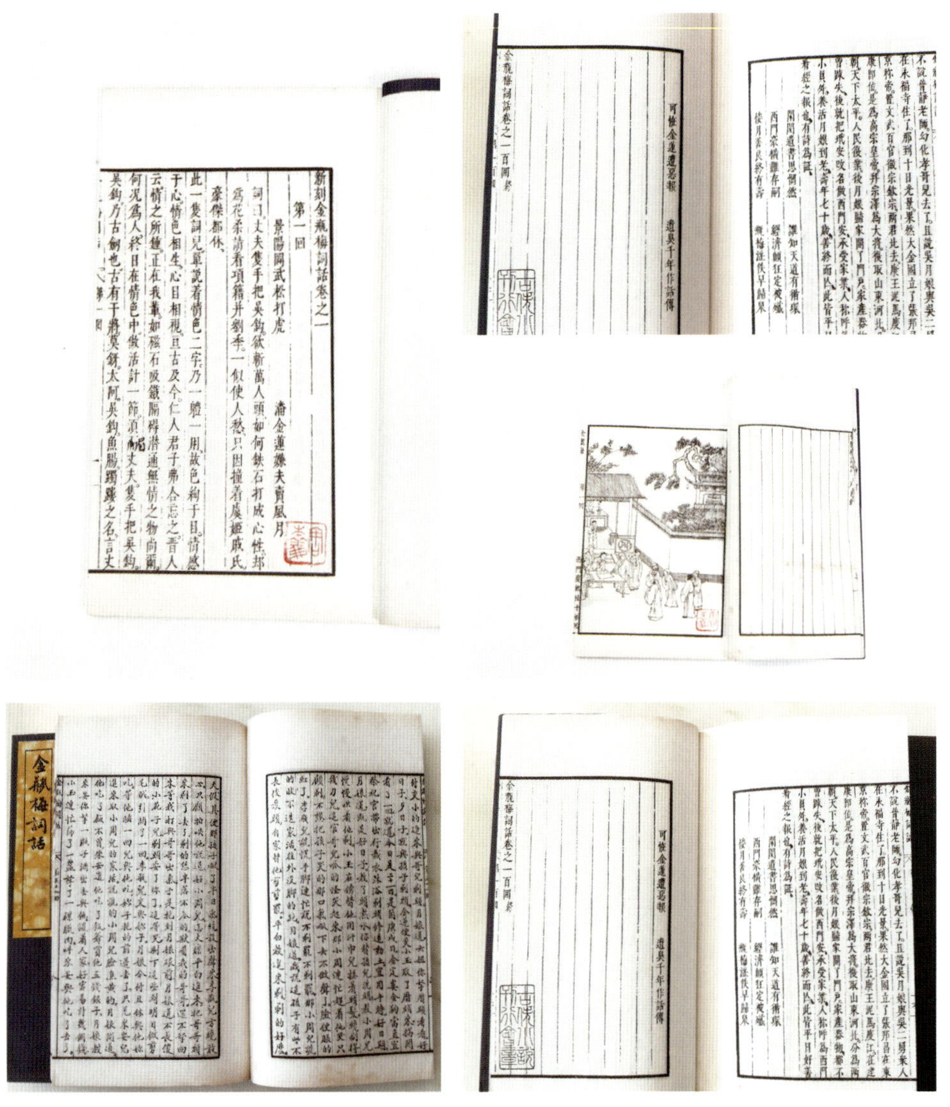

图 1-5-2　古佚本《新刻金瓶梅词话》，日本翻印本

4. 上海襟霞阁主人翻印本。抗战期间，上海“襟霞阁主人”平襟亚据古佚本翻印 100 部，并惹上官司。后来他在自己的文章《六十年前上海出版界怪现象》中也提到过此事。北京、上海这种本子去掉了古佚小说刊行会章，所缺第 52 回第 7、8 两叶未补入。因此民国期间有记载的翻印至少为三次之多。（图 1-5-4）

图 1-5-4　古佚本《新刻金瓶梅词话》，上海翻印本

1-6 《金瓶梅词话》国会胶片本（影印本）

美国国会图书馆于 1943 年摄制。因抗日战争,《金瓶梅词话》介休本随国立北平图书馆甲库善本藏书先后转运南京、上海，后寄存于美国国会图书馆，并准许其拍摄一套胶卷，美方聘请王重民先生主持拍摄，名为《国会图书馆摄制北平图书馆善本书胶片》，并复制若干份。《金瓶梅词话》胶片为第 615—616 号，存放于两个胶片盒。616 号胶片卷尾并附录王孝慈藏崇祯本插图 200 幅。此胶片是直接摄录于介休本原书，没有丝毫改动，行间批改、批语俱存，是最真实的介休本原貌展现。2017 年 7 月，张青松撰文《美国国会图书馆摄制〈金瓶梅词话〉介休本胶片初探》，发表于古代小说网及台湾《书目季刊》，始为学界所知。目前胶片存于美国国会图书馆、中国国家图书馆等。（图 1-6）

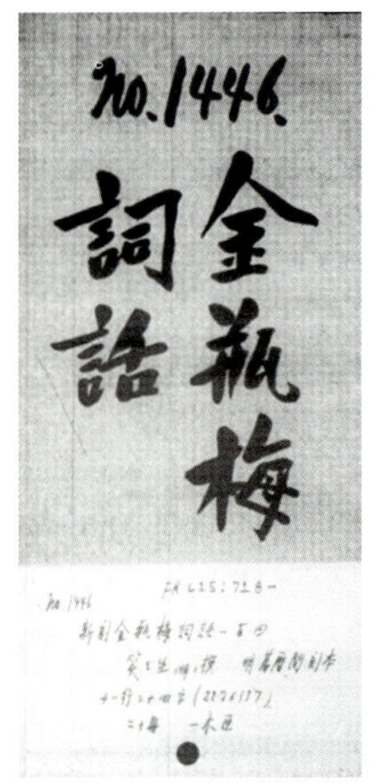

图 1-6 《金瓶梅词话》，国会胶片本

1-7 《金瓶梅词话》文学古籍刊行社（人民文学出版社·影印本）

1. 文学古籍刊行社1957年12月版，玉扣纸线装2函21册，大32开，蓝布函套。开本尺寸：20.5厘米 ×13.3厘米。实名登记，编号发行。据古佚小说刊行会本重印，首册收录崇祯本200幅插图，印量2000部。定价40元。其发行对象是省部级干部及专业研究人员。扉页左上角有编号章，注明购书者姓名及编号。原书所缺第52回的两页借用崇祯本第52回的7、8两页配补。此书有部分曾经流入日本，特点是编号章处空白，无人名和编号。（图1-7-1）

2. 文学古籍刊行社1988年12月版，宣纸线装2函21册，小16开，蓝布函套。开本尺寸：24厘米 ×15厘米。印量不详，内部发行，发行对象为专业研究人员。原书所缺第52回的两页已改用日本大安株式会社1963年影印本配补，而不再借用崇祯本第52回的7、8两页。但是这次印刷质量粗糙，书根的文字顺序颠倒。（图1-7-2）

3. 人民文学出版社1991年4月版，宣纸线装2函21册，小16开，花翎函套。开本尺寸：24厘米 ×15厘米。另有少量豪华版，宋锦函套，丝绢封面。内容与1988年版一致。（图1-7-3）

4. 人民文学出版社2011年12月版，宣纸线装2函21册，小16开，藏蓝色暗花函套，2函21册（后增印者改为藏蓝布函套）。开本尺寸：24厘米 ×15厘米。内容与1988年版一致。（图1-7-4）

图1-7-1 《金瓶梅词话》，文学古籍刊行社，1957年12月版

图 1-7-1 《金瓶梅词话》，文学古籍刊行社，1957 年 12 月版

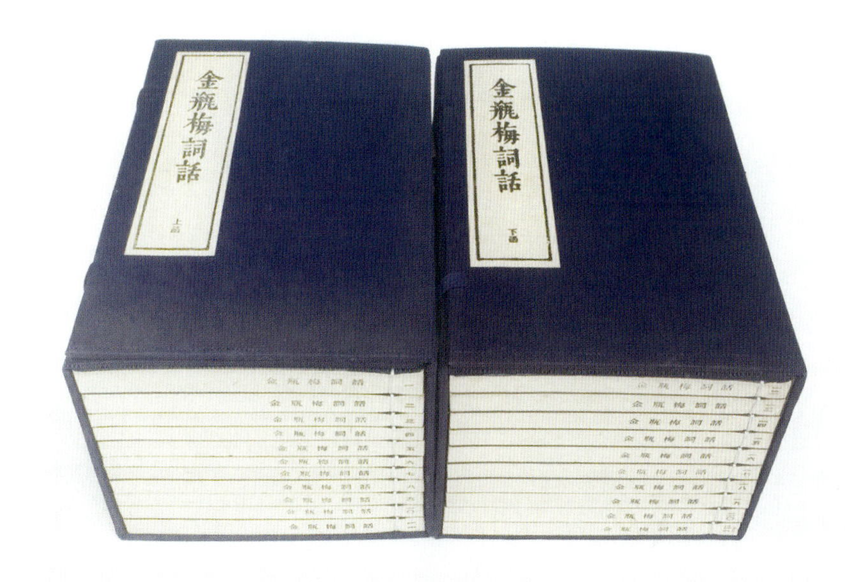

金瓶梅詞話
文學古籍刊行社影印發行
（北京朝內大街一六六號）
浙江蕭山古籍印刷廠印刷
一九五七年十二月北京第一版
一九八八年十二月蕭山第二次印刷
ISBN 7—80055—004—4/I·5

图 1-7-2 《金瓶梅词话》，文学古籍刊行社，1988 年 12 月版

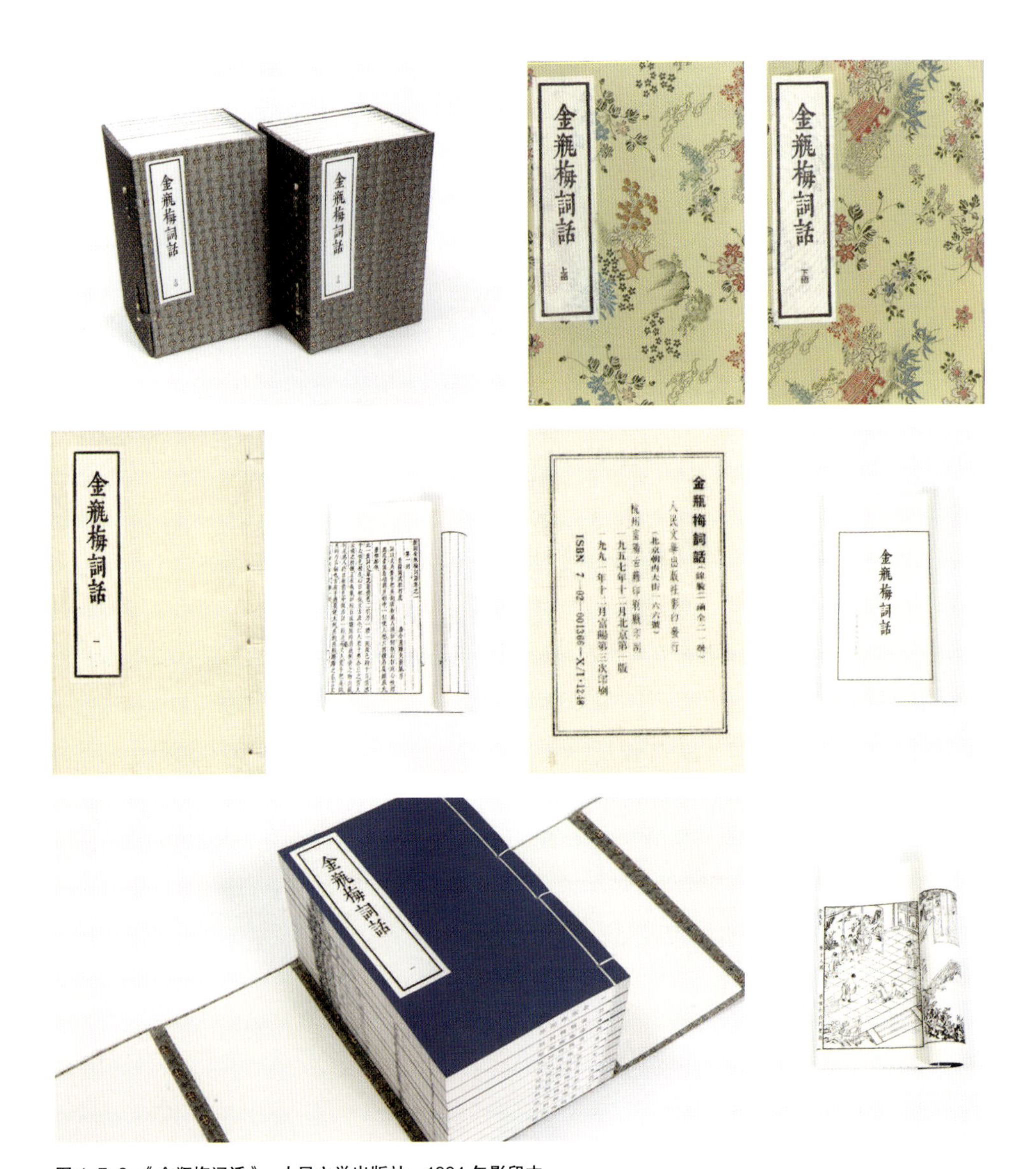

图 1-7-3 《金瓶梅词话》，人民文学出版社，1991 年影印本

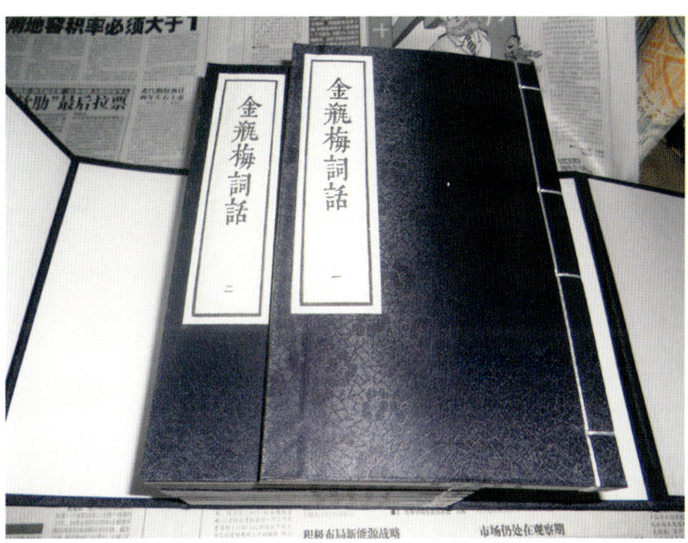

图 1-7-4 《金瓶梅词话》，人民文学出版社，2011 年影印本

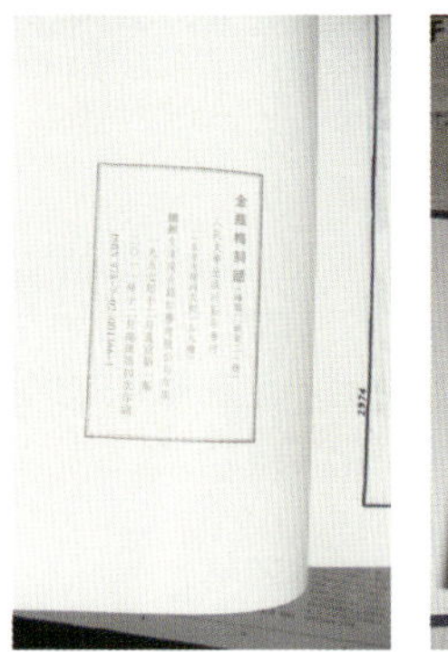

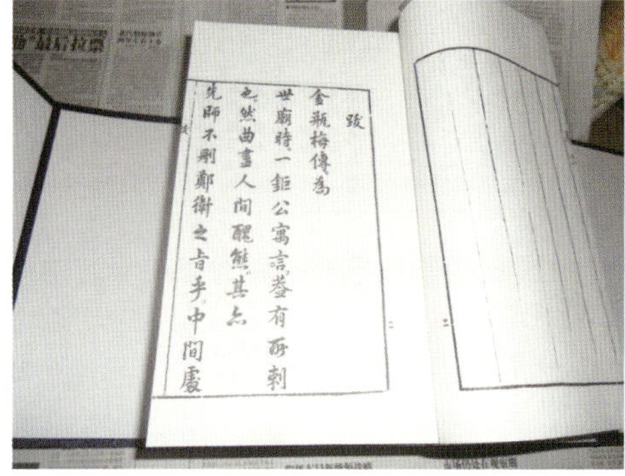

跋

金瓶梅傳為世廟時一鉅公寓言蓋有所剌也然曲盡人間醜態其亦先師不刪鄭衛之旨乎中間處

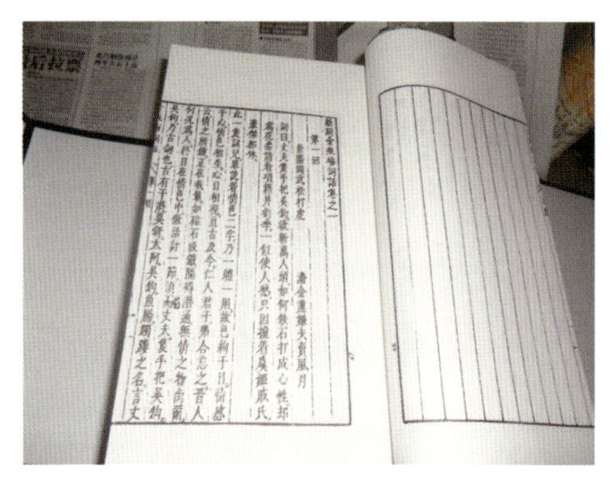

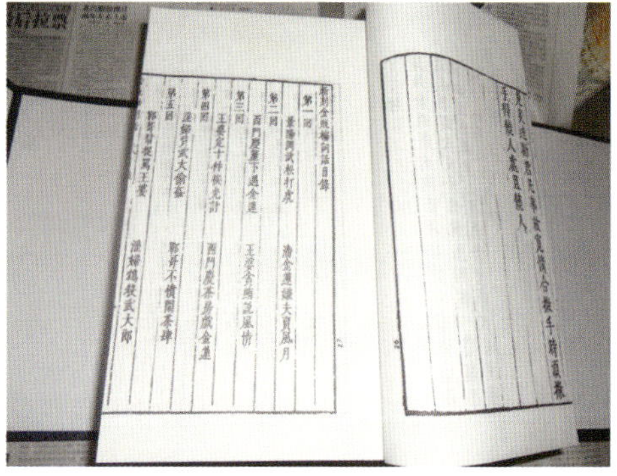

图 1-7-4 《金瓶梅词话》，人民文学出版社，2011 年影印本

1-8 《金瓶梅词话》大安株式会社（影印本）

1. 日本大安株式会社 1963 年 4—8 月版，精装 5 册，大 32 开，每册有单独的版权页和书套。此书以毛利氏栖息堂藏本为主，采用慈眼堂藏本 507 个单页面配补影印，两者仍然凑不齐，所缺第 94 回的两个半叶，以古佚本配补而未加说明。（图 1-8-1）

2. 日本大安株式会社 1963 年 4—8 月版，精装 6 册，大 32 开，每册有单独的书套，1—5 册有单独的版权页。与五册本用纸、装帧无二。其中第六册收录《清宫珍宝皕美图》，但无版权页。疑似日本大安株式会社后印本（也有资料说是香港翻印本）。（图 1-8-2）

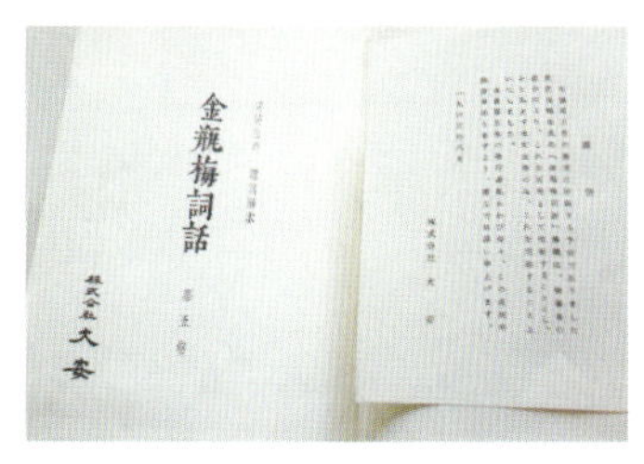

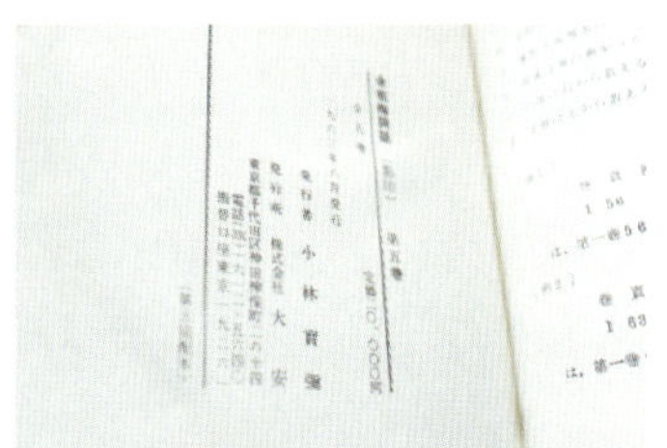

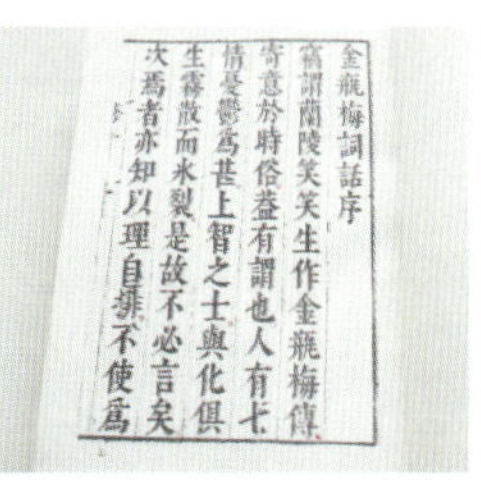
金瓶梅詞話序
竊謂蘭陵笑笑生作金瓶梅傳
寄意於時俗蓋有謂也人有七
情憂鬱爲甚上智之士與化俱
生霧散而氷裂是故不必言矣
次焉者亦知以理自排不使爲

图 1-8-1 《金瓶梅词话》，日本大安株式会社，1963 年 5 册版

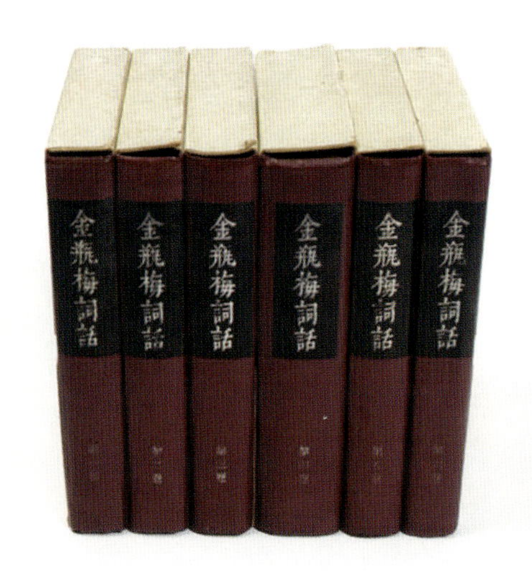

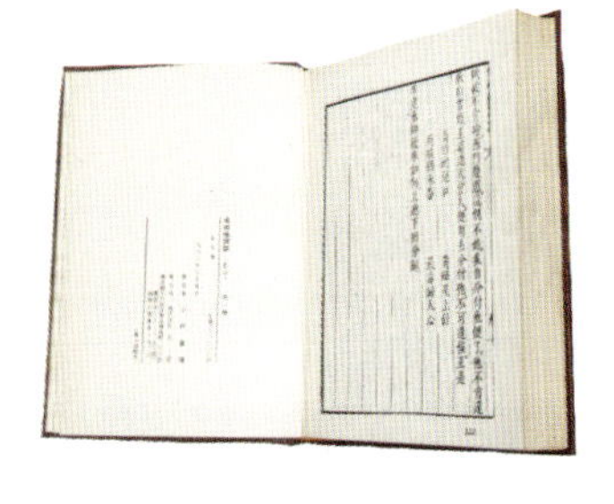

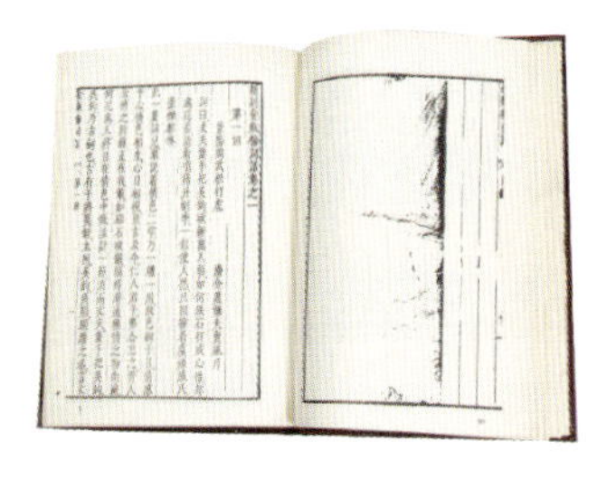

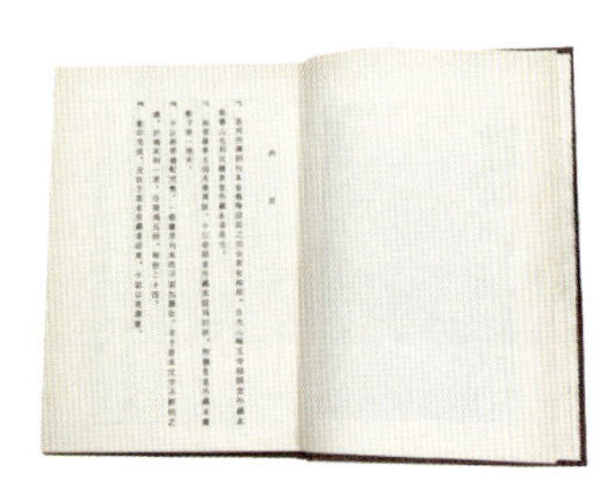

图 1-8-2 《金瓶梅词话》，大安株式会社，1963 年精装 6 册版

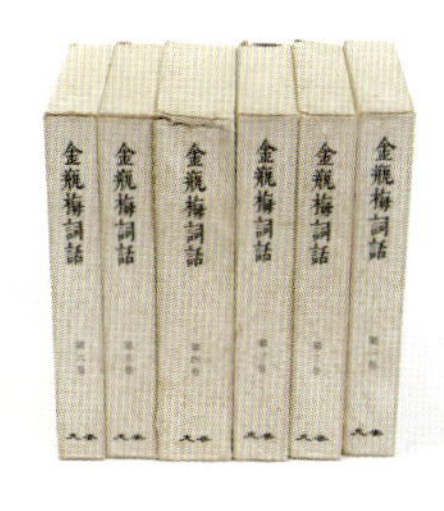
金瓶梅詞話
金瓶梅詞話
金瓶梅詞話
金瓶梅詞話
金瓶梅詞話
金瓶梅詞話

金瓶梅詞話

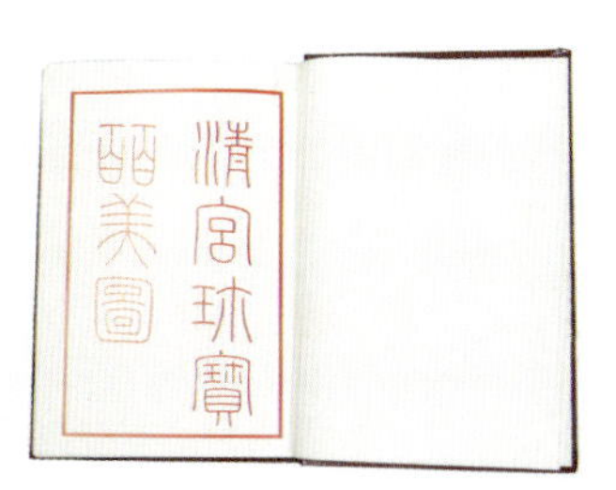
清宮珠寶
皕美圖

3. 台湾 20 世纪 70 年代翻印日本大安本，线装 1 函 10 册，32 开，普通纸双面影印，加黄色底色。封面有红色、蓝色、绿色花格多种。（图 1-8-3）

4.《绣像金瓶梅词话》合璧本，无出版年代，约为 20 世纪台湾 80 年代翻印。精装 1 册，16 开。扉页右上题：笑笑生作。中间题：明万历崇祯 / 合璧本 / 绣像金瓶梅词话。左下题：影清故宫珍藏明万历丁巳（一六七七）初刊本 / 据明崇祯年间翻刻本精加绣像二百帧。内页为四拼页，经比对为翻印大安本，增加崇祯本插图分插于每回之前。此种四拼页翻印大安本还有红色、黄色多种，封面题名“金瓶梅词话”，无图，版权页将大安本卷数“全五卷”改为“全”。

台湾翻印的大安本种类很多，还有红皮精装 5 册本（大 32 开）、平装 10 册本（64 开缩印）多种版式。（图 1-8-4）

5.《蓬庐珍本金瓶梅词话》，台湾出版。无版权页及出版信息，封面签条题字署名“馥生”。有资料记载为台湾明伦出版社 1981 年版。线装 1 函 12 册，32 开，经比对内页，是根据大安本影印。（图 1-8-5）

6. 台湾里仁书局 2012 年 8 月版，圣经纸线装 2 函 21 册，大 16 开，开本尺寸：29.5 厘米 ×20.2 厘米。编号发行。收录崇祯本绣像 200 幅，单独一册置于最后。根据梅节先生藏大安本影印。（图 1-8-6）

7. 新加坡南洋出版社 2017 年 9 月版，布面精装 5 册。大 32 开。完全按照大安本原貌影印。吴敢作序，书后附录有日本杂志《大安・金瓶梅特辑》1963 年 5 月号。（图 1-8-7）

图 1-8-3 《金瓶梅词话》，台湾 20 世纪 70 年代翻印日本大安本

金瓶梅詞話

图 1-8-4 《金瓶梅词话》，台湾翻印大安本，四拼页及袖珍本

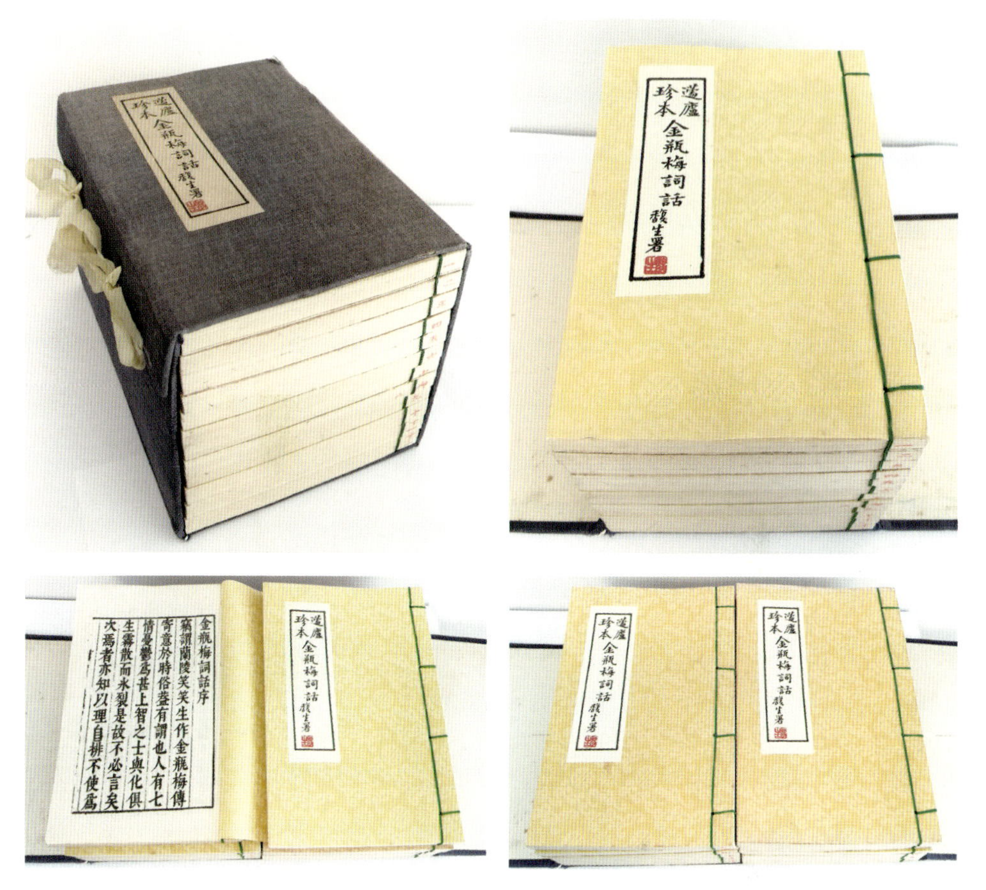

图 1-8-5 《蘧庐珍本金瓶梅词话》1 函 12 册，台湾出版

图 1-8-6 《金瓶梅词话》，大安本，台湾里仁书局影印版

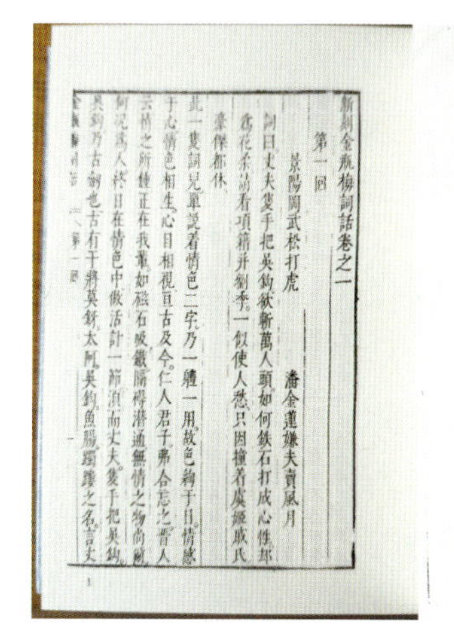

新刻金瓶梅詞話卷之一

第一回

景陽岡武松打虎　潘金蓮嫌夫賣風月

詞曰。丈夫隻手把吳鈎。欲斬萬人頭。如何鐵石打成心性。却為花柔。請看項籍并劉季。一似使人愁。只因撞着虞姬戚氏。豪傑都休。

此一隻詞兒。單說着情色二字。乃一體一用。故色絢于目。情感于心。情色相生。心目相視。亘古及今。仁人君子。弗合忘之。晋人云。情之所鍾。正在我輩。如磁石吸鐵。隔礙潛通。無情之物尚爾。何況為人。終日在情色中做活計一節。須而丈夫隻手把吳鈎。吳鈎乃古劍也。古有干將莫邪太阿吳鈎魚腸屬鏤之名。言丈

金瓶梅詞話　卷一　第一回

1

图 1-8-7 《金瓶梅词话》，大安本，新加坡南洋出版社影印版

1-9 《金瓶梅丛刻》(影印本)

此书为香港1973年影印，精装、平装两种，一厚册，16开，四拼页影印。后附《清宫珍宝皕美图》。扉页标注“岁次癸丑”，但出版机构未注明。值得注意的是，这个本子收录了四种现存的词话本，包括：京都大学藏《金瓶梅词话》残本、日光轮王寺慈眼堂藏本、德山毛利家栖息堂藏本、古佚小说刊行会本。择善而从，以期至善。不加描润，务存原书真象。其中，京都大学藏《金瓶梅词话》残本，是唯一在出版物中出现的资料。(图1-9)

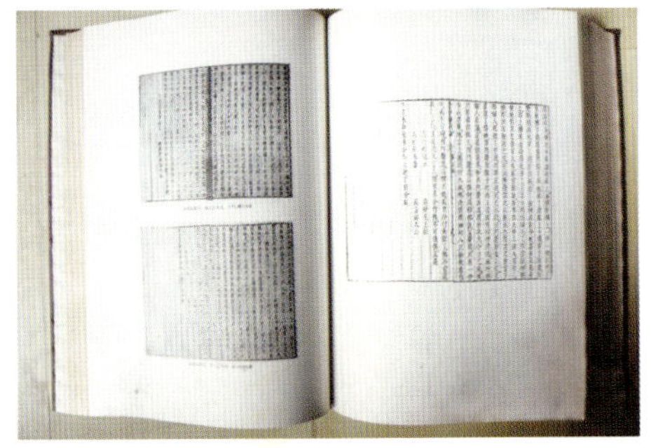

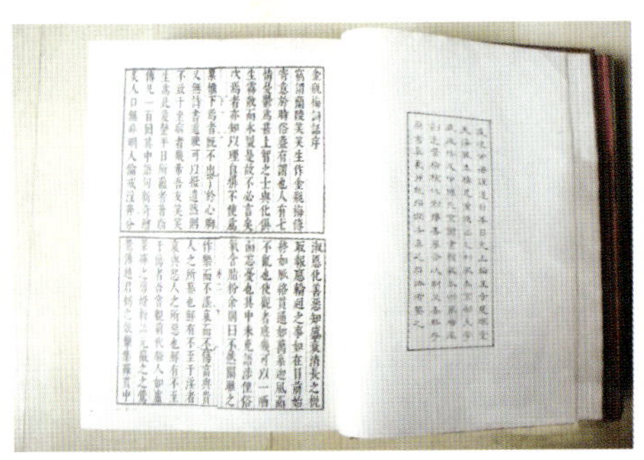

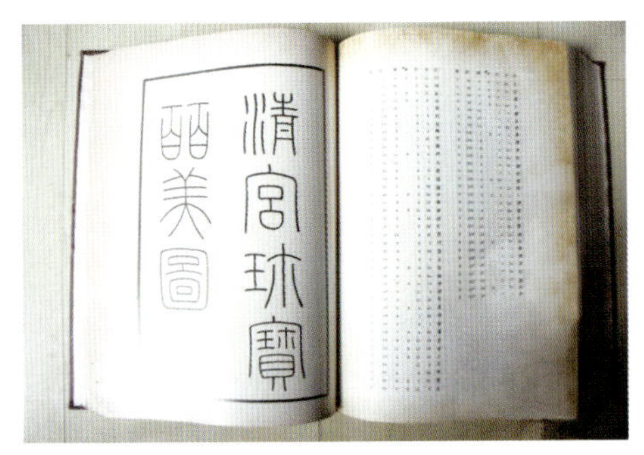

图1-9　精装《金瓶梅丛刻》，香港1973年影印本

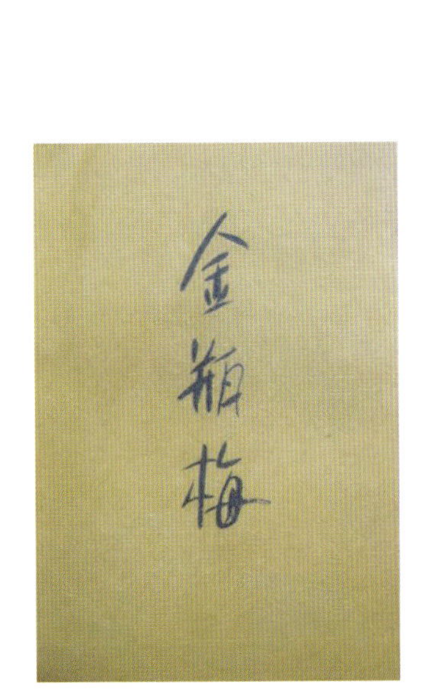

图1-9　平装《金瓶梅丛刻》，香港1973年影印本

1-10 《金瓶梅词话》天一出版社（影印本）

台湾天一出版社1975年7月版，精装5册，大32开，限定300部。定价新台币3000元。收录崇祯本插图200幅，分插于每回之前。书后附录《词语注释》。此书据古佚小说刊行会本翻印。（图1-10）

图1-10 《金瓶梅词话》，台湾天一出版社，1975年7月版

1-11 《金瓶梅词话》祥生出版社（影印本）

台湾祥生出版社1975年7月版，精装5册，大32开，限定300部。定价新台币2400元。封面、内容、版式与天一版完全一样，扉页右侧增加一行“中国通俗文学大系”。（图 1-11）

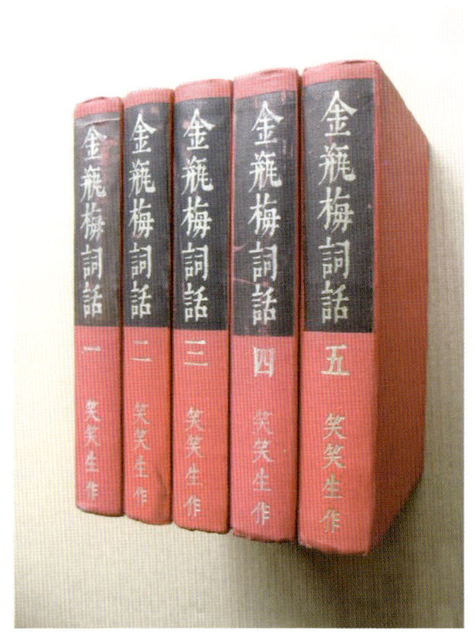

金瓶梅詞話（全五冊）

（限定三百部）

新臺幣貳仟肆佰元整

著作者 笑笑生

發行人 張國賢

出版者 祥生出版社

內版台業字第二一六四號

图 1-11 《金瓶梅词话》，台湾祥生出版社，1975 年 7 月版

1-12 《金瓶梅词话》联经出版事业公司（影印本）

1. 台湾联经出版事业公司 1978 年 4 月版，线装 2 函 20 册，16 开，限定 300 套。以傅斯年旧藏古佚本重新制版，标称将底本行间的墨色批改对照台北故宫原本复原，套红印刷，所缺二叶以大安本配补。据学者考证“复原红笔墨色”多随意性，对照台北故宫原本也不可信。收录崇祯本插图 200 幅，分插于每回之前。随后有一种台湾本地的盗版，大小装帧相同，去掉套红，将 20 册合订成 10 册。（图 1-12-1）

图 1-12-1 《金瓶梅词话》，台湾联经出版事业公司，1978 年 4 月版

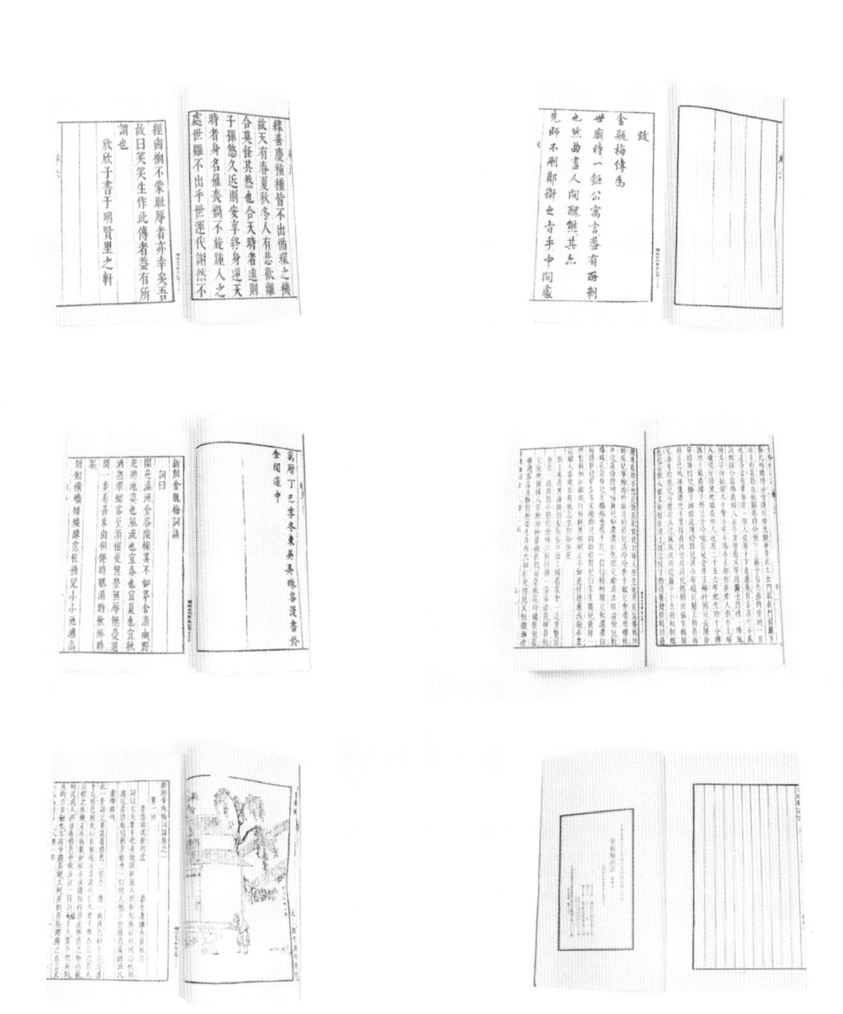
緣善慶種種皆不出循環之機
故天有春夏秋冬人有悲歡離
合莫怪其然也合天時者遠則
子孫悠久近則安享終身逆天
時者身名罹喪禍不旋踵人之
處世雖不出乎世運代謝然不
經凶禍不蒙耻辱者亦幸矣吾
故曰笑笑生作此傳者蓋有所
謂也
欣欣子書于明賢里之軒

跋
金瓶梅傳為
世廟時一鉅公寓言蓋有所刺
也然曲盡人間醜態其亦
先師不删鄭衛之旨乎中間處

萬曆丁巳季冬東吳弄珠客漫書於
金閶道中

新刻金瓶梅詞話
詞曰
閬苑瀛洲金谷陵樓算不如茅舍清幽野
花綉地莫也風流也宜春也宜夏也宜秋
酒熟堪留客至須留更無榮無辱無憂退
閑一步著甚來由但倦時眠渴時飲醉時
謳
短短橫牆矮矮疏窗槎兒小小池塘高

图 1-12-1 《金瓶梅词话》，台湾联经出版事业公司，1978 年 4 月版

2. 台湾联经出版事业公司1986年再版，线装2函20册，16开，限定300套。此书与初印相比，唯独纸张换成普通印刷纸，分量比较沉，其他没有变化。收录崇祯本插图200幅，分插于每回之前。（图1-12-2阙如）

3. 台湾联经出版事业公司2013年1月第三版，线装3函20册，16开，限定1000套。此版与前两次相比时间跨度大，失去原来的神韵，纸张厚重，装订印刷都很业余，中缝歪斜，非专业古籍厂家所做。（图1-12-3）

4、台湾里仁书局1996年7月再影印版。平装6册，25开，印数1000套。影印联经本，改为黑白印刷，无套红。（图1-12-4）

5、台湾蓝灯文化事业股份有限公司1996年8月版。线装2函10册，大32开。此书实际印刷发行为2017年。该书的《例言》伪称此书采用日本慈眼堂本影印，另将栖息堂本第五回末两页附录于第一卷末。经仔细比对，此书实际采用联经本为主要底本，去除红色描改，插图照收，部分页面搭配大安本，拼配而成。（图1-12-5）

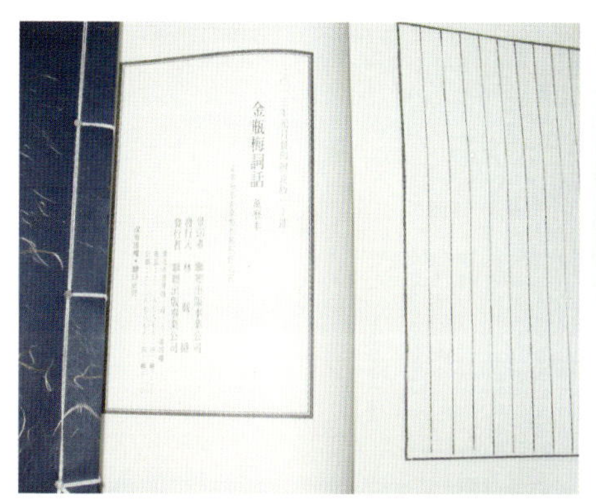

图1-12-3 《金瓶梅词话》，台湾联经出版事业公司，2013年1月第三版

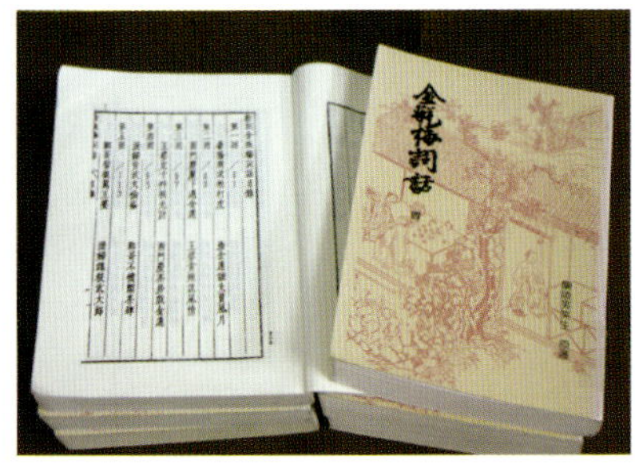

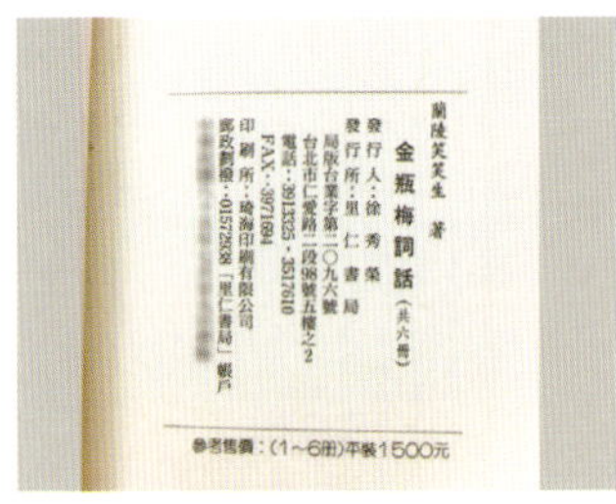
蘭陵笑笑生　著

金瓶梅詞話（共六冊）

發行人：徐秀榮
發行所：里仁書局
局版台業字第二〇九六號
台北市仁愛路三段98號五樓之2
電話：3913325・3517610
FAX：3971684
印刷所：琦海印刷有限公司
郵政劃撥：01572838「里仁書局」帳戶

參考售價：（1～6冊）平裝1500元

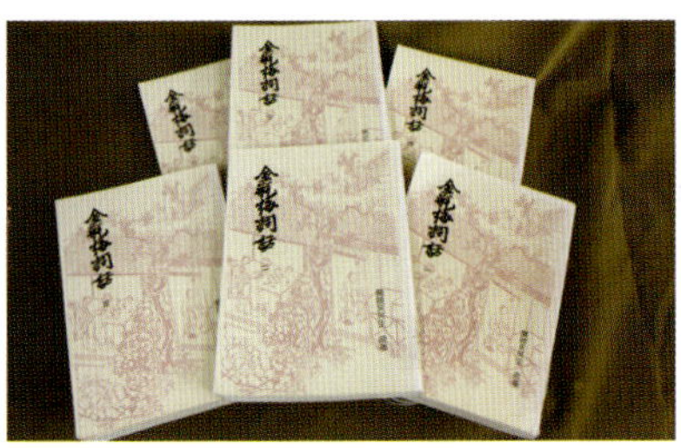

图 1-12-4 《金瓶梅词话》台湾里仁书局，1996 年 7 月再影印版

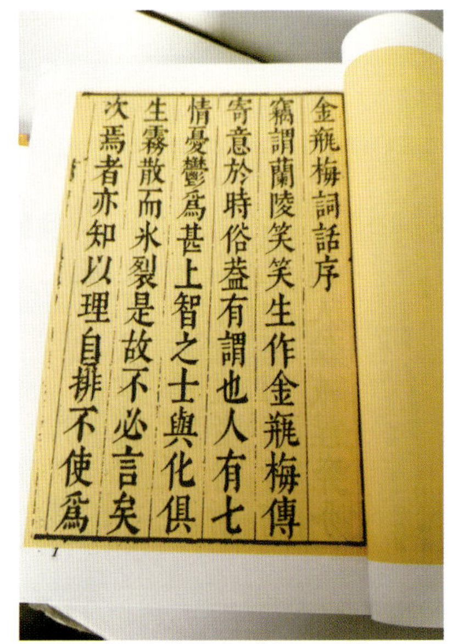
金瓶梅詞話序

竊謂蘭陵笑笑生作金瓶梅傳寄意於時俗葢有謂也人有七情憂鬱爲甚上智之士與化俱生霧散而氷裂是故不必言矣次焉者亦知以理自排不使爲

图 1-12-5 《金瓶梅词话》，台湾蓝灯文化事业股份有限公司，1996 年 8 月版

1-13 《全本金瓶梅词话》香港太平书局（影印本）

1. 香港太平书局 1982 年 8 月版，平装 6 册，32 开。书中交代据古佚小说刊行会本影印。然根据内容细节，应该是用1957年文学古籍刊行社本影印，开本也相似。但将 200 幅崇祯本插图分别移到每回之前各 2 幅。（图 1-13-1）

2. 香港太平书局 1993 年 4 月版，精装 3 册，大 32 开。此版本已先后印刷十余次。2013 年 12 月版开始，3 册精装本增加一个插函。（图 1-13-2）

图 1-13-1 《全本金瓶梅词话》，香港太平书局，1982 年版

图 1-13-2 《全本金瓶梅词话》，香港太平书局，1993 年 4 月版

1-14 《金瓶梅词话》线装书局（丝绸版·影印本）

线装书局 2005 年 6 月版，丝绸线装 7 函 21 册。小 16 开。定价 72900 元，印数 1000 套。配有红木书匣。此书采用白色丝绸印制是其最大特色，称千年不腐。且印制清晰，颇具神韵。书中写明是以明万历年间刊本（台北汉唐书院提供明万历珍本底片）影印。但细查内容，该本实为据古佚小说刊行会本影印。收录崇祯本 200 幅插图。（图 1-14）

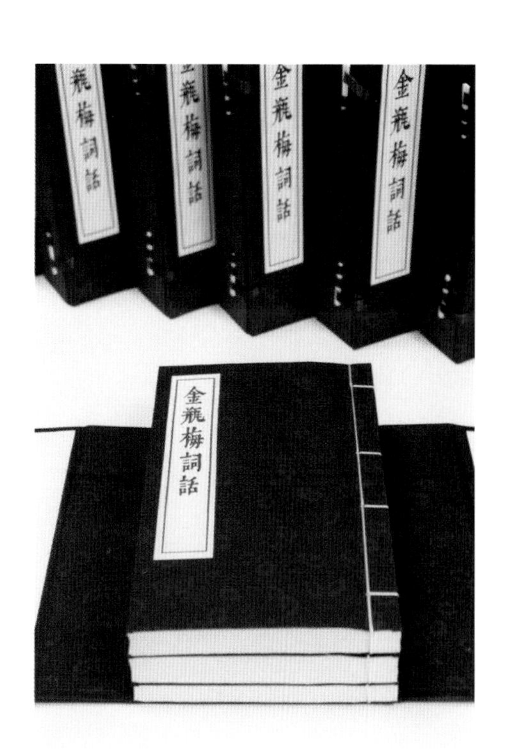

图 1-14 《金瓶梅词话》，线装书局，丝绸版

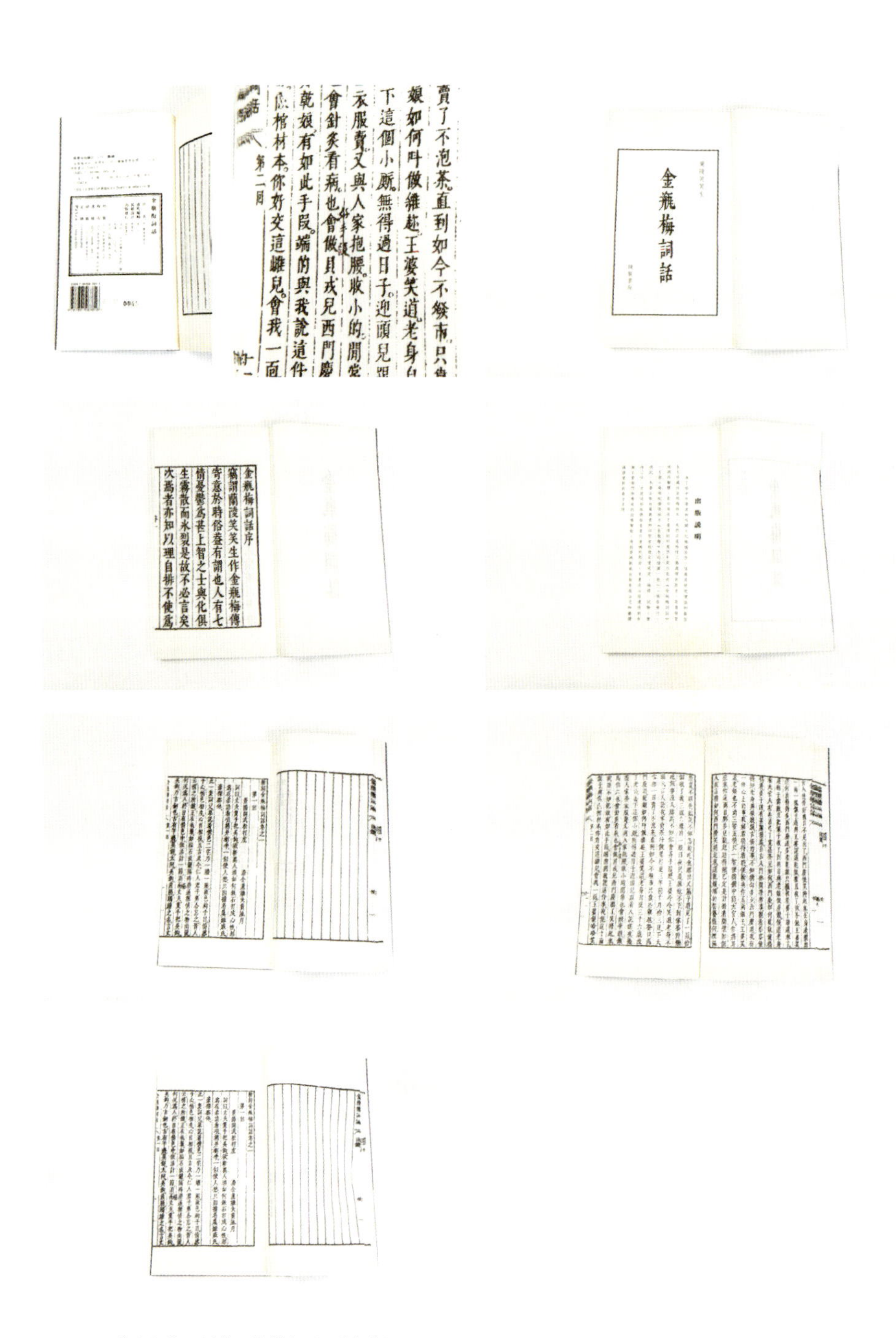

图 1-14 《金瓶梅词话》，线装书局，丝绸版

1-15 《金瓶梅词话》线装书局
（影印本）

线装书局 2013 年 12 月版，宣纸线装 2 函 21 册，16 开。定价 6900 元。收入该社“中国古典小说六大名著”。称底本为古佚小说刊行会本，但此书印制甚为粗糙，不忍直视。与线装书局之前的丝绸版非同一底本。（图 1-15）

图 1-15 《金瓶梅词话》，线装书局，影印本

1-16 《金瓶梅词话》奇文书局（整理本）

奇文书局 1935 年 1 月版。范希仁标点，倪上青校阅。全五册。32 开平装。封面题：新式标点 / 古佚奇文小说 / 金瓶梅词话。无插图。此本甚为罕见，根据著录，可能是《金瓶梅词话》的最早整理本。（图 1-16-1）

奇文书局 1936 年 12 月重版。全五册。内容如旧，改换彩色封面，题：绣像 / 古本通俗小说 / 金瓶梅词话。版权页署特约发行者：新文化书社。（图 1-16-2）

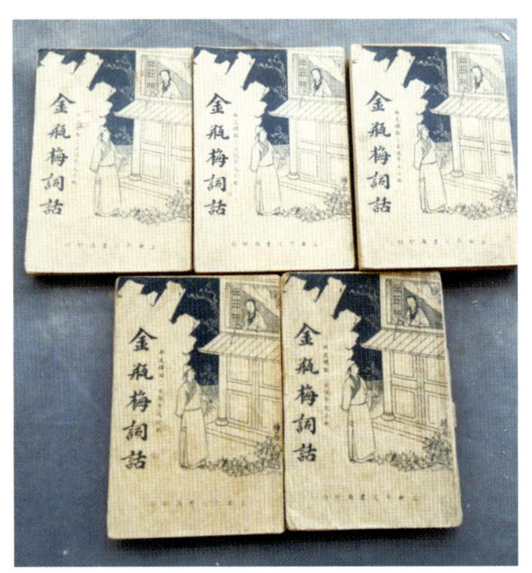

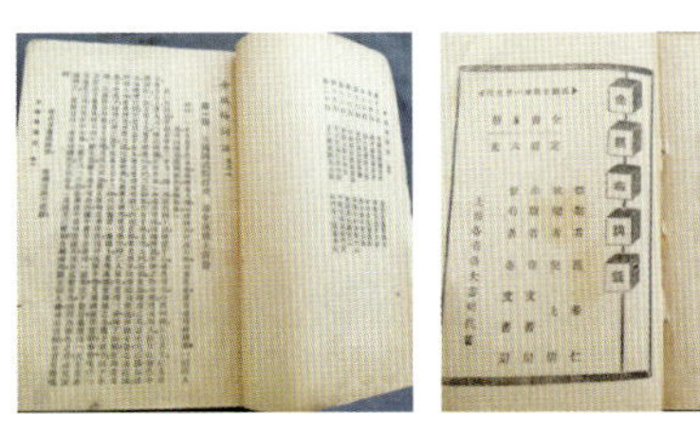

图 1-16-1 《金瓶梅词话》，奇文书局，1935 年 1 月版

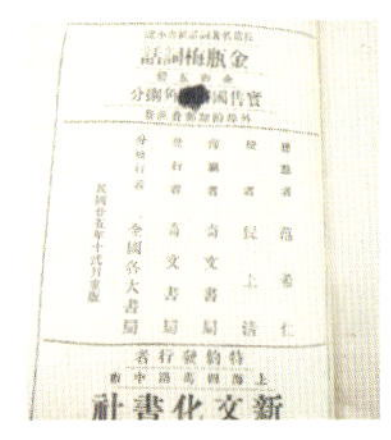
金瓶梅詞話

標點者 范希仁
校閱者 倪上清
發行者 奇文書局
分發行者 全國各大書局

特約發行者
上海四馬路中
新文化書社

图 1-16-2 《金瓶梅词话》，奇文书局，1936 年 12 月重版

1-17 《金瓶梅词话》世界文库版（整理本）

1. 上海生活书店《世界文库》第 1 至 12 册（第 8 册除外）刊载。郑振铎主编，傅东华标点。1935 年 5 月至 1936 年 4 月出版。第 1 册刊第 1 回，之后每册收录 3 回，一共刊载 33 回。因《世界文库》停刊而中断。用古佚小说刊行会本为底本，以王孝慈藏崇祯本校勘，出校记。删除秽语并注明字数。（图 1-17-1）

2. 台湾启明书店 1960 年 6 月版《古本金瓶梅词话》；台湾学海出版社 1976 年 1 月版《中国文学大系》第五册。此二种将《世界文库》各册刊载的《金瓶梅词话》1—33 回收集影印，之后第 34—100 回，以《真本 / 古本金瓶梅》补充。参见本篇第 21 条。（图 1-17-2）

3. 河北人民出版社《郑振铎世界文库》1991 年 4 月版。全 12 册。刊载《金瓶梅词话》1—33 回。影印上海生活书店 1936 年版。（图 1-17-3）

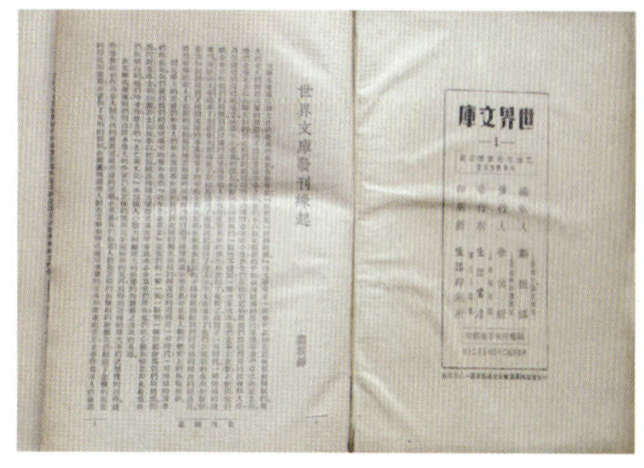

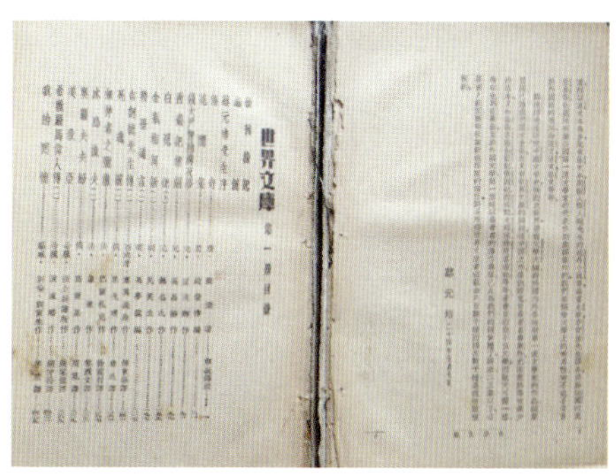

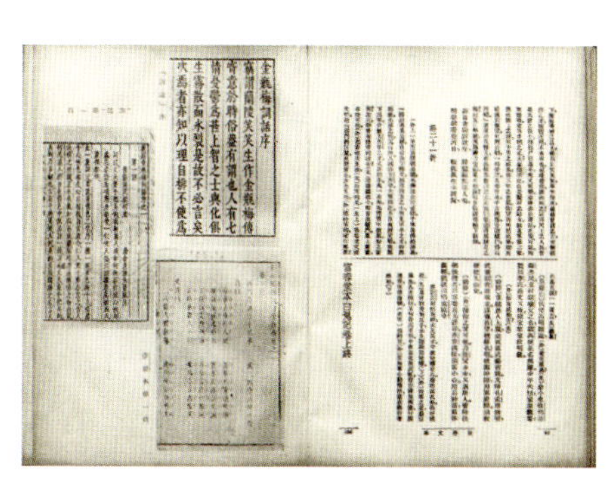

图 1-17-1 《世界文库》，上海生活书店，1935 年版

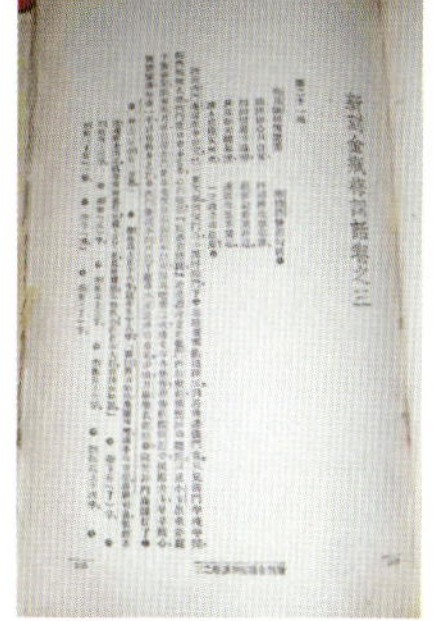

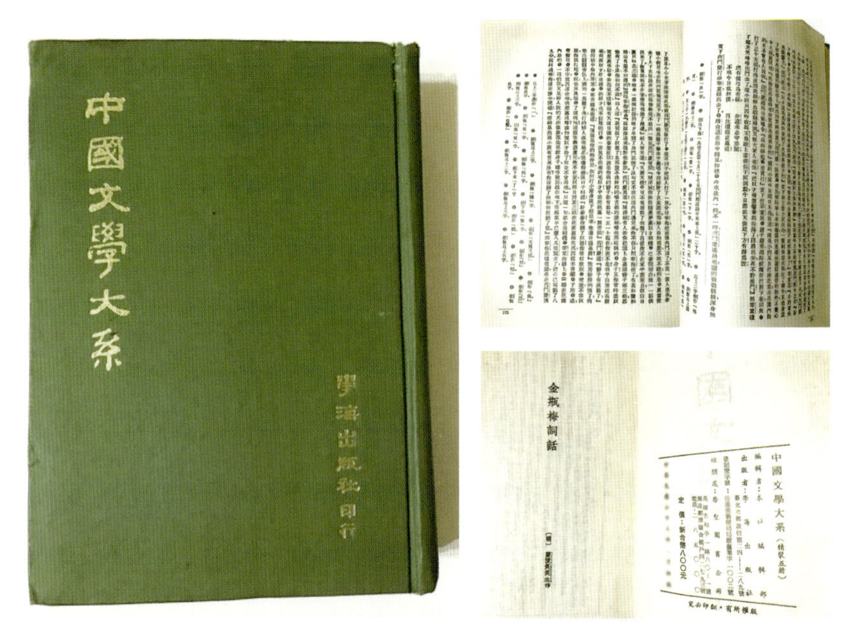

图 1-17-2 《中国文学大系》，台湾学海出版社，第五册版

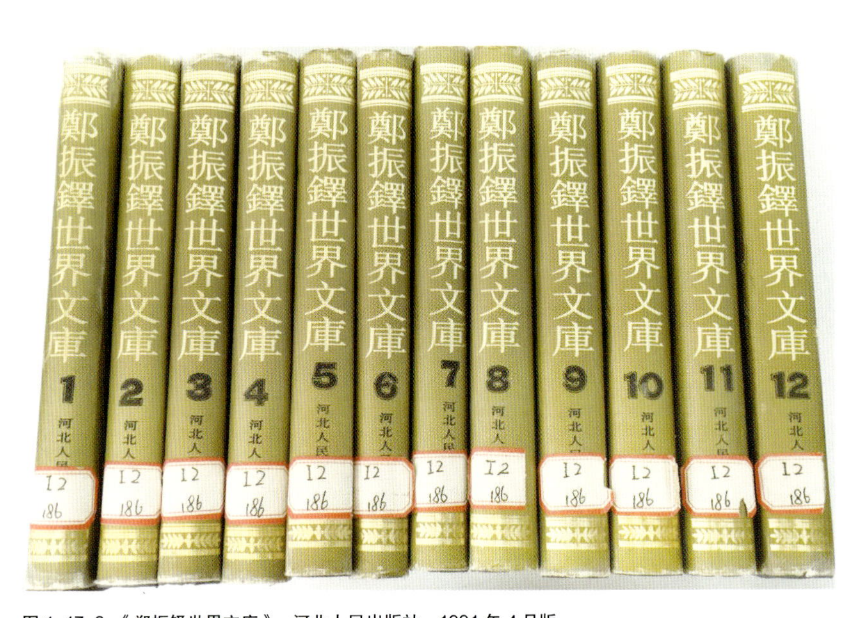

图 1-17-3 《郑振铎世界文库》，河北人民出版社，1991 年 4 月版

1-18 《金瓶梅词话》施蛰存校本（整理本）

施蛰存（1905—2003），原名施德普，字蛰存，常用笔名施青萍、安华等，浙江杭州人。著名文学家、翻译家、教育家，先后在多所大学任教。博学多才，兼通古今中外，在文学创作、古典文学研究、碑帖研究、外国文学翻译方面均有成绩。1935 年受上海杂志公司老板张静庐委托点校《金瓶梅词话》。

1. 上海杂志公司 1935 年 10 月初版。施蛰存校点。全五册。32 开平装。沈尹默题签。扉页左下标注：据明万历本排印 / 贝叶山房张氏藏版。删除秽语，并注明删节字数。沈尹默先生题写书名。每册前收录《清宫珍宝皕美图》4 页 8 面，共计 40 幅。封面有土黄色、淡蓝色、淡绿色等多种样式。归属《中国文学珍本丛书》第一辑第七种。施蛰存校本多次再版，影响较大。（图 1-18-1）

2. 贝叶山房 1936 年 7 月一版。施蛰存校点。上下两册，32 开平装。红色封面。版权页署：出版者 / 贝叶山房；总发行所 / 六合出版公司。归属《中国文学珍本丛书》。内容与上海杂志公司版一致。（图 1-18-2）

3. 贝叶山房 1947 年 5 月一版。施蛰存校点。上下两册，32 开平装。绿色封面。版权页署：出版者 / 贝叶山房；总发行所 / 上海杂志公司、文友书店、光明书局、正义书局。四家联合发行。归属《中国文学珍本丛书》。内容与上海杂志公司版一致。（图 1-18-3）

4. 台湾四维书局 1955 年 5 月初版。施蛰存校点。32 开，精装 2 册或平装 4 册。大方书局发行。影印上海杂志公司版，插图未收。（图 1-18-4）

5. 台湾文友书局 1956 年版。精装 1 册。影印上海杂志公司版。（图 1-18-5 阙如）

6. 香港光华书店约 20 世纪 50 年代出版。书中没有具体出版日期。施蛰存校点。上下两册，32 开平装。扉页左下标注：据明万历本排印 / 贝叶山房张氏藏版。内容与上海杂志公司版一致。（图 1-18-6）

图 1-18-1 《金瓶梅词话》，施蛰存校本，上海杂志公司，1935 年 10 月初版

图 1-18-1 《金瓶梅词话》，施蛰存校本，上海杂志公司，1935 年 10 月初版

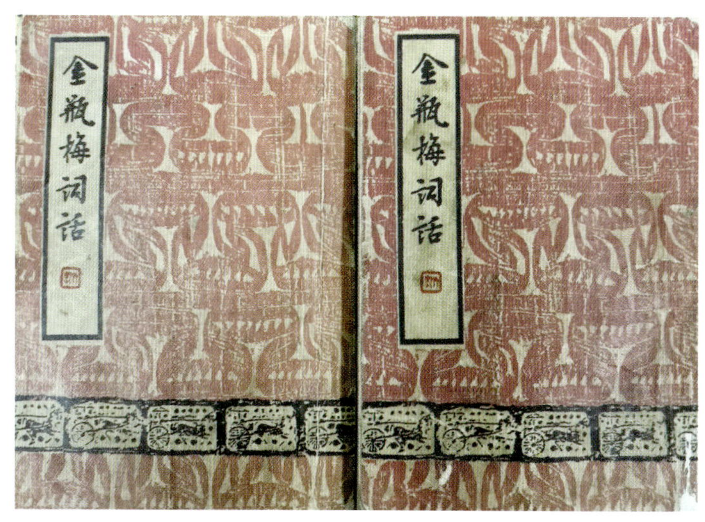

图 1-18-2 《金瓶梅词话》，贝叶山房，1936 年 7 月一版

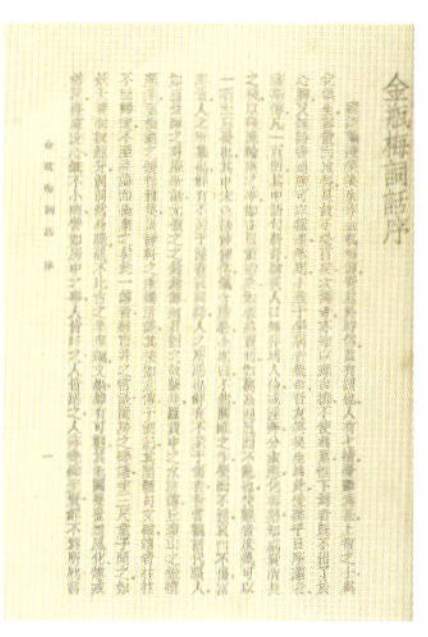

图 1-18-3 《金瓶梅词话》，贝叶山房，1947 年 5 月一版

图 1-18-4 《金瓶梅词话》，施蛰存校本，台湾四维书局，1955 年 5 月初版

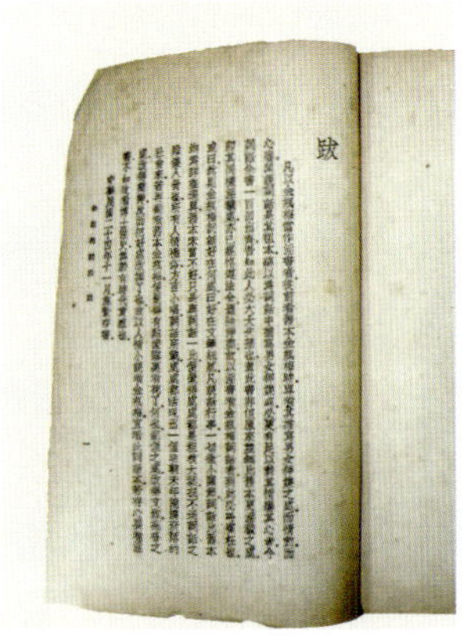

图 1-18-6 《金瓶梅词话》，香港光华书店，约 20 世纪 50 年代出版

1-19 《金瓶梅词话》上海中央书店（整理本）

1. 灰色封面。上海中央书店 1935 年 11 月 30 日初版。沈亚公校订。全 6 册，正文 5 册，附图 1 册，收录明崇祯本插图 200 幅。32 开平装。封面题：新标点　社会长篇小说 / 明刻全图精印 / 金瓶梅词话。扉页题：国学珍本文库 / 第一集 / 赠品 / 襟霞阁主人重刊。属《国学珍本文库》第一集。版权页署：襟霞阁主人印行；虞山沈亚公校订。正文删除秽语。中央书店另外刊行过一种《金瓶梅删文补遗》，作为此书的附属品。再版有精装 2 册本。民国以上海中央书店、襟霞阁主人名义印行的还有《古本金瓶梅》，属《第一奇书》系统。（图 1-19-1）

2. 黄色封面。上海中央书店 1935 年 11 月 30 日初版。另有一种版权为 1936 年 2 月 20 日初版。前后差三个月都是初版，也许是改版失误导致。封面题：明版全图 / 金瓶梅词话。印有彩色人物图。扉页及正文与灰色封面版完全一致。（图 1-19-2）

沈亚公，即平襟亚（1892—1980），名衡，赘于沈家，又名沈亚公，笔名襟霞阁主人、襟亚阁主、秋翁、网蛛生等，江苏常熟人。近代上海滩著名的小说家兼出版商，鸳鸯蝴蝶派的健将。开办中央书店和万象书屋，写文章，办报纸，风靡一时。据施蛰存《杂谈金瓶梅》记载，平襟亚与上海杂志公司的张静庐商定，将中央书店率先排印的“词话本”纸版送给上海杂志公司先印一版，张静庐负担全部费用。但后因错漏较多而改用施蛰存校本。后上海杂志公司将重排的纸版送回中央书店，中央书店再出版发行。据此，上海中央书店与杂志公司的《金瓶梅词话》实属同一版本。

3.《金瓶梅词话》香港文海出版社 1963 年再版。沈亚公校订。重印上海中央书店版。称“足本金瓶梅词话”。（图 1-19-3 阙如）

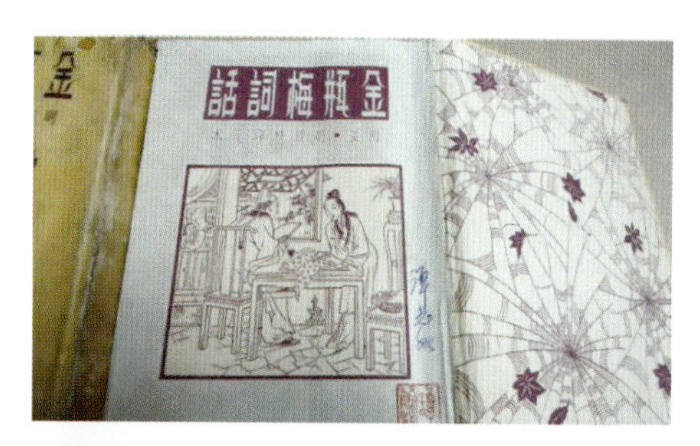

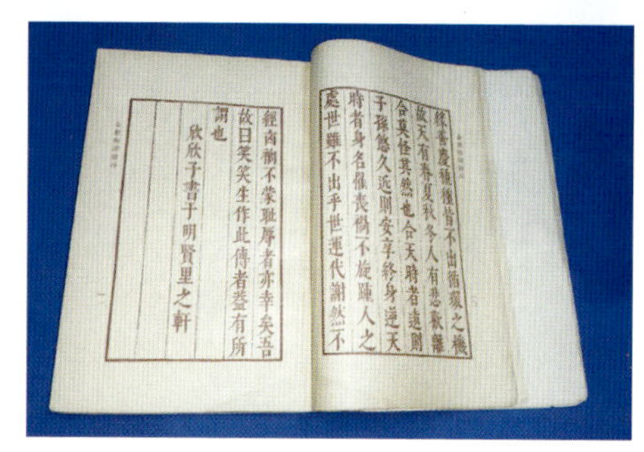

图 1-19-1 《金瓶梅词话》，上海中央书店，1935 年 11 月初版

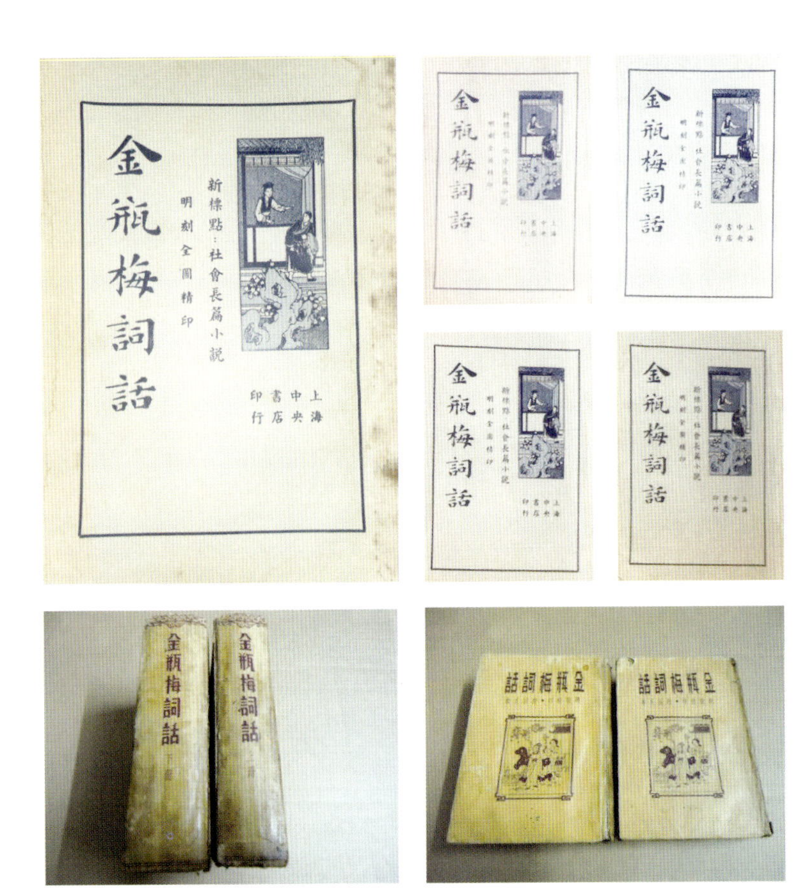

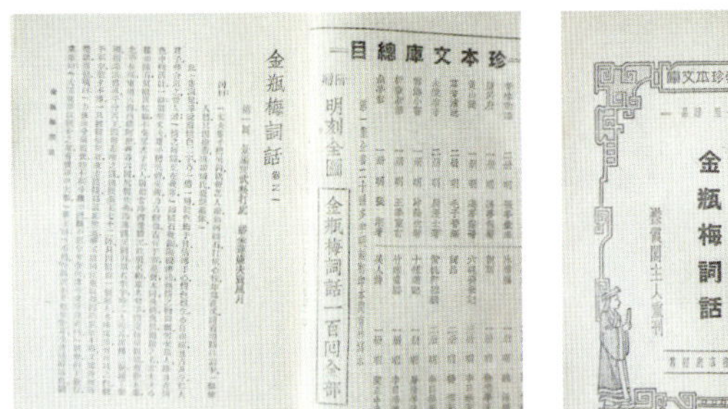

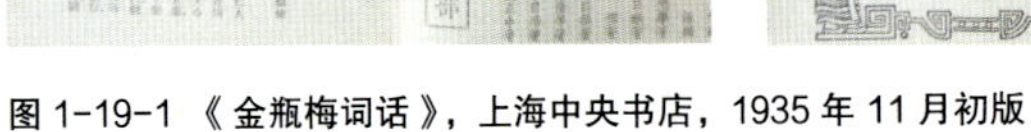
图 1-19-1 《金瓶梅词话》，上海中央书店，1935 年 11 月初版

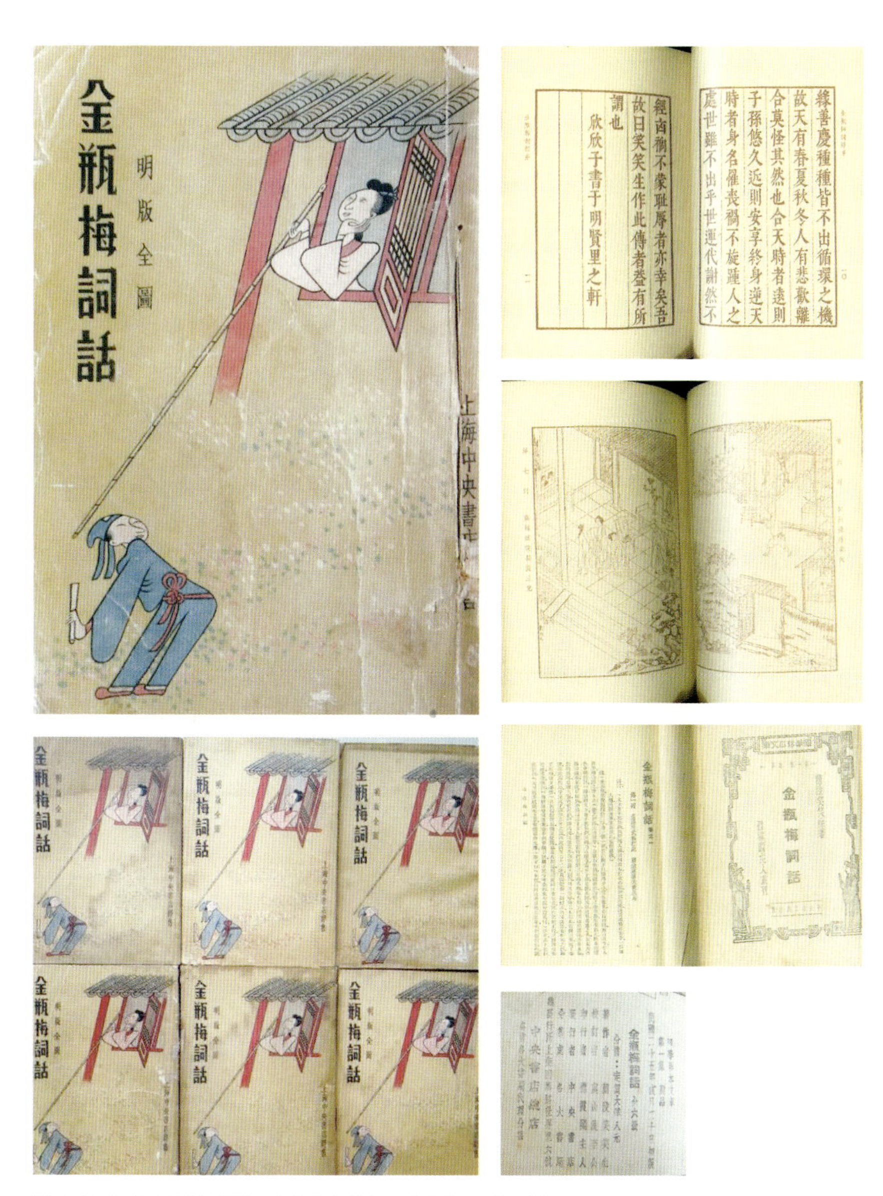

图 1-19-2 《金瓶梅词话》，上海中央书店，1935 年 11 月初版

1-20 《金瓶梅词话》“新京”艺文书房（整理本）

“新京”艺文书房 1942 年 12 月版。全 20 册，平装。收入《鉴赏丛书》。著作人署名赵振兴，当为此书整理者。前有郑振铎《谈〈金瓶梅词话〉》，后附施蛰存《跋》、各家《评论与考证》。此书于伪满洲国“康德”九年在长春发行。（图 1-20）

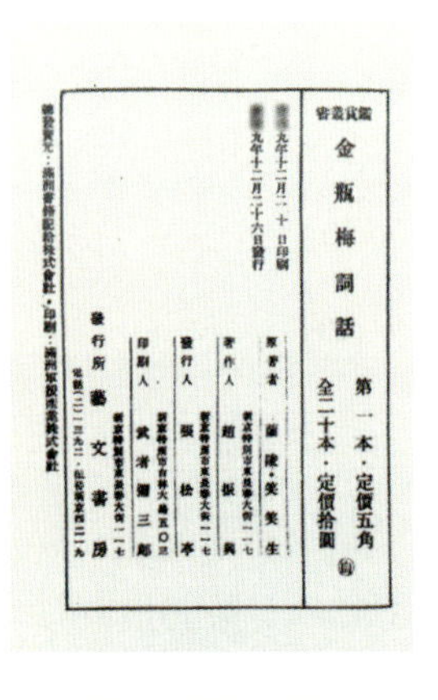
鑑賞叢書
金瓶梅詞話
第一本・定價五角
全二十本・定價拾圓
九年十二月二十日印刷
九年十二月二十六日發行
原著者 蘭陵・笑笑生
著作人 趙振興
發行人 張松本
印刷人 武者卯三郎
發行所 藝文書房

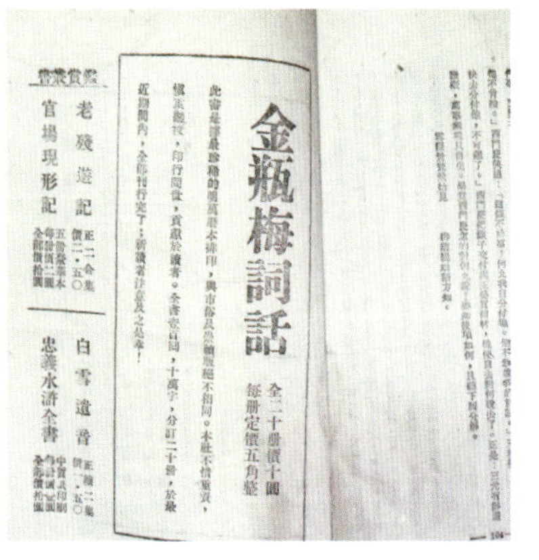
鑑賞叢書
老殘遊記
官場現形記
白雪遺音
忠義水滸全書
金瓶梅詞話
全二十册價十圓
每册定價五角整

第六十二回 潘道士解禳祭燈法 西門慶大哭李瓶兒

行藏虛實自家知， 禍福因由更問誰？
善惡到頭終有報， 只爭來早與來遲。
閒中點檢平生事， 靜裏思量日所爲。
常把一心行正道， 自然天理不相虧。

話說西門慶，見李瓶兒服藥治療無效，求神問卜發課，皆有凶無吉，無法可處。初時李瓶兒，還扎挣，梳頭洗臉，還自己下炕來，坐淨桶。次後漸漸飲食減少，形容消瘦，下邊流之不止。那消幾時，把個花朵來人兒，瘦得來不好看，也不往前走了，只在床褥上，鋪墊草紙，恐怕人嫌穢惡，教了兩個丫頭點著安息香在房中。西門慶見他胳膊兒瘦的銀條兒相似，守著在房內哭泣。衙門中隔日去走一走。李瓶兒便道：「我的哥，你還往衙門中去，只怕誤了你公事！我不妨事，只吃下邊流的虧，若得止住不流了，再把口裏放開，吃下些飲食兒就好了。你男子漢，常絆住你在房中守著我做甚麼？」西門慶哭道：「我的姐姐，我見你不好，心中捨不的你。」李瓶兒道：「好傻子，只不死，死將來你攔的住那些？」又道：「我有句話兒對你說，也沒與你說。我不知怎的，但沒人在房裏，心中只害怕，恰似影影綽綽，有人在我跟前一般。夜裏要便夢見他，恰似好時的，拿刀弄杖，和我廝嚷，孩子也在他懷裏，我去奪，反被他推

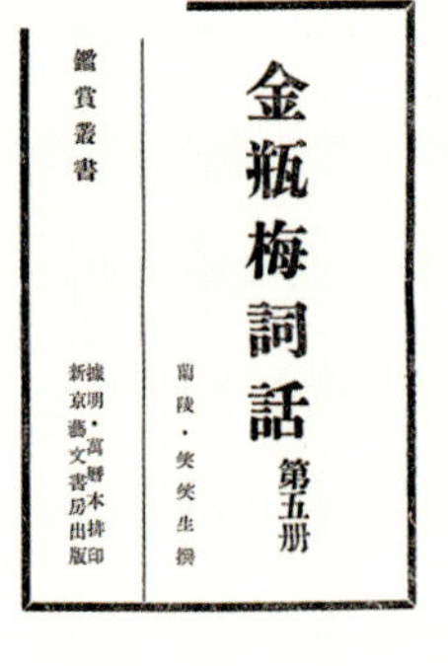
金瓶梅詞話 第五册
蘭陵・笑笑生撰
鑑賞叢書
據明・萬曆本排印
新京藝文書房出版

图 1-20 《金瓶梅词话》，“新京”艺文书房，1942 年 12 月版

1-21 《古本金瓶梅词话》启明书店（整理本）

1. 台湾启明书店 1960 年 6 月版。1961 年再版。精装 1 册。100 回。删除秽语。根据卷首之《金瓶梅词话介绍》，本书前 33 回据万历本排印，并将与崇祯本不同的地方予以注明，后半部自 34 回起，将崇祯本填补排印。而实际前 33 回即将《世界文库》版刊载之《金瓶梅词话》收集影印。删除文字以“□”标识，注明字数。后面则根据民国《真本 / 古本金瓶梅》补入。删节处以“……”标识，并于上下文做了润饰。每回收一幅插图，大部分是崇祯本，八张是《清宫珍宝皕美图》。归入《世界文学大系・中国之部・小说》。（图 1-21-1 阙如）

2.《中国文学大系》翻印本。台湾学海出版社 1976 年 1 月版。精装大 32 开。影印启明书店《古本金瓶梅词话》1960 年版。归入《中国文学大系》第五册。（图 1-21-2）

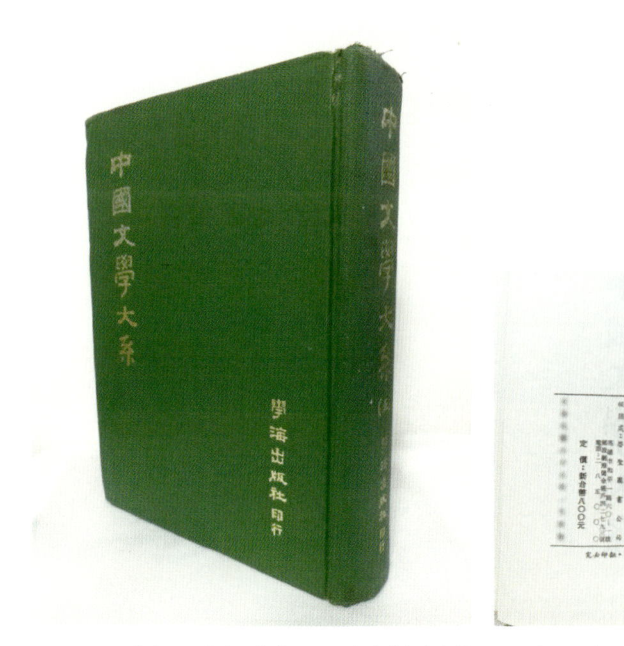

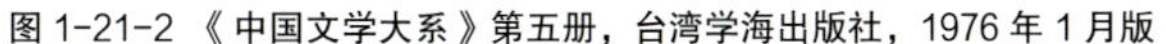
图 1-21-2 《中国文学大系》第五册，台湾学海出版社，1976 年 1 月版

1-22 《古本金瓶梅》文化图书公司（整理本）

台湾文化图书公司 1975 初版，精装 2 册，大 32 开。整理者不详。此版本虽然称《古本金瓶梅》，实为词话本。以 1933 年古佚小说刊行会本为底本整理。收录插图 200 幅，分插于每回之前。（图 1-22）

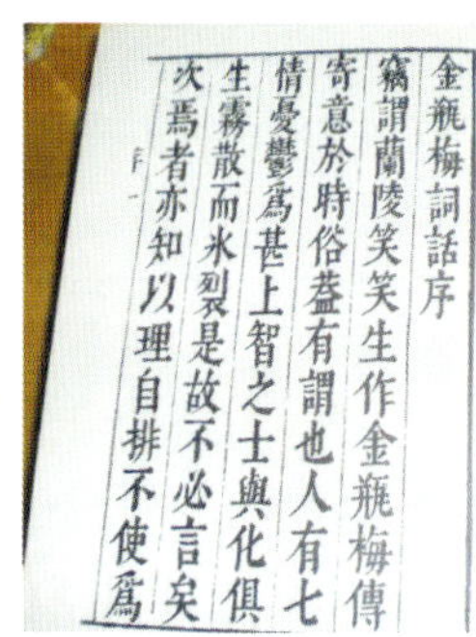

金瓶梅詞話序
竊謂蘭陵笑笑生作金瓶梅傳
寄意於時俗蓋有謂也人有七
情憂鬱爲甚上智之士與化俱
生霧散而氷裂是故不必言矣
次焉者亦知以理自排不使爲

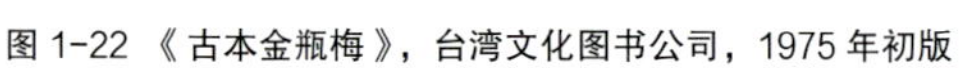

图 1-22 《古本金瓶梅》，台湾文化图书公司，1975 年初版

1-23 《金瓶梅》刘本栋校本（整理本）

刘本栋，山东峄县人。台湾省立员林实验中学师范科毕业，台湾师范大学国文系学士，国文研究所硕士。曾任国民小学教师，高中国文教员，大学讲师、副教授，现任台湾师范大学教授。著有《史记老庄申韩列传疏证》及《六十年来史记之研究》等。参与台湾十四院校六十教授合译的《白话史记》。与三民书局合作，校订《金瓶梅》词话本畅销海内外。此外还校订《拍案惊奇》《东周列国志》《东西汉演义》《隋唐演义》等多部古典小说。

1.《金瓶梅》台湾东大图书有限公司 1979 年 12 月初版。三民书局股份有限公司总经销。刘本栋校订；缪天华校阅。大 32 开，平装 1 册。绿色封面。采用词话本为底本，参校崇祯本、第一奇书本。改正错讹，删除秽语，增加简要注释。此书可读性较强，在海外长期流传，重印再版多次。（图 1-23-1）

2.《金瓶梅》台湾三民书局 1980 年 3 月，初版一刷，大 32 开，绿色或红色封面，平装上下册。刘本栋校订；缪天华校阅。《中国古典名著》丛书。书前有刘本栋《引言》《金瓶梅考证》《金瓶梅原序》。词话本书影 7 页（四拼页）、崇祯本插图 2 幅。（图 1-23-2）

3.《金瓶梅》台湾三民书局股份有限公司 1983 年 8 月修订初版，大 32 开，平装 1 册。1991 年 3 月，修订再版，大 32 开，漆布面精装 1 册。（图 1-23-3）

4.《足本金瓶梅》香港文城出版社 1988 年 5 月版。利通图书有限公司发行。大 32 开，平装 1 册。刘本栋校订；缪天华校阅。将三民书局版删节之处补入。封面、书脊称“足本金瓶梅”，版权页称“金瓶梅”。附《金瓶梅考证》。另有一版，版权日期相同，封面、书脊题“中国古典名著 / 金瓶梅”。（图 1-23-4 阙如）

5.《足本金瓶梅》香港风华出版事业公司 1988 年 5 月第一版；1991 年 10 月第三版。利通图书有限公司发行。大 32 开，精装 1 册。刘本栋校订；缪天华校阅。将三民书局版删节之处补入。封面题“足本金瓶梅”；书脊题“中国古典文学 / 足本金瓶梅”。书前有刘本栋《引言》《金瓶梅考证》。（图 1-23-5）

6.《金瓶梅》台湾三民书局股份有限公司 2007 年 7 月，三版一刷，大 32 开，平装上下册。不断重印。（图 1-23-6）

图 1-23-1 《金瓶梅》，台湾东大图书有限公司，1979 年 12 月

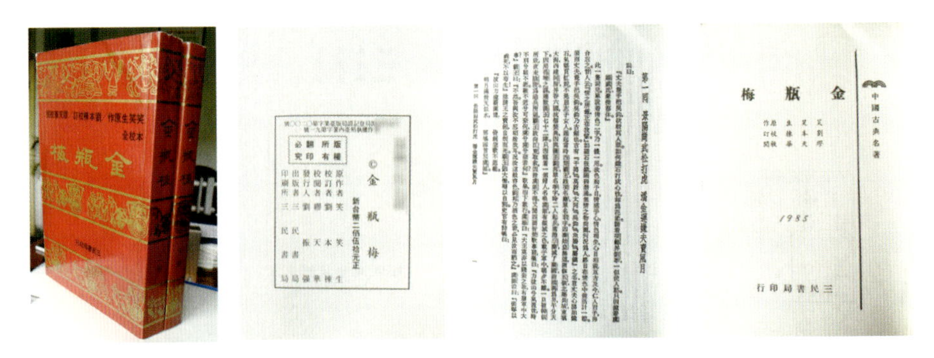

图 1-23-2 《金瓶梅》，台湾三民书局，1980 年 3 月版

图 1-23-3 《金瓶梅》，台湾三民书局，1991 年 3 月版

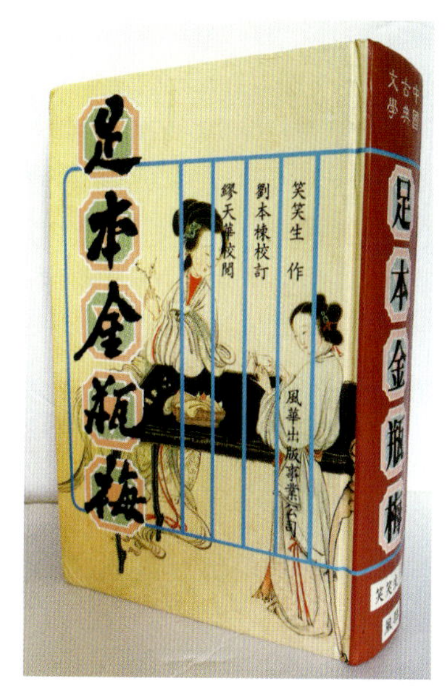

图 1-23-5 《足本金瓶梅》，香港风华出版事业公司

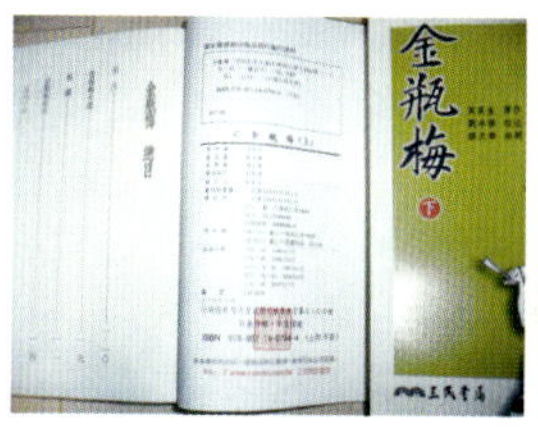

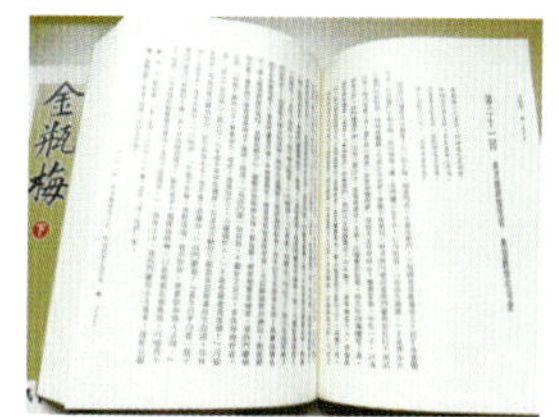

图 1-23-6 《金瓶梅》，台湾三民书局，2007 年 7 月版

1-24 《金瓶梅词话》《金瓶梅词话注释》魏子云校本（整理本）

魏子云（1918—2005），安徽宿县人，古典小说研究专家，金学专家。国学基础深厚。抗战军兴，投笔从戎。1949年到台湾，后转任教职。学术、戏曲、写作三领域都有所成就，尤其以与《金瓶梅》相关作品最著名，出版专著近20种。曾主编《青溪月刊》《文学思潮》等杂志。2014年9月后人整理出版《魏子云著作集·金学卷》。（图 1-24）

1.《金瓶梅词话》台湾增你智文化事业有限公司1980年12月版，精装3册；《金瓶梅词话注释》台湾增你智文化事业有限公司1981年5月版，精装3册。魏子云校注。大32开，共计精装6册。足本无删节。收录崇祯本绣像插图200幅，分插于每回之前。首有原版书影若干，以及侯健《金瓶梅论》、毛子水《金瓶梅词话序》、魏子云《论金瓶梅这部书——导读》。魏子云此版校订精良，影响很大。后续有较多翻印版。（图 1-24-1）

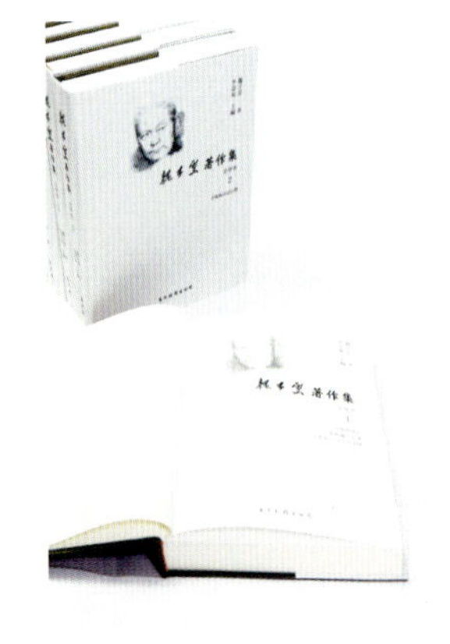

图 1-24 《魏子云著作集·金学卷》

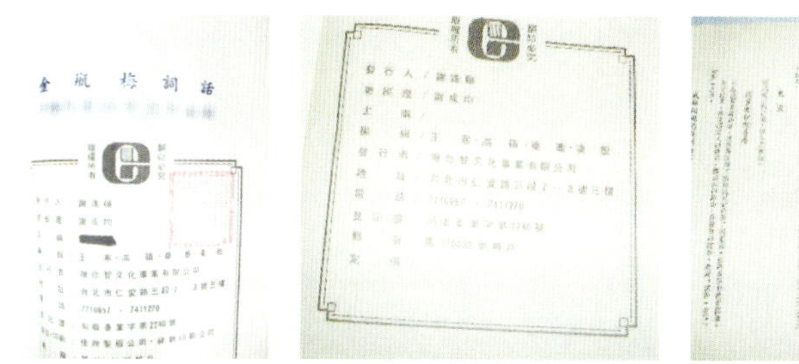

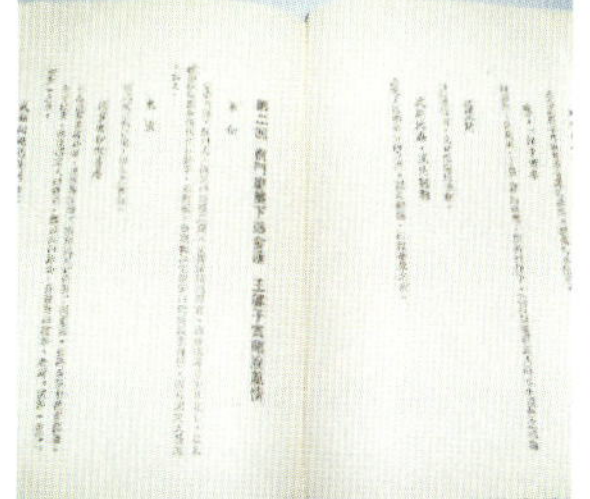

图 1-24-1 《金瓶梅词话》《金瓶梅词话注释》，台湾增你智文化事业有限公司，1980 年 12 月版

图 1-24-2 《金瓶梅词话注释》，台湾学生书局，1984 年 7 月初版

2.《金瓶梅词话注释》台湾学生书局 1984 年 7 月初版、1986 年 5 月再版。魏子云著。全两册，精装大 32 开。只对书中内容词句进行注释，没有正文。修订增你智版错讹。归入《中国小说研究丛刊》。(图 1-24-2)

3.《金瓶梅词话注释》中州古籍出版社 1987 年 7 月初版 (图 1-24-3-1)；1988 年 12 月出增订本 (图 1-24-3-2)，附《瓶外卮言》。魏子云著。全二册。大 32 开平装。

图 1-24-3-1 《金瓶梅词话注释》，中州古籍出版社，1987 年版

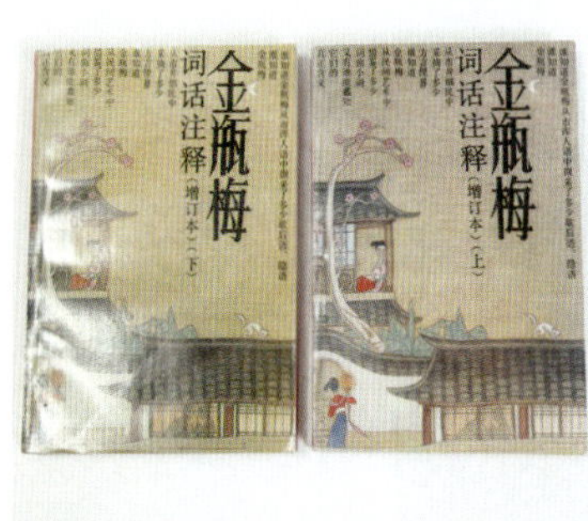

图 1-24-3-2 《金瓶梅词话注释》，中州古籍出版社，1988 年 12 月增订本

4.《绣像金瓶梅词话》台湾雪山图书有限公司 1992 年 9 月版，1993 年 5 月再版，大 32 开，精装 3 册，配插函。封面题：故宫珍藏版本 / 绣像金瓶梅 / 全回本 / 完整版。书前收《风月尘缘——话金瓶梅》；正文收崇祯本插图 200 幅；书后附录《金瓶梅编年纪事》，此为魏子云所作，但未署名。此书据台湾增你智版正文三册翻印。归入《生活书系》23。（图 1-24-4）

5.《绣像金瓶梅词话》香港风华出版事业公司 1994 年 9 月版，大 32 开，精装或平装 3 册。未注明校注者。据台湾增你智版正文三册翻印。（图 1-24-5）

图 1-24-4 《绣像金瓶梅词话》，台湾雪山图书有限公司，1992 年版

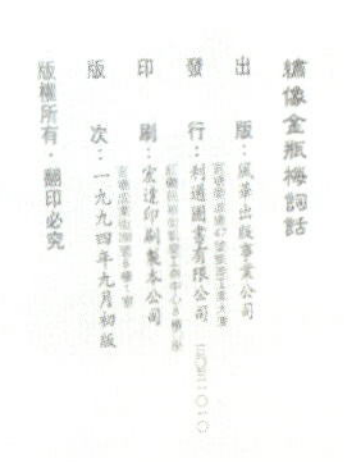
繡像金瓶梅詞話

出　版：風華出版事業公司

發　行：利通圖書有限公司

印　刷：宏達印刷製本公司

版　次：一九九四年九月初版

版權所有・翻印必究

图 1-24-5 《绣像金瓶梅词话》，香港风华出版事业公司，1994 年 9 月版

6.《金瓶梅词话》台湾正欣出版（正一书局），年代不详。版权页标注：零售　正一书局。大32开，蓝色封面精装1厚册。足本。插图200图。目录页题注：天下第一奇书——金瓶梅词话。据台湾增你智版正文三册翻印。（图1-24-6）

7.《真本金瓶梅词话》台湾大元文化事业公司出版，年代不详。大32开，精装2册。书前收插图若干幅。书中未说明整理者，实据台湾增你智版正文三册翻印。（图1-24-7）

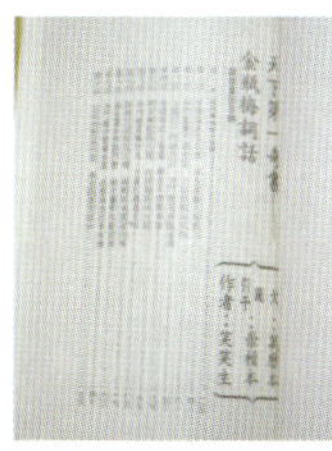

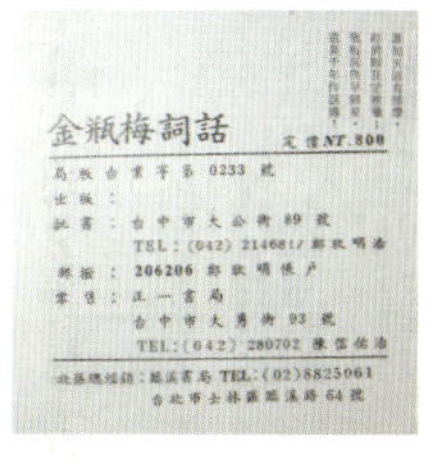
金瓶梅詞話　定價NT.300

TEL：(042) 2146817

206206

正一書局

TEL：(042) 280702

TEL：(02)8825061

图1-24-6《金瓶梅词话》，台湾正欣出版

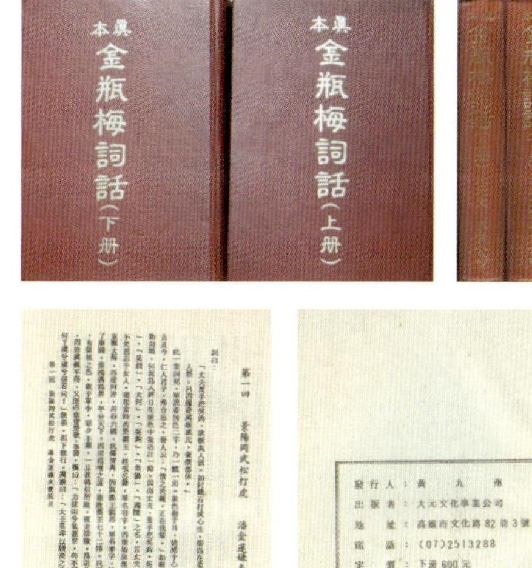

發行人：黃九

出版者：大元文化事業公司

地址：高雄市文化路82巷3號

電話：(07)2513288

定價：下册600元

图1-24-7《绣像金瓶梅词话》，台湾大元文化版

8.《绣像金瓶梅词话》出版机构、年代不详，约为 90 年代前后。大 32 开，漆布面，分为棕黄色、红色、蓝色，硬精装 3 册。封面题：明万历原刊 / 清故宫珍藏 / 绣像金瓶梅词话。装帧较为精良。完全翻印增你智版正文三册。（图 1-24-8）

9.《珍本金瓶梅》出版机构、年代不详，约为 90 年代前后。大 32 开，漆面精装 3 册，配插函。封面题：中国古典文学名著 / 珍本金瓶梅。书为棕黄色硬壳封皮，翻印增你智版正文三册，并将崇祯本第一回“西门庆热结十兄弟”改为“引子”置于第一回前。（图 1-24-9）

金瓶梅詞話序
竊謂蘭陵笑笑生作金瓶梅傳寄意於時俗蓋有謂也人有七情憂鬱爲甚上智之士與化俱生霧散而冰裂是故不必言矣次焉者亦知以理自排不使爲

图 1-24-8 《绣像金瓶梅词话》，台湾翻印增你智版

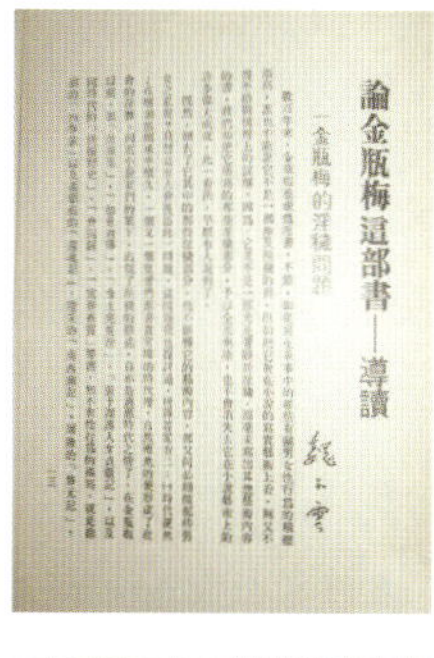
論金瓶梅這部書——導讀

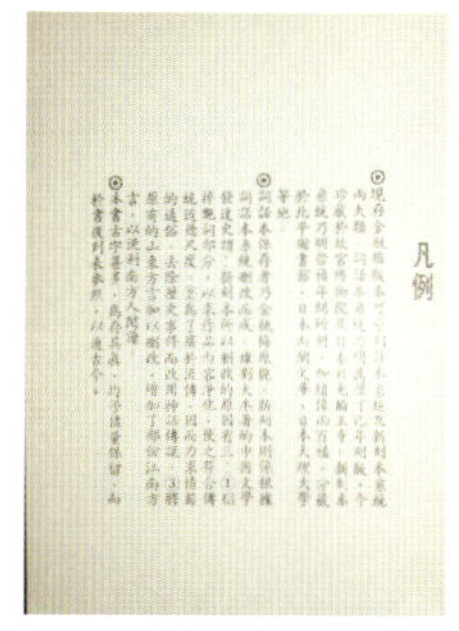
凡例

图 1-24-8 《绣像金瓶梅词话》，台湾翻印增你智版

图 1-24-9 《珍本金瓶梅》，台湾翻印增你智版

1-25 《金瓶梅词话》戴鸿森校本（整理本）

1. 人民文学出版社 1985 年 5 月版，戴鸿森校点、注释。全三册，平装 32 开。首印 10000 套，定价 12 元。收入《中国小说史料丛书》。收有木刻插图 36 幅，全书共删 19174 字。这是新中国成立以来第一次公开出版的《金瓶梅词话》。（图 1-25-1）

2. 人民文学出版社 1989 年 7 月版，戴鸿森校点、注释。上下册，精装大 32 开。附插图 35 幅，删节 19174 字。定价 55 元。（图 1-25-2）

3. 香港中国图书刊行社 1986 年 2 月版。戴鸿森校点。大 32 开精装 1 册。据人民文学出版社 1985 年版重印，仍使用简体字。（图 1-25-3）

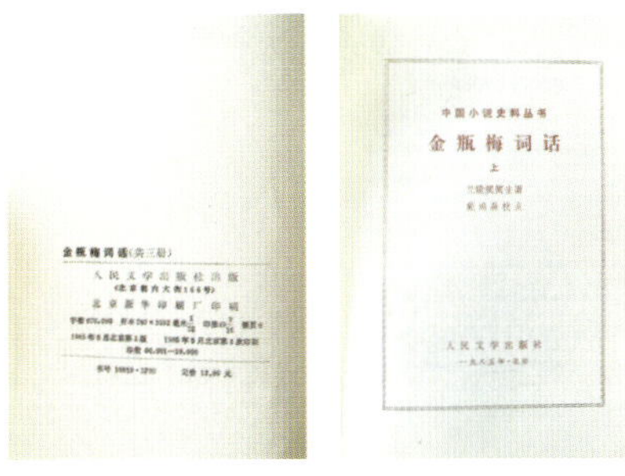

图 1-25-1 《金瓶梅词话》，戴鸿森校本，人民文学出版社，1985 年 5 月版

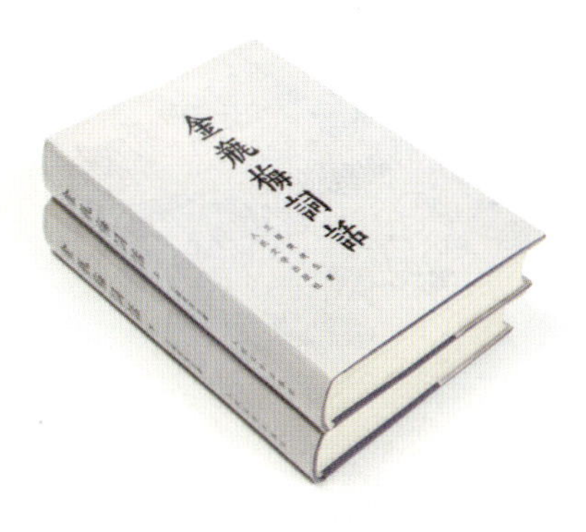

图 1-25-2 《金瓶梅词话》，人民文学出版社，1989 年 7 月版

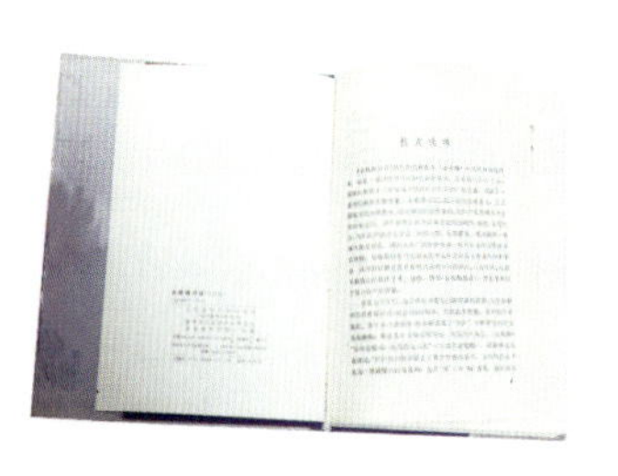

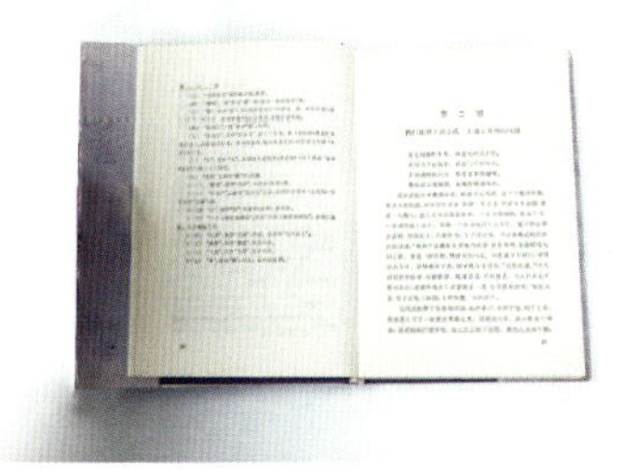

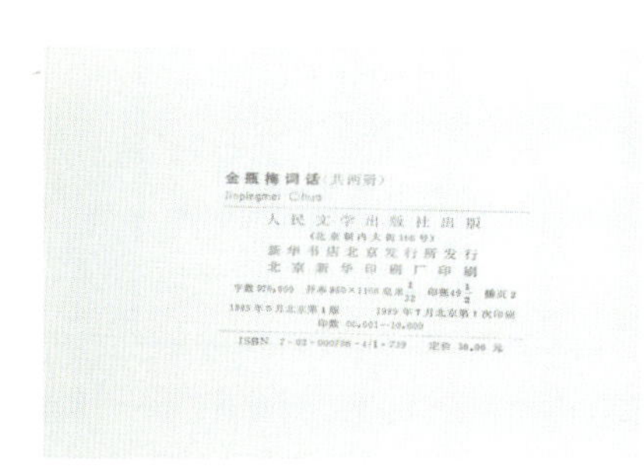

金瓶梅词话（共两册）
Jinpingmei Cihua

人民文学出版社出版
（北京朝内大街166号）
新华书店北京发行所发行
北京新华印刷厂印刷
字数 [illegible] 开本 850×1168 毫米 1/32 印张 49 1/2 插页 2
1985年5月北京第1版 1989年7月北京第1次印刷
印数 00,001—10,000

ISBN 7-02-000786-4/I·739 定价 38.00 元

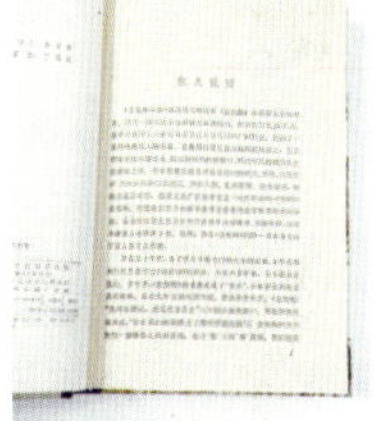

图 1-25-2 《金瓶梅词话》，人民文学出版社，1989 年 7 月版

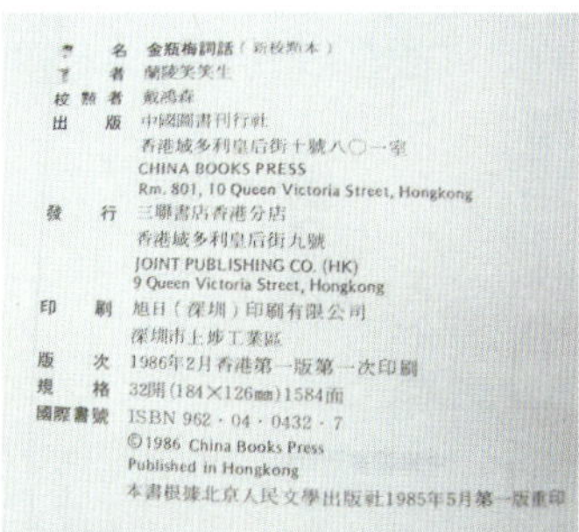

書　　名　金瓶梅詞話（新校點本）
著　　者　蘭陵笑笑生
校 點 者　戴鴻森
出　　版　中國圖書刊行社
　　　　　香港域多利皇后街十號八〇一室
　　　　　CHINA BOOKS PRESS
　　　　　Rm. 801, 10 Queen Victoria Street, Hongkong
發　　行　三聯書店香港分店
　　　　　香港域多利皇后街九號
　　　　　JOINT PUBLISHING CO. (HK)
　　　　　9 Queen Victoria Street, Hongkong
印　　刷　旭日（深圳）印刷有限公司
　　　　　深圳市上埗工業區
版　　次　1986年2月香港第一版第一次印刷
規　　格　32開（184×126mm）1584面
國際書號　ISBN 962・04・0432・7
　　　　　©1986 China Books Press
　　　　　Published in Hongkong
　　　　　本書根據北京人民文學出版社1985年5月第一版重印

图 1-25-3 《金瓶梅词话》，香港中国图书刊行社，1986 年翻印戴鸿森校本

1-26 《金瓶梅词话》梅节校本（整理本）

梅节（1928— ），原名梅挺秀，广东省台山人。1954年毕业于北京大学中文系，入光明日报社工作。1977年移居香港，现为香港梦梅馆总编辑，以从事《红楼梦》与《金瓶梅》研究著称。出版《红学耦耕集》（合著）。1985年起开始校订《金瓶梅词话》，前后在香港、台湾共出四版，足本未删节，校订精细，改动颇多，方家注释，以崇祯本插图配之，大行于世。此书以日本大安株式会社本为底本，另以古佚小说刊行会本、台湾联经本参校，并参考北京大学和日本内阁文库之《新刻绣像批评金瓶梅》、在兹堂本《皋鹤堂批评第一奇书金瓶梅》等众多版本，同时吸收国内外众多专家的研究成果而成。

1.《金瓶梅词话》全校本，梅节校点，无注释。香港星海文化出版有限公司1987年8月初版，平装4册，大32开。书后附录崇祯本插图200幅及《金瓶梅词话辞典》。此为梅节校订之《金瓶梅词话》第一版。（图1-26-1）

2.《梅节重校本金瓶梅词话》，梅节校订，陈诏、黄霖注释，香港梦梅馆1993年3月出版，平装4册，大32开。每回之前收录2幅崇祯本插图，共计200幅。此为梅节校订之《金瓶梅词话》第二版。纠正原书中千余处错误。（图1-26-2）

3.《梦梅馆校定本金瓶梅词话》，梅节校勘，陈少卿抄录，宣纸线装2函21册，16开，朱墨套印。收录崇祯本插图200幅，单独装订1册。香港梦梅馆于1999年、2001年、2010年三次印刷。每次200部，共计600部。前两次编号发行。因为手抄难免错讹，第二次印刷对第一次的错误用红字进行了修订。第三次印刷请陈少卿将错讹之处重新抄录，补入影印。需要说明的是第二次印刷梅节手书说明印数是150部，但实际印数仍然是200部。第三次印刷梅节手书说明编号发行，实际并未编号。此为梅节校订之《金瓶梅词话》第三版，再纠正之前原书中讹错几千处。（图1-26-3）

4.《梦梅馆校本金瓶梅词话》，梅节校订，陈诏、黄霖注释，台湾里仁书局2007年11月初版；2009年2月修订一版。精装3册，大32开。每回之前收录2幅崇祯本插图，共计200幅。此为梅节校订之《金瓶梅词话》第四版。（图1-26-4）

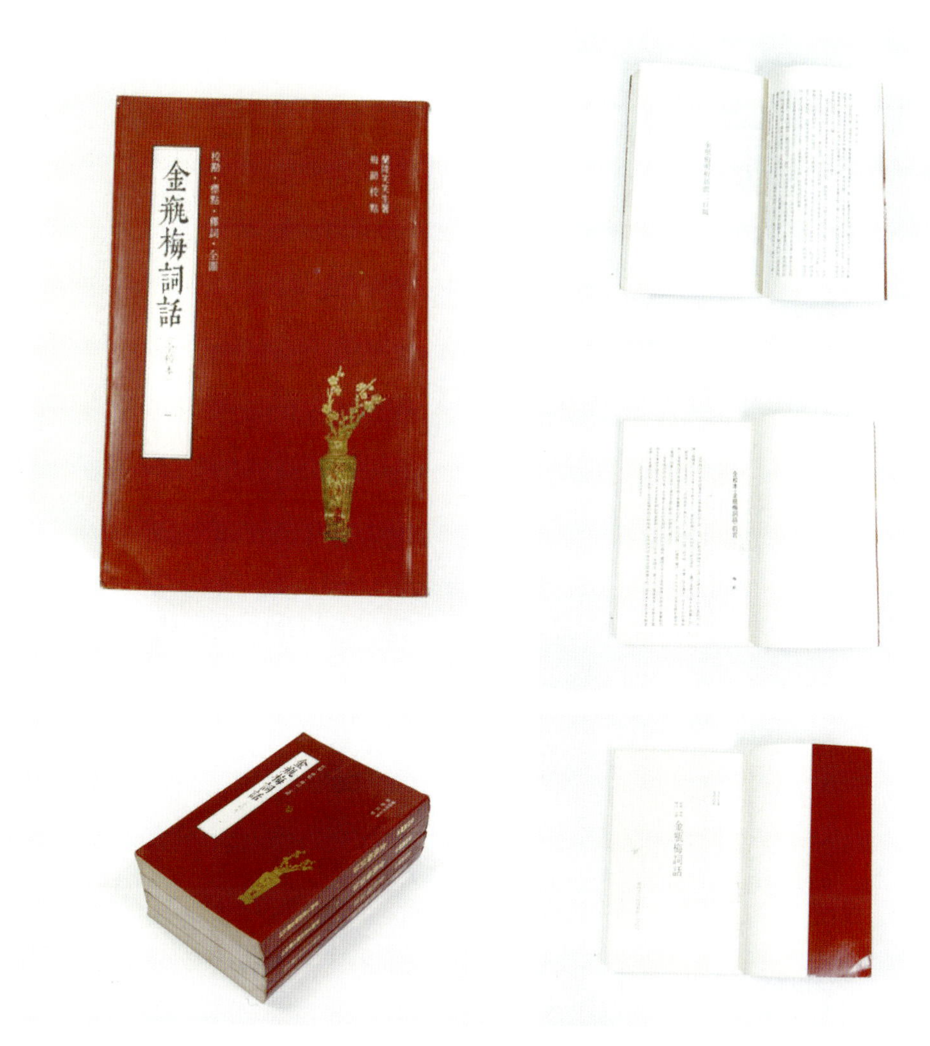

图 1-26-1　全校本《金瓶梅词话》，香港星海文化出版有限公司，1987 年版

图 1-26-1　全校本《金瓶梅词话》，香港星海文化出版有限公司，1987 年版

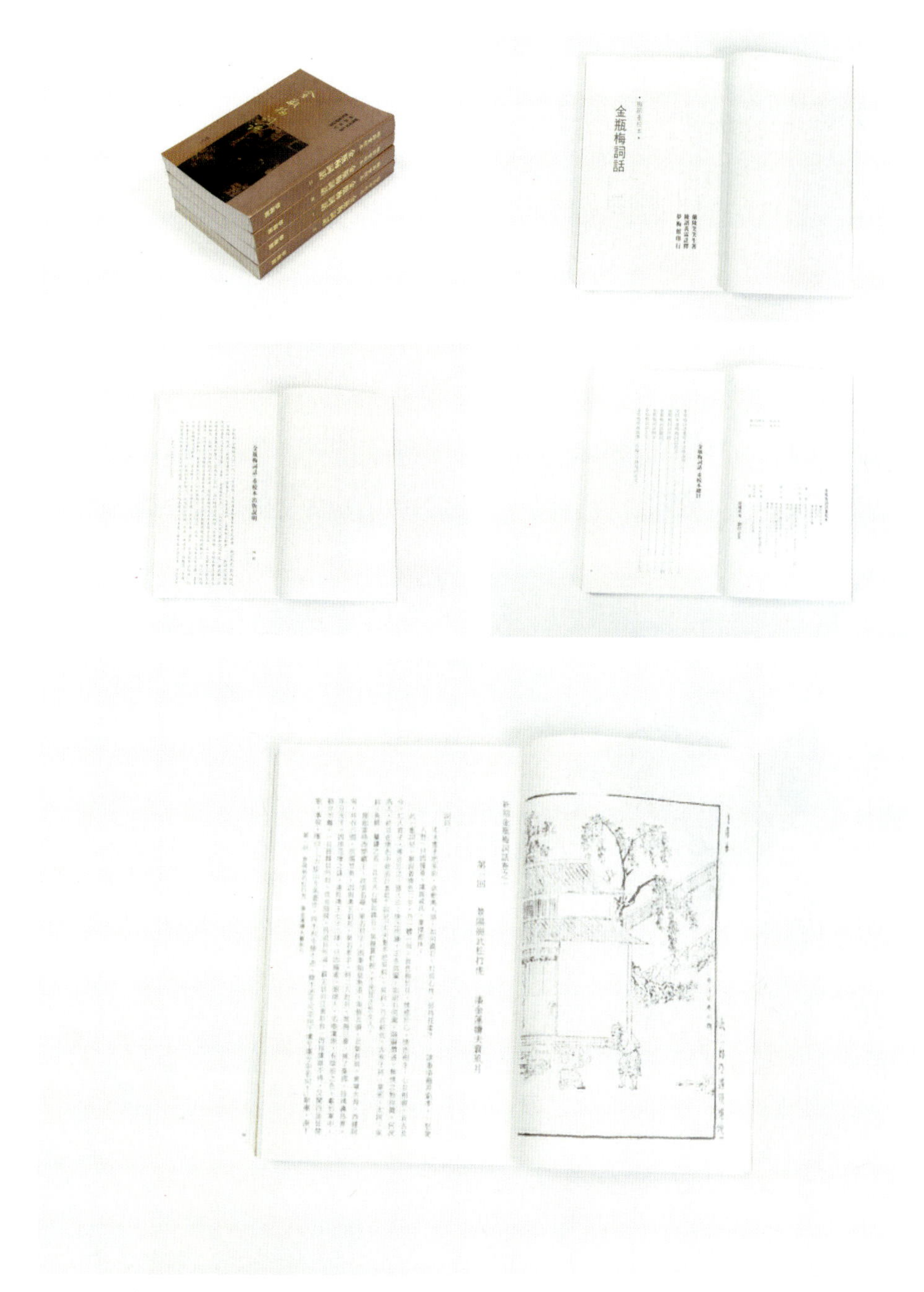

图 1-26-2 《梅节重校本金瓶梅词话》，香港梦梅馆，1993 年版

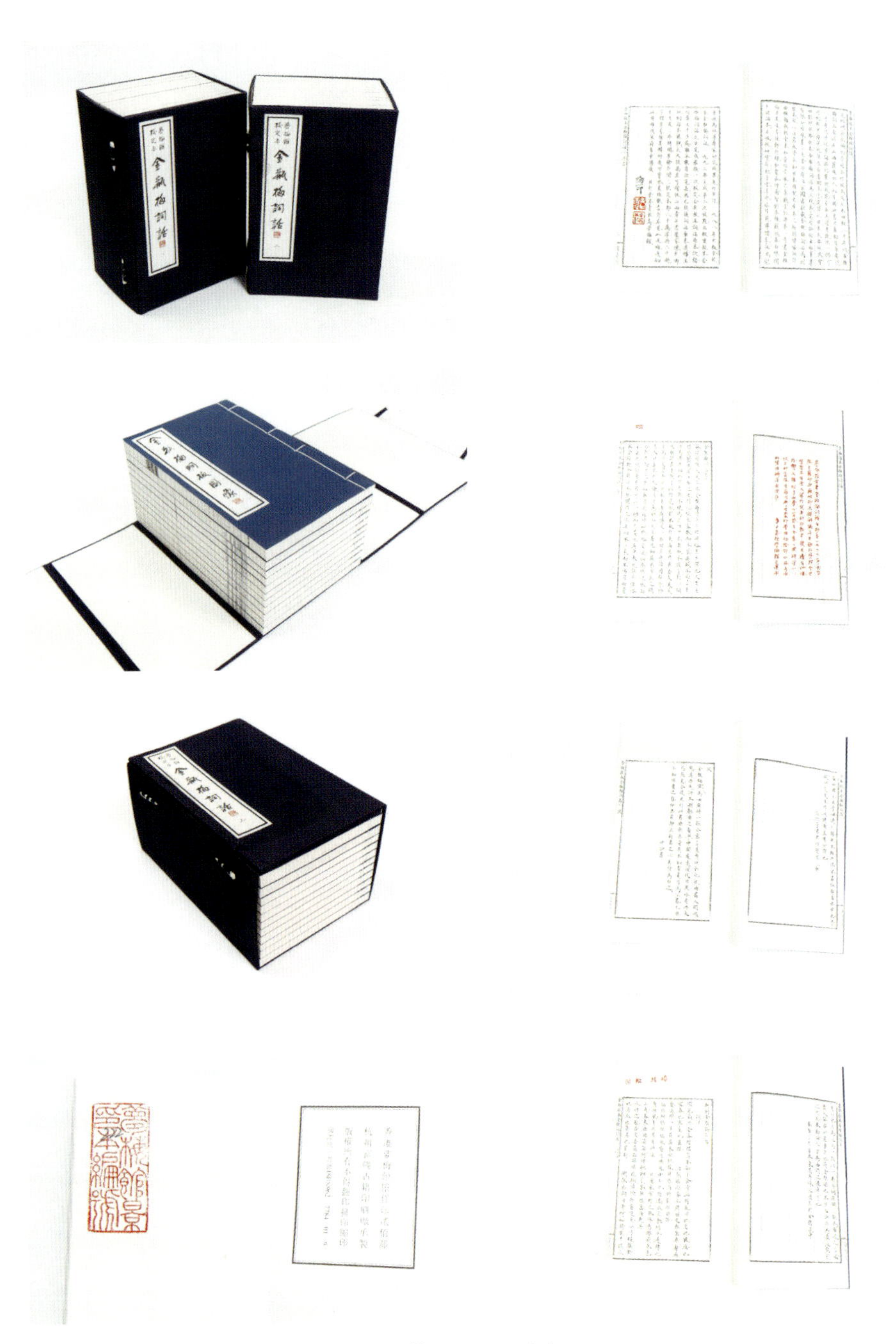

图 1-26-3 《梦梅馆校定本金瓶梅词话》，香港梦梅馆，2001 年版

图 1-26-4 《梦梅馆校本金瓶梅词话》，台湾里仁书局，2007 年 11 月初版

1-27 《金瓶梅词话》亚洲文化事业公司（整理本）

香港亚洲文化事业公司 1992 年 9 月版。平装全 4 册。大 32 开。张嘉龙编。封面题：金瓶梅词话 / 万历刻本全新重排；书脊与扉页标：真本新校 / 金瓶梅词话。扉页左下题：海洋文化服务社印行。根据《出版之前》，整理蓝本为古佚小说刊行会本。书后收录崇祯本插图 200 幅。（图 1-27）

图 1-27 《金瓶梅词话》，香港亚洲文化事业公司，1992 年 9 月版

1-28 《初刻本金瓶梅词话》艺苑出版社（整理本）

香港艺苑出版社 1993 年版，平装全 4 册。大 32 开。前有刘辉《叙言》，整理者未署名，略有删节。收录 200 幅《清宫珍宝皕美图》。（图 1-28）

图 1-28 《初刻本金瓶梅词话》，香港艺苑出版社，1993 年版

1-29 《绘图本金瓶梅词话》山西人民出版社（整理本）

山西人民出版社1993年1月版。上下两册，大32开；精、平装两种。潘犀、亚力、百石绘画。正文为删节本。插图采取连环画的形式，上图下文。白描绘图，手法简洁。（图1-29）

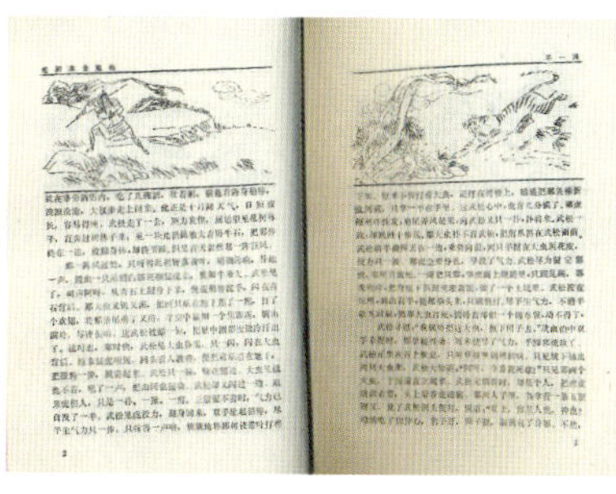

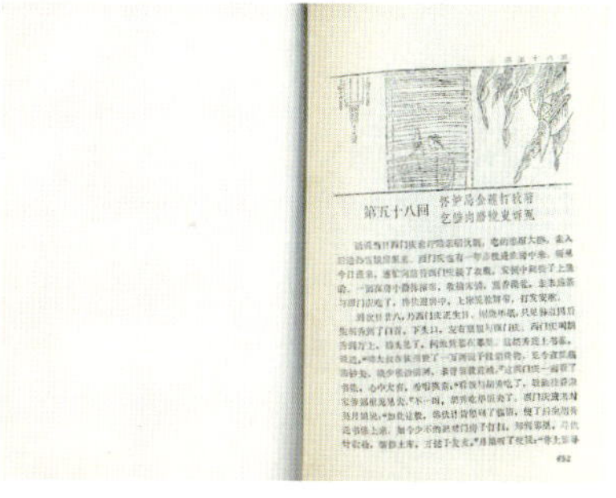

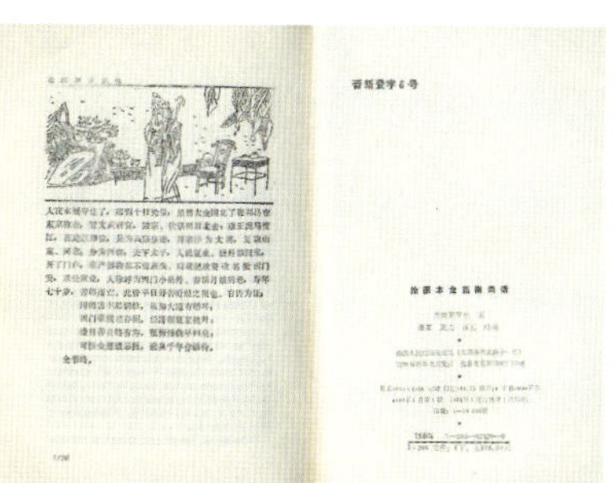

图1-29 《绘图本金瓶梅词话》，山西人民出版社，1993年1月版

1-30 《金瓶梅词话》白维国、卜键校本（整理本）

1.《金瓶梅词话校注》，冯其庸顾问，白维国、卜键校注。岳麓书社 1995 年 8 月版，平装全 4 册，大 32 开，外加函套，印量 3000 套。删节 2500 字左右。系以日本 1963 年的大安株式会社影印本为底本。注释较详尽。（图 1-30-1）

2.《全本详注金瓶梅词话》，白维国、卜键校注。人民文学出版社 2017 年 11 月版，精装全 6 册，小 16 开，外配书函。繁体竖排，全本无删节。系以日本 1963 年的大安株式会社影印本为底本，覆校联经影印本、文学古籍刊行社影印本等，并吸收已有校勘成果。本书注释翔实，涉及典章故实、职官称谓、释道方术、风俗游艺、建筑陈设、服饰饮食、医药生物、方言俗语、历史典故等，均注明出处。书前有冯其庸《校注金瓶梅词话序》《校注说

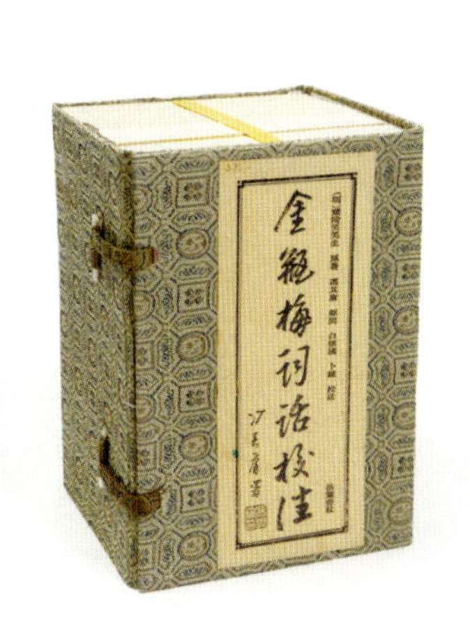

图 1-30-1 《金瓶梅词话校注》，岳麓书社，1995 年 8 月版

明》，书后附有卜键《在执政府大院的校书岁月》。此书是中国大陆出版的第一个《金瓶梅词话》点校本的足本。印数3000套。购买者须开具相关证明公函。（图 1-30-2）

白维国（1945—2015），生于吉林，中国社科院语言所研究员。研究方向为近代汉语词汇演变。著有《近代汉语词典》《古代小说百科大辞典》（主编之一）、《金瓶梅词典》《红楼梦语言词典》（著者之一）、《白话小说语言词典》《现代汉语句典》《红楼百问》《金瓶梅风俗谭》等。

卜键（1955—　），生于徐州，文学博士。曾任中国艺术研究院红楼梦研究所研究员、国家清史纂修领导小组办公室主任。著有《嘉靖皇帝传》《李开先传略》《李开先全集》《双舸榭重校评批金瓶梅》（点评）等十余种。

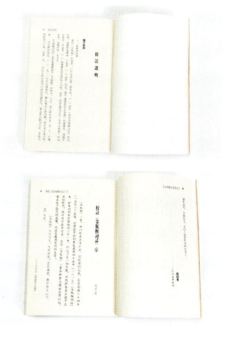

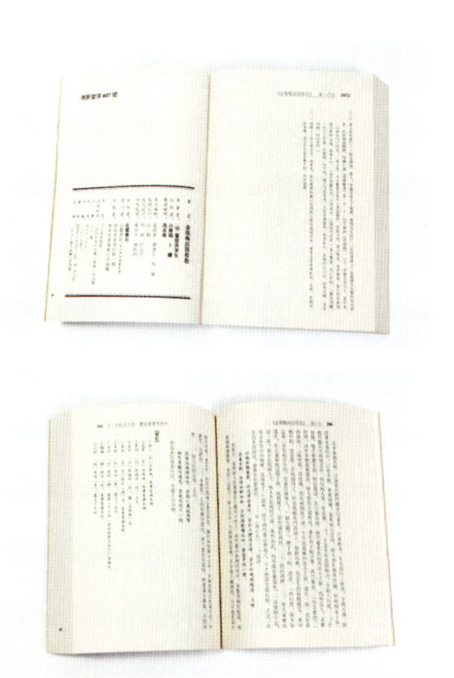

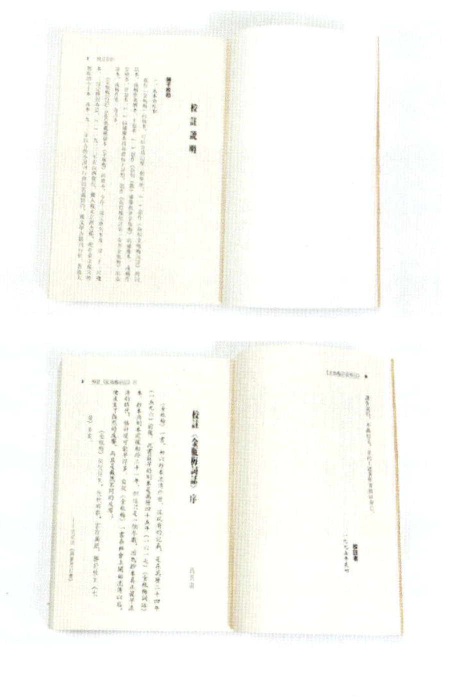

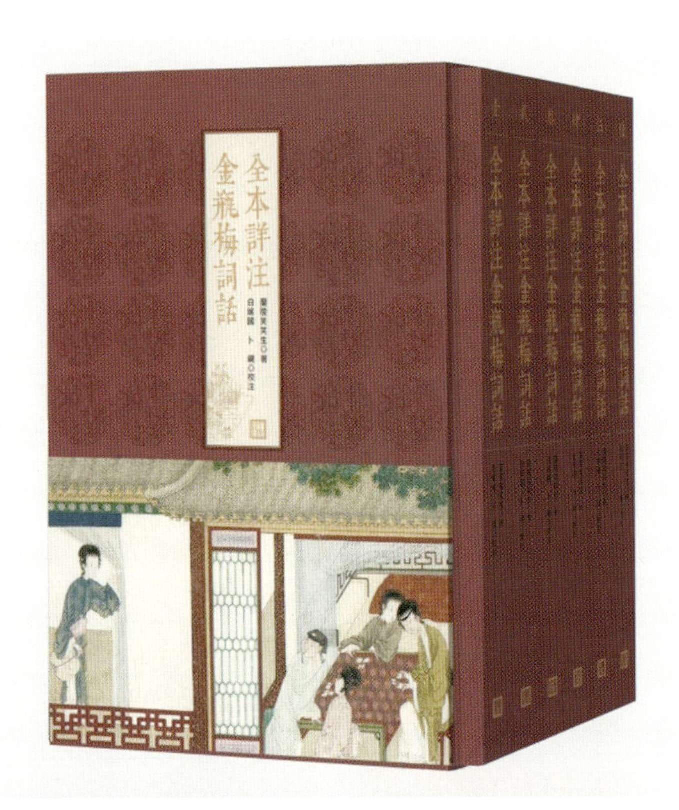

图 1-30-2 《全本详注金瓶梅词话》，白维国、卜键校注，人民文学出版社，2017 年 12 月版

1-31 《金瓶梅》三诚堂出版社（整理本）

台湾三诚堂出版社 1999 年 6 月版，吕佳真点校。精装 6 册，大 32 开。繁体竖排。足本未删节。以词话本为底本整理。收录崇祯本插图 200 幅置于每回之前，并将图像做反白处理，颇具特色。书前收录吴若权《金瓶梅导读：从明朝的都会男女小说〈金瓶梅〉看中国传统与现代的情欲与性格》。每册最后附录“词语注释”。归入《珍本绣像中国古典小说大系》。（图 1-31）

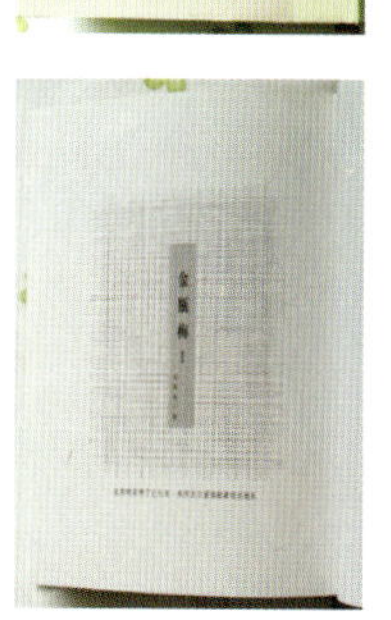

图 1-31 《金瓶梅》，三诚堂出版社，1999 年 6 月版

1-32 《金瓶梅词话》陶慕宁校本（整理本）

1. 人民文学出版社 2000 年 10 月版，陶慕宁校注，宁宗一审定，精装大 32 开，上下册。简体横排。另配以插图若干幅。全书共删 4300 字，首次印刷 8000 套，售价 96 元。归入《世界文学名著文库》系列。校对甚为认真，质量可靠。（图 1-32-1）

2. 人民文学出版社 2008 年 8 月版，陶慕宁校注，宁宗一审定，精装大 32 开，上下册。改为淡粉色封面。删 4300 字。（图 1-32-2）

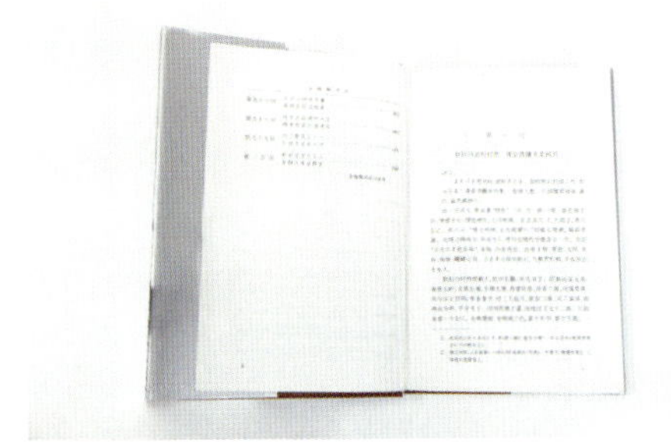

图 1-32-1 《金瓶梅词话》，陶慕宁校注，人民文学出版社，2000 年 10 月版

图 1-32-2 《金瓶梅词话》，陶慕宁校注，人民文学出版社，2008 年 10 月版

1-33 《双舸榭重校评批金瓶梅》作家出版社（整理本）

1. 作家出版社 2010 年 1 月版，卜键点评。小 16 开，1 函 5 册，平装。繁体竖排。以词话本为底本。批语朱墨套印，以眉批、夹批、回后评的形式体现。正文出校记。删除秽语 2634 字。插图选取部分《清宫珍宝皕美图》。底本采用词话本。虽然是删节本，但却标明“本书的发行严格限定在学术研究和图书馆收藏范围”，同时还需要购买者开具相关证明公函。（图 1-33-1）

2. 楠木书箱版。全 5 册，与普通版完全一致，另外增加一本册页，将补删文字列入其中。（图 1-33-2）

图 1-33-1 《双舸榭重校评批金瓶梅》，作家出版社，2010 年 1 月版

金瓶梅

图 1-33-2 《双舸榭重校评批金瓶梅》，作家出版社，楠木书箱版

1-34 《金瓶梅词话》明镜出版社（整理本）

香港明镜出版社 2010 年 2 月第一版、2016 年 2 月第二版。王清和校点。大 32 开，平装 2 册。底本标称台北故宫博物院藏本，插图采用崇祯本。足本未删节。古体、俗体字不改。收入该社《文化清理》系列。（图 1-34）

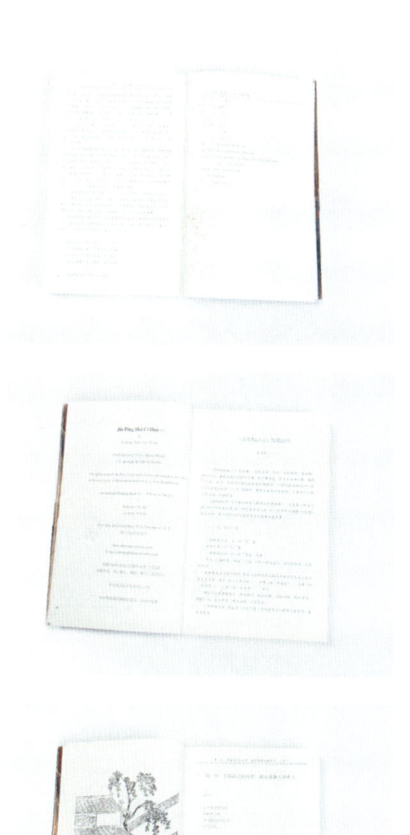

图 1-34 《金瓶梅词话》，香港明镜出版社，2010 年版

1-35 《刘心武评点金瓶梅》漓江出版社（整理本）

1. 漓江出版社 2012 年 11 月版，平装 3 册，小 16 开，简体横排。刘心武评点，覃知非校点。删节 10235 字。底本采用词话本。（图 1-35-1）

2. 漓江出版社 2014 年 5 月版，精装 3 册，外配一个纸函，小 16 开，刘心武评点，覃知非校点。（图 1-35-2）

图 1-35-1 《刘心武评点金瓶梅》，漓江出版社，2012 年版

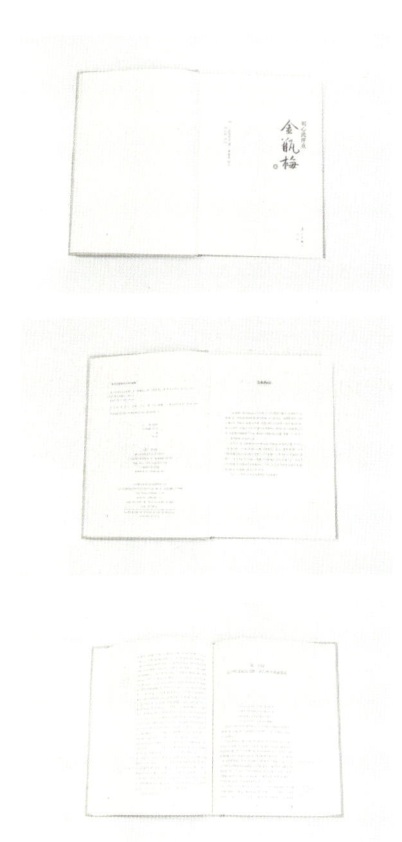

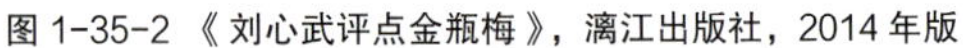

图 1-35-2 《刘心武评点金瓶梅》，漓江出版社，2014 年版

1-36 《刘心武评点全本金瓶梅词话》台湾学生书局有限公司（整理本）

1. 台湾学生书局有限公司 2014 年 8 月版，宣纸线装 4 函 20 册，16 开。刘心武评点；张青松、邱华栋点校；王汝梅审读。定价新台币 32500 元。正文采用朱丝栏板框，康熙古体竖排，评语套红印刷，朱墨灿然。足本未删节。以古佚小说刊行会本为底本，参校日本大安本、崇祯本、第一奇书本等各种版本，吸收前人成果，精心整理而成。整理的原则是最大限度之尊重原貌，凡是底本能够较通顺阅读，不影响上下文义之词句，均不做更改。收录王孝慈藏崇祯本插图 200 幅，分插每回书前。（图 1-36-1）

2. 台湾学生书局有限公司 2015 年 12 月版，1 函 5 册平装，大 32 开。另有毛边本配楠木书函。刘心武评点；张青松、邱华栋点校；王汝梅审读。定价新台币 3900 元。繁体横排，朱墨套印。对线装版进行了少量修订。（图 1-36-2）

图 1-36-1 《刘心武评点全本金瓶梅词话》，台湾学生书局，2014 年 8 月版

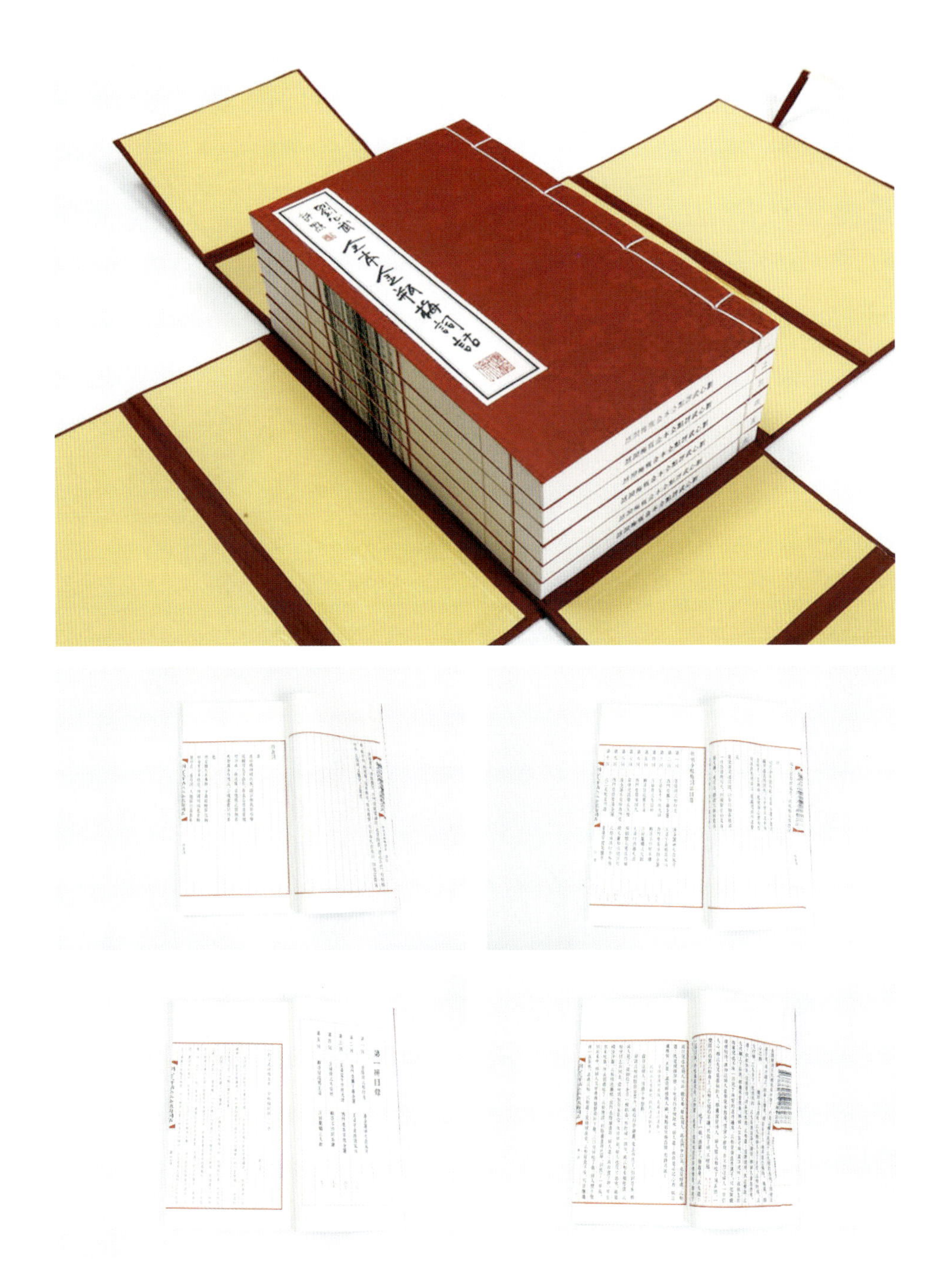

图 1-36-1 《刘心武评点全本金瓶梅词话》，台湾学生书局，2014 年 8 月版

图 1-36-2 《刘心武评点全本金瓶梅词话》，台湾学生书局，2015 年 12 月版

第二篇

崇祯本（绣像本）

《新刻绣像批评金瓶梅》，简称崇祯本，因首增插图绣像 200 幅，也称为绣像本。20 卷 100 回（与词话本分 10 卷不同）。卷首有东吴弄珠客《金瓶梅序》，无欣欣子序，也无廿公跋（原刊本无，翻刻本有）。木刻插图 200 幅，题刻工姓名：刘应祖、刘启先、黄子立、黄汝耀等。这些刻工活跃在崇祯年间，是新安（今安徽歙县）木刻名手。这种刻本避崇祯帝朱由检讳。据以上两点和崇祯本版式字体风格，一般认为这种本子评刻在崇祯年间，简称崇祯本，也包括清初翻刻的崇祯本系统的版本。

目前发现的崇祯本系统的本子共计 16 种，其中周越然旧藏本、《绣刻古本八才子词话》下落不明。从版式上可分两类。一类以北京大学图书馆藏本为代表，每半叶 10 行，行 22 字，东吴弄珠客序 4 叶，扉页失去，无欣欣子序、廿公跋。回前诗词前有“诗曰”或“词曰”。日本天理图书馆藏本、上海图藏甲乙两种、天津图藏本、东北师范大学图书馆藏残存四十七回本等，依版式特征，与北大藏本相近。眉批刻印行款不同。北大藏本、上图甲本眉批四字一行为主，也有少量二字一行的。上图乙本、天津图藏本眉批二字一行为多。另一类以日本内阁文库藏本为代表，每半叶 11 行，行 28 字。扉页题：新镌绣像批评原本金瓶梅。无欣欣子序，有东吴弄珠客序、廿公跋。回首诗词前多无“诗曰”或“词曰”二字。日本东京大学东洋文化研究所藏本与之同版，首都图书馆藏本版式特征与内阁文库本相近。内阁本眉批三字一行。首图本无眉批，有夹批。

王孝慈旧藏本，存木刻插图 2 册 200 幅。现藏国家图书馆。民国《世界文库》曾经影印正文第一回首页书影及若干图像。但正文第一回首页疑似并非王本所有。1933 年北平古佚小说刊行会影印词话本时，将王氏藏本插图影印收录。第一回第二幅图“武二郎冷遇亲哥嫂”，栏内右侧题署“新安刘应祖镌”六字，为现存其他崇祯本图所无。图精致，署刻工姓名众多。第一回回目“西门庆热结十弟兄”，现存多数本子与之相同。只有上图乙、天津图藏本作“西门庆热结十兄弟”。据插图与回目，王孝慈本可能是崇祯本的原刊本，可惜正文不存。

另外还有三个残刊本一般不为人所知。一个是新发现的张青松收藏的崇祯本残刊本，存插图 20 幅，正文 10 回，其插图与王孝慈本同版，正文极有可能是崇祯本的初刻本，需要进一步仔细研究。二是吴晓铃旧藏崇祯本残本 1 册，及吕小民收藏的残本 2 册，保存部分插图和文字，基本与天津图书馆藏本一致。

崇祯本目录如下：

金瓶梅序　　东吴弄珠客

第一回　　西门庆热结十弟兄　武二郎冷遇亲哥嫂

第二回　　俏潘娘帘下勾情　老王婆茶坊说技

第三回　　定挨光虔婆受贿　设圈套浪子私挑

第四回　　赴巫山潘氏幽欢　闹茶坊郓哥义愤

第五回　　捉奸情郓哥定计　饮鸩药武大遭殃

第六回　　何九受贿瞒天　王婆帮闲遇雨

第七回　　薛媒婆说娶孟三儿　杨姑娘气骂张四舅

第八回　　盼情郎佳人占鬼卦　烧夫灵和尚听淫声

第九回　　西门庆偷娶潘金莲　武都头误打李皂隶

第十回　　义士充配孟州道　妻妾翫赏芙蓉亭

第十一回　　潘金莲激打孙雪娥　西门庆梳笼李桂姐

第十二回　　潘金莲私仆受辱　刘理星魇胜求财

第十三回　　李瓶姐隔墙密约　迎春儿隙底私窥

第十四回　　花子虚因气丧身　李瓶儿迎奸赴会

第十五回　　佳人笑赏翫灯楼　狎客帮嫖丽春院

第十六回　　西门庆择吉佳期　应伯爵追欢喜庆

第十七回　　宇给事劾倒杨提督　李瓶儿许嫁蒋竹山

第十八回　　赂相府西门脱祸　见娇娘敬济魂销

第十九回　　草里蛇逻打蒋竹山　李瓶儿情感西门庆

第二十回　　傻帮闲趋奉闹华筵　痴子弟争锋毁花院

第二十一回　　吴月娘扫雪烹茶　应伯爵替花邀酒

第二十二回　　蕙莲儿偷期蒙爱　春梅姐正色闲邪

第二十三回　　赌棋枰瓶儿输钞　觑藏春潘氏潜踪

第二十四回　　敬济元夜戏娇姿　惠祥怒詈来旺妇

第二十五回　　吴月娘春昼秋千　来旺儿醉中谤讪

第二十六回　　来旺递解徐州　蕙莲含羞自缢

第二十七回　　李瓶儿私语翡翠轩　潘金莲醉闹葡萄架

第二十八回　　陈敬济徼幸得金莲　西门庆胡涂打铁棍

第二十九回　吴神仙冰鉴定终身　潘金莲兰汤邀午战
第三十回　蔡太师擅恩锡爵　西门庆生子加官
第三十一回　琴童藏壶构衅　西门开宴为欢
第三十二回　李桂姐趋炎认女　潘金莲怀嫉惊儿
第三十三回　陈敬济失钥罚唱　韩道国纵妇争风
第三十四回　献芳樽内室乞恩　受私贿后庭说事
第三十五回　西门庆为男宠报仇　书童儿作女妆媚客
第三十六回　翟管家寄书寻女子　蔡状元留饮借盘缠
第三十七回　冯妈妈说嫁韩爱姐　西门庆包占王六儿
第三十八回　王六儿棒槌打捣鬼　潘金莲雪夜弄琵琶
第三十九回　寄法名官哥穿道服　散生日敬济拜冤家
第四十回　抱孩童瓶儿希宠　装丫鬟金莲市爱
第四十一回　两孩儿联姻共笑嬉　二佳人愤深同气苦
第四十二回　逞豪华门前放烟火　赏元宵楼上醉花灯
第四十三回　争宠爱金莲斗气　卖富贵吴月攀亲
第四十四回　避马房侍女偷金　下象棋佳人消夜
第四十五回　应伯爵劝当铜锣　李瓶儿解衣银姐
第四十六回　元夜游行遇雪雨　妻妾戏笑卜龟儿
第四十七回　苗青谋财害主　西门枉法受赃
第四十八回　弄私情戏赠一枝桃　走捷径探归七件事
第四十九回　请巡按屈体求荣　遇胡僧现身施药
第五十回　琴童潜听燕莺欢　玳安嬉游蝴蝶巷
第五十一回　打猫儿金莲品玉　斗叶子敬济输金
第五十二回　应伯爵山洞戏春娇　潘金莲花园调爱婿
第五十三回　潘金莲惊散幽欢　吴月娘拜求子息
第五十四回　应伯爵隔花戏金钏　任医官垂帐诊瓶儿
第五十五回　西门庆两番庆寿诞　苗员外一诺赠歌童
第五十六回　西门庆捐金助朋友　常峙节得钞傲妻儿
第五十七回　开缘簿千金喜舍　戏雕栏一笑回嗔
第五十八回　潘金莲打狗伤人　孟玉楼周贫磨镜

第五十九回　西门庆露阳惊爱月　李瓶儿睹物哭官哥
第六十回　李瓶儿病缠死孽　西门庆官作生涯
第六十一回　西门庆乘醉烧阴户　李瓶儿带病宴重阳
第六十二回　潘道士法遣黄巾士　西门庆大哭李瓶儿
第六十三回　韩画士传真作遗爱　西门庆观戏动深悲
第六十四回　玉箫跪受三章约　书童私挂一帆风
第六十五回　愿同穴一时丧礼盛　守孤灵半夜口脂香
第六十六回　翟管家寄书致赙　黄真人发牒荐亡
第六十七回　西门庆书房赏雪　李瓶儿梦诉幽情
第六十八回　应伯爵戏衔玉臂　玳安儿密访蜂媒
第六十九回　招宣府初调林太太　丽春院惊走王三官
第七十回　老太监朝房邀酌　两提刑枢府庭参
第七十一回　李瓶儿何家托梦　朱太尉引奏朝仪
第七十二回　潘金莲抠打如意儿　王三官义拜西门庆
第七十三回　潘金莲不愤忆吹箫　西门庆新试白绫带
第七十四回　潘金莲香腮偎玉　薛姑子佛口谈经
第七十五回　因抱恙玉姐含酸　为护短金莲泼醋
第七十六回　春梅娇撒西门庆　画童哭躲温葵轩
第七十七回　西门庆踏雪访爱月　贲四嫂带水战情郎
第七十八回　林太太鸳帏再战　如意儿茎露独尝
第七十九回　西门庆贪欲丧命　吴月娘失偶生儿
第八十回　潘金莲售色赴东床　李娇儿盗财归丽院
第八十一回　韩道国拐财远遁　汤来保欺主背恩
第八十二回　陈敬济弄一得双　潘金莲热心冷面
第八十三回　秋菊含恨泄幽情　春梅寄柬谐佳会
第八十四回　吴月娘大闹碧霞宫　普静师化缘雪涧洞
第八十五回　吴月娘识破奸情　春梅姐不垂别泪
第八十六回　雪娥唆打陈敬济　金莲解渴王潮儿
第八十七回　王婆子贪财忘祸　武都头杀嫂祭兄
第八十八回　陈敬济感旧祭金莲　庞大姐埋尸托张胜
第八十九回　清明节寡妇上新坟　永福寺夫人逢故主

第九十回　　来旺偷拐孙雪娥　雪娥受辱守备府
第九十一回　孟玉楼爱嫁李衙内　李衙内怒打玉簪儿
第九十二回　陈敬济被陷严州府　吴月娘大闹授官厅
第九十三回　王杏庵义恤贫儿　金道士变淫少弟
第九十四回　大酒楼刘二撒泼　洒家店雪娥为娼
第九十五回　玳安儿窃玉成婚　吴典恩负心被辱
第九十六回　春梅姐游旧家池馆　杨光彦作当面豺狼
第九十七回　假弟妹暗续鸾胶　真夫妇明谐花烛
第九十八回　陈敬济临清逢旧识　韩爱姐翠馆遇情郎
第九十九回　刘二醉骂王六儿　张胜窃听陈敬济
第一百回　　韩爱姐路遇二捣鬼　普静师幻度孝哥儿

2-1 《新刻绣像批评金瓶梅》通州王孝慈旧藏本

此本仅存图像 2 册，图 200 幅。版框宽 20.8 厘米 ×14.9 厘米。民国《世界文库》曾经影印正文第一回首页书影及若干图像，每半叶 10 行，行 22 字。眉批行二字。但是此页正文书影是否就是王孝慈藏本，尚有疑问。据考订，此本先为袁克文收藏，后转为王孝慈藏。图像尤其精美，毫发毕现，目前发现的《金瓶梅》木刻插图无出其右者。实为古代版画的巅峰之作。且保留刻工姓名最多，比如第一回“新安刘应祖镌”等，据此推论，其正文或为崇祯本的原刊本。曾归郑振铎收藏，现藏于国家图书馆。（图 2-1）

王孝慈（1883—1936），河北通县人（现北京通州）。民国藏书家。原名立承，字孝慈，别号鸣晦庐主人。监生。广西法政学堂毕业，度支部主事，检查纸币清理财政处帮办，大总统秘书，政事堂机要局佥事，国务院秘书厅佥事，授五等嘉禾章。与鲁迅、郑振铎交往。喜收集戏曲、古版画。著有《闻歌述忆》。藏书不乏至珍善品，如明崇祯十七年原刊本《十竹斋笺谱》、明刻《程氏墨苑》《瑞世良英》《新刻绣像批评金瓶梅》等，多为郑氏编撰《中国版画史》所采用。惜晚年窘迫，以致家人“不能不尽去所藏以谋葬事”。藏书后大多归入北平图书馆。

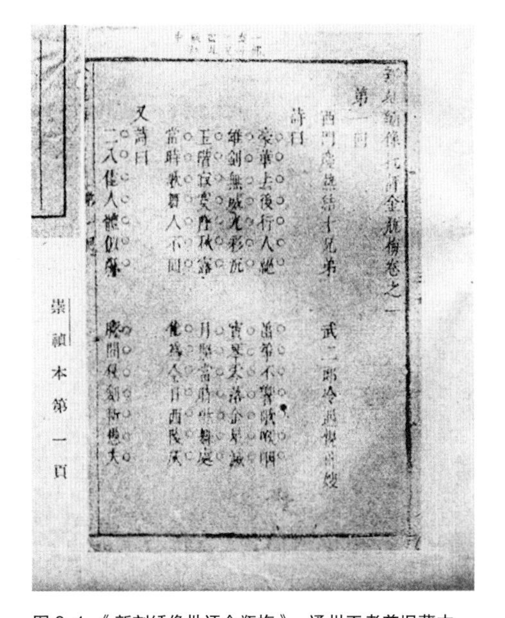

新刻繡像批評金瓶梅卷之一

第一回

西門慶熱結十兄弟　武二郎冷遇親哥嫂

詩曰

豪華去後行人絕　簫箏不響歌喉咽

雄劍無威光彩沉　寶琴零落金星滅

玉階寂寞墜秋露　月照當時歌舞處

當時歌舞人不回　化爲今日西陵灰

又詩曰

二八佳人體似酥　腰間仗劍斬愚夫

崇禎本第一頁

图 2-1 《新刻绣像批评金瓶梅》，通州王孝慈旧藏本

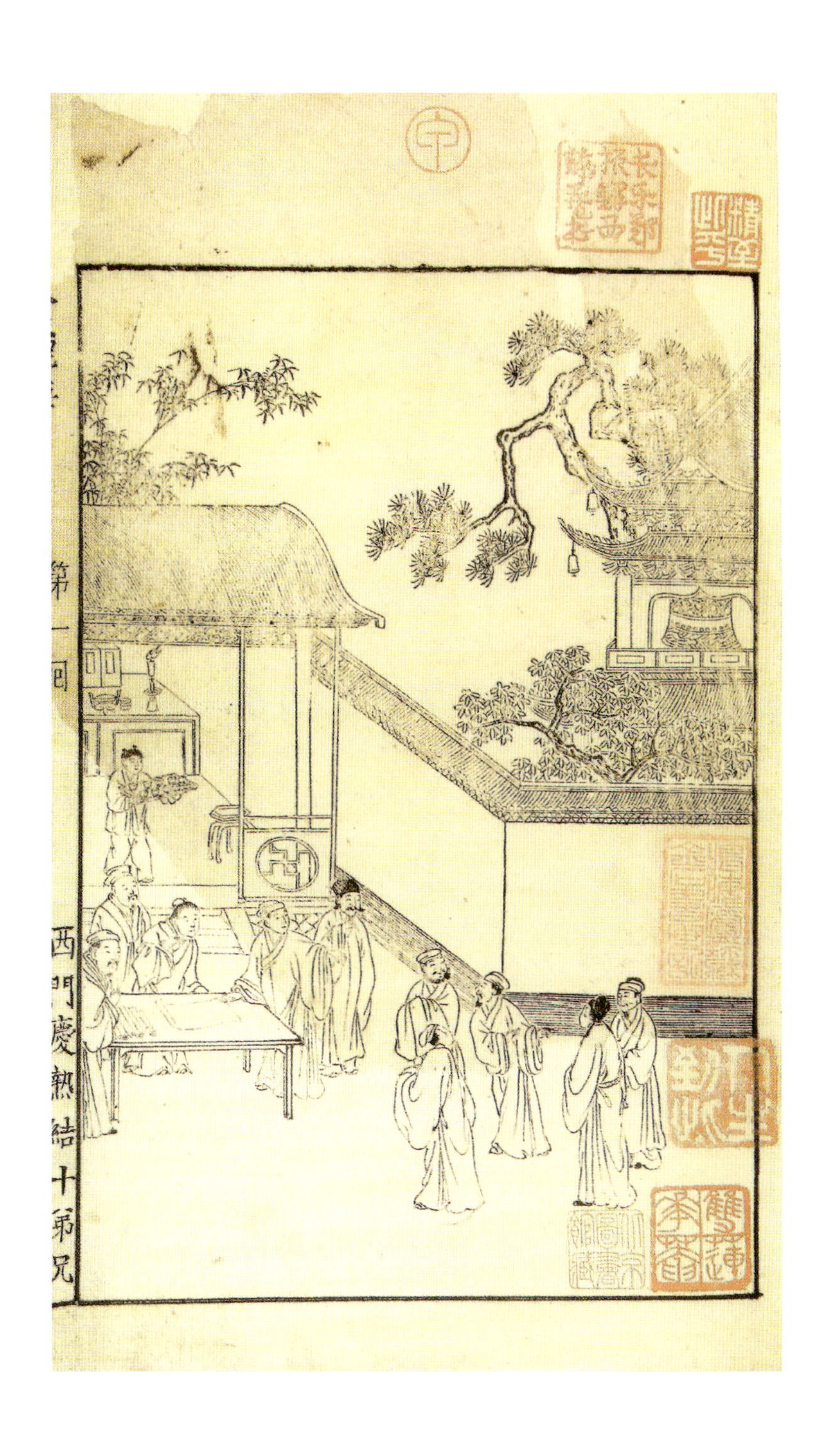
第一回
西門慶熱結十弟兄

图 2-1 《新刻绣像批评金瓶梅》，通州王孝慈旧藏本

2-2 《新刻绣像批评金瓶梅》张青松藏残刊本

存 1 函 4 册。此本存目录 19 至 100 回、正文 1 至 10 回，图像 20 幅分插于每回之前。金镶玉装，开本：31.6 厘米 ×18.7 厘米。每半叶 10 行，行 22 字。插图版心上题：金瓶梅；中间题回数；底部题回目。此本插图经比对，与王孝慈本几乎完全一样，构图精细，刻画完美。且保留刻工刘启先、黄子立等名号。可认定为同版。正文基本与北京大学图书馆藏本一致，但细节更完善。此本的存世证明王孝慈旧藏《金瓶梅》插图并非唯一的孤本，且正文极有可能为《金瓶梅》崇祯本之初刻本。见于北京万隆拍卖 2001 年 11 月艺术品拍卖会 · 古籍文献专场 0080 号；中国嘉德 2018 年春季拍卖会 • 古籍善本 / 金石碑贴专场 2277 号。并流出海外，为张青松购回。（图 2-2）

图 2-2 《新刻绣像批评金瓶梅》，张青松藏残刊本

2-3 《新刻绣像批评金瓶梅》北京大学图书馆藏本

4函36册，20卷100回。插图200幅分插于每回之前。每半叶10行，行22字，正文半框尺寸约20.6厘米×13.7厘米。东吴弄珠序4叶，扉页失去，无欣欣子序、廿公跋。回前诗词前有“诗曰”或“词曰”。有眉批、夹批。眉批为四行字。日本天理图书馆藏本、上海图藏甲乙两种、天津图藏本、周越然旧藏本、东北师范大学残存四十七回本等，依版式特征，与北大藏本相近。原郑振铎、马廉藏书。（图2-3）

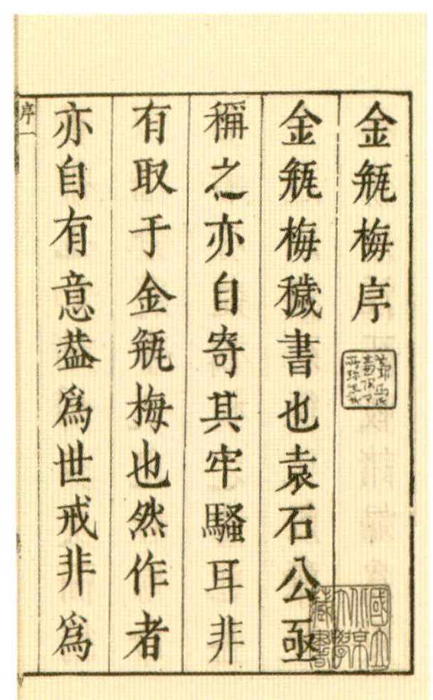
金瓶梅序
金瓶梅穢書也袁石公亟
稱之亦自寄其牢騷耳非
有取于金瓶梅也然作者
亦自有意蓋爲世戒非爲

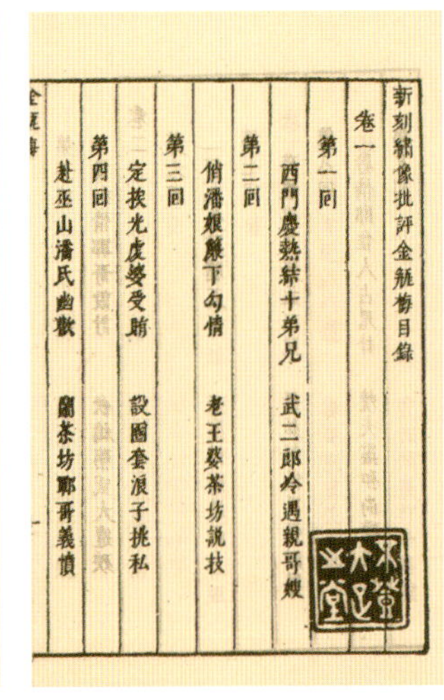
新刻繡像批評金瓶梅目錄
卷一
第一回
西門慶熱結十弟兄　武二郎冷遇親哥嫂
第二回
俏潘娘簾下勾情　老王婆茶坊說技
第三回
定挨光虔婆受賄　設圈套浪子挑私
第四回
赴巫山潘氏幽歡　鬧茶坊鄆哥義憤

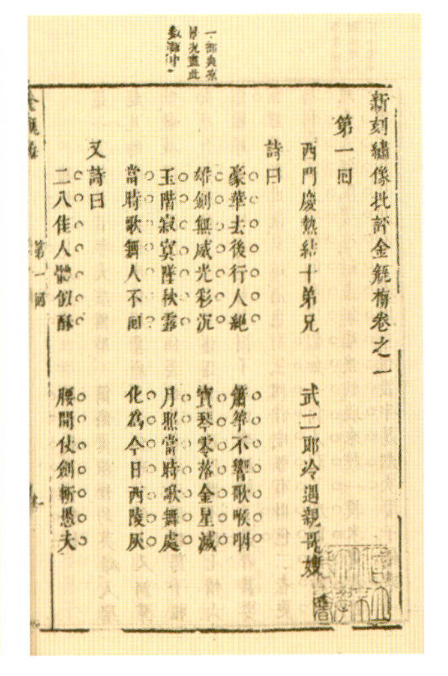
新刻繡像批評金瓶梅卷之一
第一回
西門慶熱結十弟兄　武二郎冷遇親哥嫂
詩曰
豪華去後行人絕　簫箏不響歌喉咽
雄劍無威光彩沉　寶琴零落金星滅
玉階寂寞墜秋露　月照當時歌舞處
當時歌舞人不回　化爲今日西陵灰
又詩曰
二八佳人體似酥　腰間仗劍斬愚夫

图2-3 《新刻绣像批评金瓶梅》，北京大学图书馆藏本

金瓶梅
第一回
西門慶熱結十弟兄

2-4 《新刻绣像批评金瓶梅》日本天理图书馆藏本

分装 12 册，20 卷 100 回。正文 11 册，附图 1 册。每半叶 10 行，行 22 字，有东吴弄珠客序。据鸟居久晴《金瓶梅版本考》等著录，版式、大小等均与上图甲本、北大本略同。其附图有从回首移去另作一册的痕迹。原盐谷温藏书。（图 2-4）

2-5 《新刻绣像批评金瓶梅》上海图书馆藏甲种本

分装 32 册，20 卷 100 回。每半叶 10 行，行 22 字，正文半框尺寸约 20.6 厘米 ×13.7 厘米。眉批为二行字。第三页起改为四行字。行款板式、眉批等与北大本相同。插图 200 幅集中于书前 2 册。序题钤盖有“涉园珍秘”阳文方章。（图 2-5）

图 2-4 《新刻绣像批评金瓶梅》，日本天理图书馆藏本

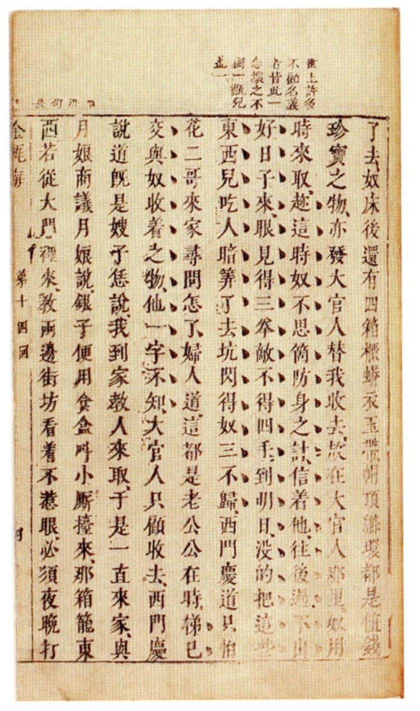

了去奴床後還有四箱櫃蟒衣玉帶帽頂縧環都是值錢
珍寶之物亦發大官人替我收去放在大官人那裏奴用
時來取趁這時奴不思個防身之計信着他往後過下出
好日子來眼見得三拳敵不得四手到明日沒的把這些
東西兒吃人暗算了去坑閃得奴三不歸西門慶道只怕
花二哥來家尋問怎了婦人道這都是老公公在時梯己
交與奴收着之物他一字不知大官人只顧收去西門慶
說道既是嫂子恁說我到家教人來取于是一直來家與
月娘商議月娘說銀子便用食盒叫小廝擡來那箱籠東
西若從大門裏來教兩邊街坊看着不惹眼必須夜晚打

金瓶梅 第十四回

2-6 《新刻绣像批评金瓶梅》上海图书馆藏乙种本

4 函 40 册，20 卷 100 回。每半叶 10 行，行 22 字，正文半框尺寸约 20.5 厘米 ×13.9 厘米。眉批为四行字。文字上与北大本系统多有出入。插图 200 幅集中于书前 2 册。序题钤盖有“藏晖书屋”阳文方章。（图 2-6）

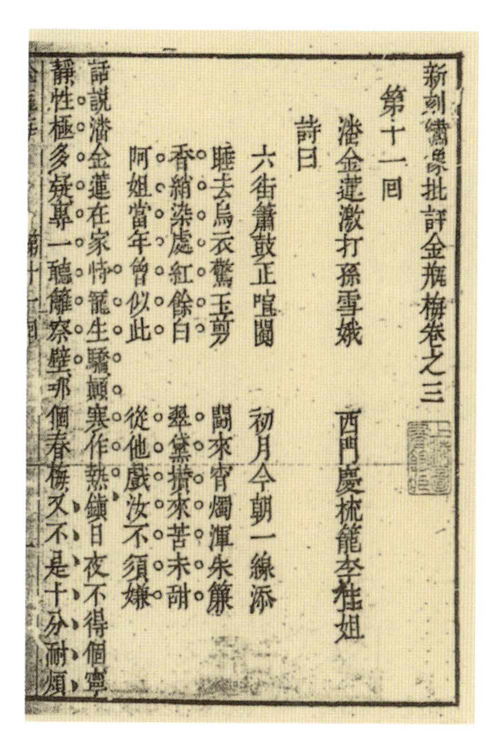
新刻繡像批評金瓶梅卷之三

第十一回

潘金蓮激打孫雪娥　西門慶梳籠李桂姐

詩曰

六街簫鼓正喧闐　初月今朝一線添
睡去烏衣驚玉剪　鬬來宵燭渾朱簾
香綃染處紅餘白　翠黛攢來苦未甜
阿姐當年曾似此　從他戲汝不須嫌

話說潘金蓮在家恃寵生驕顛寒作熱鎮日夜不得個寧
靜性極多疑專一聽籬察壁尋個春梅又不是十分耐煩

图 2-5 《新刻绣像批评金瓶梅》，上海图书馆藏甲种本

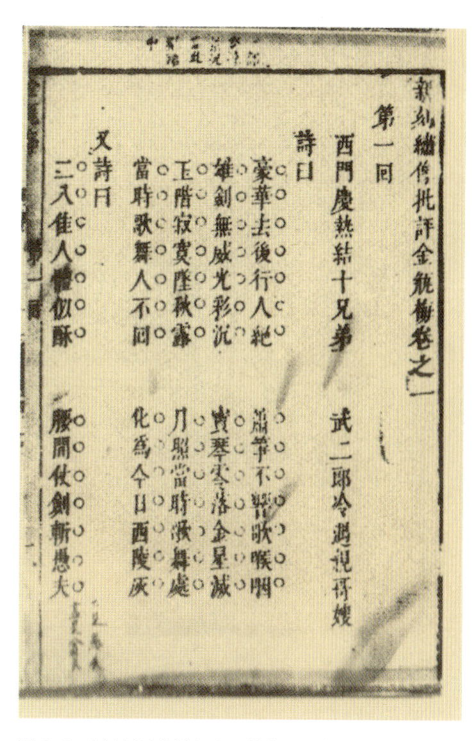
新刻繡像批評金瓶梅卷之一

第一回

西門慶熱結十兄弟　武二郎冷遇親哥嫂

詩曰

豪華去後行人絕　簫箏不響歌喉咽
雄劍無威光彩沉　寶琴零落金星滅
玉階寂寞墜秋露　月照當時歌舞處
當時歌舞人不回　化為今日西陵灰

又詩曰

二八佳人體似酥　腰間仗劍斬愚夫

图 2-6 《新刻绣像批评金瓶梅》，上海图书馆藏乙种本

2-7 《新刻绣像批评金瓶梅》周越然旧藏本

20 卷 100 回。插图 100 叶 200 幅。每半叶 10 行，行 22 字，白口，无上下鱼尾。有眉批。行间有圈点。卷首有东吴弄珠客序 3 叶，目录 10 叶等。判断与北大本相仿。惜已佚失。现仅存第二回图“俏潘娘帘下勾情”半幅影印件。与北大本图对勘，北大本图左下有“黄子立刊”四字，周藏本无（右下有周越然章）。（图 2-7）

2-8 《新刻绣像批评金瓶梅》天津图书馆藏本

20 卷 100 回。首有东吴弄珠客《金瓶梅序》。插图 200 幅分插于每回之前。正文每半叶 10 行，行 22 字。正文半框尺寸是 20.6 厘米 × 14.5 厘米。有眉批、夹批。第一回正文回目为“西门庆热结十兄弟，武二郎冷遇亲哥嫂”，目录却为“十弟兄”，与他本相异。此书后部漫漶比较严重。（图 2-8）

图 2-7 《新刻绣像批评金瓶梅》，周越然旧藏本

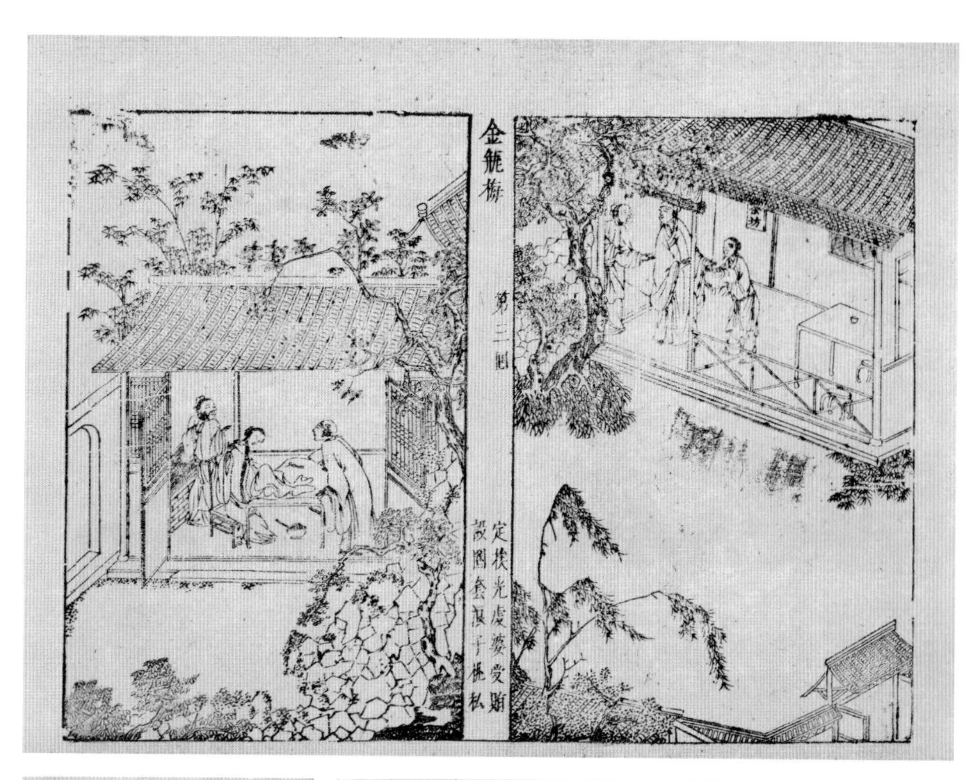

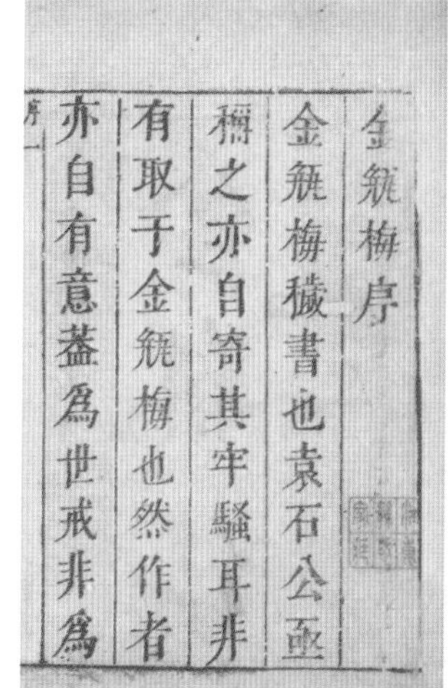

金瓶梅序

金瓶梅穢書也袁石公亟

稱之亦自寄其牢騷耳非

有取于金瓶梅也然作者

亦自有意蓋爲世戒非爲

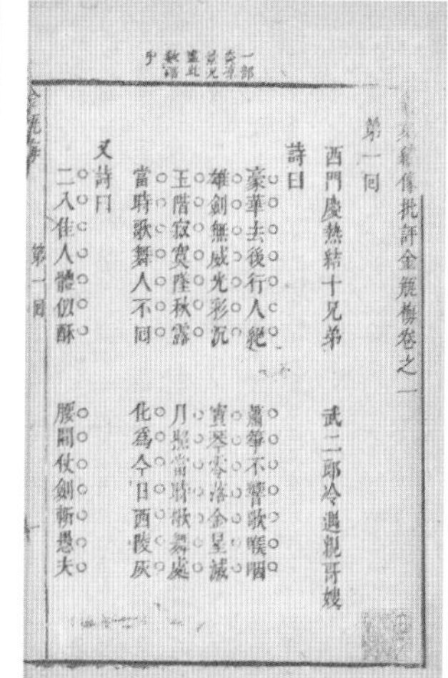

新刻繡像批評金瓶梅卷之一

第一回

西門慶熱結十兄弟　武二郎冷遇親哥嫂

詩曰

豪華去後行人絕　簫箏不響歌喉咽

雄劍無威光彩沉　寶琴零落金星滅

玉階寂寞墜秋露　月照當時歌舞處

當時歌舞人不回　化爲今日西陵灰

又詩曰

二八佳人體似酥　腰間仗劍斬愚夫

新刻繡像批評金瓶梅目錄

卷一

第一回

西門慶熱結十弟兄　武二郎冷遇親哥嫂

第二回

俏潘娘簾下勾情　老王婆茶坊說技

第三回

定挨光虔婆受賄　設圈套浪子挑私

第四回

赴巫山潘氏幽歡　鬧茶坊鄆哥義憤

图 2-8 《新刻绣像批评金瓶梅》，天津图书馆藏本

2-9 《新刻绣像批评金瓶梅》吴晓铃旧藏残刊本

存 1 册。保存部分插图和 2 回文字。开本尺寸：27 厘米 ×17 厘米；正文半框尺寸：20.6 厘米 ×14.6 厘米。从插图和文字判断，此本与天津图书馆藏本基本一致。钤有“吴”“晓铃藏书”等印鉴。现藏首都图书馆。（图 2-9）

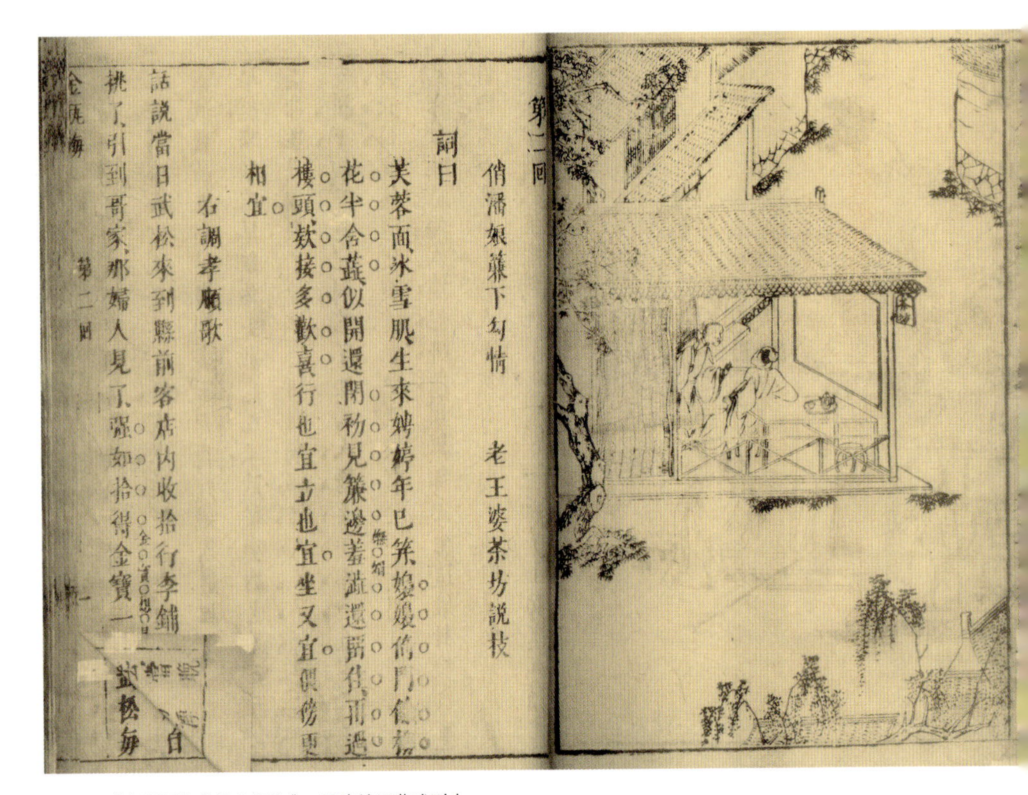
第二回
俏潘娘簾下勾情　老王婆茶坊說技
詞曰
芙蓉面冰雪肌生來娉婷年已笄嫋嫋倚門餘
花半含蕊似開還閉初見簾邊羞澀還留住再過
樓頭款接多歡喜行也宜立也宜坐又宜偎傍更
相宜
右調孝順歌
話說當日武松來到縣前客店內收拾行李鋪
挑了引到哥家那婦人見了强如拾得金寶一
金瓶梅　第二回

图 2-9 《新刻绣像批评金瓶梅》，吴晓铃旧藏残刊本

第四回
赴巫山潘氏幽歡

2-10 《新刻绣像批评金瓶梅》吕小民藏残刊本

存 2 册。首有东吴弄珠客《金瓶梅序》和《新刻绣像批评金瓶梅目录》，插图存有 180 幅，经仔细比对，与天津图书馆藏本同版。第 22 回、第 46 回两处保留有刻工刘启先姓名。此本曾于 2016 年在匡时拍卖会竞拍。（图 2-10）

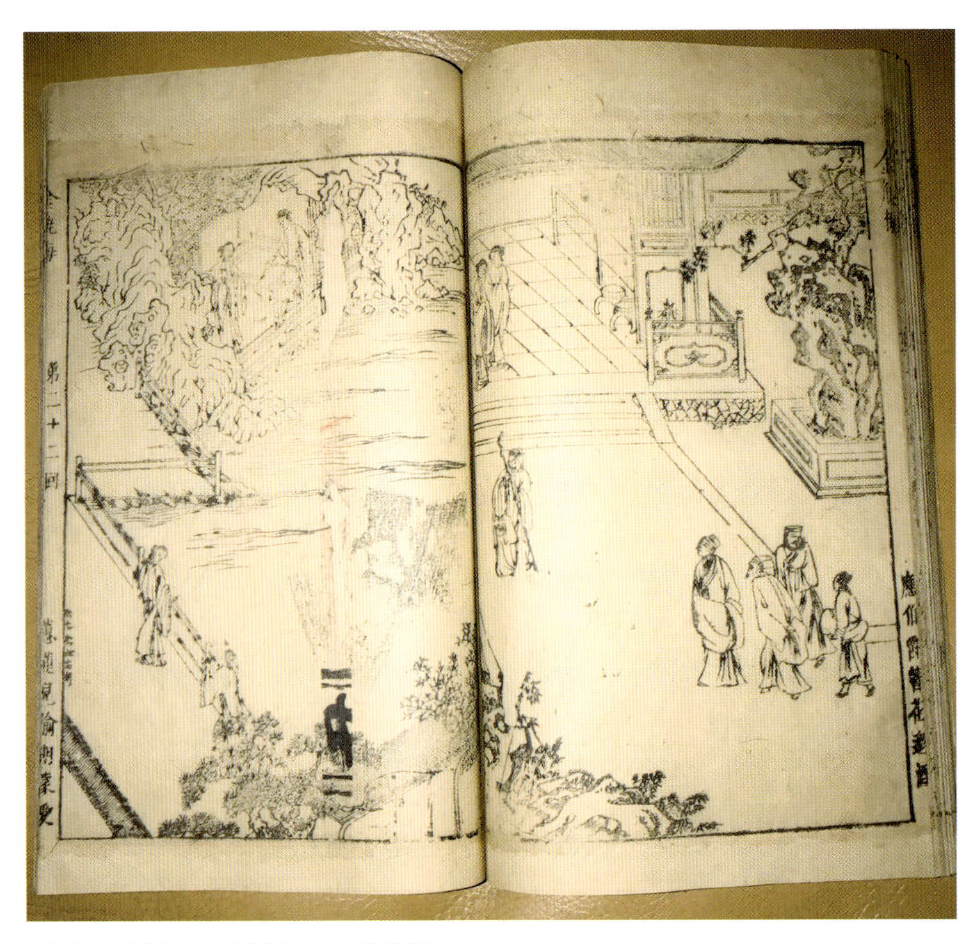

图 2-10 《新刻绣像批评金瓶梅》，吕小民藏残刊本

卷一

第一回

西門慶熱結十弟兄　武二郎冷遇親哥嫂

第二回

俏潘娘簾下勾情　老王婆茶坊說技

第三回

定挨光虔婆受賄　設圈套浪子挑私

第四回

赴巫山潘氏幽歡　鬧茶坊鄆哥義憤

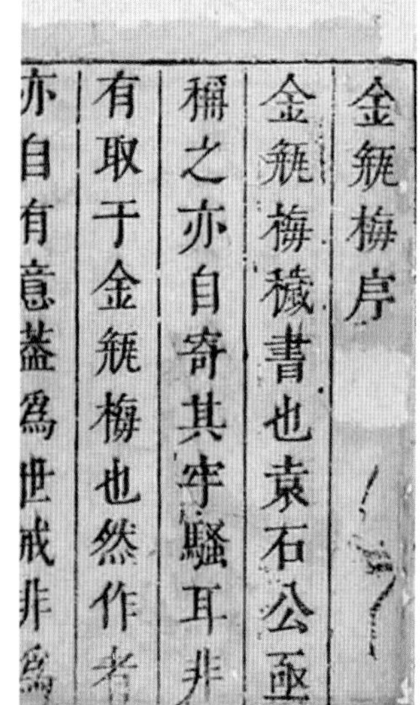

金瓶梅序

金瓶梅穢書也袁石公亟稱之亦自寄其牢騷耳非有取于金瓶梅也然作者亦自有意蓋爲世戒非爲

2-11 《新刻绣像批评金瓶梅》日本东京大学藏本

20卷100回，分装20册，无插图。开本尺寸：25.5厘米 ×15.4厘米；正文半框尺寸：20.2厘米 ×12厘米；正文半叶11行，行28字。有眉批、夹批。与内阁本同版，但版刻清晰，当在内阁本之前刷印。日本东京大学东洋文化研究所藏。原长泽规矩也教授之双红堂文库藏本。（图2-11）

2-12 《新镌绣像批评原本金瓶梅》日本内阁文库藏本

20卷100回，分装20册。开本尺寸：26.1厘米 ×16.3厘米；正文半框尺寸：20.5厘米 ×12.2厘米；正文半叶11行，行28字。有眉批、夹批。据记载，此本原有插图1册，200幅（存198幅），包括扉页，后遗失。所幸大冢秀高在日本《大安》杂志上保留了扉页之影印件传下来。扉页右上题：新镌绣像批评原本；中间大字题：金瓶梅；左下题：本衙藏板。封面签条题：全像金瓶梅。正文第一页题为“新刻绣像批评金瓶梅”。有眉批、夹批。（图2-12）

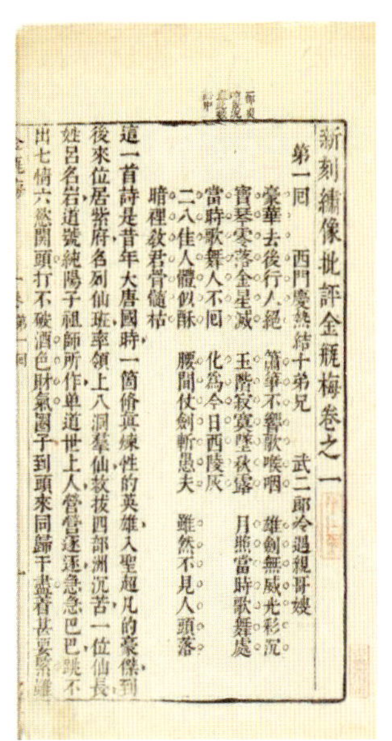

新刻繡像批評金瓶梅卷之一

第一回　西門慶熱結十弟兄　武二郎冷遇親哥嫂

豪華去後行人絕　簫箏不響歌喉咽　雄劍無威光彩沉
寶琴零落金星滅　玉階寂寞墜秋露　月照當時歌舞處
當時歌舞人不回　化爲今日西陵灰
二八佳人體似酥　腰間仗劍斬愚夫　雖然不見人頭落
暗裏教君骨髓枯

這一首詩是昔年大唐國時一箇修真煉性的英雄入聖超凡的豪傑到後來位居紫府名列仙班率領上八洞羣仙救拔四部洲沉苦一位仙長姓呂名岩道號純陽子祖師所作單道世上人營營逐逐急急巴巴跳不出七情六慾關頭打不破酒色財氣圈子到頭來同歸于盡着甚要緊雖

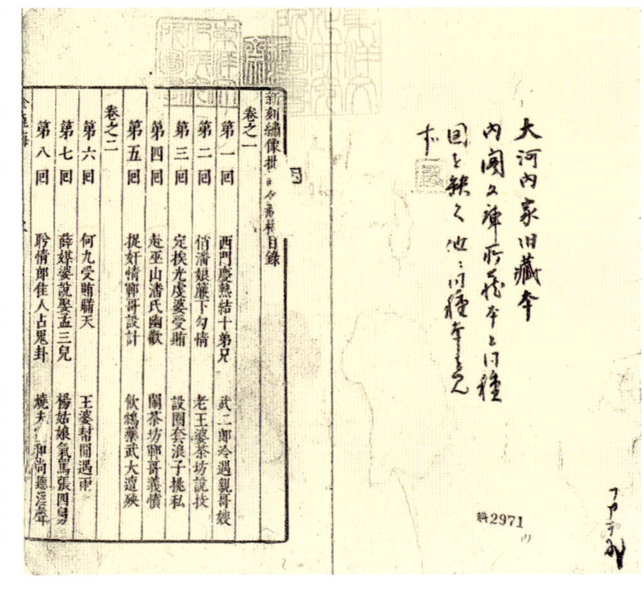

新刻繡像批評金瓶梅目錄

卷之一

第一回　西門慶熱結十弟兄　武二郎冷遇親哥嫂
第二回　俏潘娘簾下勾情　老王婆茶坊說技
第三回　定挨光虔婆受賄　設圈套浪子挑私
第四回　赴巫山潘氏幽歡　鬧茶坊鄆哥義憤
第五回　捉奸情鄆哥設計　飲鴆藥武大遭殃

卷之二

第六回　何九受賄瞞天　王婆幫閒遇雨
第七回　薛媒婆說娶孟三兒　楊姑娘氣罵張四舅
第八回　盼情郎佳人占鬼卦　燒夫靈和尚聽淫聲

图2-11 《新刻绣像批评金瓶梅》，日本东京大学藏本

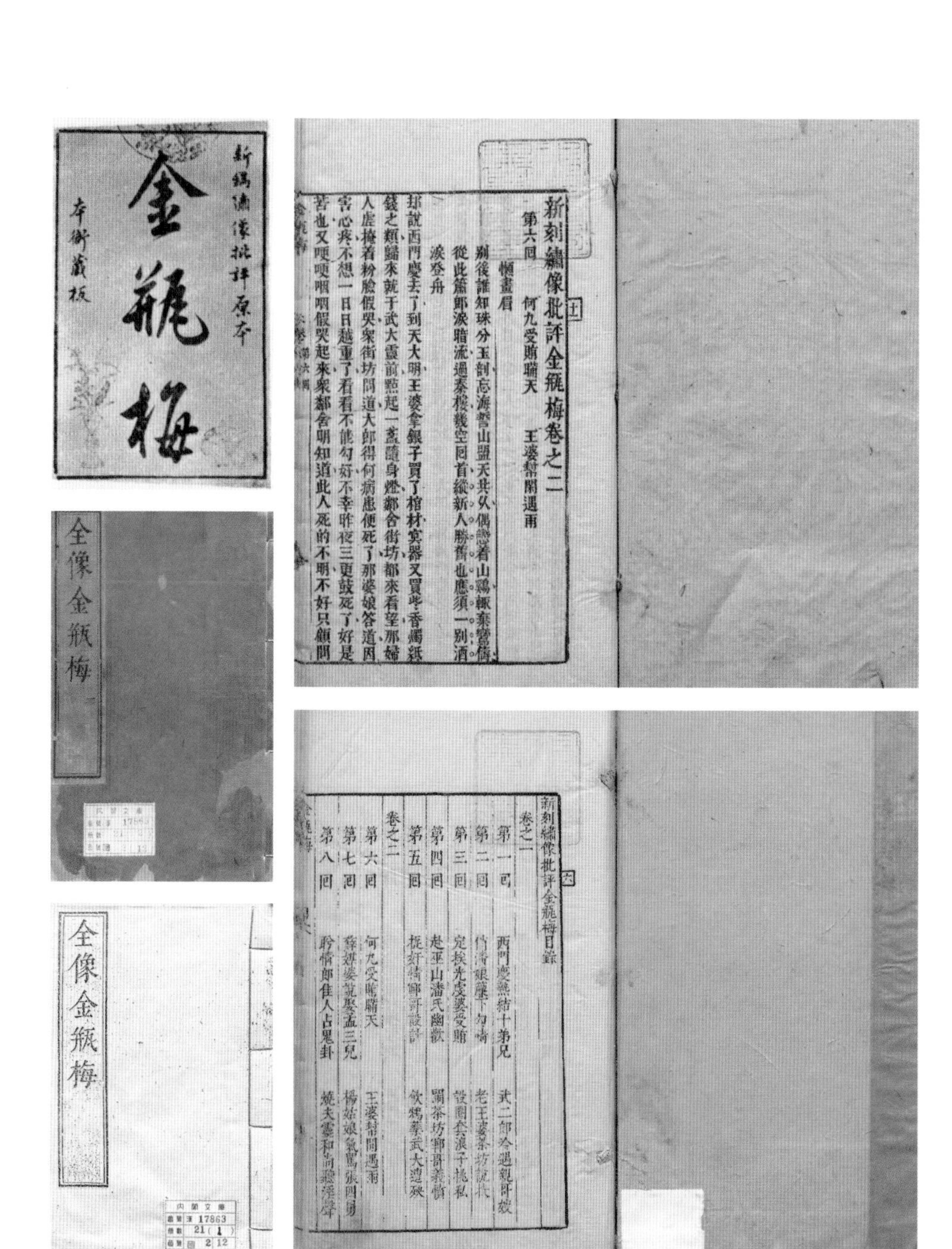

新刻繡像批評金瓶梅卷之二
第六回　何九受賄瞞天　王婆幫閑遇雨
懶畫眉
別後誰知珠分玉剖忘海誓山盟天共久偶戀着山雞輒棄鸞儔
從此簫郎淚暗流過秦樓幾空回首縱新人勝舊也應須一別洒
淚登舟
却說西門慶去了到天大明王婆拿銀子買了棺材冥器又買些香燭紙
錢之類歸來就于武大靈前點起一盞隨身燈鄰舍街坊都來看望那婦
人虛掩着粉臉假哭衆街坊問道大郎得何病患便死了那婆娘答道因
害心疼不想一日日越重了看看不能勾好不幸昨夜三更鼓死了好是
苦也又哽哽咽咽假哭起來衆鄰舍明知道此人死的不明不好只顧問

新刻繡像批評金瓶梅目錄
卷之一
第一回　西門慶熱結十弟兄　武二郎冷遇親哥嫂
第二回　俏潘娘簾下勾情　老王婆茶坊說技
第三回　定挨光虔婆受賄　設圈套浪子挑私
第四回　赴巫山潘氏幽歡　鬧茶坊鄆哥義憤
第五回　捉奸情鄆哥設計　飲鴆藥武大遭殃
卷之二
第六回　何九受賄瞞天　王婆幫閑遇雨
第七回　薛媒婆說娶孟三兒　楊姑娘氣罵張四舅
第八回　盼情郎佳人占鬼卦　燒夫靈和尚聽淫聲

图 2-12 《新镌绣像批评原本金瓶梅》，日本内阁文库藏本

2-13 《新刻绣像批评金瓶梅》首都图书馆藏本

又称“孔德本”。20卷100回，分装20册，正文19册，图1册，51叶，101幅。正文半叶11行，行28字。半框19.9厘米 ×12.2厘米。无眉批，少有夹批。此书应为东大本系统的翻刻本。图像属于百幅简图系统的早期本，前99回每回1幅，最后一回为两幅。最后一图背面是文字题词，署名“回道人题”。从81回至100回插图非常拙劣，与前面风格迥异，当为缺失后补刻。但在东大本、内阁本插图都遗失的情况下，此本的插图具有珍贵的文献价值。原藏北京孔德学校图书馆。此外，拍卖市场曾经出现过一套《金瓶梅图》，1函2册，标注：“明末清初刻本，是书应有图一百零一幅，现存图九十七幅。”经研究比对，与首都图书馆藏本一致。见于北京万隆拍卖2001年11月艺术品拍卖会·古籍文献专场0081号。（图2-13）

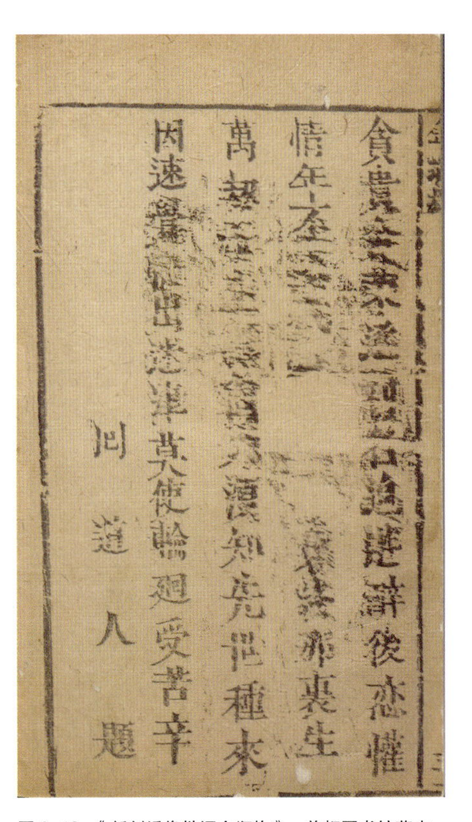

回道人題

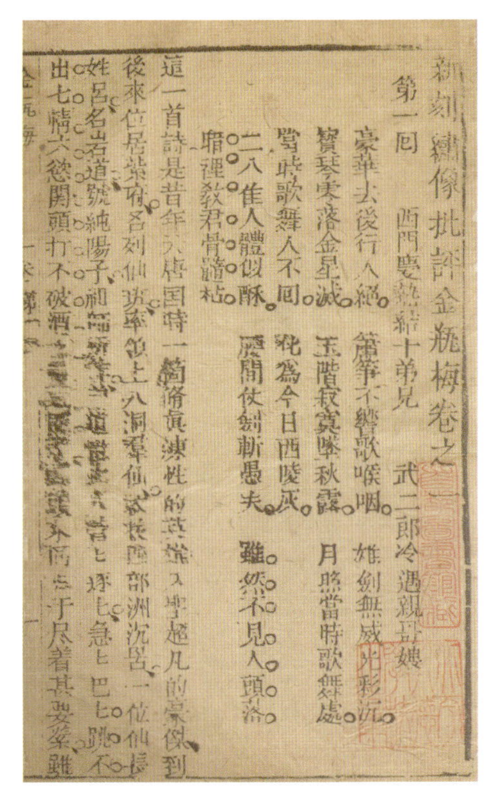

新刻繡像批評金瓶梅卷之一

第一回 西門慶熱結十弟兄 武二郎冷遇親哥嫂

豪華去後行人絕。簫箏不響歌喉咽。雄劍無威光彩沉。寶琴零落金星滅。玉階寂寞墜秋露。月照當時歌舞處。當時歌舞人不回。化為今日西陵灰。

二八佳人體似酥。腰間仗劍斬愚夫。雖然不見人頭落。暗裏教君骨髓枯。

這一首詩是昔年唐國時一箇修真煉性的英雄入聖超凡的豪傑到後來位居紫府名列仙班率領上八洞群仙救拔四部洲沉苦一位仙長姓呂名喦道號純陽子祖師……

图2-13 《新刻绣像批评金瓶梅》，首都图书馆藏本

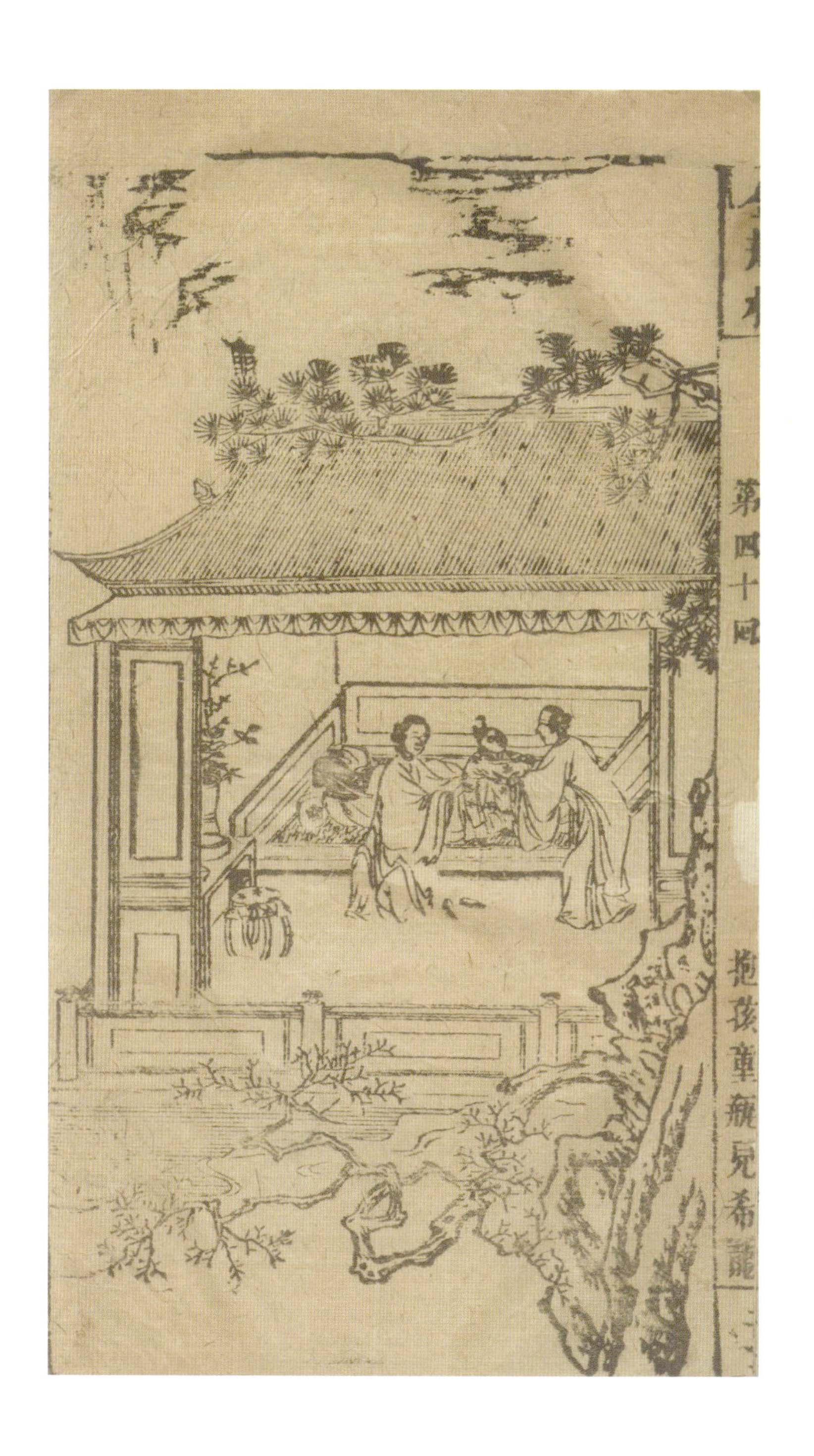
第四十回
抱孩童瓶兒希寵

图 2-13 《新刻绣像批评金瓶梅》，首都图书馆藏

2-14 《新镌绣像批评原本金瓶梅》东北师范大学藏残本

存 47 回，插图 90 幅。正文每半叶 10 行，行 22 字。行款板式、眉批等与北大本相同。扉页牌记保存完整。右上题：新镌绣像批评原本；中间大字题：金瓶梅；左题：本衙藏版。正文第一页题为“新刻绣像批评金瓶梅”。此书是崇祯本系统目前唯一保存有扉页的版本。遗失的 53 回用张评本补足，混合流传。(图 2-14)

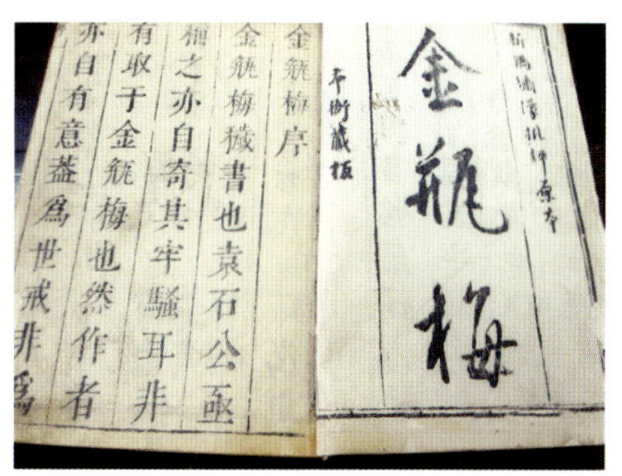

新鐫繡像批評原本
金瓶梅
本衙藏版
金瓶梅序
金瓶梅穢書也袁石公亟
稱之亦自寄其牢騷耳非
有取于金瓶梅也然作者
亦自有意蓋為世戒非為

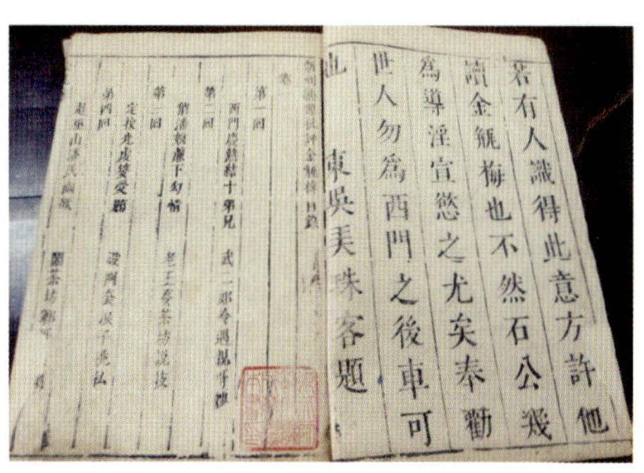

图 2-14 《新镌绣像批评原本金瓶梅》，东北师范大学藏残本

2-15 《金瓶梅》吴晓铃旧藏抄本

4 函 20 册，20 卷 100 回。正文每半叶 9 行，行 20 字。开本阔大，30 厘米 ×21 厘米。乌丝栏大字抄本。无插图、眉批、夹批。删除秽语，共计删除 11970 字。全书采用十种以上的不同字迹抄写而成，精致小楷，一丝不苟。有欧体、颜体、馆阁体等，书法美妙，堪当字帖使用。从字体风格判断，抄写年代大约为乾隆早期。本书属于崇祯本系统。吴晓铃旧藏，钤有“得天然乐趣斋印”“绥中吴氏双棔书屋藏”“吴”“晓铃藏书”等印鉴。现藏于首都图书馆。（图 2-15）

2-16 《绣刻古本八才子词话》

根据前人著录，归属于崇祯本系统。吴晓铃先生云：“顺治间坊刻《绣像八才子词话》，大兴傅氏碧蕖馆旧藏。今不悉散佚何许。”（《金瓶梅词话最初刊本问题》）吴先生把此种本子视为清代坊间刊词话本。美国韩南教授著录：“扉页题《绣刻古本八才子词话》，其下有‘本衙藏版’等字。现存五册：序文一篇，目录，第一、二回，第十一至十五回，第三十一至三十五回，第六十五至六十八回。序文年代顺治二年（一六四五），序者不详。十卷百回。无插图。”（《金瓶梅的版本及其他》）（图 2-16 阙如）

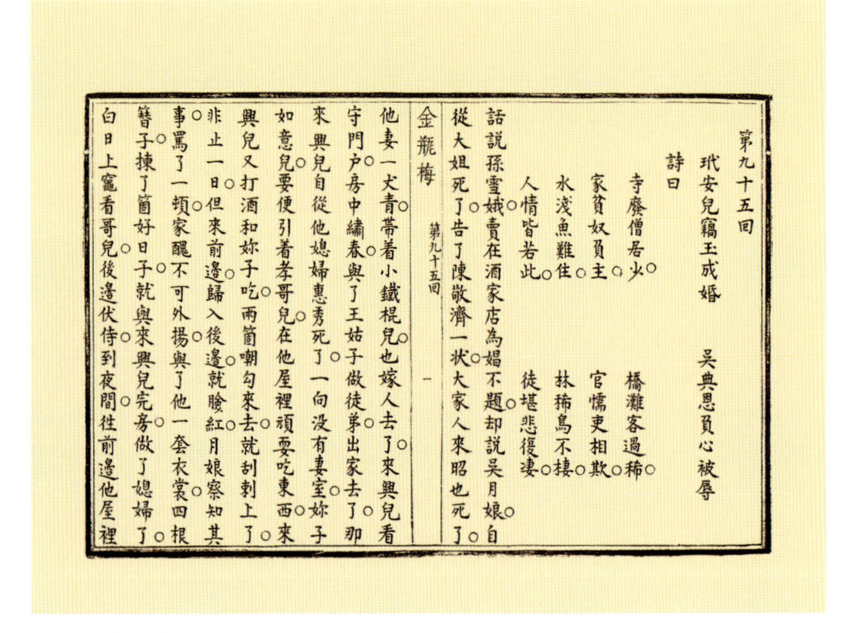
第九十五回

玳安兒竊玉成婚　吳典恩負心被辱

詩曰

寺廢僧居少。橋灘客過稀。
家貧奴負主。官懦吏相欺。
水淺魚難住。林稀鳥不棲。
人情皆若此。徒堪悲傷凄。

話說孫雪娥賣在酒家店為娼不題。却說吳月娘自從大姐死了。告了陳敬濟一狀。大家人來昭也死了。

金瓶梅　第九十五回　一

他妻一丈青帶着小鐵棍兒也嫁人去了。來興兒看守門戶。房中繡春與了王姑子做徒弟。出家去了。却來興兒自從他媳婦惠秀死了。一向沒有妻室。奶子如意兒要便引着孝哥兒在他屋裡頑耍吃東西。來興兒又打酒和奶子吃。兩個嘲勾來去。就刮剌上了。非止一日。但來前邊歸入後邊。就臉紅。月娘察知其事。罵了一頓。家醜不可外揚。與了他一套衣裳。四根簪子。揀了箇好日子。就與來興兒完房。做了媳婦了。白日上竈看哥兒。後邊伏侍。到夜間往前邊他屋裡

图 2-15 《金瓶梅》，吴晓铃旧藏抄本

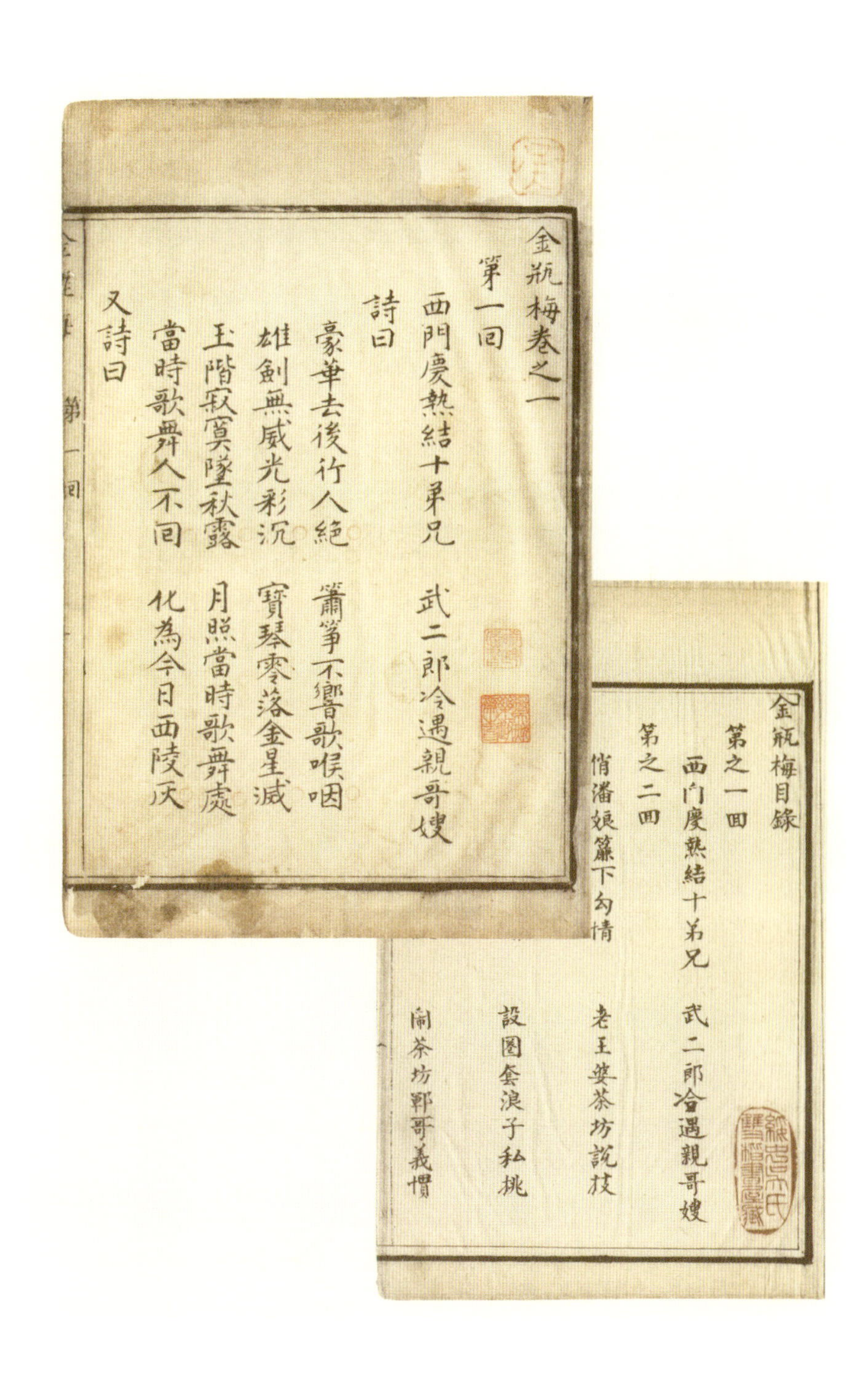
金瓶梅卷之一

第一回

西門慶熱結十弟兄　武二郎冷遇親哥嫂

詩曰

豪華去後行人絕　簫箏不響歌喉咽
雄劍無威光彩沉　寶琴零落金星滅
玉階寂寞墜秋露　月照當時歌舞處
當時歌舞人不回　化為今日西陵灰

又詩曰

金瓶梅目錄

第之一回

西門慶熱結十弟兄　武二郎冷遇親哥嫂

第之二回

俏潘娘簾下勾情　老王婆茶坊說技

設圈套浪子私挑

鬧茶坊鄆哥義憤

2-17 《新刻绣像批评金瓶梅》北京大学出版社（影印本）

1. 北京大学出版社 1988 年 12 月版。宣纸线装 4 函 36 册。开本尺寸：25.3 厘米 ×16.9 厘米。据北大图书馆藏本影印，编号发行。印量未标。每回插图 2 幅，全书共 200 幅。内部发行，发行对象为副教授以上研究人员，购书者均编号登记。原书缺第 31 回第 12 叶，第 73 回第 1 至 2 叶，第 75 回第 1 至 2 叶，第 79 回第 29 叶；第 57 回第 8 叶被焚毁半页；用天津图书馆藏本胶片还原补配。分为两种板式：早期用花翎函套，古色封面；后改为蓝布函套、蓝色封面，版权页单独印刷后粘贴在最后一册书尾。前者多编号发行，后者多无编号。版权页钤盖有“北京大学出版社”朱文印章。归入《北京大学图书馆善本丛书》。（图 2-17-1）

2. 北京大学出版社 1996 年 8 月第二次印刷。定价 3380 元。与第一次印刷基本一致，唯独质量下降。版权页单独印刷，粘贴在函套上。（图 2-17-2）

图 2-17-1 《新刻绣像批评金瓶梅》，北京大学出版社，1988 年影印本

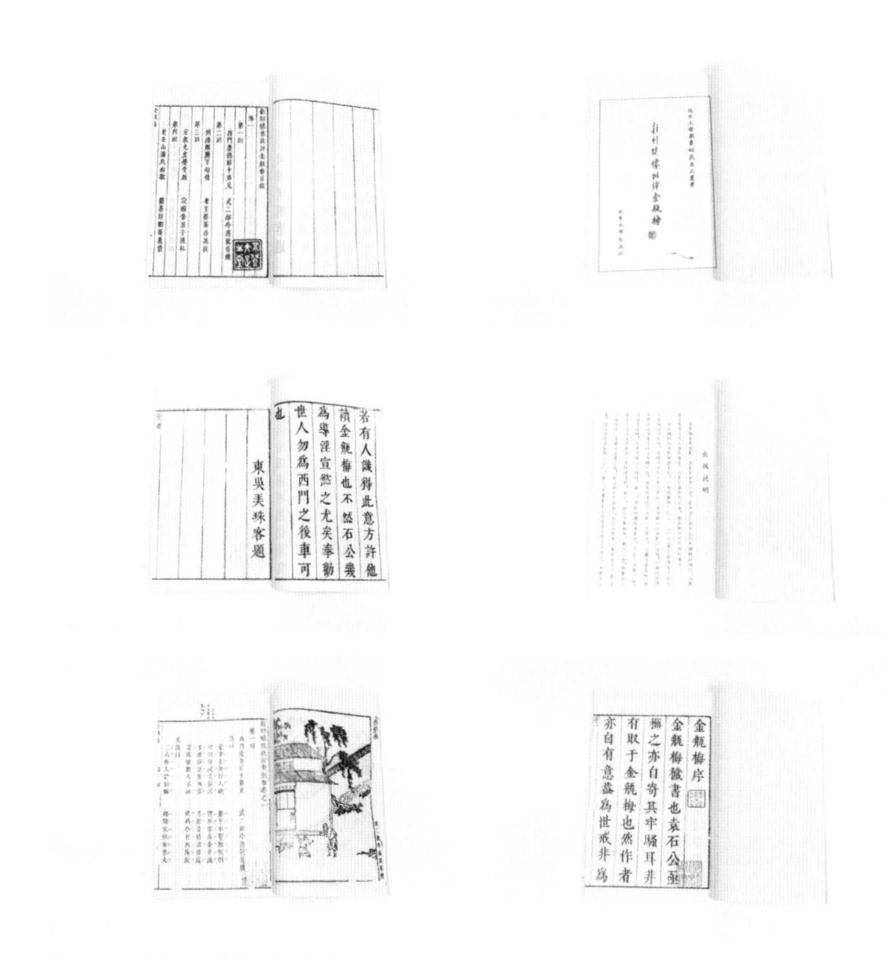

新刻繡像批評金瓶梅
東吳弄珠客題
若有人識得此意方許他讀金瓶梅也不然石公幾為導淫宣慾之尤矣奉勸世人勿為西門之後車可也
金瓶梅序
金瓶梅穢書也袁石公亟稱之亦自寄其牢騷耳非有取于金瓶梅也然作者亦自有意蓋為世戒非為

图 2-17-1 《新刻绣像批评金瓶梅》，北京大学出版社，1988 年影印本

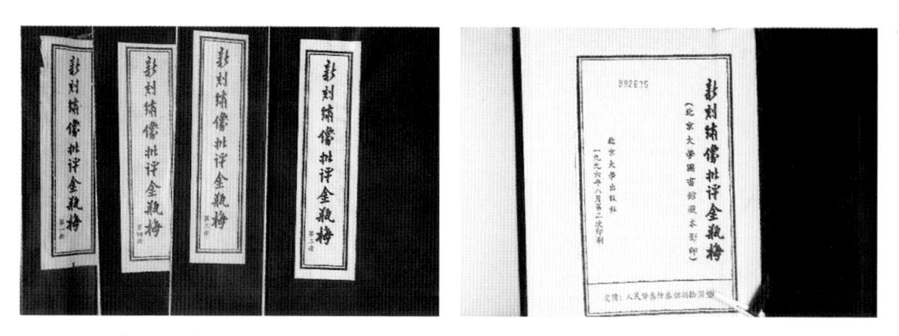

图 2-17-2 《新刻绣像批评金瓶梅》，北京大学出版社，1996 年版

2-18 《新刻绣像批评原本金瓶梅》天一出版社（影印本）

台湾天一出版社 1985 年出版，全 8 册 20 卷 100 回，收入《明清善本小说丛刊》第十辑，书为大 32 开，平脊。筒子叶精装，这种装订样式多见于民国的洋装书，在台湾早期也常见。影印日本内阁文库本。（图 2-18）

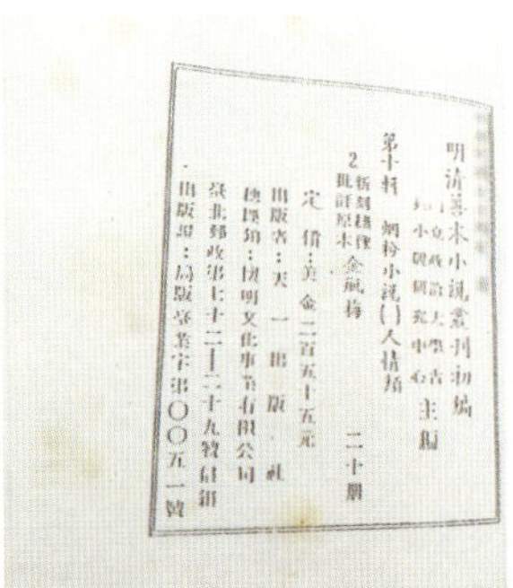

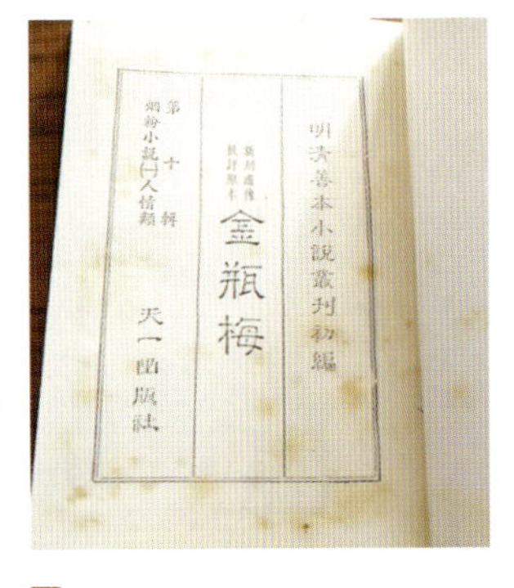

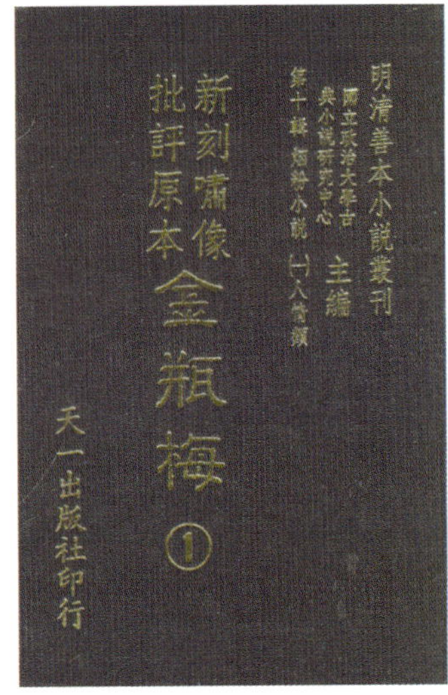

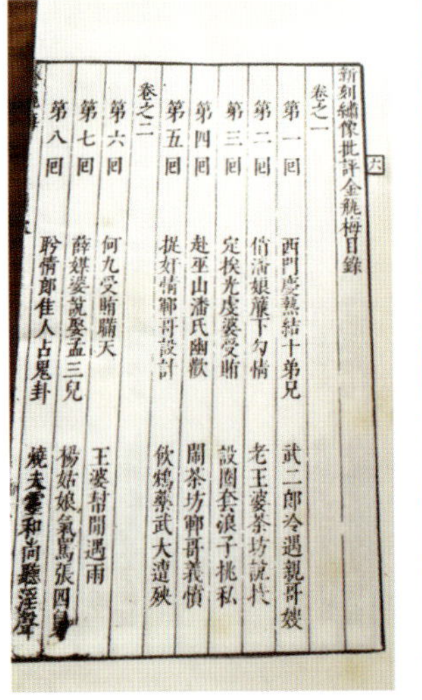
新刻繡像批評金瓶梅目錄

卷之一

第一回 西門慶熱結十弟兄 武二郎冷遇親哥嫂

第二回 俏潘娘簾下勾情 老王婆茶坊說技

第三回 定挨光虔婆受賄 設圈套浪子挑私

第四回 赴巫山潘氏幽歡 鬧茶坊鄆哥義憤

第五回 捉奸情鄆哥設計 飲鴆藥武大遭殃

卷之二

第六回 何九受賄瞞天 王婆幫閒遇雨

第七回 薛媒婆說娶孟三兒 楊姑娘氣罵張四舅

第八回 盼情郎佳人占鬼卦 燒夫靈和尚聽淫聲

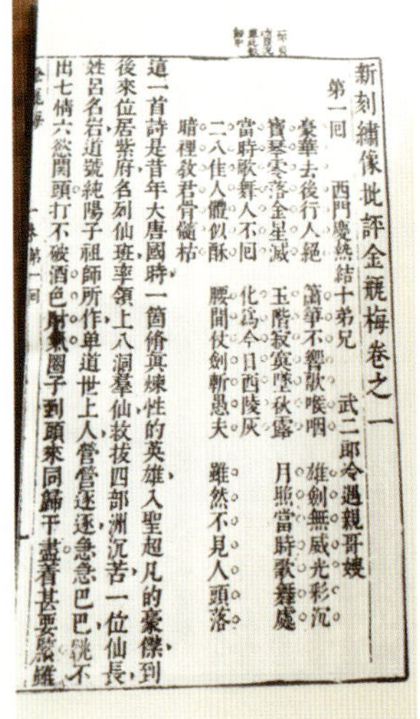
新刻繡像批評金瓶梅卷之一

第一回 西門慶熱結十弟兄 武二郎冷遇親哥嫂

豪華去後行人絕 簫箏不響歌喉咽 雄劍無威光彩沉

寶琴零落金星滅 玉階寂寞墜秋露 月照當時歌舞處

當時歌舞人不回 化爲今日西陵灰

二八佳人體似酥 腰間仗劍斬愚夫 雖然不見人頭落

暗裏教君骨髓枯

這一首詩是昔年大唐國時一箇修真煉性的英雄，入聖超凡的豪傑，到後來位居紫府，名列仙班，率領上八洞羣仙，救拔四部洲沉苦，一位仙長，姓呂名岩，道號純陽子祖師所作。單道世上人營營逐逐，急急巴巴，跳不出七情六慾關頭，打不破酒色財氣圈子，到頭來同歸于盡，着甚要緊。雖

图 2-18 《新刻绣像批评原本金瓶梅》，台湾天一出版社，1985 年版

2-19 《新刻绣像批评金瓶梅》台湾学生书局有限公司（影印本）

台湾学生书局有限公司 2011 年 7 月版。宣纸线装 2 函 21 册，16 开。含图一册。定价 28750 新台币。朱墨套印。影印东京大学东洋文化研究所藏本。所长大木康先生作序，书后收录首都师范大学周文业教授《金瓶梅崇祯本系统东大本研究》。插图以民国《清宫珍宝皕美图》珂罗版 200 幅足本配补，单独一册置于书前。（图 2-19）

图 2-19 《新刻绣像批评金瓶梅》，台湾学生书局影印东京大学藏本

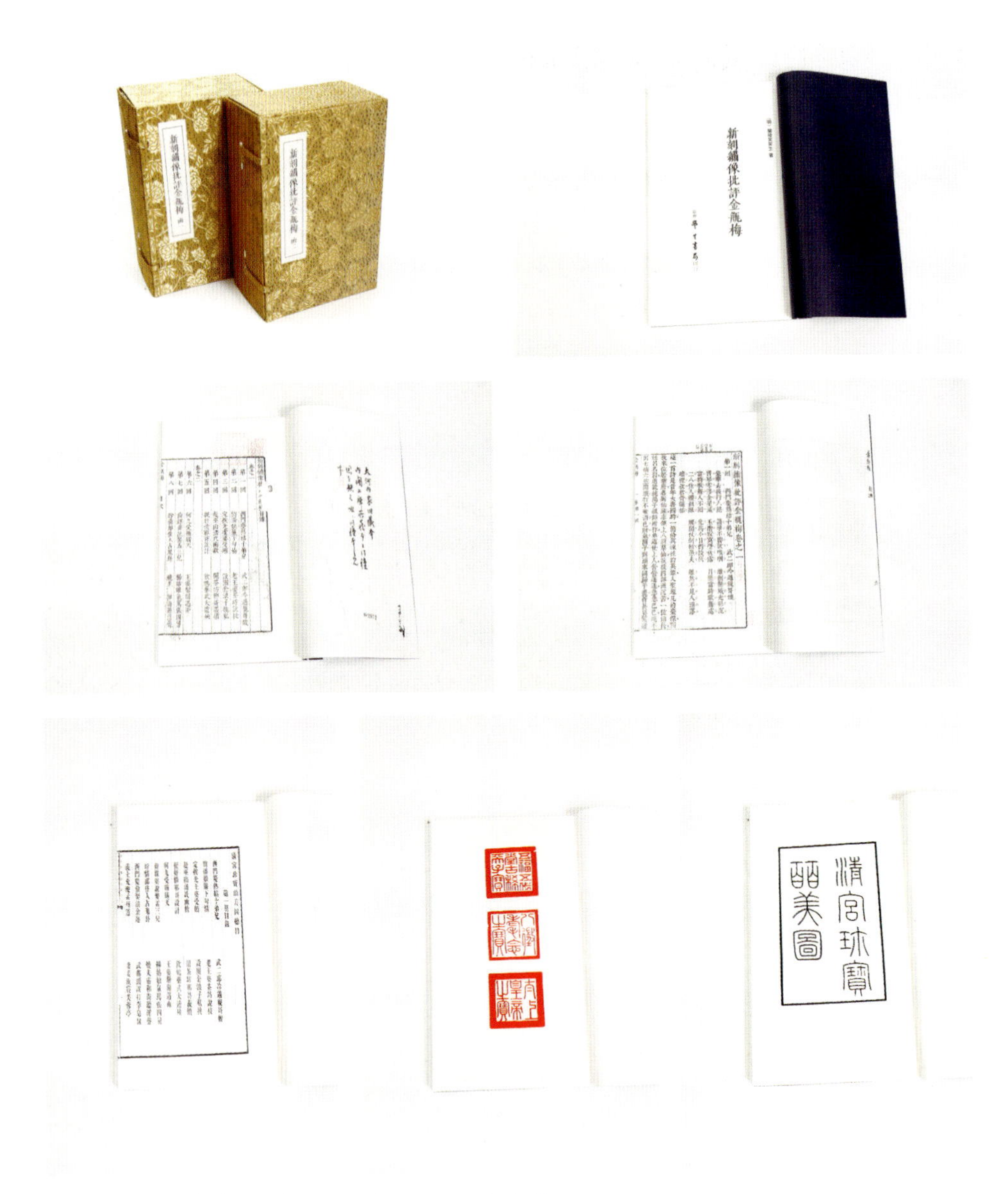

图 2-19 《新刻绣像批评金瓶梅》，台湾学生书局影印东京大学藏本

2-20 《新刻绣像批评金瓶梅》线装书局（影印本）

线装书局 2012 年 5 月版。宣纸线装 3 函 24 册。插图 200 幅分插每回之前。16 开。定价 9600 元。影印天津图书馆藏本。本书采用仿真影印，效果较好，但底本后部漫漶较多。（图 2-20）

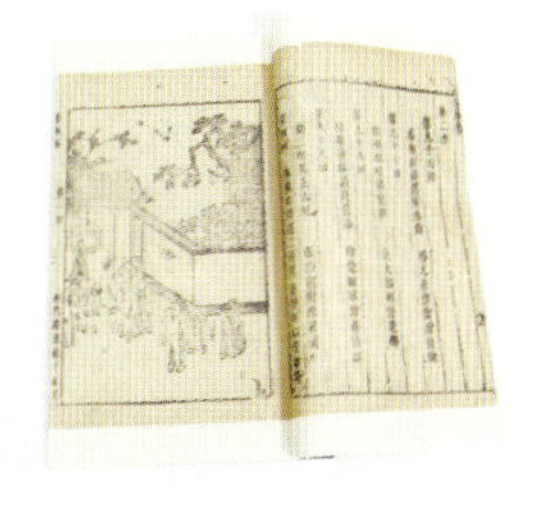

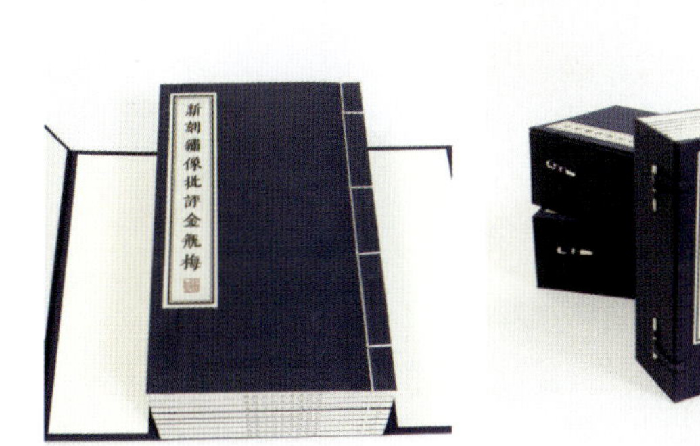

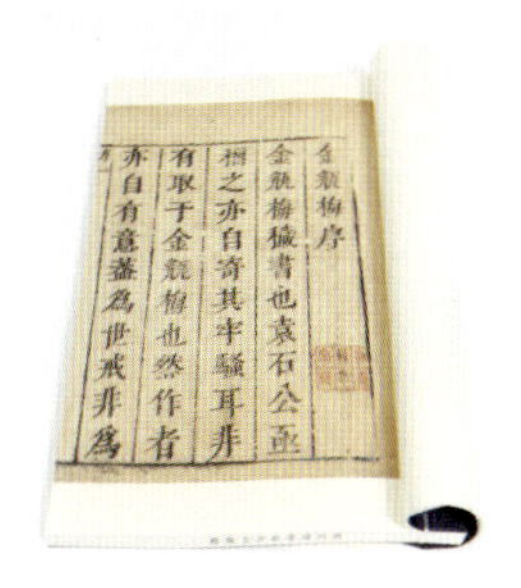

金瓶梅序
金瓶梅穢書也袁石公亟
稱之亦自寄其牢騷耳非
有取于金瓶梅也然作者
亦自有意蓋爲世戒非爲

图 2-20 《新刻绣像批评金瓶梅》，线装书局影印天津图书馆藏本

2-21 《吴晓铃藏乾隆钞本金瓶梅》火鸟国际文化出版有限公司（影印本）

台湾火鸟国际文化出版有限公司 2015 年 12 月版。宣纸线装 4 函 21 册，附补删 1 册。大 16 开。印数 300 套，每套配有收藏证书，编号发行。王汝梅主编，并签名盖章于每套书扉页。分两种版式，红木箱函装、明黄色封面 60 套；绿绫缎函装、蓝色封面 240 套。影印吴晓铃旧藏《金瓶梅》乾隆抄本，现藏首都图书馆。此书为洁本，不涉秽语。出版社将删节部分辑出，单独印制成册。另配古佚本插图 200 幅置于书前，单独装订一册。（图 2-21-1、图 2-21-2）

图 2-21-1 《吴晓铃藏乾隆钞本金瓶梅》，火鸟国际文化出版有限公司，红木箱函装

吴晓铃藏乾隆抄本金瓶梅

王汝梅

吴晓铃（1914—1995），男，祖籍辽宁绥中。著名小说戏曲研究专家、藏书家、中国社会科学院文学研究所研究员。师从罗常培、胡适、魏建功等。1937 年后历任西南联合大学中文系助教、讲师，印度国际大学中国学院教授，中国作家协会会员。著有《中国文学史》（古代部分，合作），校订及注译剧作《西厢记》《关汉卿戏曲集》《话本选》《大戏剧家关汉卿杰作集》，译著有古印度戏剧《小泥车》《龙喜记》等。其“绥中吴氏双棔书屋”藏书多古刻佳椠，尤其以小说、戏曲等俗文学的专藏著称。身后藏书悉数捐赠首都图书馆，并设立专藏。

图 2-21-2 《吴晓铃藏乾隆钞本金瓶梅》，火鸟国际文化出版有限公司，绿绫缎函装

吴晓铃藏乾隆钞本金瓶梅
王汝梅

2-22 《新镌绣像批评原本金瓶梅》南洋出版社（影印本）

新加坡南洋出版社 2017 年 12 月版。分两种版式：宣纸线装 2 函 22 册，16 开原大影印；精装全 6 册，大 32 开，彩色仿真影印，归入《明清小说辑刊》。此书影印日本内阁文库藏崇祯本，黄霖作序，并依据 1963 年《大安·金瓶梅特辑》杂志恢复了原书的扉页及序言的首页。收录古佚本（王孝慈本）插图 200 幅及首都图书馆藏崇祯本插图 101 幅。（图 2-22）

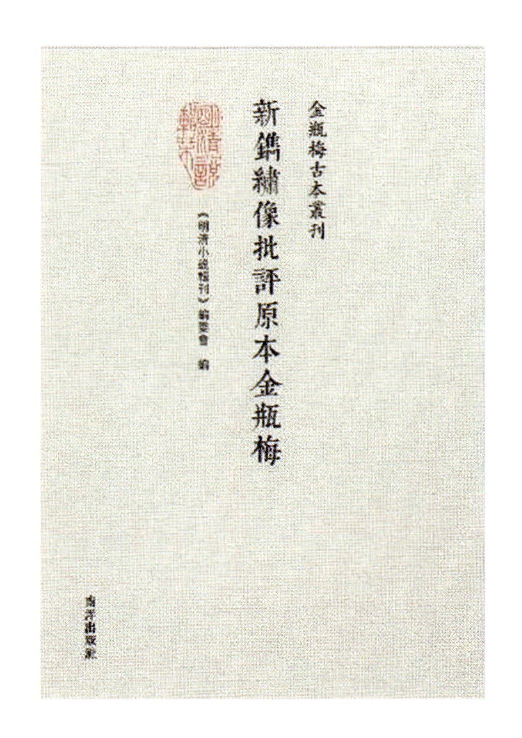

图 2-22　精装本《新镌绣像批评原本金瓶梅》，新加坡南洋出版社，2017 年 12 月版

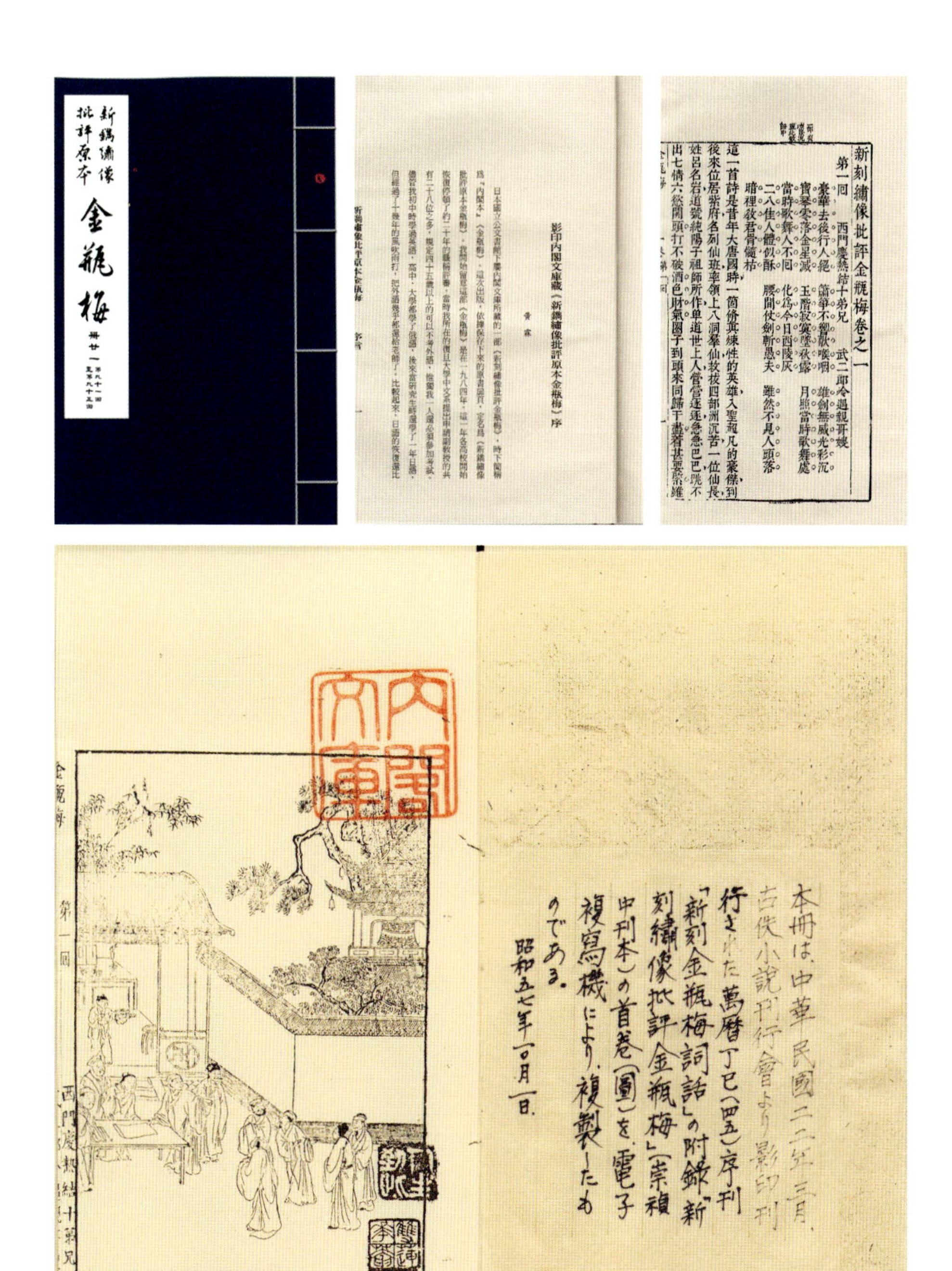

图 2-22　线装本《新镌绣像批评原本金瓶梅》，新加坡南洋出版社，2017 年 12 月版

2-23 《金瓶梅》齐鲁书社（整理本）

齐鲁书社 1989 年 6 月版。齐烟、汝梅会校。大 32 开精装 2 册，布面精装加护封，内页采用轻型铜版纸。采用崇祯本会校，足本。繁体字竖排版。收录崇祯本 200 幅插图。该书是新中国成立后第一个无删节的整理本，供学术研究需要出版。印 8000 套，编号发行，定价 175 元。（图 2-23）

图 2-23 《金瓶梅》，齐鲁书社，1989 年 6 月版

金瓶梅

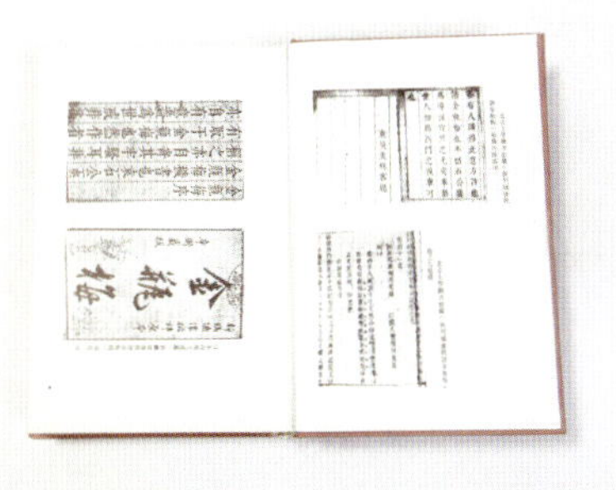

2-24 《新刻绣像批评金瓶梅》三联书店（香港）有限公司（整理本）

1. 三联书店（香港）有限公司、齐鲁书社1990年2月联合发行，会校本，足本。齐烟、汝梅校点。根据齐鲁书社1989年版重印，大32开（称特16开），共2册。分为平装、精装2种。之后多次再版，至1998年第八次印刷。从1996年6月第七次印刷开始改为香港三联书店单独出版。（图2-24-1）

2. 三联书店（香港）有限公司2009年7月修订版。会校本，足本。闫少典、王汝梅、孙言诚、赵炳南校点。之前校点者使用齐烟、汝梅的化名。大32开，共2册。分为平装、精装2种。（图2-24-2）

3. 三联书店（香港）有限公司2011年10月重订版。会校本，足本。闫少典、王汝梅、孙言诚、赵炳南校点。特16开，精装2册，改换封面，后印增加一个插函。（图2-24-3）

图2-24-1 《新刻绣像批评金瓶梅》，三联书店（香港），1990年2月联合发行

新鐫繡像批評金瓶梅卷之六
第二十六回　來旺兒遞解徐州　宋蕙蓮含羞自縊

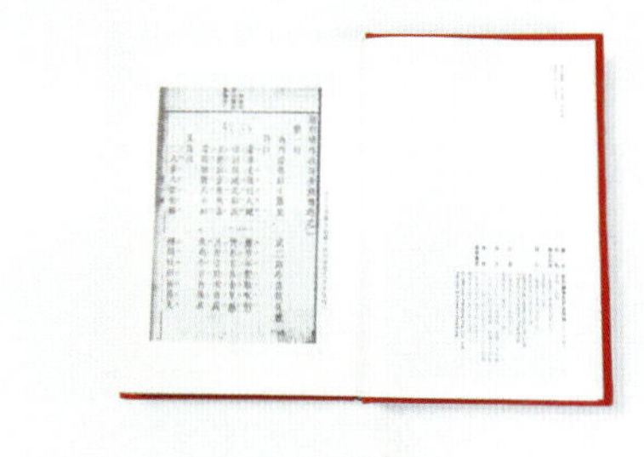

金瓶梅

金瓶梅
上

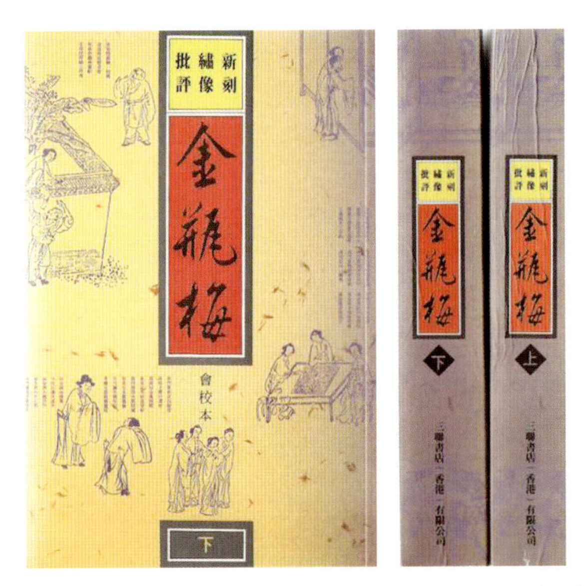

图 2-24-2 《新刻绣像批评金瓶梅》，三联书店（香港），2009 年平装本

图 2-24-3 《新刻绣像批评金瓶梅》，三联书店（香港），2011 年 10 月重订版

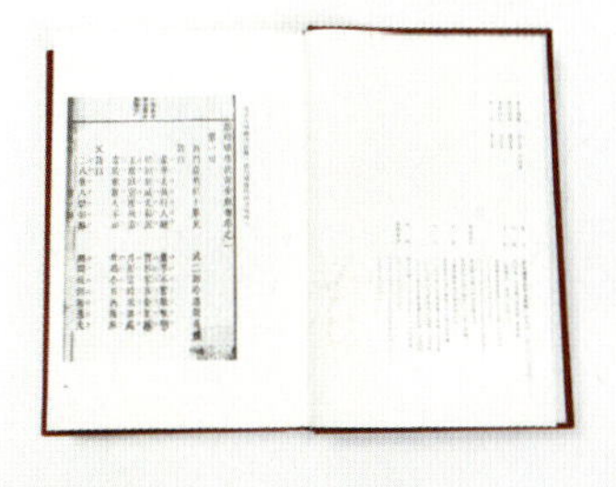

2-25 《新刻绣像批评金瓶梅》晓园出版社有限公司（整理本）

台湾晓园出版社有限公司、齐鲁书社 1990 年 9 月联合出版，平装 2 册。小 16 开，会校本，足本。齐烟、汝梅校点。共 2 册。只限台湾地区发行。（图 2-25）

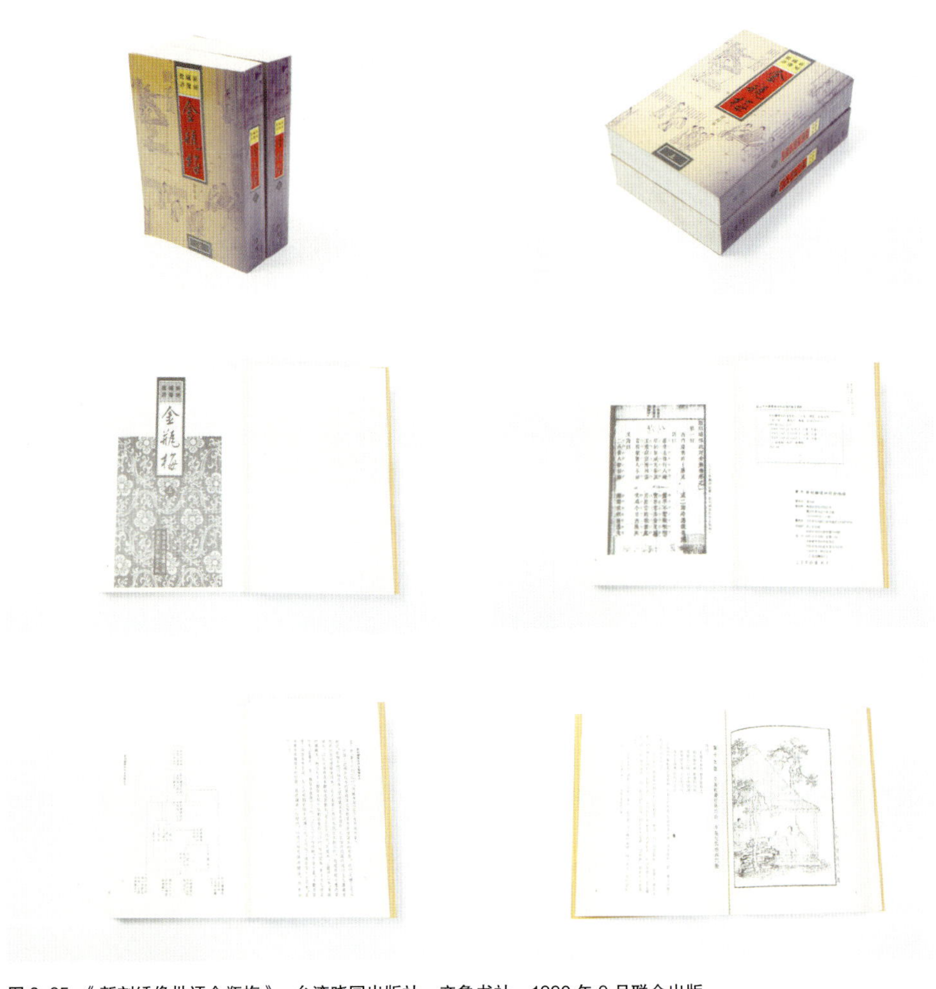

图 2-25 《新刻绣像批评金瓶梅》，台湾晓园出版社、齐鲁书社，1990 年 9 月联合出版

2-26 《新刻绣像批评金瓶梅》浙江古籍出版社（整理本）

1. 浙江古籍出版社 1991 年 8 月版。《李渔全集》（第一版 20 册）第 12、13、14 册收录。大 32 开。张兵、顾越点校，黄霖审定，印量 3500 套。插图 100 幅，附于卷首。有删节，但未注明字数，删文以“□”标出。以日本内阁文库藏崇祯本为底本。全套《李渔全集》共 20 册，定价 400 元。另有一版改换淡粉色封面，无序列编号，单独内部发行。（图 2-26-1）

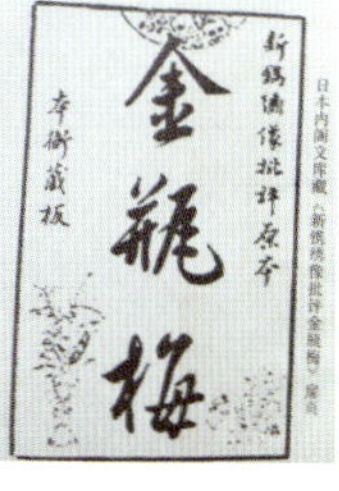

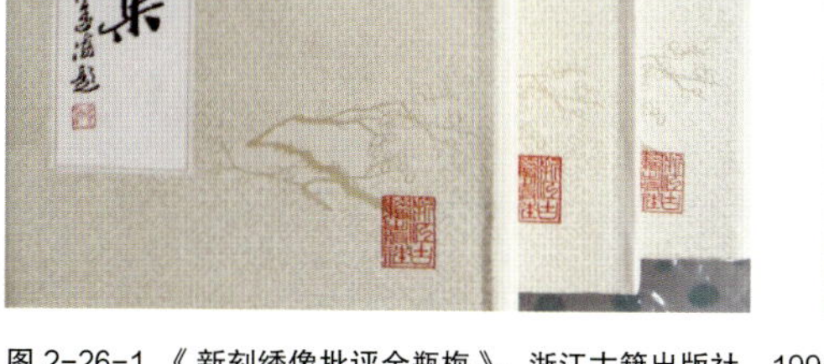

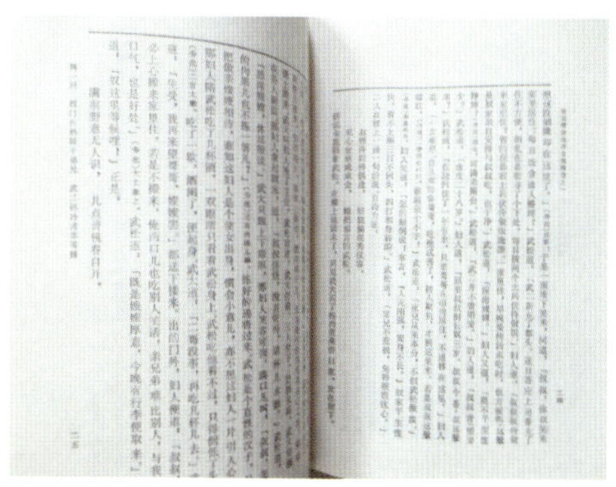

图 2-26-1 《新刻绣像批评金瓶梅》，浙江古籍出版社，1991 年版

2. 浙江古籍出版社 1998 年 6 月版。《李渔全集》(第二版 12 册)第 7、8 册收录。2010 年 6 月又改回 20 册本收录。(图 2-26-2)

3. 浙江古籍出版社 2014 年 6 月版。小 16 开。黄霖、张兵、顾越点校，改版为繁体竖排，前附插图 200 幅，收入《浙江文丛》(全 22 册)第 13、14、15 册。(图 2-26-3)

黄霖(1942—)，上海嘉定人。1964 年毕业于复旦大学中文系。任中国《金瓶梅》研究会、中国明代文学会等多类学会会长，复旦大学中国语言文学研究所所长，教授、博士生导师。出版《金瓶梅大辞典》等《金瓶梅》专著、论文数十种。主持浙江古籍版《金瓶梅》崇祯本的校订；参与梅节校本《金瓶梅词话》的注释。

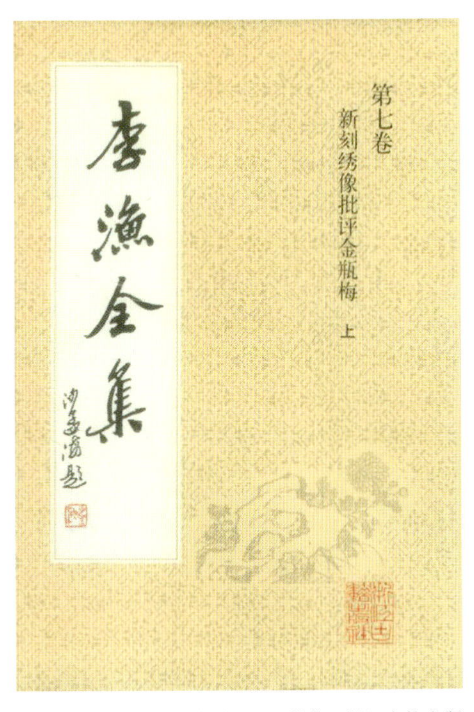

图 2-26-2 《新刻绣像批评金瓶梅》，浙江古籍出版社，1998 年版

图 2-26-3 《新刻绣像批评金瓶梅》，浙江古籍出版社，《浙江文丛》版

2-27 《新刻绣像批评金瓶梅》"笠翁文集"版（整理本）

1. 光明日报出版社 1997 年 10 月版《笠翁文集》，全 7 册。精装大 32 开。印 1000 部，定价 590 元。第五、六、七卷为《新刻绣像批评金瓶梅》，温京华、田军校点，附插图 30 幅。全书共删 13812 字。以首都图书馆藏《新刻绣像批评金瓶梅》为底本，并依据日本内阁文库本补入眉批。（图 2-27-1）

2. 线装书局 2014 年 6 月版《笠翁文集》，全 12 册。仿真皮面精装，16 开。印 3000 部，定价 4680 元。第六、七、八卷为《新刻绣像批评金瓶梅》，内容与光明日报版一致。（图 2-27-2）

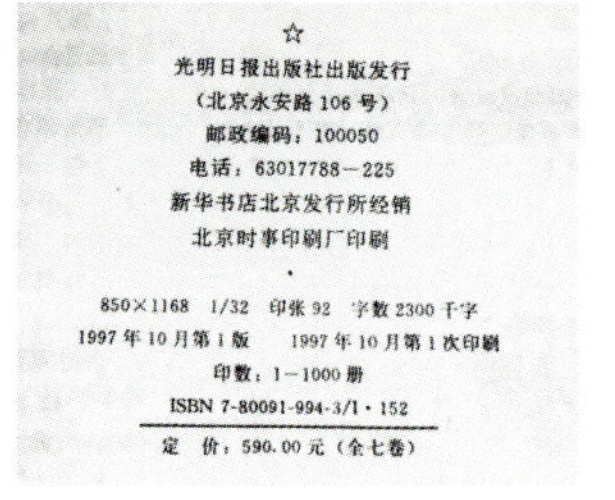
☆
光明日报出版社出版发行
（北京永安路 106 号）
邮政编码：100050
电话：63017788－225
新华书店北京发行所经销
北京时事印刷厂印刷
·
850×1168 1/32 印张 92 字数 2300 千字
1997 年 10 月第 1 版 1997 年 10 月第 1 次印刷
印数：1－1000 册
ISBN 7-80091-994-3/I·152
定 价：590.00 元（全七卷）

图 2-27-1 《笠翁文集》，光明日报出版社，1997 年 10 月版

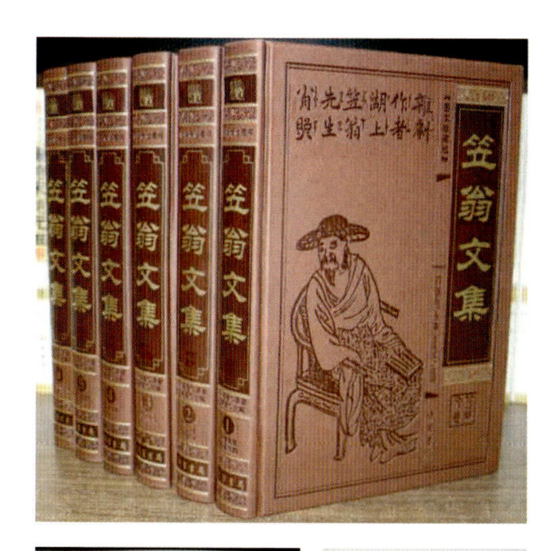

图 2-27-2 《笠翁文集》，线装书局，2014 年 6 月版

2-28 《金瓶梅》南洋出版社（整理本）

1. 新加坡南洋出版社 2003 年 1 月版，董玉振主编，大 32 开，平装 2 册，简体横排，足本。号称第一部并且唯一的简体字足本《金瓶梅》，但之前三秦古籍书社在 1991 年亦曾出版过简体字的足本。采用崇祯本 200 幅插图，整合词话本（主要是第一回）和崇祯本，包括全部评点，称为双版本。错漏较多。（图 2-28-1）

2. 新加坡南洋出版社 2006 年 5 月、2009 年 11 月版，董玉振主编，大 32 开，仿真皮精装 2 册，配插函。（图 2-28-2）

3. 新加坡南洋出版社 2016 年 1 月版，董玉振主编，大 32 开，分为精装、平装。将词话本、崇祯本不同的部分附录于书后。由罗再毅先生进行大量修订，较为完善。（图 2-28-3）

金瓶梅 作者：笑笑生

主　　编：董玉振

审　　校：董玉振　不甚了了真人

出版发行：南洋出版社 South Ocean Publishing House

地　　址：37A Hong Kong Street, Unt 2191, Singapore 059676

电　　话：0065-63992701，Fax: 0065-63992701

电子信箱：south_ocean2002@163.com

出版日期：2003 年 1 月

国际书号：ISBN 981-04-8130-6

定购本书专用电子邮箱：jin_ping_mei2002@yahoo.com.cn

（请正确提供如下信息：购买数量／姓名／电话／详细地址）

图 2-28-1 《金瓶梅》，新加坡南洋出版社，2003 年 1 月版

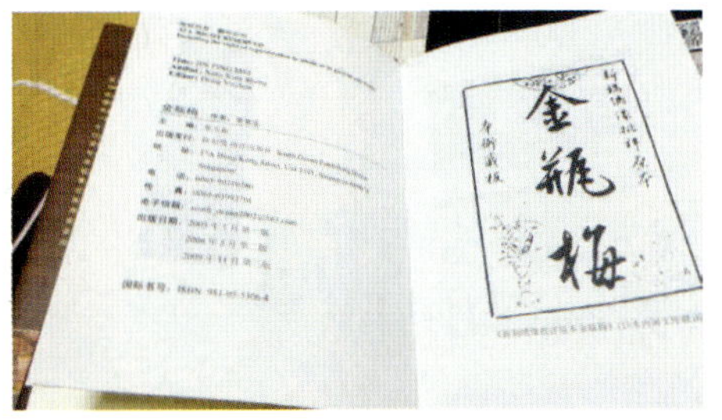

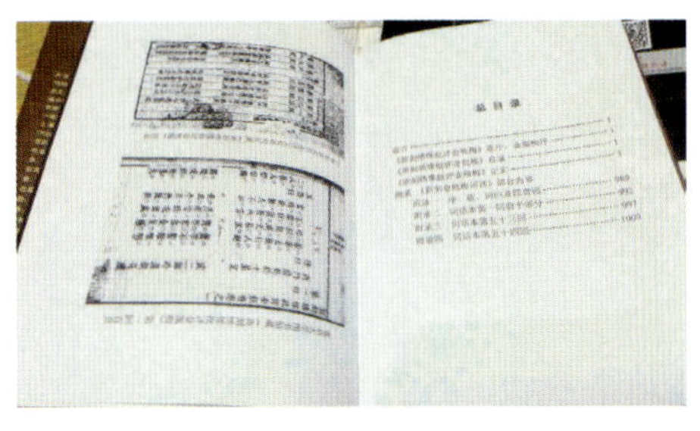

图 2-28-2 《金瓶梅》，新加坡南洋出版社，2009 年版

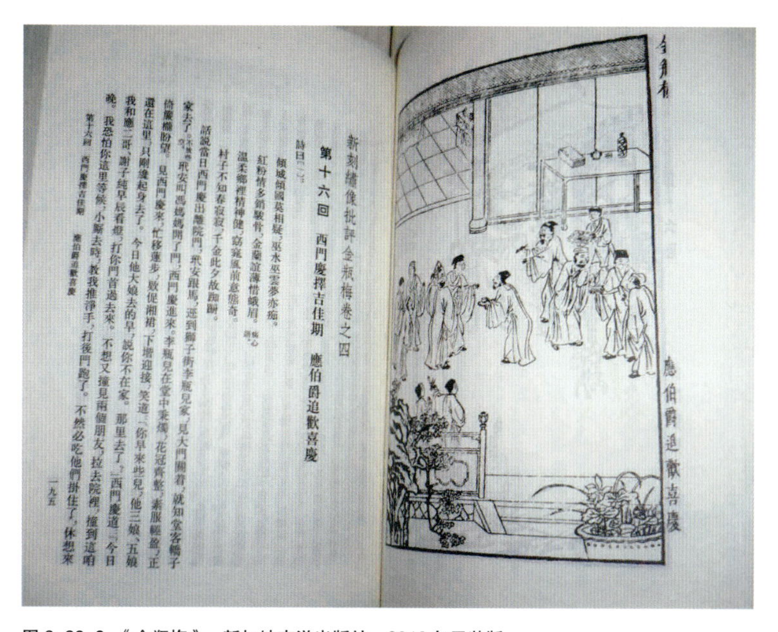

新刻繡像批評金瓶梅卷之四

第十六回　西門慶擇吉佳期　應伯爵追歡喜慶

詩曰：

傾城傾國莫相疑，巫水巫雲夢亦癡。
紅粉情多銷駿骨，金蘭誼薄惜蛾眉。
溫柔鄉裡精神健，窈窕風前意態奇。
村子不知春寂寂，千金此夕故踟躕。

話說當日西門慶出離院門，玳安跟馬，逕到獅子街李瓶兒家，見大門關着，就知堂客轎子家去了。玳安叫馮媽媽開了門，西門慶進來。李瓶兒在堂中秉燭，花冠齊整，素服輕盈，正倚簾櫳盼望。見西門慶來，忙移蓮步，款促湘裙，下堦迎接，笑道：「你早來些兒，他三娘、五娘還在這里，只剛纔起身去了。今日他大娘去的早，說你不在家。那里去了？」西門慶道：「今日我和應二哥、謝子純早辰看燈，打你門首過去來。不想又撞見兩個朋友，拉去院裡，撞到這咱晚。我恐怕你這里等候，小廝去時，教我推淨手，打後門跑了。不然必吃他們掛住了，休想來

第十六回　西門慶擇吉佳期　應伯爵追歡喜慶　一九五

图 2-28-3 《金瓶梅》，新加坡南洋出版社，2016 年平装版

第三篇

第一奇书本

（张竹坡评本）

第一奇书本，也称张竹坡评本，简称张评本，即《皋鹤堂批评第一奇书金瓶梅》。皋鹤堂是张竹坡的堂号。张竹坡（1670—1698），名道深，字自得，号竹坡。他在康熙三十四年（1695）以崇祯本为底本，评点刊刻《金瓶梅》。之后张氏评点本大行其道，在整个清代崇祯本便为张评本所取代，为中国的文艺理论批评留下了宝贵的遗产。

张竹坡把《金瓶梅》称为《第一奇书》，撰写《第一奇书非淫书论》，历史上首次为《金瓶梅》正名，肯定《金瓶梅》的历史地位，继承了冯梦龙等的小说史观与四大奇书之说。竹坡评语包括总评《竹坡闲话》《金瓶梅寓意说》《苦孝说》《第一奇书非淫书论》《冷热金针》《读法》《凡例》《趣谈》等，以及回前评、眉批、夹批约十万余言，洋洋大观。在保持《金瓶梅》完整性的同时，几乎是对这部作品进行了再创作。他以严肃认真的态度来评点，肯定《金瓶梅》是一部泄愤的世情书，是一部太史公文字，而不是淫书。其观点远见博识，影响深远；其思想甚至令当代人汗颜。第一奇书本在清代是流传最广、影响最大的本子，直至民国产生的《古本金瓶梅》和《真本金瓶梅》，都是张评本的删改本；满文译本也是以此为底本的。

张评本在清代衍生出的版本大概分为两个系统。一为有回前评语的系统，以“本衙藏板翻刻必究”本为代表，包括影松轩本、本衙藏版本、崇经堂本等。有大连图书馆藏本衙藏板翻刻必究本，以及张青松藏甲本、韩国梨花女子大学图书馆藏本中，均发现在《寓意说》尾“悲哉悲哉”之后多出 227 字，内容为叙述张竹坡自身经历以及评点《金瓶梅》的背景。为其他版本所无，具有重要的文献价值。另一为无回前评语的系统，以苹华堂本为代表，包括在兹堂本、康熙乙亥本、皋鹤草堂本等。苹华堂本是近年新发现的孤本，未见著录，自俄罗斯回流。苹华堂本的发现，理清了张评本无回前评语系统各种版本的关系。两个系统孰先孰后，学界尚有不同意见。另外还有一种版本，牌记为“本衙藏板翻刻必究”，张青松藏乙本，特点是 1—76 回没有回前评，77—100 回有回前评。但全书并非拼凑，是完整一套。存有回前评的页码单独排列，与正文不连续。这个本子的存在说明，本衙藏板翻刻必究本在刻印发行历程中，回前评语极有可能是在刷印装订时插进去的，才造成这种状况。

第一奇书本目录如下：（以“本衙藏板翻刻必究”本为主）

第十四回　花子虚因气丧身　李瓶儿迎奸赴会
第十五回　佳人笑赏翫灯楼　狎客帮嫖丽春院
第十六回　西门庆择吉佳期　应伯爵追欢喜庆
第十七回　宇给事劾倒杨提督　李瓶儿许嫁蒋竹山
第十八回　赂相府西门脱祸　见娇娘敬济魂销
第十九回　草里蛇逻打蒋竹山　李瓶儿情感西门庆
第二十回　傻帮闲趋奉闹华筵　痴子弟争锋毁花院
第二十一回　吴月娘扫雪烹茶　应伯爵替花邀酒
第二十二回　蕙莲儿偷期蒙爱　春梅姐正色闲邪
第二十三回　赌棋枰瓶儿输钞　觑藏春潘氏潜踪
第二十四回　敬济元夜戏娇姿　惠祥怒詈来旺妇
第二十五回　吴月娘春昼秋千　来旺儿醉中谤讪
第二十六回　来旺儿递解徐州　宋蕙莲含羞自缢
第二十七回　李瓶儿私语翡翠轩　潘金莲醉闹葡萄架
第二十八回　陈敬济儌幸得金莲　西门庆胡涂打铁棍
第二十九回　吴神仙冰鉴定终身　潘金莲兰汤邀午战
第三十回　蔡太师擅恩锡爵　西门庆生子加官
第三十一回　琴童藏壶构衅　西门开宴为欢
第三十二回　李桂姐趋炎认女　潘金莲怀嫉惊儿
第三十三回　陈敬济失钥罚唱　韩道国纵妇争风
第三十四回　献芳樽内室乞恩　受私贿后庭说事
第三十五回　西门庆为男宠报仇　书童儿作女妆媚客
第三十六回　翟管家寄书寻女子　蔡状元留饮借盘缠
第三十七回　冯妈妈说嫁韩爱姐　西门庆包占王六儿
第三十八回　王六儿棒槌打捣鬼　潘金莲雪夜弄琵琶
第三十九回　寄法名官哥穿道服　散生日敬济拜冤家
第四十回　抱孩童瓶儿希宠　装丫鬟金莲市爱
第四十一回　两孩儿联姻共笑嬉　二佳人愤深同气苦
第四十二回　逞豪华门前放烟火　赏元宵楼上醉花灯
第四十三回　争宠爱金莲斗气　卖富贵吴月攀亲

第四十四回　避马房侍女偷金　下象棋佳人消夜
第四十五回　应伯爵劝当铜锣　李瓶儿解衣银姐
第四十六回　元夜游行遇雪雨　妻妾戏笑卜龟儿
第四十七回　苗青谋财害主　西门枉法受赃
第四十八回　弄私情戏赠一枝桃　走捷径探归七件事
第四十九回　请巡按屈体求荣　遇胡僧现身施药
第五十回　琴童潜听燕莺欢　玳安嬉游蝴蝶巷
第五十一回　打猫儿金莲品玉　斗叶子敬济输金
第五十二回　应伯爵山洞戏春娇　潘金莲花园调爱婿
第五十三回　潘金莲惊散幽欢　吴月娘拜求子息
第五十四回　应伯爵隔花戏金钏　任医官垂帐诊瓶儿
第五十五回　西门庆两番庆寿诞　苗员外一诺赠歌童
第五十六回　西门庆捐金助朋友　常峙节得钞傲妻儿
第五十七回　开缘簿千金喜舍　戏雕栏一笑回嗔
第五十八回　潘金莲打狗伤人　孟玉楼周贫磨镜
第五十九回　西门庆露阳惊爱月　李瓶儿睹物哭官哥
第六十回　李瓶儿病缠死孽　西门庆官作生涯
第六十一回　西门庆乘醉烧阴户　李瓶儿带病宴重阳
第六十二回　潘道士法遣黄巾士　西门庆大哭李瓶儿
第六十三回　韩画士传真作遗爱　西门庆观戏动深悲
第六十四回　玉箫跪受三章约　书童私挂一帆风
第六十五回　愿同穴一时丧礼盛　守孤灵半夜口脂香
第六十六回　翟管家寄书致赙　黄真人发牒荐亡
第六十七回　西门庆书房赏雪　李瓶儿梦诉幽情
第六十八回　应伯爵戏衔玉臂　玳安儿密访蜂媒
第六十九回　招宣府初调林太太　丽春院惊走王三官
第七十回　老太监引酌朝房　二提刑庭参太尉
第七十一回　李瓶儿何家托梦　提刑官引奏朝仪
第七十二回　潘金莲抠打如意儿　王三官义拜西门庆
第七十三回　潘金莲不愤忆吹箫　西门庆新试白绫带

第七十四回　潘金莲香腮偎玉　薛姑子佛口谈经
第七十五回　因抱恙玉姐含酸　为护短金莲泼醋
第七十六回　春梅姐娇撒西门庆　画童儿哭躲温葵轩
第七十七回　西门庆踏雪访爱月　贲四嫂带水战情郎
第七十八回　林太太鸳帏再战　如意儿茎露独尝
第七十九回　西门庆贪欲丧命　吴月娘失偶生儿
第八十回　潘金莲售色赴东床　李娇儿盗财归丽院
第八十一回　韩道国拐财远遁　汤来保欺主背恩
第八十二回　陈敬济弄一得双　潘金莲热心冷面
第八十三回　秋菊含恨泄幽情　春梅寄柬谐佳会
第八十四回　吴月娘大闹碧霞宫　普静师化缘雪涧洞
第八十五回　吴月娘识破奸情　春梅姐不垂别泪
第八十六回　雪娥唆打陈敬济　金莲解渴王潮儿
第八十七回　王婆子贪财忘祸　武都头杀嫂祭兄
第八十八回　陈敬济感旧祭金莲　庞大姐埋尸托张胜
第八十九回　清明节寡妇上新坟　永福寺夫人逢故主
第九十回　来旺偷拐孙雪娥　雪娥受辱守备府
第九十一回　孟玉楼爱嫁李衙内　李衙内怒打玉簪儿
第九十二回　陈敬济被陷严州府　吴月娘大闹授官厅
第九十三回　王杏庵义恤贫儿　金道士娈淫少弟
第九十四回　大酒楼刘二撒泼　洒家店雪娥为娼
第九十五回　玳安儿窃玉成婚　吴典恩负心被辱
第九十六回　春梅姐游旧家池馆　杨光彦作当面豺狼
第九十七回　假弟妹暗续鸾胶　真夫妇明谐花烛
第九十八回　陈敬济临清逢旧识　韩爱姐翠馆遇情郎
第九十九回　刘二醉骂王六儿　张胜窃听陈敬济
第一百回　韩爱姐路遇二捣鬼　普静师幻度孝哥儿

3-1 《皋鹤堂批评第一奇书金瓶梅》本衙藏板翻刻必究本
（《寓意说》多 227 字）

1. 大连图书馆藏本。6 函 36 册，正文半叶 10 行，行 22 字，书开本大小是 23.3 厘米 ×16.3 厘米；正文的半框尺寸是 19.4 厘米 ×13.4 厘米。卷首钤有恭亲王藏书章。根据卷首谢颐序尾，此书刊刻于康熙乙亥年。扉页上端无题写，板框内分三栏，右上题：彭城张竹坡批评金瓶梅；中间大字：第一奇书；左下题：本衙藏板翻刻必究。插图 100 幅，正文之前有总评、回前评。总评包括《竹坡闲话》《金瓶梅寓意说》《苦孝说》《第一奇书非淫书论》《冷热金针》《读法》《凡例》《趣谈》等。在《寓意说》尾“悲哉悲哉”之后多出 227 字，内容为叙述自身经历以及评点《金瓶梅》的背景。为其他版本所无，具有重要的文献价值。每回有回前评，页码单独排列，与正文不连续。此书插图较为拙劣，正文版面也不甚清晰，磨损比较

图 3-1-1　大连图书馆藏《皋鹤堂批评第一奇书金瓶梅》，本衙藏板翻刻必究本

严重。（图 3-1-1）

2. 张青松藏甲本。4 函 36 册，正文半叶 10 行，行 22 字。书开本大小是 23.3 厘米 ×15 厘米；正文的半框尺寸是 19.7 厘米 ×13.7 厘米。扉页牌记、行款板式、插图、总评、回前评均与大连本相同。但扉页左上角钤盖有朱色花式印押，右下角钤盖有“本衙藏板”朱文大章，为此版本所独有。在《寓意说》尾“悲哉悲哉”之后同样多出 227 字。经比对，此版本与大连本并非同版。（图 3-1-2）

3. 韩国梨花女子大学藏本。总订 12 册，蓝色封面，左侧上端用墨笔写“金瓶梅”。正文半叶 10 行，行 22 字，书开本大小是 24. 2 厘米 ×16 厘米；正文的半框尺寸是 19. 4 厘米 ×13. 5 厘米。与大多数古籍装订的习惯不一样，该书为五针眼装订。扉页缺失，无插图，无回前评，间有缺页。在《寓意说》尾“悲哉悲哉”之后多出 227 字。其他与大连本基本一致，但也非同版。（图 3-1-3）

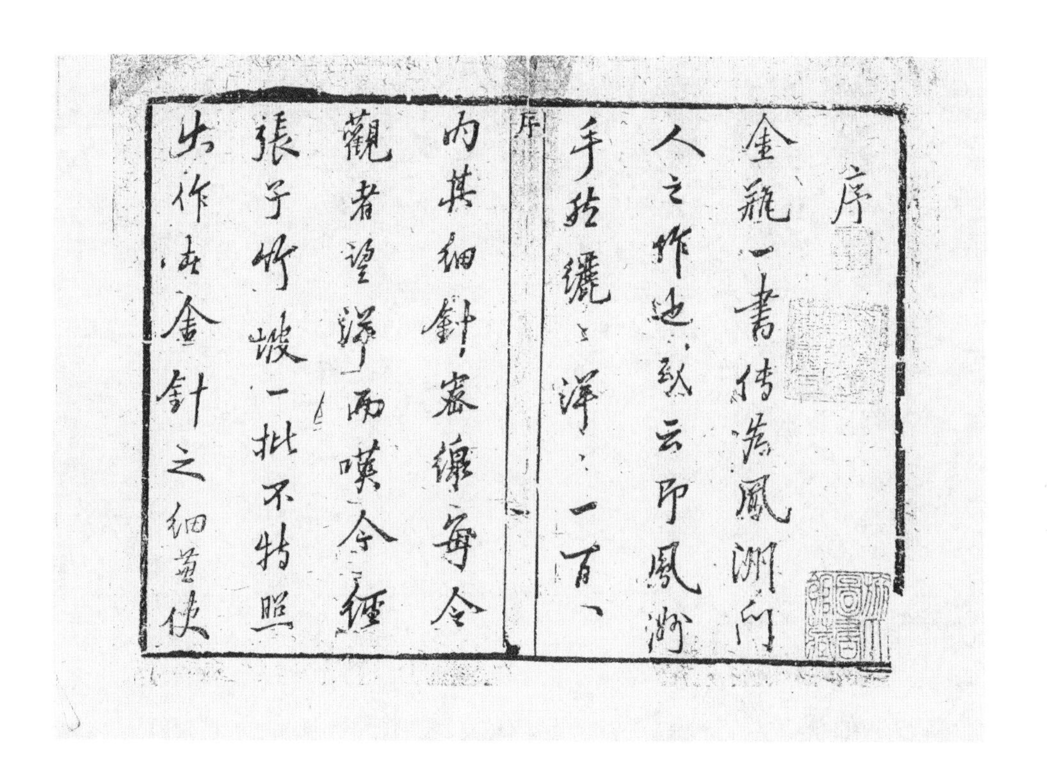
序
金瓶一書傳為鳳洲門
人之作也或云即鳳洲
手筆纚纚洋洋一百
内其細針密縷每令
觀者望洋而嘆今經
張子竹坡一批不特照
出作者金針之細兼使

图 3-1-1　大连图书馆藏《皋鹤堂批评第一奇书金瓶梅》，本衙藏板翻刻必究本

茶坊

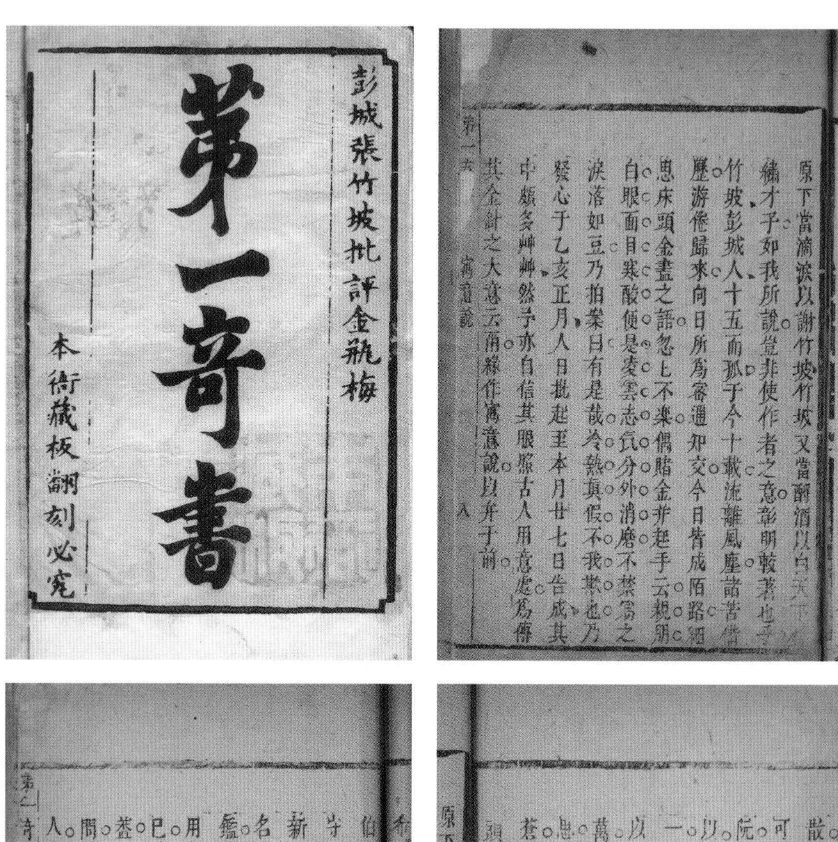

彭城張竹坡批評金瓶梅

第一奇書

本衙藏板翻刻必究

原下當滴淚以謝竹坡竹坡又當酹酒以白天下
錦繡才子如我所說豈非使作者之意彰明較著也乎
竹坡彭城人十五而孤于今十載流離風塵諸苦備
歷遊倦歸來向日所爲寄過知交今日皆成陌路細
思床頭金盡之語忽忽不樂偶睹金瓶起手云親朋
白眼面目寒酸便是凌雲志氣分外消磨不禁爲之
淚落如豆乃拍案曰有是哉冷熱真假不我欺也乃
發心于乙亥正月人日批起至本月廿七日告成其
中頗多艸艸然予亦自信其眼照古人用意處爲傳
其金針之大意云爾緣作寓意說以弁于前

第一奇書　寓意說　八

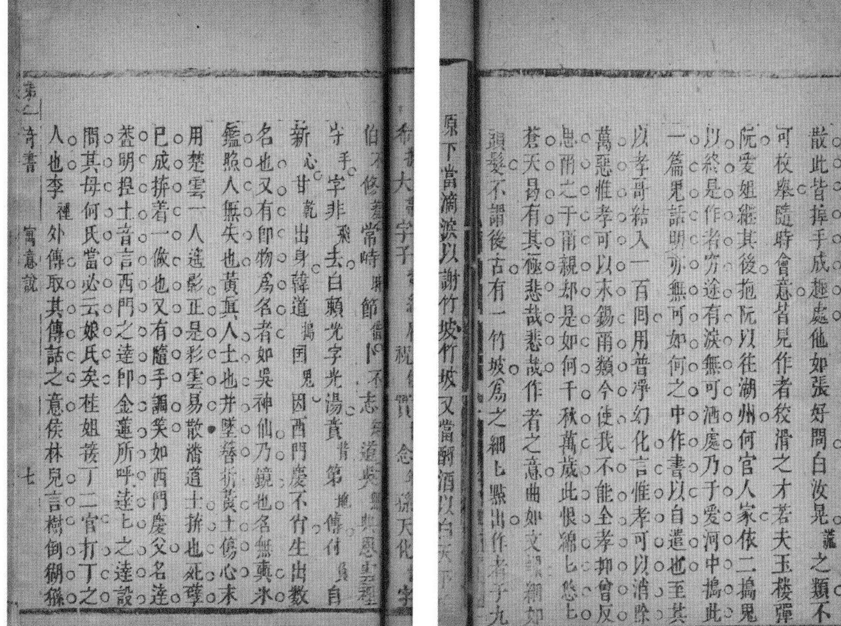

伯不修養常時節不志道與恩
手字非去白賴光字光湯貴第傳付自
新心甘亂出身韓道國因西門慶不肯生出數
名也又有即物爲名者如吳神仙乃鏡也名無冰
鑑照人無失也黃真人士也并墜落於黃土傷心未
用楚雲一人遠影正是彩雲易散潘道士拆也死孽
已成拆着一做也又有隨手調笑如西門慶父名達
蓋明捏土音言西門之達即金蓮所呼達達之達設
問其母何氏當必云娘氏矣桂姐孩丁二官打丁之
人也李禮外傳取其傳話之意侯林兒言樹倒猢猻

第一奇書　寓意說　七

散此皆掉手成趣處他如張好問白汝晃之類不
可枚舉隨時會意皆見作者狡猾之才若夫玉樓彈
阮愛姐繼其後抱阮以往湖州何官人家依二搗鬼
以終是作者窮途有淚無可洒處乃于愛河中搗此
一篇鬼話明亦無可如何之中作書以自遣也至其
以孝哥結入一百回用普淨幻化言惟孝可以消除
萬惡惟孝可以永錫爾類今使我不能全孝抑曾反
思爾之于爾親卻是如何千秋萬歲此恨綿綿悠悠
蒼天曷有其極悲哉悲哉作者之意曲如文螺細如
頭髮不謂後古有一竹坡爲之細細點出作者于九

原下當滴淚以謝竹坡竹坡又當酹酒以白天下

图 3-1-2 《第一奇书金瓶梅》本衙藏板翻刻必究本（《寓意说》多 227 字），张青松藏甲本

彭城張竹坡批評金瓶梅
第一奇書
本衙藏板翻刻必究

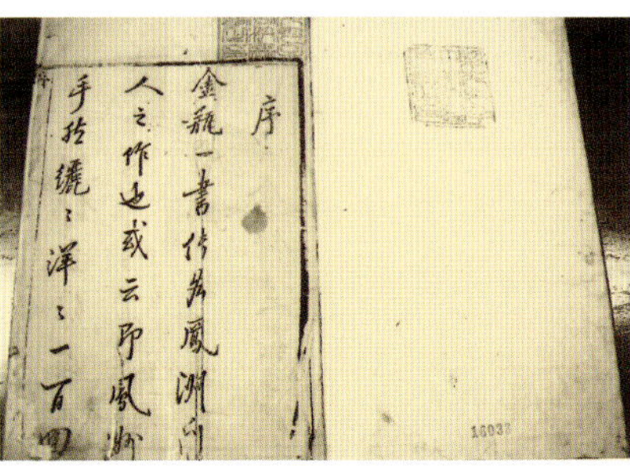

序
金瓶一書傳爲鳳洲門
人之作也或云即鳳洲
手筆然洋洋一百回

客　承作保身方
西門慶听了要問他求方兒說道請醫須請良醫傳藥須傳
方吾師不傳于我方兒猶然我久後用没了那里尋師父
去隨師父要多少東西我與師父因令玳安後边快取二
三十兩白金來遞與梵僧要問他求這一枝藥方那梵僧
笑道貧僧乃出家之人雲遊四方要這資財何用官人趁
早收拾回去一面就要起身西門慶見他不肯傳方便道
師父你不受資財我有一疋五丈長大布與師父做件衣
服罷即令左右取來雙手遞與梵僧梵僧方才打問訊謝
了臨出門又分付不可多用戒之戒之言畢背上褡褳拴

第一奇書　四十九回　十六

妾能受辱不对守備說雪娥善能上灶会做的好茶飯湯水買
來家中伏侍這守備即便差張勝李安拿帖兒对知縣說
知縣自恁要做分上只要八兩銀子官價交完銀子領到
府中先見了大奶奶并二奶奶孫氏次後到房中來見春
梅春梅正在房裏綫金床上錦帳之中纔起來一極二指力手下
丫鬟領雪娥見面那雪娥見是春梅不免低頭進見望上
倒身下拜磕了四個頭這春梅把眼瞪一瞪是金蓮是春梅不挥
將當直的家人媳婦上來與我把這賤人撮去了鬏髻剝
了上蓋衣裳打入廚下與我燒火做飯這雪娥听了睛ミ
叫苦自古世間打墻板兒翻上下掃米却做管倉人既在

第一奇書　九十回　十三

图 3-1-3 《第一奇书金瓶梅》本衙藏板翻刻必究本（《寓意说》多 227 字），韩国梨花女子大学藏本

3-2 《皋鹤堂批评第一奇书金瓶梅》本衙藏板翻刻必究本

1. 吉林大学图书馆藏本。6 函 36 册。扉页牌记，行款板式与大连本相同。唯独《寓意说》以“悲哉悲哉”结尾。眉批、夹批较大连本略少，且文字上有差异。插图 200 幅，单独装订 2 册。每回有回前评，页码单独排列，与正文不连续。（图 3-2-1）

2. 张青松藏乙本。8 函 64 册，经金镶玉装裱。扉页牌记，行款板式与大连本相同。无插图。有部分墨笔圈点，批校。书中钤盖有“青青草堂考藏图籍”“桂馨堂”“张叙未”等印。该书的特点是：1—76 回没有回前评，77—100 回有回前评。但全书并非拼凑，是完整一套。存有回前评的页码单独排列，与正文不连续。这个本子的存在说明，本衙藏板翻刻必究本的回前评极有可能是在刷印装订时插进去的，才造成这种状况。（图 3-2-2）

3. 首都图书馆藏本。6 函 36 册，扉页牌记、行款板式与大连本相同。插图 200 幅。无回前评语。疑似只是在装订时未装入各回的回前评语。（图 3-2-3）

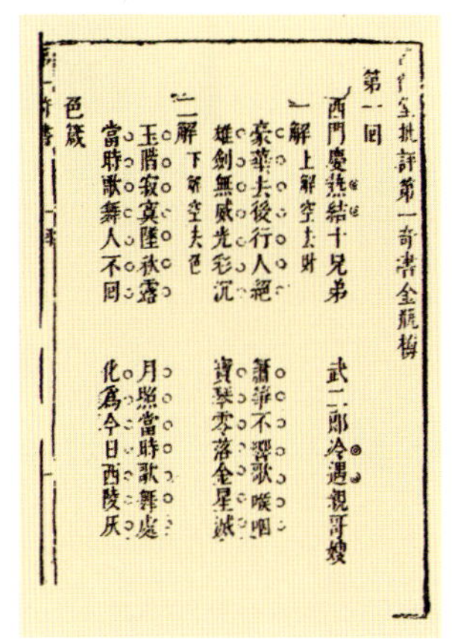
批評第一奇書金瓶梅
第一回
西門慶熱結十兄弟　武二郎冷遇親哥嫂
一解　上解空去財
豪華去後行人絕　簫箏不響歌喉咽
雄劍無威光彩沉　寶琴零落金星滅
二解　下解空去色
玉階寂寞墜秋露　月照當時歌舞處
當時歌舞人不回　化爲今日西陵灰
色箴

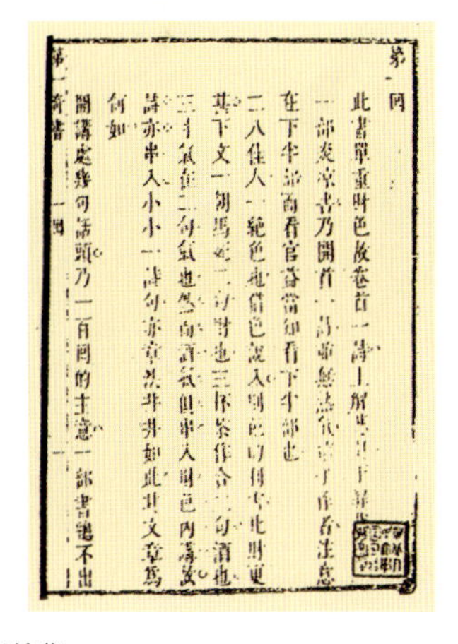
第一回
此書單重財色故卷首一詩上解……
……
何如

图 3-2-1 《皋鹤堂批评第一奇书金瓶梅》本衙藏板翻刻必究本，吉林大学图书馆藏

图 3-2-2 《皋鹤堂批评第一奇书金瓶梅》本衙藏板翻刻必究本，张青松藏乙本

彭城張竹坡批評金瓶梅

第一奇書

本衙藏板翻刻必究

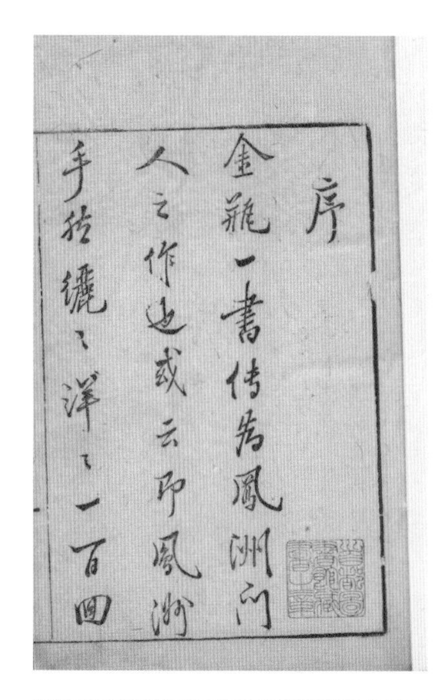

序

金瓶一書传為鳳洲门人之作也或云即鳳洲手指纔〻洋〻一百回

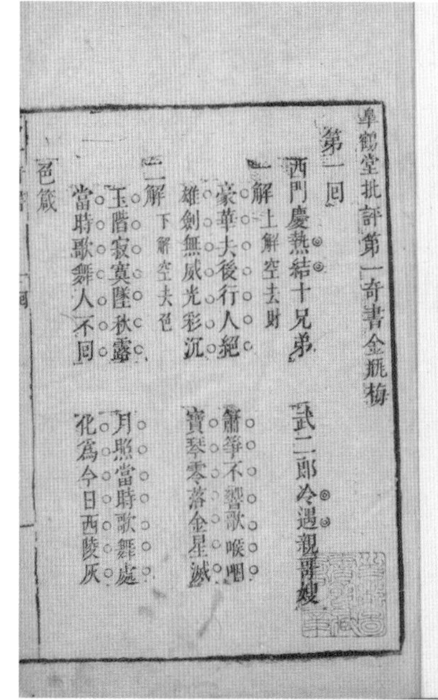

皋鶴堂批評第一奇書金瓶梅

第一回

西門慶熱結十兄弟　武二郎冷遇親哥嫂

一解 上解空去財

豪華去後行人絕　簫箏不響歌喉咽

雄劍無威光彩沉　寶琴零落金星滅

二解 下解空去色

玉階寂寞墜秋露　月照當時歌舞處

當時歌舞人不回　化為今日西陵灰

图 3-2-3 《皋鹤堂批评第一奇书金瓶梅》本衙藏板翻刻必究本，首都图书馆藏

3-3 《皋鹤堂批评第一奇书金瓶梅》苹华堂本

近年来新发现的重要版本。自俄罗斯回流，以前从未著录，系存世孤本。全书 7 函 60 册，其中图像 1 函 4 册 200 幅，正文半叶 11 行，行 22 字；扉页上端题写：金瓶梅；板框内分三栏，右上题：彭城张竹坡批评。中间大字：第一奇书。左下题：苹华堂藏板。半框尺寸是 19.3 厘米 × 14.8 厘米。图像尺寸是 20.4 厘米 × 13.7 厘米。全书金镶玉重新装订过。该书 200 幅图像与首都图书馆藏本衙藏板翻刻必究本图像是同版。全书刻印清晰，当为初刻初印，在第一奇书众多版本中属于佼佼者。从版刻学角度看，苹华堂本、在兹堂本、皋鹤草堂本、康熙乙亥本其实是同一套刻板在不同年代的流传。从刷印顺序上确定，苹华堂本最早，在兹堂本、皋鹤草堂本、康熙乙亥本随后流传。凡是在兹堂本等漫漶缺损之处，此本全部保存完整。有总评、眉批、旁批，无回前评，并且部分批语不见于本衙藏板翻刻必究本。（图 3-3）

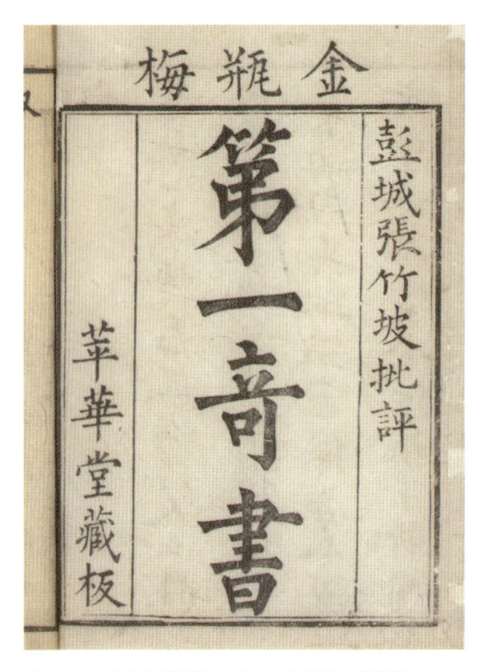

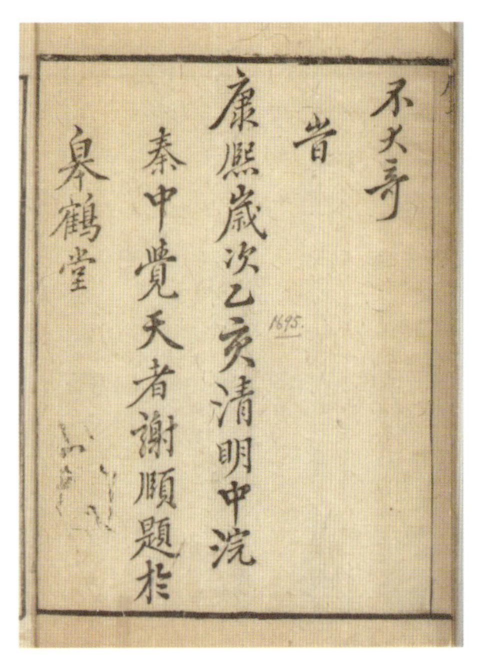

图 3-3 《皋鹤堂批评第一奇书金瓶梅》，苹华堂本

不在家了子虛請來那又故過他渾家李瓶兒夏月間戴着銀絲䯼
髻金鑲紫瑛墜子藕絲對衿衫白紗挑線鑲邊裙裙邊露
一對紅鴛鳳嘴尖尖趫趫小脚立在二門裏臺基上那西
門慶三不知走進門兩下撞了箇滿懷無心耶有心耶識者辨之這西
門慶留心已久雖故庄上見了一面補不曾細玩今日對
面見了見他生的甚是白净五短身材瓜子面兒細灣灣
兩道眉兒又描不覺魂飛天外忙向前深深作揖婦人還
了萬福轉身入後邊去了使出一箇頭髮齊眉的丫鬟來
名喚綉春請西門慶客位內坐他便立在角門首半露嬌
容說大官人少坐一時他適纔有些小事出去了便來也
丫鬟拿出一盞茶來西門慶吃了婦人隔門說道今日他

此處將兩小廝兩了髮一總

請大官人往那邊吃酒去好歹看奴之面四字和身說出勸他早
些回家兩箇小廝又都跟去了止是這兩箇丫鬟和奴家
中無人西門慶便道嫂子見得有理哥家事要緊嫂子既
然分付在下在下巳定伴哥同去同來一番勾挑正說着只見
花子虛來家婦人便回房去了花子虛見西門慶敘禮說
道蒙哥下降小弟適有些不得巳小事出去失迎恕罪于
是分賓主坐下便叫小廝看茶須臾茶罷又分付小廝對
你娘說看菜兒來我和西門爹吃三盃起身今日六月二
十四是院內吳銀姐生日請哥同往一樂西門慶道二哥
何不早說即令玳安快家去討五錢銀子映出子虛的表子西門
慶見左右放桌兒說道不消坐了咱往裏邊吃去罷花子

第一奇書　十三回

都一路去了小的問不回來多上覆爹西門慶就不再問
了因叫過李銘吳惠來每人賞了一大巨杯酒與他吃分
付我且不與你唱錢你兩個到十六日早來荅應還是應
二爹三個并衆騃計當家見晚夕在門首吃酒李銘跪下
道小的告禀爹十六日和吳惠左順鄭奉三個都往東平
府新陞的胡爺那里到任官身去只到後晌纔得來西門
慶道左右俺每晚夕間吃酒嘩你只休悞了就是了二人
道小的並不敢悞兩個唱的也就來拜辭出門西門慶分
付明日家中室客擺酒李桂姐吳銀姐都在這裏你兩個
好歹來走一走二人應諾了一同出門不在話下西門慶
分付來昭玳安琴童收家活細滅息了灯燭細就往後邊

房裏去了且說來昭兒子小鉄棍兒正在外邊看放了烟
火見西門慶進去了就來樓上見他爹老子收了一盤子
𥻘合的肉菜一甌子酒和些元宵拿到屋裏就問他娘一
丈青討被他娘打了兩下偏到不防他走在後邊院子裏頑
耍只聽正面房子裏笑聲只說唱的還沒去哩見房門關
着就在門縫裏張看見房裏掌着灯燭原來西門慶和王
六兒兩個在床沿子上行房西門慶見有人來將這老婆
倒按在床沿上褪去小衣意在使一丈青看見那話兒朝着托上幹
後庭花一進一退往來搧打何止數百回搧打的連聲响
喨其喘息之聲往來之勢猶賽折床一般無處不聽見這
小孩子正在那里張看不防他娘一丈青走來看見揪耆

第一奇書

3-4 《皋鹤堂批评第一奇书金瓶梅》影松轩本

1. 正文半叶 10 行，行 22 字；正文的半框尺寸是 20 厘米 ×13.6 厘米。扉页上端无题写，板框内分三栏，右上题：彭城张竹坡批评金瓶梅。中间大字：第一奇书。左下题：影松轩藏板。插图 200 幅，正文之前有总评、回前评，无眉批。总评包括《竹坡闲话》《金瓶梅寓意说》《苦孝说》《第一奇书非淫书论》《冷热金针》《读法》《凡例》《趣谈》等。国内外公私机构多有收藏。（图 3-4-1）

2. 正文半叶 10 行，行 22 字；行款板式与第一种相同，但扉页略有区别。上端题写：第一奇书。板框内分三栏，右上题：彭城张竹坡批评。中间大字：绣像金瓶梅。左下题：影松轩藏板。插图 200 幅，正文之前有总评、回前评，无眉批。（图 3-4-2）

3. “第一奇书影松轩原板”本。此书实际为“四大奇书第四种”，或者是其翻刻本。日本东北大学狩野文库藏。参见本篇第九条《四大奇书第四种》。（图 3-4-3 阙如）

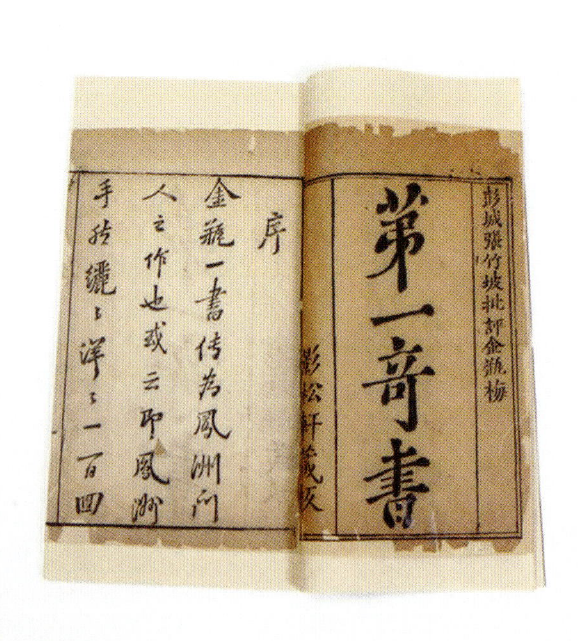

图 3-4-1 《皋鹤堂批评第一奇书金瓶梅》，影松轩本

第一奇書

彭城張竹坡批評

繡像金瓶梅

影松軒藏板

图 3-4-2 《第一奇书绣像金瓶梅》，影松轩藏板

3-5 《皋鹤堂批评第一奇书金瓶梅》在兹堂本

1. 2 函 24 册，正文半叶 11 行，行 22 字；扉页上端题写：康熙乙亥年；板框内分三栏，右上题：李笠翁先生著；中间大字：第一奇书。左下题：在兹堂。无插图，有总评、眉批、旁批，无回前评。正文版刻与苹华堂完全一致，批语略少。根据版刻漫漶、磨损情况，可以确认为苹华堂的后印本。海内外公私机构多有收藏。（图 3-5-1）

2. 文龙手批在兹堂本。4 函 20 册。文龙，汉军正蓝旗人。于光绪五年至八年评点《金瓶梅》，所用底本为在兹堂本。其评点多有独到见解，且是继张竹坡之后的第三家评点者，在《金瓶梅》评点史上占有重要地位。藏国家图书馆。（图 3-5-2）

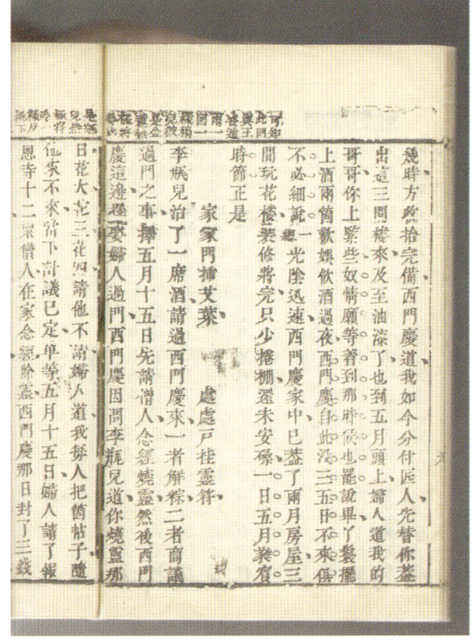
幾時方收拾完備西門慶道我如今分付匠人先替你蓋
出這三間樓來及至油漆了也到五月頭上婦人道我的
哥哥你上緊些奴情願等着到那時候也罷說畢丫鬟擺
上酒兩個歡娛飲酒過夜西門慶自此沒三五日不來傍
不必細說光陰迅速西門慶家中已蓋了兩月房屋三
間玩花樓裝修將完只少捲棚還未安礎一日五月蕤賓
時節正是
家家門插艾葉　處處戶掛靈符
李瓶兒治了一席酒請過西門慶來一者解粽二者商議
過門之事擇五月十五日先請僧人念經燒靈然後西門
慶這邊娶婦人過門西門慶因問李瓶兒道你燒靈那
日花大花三花四請他不請婦人道我每人把個帖子隨
他來不來當下計議已定單等五月十五日婦人請了報
恩寺十二眾僧人在家念經除靈西門慶那日封了三錢

图 3-5-1 《皋鹤堂批评第一奇书金瓶梅》，在兹堂本

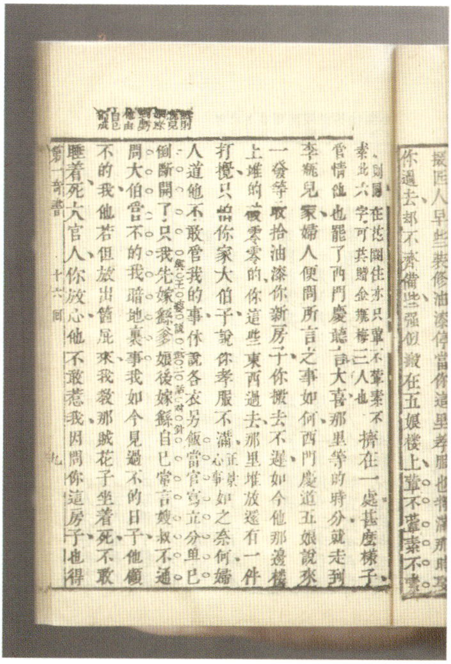

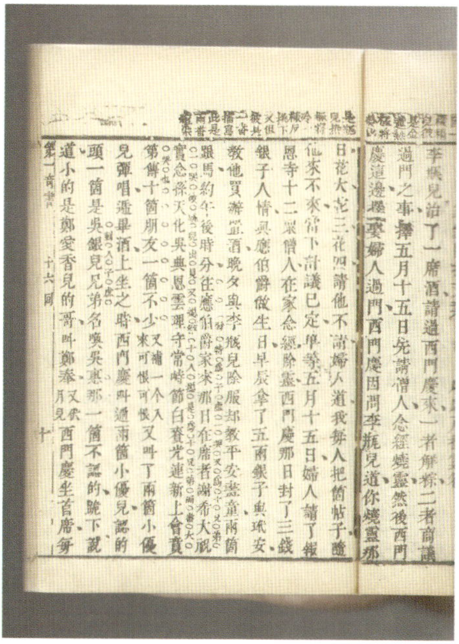

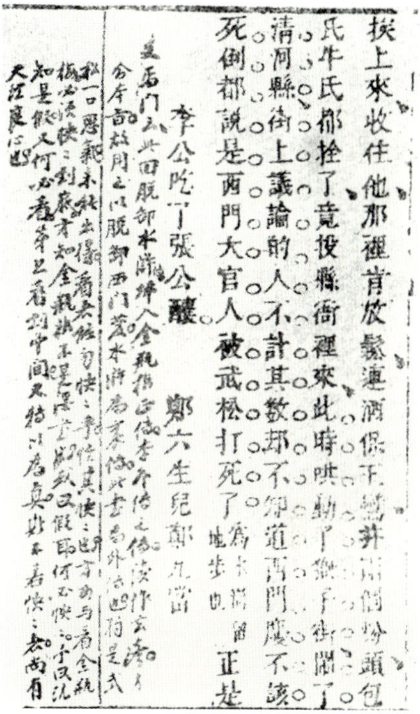

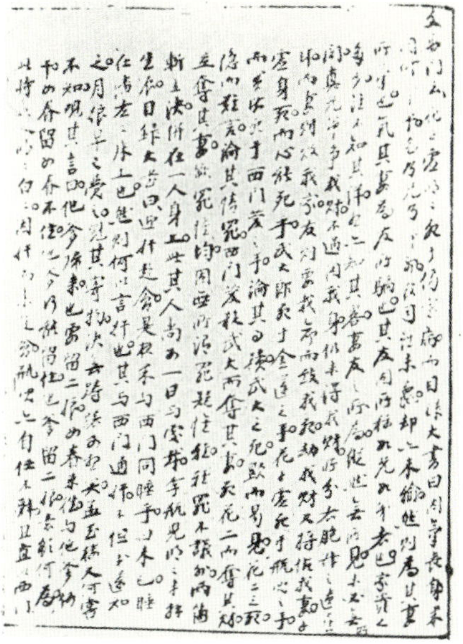

第一奇書　十六回　九

擠在一處甚麼樣子
管情他也罷了西門慶聽言大喜那里等的時分就走到
李瓶兒家婦人便問所言之事如何西門慶道五娘說來
一發等收拾油漆你新房子你搬去不遲如今他那邊樓
上堆的破零零的你這些東西過去那里堆放還有一件
打攪只怕你家大伯子說你孝服不滿如之奈何婦
人道他不敢管我的事休說各衣另飯當官寫立分單已
倒斷開了只我先嫁由爹娘後嫁由自己常言嫂叔不通
問大伯管不的我暗地裏事我如今見過不的日子他顧
不的我他若但放出個屁來我教那賊花子坐着死不敢
睡着死大官人你放心他不敢惹我因問你這房子也得

挨上來收住他那裡肯放鬆連酒保王鸞并兩個粉頭包
氏牛氏都拴了竟投縣衙裡來此時哄動了獅子街鬧了
清河縣街上議論的人不計其數都不知道西門慶不該
死倒都說是西門大官人被武松打死了　為下留地步也　正是
李公吃了張公釀　鄭六生兒鄭九當

[illegible]

第一奇書　十六回　十

李瓶兒治了一席酒請過西門慶來一者解粽二者商議
過門之事擇五月十五日先請僧人念經燒靈然後西門
慶這邊擡婦人過門西門慶因問李瓶兒道你燒靈那
日花大哥三花四請他不請婦人道我每人把個帖子請
他來不來隨他下討議已定單等五月十五日婦人請了報
恩寺十二眾僧人在家念經除靈西門慶那日封了三錢
銀子人情與應伯爵做生日早辰拿了五兩銀子與玳安
教他買辦置酒晚夕與李瓶兒除服卻教平安畫童兩個
跟馬約午後時分往應伯爵家來那日在席者謝希大祝
實念孫天化吳典恩雲理守常峙節白賚光連新上會賁
第傳十個朋友一個不少又叫了兩個小優
兒彈唱遞畢酒上坐之時西門慶叫過兩個小優兒認的
頭一個是吳銀兒兄弟名喚吳惠那一個不認的跪下說
道小的是鄭愛香兒的哥叫鄭奉　西門慶坐首席每

[illegible]

图 3-5-2 《皋鹤堂批评第一奇书金瓶梅》，文龙手批在兹堂本

3-6 《皋鹤堂批评第一奇书金瓶梅》皋鹤草堂本

4函24册，正文半叶11行，行22字；行款板式、内容与在兹堂本相同。扉页上端无题写；板框内分三栏，右上题：彭城张竹坡批点；中间大字分两行：第一奇书 / 金瓶梅 / 姑苏原版。其中“姑苏原版”以双行小字后缀于“金瓶梅”之下。左下题：皋鹤草堂梓行。此本是在兹堂本之后刷印本。海内外公私机构多有收藏。（图3-6）

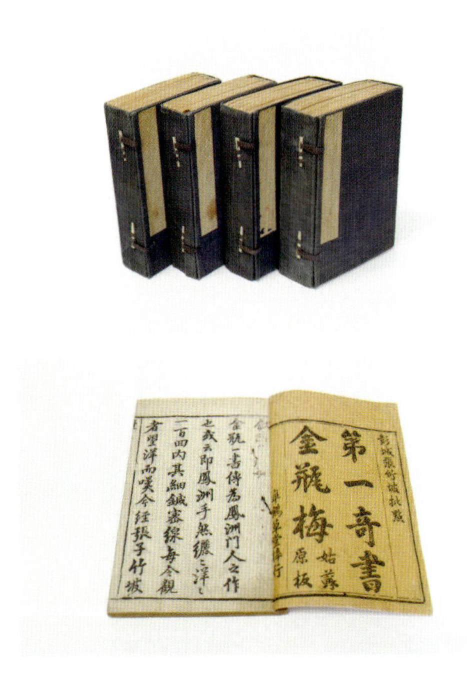

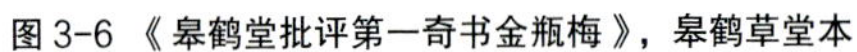
图3-6 《皋鹤堂批评第一奇书金瓶梅》，皋鹤草堂本

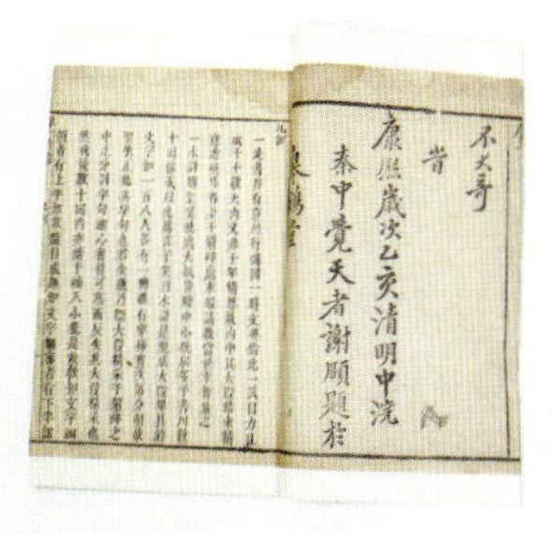
不大奇
皆
康熙歲次乙亥清明中浣
秦中覺天者謝頤題於
皋鶴堂

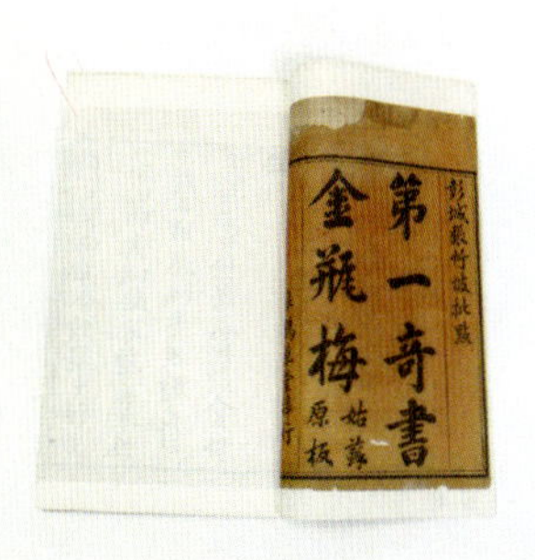
彭城張竹坡批點
第一奇書
金瓶梅
姑蘇原板

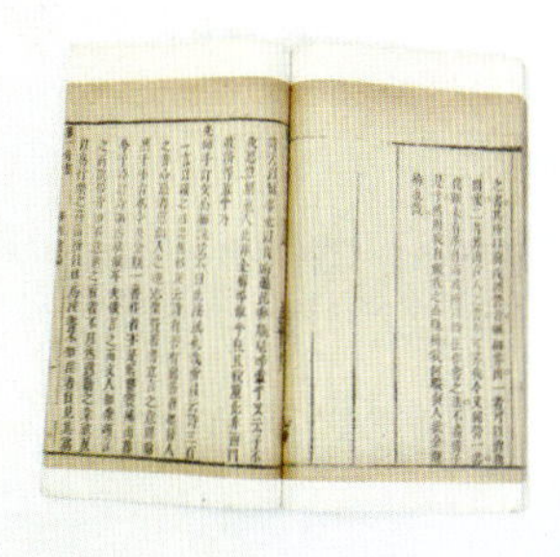

3-7 《皋鹤堂批评第一奇书金瓶梅》康熙乙亥本

此书也称为“无牌记本”。2 函合订 16 册，正文半叶 11 行，行 22 字；正文的半框尺寸是 19.1 厘米 ×14.5 厘米。行款板式、内容与在兹堂本相同。扉页上端题写：康熙乙亥年；板框内分三栏，右上题：李笠翁先生著；中间大字：第一奇书。左下无堂号，但有被挖去的痕迹。因扉页其他部位、内叶与在兹堂本同版，所以可以断定被挖改的文字是“在兹堂”三字。此外还有一种版本，挖去“在兹堂”，手写“壬子暮春鼓门钝叟订补”的本子，也同样是在兹堂本的后印版。海内外公私机构多有收藏。(图 3-7)

图 3-7 《皋鹤堂批评第一奇书金瓶梅》，康熙乙亥本

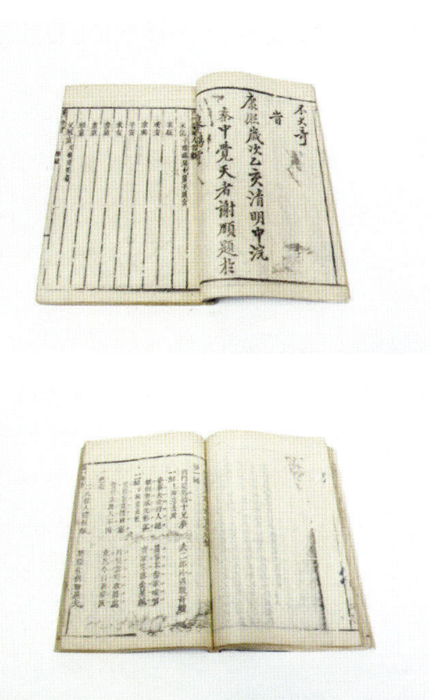
康熙歲次乙亥清明中浣
秦中覺天者謝頤題

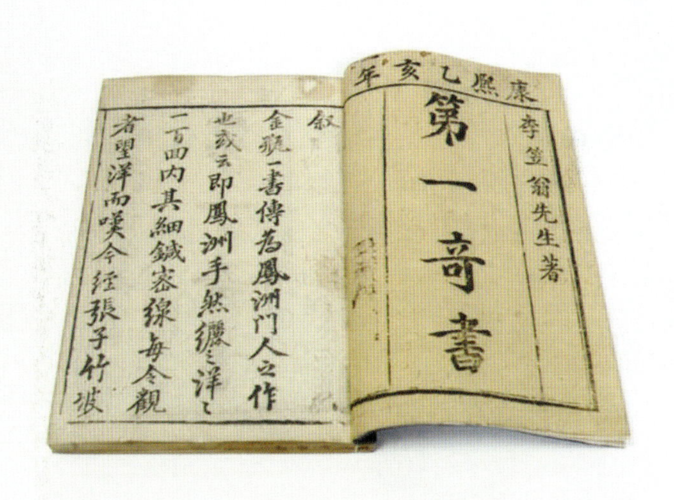
康熙乙亥年
李笠翁先生著
第一奇書
叙
金瓶一書傳為鳳洲門人之作
也或云即鳳洲手然纚纚洋洋
一百回内其細鍼密線每令觀
者望洋而嘆今经張子竹坡

3-8 《全像金瓶梅第一奇书》本衙藏板本

2 函 24 册，正文半叶 11 行，行 25 字。正文的半框尺寸是 20.9 厘米 ×13.9 厘米。扉页上端题：全像金瓶梅。中间分三栏，右上题：彭城张竹坡批评。中间大字：第一奇书。左下题：本衙藏板。有回前评。序言为行书写刻体，巾箱本“本衙藏板”本的序言是黑宋体字。此书是“本衙藏板翻刻必究”的翻刻衍生本，有回前评，文字有改动。约是道光年间产物。（图 3-8）

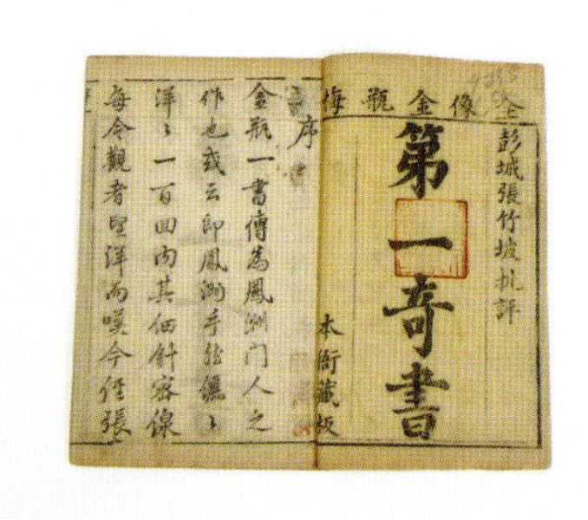
全像金瓶梅
彭城張竹坡批評
第一奇書
本衙藏板

序
金瓶一書傳為鳳洲门人之
作也或云即鳳洲手筆
洋洋一百回內其細針密線
每令觀者望洋而嘆今經張

图 3-8 《全像金瓶梅第一奇书》，本衙藏板本

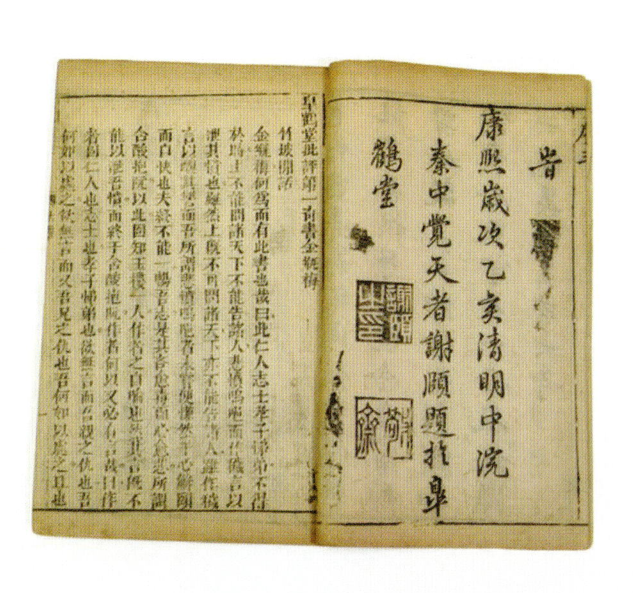

皋鶴堂批評第一奇書金瓶梅

竹坡閒話

金瓶梅何爲而有此書也哉曰此仁人志士孝子悌弟不得於時上不能問諸天下不能告諸人悲憤嗚唈而作穢言以泄其憤也雖然上既不可問諸天下亦不能告諸人雖作穢言以醜其仇而吾所謂悲憤嗚唈者未嘗便慊然于心解頤而自快也夫終不能一暢吾志是其言愈毒而心愈悲所謂含酸抱阮以此固知玉樓一人作者之自喻也然其言既不能以泄吾憤而終于含酸是作者何以又必有言哉曰作者固仁人也志士也孝子悌弟也欲無言而吾親之仇也吾何如以處之欲無言而又吾兄之仇也吾何如以處之且也

皆康熙歲次乙亥清明中浣

秦中覺天者謝頤題於皋鶴堂

3-9 《四大奇书第四种》本衙藏版本

1. 国内藏本。50 卷 100 回，每卷 2 回。正文半叶 11 行，行 24 字。扉页上端题：金圣叹批点；板框内分三栏，右上题：彭城张竹坡原本。中间大字：奇书第四种。左上题：丁卯初刻；左下题：本衙藏版。插图 200 幅。首有谢颐序。书前读法、目录等，以及版心上部题：奇书第四种。正文卷端题：四大奇书第四种。有回前评，无眉批，有旁批。正文有删改。丁卯初刻说明刊于乾隆丁卯年（1747）。最早孙楷第著录于《中国通俗小说书目》。刘辉《金瓶梅成书与版本研究》等将书影收录于书中。

2. 日本东北大学狩野文库藏本。50 卷 100 回，每卷 2 回。正文半叶 11 行，行 24 字。扉页版框分三栏，上部框外右面题：金圣叹批评。框内右上题：彭城张竹坡原本。中间大字：第一奇书。左下题：影松轩原版。首有谢颐序。书前各项、版心上部题：奇书第四种。鸟居久晴《〈金瓶梅〉版本考再补》著录。

3. 日本东京大学藏本。缺扉页牌记。应为 50 卷 100 回，缺 20—21 卷（39—44 回）；27—29 卷（53—58 回）。正文半叶 11 行，行 24 字。正文的半框尺寸是 21.2 厘米 ×13.2 厘米。存有模刻崇祯本插图，题为“金瓶梅�响”。每回 2 幅，应 200 幅，但缺少 22、55、57 回插图。插图版心题“金瓶梅”。有回前评。偶有旁批，无眉批。首有谢颐序。书前各项、版心上部题：奇书第四种。与狩野文库本一致。鸟居久晴《〈金瓶梅〉版本考再补》著录。

以上三种版本，除去扉页牌记，内容是基本一致的。孙楷第著录的版本有书影传世，有明确的刊刻时间（丁卯初刻）。狩野文库藏本的扉页称“第一奇书影松轩原版”，应该是“丁卯初刻”本的后刷印本或者翻刻本。只不过改头换面而已。这种现象同样出现于苹华堂本系列。后续在兹堂、康熙乙亥、皋鹤草堂本等不过是换了一张封面的后印本。日本学者鸟居久晴将以上两种日本藏本一并记述。并说不知孙楷第著录为乾隆丁卯刊有何依据，是因为当时没有见到“丁卯初刻”本，在资料欠缺的情况下把此书归入影松轩本一类，是不准确的。（图 3-9）

金聖歎批

彭城張竹坡原本

奇書第四種

丁卯初刻

本衙藏版

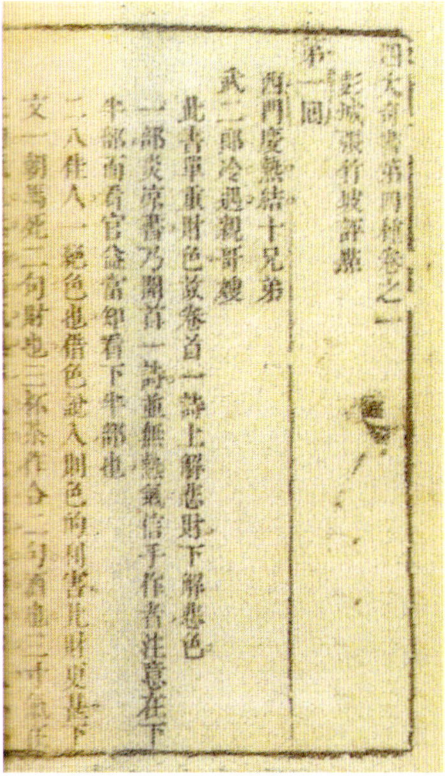

图 3-9 《四大奇书第四种》，本衙藏版本

3-10 《全像金瓶梅第一奇书》玩花书屋本

巾箱本。2 函 24 册，正文半叶 11 行，行 25 字。正文半框尺寸：12.7 厘米 ×9.6 厘米。扉页版框上端题：全像金瓶梅。中间分三栏，右上题：彭城张竹坡批评。中间大字：第一奇书。左下题：玩花书屋藏板。有回前评。收插图 80 幅，无人物绣像。康熙三十四年序刊。藏日本东京大学等处。（图 3-10）

全像金瓶梅

彭城張竹坡批評

第一奇書

玩花書屋藏板

图 3-10 《全像金瓶梅第一奇书》，玩花书屋本

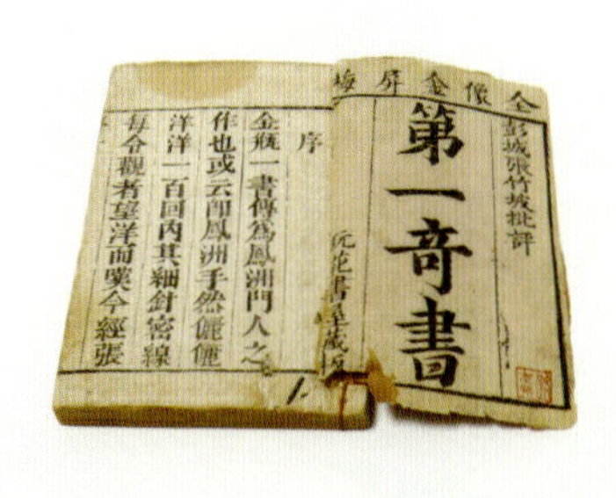

彭城張竹坡批評
第一奇書
序
金瓶一書傳爲鳳洲門人之
作也或云即鳳洲手然儼儼
洋洋一百回內其細針密線
每令觀者望洋而嘆今經張

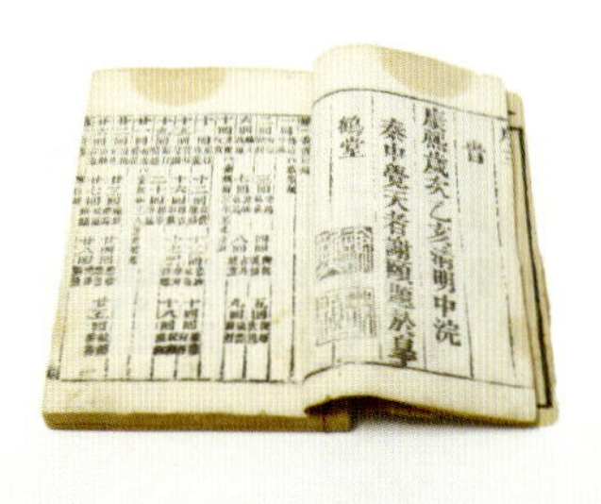

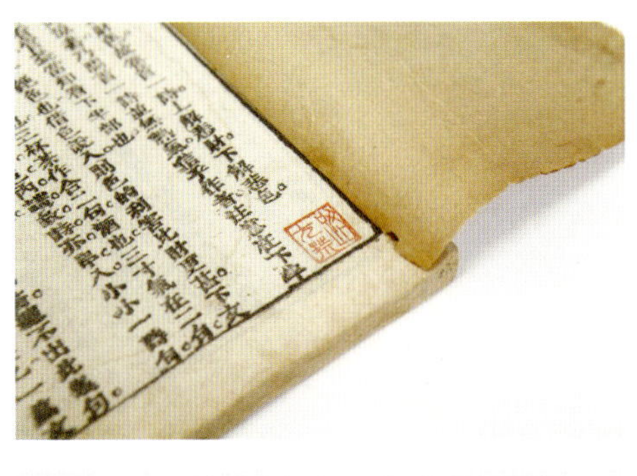

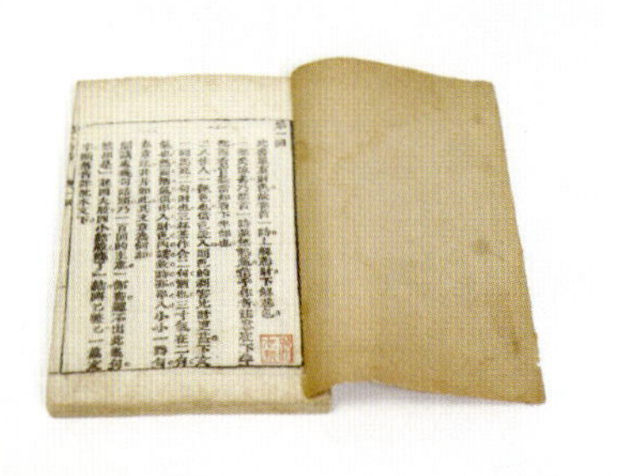

3-11 《全像金瓶梅第一奇书》崇经堂本

巾箱本。2函24册，无扉页。正文半叶11行，行25字。正文半框尺寸：12.7厘米 ×9.6厘米。部分中缝下端有“崇经堂”标识。有回前评。首收人物绣像20幅。康熙三十四年序刊。张青松先生藏。（图3-11）

图3-11 《全像金瓶梅第一奇书》，崇经堂本

3-12 《全像金瓶梅第一奇书》本衙藏版本（巾箱本）

1. 巾箱本。20 册，正文半叶 11 行，行 25 字。扉页版框上端题：全像金瓶梅。中间分三栏，右上题：彭城张竹坡批评。中间大字：第一奇书。左下题：本衙藏版。有回前评。序言为黑宋体字，半叶 5 行，行 11 字。有木刻插图多幅。钤印：五车堂发兑、姚炜藏书。符合巾箱本特征。北京翰海拍卖 1996 年春季拍卖会拍品。（图 3-12-1）

2. 巾箱本。2 函 20 册，正文半叶 11 行，行 25 字。扉页版框上端无“全像金瓶梅”题注。中间分三栏，右上题：彭城张竹坡批评。中间大字：第一奇书。左下题：本衙藏版。有回前评。序言为黑宋体字，半叶 5 行，行 11 字。藏德国巴伐利亚州立东亚图书馆、韩国高丽大学图书馆、首尔大学奎章阁。根据韩国学者宋真荣《论韩国梨花女子大学所藏的〈皋鹤堂批评第一奇书金瓶梅〉》文中描述，并未说明此书尺寸大小，但描述行款及 20 名登场人物插图，完全符合巾箱本的特征。单独人物的绣像只出现在巾箱本中。（图 3-12-2）

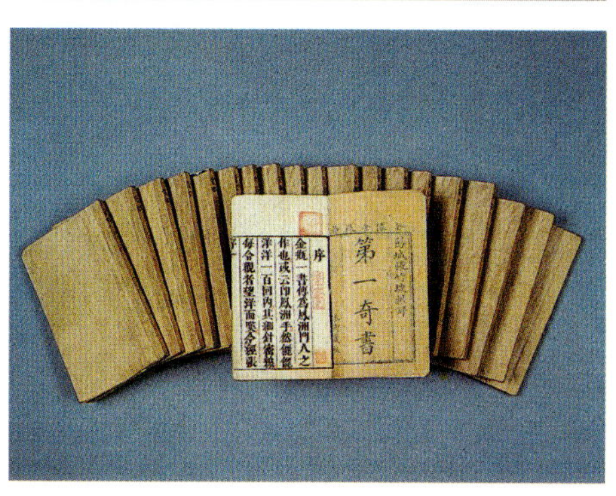

图 3-12-1 《全像金瓶梅第一奇书》本衙藏版本（巾箱本）

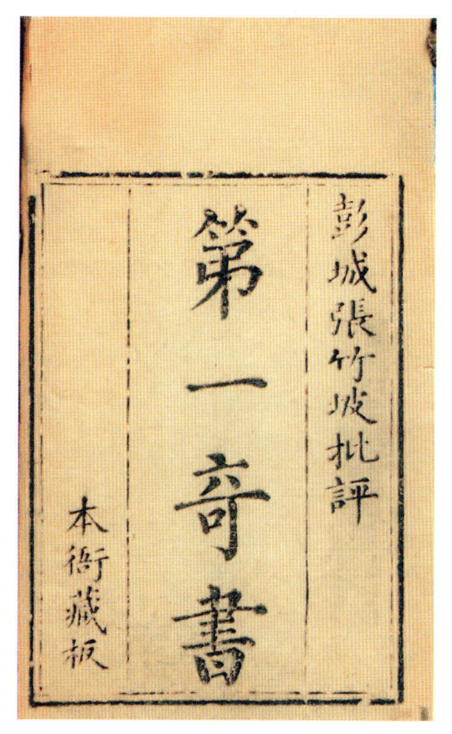

图 3-12-2 《全像金瓶梅第一奇书》本衙藏版本（巾箱本）

3-13 《新刻金瓶梅奇书》济水太素轩本

1. 嘉庆二十一年序刊本。回目不分卷，正文分为 8 卷 100 回。正文半叶 15 行，行 32 字。扉页版框分三栏，上端无字。右上题：第一奇书。中间大字：金瓶梅。左下题：济水太素轩梓。此书为精简删节本，但非洁本。大量使用俗字、简化字。张青松先生藏有两部。（图 3-13-1）

2. 与张藏本扉页一致，但回目分为前后两部，正文分为 12 卷。正文半叶 15 行，行 30 字。藏赵无双先生处。（图 3-13-2）

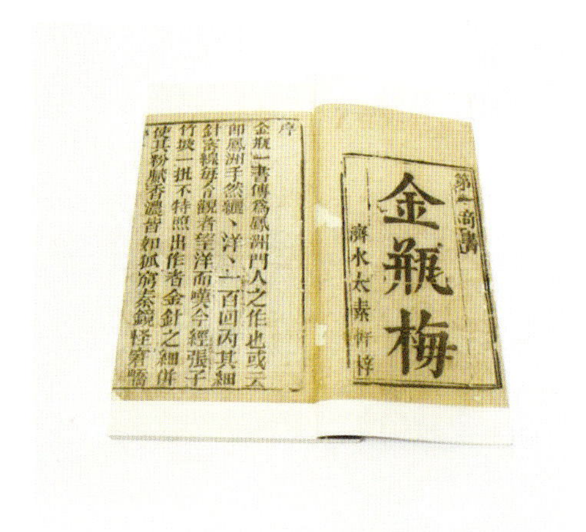

图 3-13-1 《新刻金瓶梅奇书》，济水太素轩本

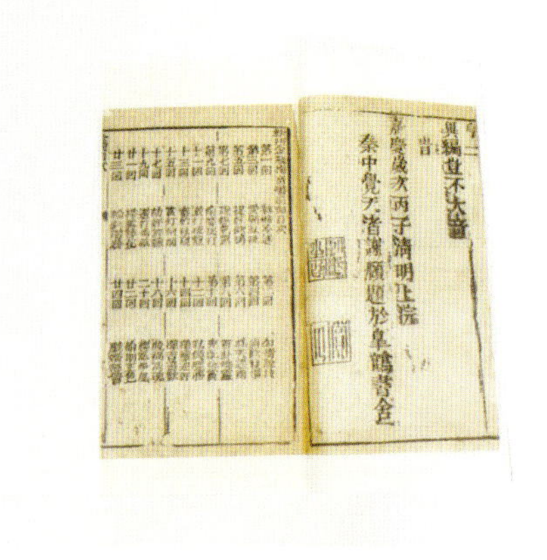

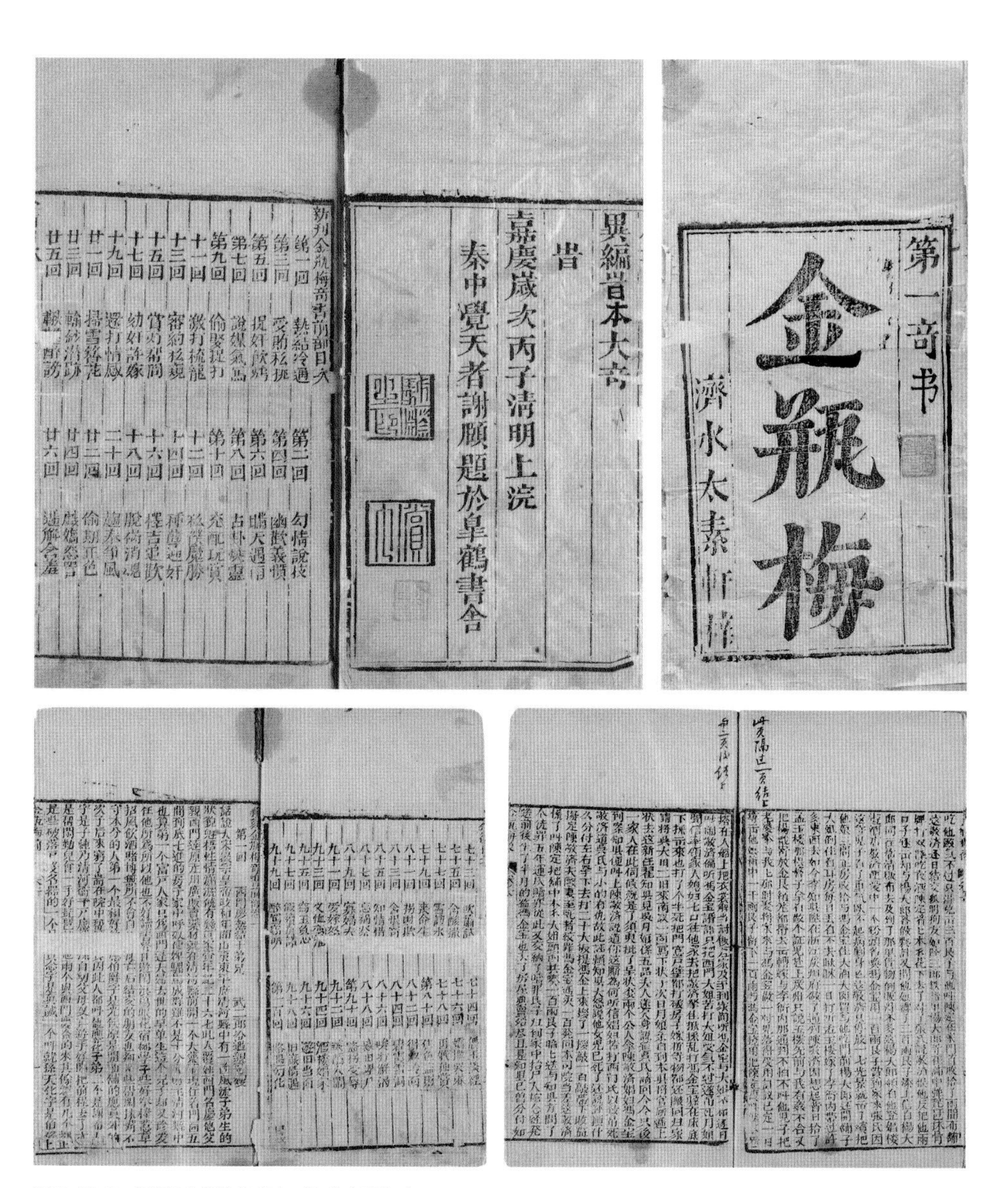
第一奇书
金瓶梅
济水太素轩梓

异编皆本大奇
皆
嘉庆岁次丙子清明上浣
秦中觉天者谢颐题于皐鹤书舍

图 3-13-2 《新刻金瓶梅奇书》，济水太素轩本

3-14 《新刻金瓶梅奇书》六堂藏板本

与济水太素轩本板式、行款、分卷、内容均一致。唯独扉页牌记不同。扉页版框分三栏，上端、右栏均无字。中间大字题：金瓶梅。左下题：六堂藏板。“六”字刻板极像“大”字，日本学者鸟居久晴称之为“大堂藏板”。藏日本东京大学。（图 3-14）

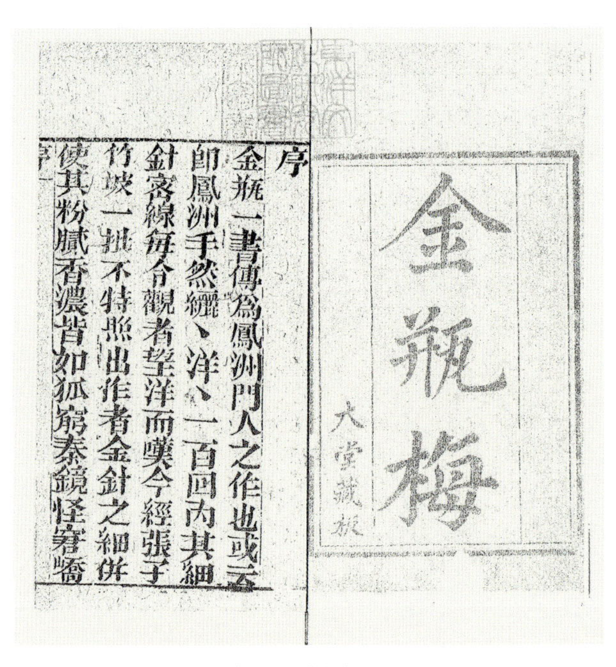
金瓶梅

大堂藏板

序

金瓶一書傳爲鳳洲門人之作也或云即鳳洲手然纚纚洋洋一百回內其細針密線每令觀者望洋而嘆今經張子竹坡一批不特照出作者金針之細併使其粉膩香濃皆如狐窮秦鏡怪窘溫

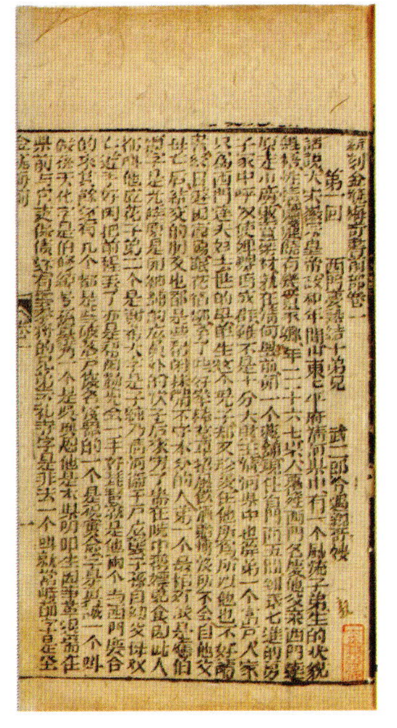
新刻金瓶梅奇書前部卷一

第一回 西門慶熱結十弟兄 武二郎冷遇親哥嫂

話說大宋徽宗皇帝政和年間山東東平府清河縣中有一個風流子弟生的狀貌

图 3-14 《新刻金瓶梅奇书》，六堂藏板本

3-15 《第一奇书》福建如是山房活字本

2函24册，31卷。木活字版。书尺寸：20.6厘米 ×13.5厘米。正文半叶12行，行24字。正文半框尺寸：16.5厘米 ×11.4厘米。扉页框内右上题“康熙乙亥镌”；中间大字题“第一奇书”，左下题“福建如是山房藏版”。首有谢颐序、目录、杂录、趣谈等。有回前评，但有删减。有眉批，每行四字。正文卷端题：金瓶梅。插图50叶100幅。图甚为幼稚粗糙，当为道光之后的产物。藏日本天理大学图书馆。另，2014年5月江苏真德拍卖一套10册残本；2017年北京泰和嘉成拍卖、上海博古斋拍卖先后出现两部此书，前者无插图，后者有插图。（图3-15）

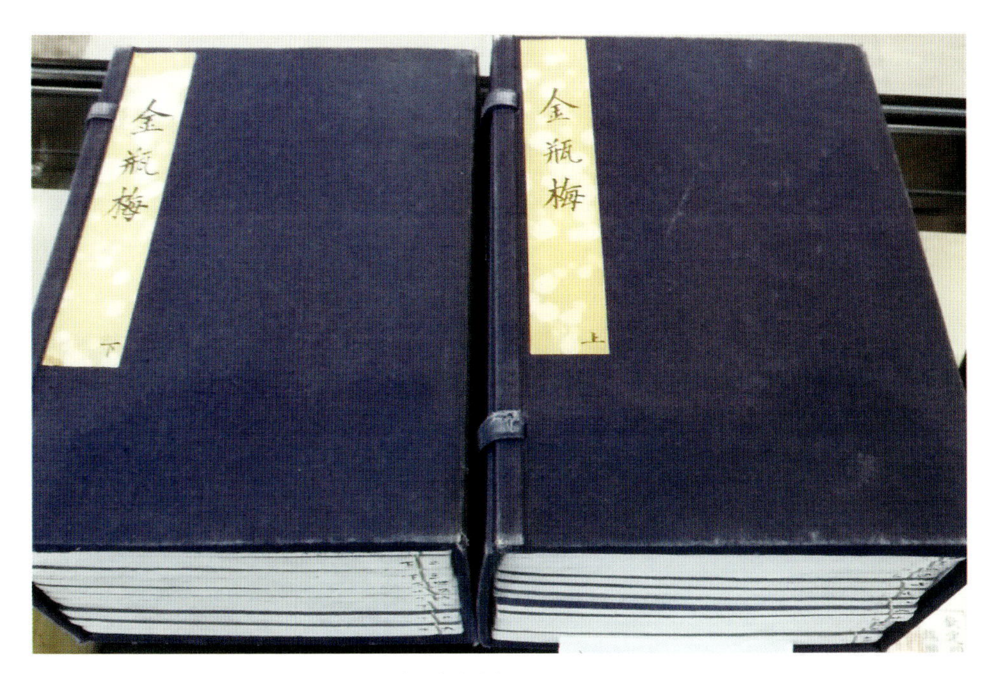

图3-15 《第一奇书》，福建如是山房活字本泰和嘉成拍本

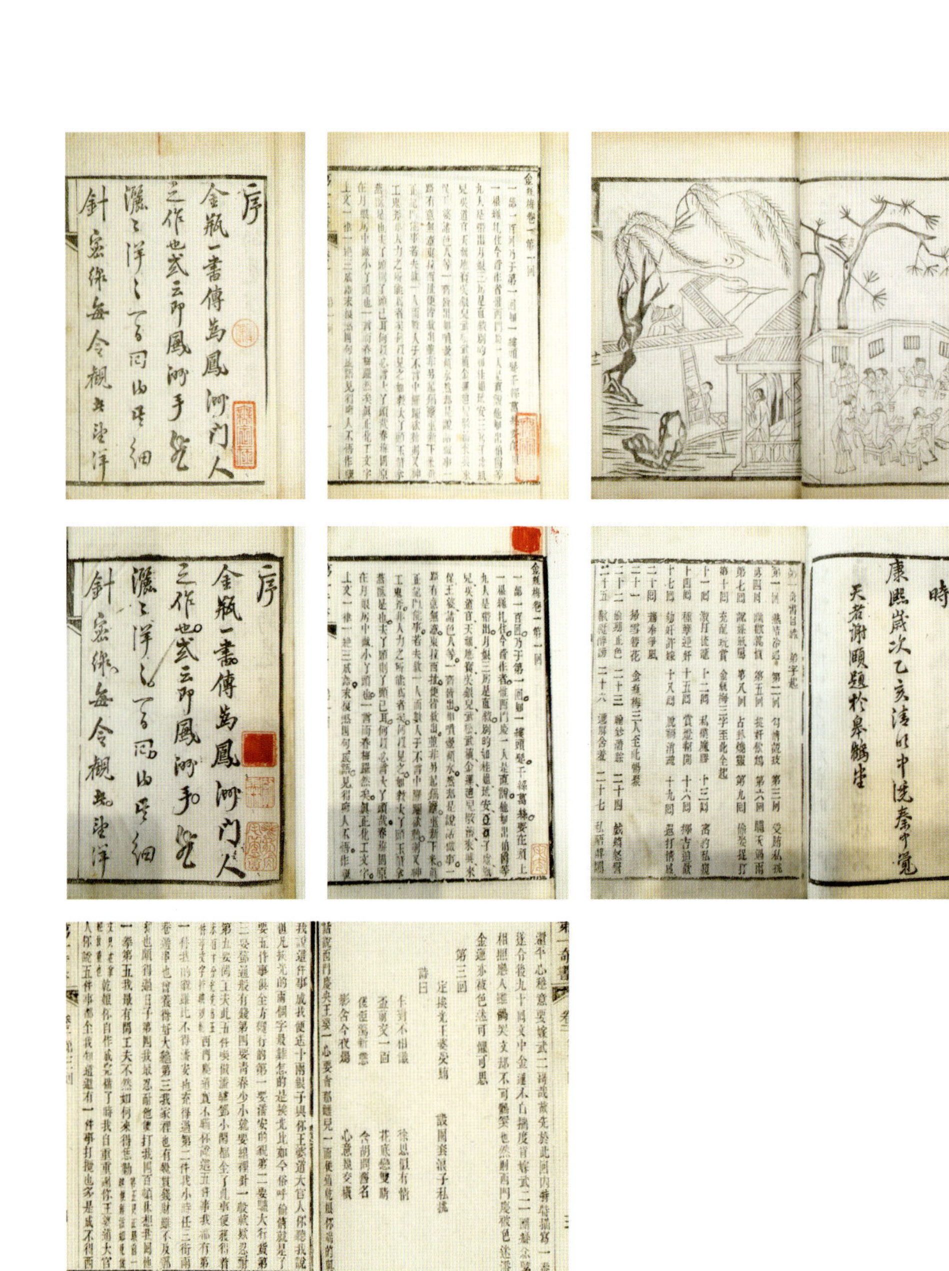

图 3-15 《第一奇书》，福建如是山房活字本泰和嘉成拍本

3-16 《醒世奇书正续合编》广升堂本

巾箱本。分为元、亨、利、贞 4 函，24 册，23 卷 100 回，首册未编卷。每半叶 11 行，行 25 字，封面签条题“广升堂第一奇书”；扉页板框分三栏，右上题“彭城张竹坡批评”；中间大字双行题“醒世奇书正续合编”，右五左三；左下双行署“本衙藏板”。书口、目录书题“第一奇书”。首有谢颐序、大略、读法等，人物图像 20 幅。书题虽云“正续合编”，但却仅有正编而无续编。法兰西学院汉学研究所图书馆藏。另外国内拍卖市场曾经出现一部，缺第一册。（图 3-16）

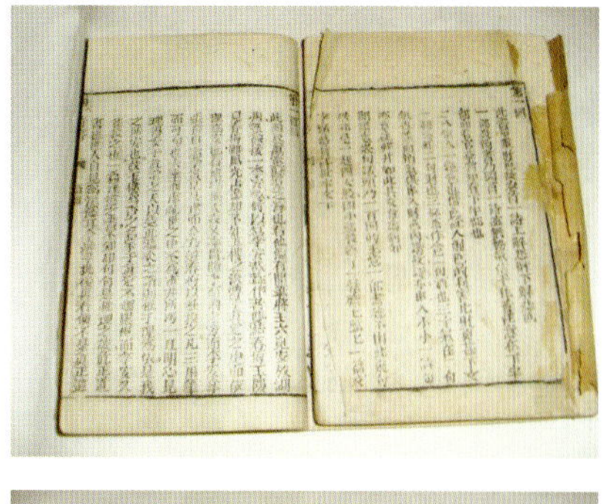

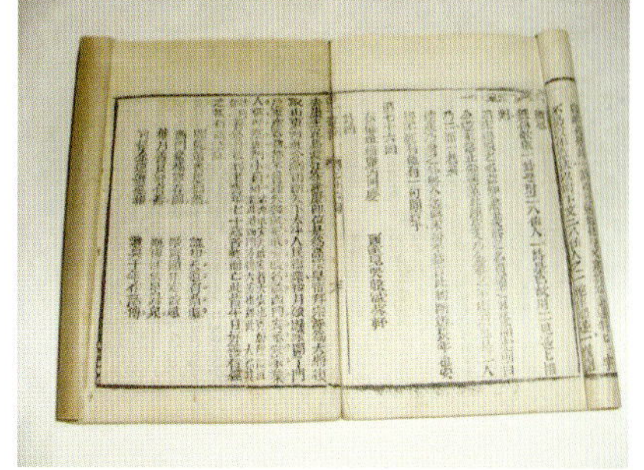

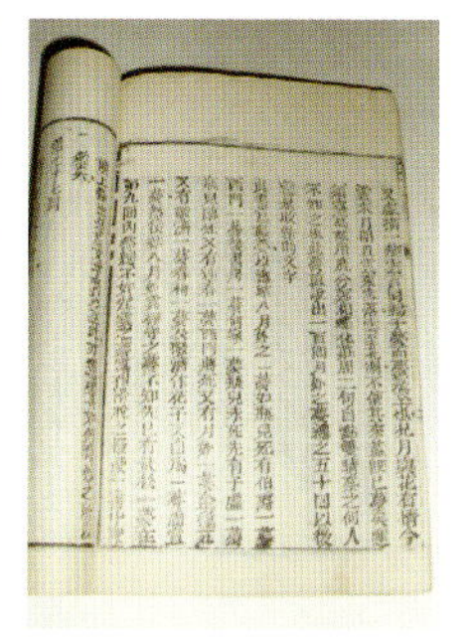

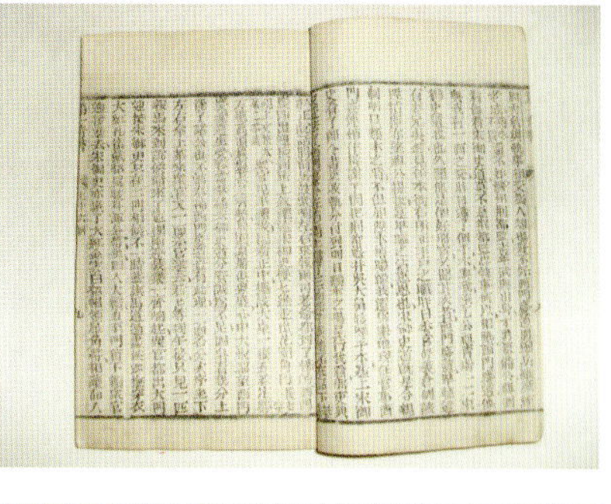

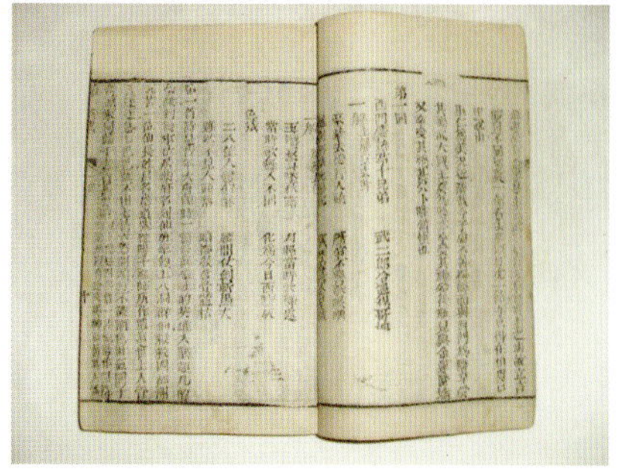

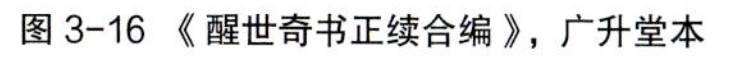

图 3-16 《醒世奇书正续合编》，广升堂本

3-17　鸟居久晴《〈金瓶梅〉版本考》著录版本四种

日本学者鸟居久晴《〈金瓶梅〉版本考》发表于《天理大学学报》1955年4月第18辑。其中有四种《金瓶梅》版本未见他处有著录，也未见书影传世。鸟居久晴后续又发表过《〈金瓶梅〉版本考订补》《〈金瓶梅〉版本考再补》。黄霖、王国安编译的《日本研究〈金瓶梅〉论文集》齐鲁书社版1989年版，收录上述文章。

1.《皋鹤堂批评第一奇书金瓶梅》目睹堂本。存21册。扉页版框为蔓叶花边框线。框内右上题“新刻绣像批评”；中间大字行书题“金瓶梅”；左下题“目睹堂藏板”。图应为2册，缺第二册；并缺卷首附录1册。半框尺寸是24. 2厘米 ×15.2厘米。图像尺寸是23.5厘米 ×15.3厘米。存有东吴弄珠客序及目录11叶（第12叶缺）。序、图像、目录与天理图书馆藏崇祯本极相似。正文各回前有总评，但第一回无。也许在缺失的第一册上。此书可能为第一奇书本与崇祯本的混合本。日本鸟居久晴《〈金瓶梅〉版本考》著录，存于东京书籍文物流通会。未见书影传世。

2.《绣像第一奇书金瓶梅》金阊书业堂本。4函40册。另有别册附图。康熙刊本。日本鸟居久晴《〈金瓶梅〉版本考》著录为《临川书店书目》所见。未见书影传世。

3.《金瓶梅》积翠馆本。24卷100回。乾隆四十六年新镌积翠馆藏本。日本鸟居久晴《〈金瓶梅〉版本考》著录为《俗语书目》所见。未见书影传世。

4.《多妻鉴》。日本明治刊本，中文铅印本，1册。无扉页、年代。书中序、竹坡闲话等处，以“第三奇书”代替“金瓶梅”的名称。分2卷，每卷50回。卷端题：支那第三奇书。有批注，无删节。（图3-17）

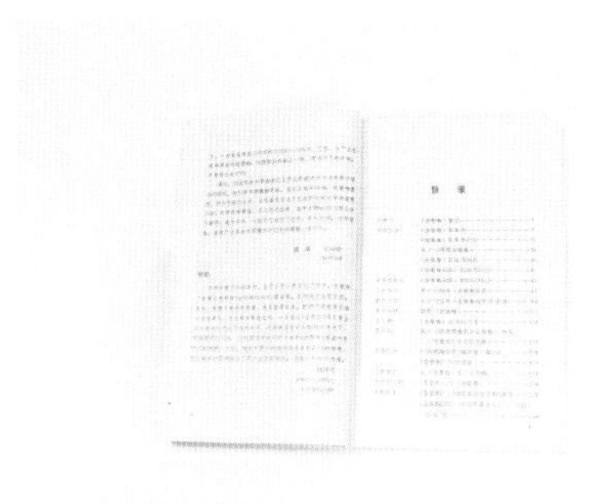

图3-17　日本研究《金瓶梅》论文集本

3-18　姚灵犀《瓶外卮言》著录版本二种

姚灵犀编著《瓶外卮言》天津书局民国二十九年（1940年）版，收录佚名《金瓶梅版本之异同》，著录此二种版本。未见书影传世。

1.《多妻鉴》苏州木刻大本。白文本，字体清晰。

2.《多妻鉴》四川木刻小本。正文有批注，模糊若麻沙版（建阳本）。（图3-18）

3-19 《第一奇书金瓶梅》湖南刻本

孙楷第《中国通俗小说书目》著录之湖南刻本。每半叶11行，行22字。无图。首有谢颐序，版心题“第一奇书”。未见书影传世。（图3-19阙如）

图3-18 《瓶外卮言》，天津书局，1940年版

3-20 《新镌绘图第一奇书钟情传》香港依西法石印等

晚清民初《金瓶梅》多改头换面，出现“钟情传”“多妻鉴”“改过劝善新书”等多种名称。且很多伪托中国香港、日本等异域出版，以逃避禁毁。以下 5 种均为袖珍缩减本，是《第一奇书钟情传》不同的翻版，大小为 64 开左右。行款一般是半叶 16 行，行 40 字。缩减为六册，或者合订为一册。卷端一般题为：新镌绘图第一奇书钟情传；或：绘图新镌第一奇书钟情传、新镌绣像第一奇书钟情传、绣像第一奇书钟情传等。因为石印底本是手工抄写，每卷卷端或有细微差别。可以看出晚清石印本《金瓶梅》的不严谨和仓促性。

1.《新镌绘图第一奇书钟情传》香港依西法石印

袖珍缩减本。光绪二十五年刊。尺寸：17.2 厘米 ×10.4 厘米。正文半叶 16 行，行 40 字。1 函 6 册，6 卷 100 回，插图 27 幅。封面签条题：绣像金瓶梅。扉页为一幅“金瓶插梅”绘图，左上角题字“写情生景”；背面题署分三栏，右题“光绪二十五年菊秋香港依西法石印”；中题大字篆书“第一奇书”；左题“云游海外客篆题”。首有《第一奇书钟情传》序；序尾署名岭南逸史于光绪三十年。卷端题“新镌绘图第一奇书钟情传”。（图 3-20-1）

图 3-20-1 《新镌绘图第一奇书钟情传》，香港依西法石印本

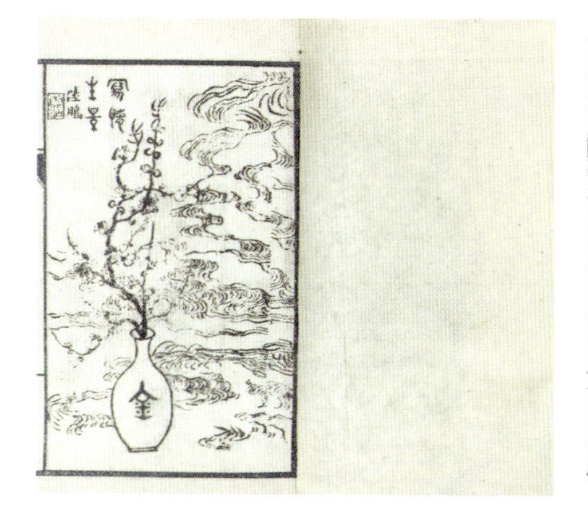

光緒二十五年菊秋香港依西濾石印

第一奇書

雲遊海外客篆題

第一奇書鍾情傳序

秋暮旅居澄江偶訪故友木君見案頭有第一奇書鍾情傳一部全寫兒女之小書無足觀也不過見世生情裁鈔古人之遺事或傳當世之淫謔而已非說那忠孝節義死別生離的一番志遺意而不願為友回子盡記乎夫當今之世石印創行藏書疊出皆才子佳人幽情密約固不足以醒世俗之眼界而獨於鍾情傳一書與別家迥異非尋常小說之可比遂紀身以武都頭義待大郎兄潘金蓮情鍾西門慶一一指示了逸見其寓意之深用詞之達濟困扶危總情重義意味深長尤足膾炙人口詢可供文人雅士之觀於是袖之而歸每於夜靜更深親自校對付諸梓人以便有志者身居旅次消遣茶餘暢懷悅目一覽其宣在之名直可使瞭人醒目頑石點頭矣情述其原委以供諸君子之有目共賞也可為是序

光緒三十年歲次甲辰孟春之月

嶺南逸史悦禮氏題於香港

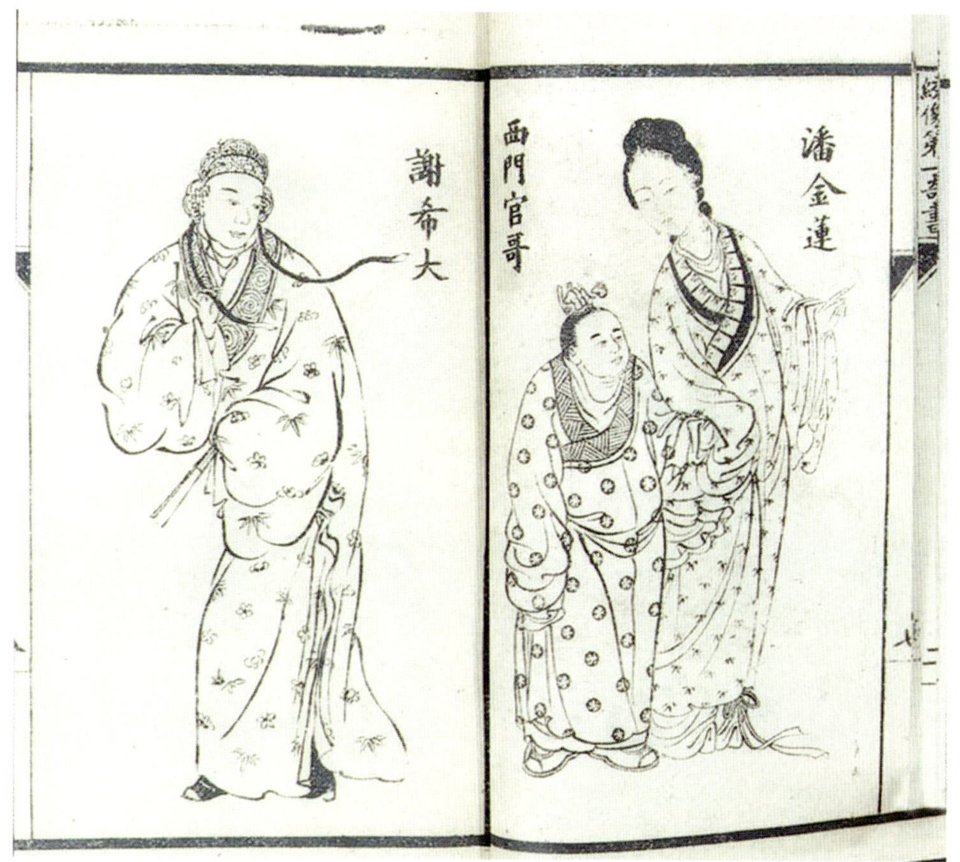

2.《新镌绘图第一奇书钟情传》光绪乙巳年仿西法石印

袖珍缩减本。光绪三十一年刊。尺寸：18 厘米 ×10 厘米。半叶 16 行，行 40 字。1 函 6 册,6 卷 100 回，插图若干幅。每册封面为“金瓶插梅”紫红色绘图，首册封面背面为花纹边框，中间大字双行题：光绪乙巳年 / 仿西法石印。右下有小字：书经存案；左下为小字：翻刻必究。首有《第一奇书钟情传》序。序尾署名闲云山人于光绪二十九年。卷端题“新镌绘图第一奇书钟情传”。此光绪三十一年版另有一版，牌记署“光绪乙巳 / 粤东石印”，其他与前者一致。（图 3-20-2）

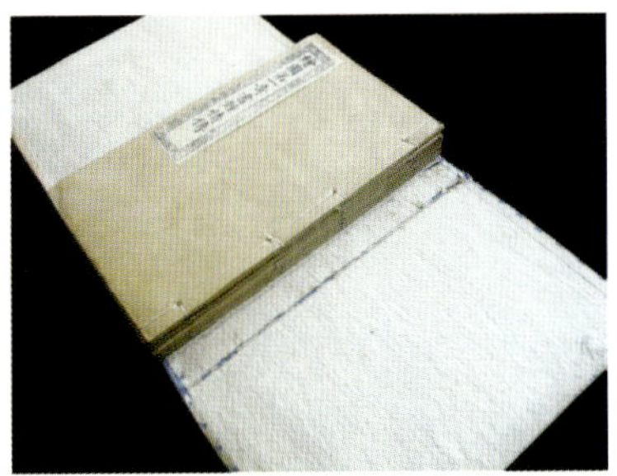

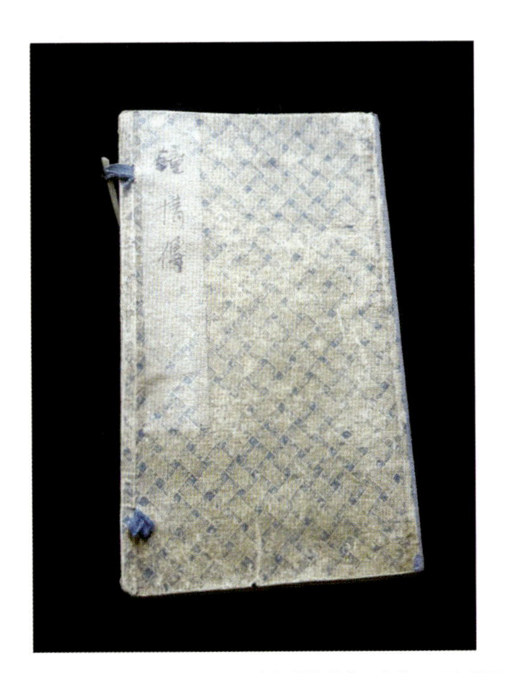

图 3-20-2 《新镌绘图第一奇书钟情传》，光绪乙巳年仿西法石印本

3.《绘图多妻鉴》香港书局石印

香港书局石印，袖珍缩减本。机制黄纸。半叶21行，行48字。1函6册，6卷100回。黄纸石印本。函套及封面签条题：绘图金瓶梅 / 香港书局石印；扉页题居中大字：绘图多妻鉴；收插图2叶4幅。卷端题“新镌绘图第一奇书钟情传”。（图3-20-3）

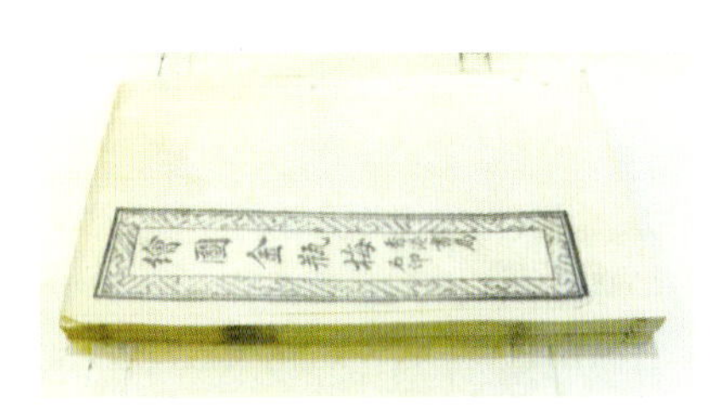

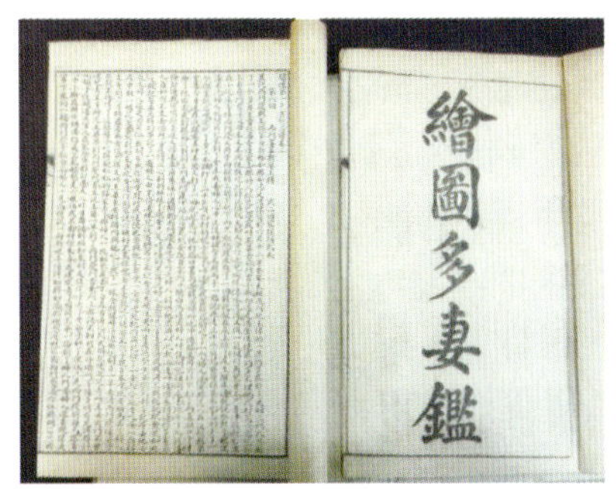

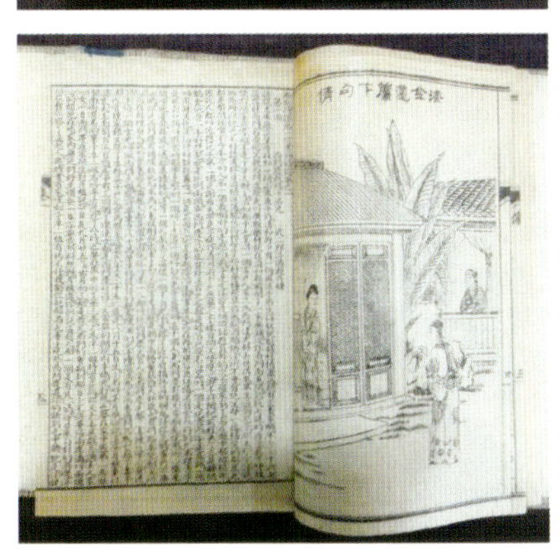

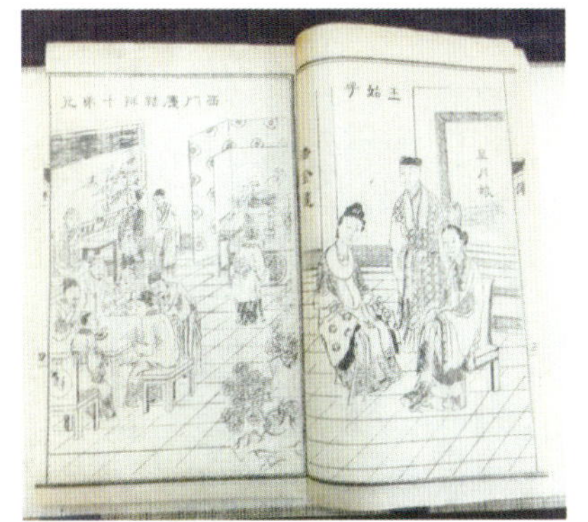

图3-20-3 《绘图多妻鉴》，香港书局石印本

4.《绘图真正金瓶梅》神洲亚西书局

神洲亚西书局石印本。袖珍缩减本。机制黄纸。半叶 16 行，行 40 字。1 函 6 册，或合订1册。尺寸:15.5厘米 × 10厘米。封面签条题：绘图金瓶梅 / 香港书局石印。扉页版框内上端题：神洲亚西书局出版；下部右侧题：明王凤洲原本；中间大字题：绘图真正金瓶梅；左下题：每部定价银一元。卷端题“新镌绘图第一奇书钟情传”。收插图 2 幅。(图 3-20-4)

图 3-20-4 《绘图真正金瓶梅》，神洲亚西书局石印本

5.《绣像第一奇书钟情传》无刊刻牌记

石印本。袖珍缩减本。机制黄纸。半叶16行，行40字。1函6册。尺寸:18厘米×10厘米。每册收情节插图4叶8面，每册首页图用红、绿等彩纸印刷，颇为精致。插图在《金瓶梅》晚清石印本中属佳者。卷端题“绣像第一奇书钟情传”或“绘图新镌第一奇书钟情传”等。(图3-20-5)

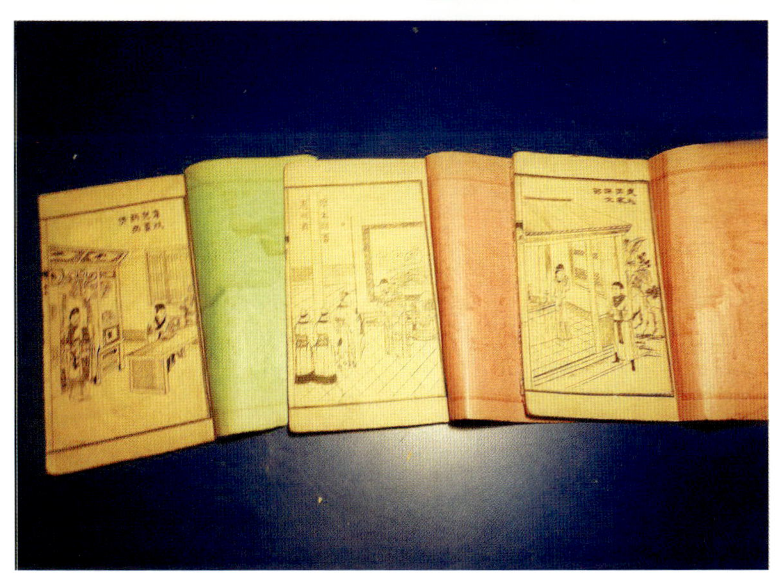

图3-20-5 《绣像第一奇书钟情传》，无刊刻牌记

3-21 《绘图第一奇书》香港旧小说社

1. 2 函 20 册。16 卷 100 回。32 开，尺寸：19.8 厘米 × 13.5 厘米。石印本。半叶 19 行，行 44 字。封面朱色签条题“校正全图 / 足本金瓶梅全集”；亦有一种板式为墨色签条题“校正绘图 / 足本金瓶梅”。扉页版框、字迹为墨色，上端“依康熙年原书影印”，框分三栏，右题“校正加批足本大字 / 定价洋五元”；中题“绘图第一奇书”；左题“香港旧小说社印行”；正文卷端题“绘图足本大字金瓶梅”。收版画插图 70 幅。约晚清民初出版。（图 3-21-1）

2. 2 函 16 册。16 卷 100 回。32 开，尺寸：20.2 厘米 × 13.3 厘米。石印本。半叶 23 行，行 48 字。封面朱色签条题“校正全图 / 足本金瓶梅全集”；扉页版框、字迹为红色，上端“依康熙年原书影印”，框分三栏，右题“校正加批足本 / 定价洋五元”；中题“绘图第一奇书”；左题“香港旧小说社印行”；卷一收人物绣像 30 幅；正文从卷二开始，收插图 2 幅，卷二之卷端题：校正第一奇书。约晚清民初出版。（图 3-21-2）

3. 此书与上一版一致，尺寸：20.5 厘米 × 13.2 厘米。封面改为红字题签“校正全图 / 足本多妻鉴全集”；扉页版框、字迹亦为红色，版框上端“依康熙年原书影印”，框分三栏，右题“校正加批足本 / 定价洋五元”；中题“绘图第一奇书”；左题“香港旧小说社印行”。（图 3-21-3）

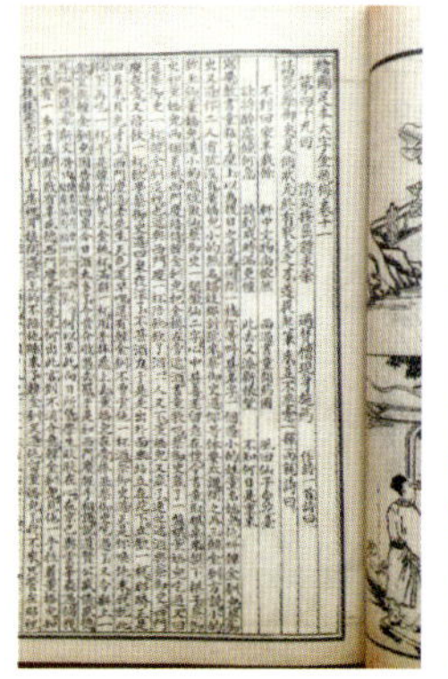

图 3-21-1 《绘图第一奇书》，香港旧小说社本

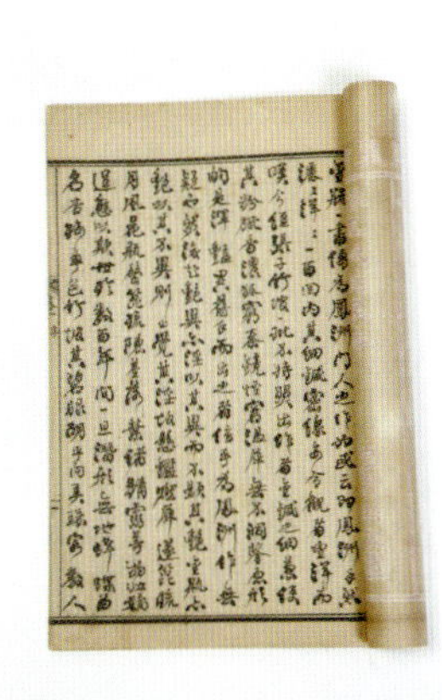

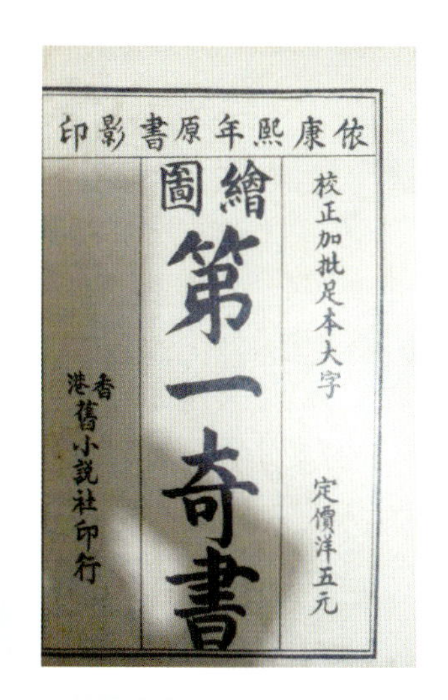

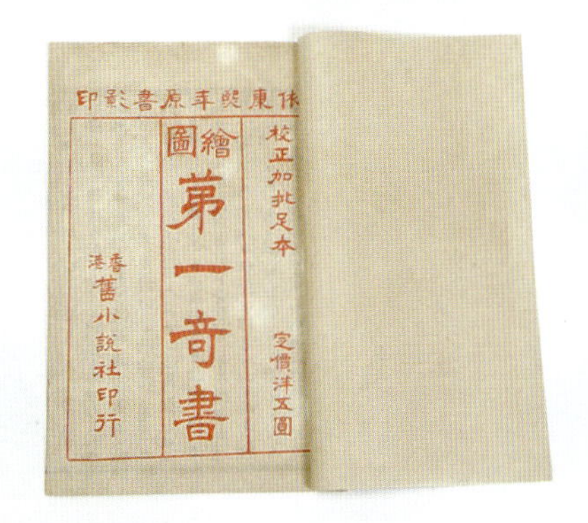

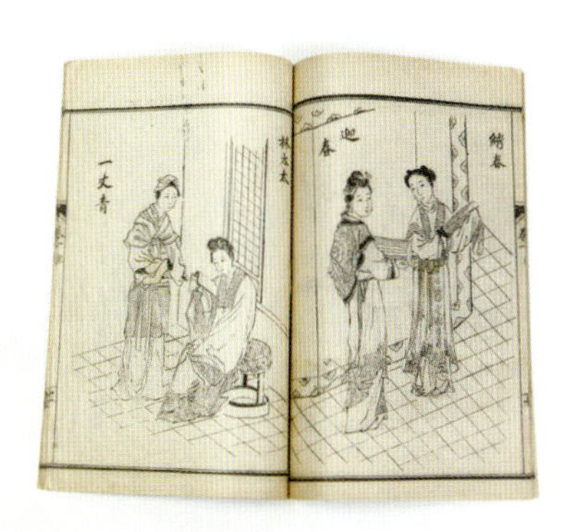

图 3-21-2 《绘图第一奇书》，香港旧小说社本

图 3-21-3 《校正足本多妻鉴全集》，香港旧小说社本

3-22 《绘图多妻鉴》上海益新社印行

石印本。1函16册，32开。16卷100回。内页与香港旧小说社版完全一致。扉页为红色花边版框，分三栏，右下题：每部定价洋肆员 / 上下两册；中间大字：绘图多妻鉴；左下题：上海益新社印行。也许原计划为洋装两册。（图3-22）

图3-22 《绘图多妻鉴》，上海益新社印行

3-23 《增图像皋鹤草堂奇书全集》东京爱田书室石印本

东京爱田书室石印本。2 函 16 册，16 卷 100 回。32 开，尺寸 22.5 厘米 ×14 厘米。机制黄纸。封面签条题“增图像足本金瓶梅”；扉页题“增图像皋鹤草堂奇书全集”；背面牌记题“日本东京廿八番 / 地三町目 / 爱田书室印刷所；定价洋五圆”。每卷卷端题为“改过劝善新书”或“绘图改过劝善新书”。第一册除序、凡例、目录等外，共收双人绣像 32 幅置于书前。晚清因禁毁淫词小说，《金瓶梅》等书不但化名出版，还常伪托异域书肆印制。此书版式、装帧、用纸均符合国内特征。约晚清民初出版。藏国内多家公私机构及日本东京大学。（图 3-23）

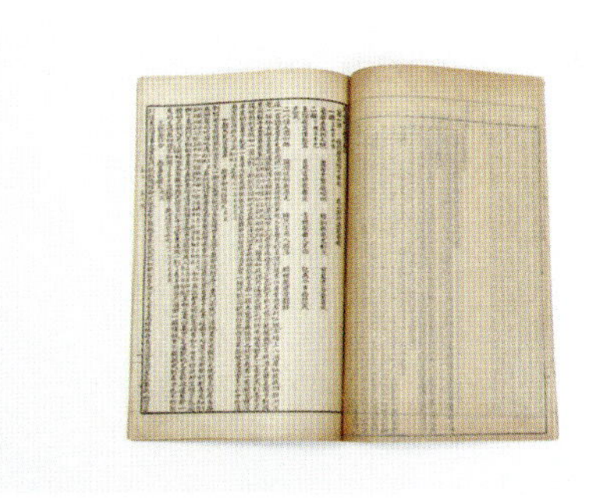

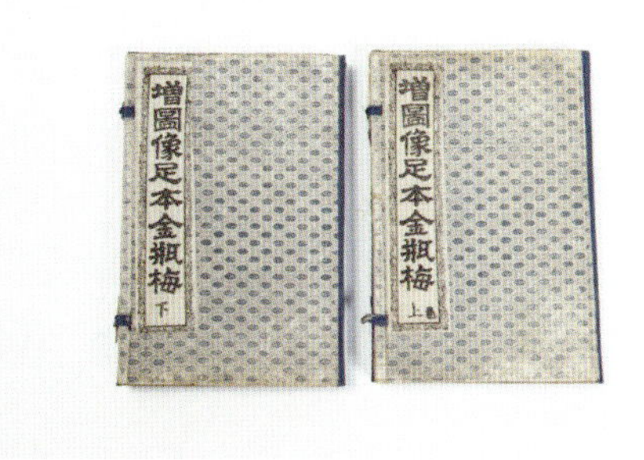

图 3-23 《增图像皋鹤草堂奇书全集》，东京爱田书室石印本

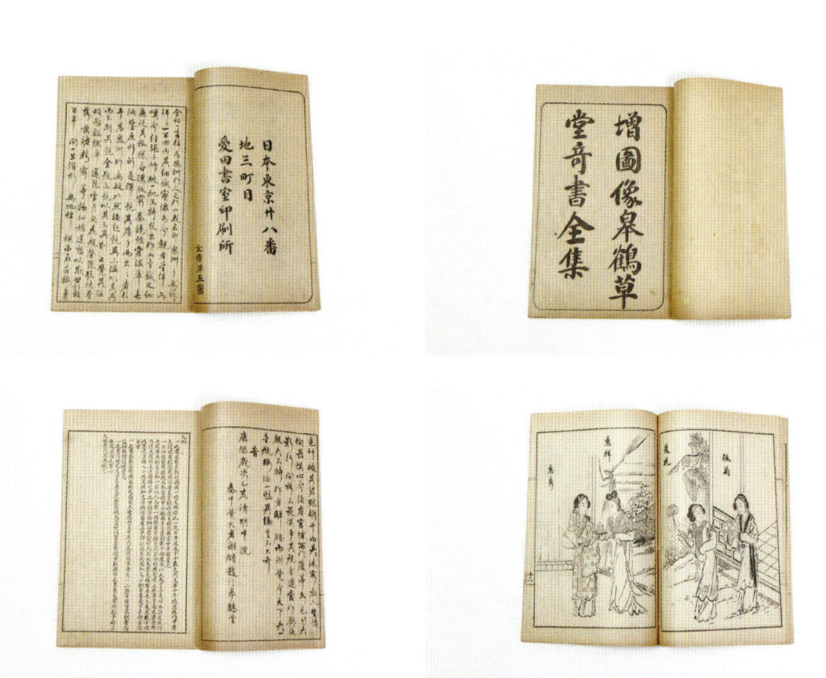

图 3-23 《增图像皋鹤草堂奇书全集》，东京爱田书室石印本

3-24 《改过劝善新书》铅字排印本

线装 16 册，16 卷 100 回。32 开，机制黄纸。铅字排印本。正文批语以括号加入。卷端题“改过劝善新书”；书口题“金瓶梅”。内容与东京爱田书室石印本一致。民国间印行，具体年代不详。（图 3-24）

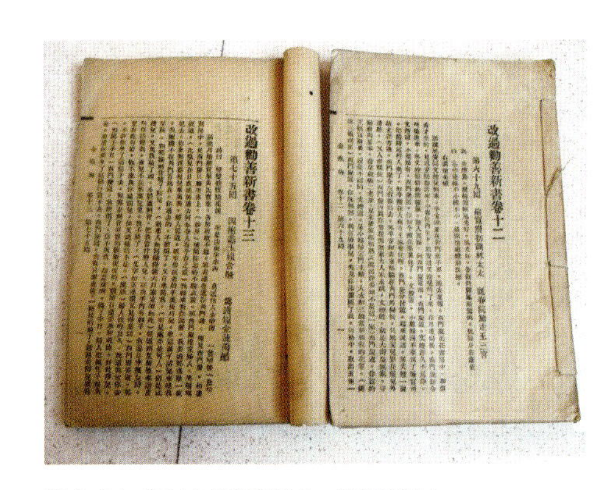

图 3-24 《改过劝善新书》，铅字排印本

3-25 《校正全图足本金瓶梅全集》上海书局石印本

1. 上海书局 1921 年石印，1 函 16 册，尺寸 20 厘米 × 13.2 厘米。16 卷 100 回。半叶 22 行，行 51 字。机制黄纸。签条题“校正全图足本金瓶梅全集”；扉页题“增图像皋鹤草堂奇书全集”；背面牌记题“民国十年十月再版上海书局石印”。首有谢颐草书序。目录页题“第一奇书目”；卷一收绣像 34 幅；卷二首叶“竹坡闲话”题“皋鹤堂第一奇书”。正文从卷二开始，每卷卷端题为“改过劝善新书”或“绘图改过劝善新书”。有的不同版次在每册增加一至二幅情节插图不等。（图 3-25-1）

2. 上海书局 1921 年石印，1 函 16 册，32 开。100 回，机制黄纸。函套及签条题“增图像足本金瓶梅”。其他内页与上一版完全一致。（图 3-25-2）

图 3-25-2 《校正全图足本金瓶梅全集》，上海书局石印本

图 3-25-1 《校正全图足本金瓶梅全集》，上海书局石印本

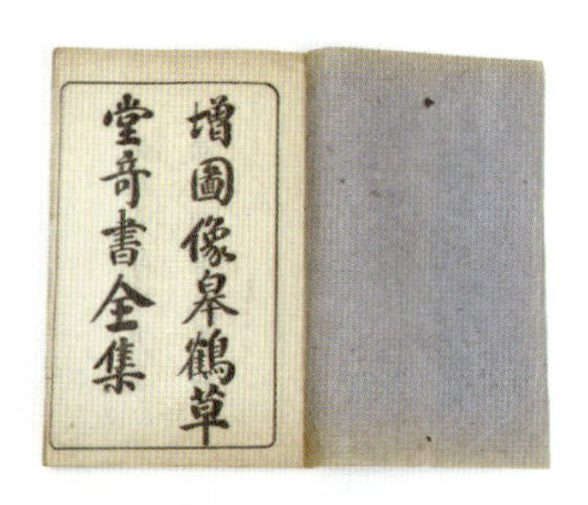

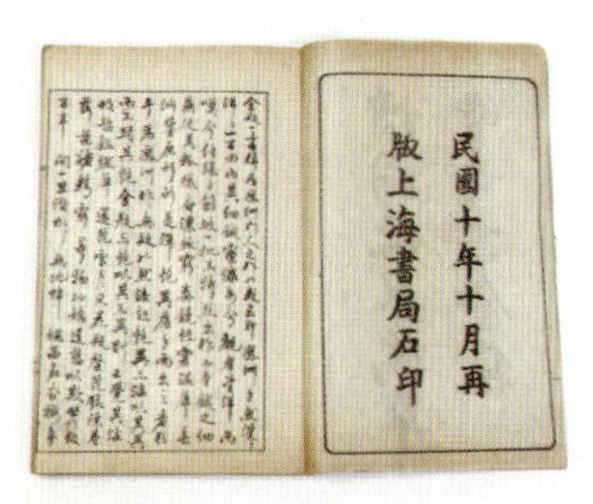

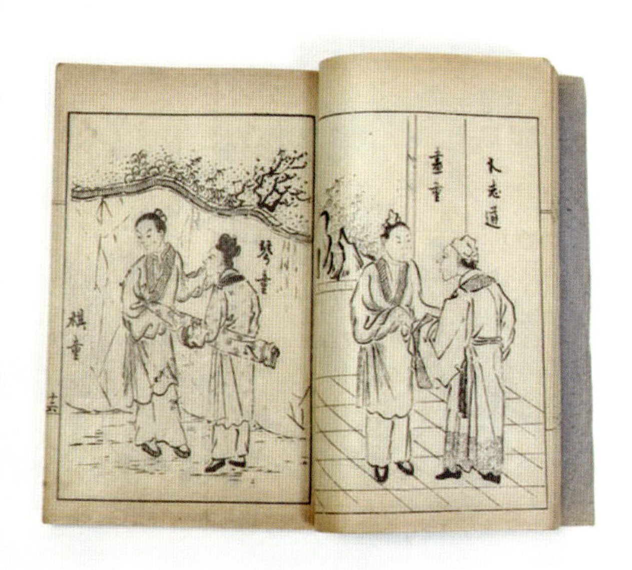

图 3-25-1 《校正全图足本金瓶梅全集》，上海书局石印本

3-26 《金瓶梅——两种竹坡评点本合刊天下第一奇书》文乐出版社（影印本）

香港文乐出版社出版，书中没有出版日期，约20世纪70年代中期出版。全8册。有精装本、平装本两种。采用黄志清藏书影印。收录：一、康熙乙亥本（牌记抹去），又称“大字张本”；二、崇经堂巾箱本，又称“小字张本”。最后一册为金瓶梅各种版本的插图，包括《清宫珍宝皕美图》200幅，部分崇祯本、张评本的插图，插图均不甚清晰。（图3-26）

图3-26 《金瓶梅——两种竹坡评点本合刊天下第一奇书》，香港文乐出版社

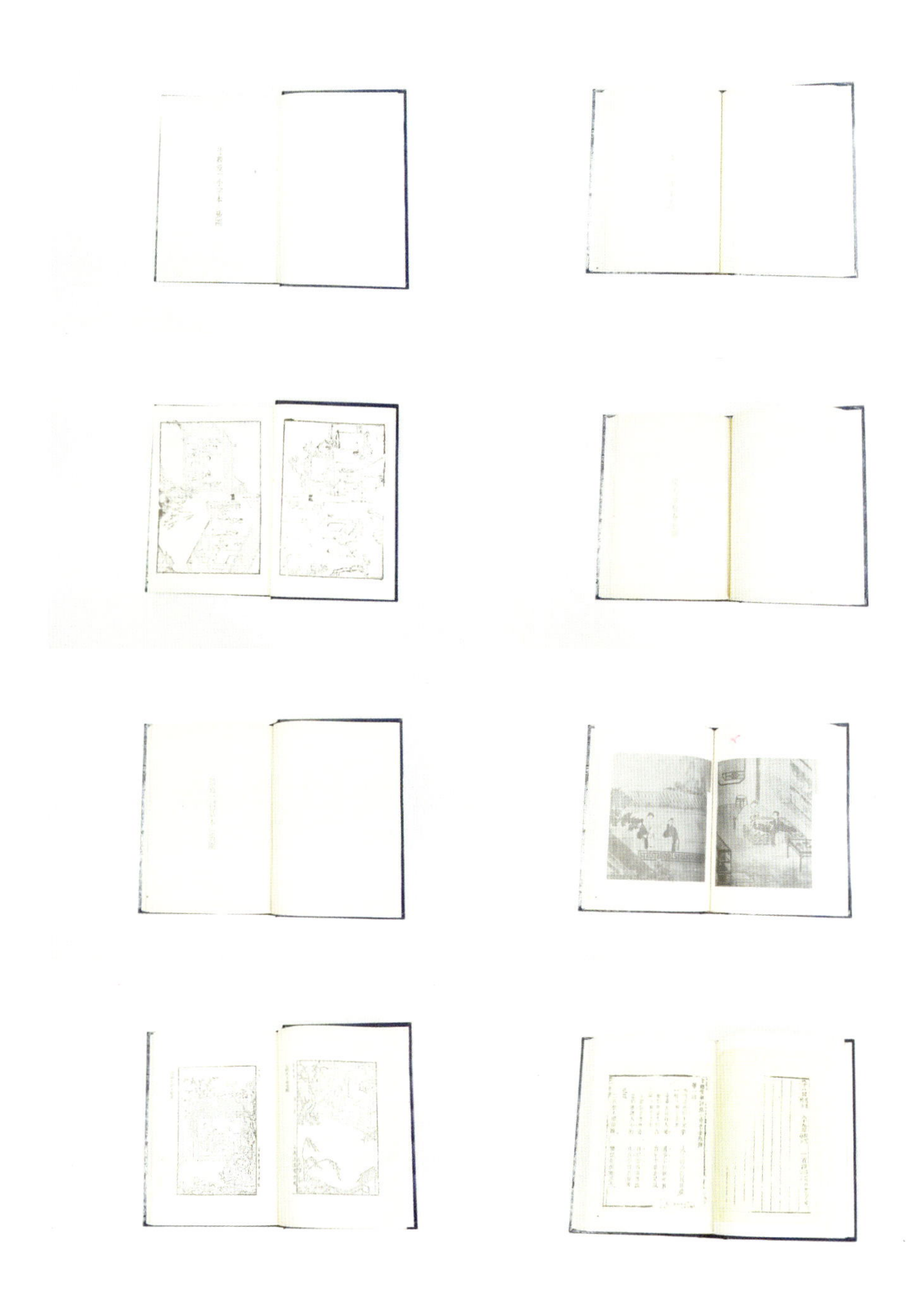

图 3-26 《金瓶梅——两种竹坡评点本合刊天下第一奇书》，香港文乐出版社

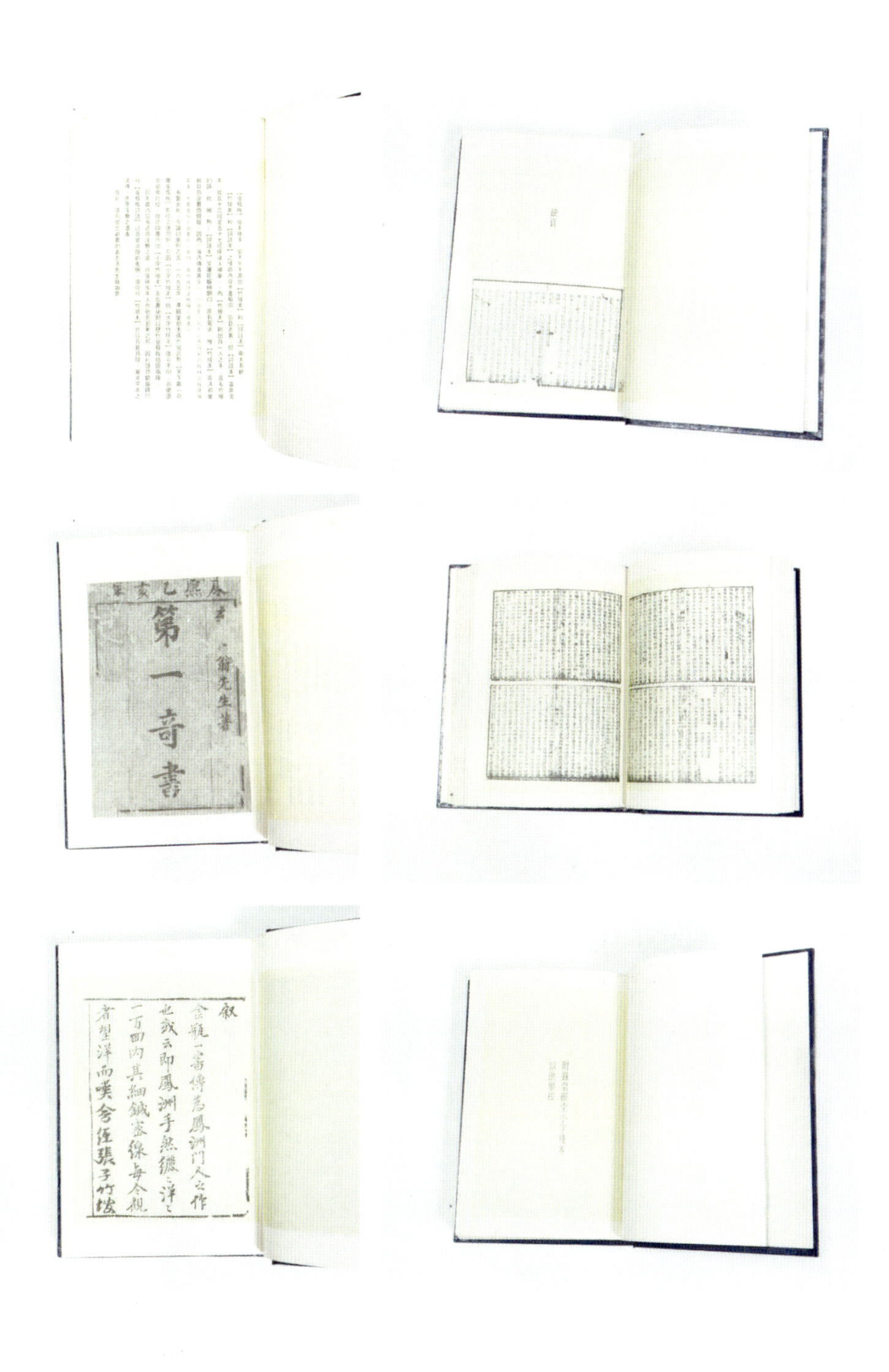
第一奇書

3-27 《第一奇书》里仁书局（影印本）

台湾里仁书局 1981 年 1 月版，精装 5 册。书脊题：第一奇书　竹坡本《金瓶梅》。影印底本是《第一奇书》在兹堂本。序尾署康熙乙亥年。有《凡例》《冷热金针》《金瓶梅寓意说》《第一奇书金瓶梅非淫书论》等附论，而无回前评、眉批。（图 3-27）

图 3-27 《第一奇书》，台湾里仁书局，1981 年 1 月版

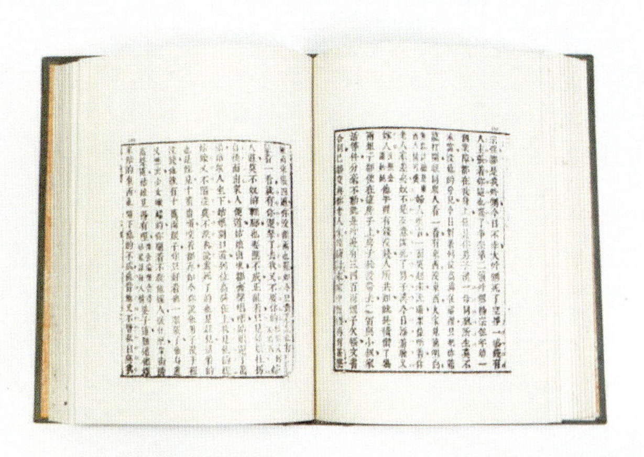

第一奇書
康熙乙亥年
李笠翁先生著
第一奇書
在茲堂

3-28 《张竹坡批评第一奇书金瓶梅》北京师范大学出版社（影印本）

北京师范大学出版社 1992 年 11 月版。线装 2 函 24 册。16 开。普通纸正反两面印刷，十分厚重。非筒子叶传统工艺。正文加黄底色。影印北京师范大学图书馆藏本衙藏板本（大版）。（图 3-28）

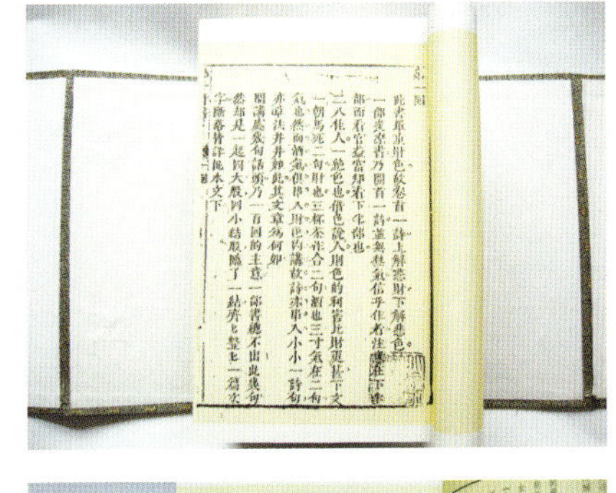

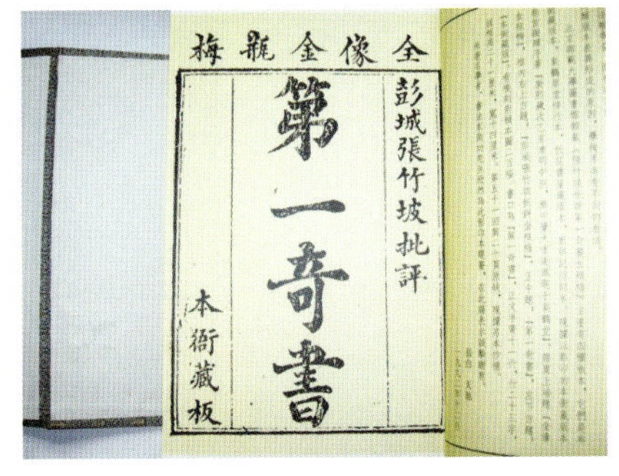

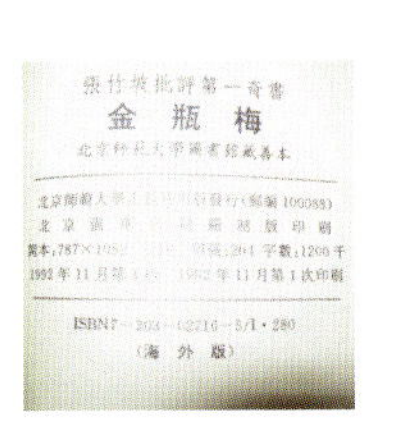
張竹坡批評第一奇書
金瓶梅
北京師範大學圖書館藏善本

北京師範大學[illegible]發行（郵編 100088）
北京[illegible]印刷
開本：787×[illegible] 印張：2[illegible] 字數：1200 千
1992 年 11 月第[illegible] 1992 年 11 月第 1 次印刷

ISBN7－303－[illegible]－5/I·280
（海外版）

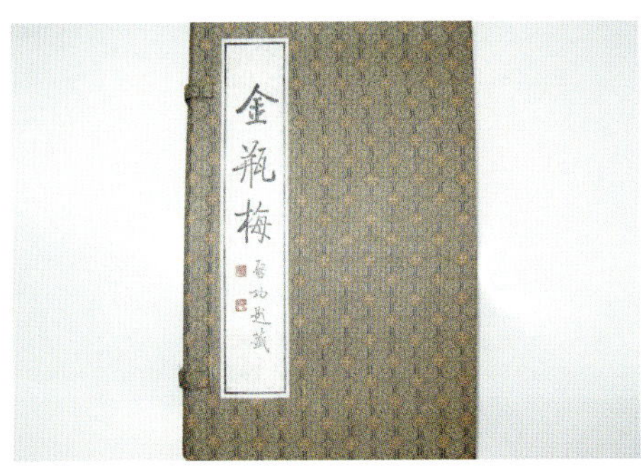

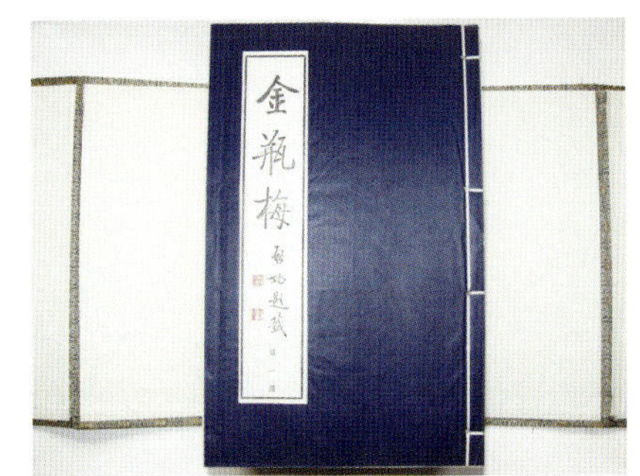

图 3-28 《张竹坡批评第一奇书金瓶梅》，北京师范大学出版社，1992 年版

3-29 《金瓶梅》大连出版社（影印本）

大连出版社 2000 年 4 月版，宣纸线装 6 函 36 册，16 开。底本是大连图书馆藏影松轩本，原大谷光瑞藏书。收入《大连图书馆藏孤稀本明清小说丛刊》。每回前有插图 2 幅，共计 200 幅。正文有较多缺页，均以手抄替补。此书《前言》注明影印底本是本衙藏板翻刻必究本（《寓意说》多 227 字），实际影印的却是该馆所藏的影松轩本，成为笑谈。（图 3-29）

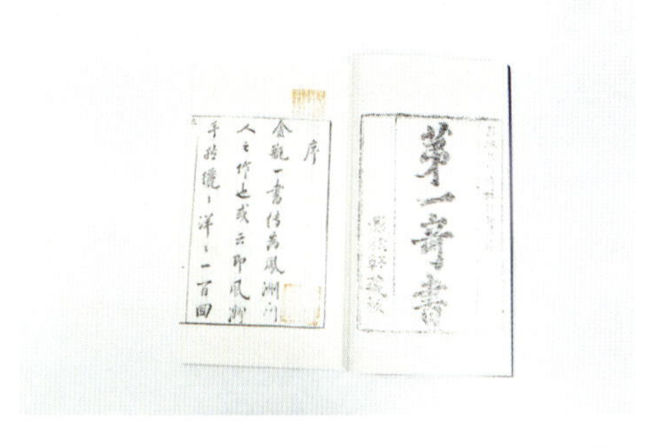

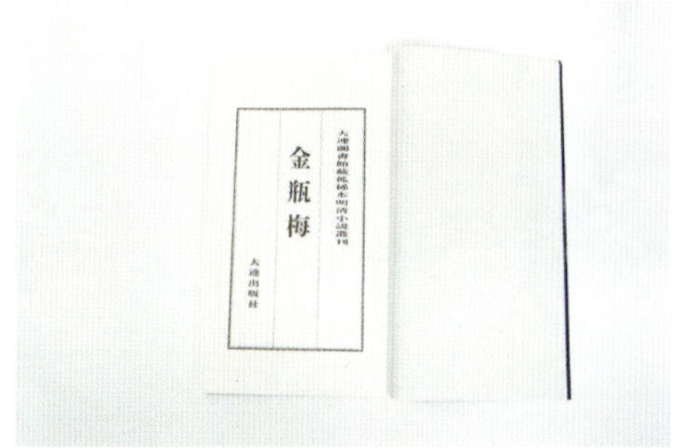

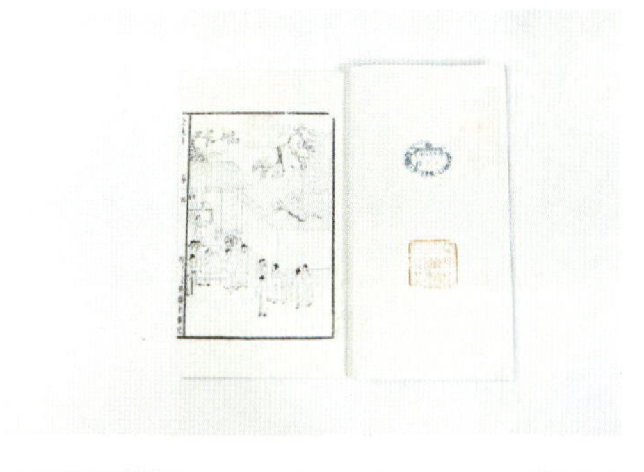

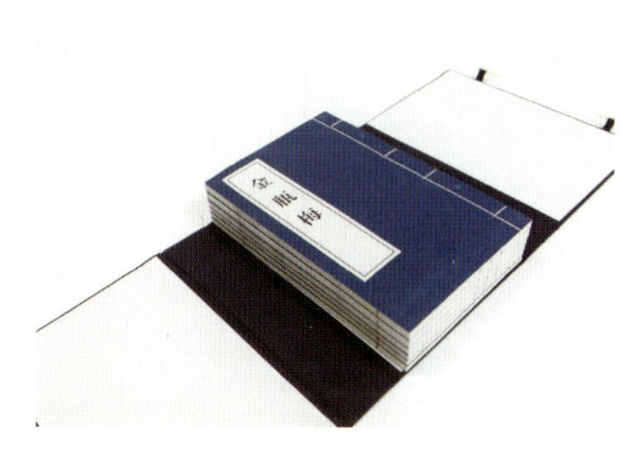

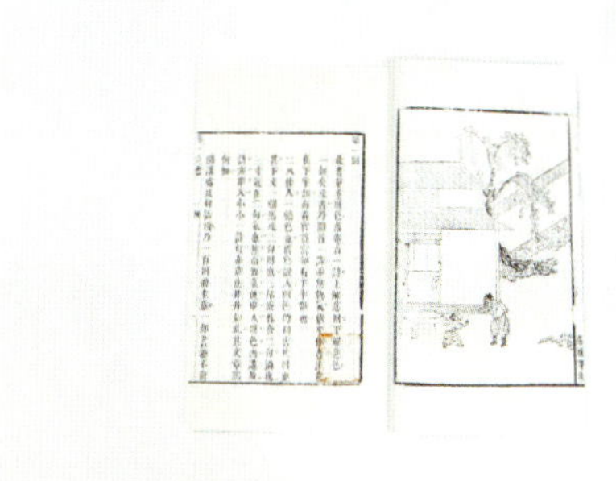

图 3-29 《金瓶梅》，大连出版社，影印影松轩本

3-30 《皋鹤堂批评第一奇书金瓶梅》台湾学生书局有限公司（影印本）

台湾学生书局有限公司 2014 年 12 月版，宣纸线装 3 函 22 册。16 开。套色影印。定价：33000 新台币。印数 300 部，编号发行。第一册为插图 200 幅。影印《第一奇书》苹华堂本。书前有黄霖《序》；书后附录李金泉《苹华堂刊〈皋鹤堂批评第一奇书金瓶梅〉版本考》。苹华堂本是近年新发现的《金瓶梅》的重要版本，自俄罗斯回流，以前从未著录，系存世孤本。它是《第一奇书》在兹堂、皋鹤草堂、康熙乙亥等版本的祖本。（图 3-30）

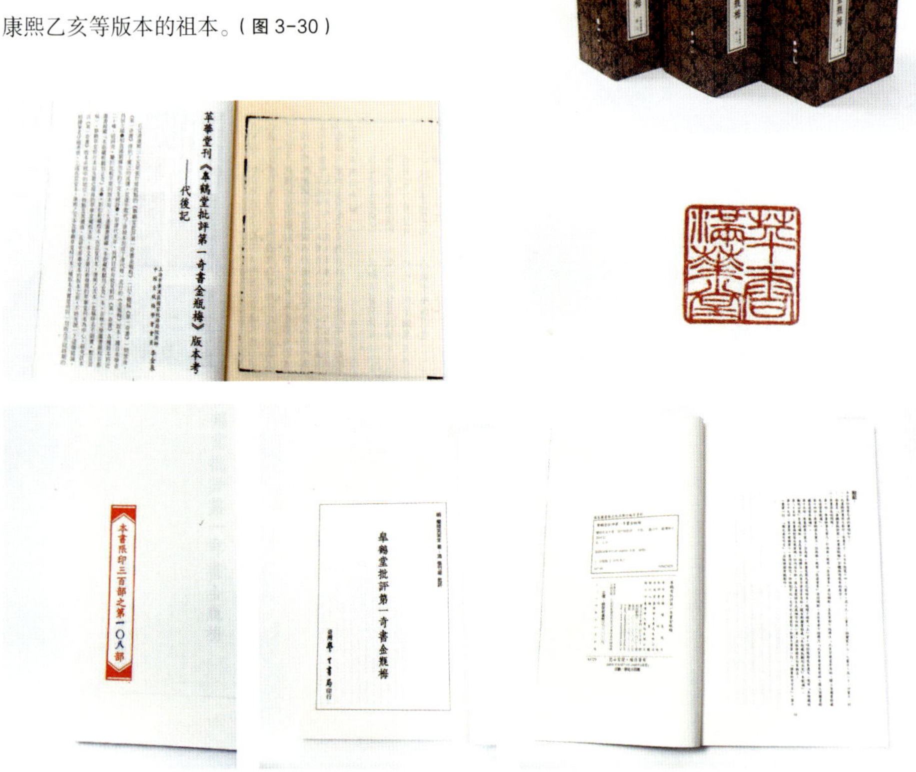

图 3-30　苹华堂刊《皋鹤堂批评第一奇书金瓶梅》，台湾学生书局，影印本

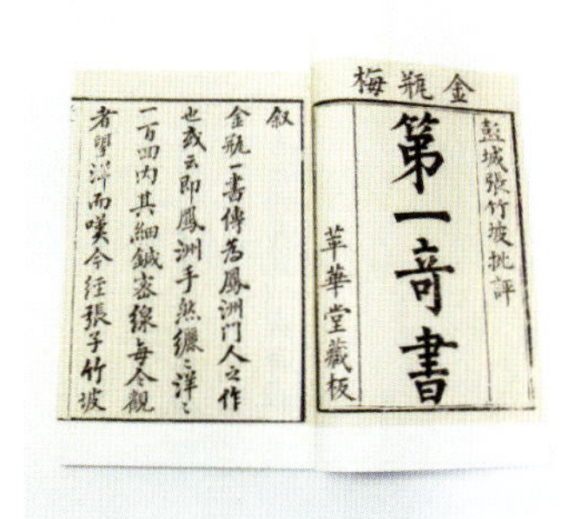

金瓶梅

彭城張竹坡批評

第一奇書

苹華堂藏板

敘

金瓶一書傳為鳳洲門人之作
也或云即鳳洲手然纖纖洋洋
一百回內其細針密線每令觀
者望洋而嘆今經張子竹坡

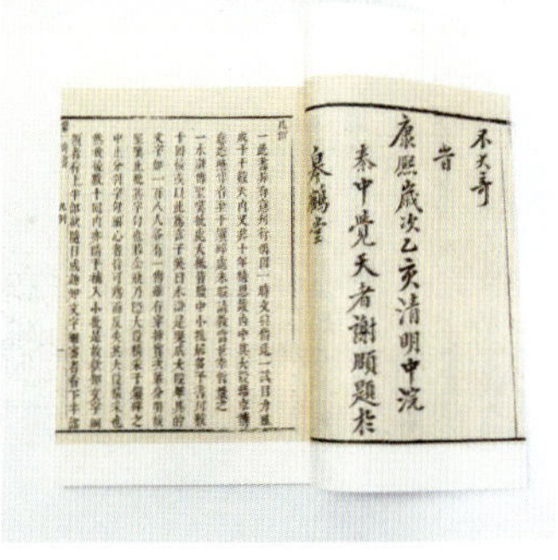

康熙歲次乙亥清明中浣
秦中覺天者謝頤題於
皋鶴堂

3-31 《彭城张竹坡批评金瓶梅第一奇书》南洋出版社（影印本）

新加坡南洋出版社 2017 年 9 月版。宣纸线装 4 函 26 册。16 开。插图 200 幅置于书前。影印旅大图书馆旧藏《第一奇书》本衙藏板翻刻必究本（《寓意说》多 227 字）。依照原貌原大影印。王汝梅作序，认为此种版本为《第一奇书》的初刻本。（图 3-31）

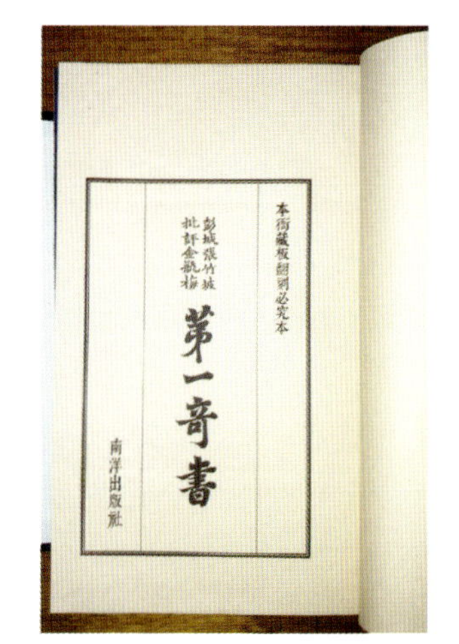

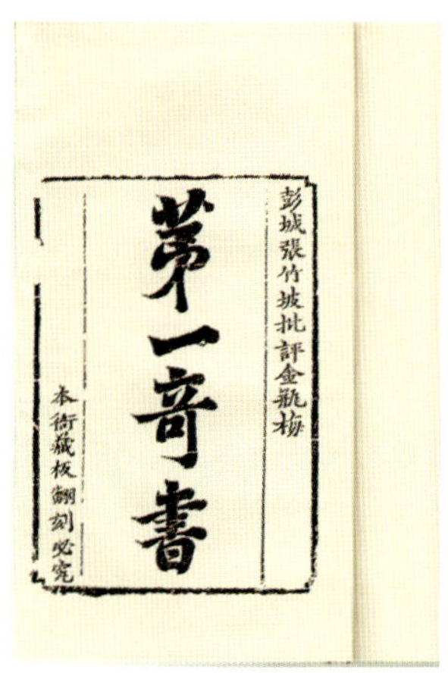

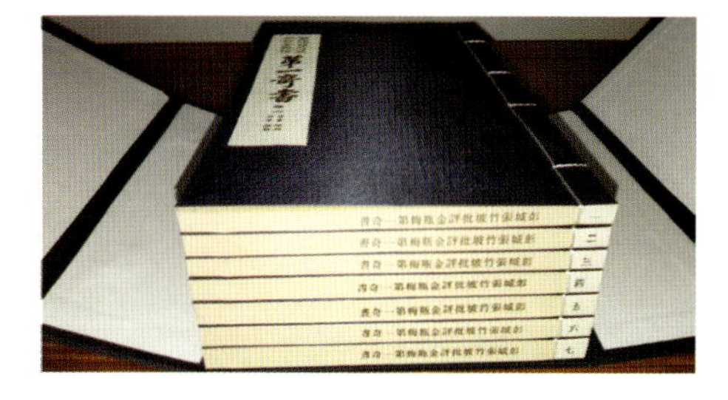

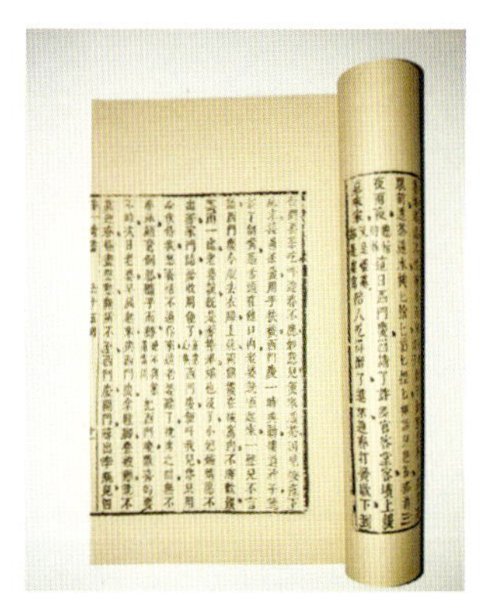

图 3-31 《彭城张竹坡批评金瓶梅第一奇书》，新加坡南洋出版社，2017 年版

3-32《增图绣像金瓶梅奇书全集》二友印刷所（整理本）

二友印刷所出版，年代不详。全 16 册。16 卷 100 回。铅印本，32 开。尺寸 20 厘米 ×13.5 厘米。首册收绣像 30 幅。此书版式奇特，应该是晚清民初石印本的延续，既保留绣像的特色，又使用铅字重排，圈点断句。具有近代整理本的雏形，是向《真本金瓶梅》过度的一种特殊版本。（图 3-32）

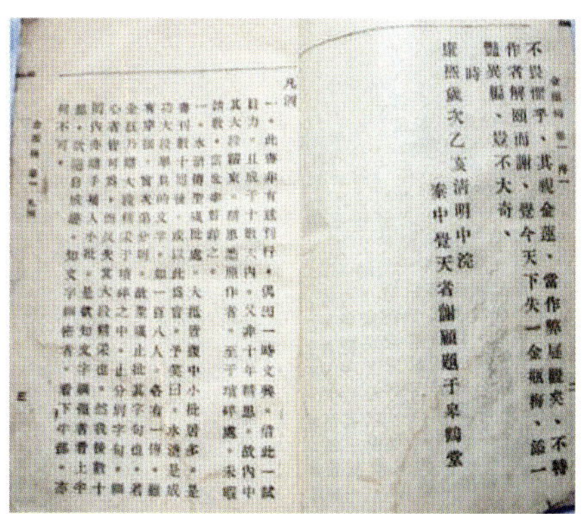
不覺懼乎、其視金蓮、當作敝屣觀矣、不特
作者解頤而謝、覺今天下失一金瓶梅、添一
豔異編、豈不大奇、
時
康熙歲次乙亥清明中浣
秦中覺天者謝頤題于皋鶴堂

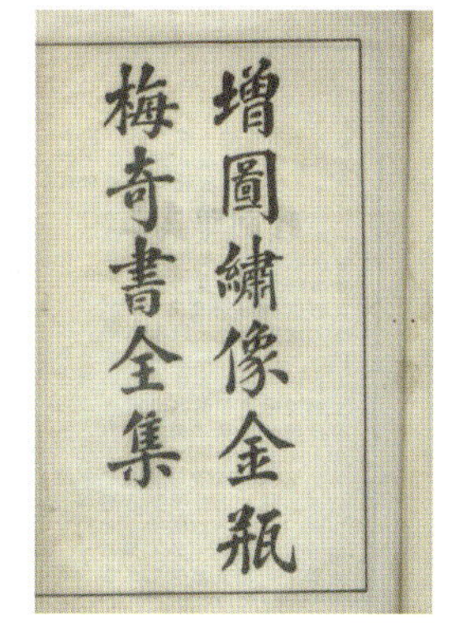

图 3-32 《增图绣像金瓶梅奇书全集》，二友印刷所

图 3-33-1 《绘图真本金瓶梅》，存宝斋印行

3-33 《绘图真本金瓶梅》存宝斋印行（整理本）

1. 存宝斋 1916 年 5 月印行，精装全 2 册，32 开。扉页右题：明王元美著；中间大字：绘图真本金瓶梅；左下题：存宝斋印行。铅字排版，100 回，删除秽语。所用底本是《第一奇书》本，并对第 2、3、4 回进行了改写。书前收《绘图真本金瓶梅提要》、蒋敦艮《序》、王昙《金瓶梅考证》。值得注意的是，这个版本收录了重新创作的《金瓶梅》插图 200 幅，画风近于近现代。以四拼页的形式，每 10 回 20 幅一个小集，分插于书中。在此之前，清代各种版本的《金瓶梅》之版画插图均为翻刻、描改明崇祯本的插图。这个版本，开创近代《金瓶梅》整理本之先河，民国以来以此为原本翻印、再版者众多。一般都称《真本 / 古本金瓶梅》。港台地区甚至翻印至新世纪。此书最早披露于王文濡主编的《香艳杂志》1915 年第 9 期之“小说谈”。叙述发现《金瓶梅》之马氏小玲珑山馆所藏抄本，且不久将刊行于世。当然不可信。伪托古本及名家序言，是自古以来中国书籍刊刻的“雅好”。（图 3-33-1）

2. 平装 5 册本。每册 20 回。每册四拼页插

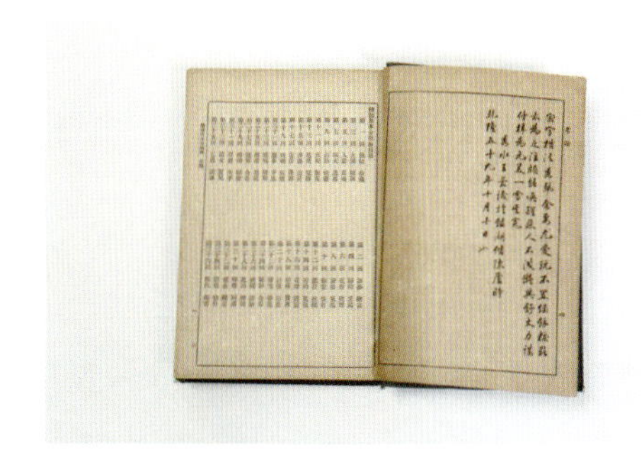

图5幅。32开。内容与精装本一致。（图3-33-2）

王文濡（1867—1935），原名王承治，字均卿，别号新旧废物、学界闲民、天壤王郎、吴门老均等，室名辛臼簃，浙江吴兴人。近代著名学者。曾主持进步书局、国学扶轮社多年，后相继为商务印书馆、中华书局、文明书局等总编辑。他爱好小说，熟悉小说，也热衷于小说的出版。尤以《说库》《笔记小说大观》《香艳丛书》《古今说部丛书》影响最大。亦曾增补《浮生六记》中的《中山纪历》与《养生纪道》两篇。《真本金瓶梅》的整理出版者应该就是王文濡，至少也是积极参与者。

图3-33-2 《绘图真本金瓶梅》，存宝斋印行

3-34 《真本金瓶梅》文艺出版社（整理本）

文艺出版社 1935 年 11 月初版、1936 年 5 月再版。世界书局发行。合订精装 1 册。32 开。前收《清宫珍宝皕美图》2 幅、《本书特点》、赵苕狂《金瓶梅考》。翻印存宝斋版。

赵苕狂（1892—1953），名泽霖，字雨苍，号苕狂，别号忆凤楼主，吴兴人。大东书局第一任总编辑，后改任世界书局总编辑 17 年。鸳鸯蝴蝶派作家。主编的《红玫瑰》《四民报》《新上海》等杂志，影响力非凡。（图 3-34）

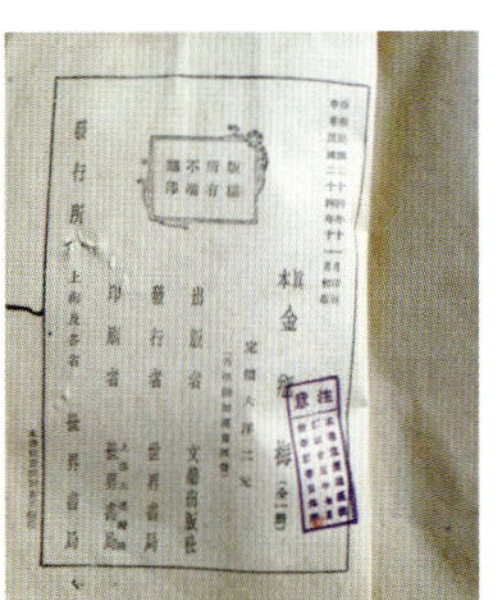

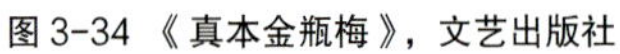
图 3-34 《真本金瓶梅》，文艺出版社

3-35 《古本金瓶梅》上海卿云图书公司（整理本）

上海卿云图书公司 1926 年 5 月初版，浪漫主人标点。全 4 册，32 开。铅字排版，100 回。之后再版至 1934 年第 20 版。另有精装 2 册，特制 1 册本。扉页印穆安素律师“启事”，以明示“内容雅洁，绝无秽亵文字”，售卖可以不受阻碍。书前收《古本金瓶梅提要》、蒋敦艮《古本金瓶梅原序》、王昙《古本金瓶梅考证》。版权页题：明儒王凤洲先生著，浪漫主人（后印本改称“浪漫博士”）标点校印。此本与《真本金瓶梅》内容大致相同，有所删改。删除秽语，诗词韵文删除较多，对白文进行加工润饰，可读性增强。后印本增加若干幅人物绣像（四拼页）。其宣称所据底本为“翠微山房珍藏抄本”等不可信，实仍为《第一奇书》本。

《古本金瓶梅》自卿云本开始，在民国间除以下提到的版本之外，还有上海觉悟出版社等翻印本。1949 年后，此书在港台地区仍旧不断再版。（图 3-35）

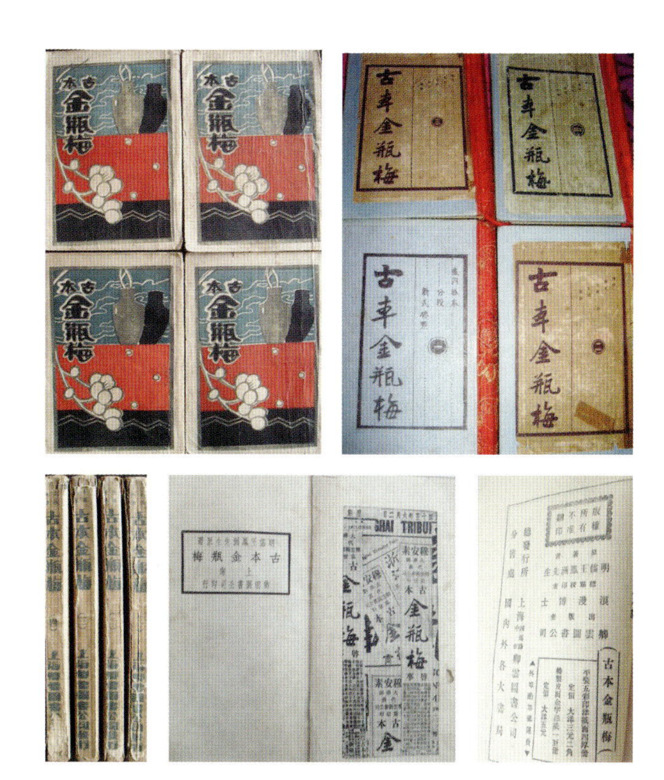

图 3-35 《古本金瓶梅》，上海卿云图书公司，其中左上图为初版，其余为 1931 年版

3-36 《古本金瓶梅》上海中央书店（整理本）

1. 襟霞阁发行；襟霞阁主重编、校阅；中央印局印刷；上海中央书店 / 南方书店总经销。书中未有准确出版日期，约 1930 年前后发行。平装全 4 册，32 开，古黄色封面。100 回不分卷。封面题名：古本金瓶梅；书脊题署：新式标点古本金瓶梅 / 上海中央书店印行。卷首有《原本金瓶梅袁跋》、观海道人《原序》。删除秽语。内容与上海卿云本基本一致，应为上海卿云图书公司版删改之作，属于《第一奇书》本系统。假造袁枚跋及明嘉靖观海道人序，回目统改八字联，文字间有改动。（图 3-36-1）

2. 上海中央书店 1936 年初版、1939 年 3 月新一版，沈亚公校订。平装全 4 册，32 开。100 回。删除秽语。每册前以四拼页的板式收录崇祯本插图 8 页 32 幅。封面题：绘图潘金莲全传 / 古本全图金瓶梅。版权页题：全图古本金瓶梅 / 襟霞阁主人印行 / 虞山沈亚公校订。再版或题：大字足本 / 长篇小说 / 古本金瓶梅。之后翻印、再版多次，花样繁多。民国以上海中央书店、襟霞阁主人名义出版的还有《金瓶梅词话》，参见第一篇“词话本”相关条目。（图 3-36-2）

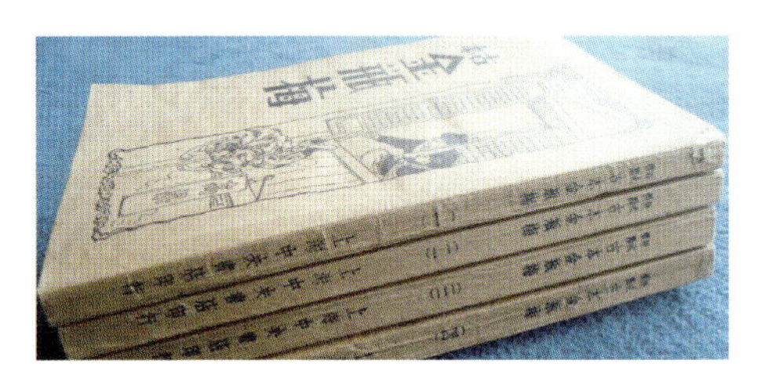

图 3-36-1 《古本金瓶梅》，襟霞阁发行

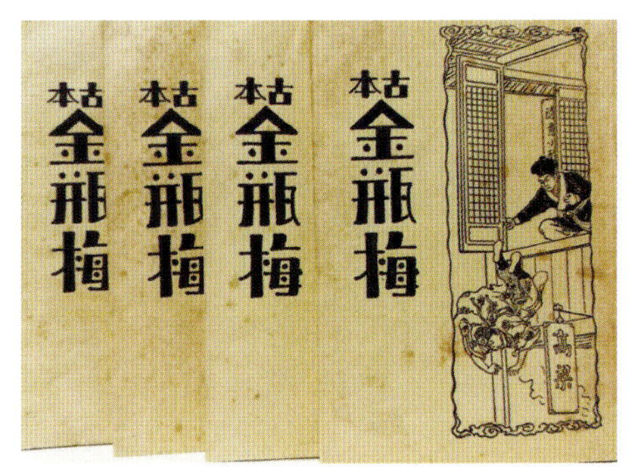

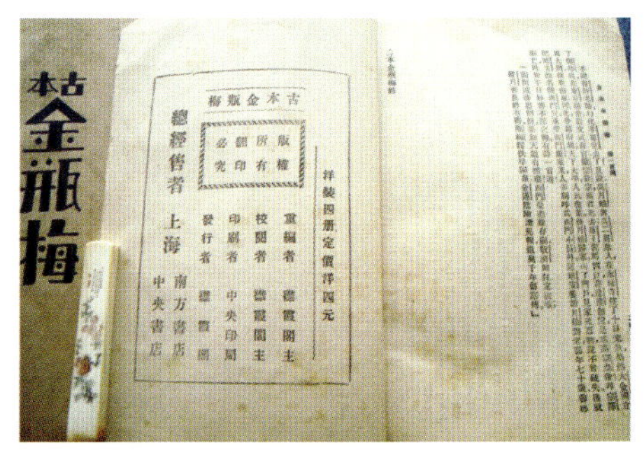

古本金瓶梅

版權所有 翻印必究

洋裝四冊定價洋四元

重編者 襟霞閣主
校閱者 襟霞閣主
印刷者 中央印局
發行者 襟霞閣
總經售者 上海 南方書店 中央書店

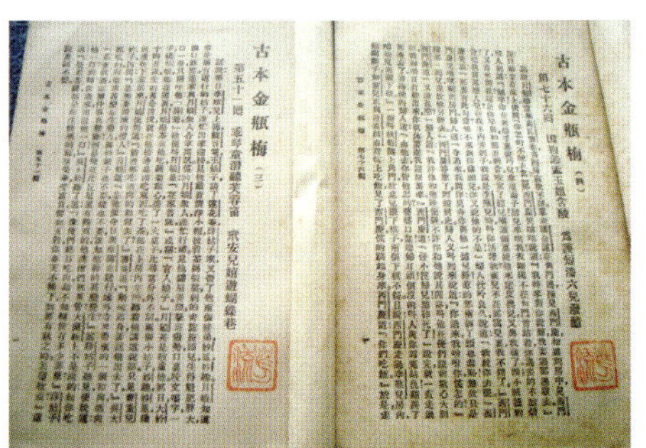

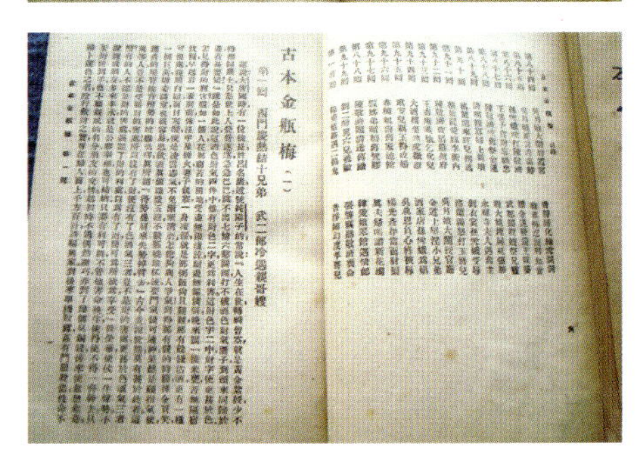

图 3-36-2 《古本金瓶梅》，上海中央书店，1939 年 3 月新一版

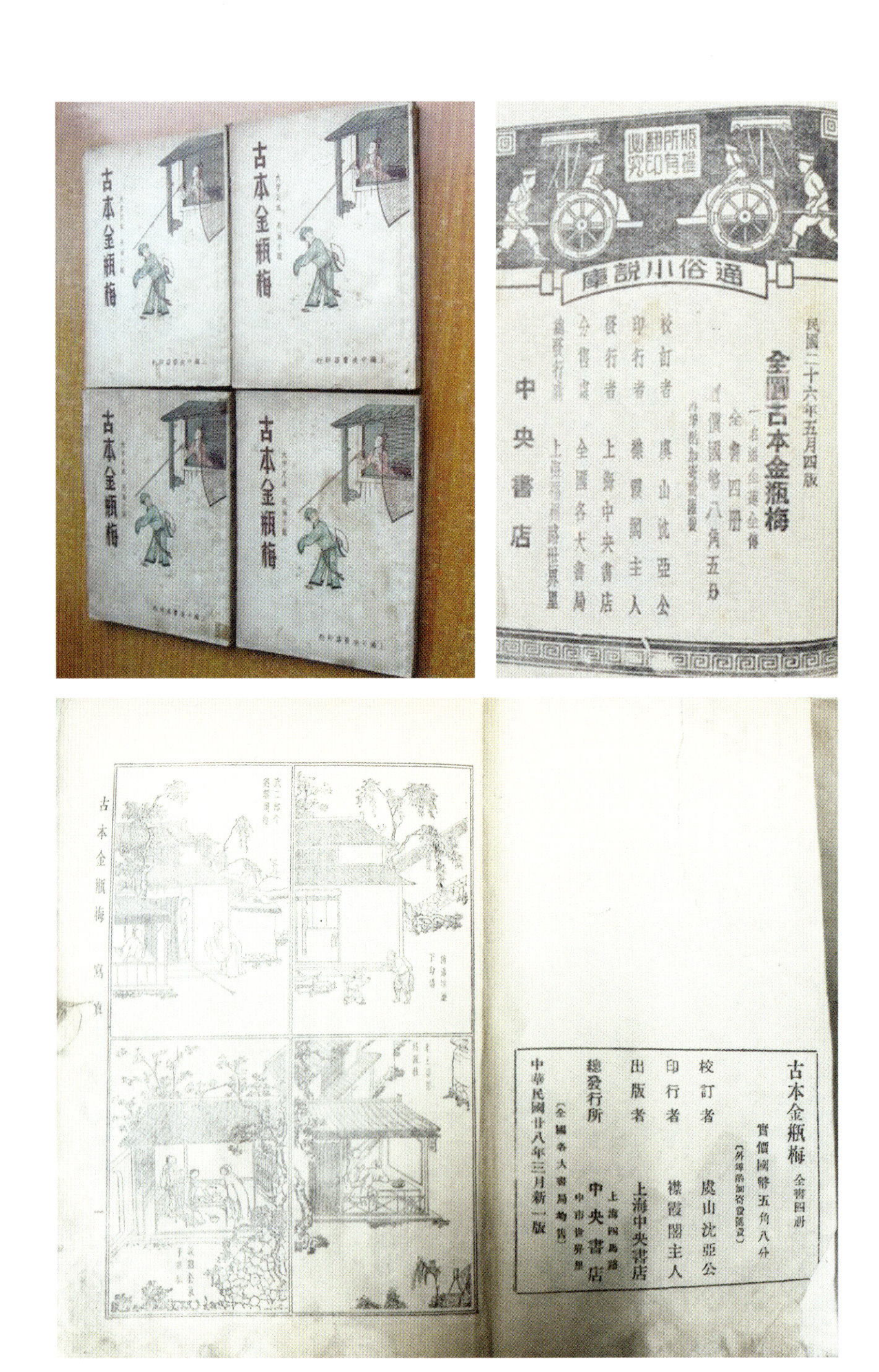

图 3-36-2 《古本金瓶梅》，上海中央书店，1939 年 3 月新一版

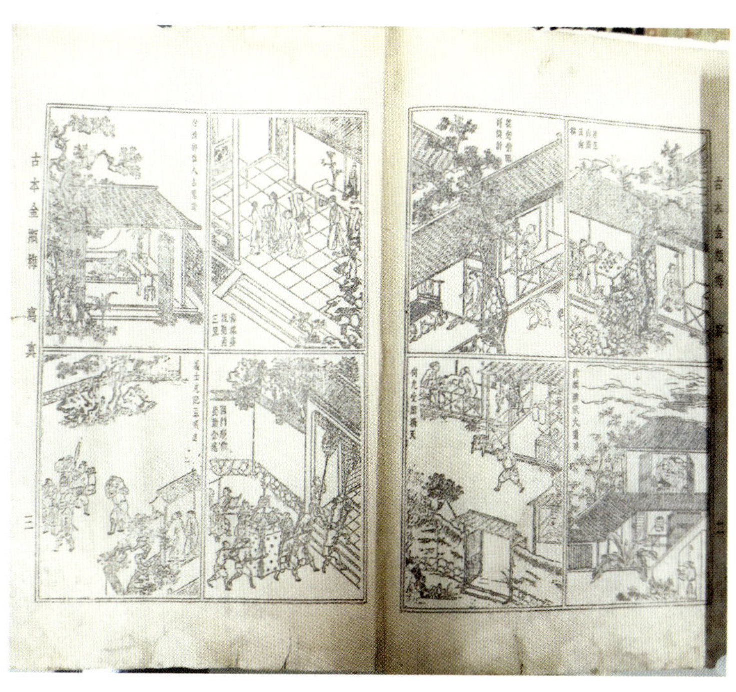

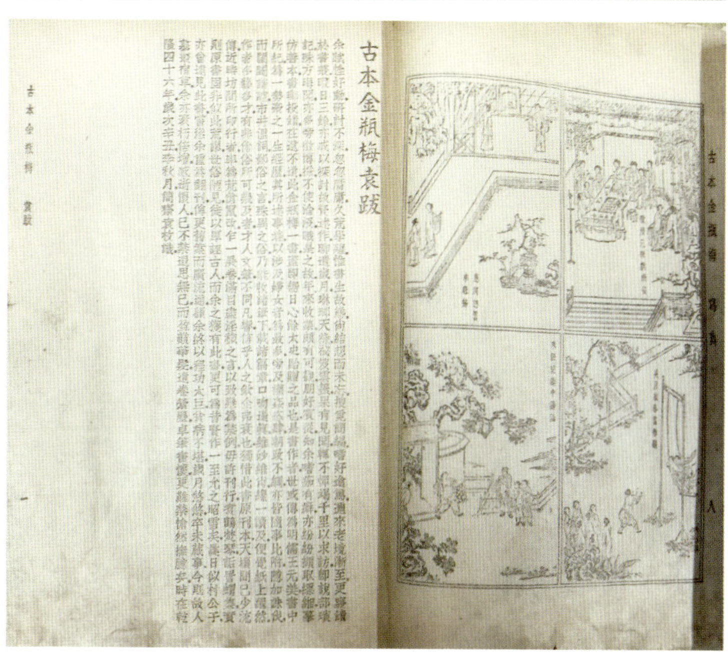

古本金瓶梅袁跋

3-37 《古本金瓶梅》上海三友书局（整理本）

上海三友书局1935年6月版。平装全4册，32开。100回。删除秽语。书脊题：新式标点 / 古本金瓶梅。首有《袁跋》《原本金瓶梅序》。此书属于上海卿云本系统。（图3-37）

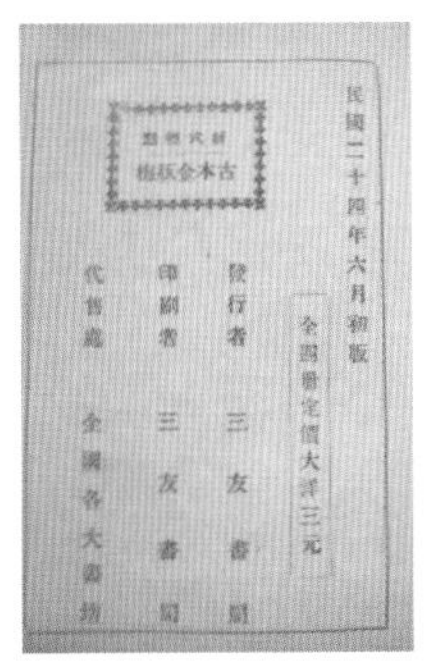

新式標點
古本金瓶梅

民國二十四年六月初版
全四冊定價大洋三元

發行者　三友書局
印刷者　三友書局
代售處　全國各大書坊

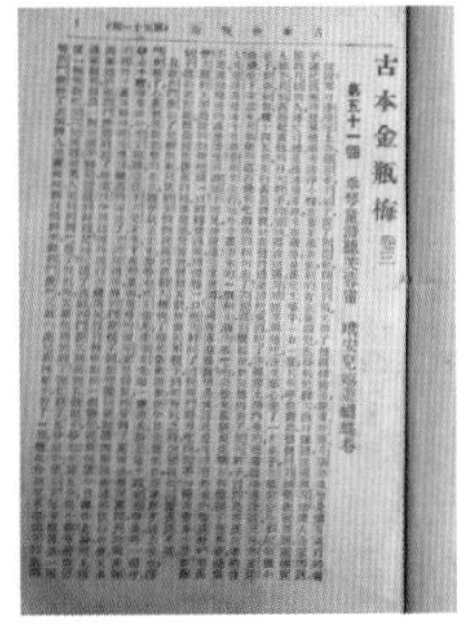

古本金瓶梅

图3-37 《古本金瓶梅》，上海三友书局

3-38 《古本金瓶梅》新文化书社（整理本）

1. 新文化书社印刷、发行。无出版年代。平装全4册，32开，彩色人物封面。100回。删除秽语。封面题：绣像绘图 / 通俗小说 / 古本金瓶梅。扉页有穆安素律师"启事"，卿云图书公司之《郑重声明》，用以警示盗版。首有四拼页人物插图，笔法简洁。卷首有袁跋、观海道人原序。此书应属于上海卿云图书公司过渡到新文化书社的版本。

2. 新文化书社1935年8月再版、1936年2月再版。襟霞阁主重编、校阅。平装全4册，32开，灰色或朱红色封面。100回。删除秽语。卷首有《袁跋》《观海道人原序》。封面题：抱恨轩秘本 / 长篇社会小说 / 标点古本 / 金瓶梅；书脊题：新式标点 / 古本金瓶梅。

3. 新文化书社1936年5月三版。抱恨生句读、标点。平装全4册，32开，朱红色封面。100回。封面题：长篇社会名著小说 / 抱恨轩秘本 / 古本 / 绣像金瓶梅；书脊题：新式标点 / 古本金瓶梅。（图3-38）

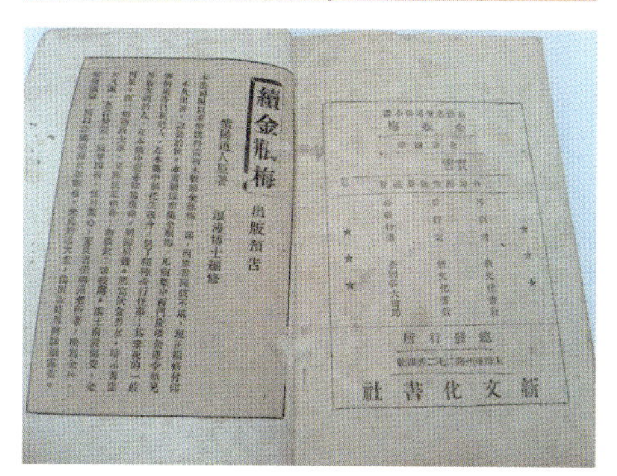

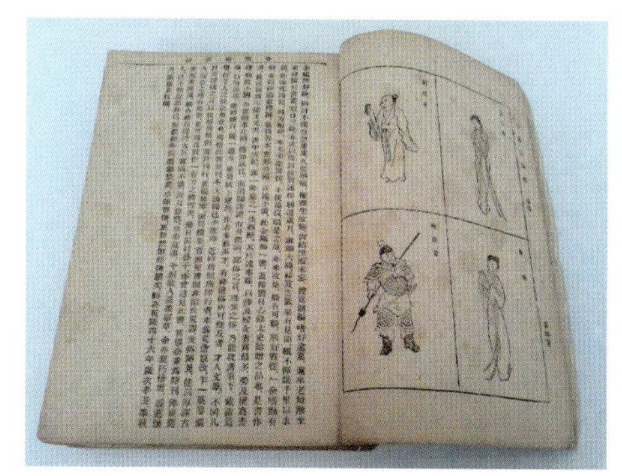

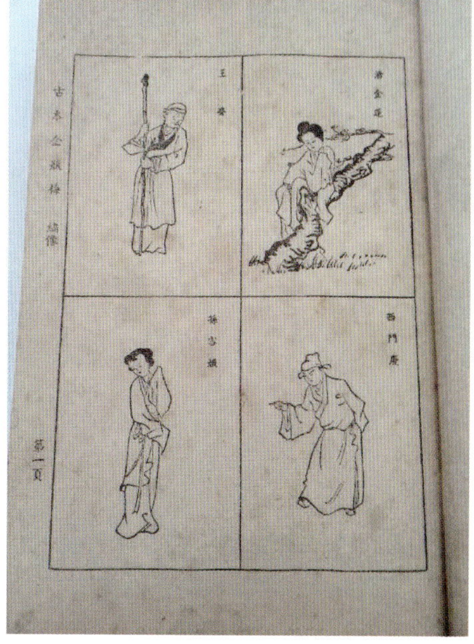

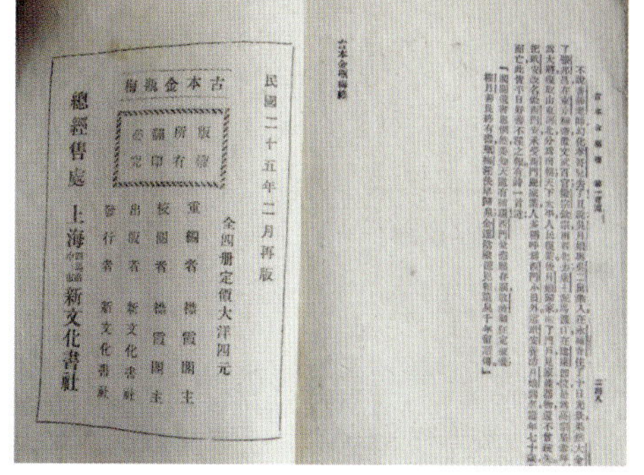

图 3-38 《古本金瓶梅》，新文化书社

3-39 《古本金瓶梅》上海育新书局（整理本）

上海育新书局30年代出版。平装8册，32开。100回。分为正集4册，续集4册。每册10—15回不等。删除秽语。封面题：古本金瓶梅 / 正集 / 上海育新书局印行。或：古本金瓶梅 / 续集 / 上海育新书局印行。封面的背面印穆安素律师“启事”。首有《提要》《原序》《考证》。此书翻印上海卿云本。（图3-39）

图3-39 《古本金瓶梅》，上海育新书局

3-40 《古本金瓶梅》东鲁书局（整理本）

东鲁书局1936年3月版。平装全4册，32开。100回。删除秽语。首有“古本金瓶梅考证”“古本金瓶梅竹坡序言”“古本金瓶梅例言”；正文卷端题“改过劝善新书卷之一”。版权页题“真正古本金瓶梅 / 明儒王凤洲先生原著”。此书属于上海卿云本系统。（图3-40）

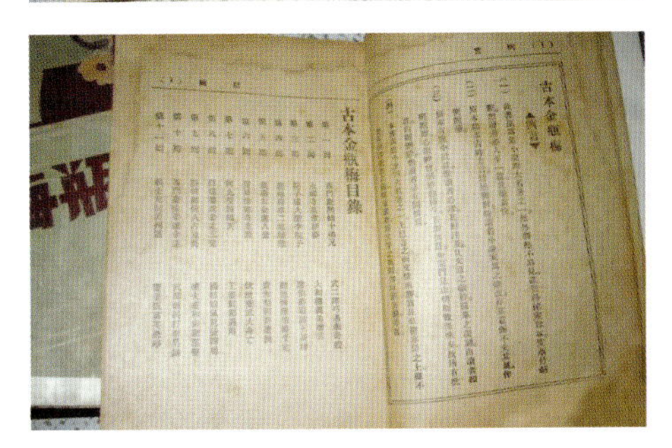

图3-40 《古本金瓶梅》，东鲁书局

3-41 《金瓶梅》达文书店（整理本）

达文书店 1936 年 4 月重版。标点者：湖上渔隐；校者：范书寒。平装全 4 册，32 开。100 回。删除秽语。封面题：绣像 / 古本通俗小说 / 金瓶梅；卷端及书口题“古本金瓶梅”。首有四拼页人物插图，与新文化书社版插图完全一致。有《袁跋》《原序》。1936 年 7 月再版封面称“抱恨轩秘本 / 金瓶梅”。属于上海卿云本系统。（图 3-41）

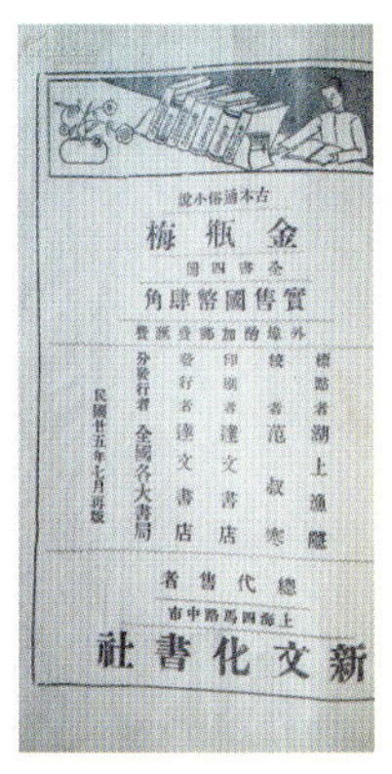

古本通俗小說
金瓶梅
全書四冊
實售國幣肆角
外埠酌加郵費匯費
標點者 湖上漁隱
校者 范叔寒
印刷者 達文書店
發行者 達文書店
分發行者 全國各大書局
民國廿五年七月再版
總代售者
上海四馬路中市
新文化書社

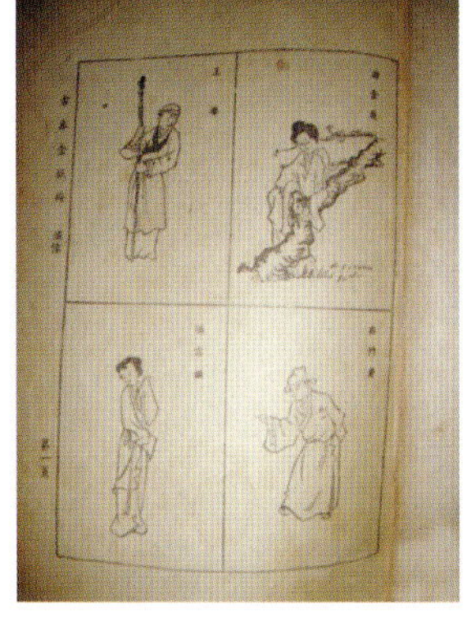

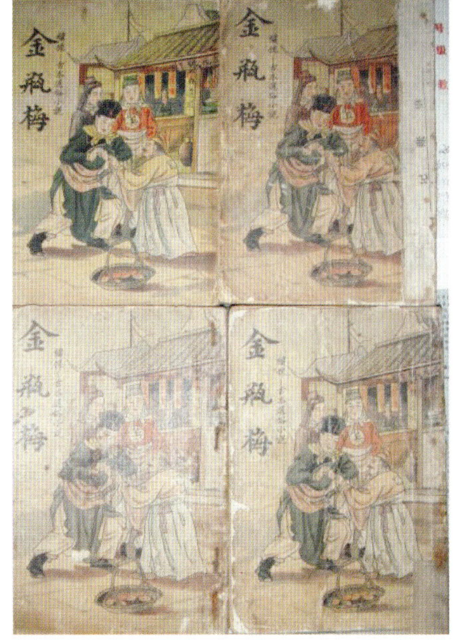

图 3-41 《金瓶梅》，达文书店，1936 年 7 月版

3-42 《真本/古本金瓶梅》海外翻印本（整理本）

海外华语地区，以港台为主，在1949年以后，长期翻印民国的存宝斋本《真本金瓶梅》或者卿云本《古本金瓶梅》，以及它们的衍生本。均不署整理、校注者姓名。封面习惯标称：真本、古本、大字、全本、足本、珍本、古典文学等。实际并非足本，均属于第一奇书竹坡本的删改之作。这类书在海外大行其道，以下罗列已达36家出版机构翻印过这种版本的《金瓶梅》，而且几乎每一个出版社都不断再版，颇受读者欢迎。早期一般平装配彩色人物封面，后期多精装，简单标识大字金瓶梅等。大行其道的原因，第一因时代更迭没有版权，成本低廉；第二是洁本，不涉秽语，市场销售不受任何约束。第三是文本流畅，通俗易懂。这种本子经过文人加工润饰，比词话本、崇祯本更易读，删去大量卖弄辞藻的诗词和批语，更符合现代人阅读的习惯。说到底，书还是要给人看的。直至港台刘本栋、魏子云、梅节等词话本的校注本出现，这类《金瓶梅》仍然占有部分市场，再版无数。质量良莠不齐，花样繁多。这些种类的《金瓶梅》产生于特定历史时期，虽然翻印旧本，没有太多的学术价值，但它们对于《金瓶梅》这一历史名著在海外的传播起到积极的作用，有其存在的意义和价值。

1.《古本金瓶梅》文光书局

香港文光书局1954年3月版。平装全4册，32开。100回。删除秽语。卷首有《原序》《袁跋》。（图3-42-1）

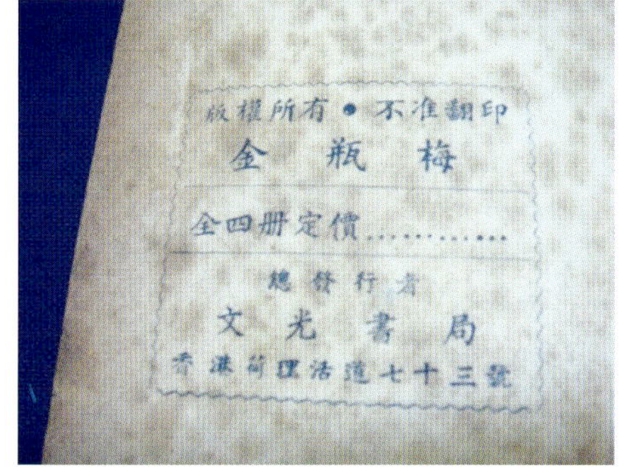

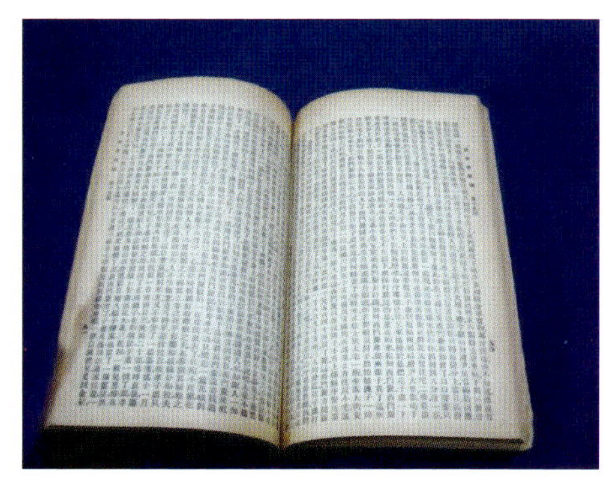

图3-42-1 《古本金瓶梅》，文光书局

2.《警世奇书金瓶梅》文友书局

台湾文友书局 1958 年刊，4 卷 2 册。上册 184 页，下册 156 页。与《古本金瓶梅》同样内容。中文的专名、俗语等用【 】围上。鸟居久晴《〈金瓶梅〉版本考再补》著录。（图 3-42-2 阙如）

3.《真本金瓶梅》会文堂书局（广智书局）

香港会文堂书局 1957 年出版（据资料记载，书中未标示年代），香港广智书局发行。32 开，平装 3 册、精装 1 册。再版为平装 2 册。删除秽语。收录《清宫珍宝皕美图》14 幅、崇祯本插图 99 幅。卷首有“出版说明”“金瓶梅考”。（图 3-42-3）

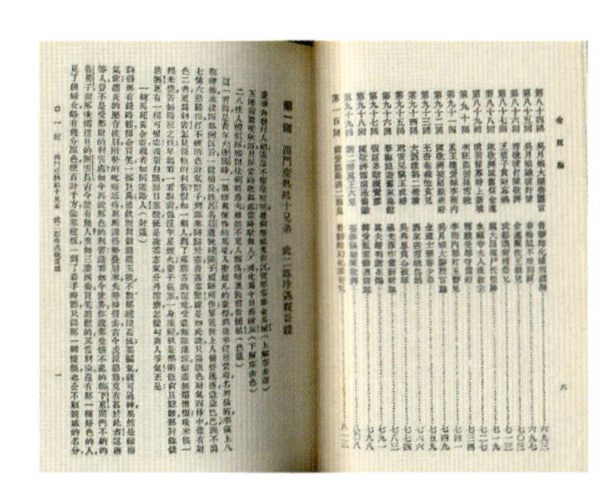

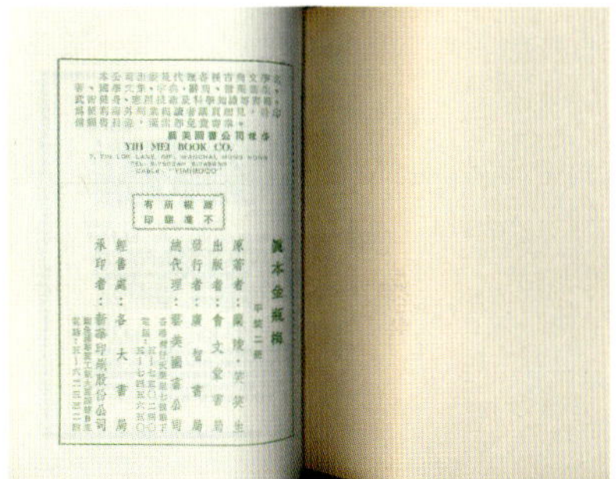
真本金瓶梅

平裝二册

原著者：蘭陵·笑笑生

出版者：會文堂書局

發行者：廣智書局

總代理：藝美圖書公司

經售處：各大書局

承印者：新華印刷股份公司

版權所有 不准翻印

YIH MEI BOOK CO.

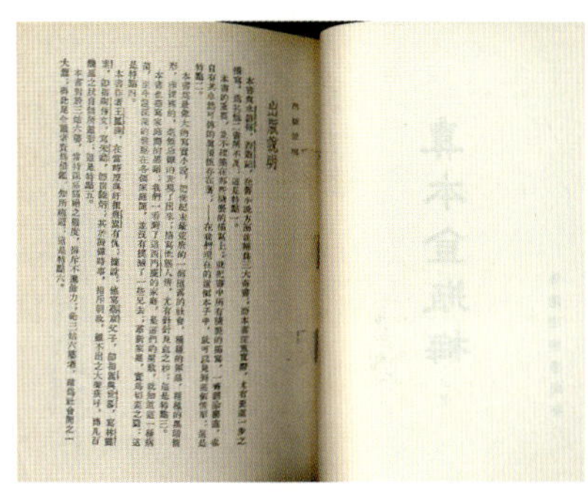
出版說明

蘭陵·笑笑生撰

真本金瓶梅

上册

香港廣智書局發行

图 3-42-3 《真本金瓶梅》，会文堂书局（广智书局）

4.《古本金瓶梅》五桂堂书局

香港五桂堂书局约20世纪50年代出版发行。32开，平装4册。书中无出版日期。封面题：大字足本 / 古本金瓶梅 / 香港五桂堂书局印行。（图3-42-4）

5.《真本金瓶梅》大东书局

台湾大东书局1961年3月初版。32开，平装2册。竖排版。封面题：中国古典文学名著 / 真本金瓶梅 / 考证足本 / 兰陵笑笑生撰。1968年7月再版。32开，平装1册。五彩封面，正文小字上下两栏。封面及书脊题：中国古典文学名著 / 金瓶梅。（图3-42-5）

6.《金瓶梅》大中国图书公司

台湾大中国图书公司1963年9月版。32开，平装1册。封面、版权页题“金瓶梅”；内页卷端题“古本金瓶梅”。卷首有《原序》《袁跋》。（图3-42-6）

7.《真本金瓶梅》文化图书公司

台湾文化图书公司1966年3月初版，平装1册，五彩人物封面。1976年版，平装1册。1990年再版，大32开，精装1册。100回。封面题：明·笑笑生著 / 足本大字真本金瓶梅。（图3-42-7）

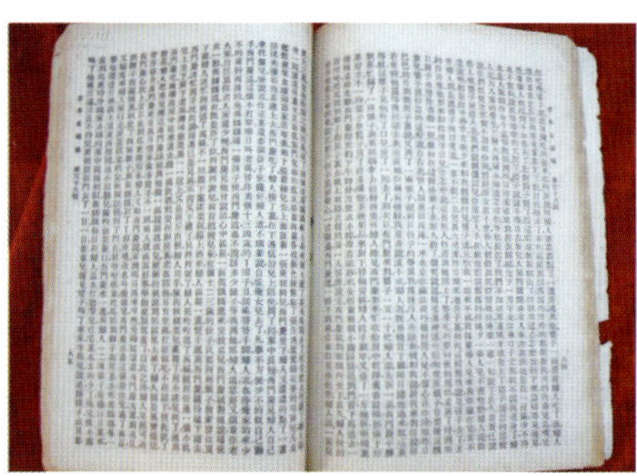

图3-42-4 《古本金瓶梅》，五桂堂书局

图3-42-5 《真本金瓶梅》，大东书局，1961年3月版

8.《真本金瓶梅》大众书局

台湾大众书局 1972 年 2 月版。大 32 开，平装 1 册，五彩封面。再版有精装 1 册，封面为红色或者蓝色。之后不断再版至2000年。封面题：中国古典文学名著 / 真本金瓶梅。（图 3-42-8）

9.《金瓶梅》新象书店

台湾新象书店 1973 年 3 月初版。大 32 开，精装 1 册，大红封面。封面题：古典文学 / 大字足本 / 金瓶梅。（图 3-42-9）

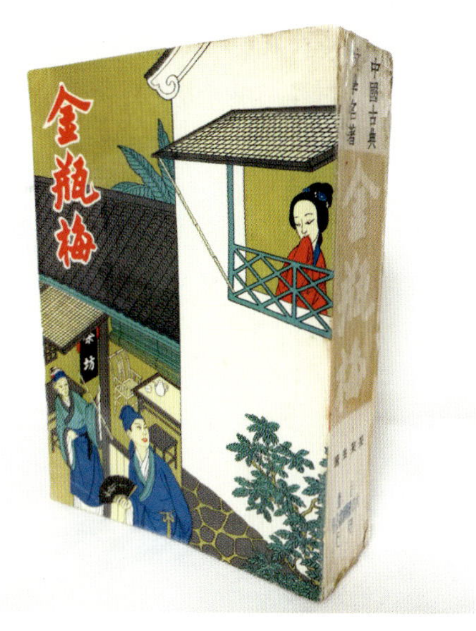

图 3-42-6 《金瓶梅》，大中国图书公司

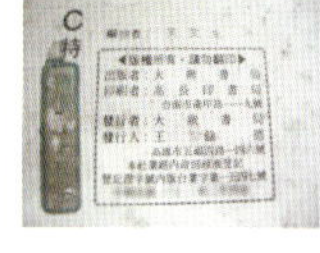

图 3-42-8 《真本金瓶梅》，大众书局

图 3-42-7 《真本金瓶梅》，文化图书公司

图 3-42-9 《金瓶梅》，新象书店

10.《金瓶梅》祥生出版社（儒林堂书局）

台湾祥生出版社 1973 年 10 月版。儒林堂书局印行。大 32 开，精装 1 册。封面题：中国文学名著 / 金瓶梅。卷首有“出版说明”“金瓶梅考”。（图 3-42-10）

11.《真本金瓶梅》文源书局

台湾文源书局有限公司 1974 年 3 月初版；1987 年 2 月再版。大 32 开，精装 1 册。封面题：大字足本 / 古典文学 / 笑笑生著 / 金瓶梅。扉页题：真本金瓶梅。卷首有“出版说明”“金瓶梅考”。（图 3-42-11）

12.《金瓶梅》大方出版社

台湾大方出版社 1977 年 5 月版。1979 年 3 月修订版。封面题：古典文学 / 大字足本 / 金瓶梅。目录卷端题：真本金瓶梅。卷首有“出版说明”“金瓶梅考”。（图 3-42-12）

13.《金瓶梅》星洲世界书局有限公司

新加坡星洲世界书局有限公司 1977 年 9 月初版。2000 年左右有再版。32 开，平装 3 册。洁本，繁体竖排。书前附吴晗《金瓶梅与王世贞》。（图 3-42-13）

14.《真本金瓶梅》利大出版社（第一书店）

台湾利大出版社 1978 年 12 月版。第一书店印行。大 32 开，精装 1 册，有棕色、红色多种封面。封面题：大字足本 / 古典文学 / 笑笑生著 / 真本金瓶梅。左下题：第一书店印行。1981 年 1 月版为彩色人物封面。（图 3-42-14）

15.《大字真本金瓶梅》明亮书局

香港明亮书局 1979 年初版，平装全 3 册，32 开。彩色人物封面，题“金瓶梅”。书前收有若干插图及书影。（图 3-42-15）

图 3-42-10 《金瓶梅》，祥生出版社（儒林堂书局）

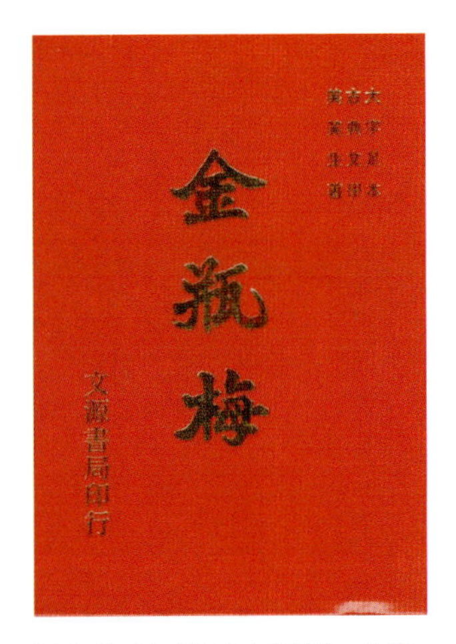

图 3-42-11 《真本金瓶梅》，文源书局

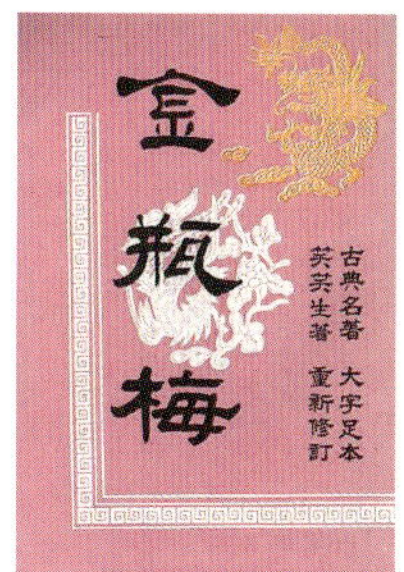

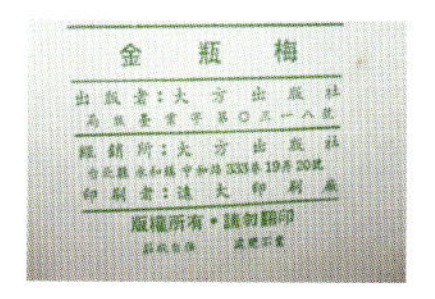

图 3-42-12 《金 瓶 梅》，大方出版社

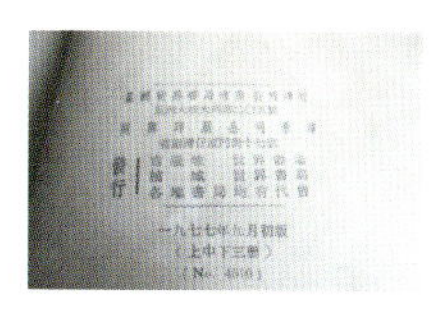

图 3-42-13 《金瓶梅》，星洲世界书局有限公司

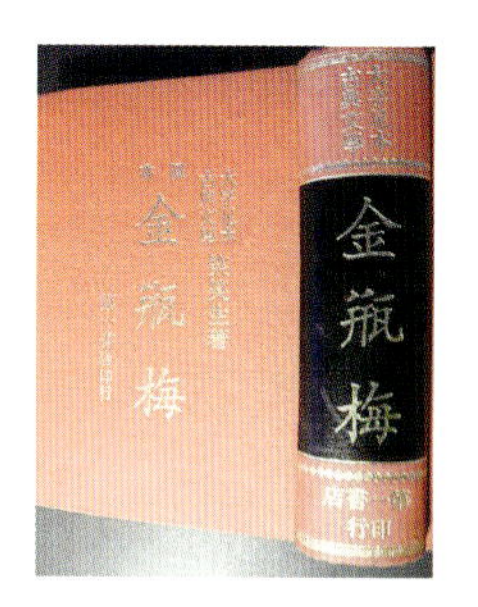

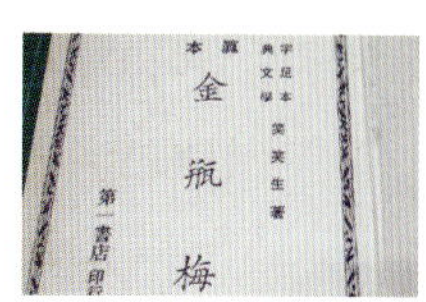

图 3-42-14 《真本金瓶梅》，利大出版社（第一书店）

图 3-42-15 《大字真本金瓶梅》，明亮书局

16.《真本金瓶梅》新生出版社（陈湘记书局）

澳门新生出版社出版，香港陈湘记书局发行。书中没有出版年代，有资料记录为 1997 年。平装全 3 册，32 开。封面题：金瓶梅。扉页题：大字足本 / 古典文学 / 笑笑生著 / 真本金瓶梅。此书与香港明亮书局版完全一致。（图 3-42-16）

17.《金瓶梅》河洛图书出版社

台湾河洛图书出版社 1980 年 2 月版。大 32 开，丝缎面精装 2 册。收有部分崇祯本插图。归入《白话中国古典小说大系》。另有一版为棕色仿皮革封面，或彩色人物封面。题“白话大字金瓶梅”，内容一致。（图 3-42-17）

18.《金瓶梅》台南新世纪出版社

台湾台南新世纪出版社 1981 年 7 月版。大 32 开，精装 2 册。红色封面。（图 3-42-18）

19.《金瓶梅》久久出版社（天一图书社）

台湾久久出版社 1981 年 12 月版，天一图书社总经销。大 32 开，精装 1 册。书脊题：古典文学 / 金瓶梅。（图 3-42-19）

20.《金瓶梅》佳禾图书社

台湾佳禾图书社 1982 年 1 月初版。大 32 开，红色封面，精装 1 册。封面题：古典文学 / 大字足本 / 金瓶梅。（图 3-42-20）

图 3-42-16 《真本金瓶梅》，新生出版社（陈湘记书局）

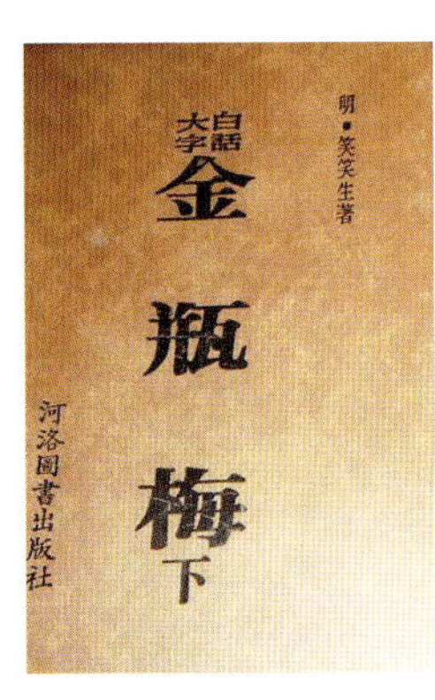

图 3-42-17 《金瓶梅》，河洛图书出版社

图 3-42-18 《金瓶梅》，台南新世纪出版社

21.《真本金瓶梅》喜美出版社（三人行书局）

台湾喜美出版社 1982 年 3 月版。三人行书局印行。大 32 开，精装 1 册。扉页题：中国古典文学 / 金瓶梅。（图 3-42-21）

22.《金瓶梅》双喜图书公司

台湾双喜图书公司 1982 年 6 月版。32 开，平装 1 册。题王凤洲著。（图 3-42-22）

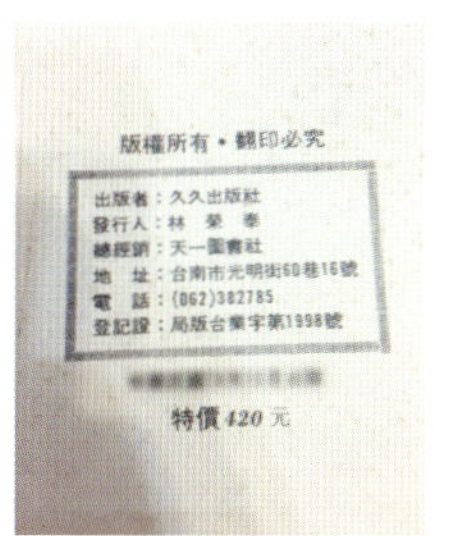
版權所有・翻印必究
出版者：久久出版社
發行人：林 榮 泰
總經銷：天一圖書社
地　址：台南市光明街60巷16號
電　話：(062)382785
登記證：局版台業字第1998號
特價420元

图 3-42-19 《金瓶梅》，久久出版社（天一图书社）

图 3-42-20 《金瓶梅》，佳禾图书社

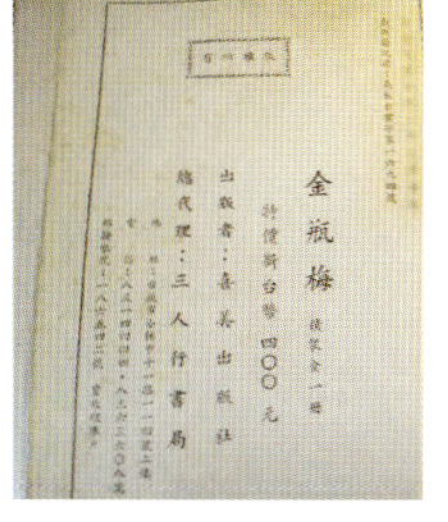
金瓶梅
特價新台幣四〇〇元
出版者：喜美出版社
總代理：三人行書局

图 3-42-21 《真本金瓶梅》，喜美出版社（三人行书局）

作者：王鳳洲
出版者：雙喜圖書出版社
發行人：張　　惠　美
印刷者：四維印刷廠有限公司
電話：九五一八九一四
登記證：局版臺業字第二五一五號
雙喜圖書出版社
發行所：板橋市
電話：（〇二）
郵撥：五二五一一一　雙喜圖書出版社

图 3-42-22 《金瓶梅》，双喜图书公司

23.《金瓶梅》世一书局股份有限公司

台湾世一书局股份有限公司 1982 年版，大 32 开，平装 1 册。1992 年 4 月版。大 32 开，精装 1 册。100 回，书前收崇祯本书影若干幅。封面题“大字足本 / 古典文学 / 金瓶梅”。归入《中国古典文学丛书》。(图 3-42-23)

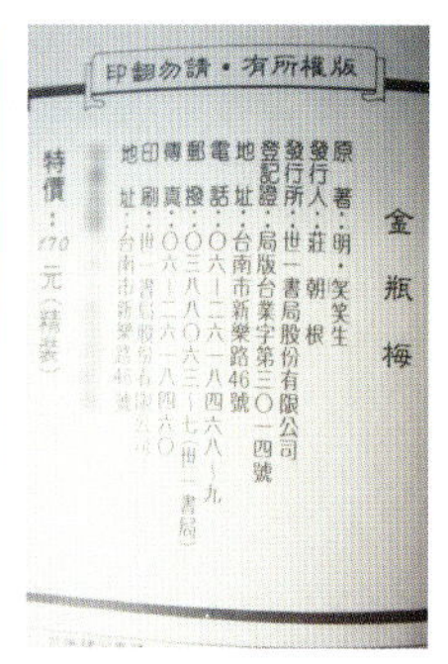

图 3-42-23 《金瓶梅》，世一书局

24.《金瓶梅》世新出版社

台湾世新出版社 1983 年 2 月版。大 32 开，精装 2 册或合订 1 册。扉页题：大字足本 / 古典文学 / 笑笑生著 / 真本金瓶梅。卷首有“出版说明”“金瓶梅考”。(图 3-42-24)

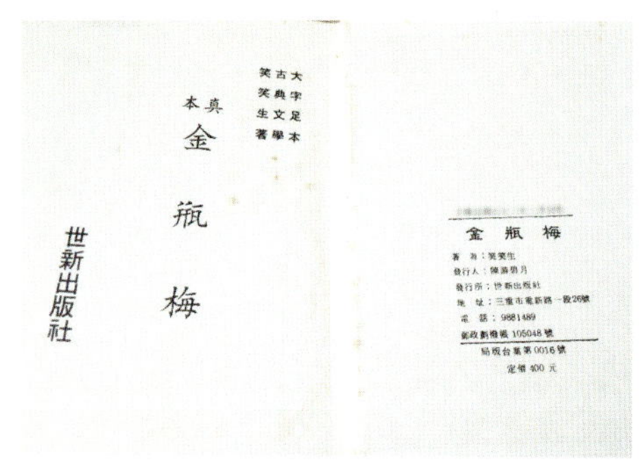

图 3-42-24 《真本金瓶梅》，世新出版社

25.《真本金瓶梅》智扬出版社

台湾智扬出版社 1983 年版。1986 年、1990 年多次再版。大 32 开，精装 1 册。封面有红色、蓝色、黑色多种。扉页题：古典文学名著 / 真本金瓶梅。(图 3-42-25)

26.《金瓶梅》利大出版社（宏伟书局）

台湾利大出版社 1983 年 8 月再版。宏伟书局总经销。大 32 开，棕色封面，精装 1 册。封面题“中国古典文学名著 / 笑笑生著 / 金瓶梅”。(图 3-42-26)

27.《真本金瓶梅》阳明书局

台湾阳明书局 1984 年 2 月版。大 32 开，棕色封面，精装 1 册。扉页题：中国古典文学名著 / 真本金瓶梅。(图 3-42-27)

图 3-42-25 《真本金瓶梅》，智扬出版社

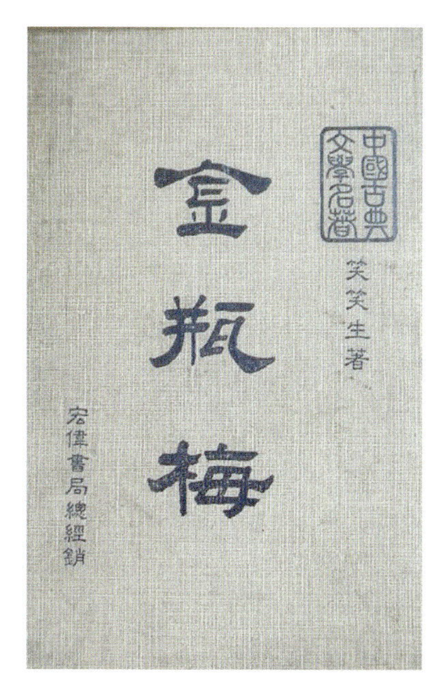

图 3-42-26 《金瓶梅》，利大出版社（宏伟书局）

图 3-42-27 《真本金瓶梅》，阳明书局

28.《真本金瓶梅》大吉利出版社（泰昌书局）

台湾大吉利出版社 1984 年 5 月版。泰昌书局总经销。大 32 开，蓝色封面，精装 2 册。封面题：明 · 笑笑生著 / 白话大字金瓶梅 / 泰昌书局。书前收有两页词话本书影，正文仍然是第一奇书本。（图 3-42-28）

29.《金瓶梅》利大出版社（国正书局）

台湾利大出版社 1984 年版、1985 年 5 月再版。国正书局总经销。大 32 开，精装 1 册。封面题“中国古典文学名著 / 笑笑生著 / 金瓶梅”。（图 3-42-29）

30.《金瓶梅》桂冠图书股份有限公司

台湾桂冠图书股份有限公司 1988 年 6 月版。大 32 开，精装 2 册。100 回，附录《金瓶梅与王世贞》《金瓶梅的产生和作者》。封面题“中国古典文学名著 / 金瓶梅”。1994 年再版五刷，平装 2 册，改换彩色封面。（图 3-42-30）

31.《金瓶梅》博元出版社（冠一出版社）

台湾博元出版社 1989 年版；1992 年版（冠一出版社发行）。大 32 开，精装 1 册。蓝色封面。封面题：笑笑生编著 / 郑淑姿校阅 / 金瓶梅。（图 3-42-31）

32.《金瓶梅》大佑出版社

台湾大佑出版社 1994 年 8 月初版。精装 1 册，大 32 开。蓝色封面。（图 3-42-32）

33.《金瓶梅》汉风出版社

台湾汉风出版社 1995 年 2 月初版。1998 年 7 月二印。精装 1 册或平装 2 册。大 32 开。归入《中国古典文学》第七种。（图 3-42-33）

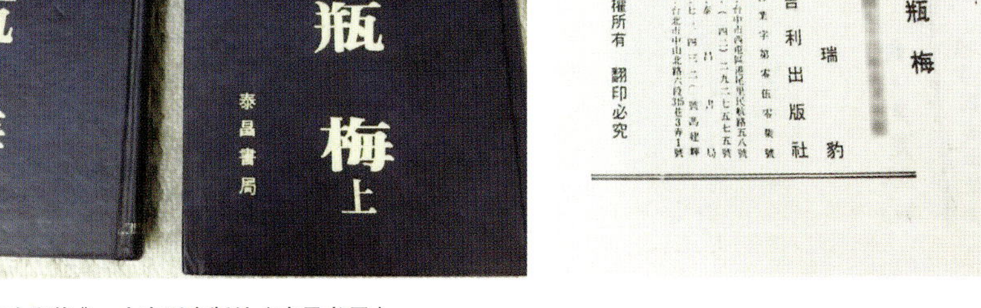

图 3-42-28 《真本金瓶梅》，大吉利出版社（泰昌书局）

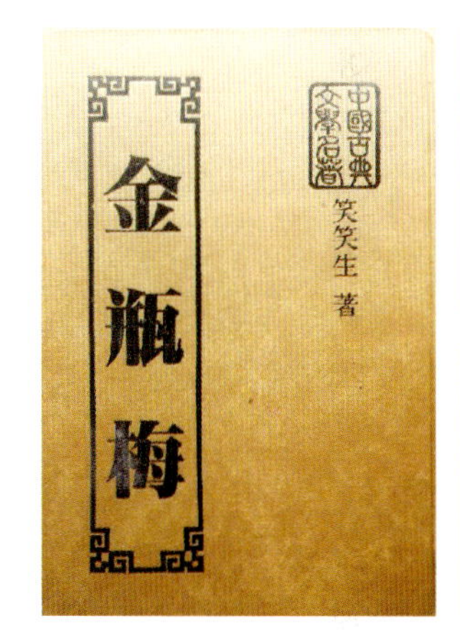

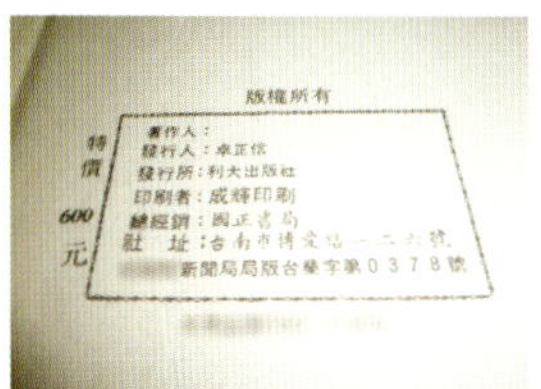
版權所有

特價600元

著作人：
發行人：卓正信
發行所：利大出版社
印刷者：成輝印刷
總經銷：國正書局
社址：台南市
新聞局局版台業字第0378號

图 3-42-29 《金瓶梅》，利大出版社（国正书局）

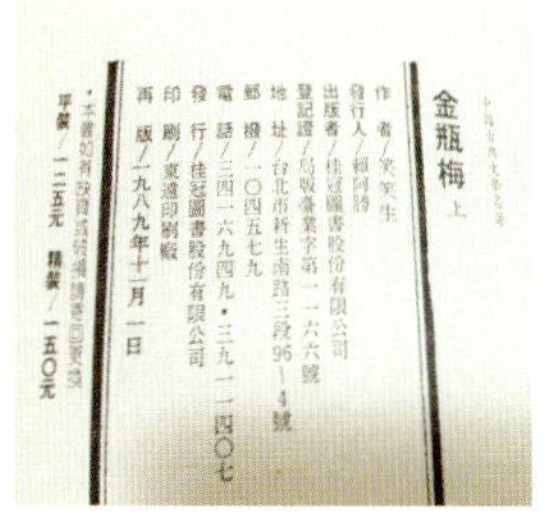
金瓶梅 上

作者／笑笑生
發行人／賴阿勝
出版者／桂冠圖書股份有限公司
登記證／局版臺業字第一一六六號
地址／台北市新生南路三段96－4號
郵撥／一〇四五七九
電話／三四一六九四九・三九一一四〇七
發行／桂冠圖書股份有限公司
印刷／東遠印刷廠
再版／一九八九年十一月一日
平裝／一二五元 精裝／一五〇元

图 3-42-30 《金瓶梅》，桂冠图书股份有限公司

图 3-42-32 《金瓶梅》，大佑出版社

編著者：博元出版社
出版者：博元出版社
發行者：博元出版社
發行所：台南縣永康鄉中山南路597巷120弄7號
郵撥：〇三六〇一三四一七 王雪惠帳戶
電話：（〇六）
登記證：新聞局局版台業字第四三七二號
定價：新台幣三五〇元

图 3-42-31 《金瓶梅》，博元出版社（冠一出版社）

图 3-42-33 《金瓶梅》，汉风出版社

34.《金瓶梅》发达网出版社

台湾发达网出版社 2006 年初版。大 32 开，软精装，上下册。封面及书脊题：小说馆 / 金瓶梅 / 完整本。(图 3-42-34)

35.《金瓶梅》台湾书房出版有限公司

台湾书房出版有限公司 2009 年 8 月初版 1 刷。大 32 开，平装上下册。(图 3-42-35)

36.《金瓶梅》五南图书出版股份有限公司

台湾五南图书出版股份有限公司 2009 年 8 月初版。2014 年 4 月第二版。大 32 开，平装 3 册。100 回。归入《中国经典》14。(图 3-42-36)

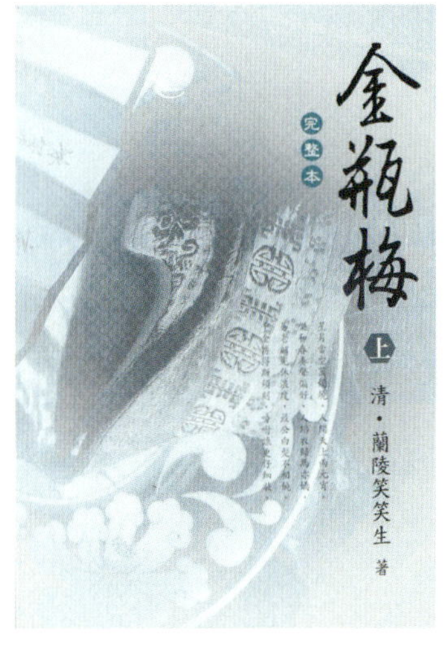

图 3-42-34 《金瓶梅》，发达网出版社

图 3-42-35 《金瓶梅》，台湾书房出版有限公司

图 3-42-36 《金瓶梅》，五南图书出版股份有限公司，2014 年版

3-43 《张竹坡批评第一奇书金瓶梅》齐鲁书社（整理本）

1. 齐鲁书社 1987 年 1 月版，王汝梅、李昭恂、于凤树校点。全 2 册，印量 10000 套。删节本，注明所删字数，共 10385 字。整理底本为张评康熙甲种本。定价 28 元，后曾多次印刷。（图 3-43-1）

2. 齐鲁书社 1991 年 2 月第二版，王汝梅、李昭恂、于凤树校点。精装 2 册，大 32 开。收入《明代四大奇书》。（图 3-43-2）

3. 齐鲁书社 2014 年 12 月再版。王汝梅校订。精装 2 册,16 开。收入《明代四大奇书》。借改版之际由王汝梅重加校订。改换插图为崇祯本版画。（图 3-43-3）

图 3-43-1 《张竹坡批评第一奇书金瓶梅》，齐鲁书社，1987 年 1 月版

金瓶梅
金瓶梅

图 3-43-2 《张竹坡批评第一奇书金瓶梅》，齐鲁书社，1991 年 2 月版

图 3-43-3 《张竹坡批评第一奇书金瓶梅》，齐鲁书社，2014 年 12 月版

3-44 《金瓶梅》三秦古籍书社（整理本）

三秦古籍书社 1991 年出版，郝明翰、吴世轩、徐铎校点。全 2 册，大 32 开精装，足本，内部发行，印数 1000 册。据第一奇书本整理。该书是《金瓶梅》出版史上第一个无删节的简体字整理本。此书发行不广，但盗版颇多，值得注意的是，正版环衬页为土黄色梅花图案，书前所收插图原版为黑白，盗版反而根据齐鲁版《金瓶梅》前面的彩色插图翻印为彩色，以假乱真。（图 3-44）

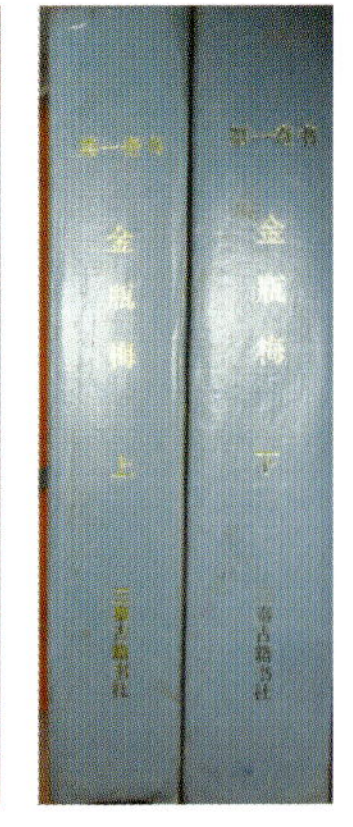

图 3-44 《金瓶梅》，三秦古籍书社

3-45 《会校会评金瓶梅》香港天地图书有限公司（整理本）

1. 香港天地图书有限公司 1994 年初版；1998 年二版。刘辉、吴敢辑校，平装 5 册，配插函。足本。正文黑字，批文为暗红色字体。以北京首都图书馆藏《皋鹤堂批评第一奇书金瓶梅》为底本，另据其他七种有代表性的评点本会校、辑录评语，包括文龙的评语和张竹坡后人家藏本的墨评。收录评语最全，校订较为完善。插图采用北京大学藏《新刻绣像批评金瓶梅》200 幅，分插于回前。附有刘辉《后记》。（图 3-45-1）

2. 香港天地图书有限公司 2010 年 5 月修订本；2012 年 9 月修订第二版；2014 年 3 月修订第三版。刘辉、吴敢辑校；吴敢修订。平装 5 册，配插函。改换封面，修正错讹，调整附录。附有吴敢《三版后记》。（图 3-45-2）

刘辉（1938—2004），笔名刘小营。江苏丰县人。前中国金瓶梅学会会长。1961 年毕业于北京大学中文系。曾任职于中国大百科全书出版社，主编《金瓶梅研究》《明代小说》。著有《中国古代小说百科全书》（编委会副主任）、《金瓶梅成书与版本研究》《小说戏曲论集》《金瓶梅论集》《会评会校金瓶梅》等。其父刘德文先生是我国第二代油画家中杰出的代表人物。

图 3-45-1 《会校会评金瓶梅》，香港天地图书有限公司，1998 年版

图 3-45-1 《会校会评金瓶梅》，香港天地图书有限公司，1998 年版

图 3-45-2 《会校会评金瓶梅》，香港天地图书有限公司，2010 年 5 月修订本

3-46 《皋鹤堂批评第一奇书金瓶梅》吉林大学出版社（整理本）

1. 吉林大学出版社1994年10月初版，王汝梅校注，印量3000套，全2册，32开精装本，1669页。印3000套。定价200元。每回有校记注释。删节本，未写明字数，删节以“……”标示。整理底本是吉林大学图书馆藏《第一奇书》本衙藏板翻刻必究本。（图3-46-1）

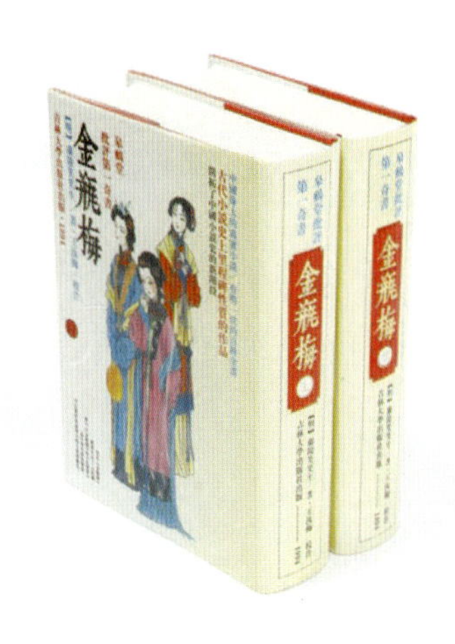

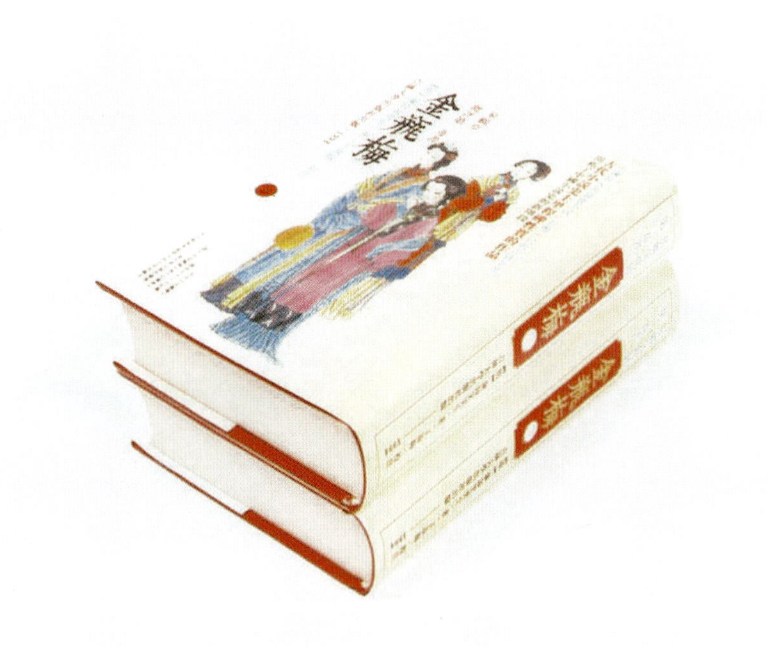

图3-46-1 《皋鹤堂批评第一奇书金瓶梅》，吉林大学出版社，1994年10月初版

金瓶梅
上

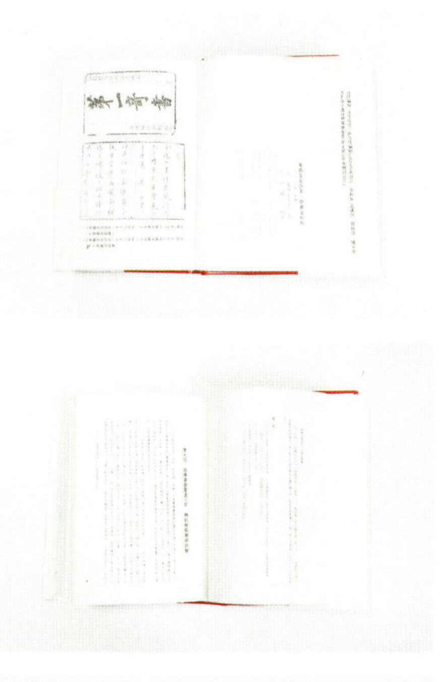
第一奇書

前言

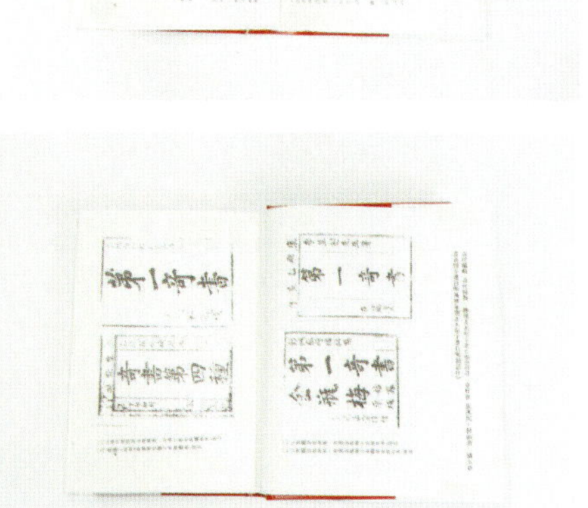
第一奇書
第一奇書

2. 吉林大学出版社 2011 年 9 月第二版，王汝梅校注。精装 2 册，大 16 开。封面题注为“插图本”，每回前增加一幅木版插图，计 100 幅。（图 3-46-2）

王汝梅（1935— ），山东省兖州人。著名《红楼梦》《金瓶梅》研究专家。1959 年毕业于吉林大学中文系。吉林大学中国文化研究所教授、《金瓶梅》研究室主任，兼任江苏省社科院明清小说研究中心特约研究员。出版学术著作《金瓶梅探索》《中国小说理论史》《王汝梅解读金瓶梅》《金瓶梅版本史》等。其参与或主持的《金瓶梅》崇祯本、第一奇书本的校订本先后在齐鲁书社、吉林大学出版社、香港三联、台湾晓园等海内外出版。畅销于世，影响颇大。

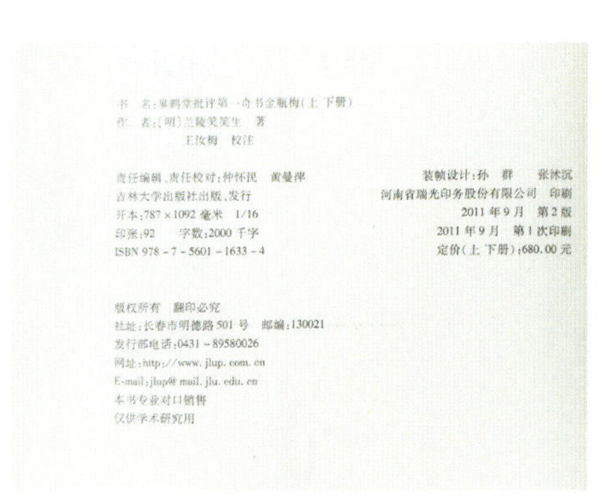
书　名：皋鹤堂批评第一奇书金瓶梅（上下册）
作　者：［明］兰陵笑笑生　著
王汝梅　校注

责任编辑、责任校对：仲怀民　黄曼萍
吉林大学出版社出版、发行
开本：787 × 1092 毫米　1/16
印张：92　　字数：2000 千字
ISBN 978 - 7 - 5601 - 1633 - 4

装帧设计：孙　群　　张沐沉
河南省瑞光印务股份有限公司　印刷
2011 年 9 月　第 2 版
2011 年 9 月　第 1 次印刷
定价（上下册）：680.00 元

版权所有　翻印必究
社址：长春市明德路 501 号　邮编：130021
发行部电话：0431 - 89580026
网址：http://www.jlup.com.cn
E-mail：jlup@mail.jlu.edu.cn
本书专业对口销售
仅供学术研究用

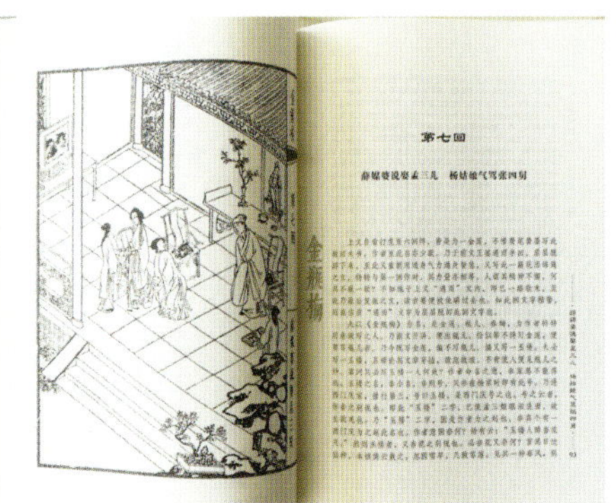

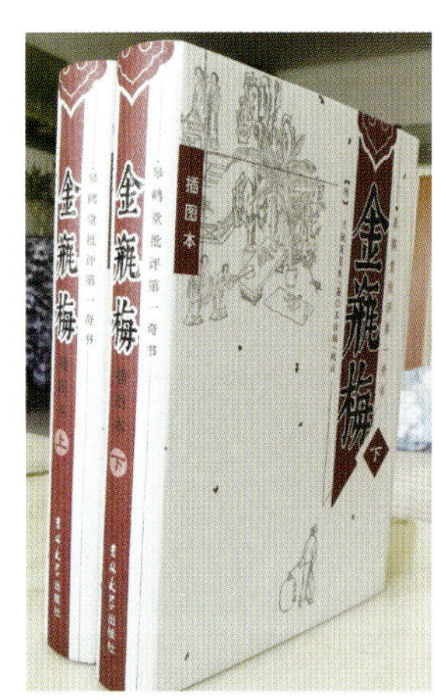

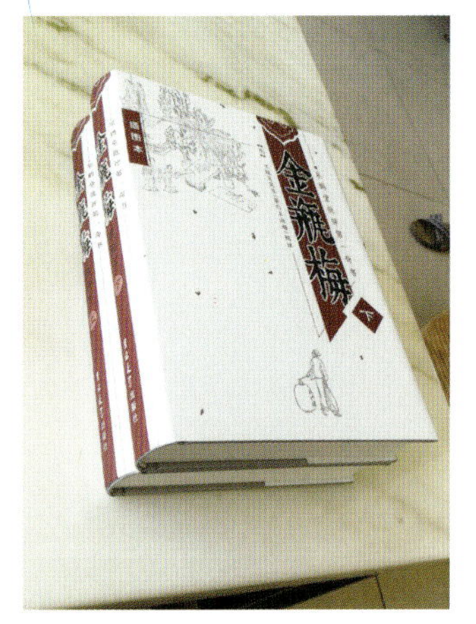

图 3-46-2 《皋鹤堂批评第一奇书金瓶梅》，吉林大学出版社，2011 年 9 月版

3-47 《金瓶梅会校会评本》中华书局（整理本）

中华书局 1998 年 3 月出版，内部发行。秦修容校订。全 3 册，精装大 32 开，定价 268 元。以中华书局所藏清代刊刻的《第一奇书》为底本，参校词话本、崇祯本。全书删 9906 字。此书的第三册为校勘记，对人民文学出版社 1985 年 5 月版戴鸿森校本、崇祯本、张评甲本三书进行会校。（图 3-47）

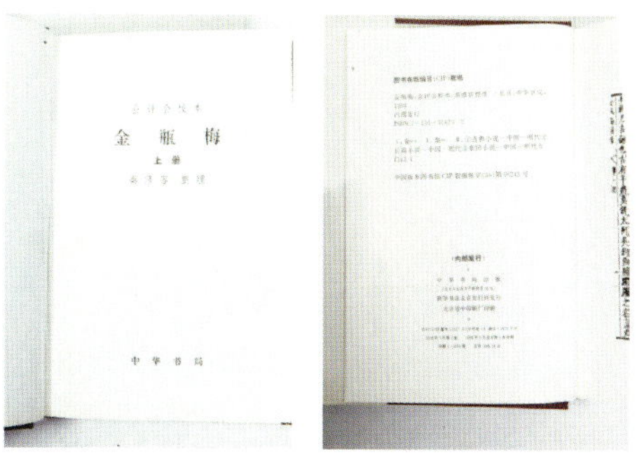

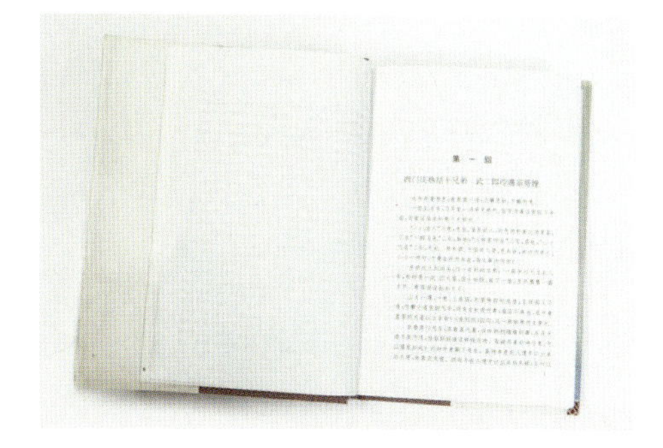

图 3-47 《金瓶梅会校会评本》，中华书局，1998 年 3 月版

3-48 《金瓶梅故事》作家出版社（缩写本）

作家出版社 1988 年 5 月版。32 开。平装 1 册。韩英珊缩写，删减至约 17 万字。根据《金瓶梅词话》本缩写。此书最早以《金瓶梅演绎》的名字在 1985 年 5 月的《剑魂》杂志发表，开新中国成立后整理本之先河。虽然是无“秽笔”的洁本，却随即遭到查禁。《剑魂》也遭受停刊。后由唐弢先生写序，作家出版社重新出版。（图 3-48）

海天出版社 1991 年 8 月再版。

图 3-48 《金瓶梅故事》，作家出版社

3-49 《金瓶梅故事》四川美术出版社（缩写本）

四川美术出版社 1988 年 4 月初版。1994 年、1995 年再版。配图本。丛仁改编，临华绘画。采用连环画的形式，白描绘画，上图下文。（图 3-49）

图 3-49 《金瓶梅故事》，四川美术出版社

3-50 《金瓶梅》贵州人民出版社（缩写本）

贵州人民出版社 1988 年 5 月版。32 开。平装 1 册。汤好年缩写。全书分为 12 节，约 4 万字。收插图 5 幅。归入《中外古今文学名著故事大全》第二辑。（图 3-50）

图 3-50 《金瓶梅》，贵州人民出版社

图 3-50 《金瓶梅》，贵州人民出版社

3-51 《金瓶梅》华语教学出版社（缩写本）

华语教学出版社 1993 年版。32 开，平装 1 册。张国华缩编。全书缩编为 27 万字。归入《中国古典文学八大名著白话精缩》丛书。（图 3-51）

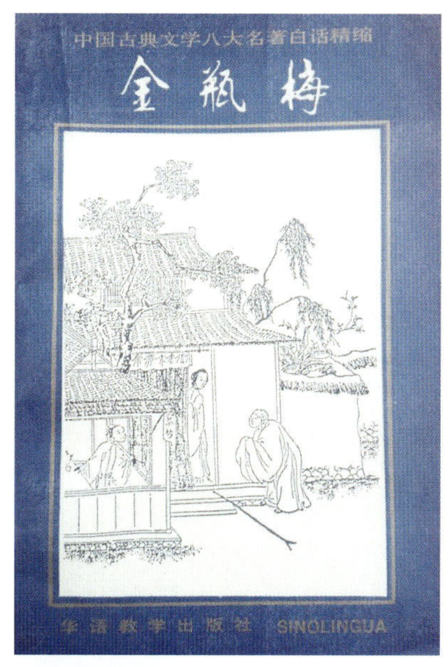

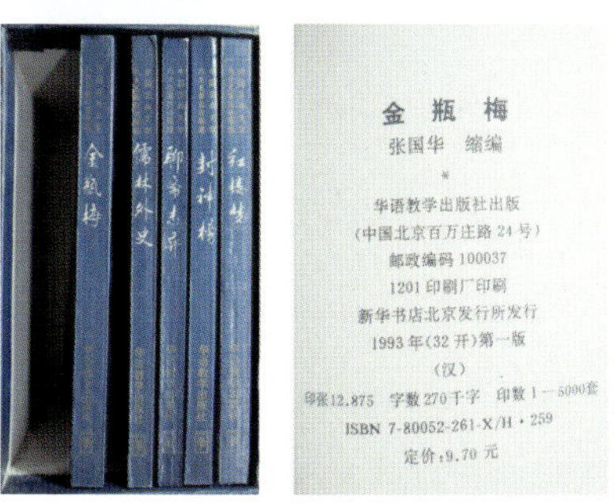

图 3-51 《金瓶梅》，华语教学出版社

3-52 《金瓶梅精彩故事》河北少年儿童出版社（缩写本）

河北少年儿童出版社 1993 年 11 月版。李远杰、韩盼山改编。插图本。缩减为 26 万字。归入《古典文学启蒙读本》。（图 3-52）

3-53 《金瓶梅》书目文献出版社（缩写本）

书目文献出版社 1994 年 2 月版。32 开，窄型。平装 1 册。杜维沫改编。根据内容，此书系采用第一奇书本，缩编为 30 回，约 15 万字。归入胡文彬主编《中国古典小说名著新编丛书》。（图 3-53）

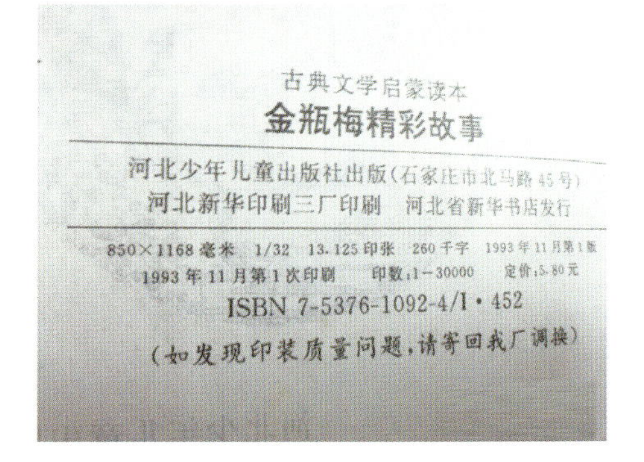

古典文学启蒙读本
金瓶梅精彩故事

河北少年儿童出版社出版（石家庄市北马路 45 号）
河北新华印刷三厂印刷　河北省新华书店发行

850×1168 毫米　1/32　13.125 印张　260 千字　1993 年 11 月第 1 版
1993 年 11 月第 1 次印刷　印数：1—30000　定价：5.80 元
ISBN 7-5376-1092-4/I·452
（如发现印装质量问题，请寄回我厂调换）

图 3-52 《金瓶梅精彩故事》，河北少年儿童出版社

图 3-53 《金瓶梅》，书目文献出版社

3-54 《金瓶梅》三久出版社（缩写本）

台湾三久出版社 1996 年 7 月版。32 开，平装 1 册。赖琇君改写。归入《中国文学经典库 7》。（图 3-54）

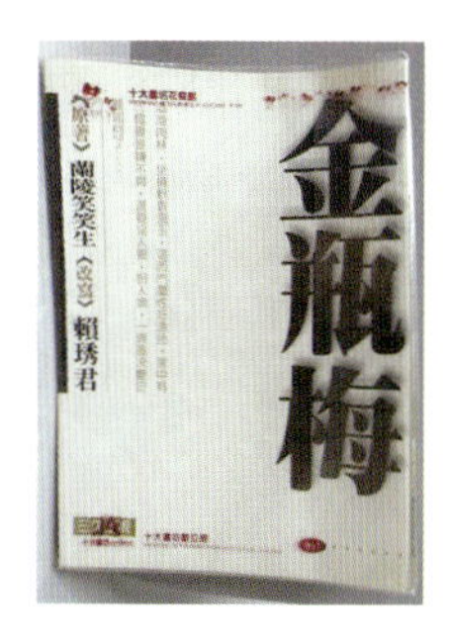

图 3-54 《金瓶梅》，台湾三久出版社

3-55 《金瓶梅》薪传出版社（缩写本）

台湾薪传出版社 1998 年 4 月版。大 32 开，精装 1 册。归入《中国古典小说戏剧欣赏全集》七。（图 3-55）

图 3-55 《金瓶梅》，台湾薪传出版社

3-56 《金瓶梅》世一书局股份有限公司（缩写本）

台湾世一文化事业股份有限公司 2001 年版。32 开，平装 1 册。改编绘图本。赵国栋、胡文改编；汪家龄绘图。封面题：珍藏古典文学 6 / 失落的世间男女 / 金瓶梅；扉页题：金瓶梅 / 白话本。再版改题：白话经典文学 / 金瓶梅。或者直接改名《白话金瓶梅》。（图 3-56）

图 3-56 《金瓶梅》，台湾世一书局

3-57 《通俗本金瓶梅》典藏阁（缩写本）

台湾典藏阁 2004 年 6 月初版、2015 年最新版。大 32 开，软精装 1 册。张雅媚编著。删节改写本。（图 3-57）

3-58 《金瓶梅》俊嘉文化事业有限公司（缩写本）

台湾俊嘉文化事业有限公司 2012 年 4 月版。软精装 1 册，64 开。缩编为约 10 万字。袖珍版式，形似口袋书。（图 3-58）

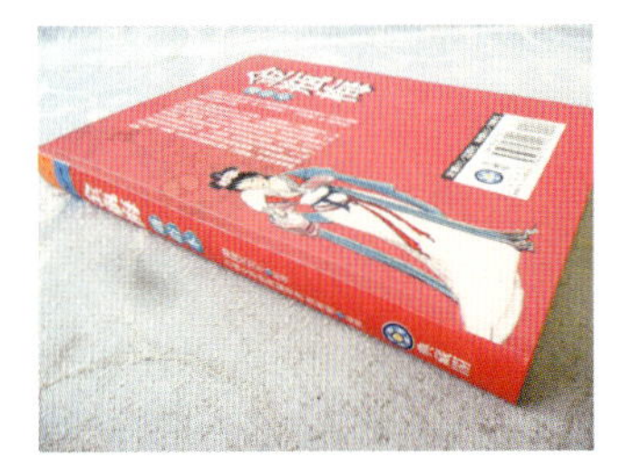

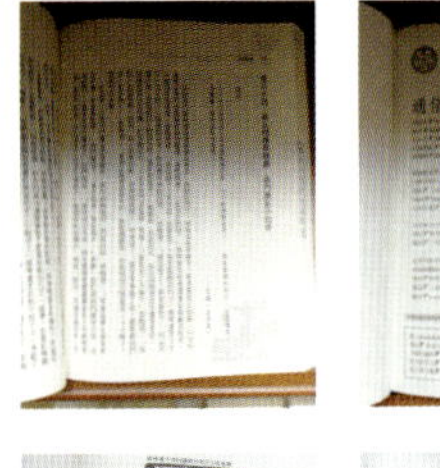

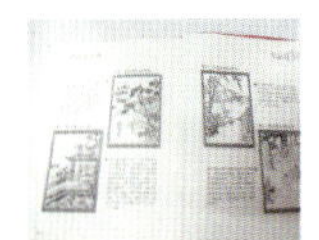

图 3-57 《通俗本金瓶梅》，台湾典藏阁

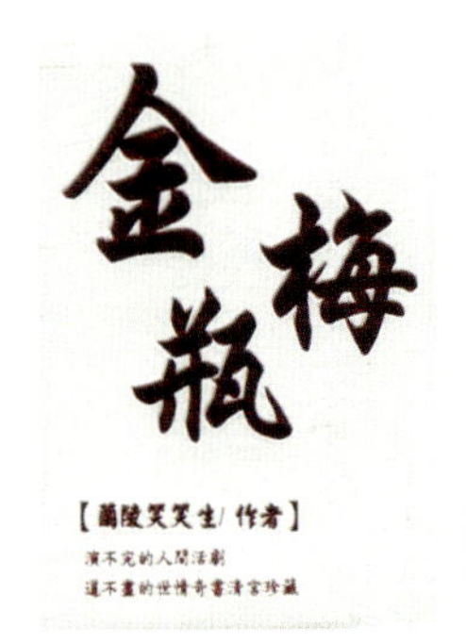

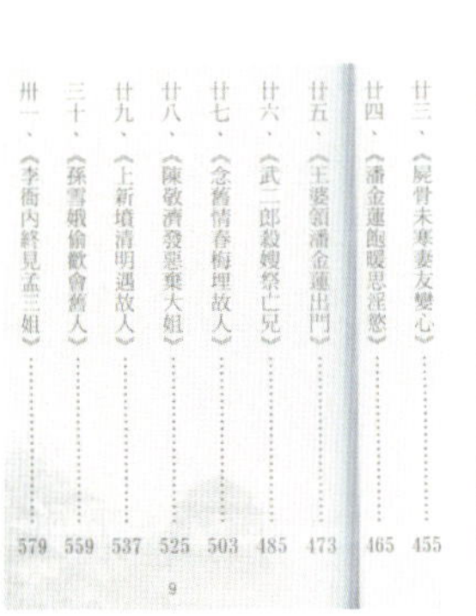

9

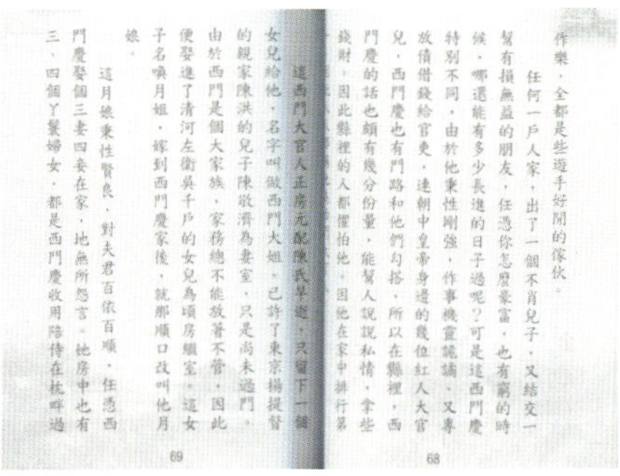
作樂，全都是些遊手好閒的傢伙。
任何一戶人家，出了一個不肖兒子，又結交一幫有損無益的朋友，任憑你怎麼豪富，也有窮的時候，哪還能有多少長進的日子過呢？可是這西門慶特別不同，由於他秉性剛強，作事機靈詭譎，又專放債借錢給官吏，連朝中皇帝身邊的幾位紅人大官兒，西門慶也有門路和他們勾搭，所以在縣裡，西門慶的話也頗有幾分份量，能幫人說說私情，拿些錢財，因此縣裡的人都懼怕他，因他在家中排行第

68

這西門大官人正房元配陳氏早逝，只留下一個女兒給他，名字叫做西門大姐，已許了東京楊提督的親家陳洪的兒子陳敬濟為妻室，只是尚未過門。由於西門是個大家族，家務總不能放著不管，因此便娶進了清河左衛吳千戶的女兒為填房繼室，這女子名喚月姐，嫁到西門慶家後，就都順口改叫他月娘。
這月娘秉性賢良，對夫君百依百順，任憑西門慶娶個三妻四妾在家，她無所怨言。她房中也有三、四個丫鬟婦女，都是西門慶收用陪侍在枕畔過

69

图 3-58 《金瓶梅》，台湾俊嘉文化事业有限公司

第四篇

图像本

中国的古典小说伴随绣像插图流传，是一大特色。《金瓶梅》自诞生以来，首先增刻图像者为明崇祯本《新刻绣像批评金瓶梅》。每回两幅，计200幅。人物鲜活，构思精巧，刻工精湛，毫发毕现。是中国古代版画的杰出代表、巅峰之作。

进入清代，《金瓶梅》绘画的创作基本就是围绕崇祯本木刻版画的翻刻和描改。在几种巾箱本的小版《第一奇书》中，增加部分人物的绣像。最值得珍视的是《清宫珍宝皕美图》的创作，共计200幅，数量、水平均叹为观止。画家以崇祯本回目为题，在木刻画的基础上，以工笔重彩丰富构图，描绘细节，更胜一筹。有理由相信其出自清代的宫廷画家之手。可惜原作因为战乱而散佚海外，期待它能有重现于世的一天。

进入民国，存宝斋《真本金瓶梅》的出版，采用了重新创作的200幅插图。曹涵美的《金瓶梅全图》开创了《金瓶梅》的连环画时代。胡也佛的《金瓶梅秘戏图》善于运用西洋画中透视的技法，以艳丽的色彩精细勾勒，不放过一物一态、一丝一毫的细节，使《金瓶梅》彩绘画作达到了一个高峰。

近代以来，《金瓶梅》绘画的创作涵盖了美术范围内的几乎所有门类和技法。包括版画、工笔画、油画、水彩、白描、连环画、动漫，甚至刺绣等。呈现百花齐放的繁荣景象，以陈全胜、戴敦邦、白鹭、于水、魏东为代表的新老画家的作品不断涌现。由此可以看出艺术家对这部作品的肯定和热爱。现今进入互联网时代，是以图片为基础的读图时代。过去图像作为文字的附属品为图书增色，随着读图时代的到来，绘图在传播力和表现力上的优势日益凸显，《金瓶梅》绘画创作必将迎来更大的发展创作空间。

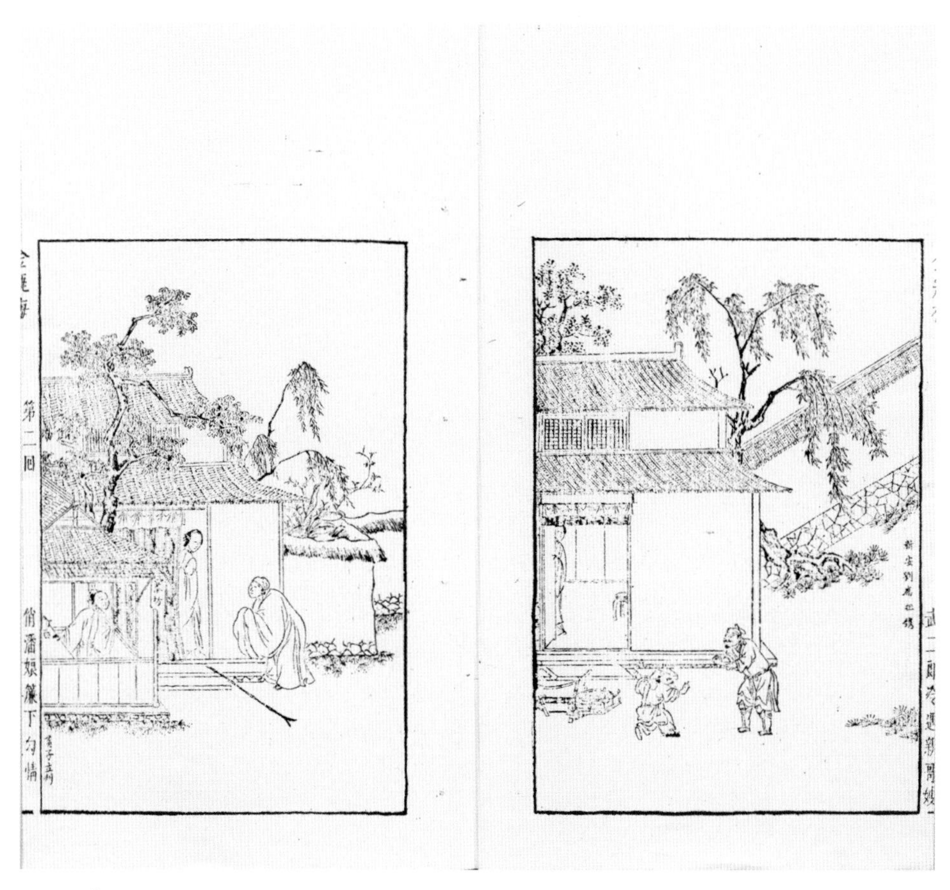

图 4-1 《金瓶梅图》，袁克文、王孝慈旧藏崇祯本

4-1 《金瓶梅图》袁克文、王孝慈旧藏崇祯本

明崇祯木刻版画。袁克文、王孝慈旧藏本。存图像两册，图 200 幅。版框尺寸：20.8 厘米 ×14.9 厘米。图中多处有刻工刘应祖、刘启先、黄子立、黄汝耀、洪国良等题名。如第一回题署“新安刘应祖镌”。版画精美，构思精巧，毫发毕现，为古代版画的巅峰之作。约刊刻于崇祯年间，是同类各种崇祯本《金瓶梅》版画插图的原图。之后衍生出的《第一奇书》插图均根据崇祯本版画翻刻、描改，每况愈下。

第一回首图钤盖有七方印章，分别在上

端版框外三方：甲、长乐郑振铎西谛藏书、精至此乎；中下部版框内四方：鸣晦庐珍藏金石书画记（王孝慈）、人生到此、双莲华菴（袁克文）、北京图书馆藏。第五十一回首图右下角也有两个钤印，但与图案重叠，模糊难于辨认，第一个大约是个闲章“唱句闲衫销尽”；第二个应该是“张粹盦珍藏印”，张粹盦极有可能是这部图册的原始藏家；第一百回末图左上钤有“三琴趣斋珍藏”（袁克文）。这些钤印可以反映出此书历经多人收藏，流传有序。现藏于国家图书馆。（图 4-1）

图 4-1 《金瓶梅图》，袁克文、王孝慈旧藏崇祯本

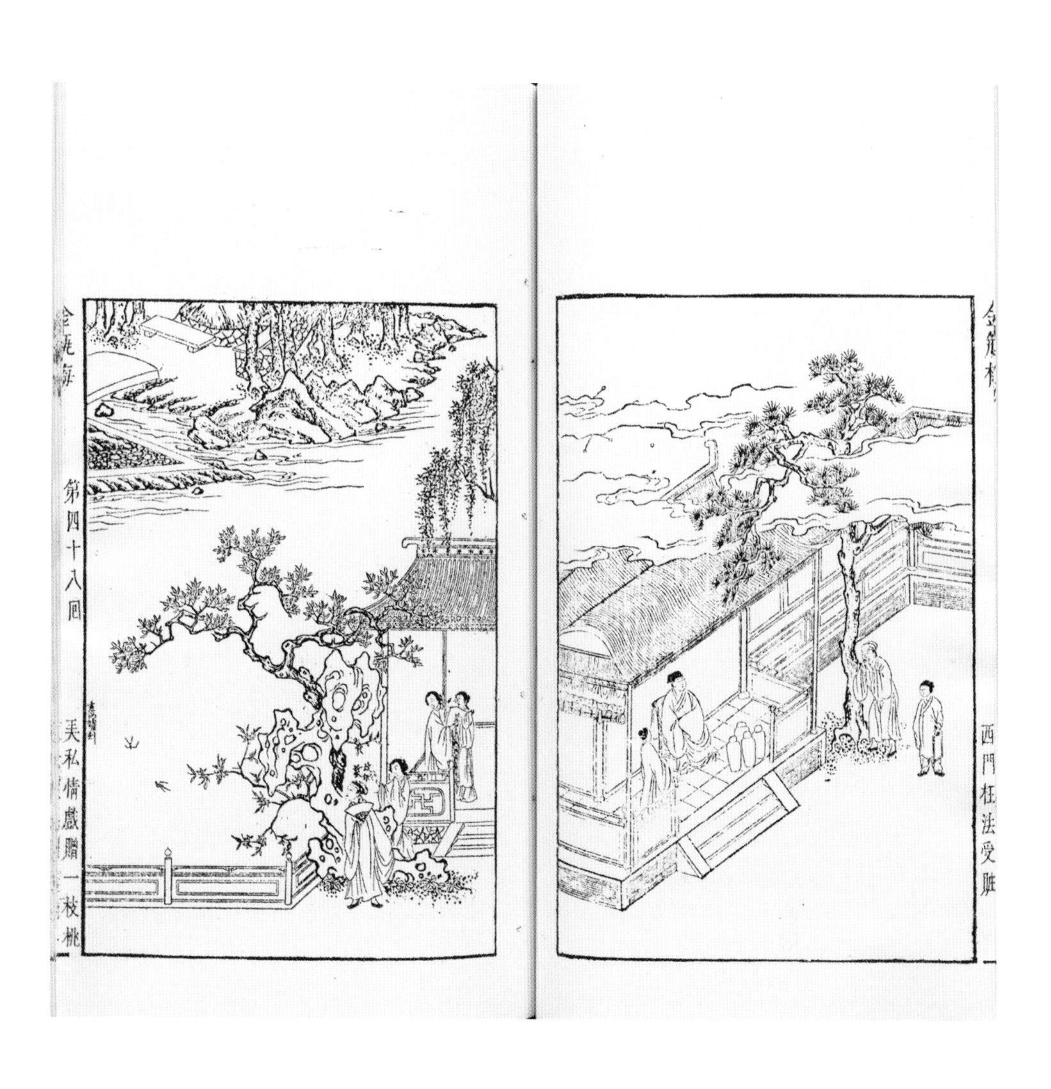
金瓶梅
第四十八回
弄私情戲贈一枝桃
金瓶梅
西門枉法受贓

4-2 《清宫珍宝皕美图》清内府彩绘绢本

1. 清内府彩绘绢本

以《金瓶梅》崇祯本木刻版画为蓝本，在此基础上进行再创作，共计200幅。并以回目为题，采用工笔重彩，丰富构图，描绘细节，更胜一筹。绘工精妙，一勾一画，人物神容俱活，花树楚楚，庭院错置合度，是清宫吸收郎世宁等西洋画风的创新之作，笔触极工。画家无从查考，相传出自清初名家之手。传世的影本扉页上印有“五福五代堂古稀天子宝”“八征耄念之宝”“太上皇帝之宝”三方印玺，又题名“清宫珍宝”，故可证原物旧藏清宫，且为乾隆皇帝所珍赏。影本最后一图“普静师幻度孝哥儿”左下角有一枚篆文朱印，虽然最下面两个字被切去一半，但仍可辨识，印文当是“乐安宗古堂图书记”。有历史资料记载张作霖祖籍是山东广饶县，广饶古称乐安。根据台北奇珍共赏社黄绫版印本所附的“题记”内容：“民国后，流入民间。后归某将军宝藏。沪上新闻界闻人钱芥尘先生，与某将军善，商借影印……易名为《清宫珍宝皕美图》……四十年前初印二百部，本非卖品，流传海外绝鲜，而原作经战乱之余，早更不知下落，辗转借得海隅孤本，醵资精印五十部。”某将军当指张学良，钱芥尘常年做其高级顾问。目前可见彩绘书影约十几幅，来源不一。而有的彩绘图像是后期根据《清宫珍宝皕美图》珂罗版图像影写描润复原的。美国高居翰先生最后的著作 *Pictures for Use and Pleasure: Vernacular Painting in High Qing China*，中文译本名《致用与娱情的图像：大清盛世的世俗绘画》，著录美国堪萨斯城的纳尔逊·阿特金斯艺术博物馆除了收藏民国珂罗版的《清宫珍宝皕美图》之外，还收藏了珍贵的17世纪的《金瓶梅》册页，即《清宫珍宝皕美图》底本部分原稿，如第13回“李瓶姐隔墙密约”、第16回“应伯爵追欢喜庆”、第20回“傻帮闲趋奉闹华筵”，等等。高居翰在1993年至2007年在该博物馆工作期间对这些藏品进行研究，并将成果发表在上述书中。美国芮效卫翻译的《金瓶梅》英文版，普林斯顿大学出版社1993—2013年初版，书前收有彩色《清宫珍宝皕美图》插图五幅，来源也是该博物馆，据此摄录。此外国内也有藏家收藏有散出的页面，李雪松先生发布在新浪微博“多文阁”的第23回“赌棋枰瓶儿输钞”、第63回“西门庆观戏动深悲”，场景人物复杂，生动传神。并提供高清局部细节图片，为其私人收藏。据传美国波士顿美术馆也藏有若干幅，佳士得、苏富比等拍卖行曾经拍卖过散叶。

高居翰（James Cahill，1926—2014），美国加利福尼亚大学伯克利分校中国艺术名誉教授、中国美术史学家。致力于中国古代绘画史、中国晚明绘画、17世纪中国绘画等研究。主要作品有《隔江山色：元代绘画》《江岸送别：明代初期与中期绘画》《山外山：晚明绘画》《气势撼人：十七世纪中国绘画中的自然与风格》《画家生涯：传统中国画家的生活与工作》《致用与娱情的图像：大清盛世的世俗绘画》，影响巨大。1993年进入纳尔逊·阿特金斯艺术博物馆工作，到2007年离开。对馆藏的《清宫珍宝皕美图》彩色原稿进行研究并发表成果在其最后的著作中。（图4-2-1）

图 4-2-1 《清宫珍宝皕美图》，清内府彩绘绢本

图 4-2-1 《清宫珍宝皕美图》，清内府彩绘绢本

图 4-2-1 《清宫珍宝皕美图》，清内府彩绘绢本

上清真境靈寶天尊

黄真人發牒薦亡

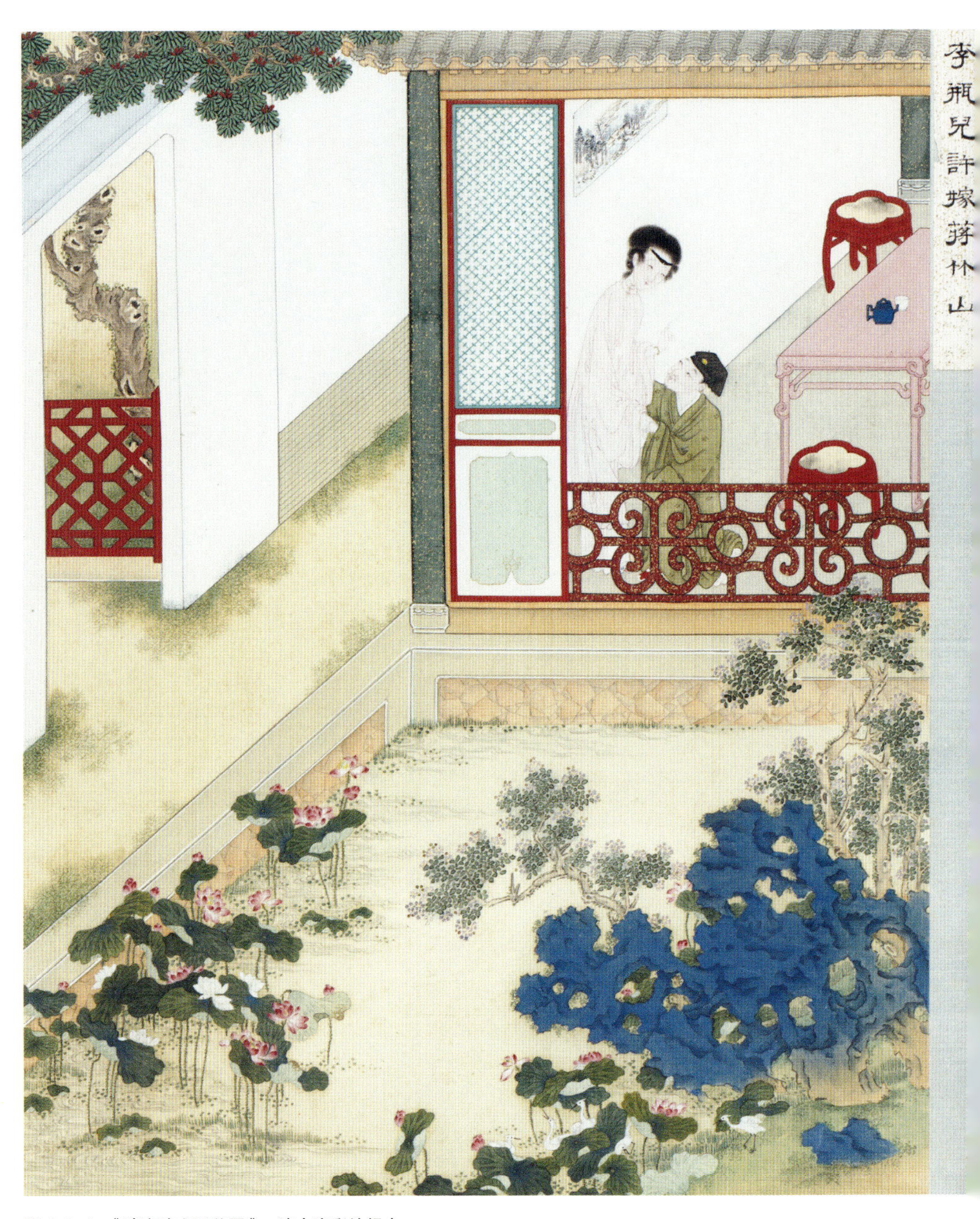

图 4-2-1 《清宫珍宝皕美图》，清内府彩绘绢本

2.《清宫珍宝皕美图》上海奇珍共赏社印本（影印本）

上海奇珍共赏社珂罗版印本。约民国二十四年（1935）出版发行。1函4册，200幅图足本。函套及册面篆书题签：清宫珍宝皕美图。筒子叶单面印刷。扉页用朱墨印有“五福五代堂古稀天子宝”“八征耄念之宝”“太上皇帝之宝”三方印玺。最后一图“普静师幻度孝哥儿”左下角印有篆文朱印，最下面两个字被切去一半，但仍可辨识为“乐安宗古堂图书记”。当为张作霖、张学良父子的印鉴。上海杂志公司于1935年10月出版《金瓶梅词话》施蛰存校本，即收录《清宫珍宝皕美图》计40幅。根据相关资料分析，此书最早出版应该就在1935年初。奇珍共赏社原为民国上海书社，1949年以后迁至台湾。根据台北奇珍共赏社黄绫版《清宫珍宝皕美图》所附的“题记”，说明最早印制《清宫珍宝皕美图》的就是上海的奇珍共赏社，初印200部，而钱芥尘是始作俑者。

钱芥尘（1886—1969）原名家福，改署芥尘，号须弥、炯炯。嘉兴人。民国上海新闻界名人。张学良高级顾问。办《神州日报》《晶报》《新申报》，主编《大众》杂志等。搜集影印不少《金瓶梅》一类的古本。解放初期以旧燕笔名在《亦报》上发表回忆张学良的文章。（图4-2-2阙如）

3.《清宫珍宝皕美图》台湾奇珍共赏社印本（黄绫面·影印本）

台湾奇珍共赏社珂罗版精印。约为1975年印制。线装1函4册，每册50图，合为200图足本。印数50套。开本：38厘米×27厘米。蓝布函套，黄绫云锦封面。彰显富贵大气。图案右下角没有数字编号。第四册尾页标注：清宫珍宝皕美图 / 全四册共二百图；奇珍共赏社影印（非卖品）。单独附一页“题记”于书册之外，交代出版缘由。“题记”写明：“四十年前初印二百部，本非卖品……辗转借得海隅孤本，醵资精印五十部……”据相关记载，“四十年前”应为1935年，故推断此版为1975年印制。另有发行海外版，此页“题记”则为英文。此版印制用纸考究，极其清晰，甚至超过1935年珂罗版。疑似所据底本非同一般。（图4-2-3）

图 4-2-3 《清宫珍宝皕美图》，台湾奇珍共赏社印本（黄绫面）

4.《清宫珍宝皕美图》台湾奇珍共赏社印本（藏蓝面·影印本）

台湾奇珍共赏社影印，约为 20 世纪 80 年代重印。1 函 2 册，开本 37.8 厘米 ×26 厘米。200 幅足本。较黄绫云锦版开本略小。函套为绿色花翎，函套签条居中，题：清宫珍宝（小字）皕美图 / 全二册；左下题：奇珍共赏社影印。封皮为藏蓝色褶皱纸。此书后期又被翻印为精装 1 册。（图 4-2-4）

图 4-2-4 《清宫珍宝皕美图》，台湾奇珍共赏社，20 世纪 80 年代重印本

5.《清宫珍宝皕美图》民国珂罗版印本（影印本）

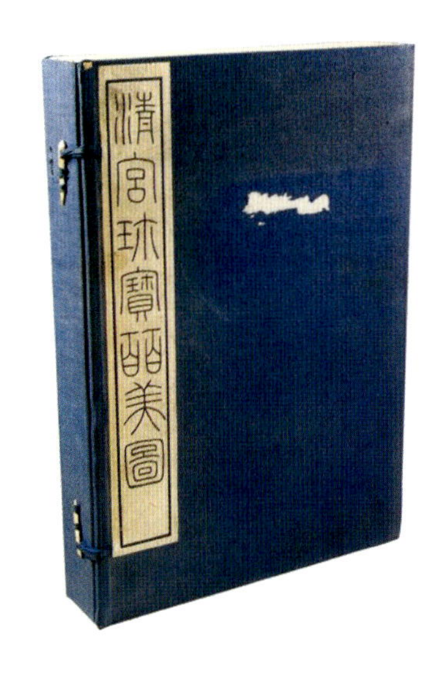

民国珂罗版印本，具体年代不详。据上海奇珍共赏社本翻印。白纸线装。尺寸：38厘米 ×26厘米。一般为蓝色函套，蓝色封面或古黄色封面。有两种版本，第一种为1函5册，每册40图，合共200图；第二种为1函4册，每册42图，合为168图。两者之间的区别在于前者有春宫图，后者则删去32幅，可视为“洁本”。五册足本甚为稀少。四册本图案的右上角有回目题名；右下角有中文数字编码，如“一册十五”“二册一”。五册本图案右下角没有数字编号。有资料记载为20世纪20年代北京琉璃厂富晋书社印制，但未见过书中标识。（图4-2-5）

图4-2-5 《清宫珍宝皕美图》，民国5册本，200图

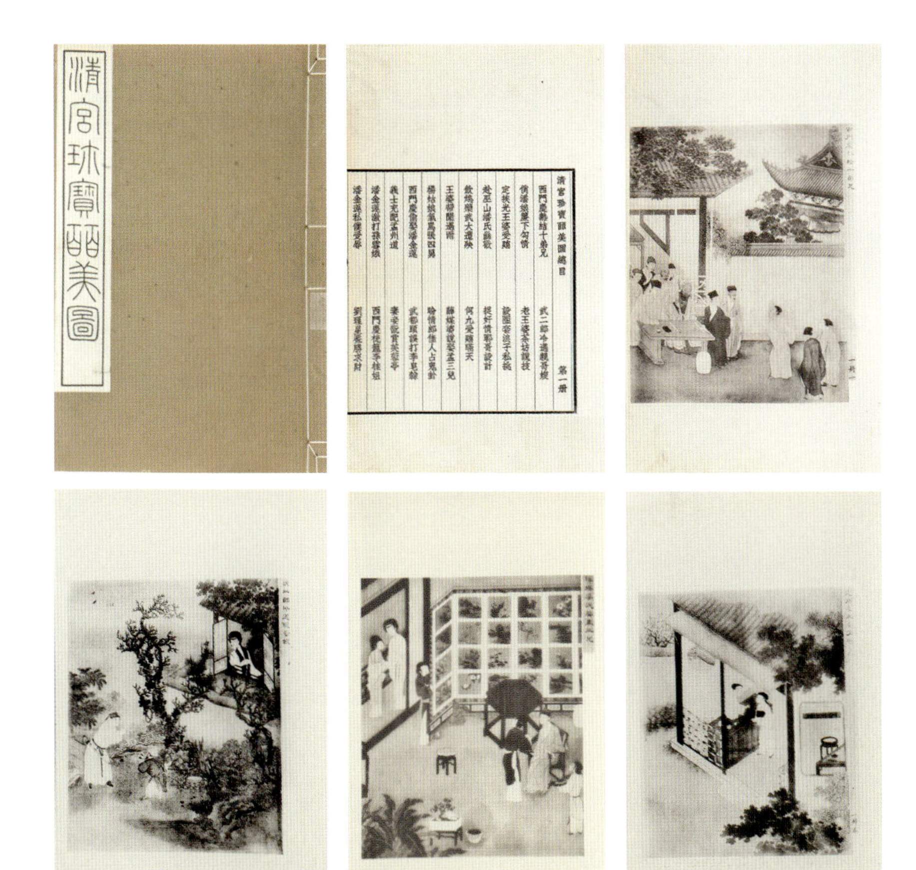

图 4-2-5 《清宫珍宝皕美图》，民国 4 册本，168 图

6.《清宫珍宝皕美图》文化图书馆珂罗版印本（影印本）

民国文化图书馆珂罗版精印。具体年代不详。白纸，尺寸：37.1 厘米 ×26 厘米。画心：22.7 厘米 ×17.8 厘米。分为两种：一为线装 1 函 5 册，蓝布函套，古黄色封面，每册 50 图，合为 200 图；另一为线装 1 函 4 册，蓝布函套，古黄色封面。每册 42 图，合为 168 图。删去不雅图 32 幅。图案右下角有数字编号。版权页题：玻璃板防水纸精印四大册一大布套 / 清宫珍宝皕美图 / 实价三十五元。文化图书馆版印制似乎尤精，可谓纸、墨、印刷俱佳。（图 4-2-6）

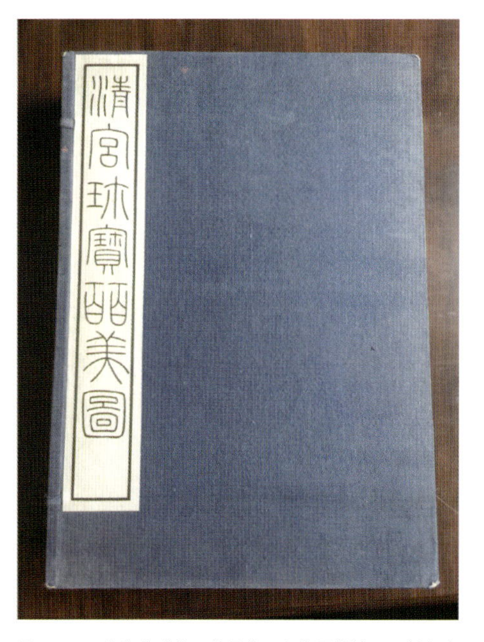

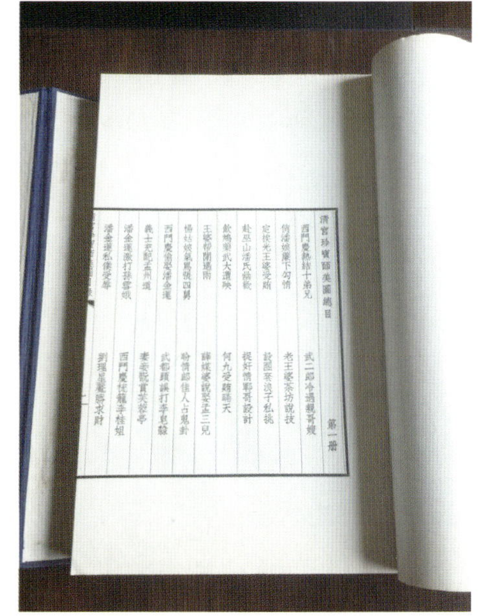
清宮珍寶皕美圖總目 第一册

西門慶熱結十弟兄 武二郎冷遇親哥嫂
俏潘娘簾下勾情 老王婆茶坊說技
定挨光王婆受賄 設圈套浪子私挑
赴巫山潘氏幽歡 捉奸情鄆哥設計
飲鴆藥武大遭殃 何九受賄瞞天
王婆帮閑遇雨 薛媒婆說娶孟三兒
楊姑娘氣罵張四舅 盼情郎佳人占鬼卦
西門慶偷娶潘金蓮 武都頭誤打李皂隸
義士充配孟州道 妻妾玩賞芙蓉亭
潘金蓮激打孫雪娥 西門慶梳籠李桂姐
潘金蓮私僕受辱 劉理星魘勝求財

图 4-2-6 《清宫珍宝皕美图》，文化图书馆珂罗版印本

版權所有
翻印必究
清宮珍寶皕美圖實價三十五元
發行所 文化圖書館
各省大書店均有經售
清宮珍寶皕美圖

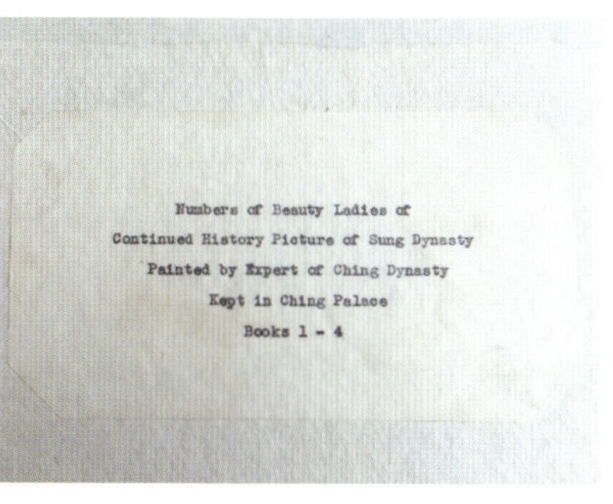
Numbers of Beauty Ladies of
Continued History Picture of Sung Dynasty
Painted by Expert of Ching Dynasty
Kept in Ching Palace
Books 1 - 4

清宮珍寶皕美圖

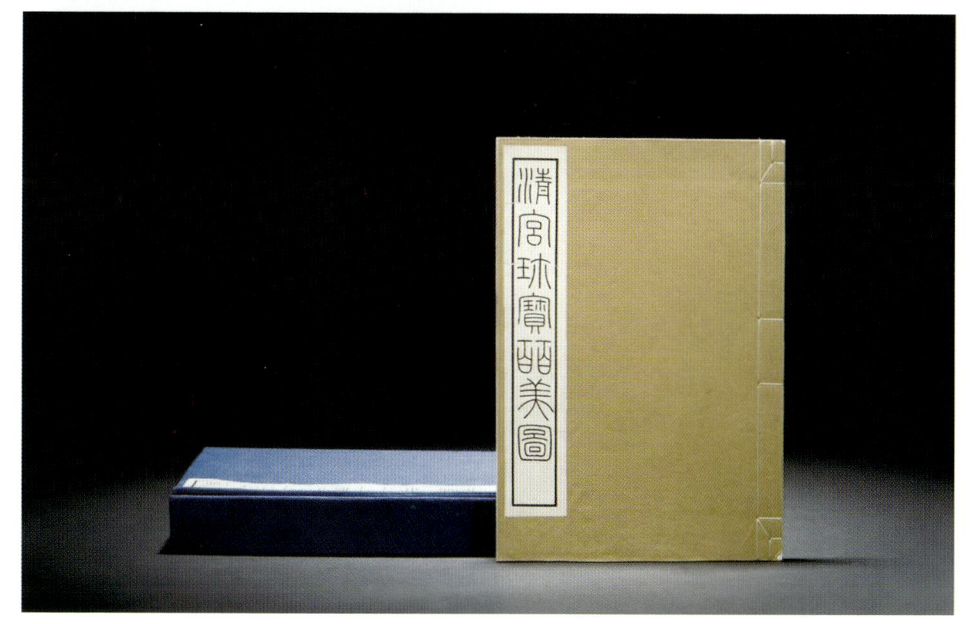
清宮珍寶皕美圖

7.《清宫珍宝皕美图》节本（影印本）

台湾珂罗版印本，具体年代不详。尺寸：26.5 厘米 ×19 厘米。线装 1 册，仅收图 28 幅，却全部为春宫图。（图 4-2-7）

8.《清宫珍宝皕美图》天一出版社（影印本）

台湾天一出版社 1987 年 1 月版。大 32 开，铜版纸，平装 1 册。缩印本。200 幅足本。（图 4-2-8）

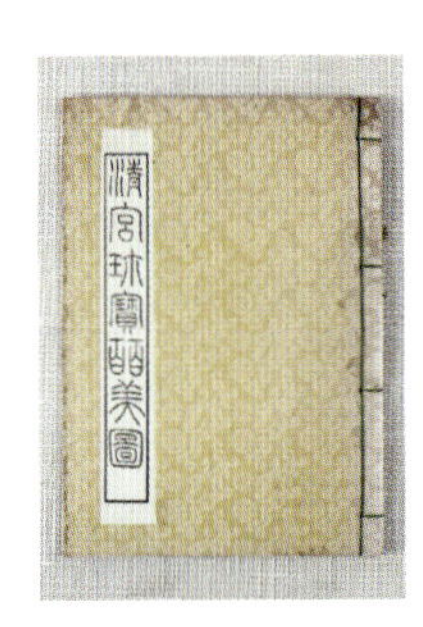

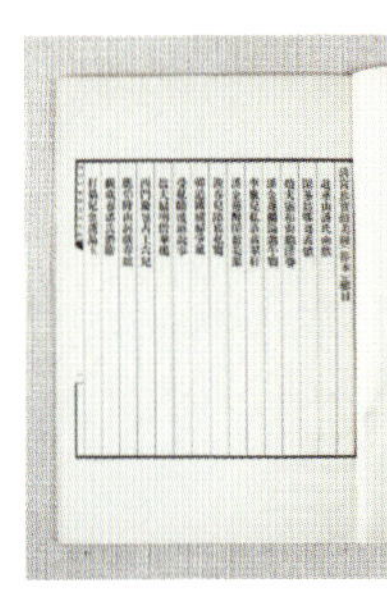

图 4-2-7 《清宫珍宝皕美图》节本

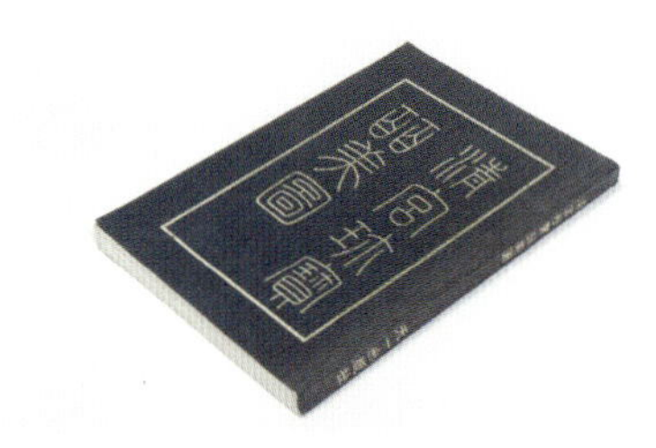

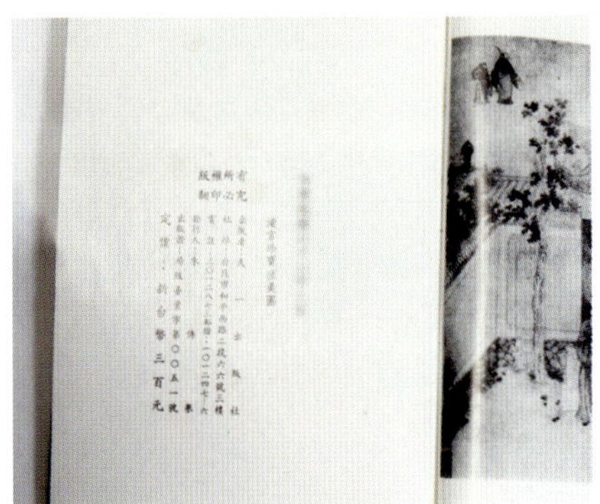

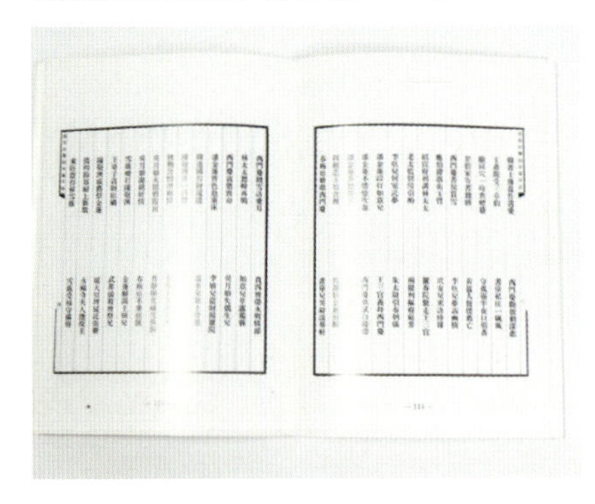

图 4-2-8 《清宫珍宝皕美图》，台湾天一出版社，1987 年版

9.《清宫珍宝百美图》山西人民出版社（影印本）

山西人民出版社 1993 年 6 月版。平装 1 册。8 开平装，印数 5000 册。收图约 186 幅。一图一文。文字截取《金瓶梅》原文。（图 4-2-9）

10.《金瓶梅全图》内蒙古文化出版社（影印本）

内蒙古文化出版社 1999 年 3 月版，精装 1 册，8 开，铜版纸。实即《清宫珍宝皕美图》。收图约 150 幅。（图 4-2-10）

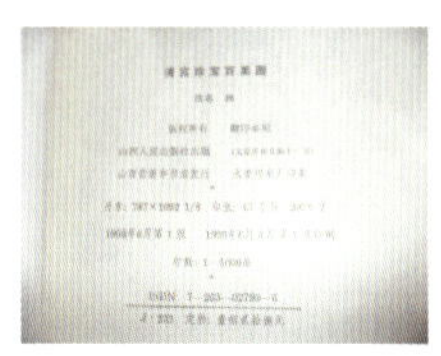

图 4-2-9 《清宫珍宝百美图》，山西人民出版社

图 4-2-10 《金瓶梅全图》，内蒙古文化出版社

11.《清宫珍宝金瓶梅百美图》汉湘文化“中经社”（影印本）

台湾汉湘文化“中经社”2005年6月版。16开，精装1册。同时香港版由万源图书有限公司联合发行。收图百余幅，配以《金瓶梅》缩减原文。（图4-2-11）

图4-2-11 《清宫珍宝金瓶梅百美图》，台湾汉湘文化“中经社”

4-3 《绘图真本金瓶梅》插图 存宝斋本

存宝斋 1916 年 5 月印行，精装全 2 册，32 开。收录插图 200 幅，每四幅一个拼页，每 10 回 20 幅一个小集，分插于书中。不同于传统的崇祯本插图，属于重新创作，画风近于近现代。构图多人物，形象生动。以隶书两字作为标题，题于图中，颇具特色。在此之前，清代各种版本的《金瓶梅》之版画均为翻刻、描改明崇祯本的插图。（图 4-3）

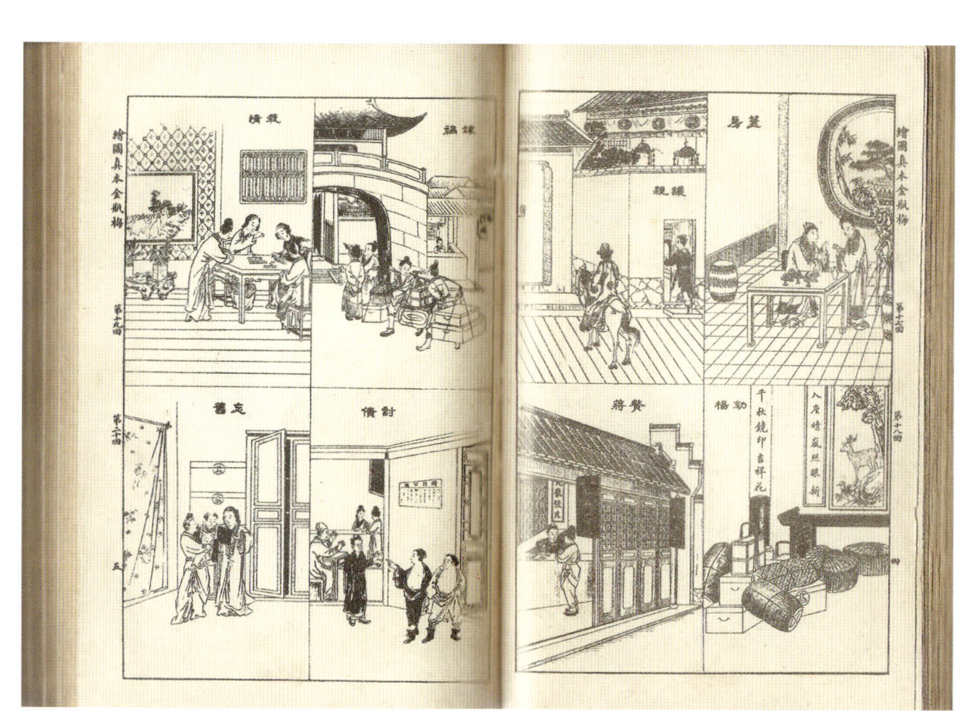

图 4-3 《绘图真本金瓶梅》插图，存宝斋本

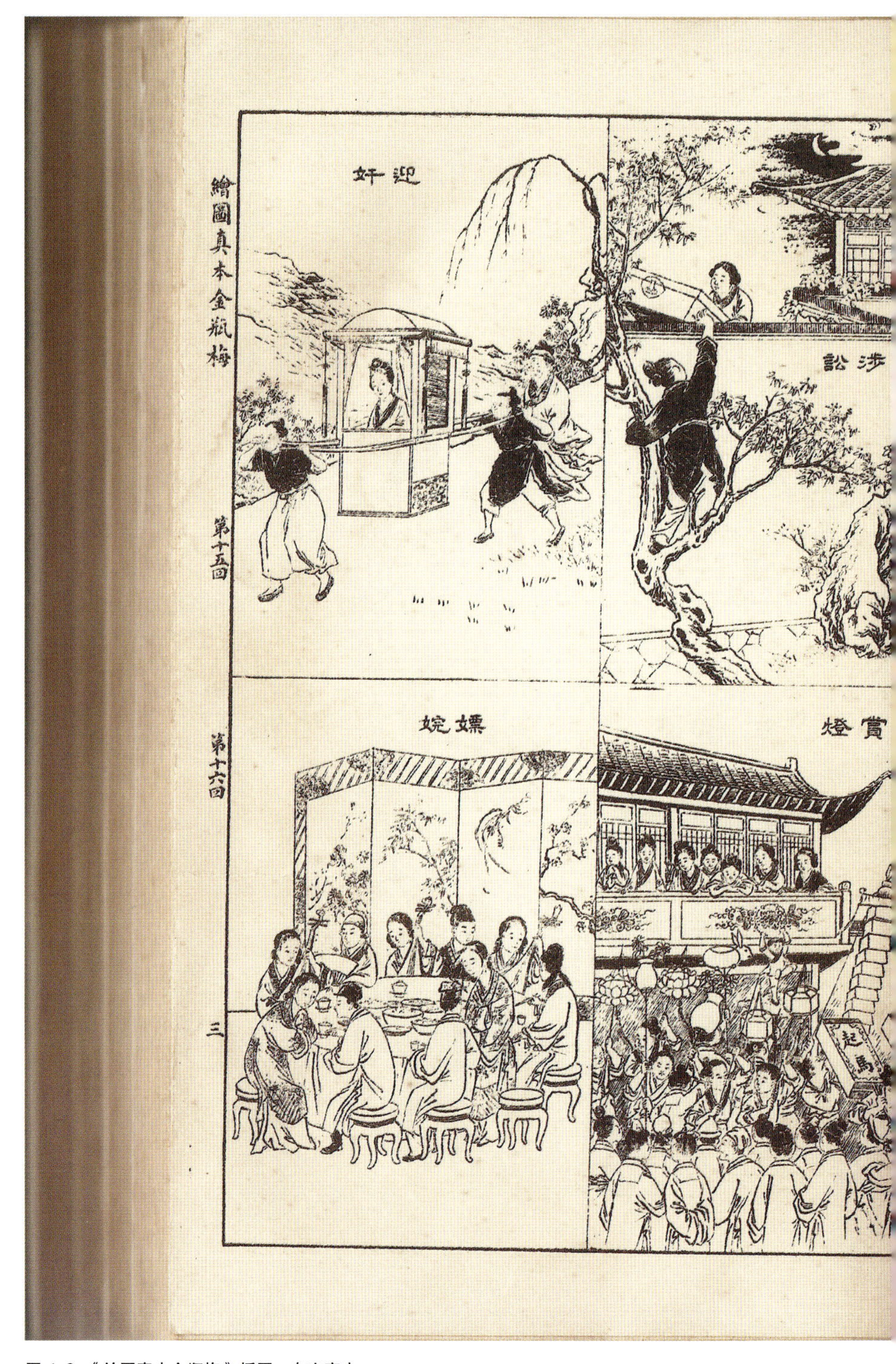

图 4-3 《绘图真本金瓶梅》插图，存宝斋本

繪圖真本金瓶梅
第十三回
第十四回
二
魘勝
私僕
私窺
密約

4-4 《金瓶梅全图》曹涵美绘本（影印本）

曹涵美（1902—1975），原名张美宇，笔名曹艺。无锡人。著名画家，擅长连环画、漫画。做过钱庄总账、书店经理、图书编辑、布厂经理。张光宇、张美宇、张正宇兄弟三人均为著名艺术家、画家。民国二十一年，兄弟三人与邵洵美合开上海时代图书公司，曹涵美担任会计兼编辑，出版《时代画报》《时代漫画》《时代电影》。曹涵美开始创作《金瓶梅》插图。后曾在无锡西河头开设"涵美可风室"。

1.《时代漫画》杂志1934年2月自创刊号开始连载。鲁少飞主编。每期一幅，连载39期。《时代漫画》至第39期停刊。曹涵美以《金瓶梅词话》为蓝本创作，采用素描画法，即使不读原文，单看图文，也可贯通前后情节。也可视作早期连环画作品。笔致精工，十分细腻，达到很高艺术水准。《时代漫画》于上海社会科学院出版社、浙江人民美术出版社、广西师范大学出版社均有影印出版。（图4-4-1）

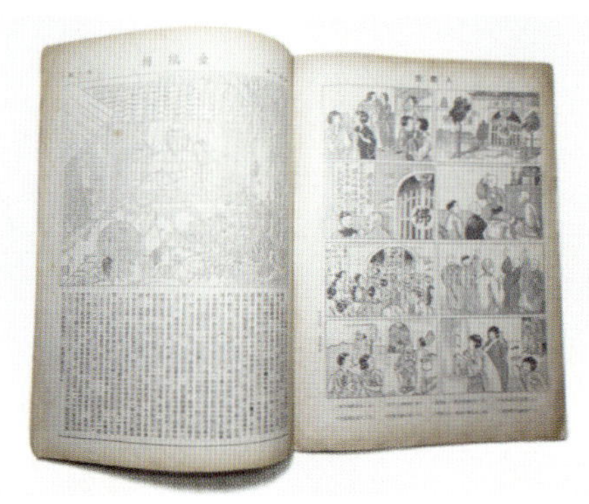

图4-4-1 《時代漫画》杂志，1934年第6期

2.《李瓶儿》，民国独立出版社之《独立漫画》1935 年 8 月出版。曹涵美早期《金瓶梅》绘画刊载之一。中国光大出版 2009 年 4 月出版《李瓶儿画传》，绘画版连环画，50 开，定价 26 元。归入《民国名家精品》，即以此为底本。(图 4-4-2)

3.《春梅》，民国漫画建设社之《漫画界》1936 年 4 月出版，16 开。曹涵美早期《金瓶梅》绘画刊载之一。(图 4-4-3)

图 4-4-3 《漫画界》杂志，1936 年

图 4-4-2 《独立漫画》杂志，1935 年

4.《金瓶梅全图》(扉页或题作《金瓶梅画集》)上海时代图书公司 1936 年 6 月出版第一集、1937年7月出版第二集。每集收图36幅，线装 1 册。尺寸：30 厘米 ×23.5 厘米。前后有序、跋。封面及版权页题：曹涵美画 / 第一奇书 / 金瓶梅全集。曹涵美绘本由此开始结集出版，单页正文背图，加黄底色。可见资料出版至第三集。(图 4-4-4)

曹涵美畫
第一奇書
金瓶梅全圖
第二集

文固奇書——畫也佳作——左文右圖——相得益彰

曹畫而無金瓶梅原文，便不能顯曹畫之能；

金瓶梅原文而無曹畫，便不能窮金瓶梅原文之妙！

讀曹畫，不讀原文則可，因已傳神得一目了然；
不讀曹畫，讀原文，則不可，好比癮沒過足也。

發售預約

本書自第一集出版到現在，問訊第二集的，差不多無日無之；這便可鐵證：曹先生的繪事之精，自有他成功的骨子。本公司原擬和曹先生相商，提早出版，以答愛好諸公雅意；無如曹先生繪事之外，又兼其他業務，遲遲至今，還十分勉强的湊成了一集，急即催促曹先生趕速編排，限六月底出版。一切裝璜印刷，均照第一集原式辦理：用重磅米色銅版紙，變套版精印，全書十二寸高九寸闊，十開本，共四十餘頁，絲線中裝，古色古香，優美絕倫。從即日起至六月十五日止，先行發售預約。每集定價法幣一元五角。優待預約實收國幣一元。另加掛號郵費一角六分。同時購第一集者亦照預約優待法減售國幣一元

上海時代圖書公司發行

上海霞飛路二四〇號

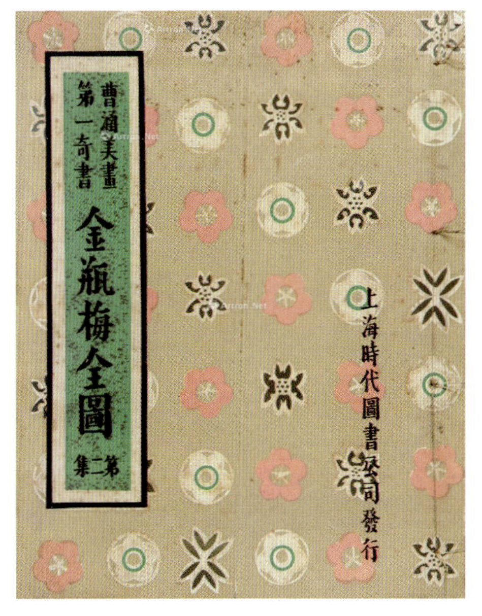

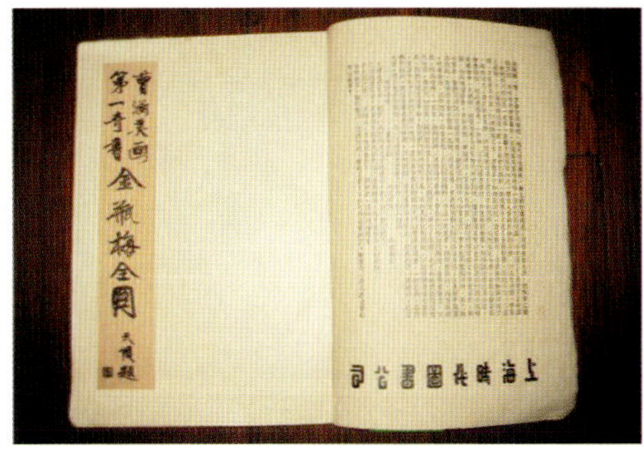

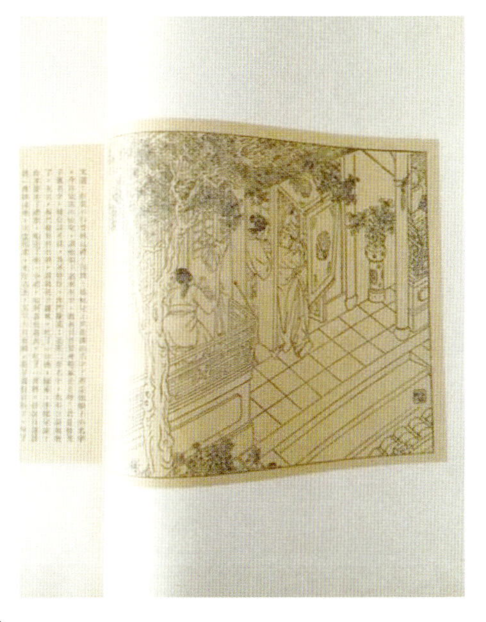

图 4-4-4 《金瓶梅全图》，上海时代图书公司，1936 年版

5.《金瓶梅全图》国民新闻图书印刷公司 1942 年 1 月出版发行。尺寸:27 厘米 ×20 厘米。分 10 集 10 册，每集 50 图，计 500 图，陆续出版，未完。止于《金瓶梅》原作的第 36 回前半部。封面题：曹涵美画 / 第一奇书 / 金瓶梅。扉页有不同名家题写的书名，如包天笑、胡兰成、万籁鸣、贺天健、董天野、钱瘦铁、王敬斋、邓散木等。题名称《金瓶梅全图》，或《金瓶梅画集》，或《金瓶梅》等，书体各异，极具风格。内图形式改为上图下文。与早期的《时代漫画》及时代图书公司版绘图不同，曹涵美重新创作而成。此版成为最流行的本子。(图 4-4-5)

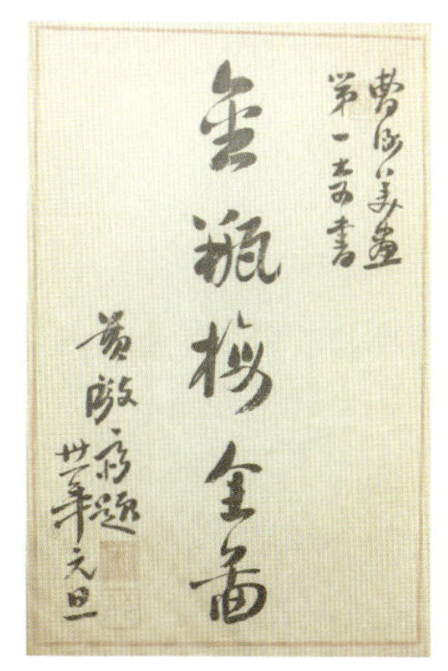

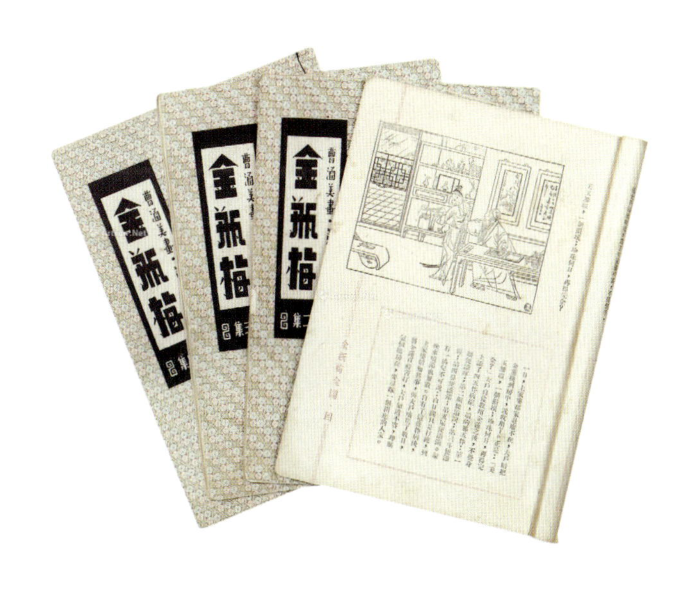

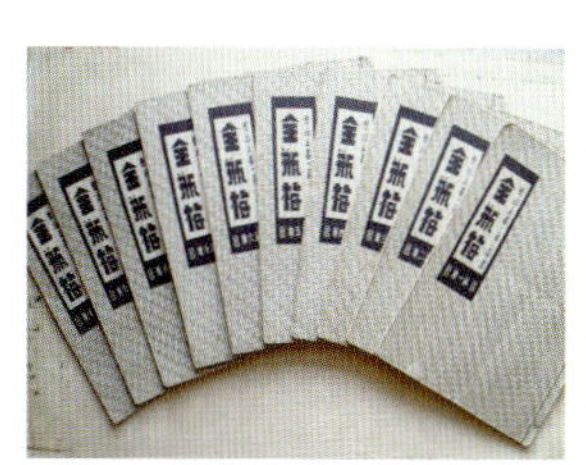

图 4-4-5 《金瓶梅全图》，国民新闻图书印刷公司，1942 年

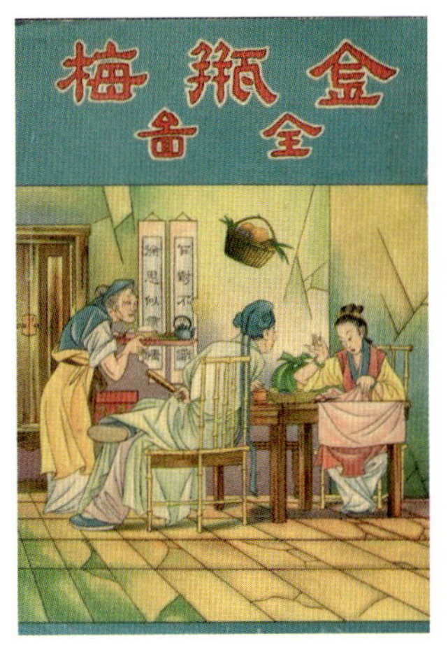

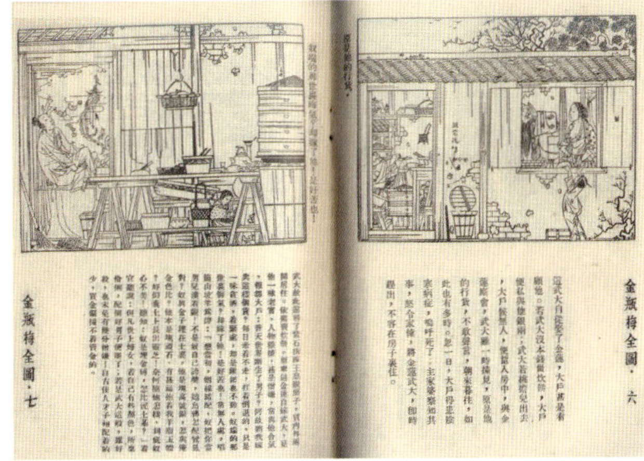

图 4-4-6 《金瓶梅全图》，香港，1953 年 4 月版

6.《金瓶梅全图》1953 年 4 月香港出版。影印国民新闻图书版。（图 4-4-6）

7.《金瓶梅画谱》台湾中华书画出版社 1984 年 3 月出版。全 4 册，16 开横版，内图加黄底色。影印国民新闻图书版。（图 4-4-7）

8.《金瓶梅》人民美术出版社 2000 年 1 月版。全 11 册，24 开。一图一文，影印国民新闻图书版。（图 4-4-8）

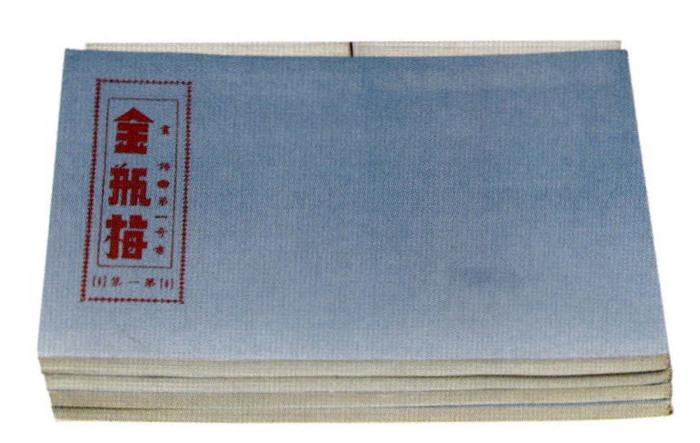

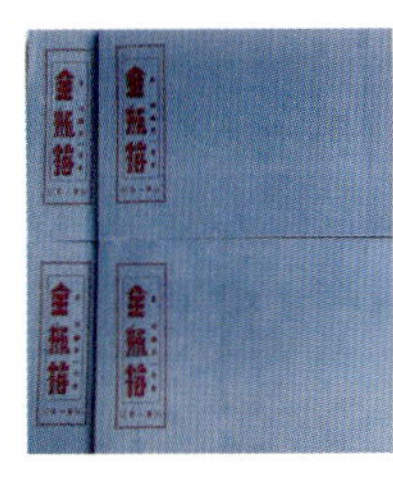

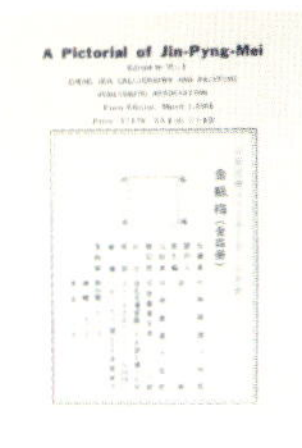

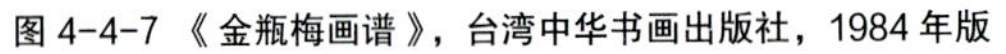
图 4-4-7 《金瓶梅画谱》，台湾中华书画出版社，1984 年版

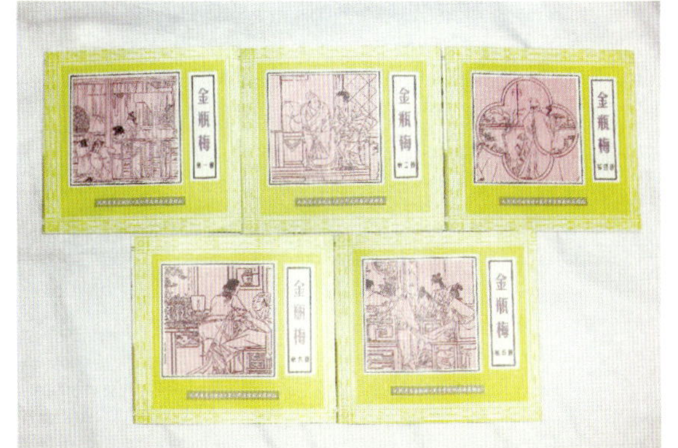

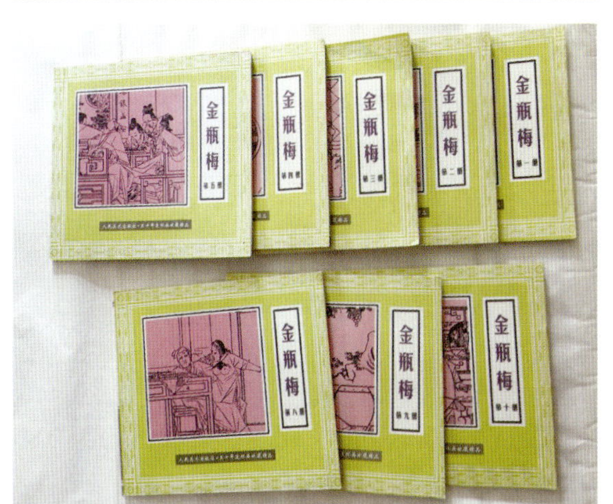

图 4-4-8 《金瓶梅》，人民美术出版社，2000 年 1 月版

9.《金瓶梅全图》浙江人民美术出版社2002年11月版。1函5册，宣纸线装。16开。定价2000元。收录36回插图，计500幅。上海大可堂制作。影印国民新闻图书版。(图4-4-9)

10.《金瓶梅画集》上海书店2003年7月版。精装16开，全2册，配插函。影印国民新闻图书版。(图4-4-10)

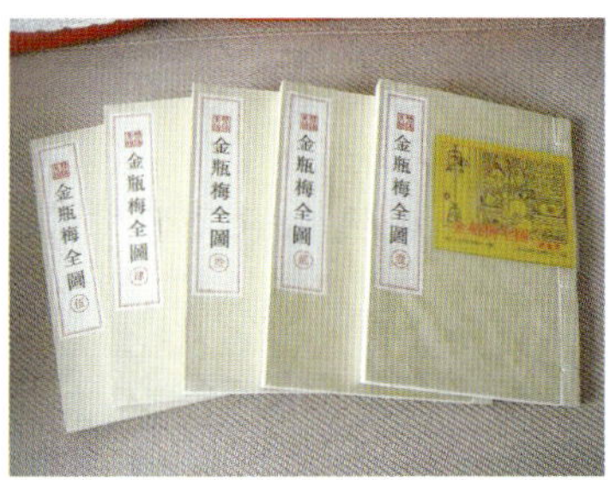

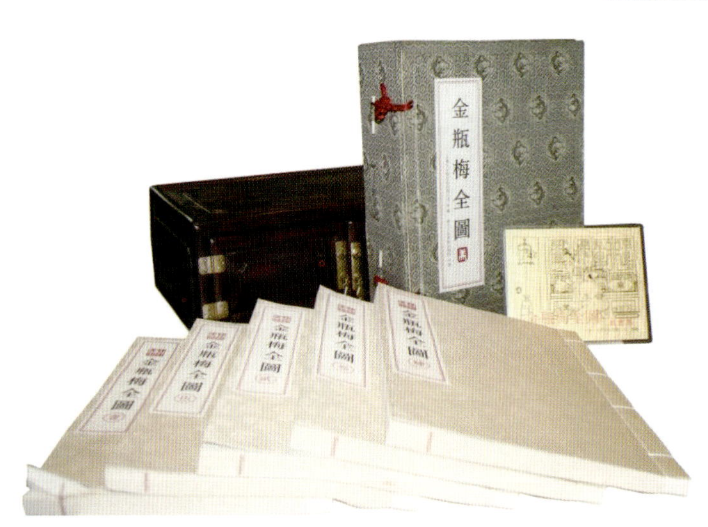

图4-4-9 《金瓶梅全图》，浙江人民美术出版社，2002年11月版

图 4-4-10 《金瓶梅画集》，上海书店，2003 年 7 月版

11.《金瓶梅书画集》(连环画珍藏版)上海人民美术出版社 2007 年 9 月版。平装 16 开横翻，全 1 册。通篇绿墨，影印国民新闻图书版。(图 4-4-11)

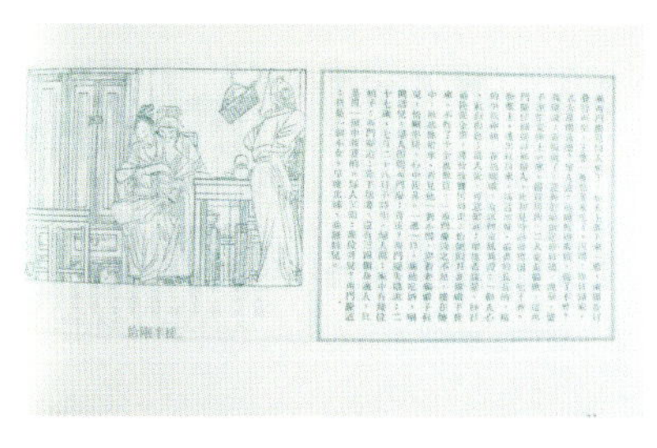

图 4-4-11 《金瓶梅书画集》，上海人民美术出版社，2007 年 9 月版

4-5 《潘金莲》郭固绘

上海千秋出版社 1935 年 9 月版。郭固绘，纪诗撰文。平装 32 开，计 61 页。封面题：潘金莲 / 连环图画。内页采用连环画的形式，白描线图，一文一图。(图 4-5)

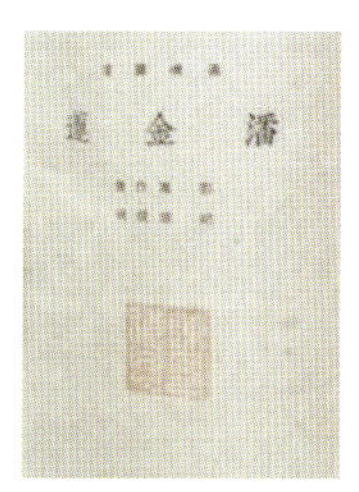

图 4-5 《潘金莲》，郭固绘

4-6 《金瓶梅秘戏图》胡也佛绘

1. 彩绘绢本

胡也佛，（1908—1980）也作亦佛，原名胡国华，也曾用丁文、胡新、胡强等笔名，或署大空堂。浙江余姚人。才情横溢，为生活所迫而绘制《金瓶梅秘戏图》，以艳彩绘于绢上，共创作约30幅作品。被认为画《金瓶梅》图之翘楚，在拍卖市场屡创新高。图中有“丁亥端午也佛写”“戌子七夕也佛时年四十有一”字样，说明创作年代为1947—1948年。图中钤印有小方印“也佛”和葫芦印“也佛”及“宁天下人负我”等。作者既重写意，也重写实，善于运用西洋画中透视的方法，以特殊的毛笔精细勾勒，从人物之造型、室内之陈设、背景之布置、鸡鸭猫鼠之动作、服饰冠冕之式样，处处展现。古董时玩、官窑胆瓶、瓶内插范、点心果盒、菜肴盘盏等，都寄托了绘者的巧思。一时声名鹊起，盛名之下仿制假冒名目繁多。市场难有真迹。部分作品收录于《春痕不老：胡也佛作品选集》，上海辞书出版社2013年版。（图4-6-1）

2.《金瓶梅册页》民国彩绘本

册页，8开。共计八图八赞，尺寸40厘米 ×25.5厘米。并有钤印“也佛”（小方印）、“也佛”（葫芦印）等。于2000年10月香港佳士德拍卖，成交价27万港币。（图4-6-2 阙如）

3.《胡也佛金瓶梅图册》无邪斋2015年3月版（影印本）

宣纸册页，8开，八图八赞。彩色喷绘复制，几近真迹。成品尺寸31厘米 ×43厘米；画心尺寸24厘米 ×32厘米。扉页牌记题：乙未年孟春 / 无邪斋刊梓。采用手工装裱，金丝楠木盖面，宋锦函盒。（图4-6-3）

图4-6-1 《金瓶梅秘戏图》，胡也佛彩绘绢本

图 4-6-1 《金瓶梅秘戏图》，胡也佛彩绘绢本

图 4-6-1 《金瓶梅秘戏图》，胡也佛彩绘绢本

图 4-6-3 《胡也佛金瓶梅图册》，无邪斋，2015 年 3 月版

4-7 《连环图画金瓶梅》吴一舸绘

戏世界报社 1947 年 9 月版。平装 32 开。第一集共 50 页，未见续集出版。白描作画，图文并茂。画风与曹涵美相近。

吴一舸（1911—1981），北京人，满族。擅长国画山水、人物。毕业于北京京华美术专科学校。曾任京华美专、北华美专国画教授。（图 4-7）

連環圖畫 金瓶梅 吳一舸繪

第一集
定價叁萬元
（外埠另加寄費）
中華民國卅六年九月一日印刷
中華民國卅六年九月廿日出版

繪圖人 吳一舸
出版者 戲世界報社
印刷所 中新印刷廠

版權所有 翻印必究

第二十圖 武大說：我兄弟却不是這等人

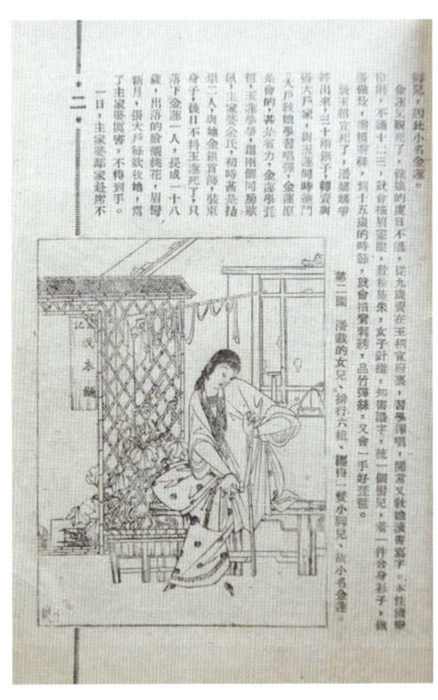
第二圖 潘裁的女兒，排行六姐，

图 4-7 《连环图画金瓶梅》，吴一舸绘

4-8 《金瓶梅人物论》插图 张光宇绘

香港报刊 1948 年发表。之后，《金瓶梅画传》（作者南宫生）香港文苑书店 1952 年 1 月版；《金瓶梅人物论》（作者孟超），光明日报出版社 1985 年 10 月版；《金瓶梅人物》（作者孟超）北京出版社 2003 年 1 月版。均采用张光宇绘制插图，共 54 幅。张光宇为曹涵美大哥（曹涵美原名张美宇）。用线描作画，个性鲜明，活灵活现。（图 4-8）

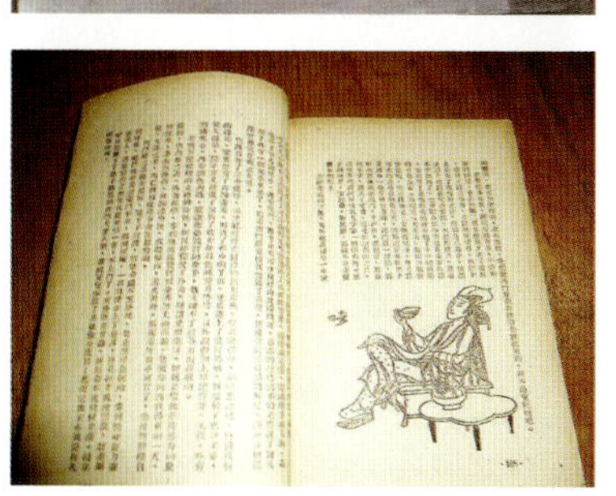

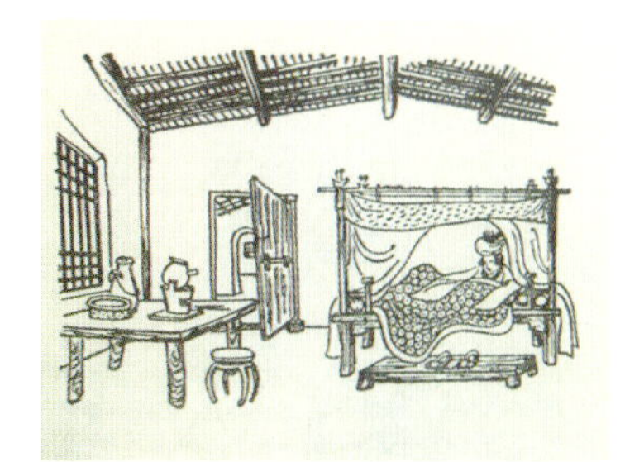

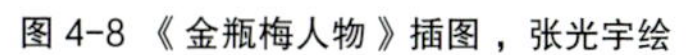
图 4-8 《金瓶梅人物》插图，张光宇绘

图 4-8 《金瓶梅人物》插图，张光宇绘

4-9 《绘物语金瓶梅》高泽圭一绘

日本镜书房昭和二十三年（1948）12月印行。高泽圭一绘，全1册。开本：25.6厘米×18.2厘米。筒子叶装订，收图50叶100幅。扉页大字题：绘物语/金瓶梅。左下：镜书房版/清宫珍宝皕美图第一卷/高泽圭一画。正文采取上图下文的格式。绘图加黄底色。构图以《清宫珍宝皕美图》为模本创作。（图4-9）

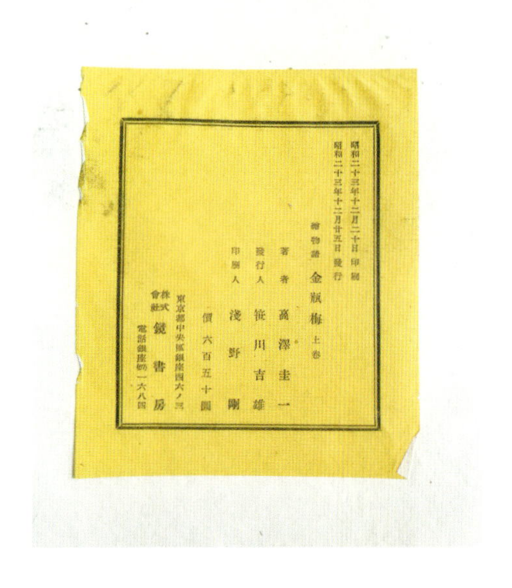
昭和二十三年十二月二十日印刷
昭和二十三年十二月廿五日發行
繪物語 金瓶梅 上卷
著者 高澤圭一
發行人 笹川吉雄
印刷人 淺野剛
價六百五十圓
東京都中央區銀座西六ノ三
株式會社 鏡書房
電話銀座(57)一六八四

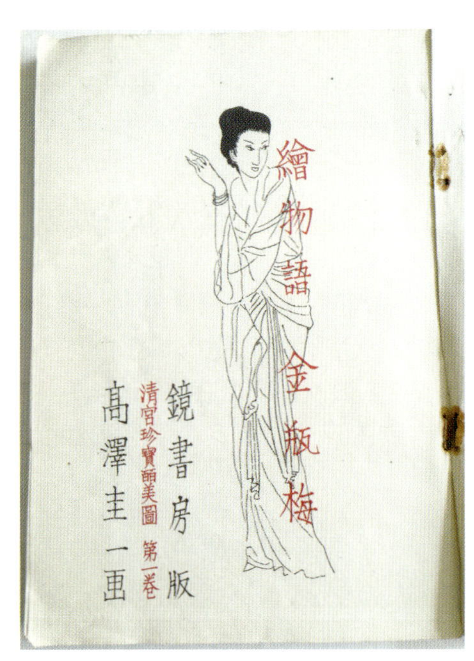

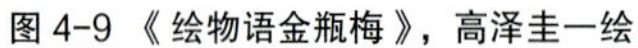
图4-9 《绘物语金瓶梅》，高泽圭一绘

西門慶熱結十弟兄

（西門慶は十人の弟分と結盟した）

この物語りの主人公西門慶は、まだ三十才前の、風流才子、折柄の宋朝政和年間の、悪政治家にうまく取り入つて、巨財をつくりました。賄賂の使ひ方では、どんな濫權も、お役所の札の前を通過することができた時代だとみえます。親分達をうまく手中に把し、町の大親分となつてゐます。家業は藥屋、この物語りと共に家産は山をなし、質屋などをも營み大勢の雇ひ人を使用いたします。

定挨光王婆受賄

（王婆は女との仲介をする賄をもらつた）

「うまく行つたら、婆への約束の謝禮もお忘れなく」といふ王婆に

「おいしい橘の皮を口にたべる時に、どうしてその産地の洞庭湖が忘れられるものかね」

そんなはなしあひのあと、さつそく西門慶は、身のまはりの小使ひの玳安に云ひつけて、その日の内に、羽二重や白絹、綿などをとりそろへて王婆に屆けさせました。

图 4-9 《绘物语金瓶梅》，高泽圭一绘

玳安嬉游蝴蝶巷

（玳安は遊廓に遊んだ）

主人の遊樂の送り迎へに馴れた玳安は、いつしか、少年の身で、遊びを知つて居ります。

遇梵僧現身施藥

（坊主に會って媚藥をもらった）

不思議な胡化僧に媚藥をかひました。媚藥は、西門慶の最も好むものです。僧はくれぐ〵も使ひ過ぎを警告しましたが、その夜西門はこれを李瓶兒の室へ入り、これを使ひ過ぎました。この事がのちに身をほろぼす因になります。

图 4-9 《绘物语金瓶梅》，高泽圭一绘

4-10 《中国的唐璜：金瓶梅中的一段虐恋》英文版 关山美绘

美国塔托出版公司（Charles E. Tuttle Co.）1960 年版，原英文标题为：*DON JUAN OF CHINA*：*an Amour from the "Chin P'ing Mei"*。花翎缎面精装 1 册。横向开本，尺寸：22.5 厘米 ×16.5 厘米。内容涉及西门庆赚娶李瓶儿等故事，正文收白描图画 85 幅，另有结尾一幅，共计 86 幅。功力不俗，惊艳读者。关山美，香港女画家，曹涵美先生弟子。画风与曹涵美很相似。殷登国《千年绮梦》（台湾文经出版社）记载，民国三十年关山美绘《金瓶梅全图》，分 4 集，200 幅未完。但其所收 2 幅插图却是曹涵美所绘。曹涵美创作《金瓶梅》插图也在同时期。两人画风接近，疑似作者看错，或者出版商张冠李戴。（图 4-10）

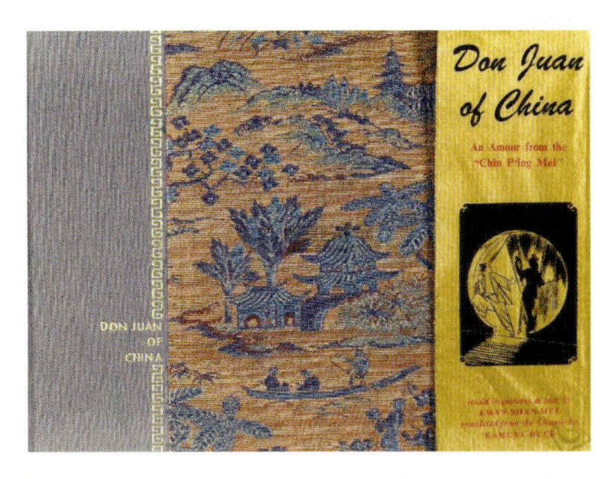

图 4-10 《中国的唐璜：金瓶梅中的一段虐恋》英文版，关山美绘

4-11 《金瓶梅》木刻套色版画 原田维夫作

日人原田维夫创作于 20 世纪 70 年代。人物造型颇有汉像石的韵味。线条节奏感强烈，套色繁复而不失质朴之美。作品充满跳跃感和临场之质感。曾于 1977 年底在日本新宿举办“自刻绣像木版画《金瓶梅》个展”，获得好评。（图 4-11）

图 4-11 《金瓶梅》木刻套色版画，原田维夫作

4-12 《金瓶梅故事》临华绘

四川美术出版社 1988 年 4 月初版。1994 年、1995 年再版。临华绘画配图，文字由丛仁改编。采用连环画的形式，白描绘画，上图下文，颇具神韵。参见第三篇“第一奇书本”相关条目。（图 4-12）

金瓶梅

兰陵笑笑生　著

根据金瓶梅故事

改编　丛　仁

绘画　临　华

四川美術出版社

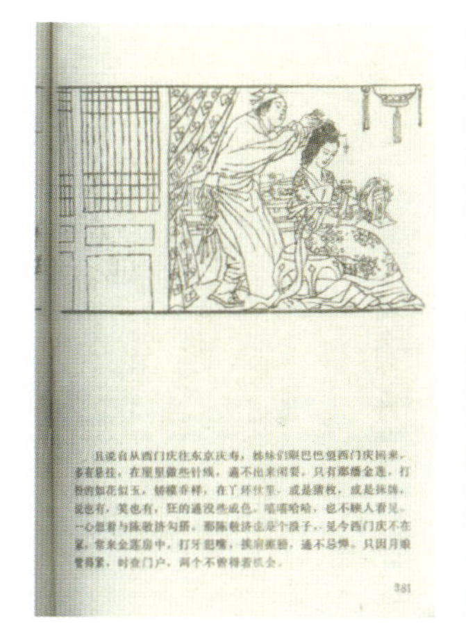
且说自从西门庆往东京庆寿，姊妹们眼巴巴望西门庆回来，多有悬挂，在屋里做些针线，通不出来闲耍。只有那潘金莲，打扮的如花似玉，娇模乔样，在丫环伙里，或是猜枚，或是抹牌，说也有，笑也有，狂的通没些成色，嘻嘻哈哈，也不避人看见。一心想着与陈敬济勾搭。那陈敬济也是个猴子，见今西门庆不在家，常来金莲房中，打牙犯嘴，挨肩擦膀，通不忌惮。只因月娘管得紧，时查门户，两个不曾得着机会。

381

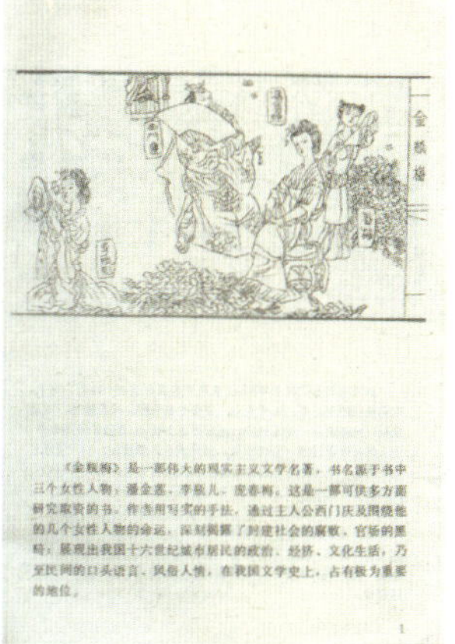
《金瓶梅》是一部伟大的现实主义文学名著，书名源于书中三个女性人物：潘金莲、李瓶儿、庞春梅。这是一部可供多方面研究探索的书。作者用写实的手法，通过主人公西门庆及围绕他的几个女性人物的命运，深刻揭露了封建社会的腐败、官场的黑暗；展现出我国十六世纪城市居民的政治、经济、文化生活，乃至民间的口头语言、风俗人情，在我国文学史上，占有极为重要的地位。

1

西门庆夸之不足，搂在怀中，掀起她裙来，看见一对小脚，穿着老鸦段子鞋儿，恰刚半扠，心中甚喜。一递一口，与她吃酒，嘲问话儿。妇人问西门庆贵庚，西门庆说：“属虎的，二十七岁，七月二十八日子时生。”妇人问：“家中有几位娘子？”西门庆道：“除下拙妻，还有三四个身边人，只是没一个中我意的。”妇人又问：“几位哥儿？”西门庆道：“只是一个小女，早晚出嫁，并无娃儿。”

自当日为始，那妇人每日踅过王家来，和西门庆做一处，恩情似漆，心意如胶，不到半月之间，街坊邻舍都晓得了，只瞒着武大一个不知。

19

图 4-12 《金瓶梅故事》，临华绘画配图

4-13 《中国十大古典文学名著画集·金瓶梅》杨秋宝绘

中国展望出版社与台湾汉光文化事业股份有限公司联合发行。1990 年 6 月初版。《金瓶梅》为第九册。取材于原著中西门庆与潘金莲相勾的故事。杨秋宝的绘画取法于戴敦邦处甚多，色彩古艳，造型略带夸张，刻画世俗风情淋漓尽致，尤得戴老真传。（图 4-13）

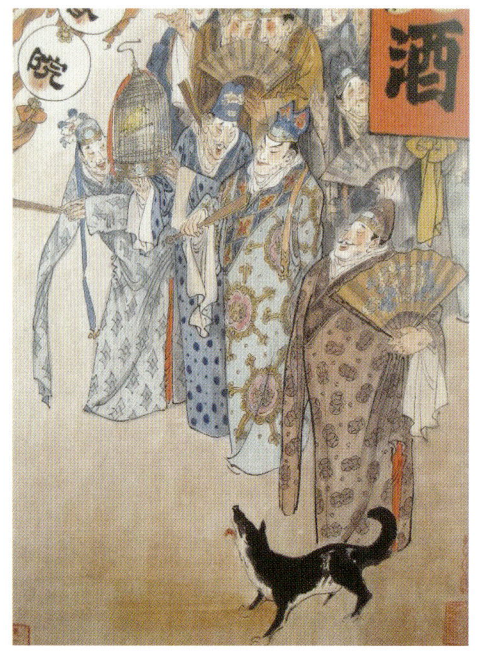

图 4-13 《中国十大古典文学名著画集·金瓶梅》，杨秋宝绘

只留清氣满乾坤

重謁聖人

茶

神

图 4-13 《中国十大古典文学名著画集·金瓶梅》，杨秋宝绘

4-14 《金瓶梅百图》吴以徐绘

香江出版有限公司（香港）1992 年版。大 16 开，精装 1 册。铜版纸精印彩绘 100 图。吴以徐 1987 年开始《金瓶梅百图》的创作，更多注重的是吸取民间年画的形式与元素，强调画面构图的“独立感”与人物造型“程式化”的艺术样式。（图 4-14）

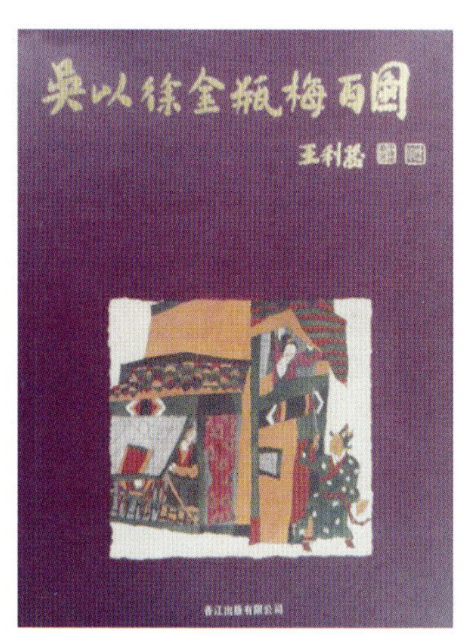

图 4-14 《金瓶梅百图》，吴以徐绘

4-15 《图解金瓶梅》周惠等绘

陕西旅游出版社 1992 年 11 月版。32 开精装，全 2 册。采用白描绘画，上图下文，连环画的形式。形象生动，功力不凡。（图 4-15）

4-16 《绘图本金瓶梅词话》插图 潘犀、亚力、百石绘

山西人民出版社 1993 年 1 月版。上下两册，大 32 开；精、平装。潘犀、亚力、百石绘画。参见第一篇“词话本”相关条目。（图 4-16）

图 4-15 《图解金瓶梅》，陕西旅游出版社，1992 年 11 月版

图 4-16 《绘图本金瓶梅词话》插图，潘犀、亚力、百石绘

4-17 《陈全胜画集》陈全胜绘

山东美术出版社 1996 年 12 月版。陈全胜擅长水墨画，工笔重彩，插图、连环画。其《金瓶梅》画作虽然不多，却非常优美。创作《金瓶梅》人物常带有山东皮影戏的气息，十分古雅。另，陈全胜金瓶梅画作在齐鲁书社《金瓶梅》、三秦古籍书社《金瓶梅》、人民美术出版社《中国当代名家画集·陈全胜》（2011 年 7 月）均有收录。（图 4-17）

图 4-17 《陈全胜画集》，山东美术出版社，1996 年 12 月版（右上图为《中国当代名家画集·陈金胜》，人民美术出版社，2011 年 7 月版）

图 4-17 《陈全胜画集》，山东美术出版社，1996 年 12 月版

4-18 《胡永凯彩绘金瓶梅百图》胡永凯绘

香港心源美术出版社 1998 年版。全景构图，色彩艳丽。笔下人物、花卉、摆设等均有变形、夸张，别具风格。（图 4-18）

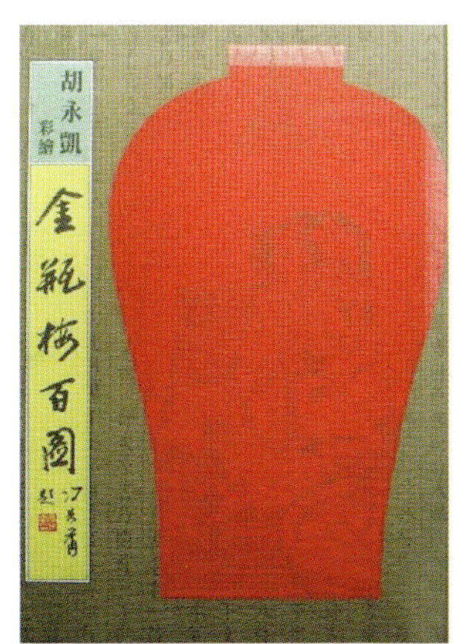

图 4-18 《胡永凯彩绘金瓶梅百图》，胡永凯绘

4-19 《金瓶插梅》插图 黄永厚绘

百花文艺出版社 1999 年 1 月版。牧惠著，黄永厚插图。黄永厚的人物画独具一格，粗粝怪诞，孤高傲世。（图 4-19）

图 4-19 《金瓶插梅》插图，黄永厚绘

4-20 《戴敦邦彩绘金瓶梅》等四种 戴敦邦绘

1.《戴敦邦彩绘金瓶梅》荣宝斋出版社 2001 年 6 月 1 版。12 开。定价 98 元。铜版纸彩印，收图约 100 幅。（图 4-20-1）

2.《戴敦邦绘刘心武评金瓶梅人物谱》作家出版社 2006 年 4 月版。2 册，16 开精装，插函。彩绘本。《戴敦邦绘金瓶梅人物谱》为其中一册。主要描绘《金瓶梅》三位女主角李瓶儿、潘金莲、庞春梅。（图 4-20-2）

图 4-20-1 《戴敦邦彩绘金瓶梅》，荣宝斋出版社，2001 年 6 月版

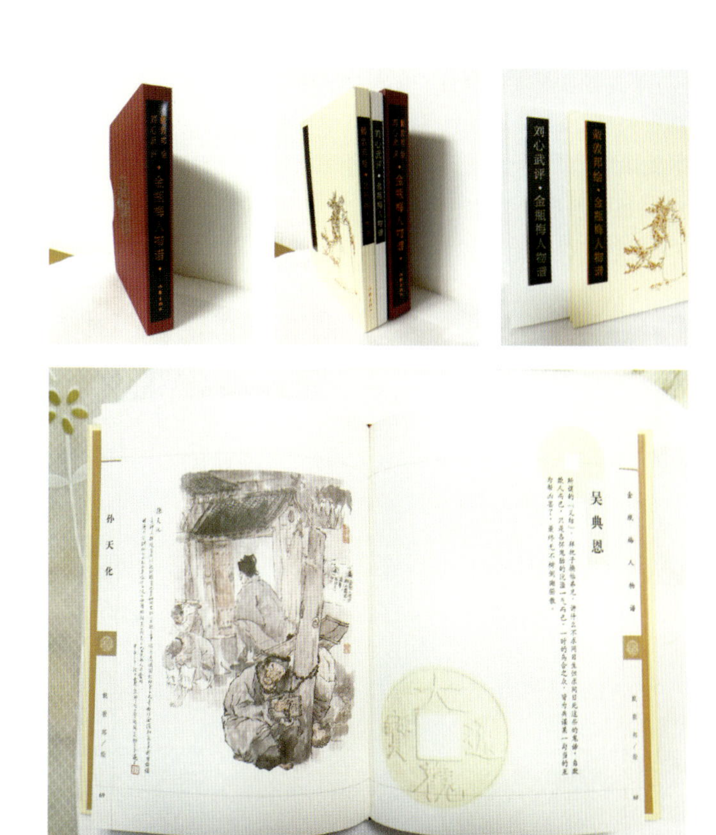

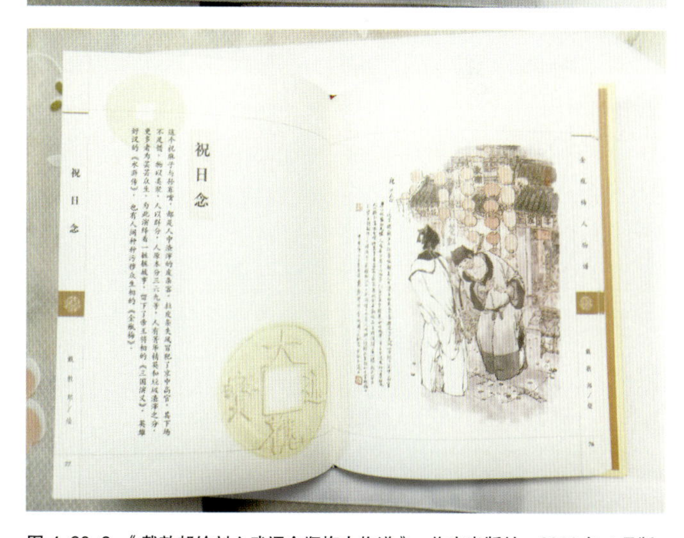

图 4-20-2 《戴敦邦绘刘心武评金瓶梅人物谱》，作家出版社，2006 年 4 月版

3.《戴敦邦 · 红楼梦 / 金瓶梅》天津杨柳青画社 2009 年 3 月版，归入《中国当代名家画集》，收录戴敦邦部分《金瓶梅》画作。（图 4-20-3）

图 4-20-3 《戴敦邦 · 红楼梦 / 金瓶梅》，天津杨柳青画社，2009 年 3 月版

4.《戴敦邦新绘全本金瓶梅》香港语丝出版社 2010 年 10 月版。16 开，精装、平装两种。彩绘本，铜版纸。每回故事配 2—5 幅插图，合计 100 回 242 幅。另增补单独创作的 42 幅人物绣像图，堪称全本。(图 4-20-4)

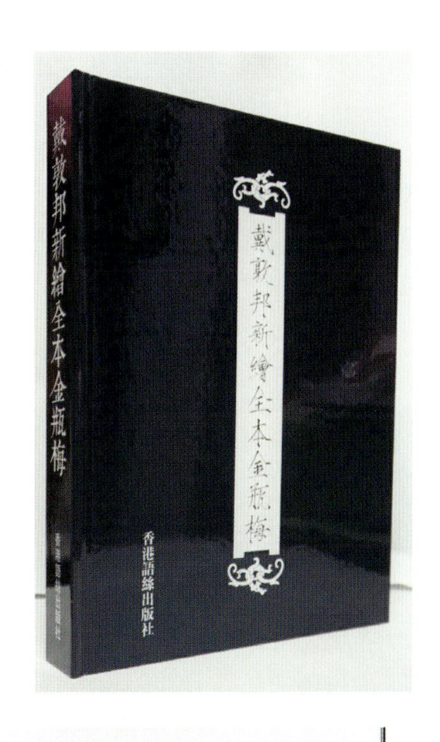

图 4-20-4 《戴敦邦新绘全本金瓶梅》，香港语丝出版社，2010 年 10 月版

4-21 《金瓶梅人物百图》王国栋绘

河北教育出版社 2006 年 3 月版，为《麒麟书院藏书画作品集》之二。彩绘本。王国栋，河北省河间市人，擅长中国人物画。（图 4-21）

图 4-21 《金瓶梅人物百图》，王国栋绘

4-22 《绘画全本金瓶梅》等四种白鹭绘

1.《金瓶梅》漫画版，台湾东立出版社2005年初版。画风接近日本动漫、卡通风格，既泼辣又细腻，亭台楼阁、场面渲染都颇具功力。此为白鹭创作《金瓶梅》早期版本。（图 4-22-1）

2.《绘画全本金瓶梅》香港民众出版社有限公司2007年12月版。全21册。50开，小精装。铜版纸印刷。分为帘下勾情、通奸杀夫、偷娶金莲、私仆受辱、隔墙密约、情感西门、藏春偷情、生子加官、雪夜诉怨、争宠愤深、惊散幽欢、计害官哥、大哭瓶儿、梦诉幽情、娇撒西门、贪欲丧命、热心冷面、血染空房、春梅得志、暗续鸾胶、人绝幻度等21集。计三千余幅作品。绘画与编文皆由一人独立完成，刻画生动。画风受日本动漫风格影响较大。（图 4-22-2）

图 4-22-1 《金瓶梅》漫画版，台湾东立出版社，2005年初版

图 4-22-2 《绘画全本金瓶梅》，香港民众出版社有限公司，2007年12月版

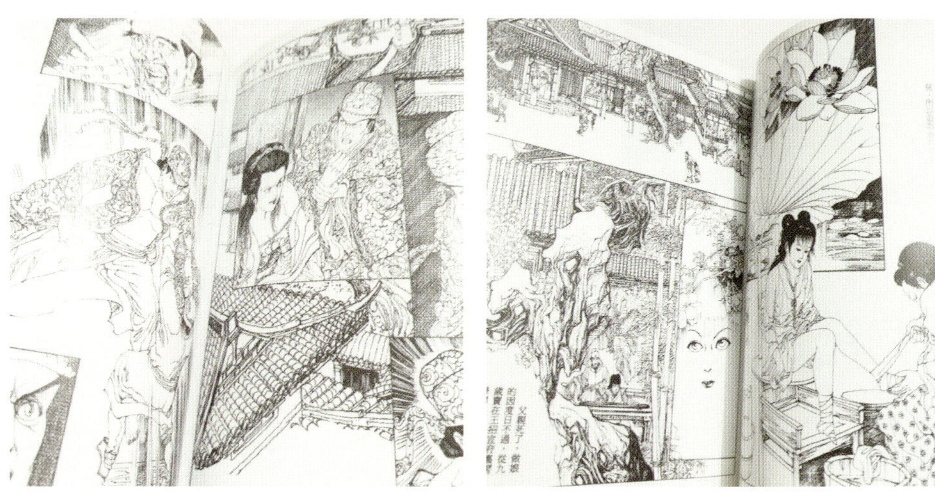

图 4-22-2 《绘画全本金瓶梅》，香港民众出版社有限公司，2007 年 12 月版

3.《绘画全本金瓶梅》香港民众出版社有限公司 2013 年 10 月版。宣纸线装 4 函 21 册。16 开。印数 300 套，每套配 21 张藏书票及收藏证书。编号发行。分三种版式，黄绫装、红绫装、蓝绫装。黄绫装、红绫装首页有画家亲笔签名。黄绫装另配楠木书箱。（图 4-22-3）

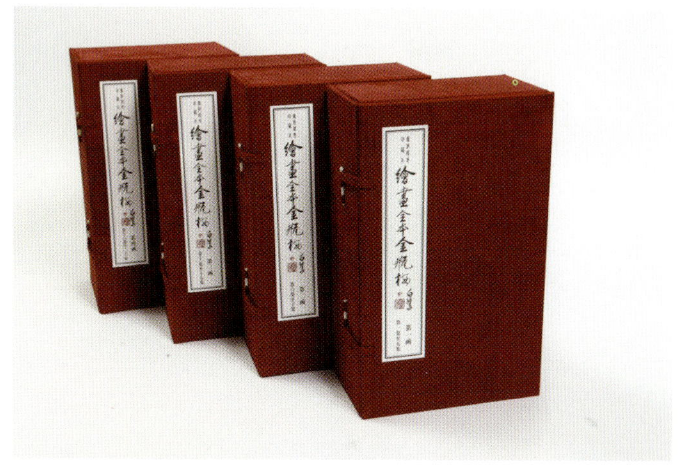

图 4-22-3 《绘画全本金瓶梅》，香港民众出版社有限公司，2013 年 10 月版

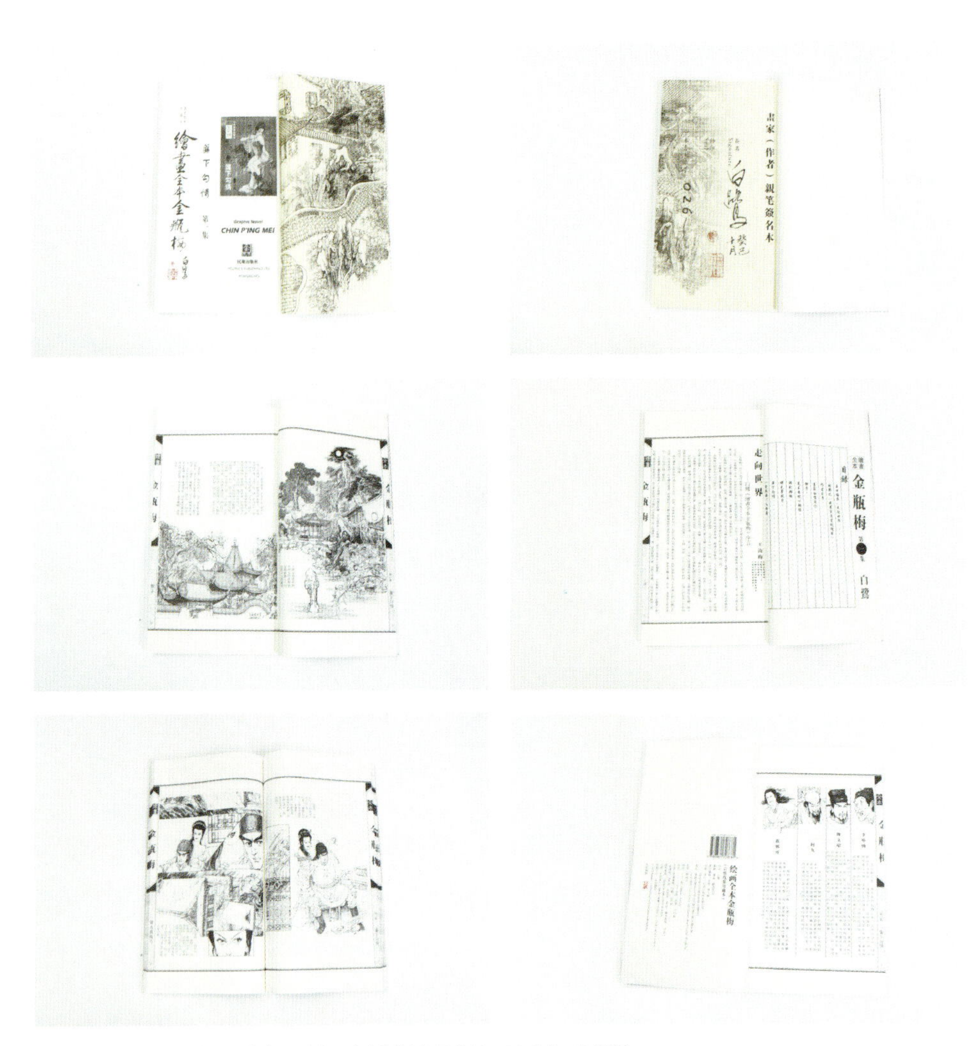

图 4-22-3 《绘画全本金瓶梅》，香港民众出版社有限公司，2013 年 10 月版

4.《白鹭绘画珍本金瓶梅》台湾火鸟国际文化出版有限公司 2015 年 8 月版。宣纸线装 2 函 12 册。16 开。印数 500 套，每套配收藏证书。编号发行。在之前 21 集的基础上精选出 1500 幅，另增加 71 幅彩色插图编入各册。分四种版式，楠木箱装、黄锦装、红锦装、银锦装。前三种有画家亲笔签名及彩色插图册页收藏证。银锦装赠送 12 张藏书票。(图 4-22-4)

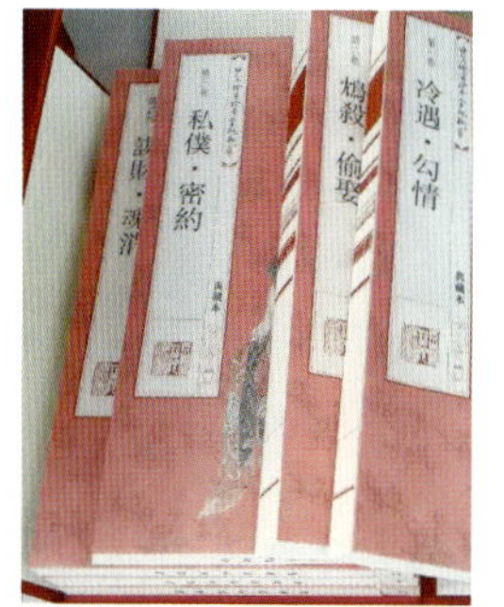

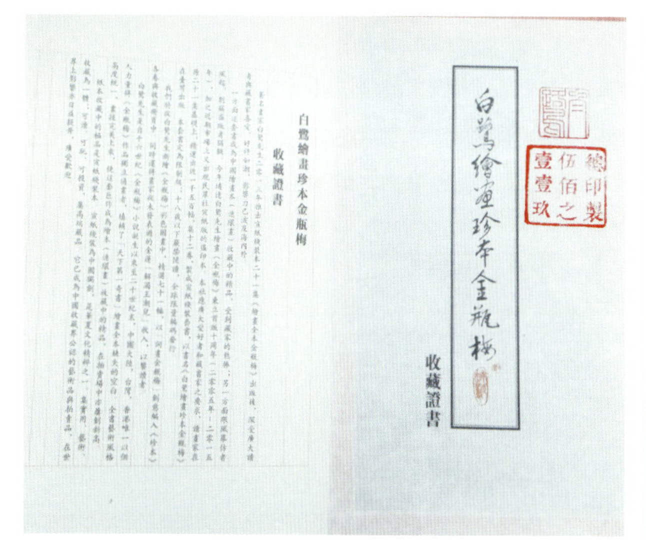

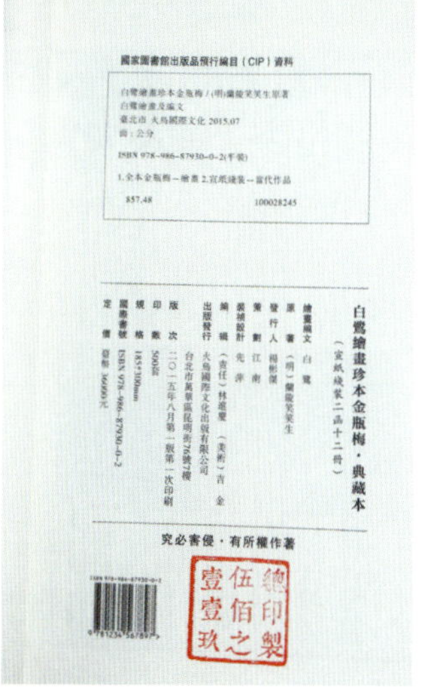
國家圖書館出版品預行編目（CIP）資料

白鷺繪畫珍本金瓶梅 /（明）蘭陵笑笑生原著
白鷺繪畫及編文
臺北市 火鳥國際文化 2015.07
面；公分
ISBN 978-986-87930-0-2(平裝)
1.全本金瓶梅—繪畫 2.宣紙綫裝—當代作品
857.48　　100028245

白鷺繪畫珍本金瓶梅·典藏本
（宣紙綫裝二函十二冊）

繪畫編文　白鷺
原　　著　（明）蘭陵笑笑生
發 行 人　楊彬傑
策　　劃　江南
裝幀設計　先萍
編　　輯　（責任）林道慶　（美術）吉金
出版發行　火鳥國際文化出版有限公司
　　　　　台北市萬華區昆明街76號7樓
版　　次　二〇一五年八月第一版第一次印刷
印　　數　500部
規　　格　185*300mm
國際書號　ISBN 978-986-87930-0-2
定　　價　壹拾 36000元

究必害侵·有所權作著

總印製伍佰之壹壹玖

图 4-22-4 《白鹭绘画珍本金瓶梅》，台湾火鸟国际文化出版有限公司，2015 年 8 月版

4-23 《金瓶梅人物百图》李之久绘

文汇出版社 2008 年 8 月出版李之久作品系列丛书，共四册，分别是《漫画漫话》《插图集》《连环画》《艺事杂谈》。第三册《连环画》收录《金瓶梅人物百图》。图文并茂，画风保留传统的连环画风格。（图 4-23）

图 4-23 《金瓶梅人物百图》，李之久绘

4-24 《金瓶梅彩色长篇连环画》聂秀公绘

香港中国文化出版社 2009 年 3 月版。彩色连环画。有 32 开、48 开两种开本，并且每一册的封面也分为两种版式。内页一文一图。已出 3 集 3 册，分别是《俏潘娘帘下勾情》《憨武大捉奸受伤》《西门庆偷娶金莲》。（图 4-24）

图 4-24 《金瓶梅彩色长篇连环画》，聂秀公绘

4-25 《马小娟画金瓶梅百图》上海人民美术出版社

上海人民美术出版社 2010 年 8 月 1 版。8 开。铜版纸彩印。马小娟，上海中国画院女画家。笔下的《金瓶梅》人物千姿百态，色彩清新、富丽、雅致。画风保持淳朴、稚拙的风格。（图 4-25）

图 4-25 《马小娟画金瓶梅百图》，上海人民美术出版社

4-26 《金瓶梅故事》朱光玉、钱晔等绘

香港中国文化出版社 2011—2015 年版。50 开，精装。连环画。共出版 12 集。1. 帘下情；2. 隔墙欢；3. 藏春局；4. 葡萄醋；5. 醉花灯；6. 寿诞酒；7. 痴心泪；8. 幽情梦；9. 白绫恨；10. 金梅散；11. 故主缘；12. 红尘幻。（图 4-26）

图 4-26 《金瓶梅故事》，朱光玉、钱晔等绘

4-27 《金瓶三艳全集》黄山绘

香港中国文苑出版社 2012—2016 年 3 月版。连环画。分为 50 开小精装、32 开大精装。计划出 20 集。先出版单集《潘金莲》《李瓶儿》《庞春梅》。之后次序出版：六姐金莲、色诱武松、茶坊私会、武大捉奸、偷娶金莲、刺配孟州、桂姐得宠、墙头密约、识人有误等。（图 4-27）

图 4-27 《金瓶三艳全集》，黄山绘

4-28 《金瓶梅全传》欧阳然绘

香港中国文苑出版社 2017 年陆续出版。李德福改编，欧阳然绘画。分为 50 开小精装、32 开大精装。连环画。画家采用传统白描技法，线条流畅，人物传神，布景优美。共计 61 集（册），为当前规模最大的《金瓶梅》连环画创作。目录如下：1. 热结十兄弟；2. 茶坊戏金莲；3. 潘金莲越轨；4. 说娶孟玉楼；5. 梳笼李桂香；6. 暗算花子虚；7. 许嫁蒋竹山；8. 情感西门庆；9. 偷情藏春坞；10. 设计捉来旺；11. 宋蕙莲自缢；12. 醉闹葡萄架；13. 冰鉴定终身；14. 太师擅赐恩；15. 藏壶惹祸端；16. 韩道国纵妇；17. 屈打平安儿；18. 包占王六儿；19. 官哥穿道袍；20. 豪门放烟火；21. 醉捞夏花儿；22. 含怒骂玳安；23. 贪财害主人；24. 色诱蔡御史；25. 嬉戏蝴蝶巷；26. 藏身西门宅；27. 山洞戏春娇；28. 垂帐诊瓶儿；29. 东京庆寿诞；30. 摆酒谢亲朋；31. 怒摔雪狮子；32. 缎铺庆开张；33. 医病驱邪魔；34. 观戏动深悲；35. 恸哭李瓶儿；36. 书房赏瑞雪；37. 百官迎太尉；38. 卖俏透蜜意；39. 初调林太太；40. 提刑参太尉；41. 抠打如意儿；42. 同床索皮袄；43. 醉骂申二姐；44. 妻妾争宠爱；45. 斥逐温葵轩；46. 玩灯请蓝氏；47. 踏雪访爱月；48. 贪欲丧性命；49. 盗财归春院；50. 贪恨泄幽情；51. 大闹碧

图 4-28 《金瓶梅全传》，欧阳然绘

霞宫；52. 棒打陈敬济；53. 杀嫂祭胞兄；54. 寡妇上新坟；55. 爱嫁李衙内；56. 被陷严州府；57. 刘二大撒泼；58. 负心受报应；59. 卖花说姻亲；60. 怒杀陈经济；61. 幻度孝哥儿。（图 4-28）

4-29 《金瓶梅全本连环画》杨雨绘

香港香江文艺出版社 2013—2016 年 11 月版。50 开，小精装。已出版 5 集，分别为：1. 错配姻缘；2. 厮会西门；3. 偷奸害命；4. 夜娶金莲；5. 春梅定情。（图 4-29）

图 4-29 《金瓶梅全本连环画》，杨雨绘

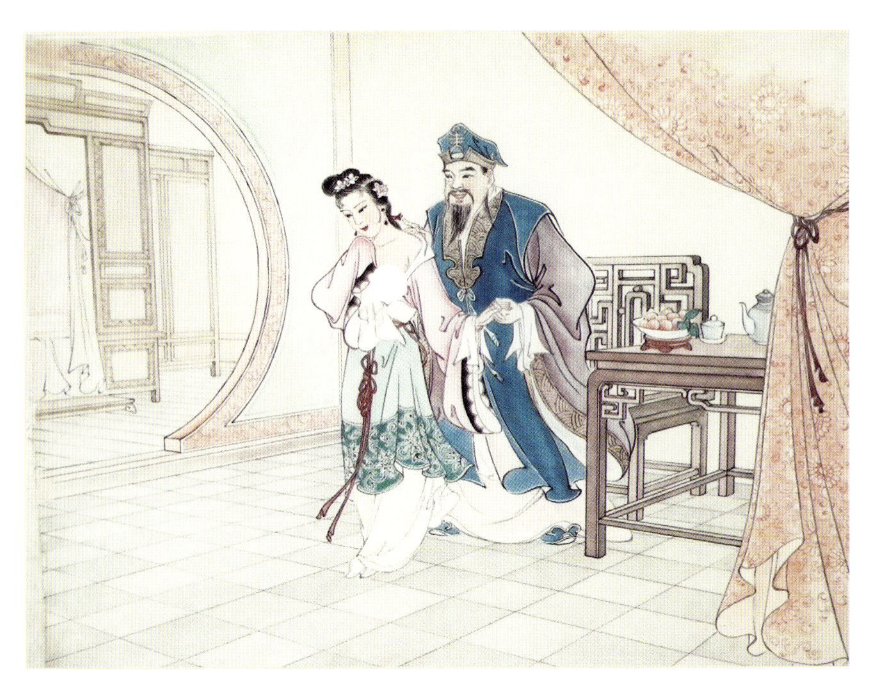

图 4-29 《金瓶梅全本连环画》，杨雨绘

图 4-29 《金瓶梅全本连环画》，杨雨绘

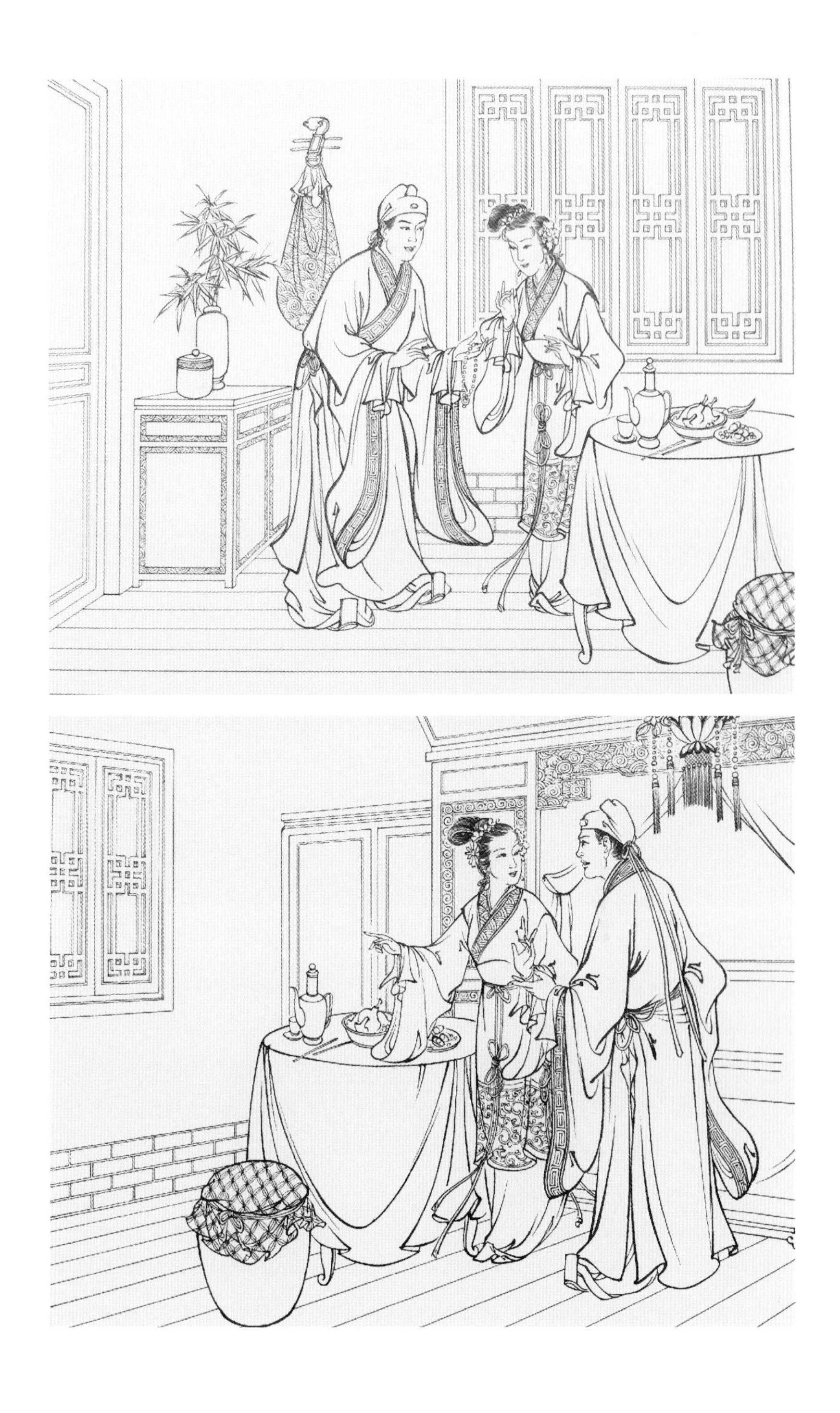

图 4-30 《金瓶梅系列》，岭南阿谈、程峰等绘

4-30 《金瓶梅系列》
岭南阿谈、程峰等绘

香港中国古善文化出版社 2017 年 1 版 1 印，连环画。分为 50 开小精装、32 开大精装。全 16 集。目录如下：1. 潘金莲热盼西门庆；2. 西门庆越墙会瓶儿；3. 宋惠莲偷斯蒙厚爱；4. 王六儿舍身得恩宠；5. 西门庆枉法受贿赂；6. 陈敬济斗胆戏金莲；7.（未出）；8. 大官人欢喜迎钦差；9. 林太太府中逢甘雨；10. 西门庆京城谒徽宗；11. 潘金莲不愤忆吹萧；12. 西门庆纵欲赴黄泉；13. 陈敬济风流得双娇；14. 庞春梅膺惩贩雪娥；15. 陈敬济不意小登科；16. 韩爱姐翠馆遇情郎。（图 4-30）

4-31 《金瓶梅》动漫版
许大保、颜智朝绘

香港中国文苑出版社 2016 年 11 月版。50 开，小精装。彩色动漫连环画。计划出版 30 集，已出 8 集，分别是：1. 西门庆魂系潘金莲；2. 王婆献计诱金莲；3. 西门庆施暴；4. 郓哥猥亵潘金莲；5. 毒杀武大；6. 神秘的孙雪娥；7. 李瓶儿受虐；8. 不伦之恋。（图 4-31）

图 4-31 《金瓶梅》动漫版，许大保、颜智朝绘

4-32 《画说金瓶梅》刘文嫡绘

刘文嫡，山东画家。国家一级美术师。创作《画说金瓶梅》图，计黑白线描400幅，彩图200幅。《金瓶梅之女性传》工笔重彩100幅。拟由作家出版社出版。（图4-32）

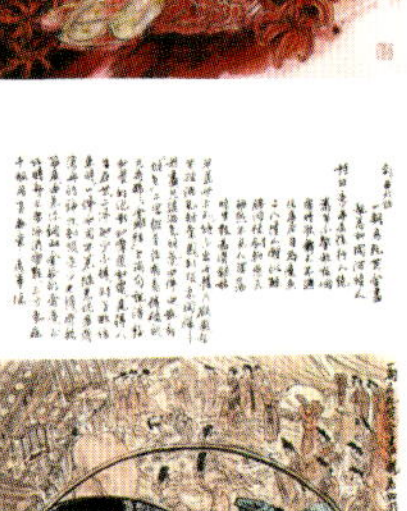

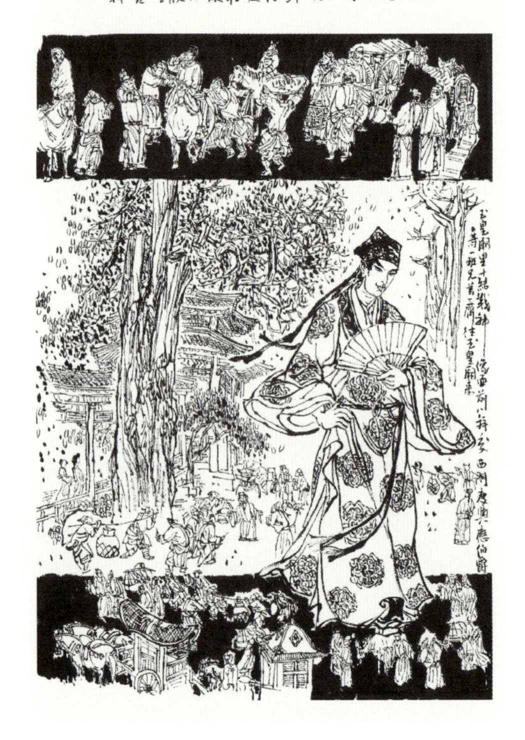

图4-32 《画说金瓶梅》，刘文嫡绘

玩去狂
蜂楊秀
秉性剛強。作事
官吏倩。朝中高
朝臣他也有門路
專在縣里管些
說事過錢。滿
。這西門大官人先
早逝身邊只得
大姐。許與東京八
提督的親家陳亲、
濟為室。尚未過
近又娶了本縣清
人之女吳月娘填
方二十五六秉性賢
依百隨。房中有
是西門慶收用
嬌兒也娶在家
南街又占著窠
些時也娶來
瓶梅
年子恒

图 4-32 《画说金瓶梅》，刘文嫡绘

投所好
门必亲
宗正和年间。山
县内。有一个风流
纪二十六七。他父
请同县前开美
中呼奴使婢。骡
夫妇一去世的早。
郎听其所为闲
花宿柳。学得
的朋友是些不
个最相契的姓
本司三院帮嫖
思花子第二个谢
是帮闲勤儿的。
是些破落户。分
孙天化。吴典恩。
时节。卜志道。白
见。西门庆手里
使。都撮哄着他
齐行

物以类
聚投
所好人
以群
分何必
亲。话
说大
宋宣和间
宋徽宗
正和年
山东东
平府清
河县内
有一风流
子弟西
门庆是
个地富
户闲游
浪荡眠
花问柳
结交的
朋友也是
些不守
本分的
余纸梅

4-33 《手绘金瓶梅全图》愚公绘

画家以白描漫画、月光型版式进行创作，共计 2018 幅。未见出版。（图 4-33）

图 4-33 《手绘金瓶梅全图》，愚公绘

坊
王婆
定挨光虔婆受賄

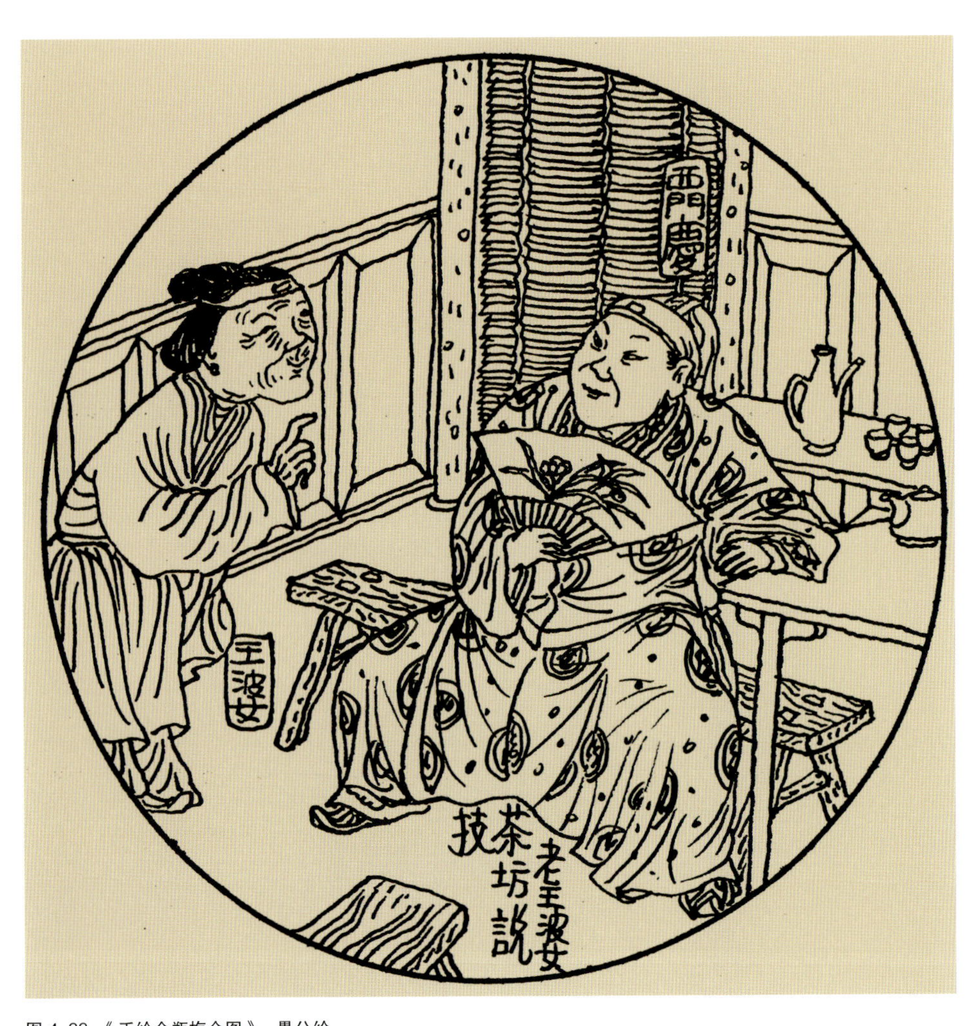

图 4-33 《手绘金瓶梅全图》，愚公绘

4-34 《金瓶梅图谱》张文江绘

张文江，1954 年生于郑州，河南安阳人。中国国画家协会理事。以扇面的形式创作一系列写意《金瓶梅》图谱，画风古典雅丽，直面和挑战传统观念里对性的隐晦。亦曾创作《金瓶梅》瓷画作品。（图 4-34）

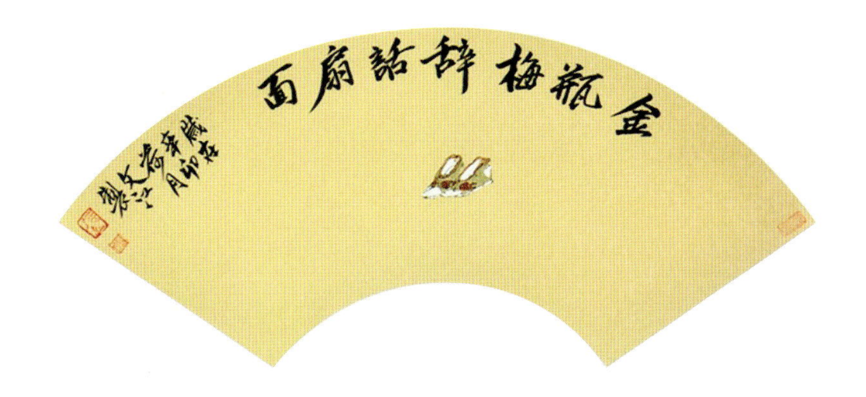

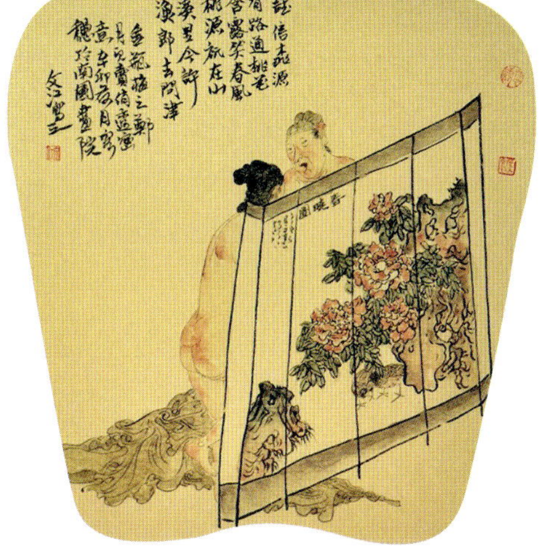

图 4-34 《金瓶梅图谱》，张文江绘

图 4-34 《金瓶梅图谱》，张文江绘

4-35 《金瓶梅人物图》于水绘

于水，1955年生于北京。中国艺术研究院研究员、中国新文人画派画家。作品多次在国内外获奖。目前创作《金瓶梅》人物图约十几幅，颇具文人画的风致，笔下的女性温婉动人，如一杯清茶在手，古风与新意并存。（图 4-35）

图 4-35 《金瓶梅人物图》，于水绘

图 4-35 《金瓶梅人物图》，于水绘

戲雕欄一笑回嗔
金瓶梅人物圖 于水

書童兒作女兒粧媚客 大望樓于水製於 金瓶梅人物圖

4-36 《金瓶梅》油画 魏东绘

魏东，1968 年生于内蒙古。知名艺术家。2016 年创作《金瓶梅》油画 6 幅，传统月光型版式，直径 60 厘米。被称作古风浓厚的当代油画作品。既有国画的背景，又有油画的手法。为电影《我不是潘金莲》开篇所采用。魏东于 1997 年在美国也曾以《金瓶梅》为原型创作一系列插图。（图 4-36）

图 4-36 《金瓶梅》油画，魏东绘

4-37 《金瓶梅》团扇组画 韦文翔绘

韦文翔，1969年出生，四川成都人，壮族。广西美术家协会会员。其中国画作品曾多次在国家级画展中入围或获奖。擅长水墨人物画，题材众多，尤其偏爱画古代仕女图，别具一格，他说："我不完全遵循历史上所记载的服饰结构，只是用自己的感受把那种感觉表达出来，我笔下的东西应该是轻松、惬意、有趣的。"

韦文翔的《金瓶梅》团扇组画，形式独特，圆形团扇的画面十分古朴，却又十分典雅；淡黄色的底色有些夸张，却又有些暧昧；画中人物或坐或卧，或静穆深思或大胆挑逗，无不显得幽默风趣。画面取材《金瓶梅》中的人物和场景，大胆创新，求同存异，使得画面人物更加符合他们的性情。

图4-36 《金瓶梅》团扇组画，韦文翔绘

第五篇

翻译本

一个多世纪以来，《金瓶梅》在国外一直是翻译、改编、研究的经久不衰的热门作品。现代著名学者郑振铎曾说：“在西方翻译家和学者那里，《金瓶梅》的翻译、研究工作是做得最好的。”

《法国大百科全书》这么评价：“《金瓶梅》为中国16世纪的长篇通俗小说，它塑造人物很成功，在描写妇女的特点方面可谓独树一帜。全书将西门庆的好色行为与整个社会历史联系在一起，它在中国通俗小说的发展史上是一个伟大的创新。”《大美百科全书》说：“它在中国通俗小说的发展史上是一个伟大的创新”，“作者对各种人物完全用写实的手段，排除了中国小说传统的传奇式的写法，为《红楼梦》《醒世姻缘传》等描写现实的小说开辟了道路。”一些美国的研究者还曾这样评价《金瓶梅》在世界文学中的地位：“中国的《金瓶梅》与《红楼梦》二书，描写范围之广，情节之复杂，人物刻画之细致入微，均可与西方最伟大的小说相媲美……中国小说在质的方面，凭着上述两部名著，足可以同欧洲小说并驾齐驱，争一日之短长。”

根据各种资料和笔者掌握的版本情况，自《金瓶梅词话》印刷问世400年之后的今天，也就是说，截止到2017年，这部问世400年的明代刊刻的长篇小说，已经被译成英、法、德、意大利、俄、日、匈牙利、瑞典、芬兰、波兰、丹麦、西班牙、捷克、越南、荷兰语、朝鲜/韩文、罗马尼亚、蒙、满文等20种以上的语言，涉及语言之多，译本出版量之大，都超过《三国演义》《西游记》《红楼梦》等其他中国古典文学名著的译介。

日本是翻译《金瓶梅》时间最早、译本最多的国家，1831年至1847年，就出版了由著名通俗作家曲亭马琴改编的《草双纸新编金瓶梅》。

1853年，法国的苏利埃·德·莫朗翻译了节译本《金莲》；德国汉学家弗·库恩的德文译本《金瓶梅——西门庆和他的六妻妾的故事》也比较早，英文译本的书名为《金色的莲花》，直接以小说中最有代表性的人物潘金莲来命名。自20世纪以来，随着各国学者对《金瓶梅》的社会价值、艺术价值的不断了解，许多汉学家对小说版本、作者、故事本源、语言等的研究也不断深入，成果斐然，不断有新译本出版。下面，我们对《金瓶梅》的主要翻译版本一一加以介绍。

5-1　英文译本（图 5-1-1 ~ 21）

英文译本主要有以下四种：

一、1927 年，最早的英文节译本《金瓶梅》以《西门庆传奇》（*THE ADVENTURES OF HSI MEN CHING*）为名，在纽约出版。出版社为 THE LIBRARY OF FOCETIOUS LORS，译文共十九章，16 开，精装，编号发行 750 册，译者为 chu Tsui Jen，此书一直到 2016 年才由美国 KESSINGER LEGACY REPRINTS 出版社以平装 32 开本，再度印刷出版。

二、1939 年，英国人伯纳德·米奥尔翻译了节译本，书名为《金瓶梅——西门庆和他的六妻妾的故事》，这个版本系根据库恩的德文本转译，1939 年由伦敦约翰·莘恩出版社、1940 年由纽约 G.P. 普特南父子公司分别出版。

同在 1939 年，第一个英文全译本出版了。译者为英国人克莱门特·埃杰顿，这个版本直译为《金莲》，是据张竹坡评本第一奇书本翻译的，译文由中国现代著名作家老舍合作帮助，1939 年由伦敦 G. 劳特莱基出版社初版，1954 年纽约格罗夫出版社修订再版。此后，此一版本在英国和美国多次再版。

埃杰顿用了五年的时间将《金瓶梅》翻译成英文。书于 1939 年正式出版，英文名 *The Golden Lotus*（金莲）。以后再版四次（1953、1955、1957、1964）。书出得十分讲究，四大厚本，绿色羊皮面，烫金书脊，扉页的上部印着"To C.C.Shu My Friend."（"献给我的朋友舒庆春"）几个英文字。舒庆春，是老舍先生的原名，他在伦敦大学东方学院任中文讲师时就用的这个名字。

克莱门特·埃杰顿在《金瓶梅》英译本的《序言》中，专门写了以下这么一段译者的话："Without the untiring and generously given help of Mr.C.C.Shu，who，when l made the at the first draft of this transl ation，was Lecture in Chinese at the School of Oriental Studies，I should never have dared to undertake such a taste.I shall always be grateful to him."（"在我开始翻译时，舒庆春先生是东方学院的华语讲师，没有他不懈而慷慨的帮助，我永远也不敢进行这项工作。我将永远感谢他。"）

1925 年 4 月至 1928 年 3 月，老舍在东方学院（伦敦大学亚非学院前身）碰见了在那儿学中文的语言学家埃杰顿，埃杰顿建议由他教老舍英文，老舍教他中文，于是，老舍和埃杰顿夫妇在伦敦霍兰公园附近，合租了一座三层小楼。在此期间，埃杰顿决定翻译中国古典小说《金瓶梅》，利用和老舍合住的机会，解决翻译中的疑问。埃杰顿翻译的这个《金瓶梅》英文全译本，书名叫《金莲》，这个译本有一个特点，凡是碰到性描写时，便用拉丁文翻译，故意让英语读者看不明白，有如"清洁的"删节本。

三、另外一个重要的英文译本是阿瑟·威利（Arthur Waley）的译本，这一删节本英文版出版于 1940 年。

阿瑟·威利一生与中国古典文学结下了不解之缘。他翻译了大量中国古诗，采用直译的手法，不押韵，而注重诗歌的韵律和意象。为传达中国诗歌的节奏感，他尝试以英语的重音对应汉语的单字，形成了所谓的“弹性节奏”。他还尽量保留诗中的意象，使许多新鲜的中国诗歌意象首次进入西方人的视野。

阿瑟·威利偏爱唐代以前简约自然的民歌风格及贴近大众生活的题材作品，他将自己的翻译重点放在这一时期，并且他的诗歌翻译语言风格也倾向于简约、轻快、流畅，使广大的西方读者认识到中国古典诗歌的成就，也成为后人翻译中国古诗的有益借鉴。

四、多年以后，另一个《金瓶梅》的英文全译本出版了：美国普林斯顿大学在1993年、2001年、2006年、2011年、2013年，分五卷出版了《金瓶梅》的全译本，这个版本的出版，距离埃杰顿的第一个英文全译本，已经过去五十多年了。译者为美国汉学家芮效卫（David Tod Roy）。

这五卷的书名分别为《会聚》《情敌》《春药》《高潮》《离散》。1950年的南京秦淮河边，17岁的少年芮效卫在一家二手书店找到他期待已久的“淫秽之书”——《金瓶梅》，那时他不可能想到，少年时代的乐趣，会演变为今后治学的方向，而他会为之倾注一生的心血。如今，他已届八十高龄。在终于翻译完成《金瓶梅》五卷本并出版之际，却被诊断为ALS（肌萎缩侧索硬化）。这种会造成肌肉萎缩的疾病，会使得宿主不能自主行动，如走路或说话，进而最终丧失咀嚼食物甚至呼吸的能力。三十年夜以继日辛劳翻译之后终有成果，却被确诊恶病，是个不太喜剧的尾巴。面对他的芝加哥的同事和学生，芮效卫并未哀悼即将到来的阴沉命运，而是如释重负般深表欣慰，因为他在健康之时已经完成了精致复杂的中国古典世情小说《金瓶梅》的翻译。

1933年，芮效卫在南京鼓楼医院诞生，这所医院1892年由美国基督会派遣的加拿大传教士威廉·爱德华·麦克林创立。他算是一个在中国出生的美国传教士之子，一出生，就辗转漂泊，经历了抗日战争到解放战争的烽火连绵。他父亲在当时的国立中央大学（现为南京大学）担任哲学系教授。抗日战争爆发，芮效卫全家于1938年随中央大学迁移到成都，在那里一直等到抗日战争结束。在成都，他们曾一个礼拜遭遇五六次日军空袭，幸亏空袭警报很及时，常常一家就在院子里的防空洞里过夜。因为在成都的外国学校关门了，芮效卫和弟弟芮效俭（1991—1995年任美国驻华大使）只能在家接受教育。抗战胜利之后，父母带着他回到美国，1948年，他的父母重新以传教士的身份回到上海。当时的上海美国学校里有400个学生，当解放战争进行到十分激烈的时候，很多美国人又返回美国。到1949年5月，就只剩下16个学生了。芮效卫多年后回忆，共产党解放上海的时候，他正在参加十年级几何课程的期末考试。

1949年后，他们迁徙居住在南京。在中文环境中，他和弟弟都能极为流利地说中文，但都不会写。母亲给他们找了一个专业的赵老师教汉语。他是一位汉语启蒙教师，还是协助当时在中央大学任教的赛珍珠翻译《水浒传》的得力助手。美国作家赛珍珠极为钟爱《水浒传》，他们合作的方式是，由这位赵老师和另一位教授一句一段地把文章念出来，口述翻译为现代汉语，然后，再由赛珍珠思考辨别，结合两者的意思把《水浒传》翻译成英文。这和当初林纾翻译《黑奴吁天录》与诸多精通外文的人协作有着异曲同工之妙。耗时五年，赛珍珠的译本在1933年以《四海之内皆兄弟》（*All Men Are Brothers*）为名出版了，这是第一本《水浒传》的英文全译本，虽然后来一些人认为这个译本有很多错误之处，但当时这个译本销量可观，在英美读书界很有影响力，功劳很大。

在后来的一本关于赛珍珠的传记 *Pearl Buck in China:Journey to The Good Earth* 中，芮效卫就出现了，在注解里，他被称为赛珍珠翻译《水浒传》的中国助手赵老师的弟子，虽然他们师徒缘分很短，只有一年的时间。由此可见，当年赵老师帮助赛珍珠翻译《水浒传》的经历，也间接影响了学子芮效卫。

芮效卫后来说，《金瓶梅》受到《水浒传》的很大影响。不仅是在故事上，《金瓶梅》是《水浒传》"武松杀嫂"情节的续书，而且在由民间说书人世代累积的故事形成方式，以及民间说书人的俚俗曲词的表现形态上，《水浒传》和《金瓶梅》也很接近。因此，这两部巨著在翻译上，要做到既忠实原文，又能顺利向西方读者传情达意，有着很大的难度。而赵老师在翻译中，理解到的中英文之间的文化差异和传递的翻译要诀，让芮效卫对汉语产生迷恋般的兴趣，终其一生，他都在以血肉精神，缠绕抚摸这既陌生又熟悉的汉语语言文化。芮效卫发现，他对传统中国小说有着浓厚兴趣，他也发觉虽然《金瓶梅》有着"淫秽之书"的名声，但这本书提供了最为生动的古代中国的日常生活图景。

芮效卫1950年进入哈佛大学学习历史和语言文学专业。他最初的翻译始于将德文版《金瓶梅》翻译成英文缩减版。1967年，他开始在芝加哥大学从事教学活动，终于可以开始随心所欲地教授《金瓶梅》了，但只有一个学生注册。这门课仍然坚持了两年，每周讲授一章，他对《金瓶梅》更加感兴趣了，也开始深入了解、研究这些材料的细节。为了领会原文，他把每一行诗词小曲、俚俗谚语都做了卡片索引，总共做了数万张卡片。完成这项浩大工程，为的就是通读中国诗词曲赋。《金瓶梅》不仅是叙事的小说，而且还是一本丰富的文献，他觉得如果需要注解，那就每条都要注解，才能让现代人明白当时发生了什么事情。

有学者认为，与《金瓶梅》其他的译本相比，芮效卫译本的优势在于，他将《金瓶梅》中的所有文化元素都融入了小说叙事之中，比如流行小曲、民俗时语、插科打诨等。在揭示并保留这些元素之时，他也将翻译"外国化"了，就是说他并没有将翻译转化成欧美本土的文本——英文小说一样，而是让读者时刻清醒，这是来自完全不同的文化以及另一个时空的、内涵非常丰富的文本。这样做，使得《金瓶梅》的读者们像传统中国的文化批评家，比如袁宏道一样，能接受到丰富的信息。而克莱门特·埃杰顿和老舍的那个翻译版本将《金瓶梅》的故事进行了英国本土化处理，使它读起来很像19世纪的英国小说。美国汉学家认为，芮效卫完成了无人能及的事业，因为他为在另外一种语言中重现这部经典巨著付出了无与伦比的心血。但也有中国学者认为，芮效卫所译的《金瓶梅》基本上都是直译，可谓信而不美。

芮效卫认为，对西方读者而言，《金瓶梅》翻译难度很大。排除它多头并叙、见缝插针的复杂故事结构，它还百科全书般地吸收了民间俚俗、词牌小调、谚语方言。并且它常被误解，被冠名为“色情小说”。他持之以恒的努力是对于这种文化误读以及陌生感的抗争。但讽刺的是，这种陌生感并没有因为全书出版而弱化——从亚马逊销售数据上看，顾客购买最多的仍是《金瓶梅》译本的第一卷。《纽约时报》报道《金瓶梅》最后一卷出版之时，为了读者的阅读接受，仍将《金瓶梅》称为“简·奥斯汀和极致色情的结合”。

图 5-1-1　1927 年英文版《金瓶梅》，限量 750 部，插图版，精装一卷

图 5-1-2　1939 年英文版《金瓶梅》，精装一卷带护封，阿瑟·威利序

图 5-1-3　1939 年英文版《金瓶梅》，精装四卷

图 5-1-4　1940 年英文版《金瓶梅》，精装两卷

图 5-1-5　1947 年英文版《金瓶梅》，精装厚一卷全毛边本，大 32 开

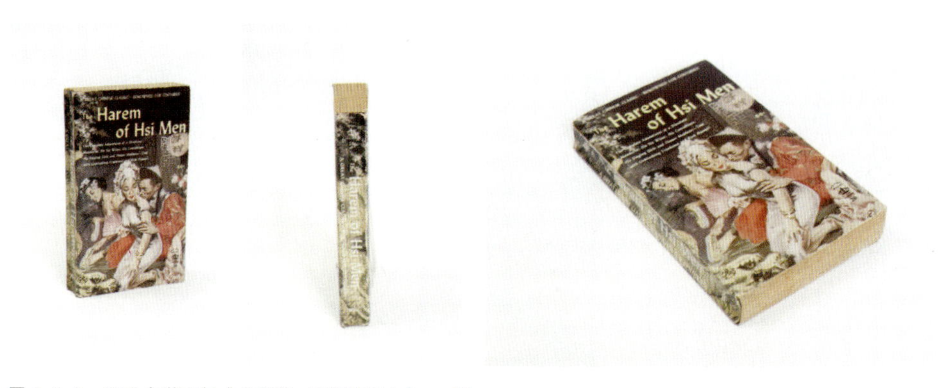

图 5-1-6　1953 年英文版《金瓶梅：后宫的男人》，一卷

图 5-1-7　1954 年英文版《金瓶梅》，精装四卷带书衣

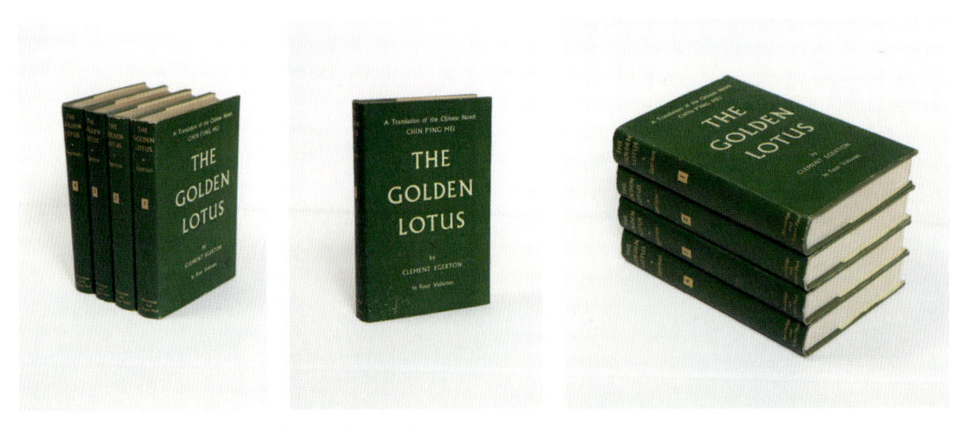

图 5-1-8　1957 年英文版《金瓶梅》，精装四卷带书衣，24 开

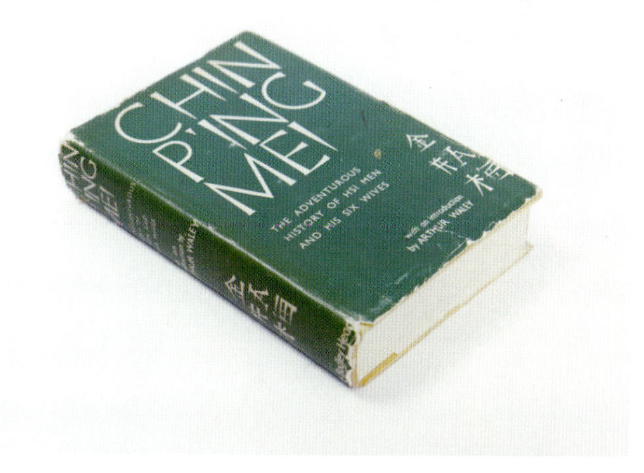

图 5-1-9　1959 年英文版《金瓶梅》，精装一卷带护封，阿瑟 · 威利序

图 5-1-10　1960 年初版英文版连环画《金瓶梅》，缎面精装，日本 Rutland, Tokyo 出版

图 5-1-11　1960 年英文版《金瓶梅》，平装一卷，纽约 Capricorn Books 出版

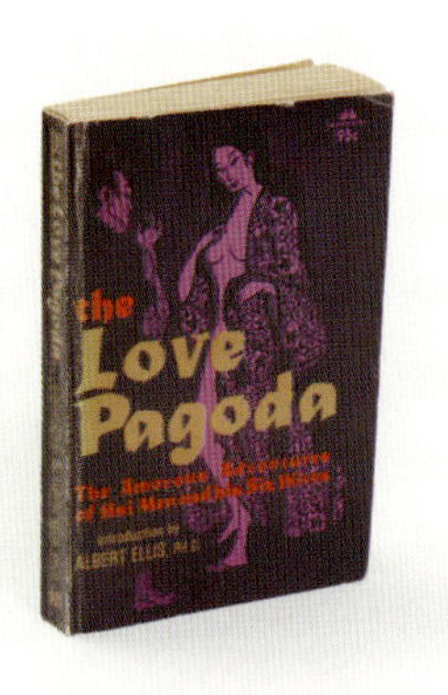

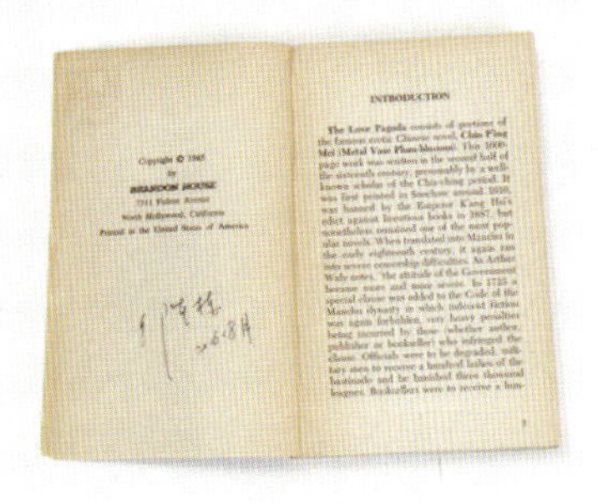

图 5-1-12　1966 年英文版《 金瓶梅 》，平装一卷

图 5-1-13　1972 年英文版《金瓶梅》，精装四卷

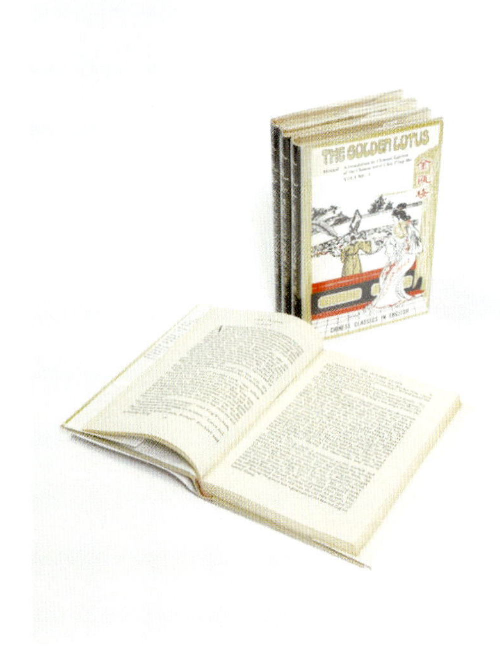

图 5-1-14　1978 年英文版《金瓶梅》，精装四卷

图 5-1-15　1979 年英文版《金瓶梅》，精装四卷盒装版，Heian International Publishing 出版

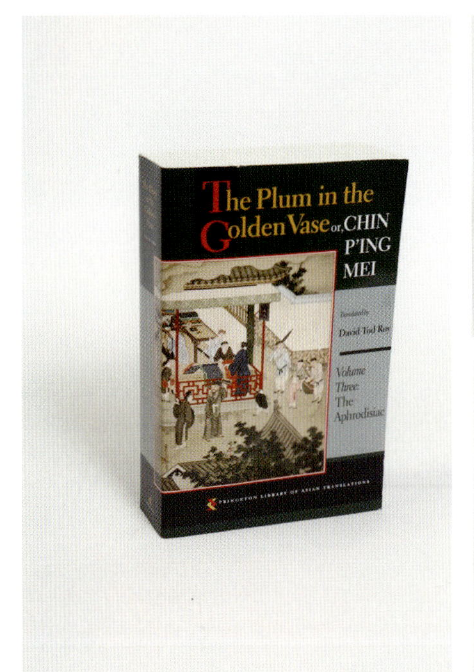

图 5-1-16　1993—2013 年英文版《金瓶梅》，平装五卷，芮效卫译

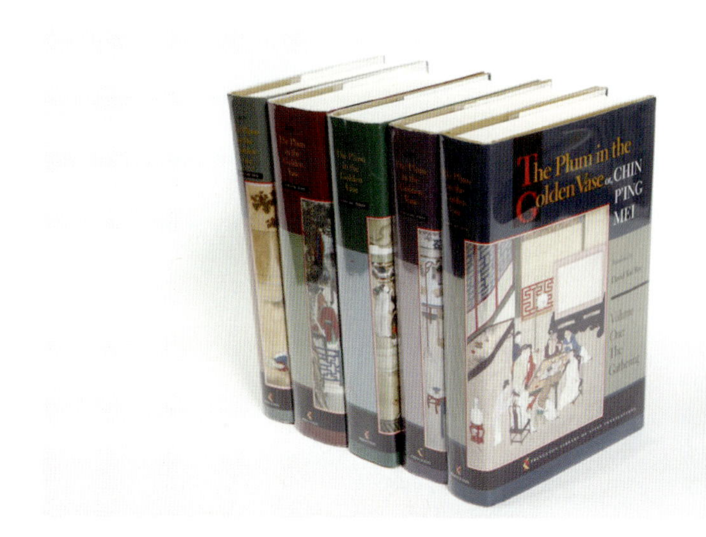

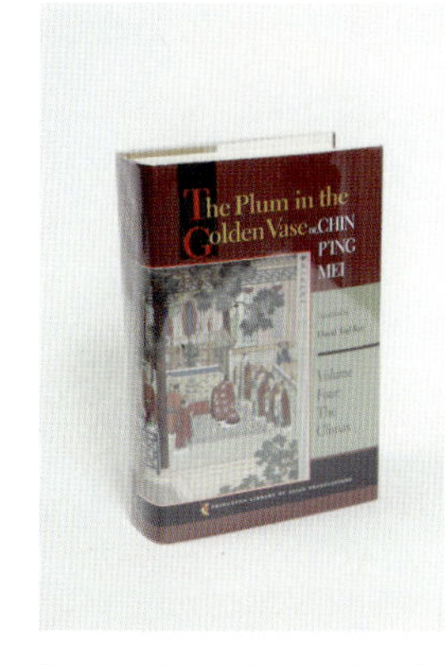

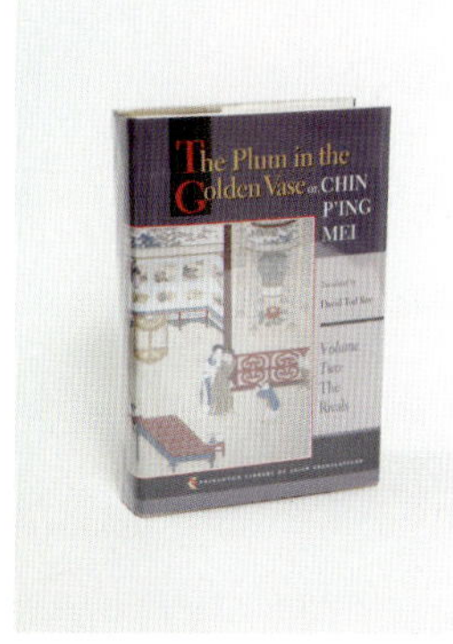

图 5-1-17　1993—2013 年英文版《金瓶梅》，精装五卷，芮效卫译

图 5-1-18　2002 年英文版《金瓶梅图》，平装一卷，24 开

图 5-1-19　2004 年英国布莱顿版《金瓶梅》，精装一卷，32 开

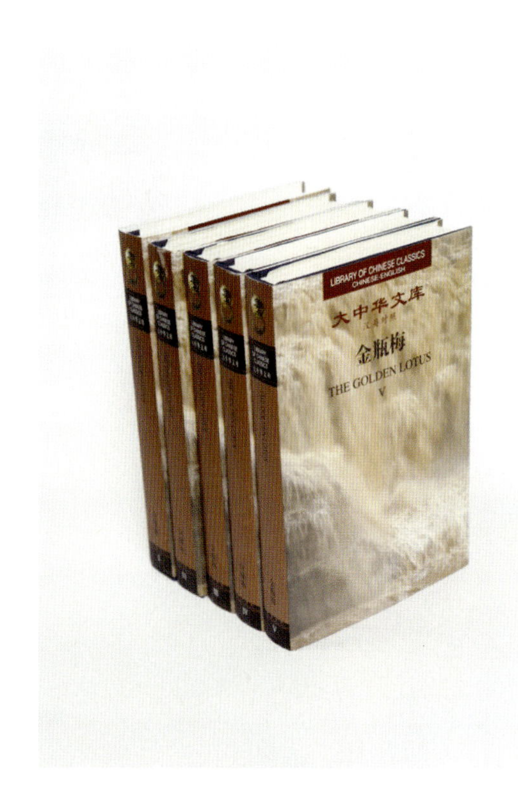

图 5-1-20　2008 年汉英对照版《金瓶梅》，精装五卷，外文出版社，大中华文库本

图 5-1-21　2011 年英文版《金瓶梅》，平装两卷，Tuttle 出版

5-2 德文译本（图 5-2-1～27）

《金瓶梅》的德文译本主要有四种：

第一个译本是由康农·加布伦茨在 1862—1869 年完成的全译本。这是目前所知欧洲最早的《金瓶梅》全译本。现有手稿存世，该译本由满文翻译而成，他的两个儿子乔治·加布伦茨和阿尔伯特·加布伦茨也参与了部分翻译工作（第 13—16 回）。

加布伦茨的德文名为 Gabelenz, Hans Georg Conon von der，生于 1840，死于 1893 年，汉语名字为贾柏莲。出身贵族之家。他是德国语言学家、汉学家，他懂得 24 种语言：意大利语、汉语、满语、蒙语、藏语、日语、马来语……是柏林大学东方语言学教授，曾著有《汉语语法》，出版于 1881 年，1953 年再版。

从翻译《金瓶梅》的时间上来说，加布伦茨并不是最早的欧洲人，他稍稍晚于法国的巴赞（1853 年发表了仅一回的法文译本），早于法国的莫朗（1912）。幸运的是，1998 年，出生于 1930 年的德国科隆大学教授、汉学家嵇穆教授发现了加布伦茨的翻译手稿，并由中国学者苗怀明、宋楠撰文深入介绍，证实加布伦茨译本是一个 100 回的全译本。该译本手稿共 8 包，所用纸张每页 17 厘米 ×22 厘米，其中文字部分 11 厘米 ×21 厘米见方，双面、黑色墨水书写，共 3842 页。该手稿于 2005 年至 2013 年，由柏林国家图书馆整理、出版。

康农·加布伦茨去世后，曾由他的两个儿子把部分内容发表在如下刊物中：

1. 第 100 回节选，见于《满文书籍》一文，译者乔治·加布伦茨，刊于德国莱比锡《东方社会研究》杂志 1862 年第 16 期；

2. 第 1 回节选，见于《中国生活图像》一文，译者乔治·加布伦茨，刊于德国赫德堡豪森《环球》杂志 1863 年第 3 册第 29 篇；

3. 第 33—35 回节选，见于《中国司法》一文，译者阿尔伯特·加布伦茨，刊于德国赫德堡豪森《环球》杂志 1865 年第 5 册；

4. 第 13 回，译文题目为《一个杂货商的恋爱冒险》，译者乔治·加布伦茨，发表在巴黎《东方和美国》杂志 1879 年第 3 期上，出版人是莱欧·德·罗斯尼。

第二个德文译本的译者是奥托·祁拔（Otto Kibat, 1880—1956）和他的兄长阿尔图尔·祁拔（Arthur Kibat, 1876—1960）。这个德文全译本命运坎坷，1928 年出版了第一卷（前十回，Gotha Engelhard-Reyher Verl.），1932 年出版了第二卷（第 11—20 回）。然后，在法西斯统治时期，《金瓶梅》在德国遭禁，书版亦被毁。但是，祁拔兄弟并未停止翻译工作，直到 1945 年战争结束，他们的《金瓶梅》翻译才告完成。但是，因为另外一个删节本——库恩的译本传播太广，没有出版社愿意再出版他们的全译本。后来，虽然苏联占领区表示愿意出版，但是祁拔兄弟不愿意。又过了二十年，一个十分重视学术价值的出版家才同意在瑞士天平出版社出版。

于是，从 1967 年一直延续到 1983 年，天平出版社最终出齐了六卷本《金瓶梅》德文全译本。这个译本忠实、严谨、认真，没有一点删节，连诗词也全部按照诗的形式译出。前五卷是正文，第六卷比较薄，是译者所写的注释。这个译本在德国汉学界中间评价很高，被认为是可以引证的经典。（在翻译的过程中，奥托的兄长阿尔图尔自学了汉语，帮助弟弟完成了这部巨著的翻译。）

中国学者李士勋对祁拔兄弟这个译本有专门的研究："奥托·祁拔，生于1880年，他父亲是东普鲁士里克市一名邮局官员。在兄弟姐妹五人中，奥托排行第四。他的哥哥阿尔图尔年长两岁。奥托的父母亲在中年相继去世，兄弟姐妹五人便成了孤儿。叔叔和姨妈收养了他们。奥托兄弟后来在柯尼希斯堡住读，中学毕业后，一起进入大学，奥托学习法律，阿尔图尔学习语言。1905年，奥托参加了普鲁士皇家海军，不久便开赴德国在中国的殖民地青岛，从此他便与中国结下了不解之缘。

奥托在中国学会了中文，从老师那里得知《金瓶梅》在中国文学史上的地位，他感到这部故事发生在山东的小说就像自己'故乡的小说'一样，于是就立志要把它译成德文。第一次回国休假时，他向阿尔图尔谈及自己的庞大计划，并希望找一位合作者。阿尔图尔理解弟弟的愿望，热心表示愿意合作。奥托回青岛以后，阿尔图尔便在德国自学起中文。后来，他虽然几经努力想到中国去，但终未能如愿。所以，他后来与奥托合作翻译《金瓶梅》完全靠自学的中文。（阿尔图尔终生食素，晚年成为威廉港市动物与环境保护协会的奠基人。因无子女，1955年，阿尔图尔立下遗嘱，将全部财产死后捐献给该市动物保护协会。）奥托服役结束后，要求留在青岛一家德国贸易公司工作，以便继续学习中文。第一次世界大战后，德国失败了，所有在华的德国人都不得不返回德国。奥托回国后，在哥达市法院任职，翌年结婚。二十年代，中德贸易得以恢复。奥托挈妇将雏，随另一家贸易公司重返中国。第二次中国之行主要待在汉口和长沙，共五年，生下二女，即前面提到的哈娜与赫尔嘉姐妹。加上第一次在中国的十三年，奥托·祁拔一共在中国生活了十八年。

1928年，奥托的辛勤劳动结下了第一个果实，即《金瓶梅》第一卷（第一至第十回）在哥达由恩格哈德—莱赫出版社出版。四年后，1932年又出版了第二卷（第十一至二十三回）并预告翌年出版第三卷。然而，由于希特勒上台实行的文化专制主义，排斥一切与纳粹思想不协调的意识形态，无数书籍均被投入大火之中，这部被奥托称之为'故乡小说'的《金瓶梅》也同遭厄运，甚至连印版也被销毁。

对祁拔兄弟来说，这个打击无疑是当头一棒。多年的努力要半途而废了，怎么办呢？'继续干！'他们异口同声地说。没有出版时间的压力，他们的翻译工作却更从容了。他们不但一回回地译下去，而且认真地修改了前两卷。凡是疑难的地方，他们都反复商讨，切磋。"

李士勋继续写道："在第二次访问哈娜·维伯夫人时，我从头至尾翻阅了他们的手稿和绝版的第一卷、第二卷，发现打字机打印的手稿上几乎每一页都有龙飞凤舞的德语速记符号，这足以证明他们的翻译工作是何等认真了。哈娜告诉我，当年祁拔兄弟住在两个城市，一个在哥达市，一个在威廉港。他们定期书信往来，每年至少聚会一次。他们的译文修改之处和通信均用速记符号，现在能认读这种符号的人已经不多了。到纳粹投降时，他们的翻译工程已经完成百分之九十九，只剩下最后一章。一年后，他们便完成了全部翻译和注释工作。两人一起为此笔耕了十八年。"

当时，苏联占领区的出版社有兴趣出版全书，但祁拔兄弟因感到“在苏占区内不再有个人自由发展的可能”而没有同意。后来，他们试图在西德出版此书。由于 1950 年西德英泽尔出版社出版了弗朗茨·库恩的节译本《金瓶梅》，其中性描写情节基本保留并且添枝加叶，所以别的出版社对出版全书不再感兴趣。

直到五十年代末才有一家重点介绍东亚文化的瑞士小出版社（天平出版社）接受了这部译稿。但是，奥托 1956 年因病去世了，阿尔图尔也年近八十，已无力过问出版事宜，1960 年也随之去世。值得庆幸的是，天平出版社在阿尔图尔去世之前，请求他写下了他们的小传和翻译此书的经过，给后世研究《金瓶梅》译本留下了宝贵的第一手资料。这便是第六卷卷首的“传序”。

天平出版社从五十年代计划出书，直到 1967 年才出了第一卷，又过了十六年即 1983 年，六卷本的《金瓶梅》德文全译本才全部出齐。慕尼黑的汉学家赫伯特·弗朗克为此书撰写了前言，德国之声的一位编辑逐字逐句地进行了校订。经过耐心细致的工作，这部从译文到印刷装帧都尽善尽美的长达三千一百五十五页的《金瓶梅》德文全译本终于在原作问世四百周年前夕全部出齐了。为此，德国之声中国编辑部的编辑安德里亚斯·多纳特撰写了半小时的广播稿，题为“《金瓶梅》——中国的一部四百年的小说仍具有现实意义”。

多纳特指出，被称为“第一奇书”的一百回《金瓶梅》在数量上超过托尔斯泰的《战争与和平》和托马斯·曼的《魔山》，语言上充满了中国的诗词典故以及对外国人来说更加困难的地区方言，仅此两方面就决定了翻译此书的难度。没有毕生为之奋斗的决心和坚忍不拔的毅力是难以想象的。祁拔兄弟的译文确立了他们作为大翻译家的地位。

多纳特在评论中还写道，祁拔的译本将在西方恢复这部巨著的本来面目，被库恩的译本（900 页）歪曲了的这部作品的形象将会得到纠正。他肯定了这部书的价值及其现实意义，从一个新的角度指出：“如果说这个在明朝还那么光辉灿烂的中央帝国突然崩溃不是历史的不幸，那么，《金瓶梅》这部小说已经揭露了明朝社会生活中后来没落的根源并使之清晰可见。《金瓶梅》是一部杰出的社会批判小说，它也使欧洲的读者清楚地认识到，为什么中国在最近几个世纪中落到欧洲人的后面。”他接着说：“我们只要观察一下西门庆这个人物就够了。他被刻画成一个生气勃勃的业主，在他所在的小城中，他是一个暴发户。他经营生药买卖，但他对自己经营的东西却不感兴趣。他不是一个药物学家，不搞药物研究，相反，他却被一个和尚引诱，买下他的春药奇丸，既不开处方，也不对药丸进行分析，以便自己进行大量生产。他有一群酒肉朋友，但却不喜欢和医生及药剂师来往，也不在开处方和出售药物的人中间保持并扩大药材的销路。他将自己的大部分财产都投入到与本行不相干的地方去了：他用钱买了一个提刑职位，他压根儿就不具备这方面的常识，但他却敢公然接受贿赂，以从未有过的方式扩大自己的财富。在那里，权力与法律不是被当作一种公共的准则，而是被当成用来投机的商品。这就是没落的萌芽，在中国富裕而繁华的明代它就已经产生了。到如今，这株毒苗是否已被铲除，抑或仍在发挥作用，《金瓶梅》的每一位读者读完这部小说以后，亲自考察一下这个国度，都能做出自己的判断。在《金瓶梅》问世四百周年以后的今天，它仍然是一部现实的作品。”

祁拔兄弟的《金瓶梅》全译本给德国人的第一个印象竟是这样准确，最初的评论竟是这样中肯，这不能不首先归功于祁拔兄弟的辛勤劳动。

关于祁拔兄弟的《金瓶梅》译文，弗朗克在前言中给予高度的评价，他指出：“当弗朗茨·库恩对某些必须加以说明的地方用德语进行解释时，对外行人来说是必要的，不是任意改写、丢弃一些文字，仅保留其中一般的内容，就是对有关句子添油加醋，加入一些德国读者可以理解的关联。虽然这两者都是应急的办法，以便把翻译工作进行下去。但肯定也导致了对原文的错误联想。相反，祁拔兄弟则致力于严格地忠于原文，力求译文尽善尽美。当然，在祁拔兄弟的译文中仍可以找到一些语言上的‘瑕疵’，然而，这对于他们几十年中跨越东西方的伟大工作中所取得的全部成就来说是微不足道的。尤其是像《金瓶梅》这样一部著作，其对白中的语言常常是那么难以理解，在这里要是再吹毛求疵，那就更不应该了。即使是汉学家也不得不承认，这里终于有了一部在德语区迄今仍然不熟悉的中国小说被完整地和忠实地翻译出来了。仅此一点，就应该赢得毫无保留的承认。某些个别的说明或措辞可能过于谨慎，则可以忽略不计。无论如何，文学之友、文化史家和民俗学家，都会第一次在这部德语的中国十六世纪的巨著中，发现那些再现出来的关于一个真正译本所能涉及的东西。……此外，汉学家们还应对迟迟问世的祁拔译本表示感激，因为对一个汉学家来说，一部欧洲语言的译本摆在面前，总是一个重要的帮助，尤其是在某些特别值得借鉴的地方，更是如此。同行们在引用儒家经典时，总习惯于援引莱格（Legge）、库夫茹（Couvreur）和卫理贤（Wilhelm）的译文，但是，祁拔的译文无论如何也是值得引用的。这同样是由于它的完整性。”

目前，德国尚未出现有分量的研究《金瓶梅》的专著，散见于报刊的文章还处于介绍和为此书正名的阶段。正如这部小说在中国的境遇一样，它在德国也遇到同样的命运，当然这多半是由于库恩的节译本造成的印象。基于这种原因，天平出版社开始也不得不小心翼翼。这从该出版社第一版《金瓶梅》德文全译本前面附的一段文字可以得到证明，这段文字是这样的：

汉堡天平出版社谨告

此书只限售给专门从事文学和学术研究的人员及有这方面常识的书商。

凡将此书出卖、扩散或带广告性地出借给不具上述知识者，或将此书公开展出、出示、转交、提供、出售和出借给十八岁以下青年者，均将受到惩罚。

这段文字在后来的版本中都消失了，但维伯夫人当时从邮局海关领取赠书时，却因这段文字遇到了麻烦。书是从瑞士寄来的，按规定必须当场打开检查。海关人员看到这段文字，顿时严肃起来，一会儿看看书，一会儿审视着这位年轻的女士。当时是 1967 年。哈娜・维伯夫人做了一番解释之后海关才放行。印有这段文字的红色亚麻布封面的精装本，1967 年出版。

柏林的汉学家卢茨・毕格教授在介绍“旧中国伟大长篇小说的产生”一文中指出：“接受这部小说，在中国国内外，从一开始就因书中明显的性描写而处于对立状态，基于这个理由，《金瓶梅》今天在中国不易得到，在台湾也只是经常地在限定范围内出版。但是我认为，正是以 1695 年的（张竹坡）最新版本为根据的德文全译本——奥托和阿尔图尔・祁拔兄弟的毕生之作，十七年后方全部出齐——才能指出，这部书不是色情小说，其中的色情描写只是整体不可缺少的组成部分。审视那二百幅木刻插图尤其可以看出，顶多只有四分之一的插图从广义上说属于色情图画。彼得・赫利德・罗斯通（Peter Halliday Rushton）对此给予进一步确切的证明。他指出，在小说中共描写了一百零二次“艳遇”，其中只有四十七次“全”写，二十一次“根本没写”。孙书愈（Sun Shuyu）提出论据支持这种观点，指出“床上场景的描写在全书约八十万字中不到百分之一”。

最近，波恩大学马汉茂教授与科隆大学毕格教授联合主编的中国论文集第五十卷出版了他们的学生尤尔恩・布罗莫许斯特的一篇论文，题为“明代小说《金瓶梅》翻译之批评”。此文从内容和语言上将祁拔兄弟（Kibats）的德译本、莱维（Lévy）的法译本、埃杰顿（Egerton）的英译本以及库恩（Kuhn）的德文节译本进行了比较，有说服力地证实了祁拔的译本相比之下的确更忠实、更接近原文，更多地保留了“异国风情”，因而更具吸引力。

现在，祁拔兄弟的《金瓶梅》德文全译本除天平出版社出版以外，还同时由乌尔施坦出版社出版，而且每年都重印，在德国的书店里随时都可以买到。值得指出的是这部书在书店里不再被列为色情小说，而是被放在世界文学名著架上。遗憾的是祁拔兄弟均未能看到他们的全译本问世。不过，弗朗克教授说得好：“如果说这是值得惋惜的话，那么令人感到欣慰的是，这里有一句中国谚语：豹死皮存，人死名在。”

现在，由于祁拔兄弟的《金瓶梅》全译本，德国汉学界已经公认《金瓶梅》是“一部反映明代中国社会的百科全书”。《金瓶梅》德文译本在德国的传播史特别有趣地见证了这部文学名著的命运。

第三个德文译本，译者是弗朗茨・库恩（Franz Kuhn, 1894—1961），这个节译本于 1930

年由德国英泽尔出版社出版。

库恩是德国知名度较高、翻译中国文学名著最多的汉学家，他的节译本题为：《金瓶梅——西门庆和他的六妻妾的故事》。像《红楼梦》的译本一样，他的《金瓶梅》节译本，也是根据出版社的要求做的，出版社规定，译文不得超过一定的页数。所以，库恩就把西门庆与六个女人之外的故事一概删掉，只留下一条西门庆和女人的主线。不仅如此，德国评论界批评他对书中的性描写还添油加醋。因此，这个译本就给欧洲人留下一个扭曲的印象：《金瓶梅》不过就是一部淫秽色情小说。

库恩于1930年由莱比锡岛社出版了《金瓶梅》节译德文本，全书共分四十九章，900页。库恩在此译本的跋文中说："我感谢一次偶然的机会，莱比锡岛社在苏州获得了皋鹤堂刻本《金瓶梅》。此本共二十四卷，有张竹坡评语，它的第一版刻于1695年（康熙三十四年）。尽管这个版本不可避免地存在刊刻上的错误，但是人们认为它有优点，是较为易读的，所以我的译文就以它为根据。"他又说："《金瓶梅》这部著作使那些正统的儒教道德维护者恨之入骨，因而它问世不久就被列为禁书，但这无损于这部著作的崇高声誉极其广泛的传播。如果在中国文学史上对《金瓶梅》的影响做出这样的介绍是适宜的：'不是每个人都能得到它，但是每个人都知道它。'《金瓶梅》的文字有许多双关的含意，它的描写常有辛辣的讽刺，手法是现实主义的。对各种人物都是如实地写出他们的优与劣，没有唯心主义的写法。由此，《金瓶梅》这部小说提高了自己的学术地位，它可以说是不可多得的明代文献。谈到它的艺术性，无可争辩地属于最好的作品。但也有一些情节的描述对欧洲读者来说是难以理解的。我这个译本的出版不是专家或研究团体倡议的，完全是出版家个人的勇气，这个译本得以问世，需要感谢出版家。很可能一些专家对这个译本会有争论。"

库恩的《金瓶梅》德文节译本题名为《金瓶梅——西门庆和他的六妻妾的故事》。自1930年莱比锡岛社出版以来，有法兰克福岛社、塔姆施塔特、慕尼黑、汉堡、苏黎世等多种版本出版。1939年起有了英文转译本，1940年有了荷兰文转译本，1946年有了比利时文转译本，1948年有了捷克文转译本，1949年有了法文转译本，1950年有了瑞典文转译本，1955年有了意大利文转译本。转译本如此之多，说明库恩的《金瓶梅》德文译本深受西方各国的欢迎。自三十年代以来，许多西方汉学家在许多刊物上发表评论文章，给库恩的《金瓶梅》德文译本以高度的评价。如法国学界赞扬库恩的译本使法国读者读到了"一部伟大的中国古典小说"。意大利学界在评述库恩译本时认为："一部伟大的《金瓶梅》传奇可与薄伽丘的《十日谈》相比美。"

1983年在德国莱比锡与魏玛同时出版了库恩《金瓶梅》译本的最新一版，这个重印本共两册（1102页），增附了原书木刻插图二百幅，并附入俄罗斯著名汉学家李福清博士所撰长篇跋文，全面评价了《金瓶梅》的内容及插图的价值。从这个新版本的出版，可见库恩译本所具有的永久性的生命力。

库恩的这个译本在纳粹统治后期（1942）也被禁止出版。后来，这个译本在德国书店里一直被放在淫秽小说类书架上。可以说，这个译本存在的问题是小说与淫秽和色情有关，给这部世界名著造成了不良影响。直到祁拔兄弟的全译本问世，德国汉学界发表了公允的评价之后，《金瓶梅》在书店里才从淫秽小说书架移到了世界名著类书架上去。

德文的第四个译本，译者是马里欧·舒伯特（Mario Schubert），瑞士维尔纳·克拉森出版社出版，1950年出版，仅一卷，331页。这个译本基本没有什么影响，后来也没有再版。

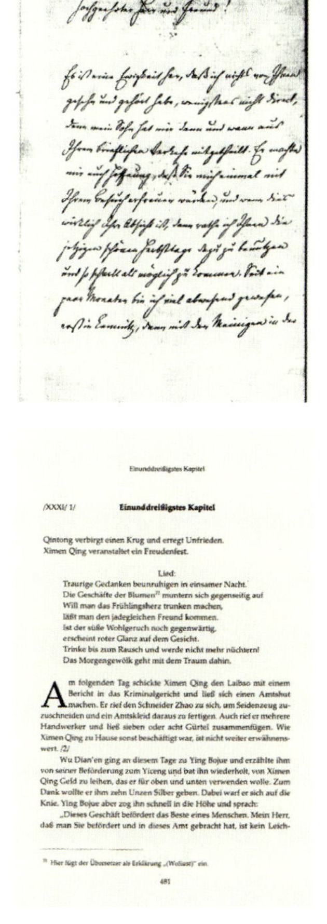

Einunddreißigstes Kapitel

/XXXI/ 1/ **Einunddreißigstes Kapitel**

Qintong verbirgt einen Krug und erregt Unfrieden.
Ximen Qing veranstaltet ein Freudenfest.

Lied:
Traurige Gedanken beunruhigen in einsamer Nacht.
Die Geschäfte der Blumen[31] muntern sich gegenseitig auf
Will man das Frühlingsherz trunken machen,
läßt man den jadegleichen Freund kommen.
Ist der süße Wohlgeruch noch gegenwärtig,
erscheint roter Glanz auf dem Gesicht.
Trinke bis zum Rausch und werde nicht mehr nüchtern!
Das Morgengewölk geht mit dem Traum dahin.

Am folgenden Tag schickte Ximen Qing den Laibao mit einem Bericht in das Kriminalgericht und ließ sich einen Amtshut machen. Er rief den Schneider Zhao zu sich, um Seidenzeug zuzuschneiden und ein Amtskleid daraus zu fertigen. Auch rief er mehrere Handwerker und ließ sieben oder acht Gürtel zusammenfügen. Wie Ximen Qing zu Hause sonst beschäftigt war, ist nicht weiter erwähnenswert. /2/

Wu Dian'en ging an diesem Tage zu Ying Bojue und erzählte ihm von seiner Beförderung zum Yiceng und bat ihn wiederholt, von Ximen Qing Geld zu leihen, das er für oben und unten verwenden wolle. Zum Dank wollte er ihm zehn Unzen Silber geben. Dabei warf er sich auf die Knie. Ying Bojue aber zog ihn schnell in die Höhe und sprach:

„Dieses Geschäft befördert das Beste eines Menschen. Mein Herr, daß man Sie befördert und in dieses Amt gebracht hat, ist kein Leich-

[31] Hier fügt der Übersetzer als Erklärung „(Wollust)" ein.

481

图 5-2-1 《金瓶梅》，加布伦茨德译本

图 5-2-2 1928 年德文版《金瓶梅》，祁拔兄弟译

图 5-2-3　1931 年德文版《金瓶梅》，一卷本

图 5-2-4　1950 年德文版《金瓶梅——西门庆和他的六妻妾的故事》，精装一卷，库恩译，Insel Verlag Wiesbaden 出版

图 5-2-5　1950 年德文版《金瓶梅》，精装带书衣，336 页

图 5-2-6　1950 年德文版《金瓶梅》，库恩译，IM INSEL VERLAG 出版

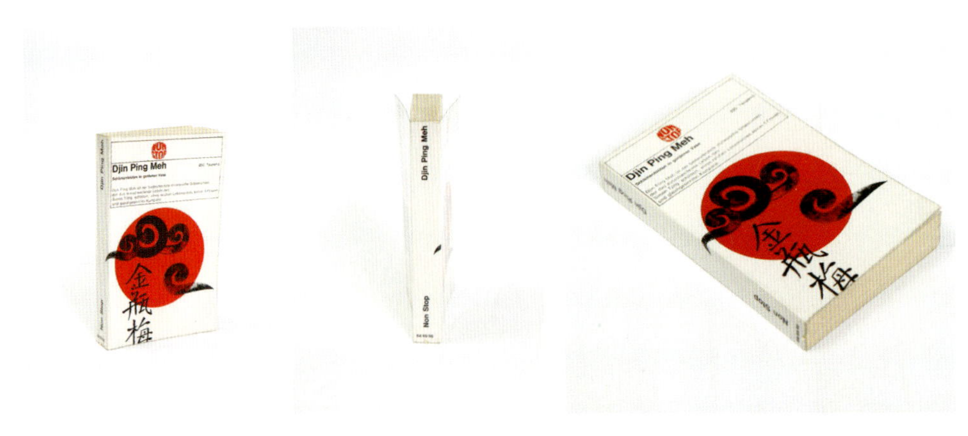

图 5-2-7　1961 年德文版《金瓶梅》，平装一卷

图 5-2-8　1961 年德文版《金瓶梅》，平装一卷

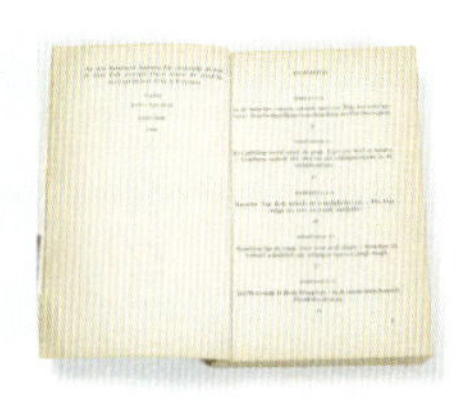

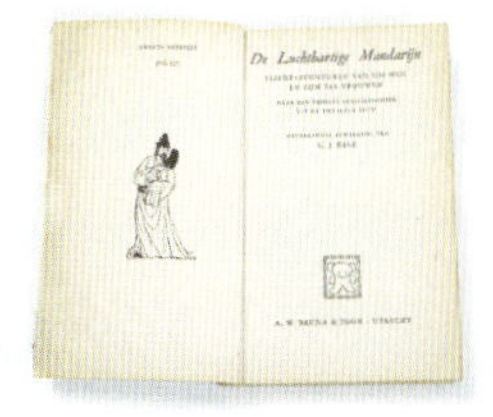

图 5-2-9　1961 年德文版《金瓶梅》，平装一卷

图 5-2-10　1961 年德文版《金瓶梅》，精装一卷

图 5-2-11　1965 年德文版《金瓶梅》，精装一卷

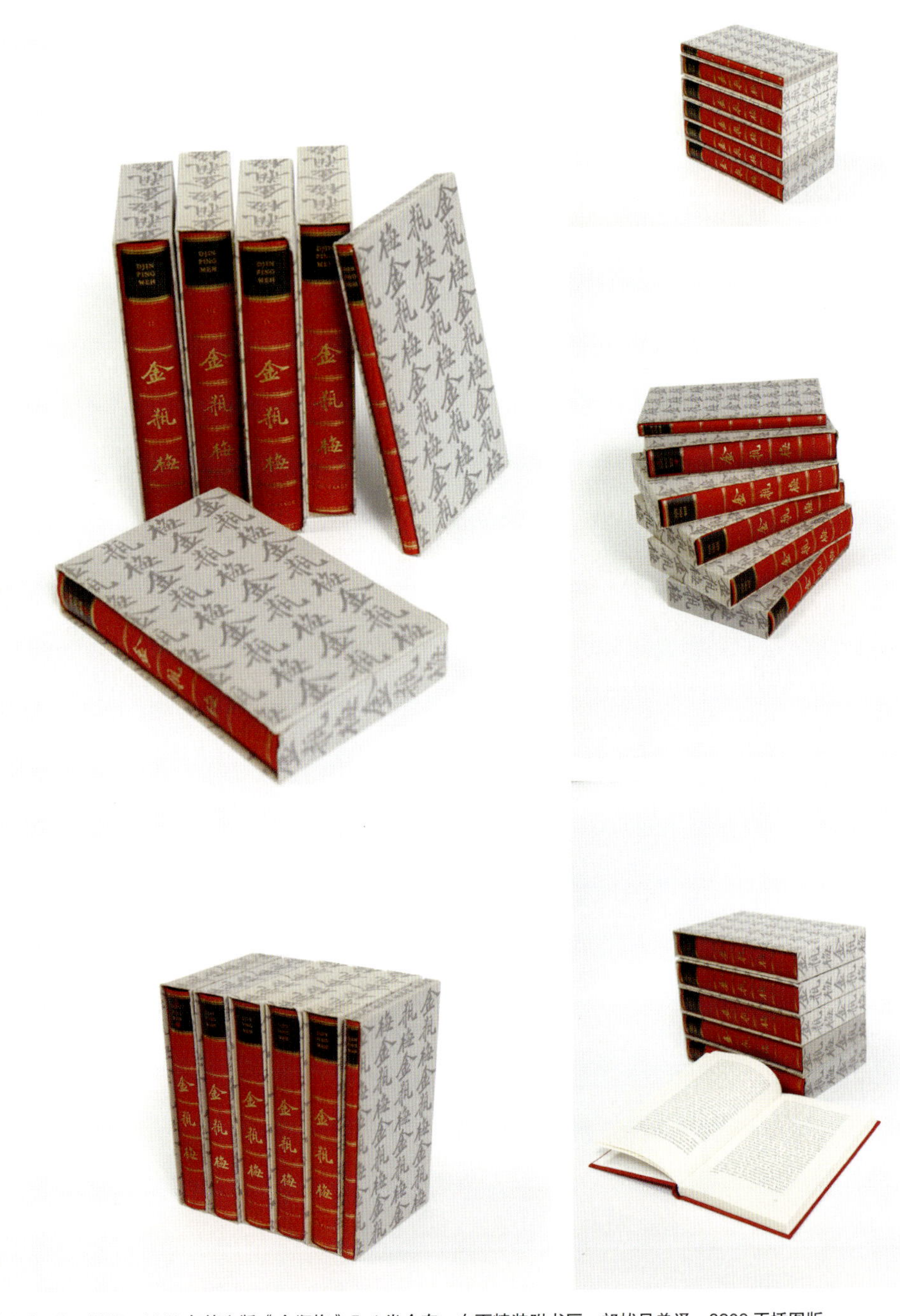

图 5-2-12　1967—1983 年德文版《金瓶梅》5+1 卷全套，布面精装附书匣，祁拔兄弟译，3209 页插图版

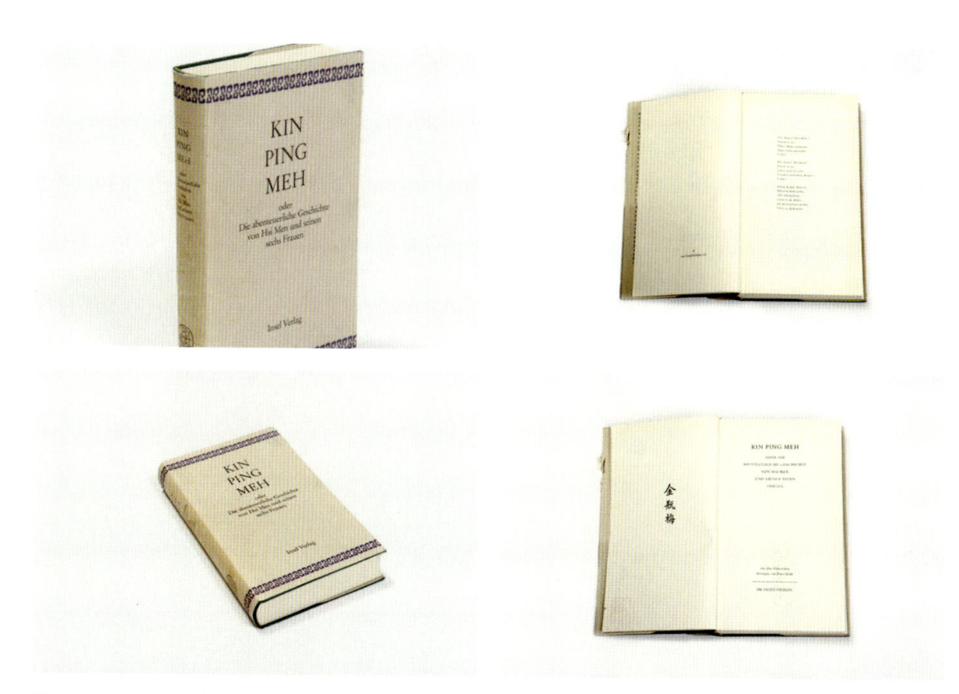

图 5-2-13　1967 年德文版《金瓶梅》，精装一卷

图 5-2-14　1968 年德文版《金瓶梅》，平装一卷

图 5-2-15　1971 年德文版《金瓶梅》，硬皮精装一卷，477 页

图 5-2-16　1971 年德文版《金瓶梅》，精装一卷，50 幅插图版

图 5-2-17　1973 年德文版《金瓶梅》，精装一卷

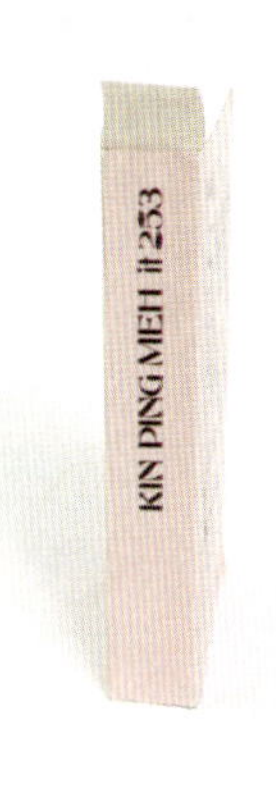

图 5-2-18　1977 年德文版《金瓶梅》，平装一卷

图 5-2-19　1980 年德文版《金瓶梅》，平装一卷，527 页

图 5-2-20　1984 年德文版《金瓶梅》，精装四卷，48 开本

图 5-2-21　1987 年德文版《金瓶梅》，精装两卷

图 5-2-22　1987 年德文版《金瓶梅》5+1 全套，有函套，祁拔兄弟译，3209 页

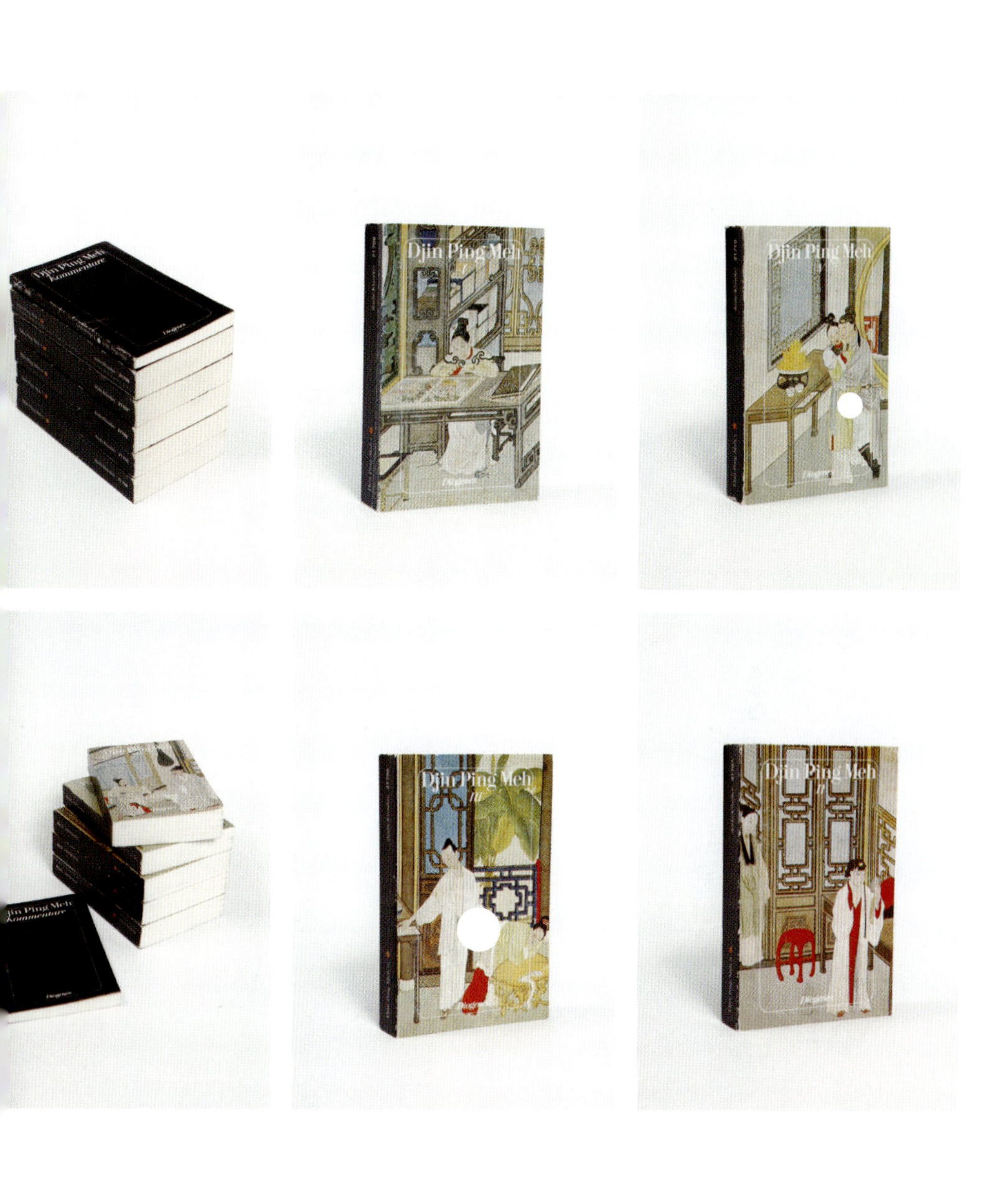
Djin Ping Meh
Kommentare
Djin Ping Meh
Djin Ping Meh
Djin Ping Meh
Kommentare
Djin Ping Meh
Djin Ping Meh

图 5-2-23　1987 年德文版《金瓶梅》，精装全五卷 + 学术研究集一卷，祁拔兄弟全译本

DJIN
PING
MEH

DJIN
PING
MEH

DJIN
PING
MEH

DJIN
PING
MEH

图 5-2-24　1988 年德文版《金瓶梅》，精装两卷

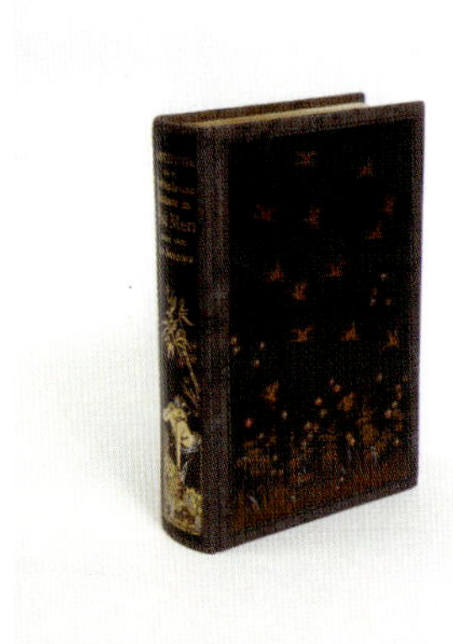

图 5-2-25　1999 年德文版《金瓶梅》，精装一卷

图 5-2-26　2008 年德文版《金瓶梅》，平装一卷

图 5-2-27　汉德对照《金瓶梅》八卷本，祁拔兄弟译，人民文学出版社，2017 年 3 月版

5-3 法文译本（图 5-3-1 ~ 12）

1853 年，法国人巴赞翻译了《武松和金莲的故事》（一回），发表在《现代中国》上。

法国莫朗《金莲》，法文，据第一奇书本翻译，1912 年巴黎夏庞蒂埃与法斯凯尔出版社出版。

20 世纪 50 年代开始，多种法文版《金瓶梅》节译本印行，代表性的翻译版本为《金瓶梅——西门庆和他的六妻妾的故事》，让皮埃尔·波雷译，1949—1979 年多次再版。

《金瓶梅》，约瑟夫·马丹鲍尔和赫尔曼·海斯翻译，节译本，巴黎卡尔曼·莱维出版社 1962 年出版。以上几个译本，都是转译自库恩的德文节译本。

1985 年，由雷威安翻译的全译本法文版《金瓶梅》第一次出版。

雷威安 1925 年出生在天津，1937 年回国。曾任法国波尔多大学中国语言文学系、巴黎第七大学中文系教授。

这个翻译版本后来收入法国著名的“七星文库”，2004 年分为精装两卷本和盒装平装两卷本再版，64 开本，小巧精致，译文精良，注释很多。时任法国总统为之发表谈话，法国文化部出面举行庆祝会，称《金瓶梅》在法国出版是法国文化界的一大盛事。

图 5-3-1　1949 年法文版《金瓶梅——西门庆和他的六妻妾的故事》，平装一卷

图 5-3-2　1949 年法文版《金瓶梅》，平装两卷，毛边本

图 5-3-3　1952 年法文版《 金瓶梅 》，布面精装两卷

图 5-3-4　1962 年法文版《金瓶梅》，一卷本

图 5-3-5　1967 年法文版《金瓶梅》，两卷本，64 开

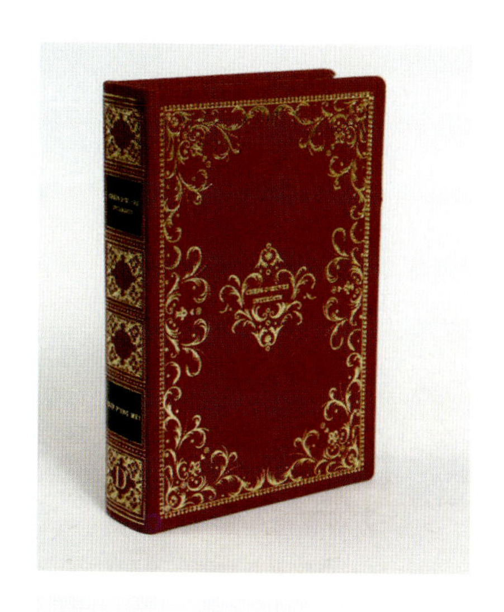

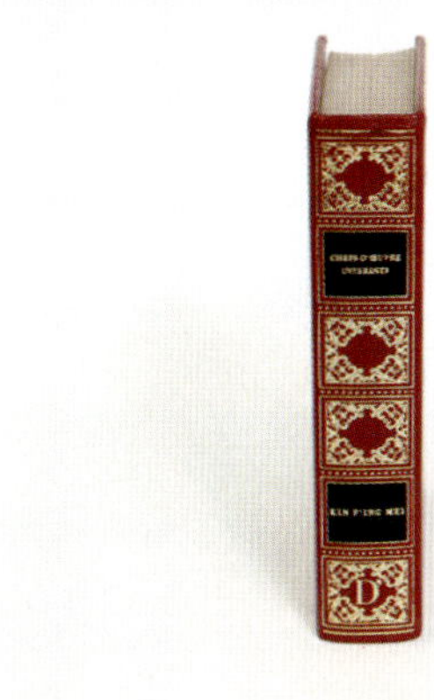

图 5-3-6　1970 年法文版《金瓶梅》，精装一卷，32 开，Jean-Pierre PORRET 译，巴黎 Guy Le Prat 出版

图 5-3-7　1974 年法文版《金瓶一书》（《金瓶梅》），限量 344 部，大 8 开，14 幅彩插图，书口毛边，重 3600 克

图 5-3-8　1978 年法文版《金瓶梅》，平装一卷

图 5-3-9　1985 年法文版《金瓶梅》，七星文库版，精装两卷

图 5-3-10　2004 年法文版《金瓶梅》，七星文库版，精装两卷

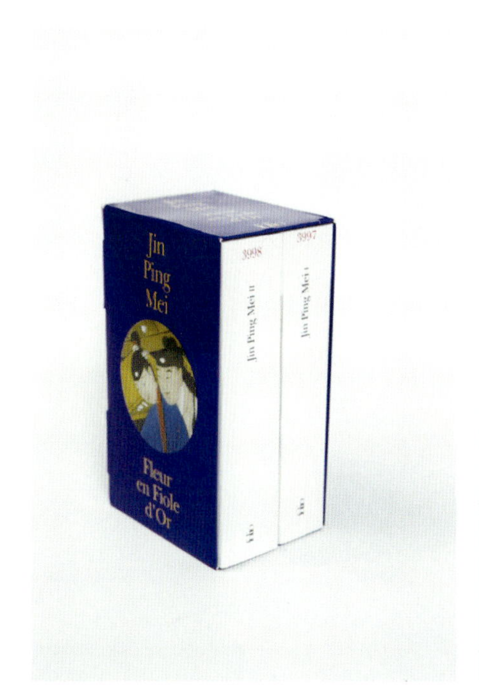

图 5-3-11　2004 年法文版《金瓶梅》，七星文库版，平装两卷

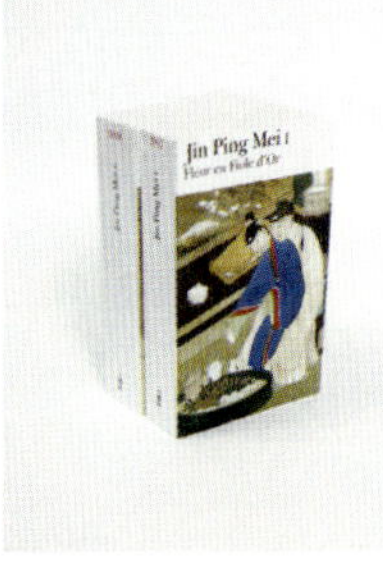

图 5-3-11　2004 年法文版《金瓶梅》，七星文库版，平装两卷

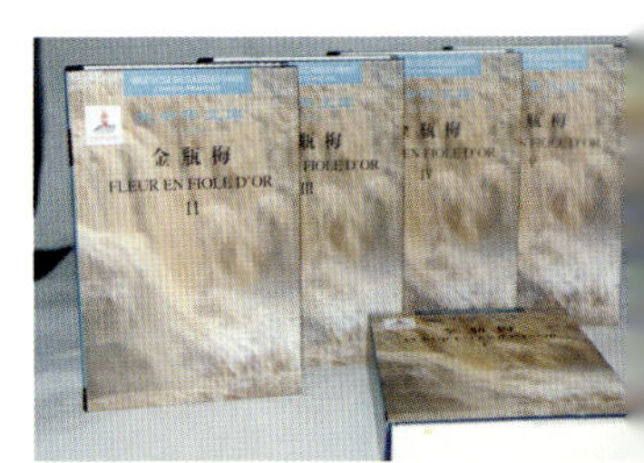

图 5-3-12　汉法对照《金瓶梅》五卷本
雷威安译，人民文学出版社，2017 年 1 月版

5-4 俄文译本（图 5-4-1～5）

第一个俄文译本于 1977 年在苏联出版发行，印量为 5 万册，这个版本的《金瓶梅》俄文译本是两卷本。译者为汉学家马努辛和雅罗斯拉夫采夫，由莫斯科国家艺术文学出版社出版，著名汉学家李福清作序。此书出版时，译者之一的汉学家马努辛已经于 1974 年去世了，本人未见到此书的出版。雅罗斯拉夫采夫作为合作翻译者，主要翻译了《金瓶梅》其中的诗词部分。

1986 年，这一版本再版。1993 年，出版了这一版本的一卷本精装版。以上三种版本印量合计为 17.5 万册。

第二个俄语译本，出版于 1994 年，由俄罗斯伊尔库茨克的一家出版社出版，译者除了马努辛和雅罗斯拉夫采夫，另外增加了五位译者，这一版本为三卷精装本，印量 2.5 万册。这一版本原计划出版 5 卷，为全译本。由于马努辛生前曾翻译了《金瓶梅》全本，出版的时候经过了出版社的大量削删，只保留了原作的五分之二多，因此，20 世纪 90 年代俄罗斯汉学家塔斯金、科波泽夫、扎伊采夫等多位联手，打算从马努辛的手稿里整理出全译本五卷出版。前三卷就是这个 1994 年的版本，从第一回到第六十三回。后来，由于主要整理者塔斯金去世，这一全译本的整理出版工作停顿了下来，原计划 2010 年出齐后两册，但至今没有出全。1998 年和 2007 年，马努辛和雅罗斯拉夫采夫的节译本分别以两卷本和一卷本再版，显示了这一版本的生命力。

苏联的《金瓶梅》研究用力最勤的是马努辛。他在《关于长篇小说〈金瓶梅〉的作者》一文中推测“兰陵”二字应是“酒徒”的意思，因为兰陵这个地名使人很容易想起李白的诗句“兰陵美酒郁金香”。因此，“应当将兰陵笑笑生看成一位嘻嘻哈哈的喝醉了酒的人，一位经常喝得醉醺醺的家伙”，而这位“兰陵醉汉便是一位敢于去揭露社会溃疡的人物”。作为假设，他推测可能是李贽、徐渭、袁宏道、冯梦龙等人。更见理论功力的是他的《金瓶梅》人物论。他在《长篇小说〈金瓶梅〉中的人物描写手法》中说：“《金瓶梅》是中国文学中第一部取材于作者当代社会生活的小说。作者在当时社会经济和政治生活的背景之上描写暴发户西门庆，把他看作典型环境下活动的时代主人公的典型社会形象。这在中国文学史上是一个创造。”“把平凡的现实生活作为艺术创作的对象，这一创造要求作者有新的表现手法。”他认为：“小说中的形象，按表现的原则可分为两类：一类是用传统的方法表现的，另一类结合了传统的和新创的方法。第一类形象是人数众多的媒婆、招摇撞骗的庸医、不学无术的冬烘、测字算命的先生，以及和尚、尼姑等。……《金瓶梅》中描写人物的传统手法……一般用于塑造次要的或者插曲式的人物形象。……但当书中出现西门庆、李瓶儿、吴月娘时，故事的叙述者竭力退居一边，让人物自己去进行活动，通过他们自己的言辞和行动来表现自己。……在《金瓶梅》中，通过语言来表现性格成了典型的一个主要手段。”他说《金瓶梅》“标志着现实主义的发展，即从细节的真实过渡到形象的典型化和情节的典型化”。马努辛对“金学”的最大贡献是用毕生精力和心血译成俄文版《金瓶梅》。该书据《金瓶梅词话》节译，虽然篇幅只有原作的五分之二强，但删选还算比较得当。该书由舍契夫、雅罗斯拉夫采夫、李福清等润色帮助，所以译本质量较高，是《金瓶梅》外文译本中最好的几种之一。

马努辛在俄文译本《金瓶梅》未及最后译完出版便英年早逝，译本的序言《兰陵笑笑生及其小说〈金瓶梅〉》和注释由李福清撰写，李福清在序言中着重阐明了各类象征和隐喻的含义，简明分析了西门庆、潘金莲、李瓶儿、吴春梅等人物形象，指出了说唱文学以及儒家、佛教、道教对小说的影响，认为“把主要的笔墨集中用于描写主人公的私生活”和“花了很大篇幅去描写中国妇女的生活”，是作者的两个创举，又说“这部长篇小说宛如中国整个封建社会危机四伏时期的一面镜子”。

图 5-4-1　1977 年俄文版《金瓶梅》，精装两卷本

图 5-4-2　1986 年俄文版《金瓶梅》，精装两卷，马努辛译，莫斯科国家艺术文学出版社

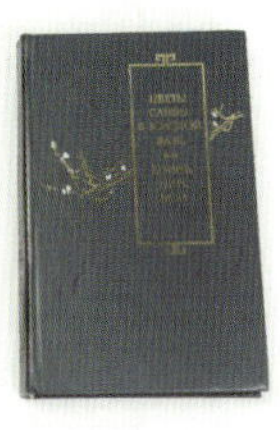
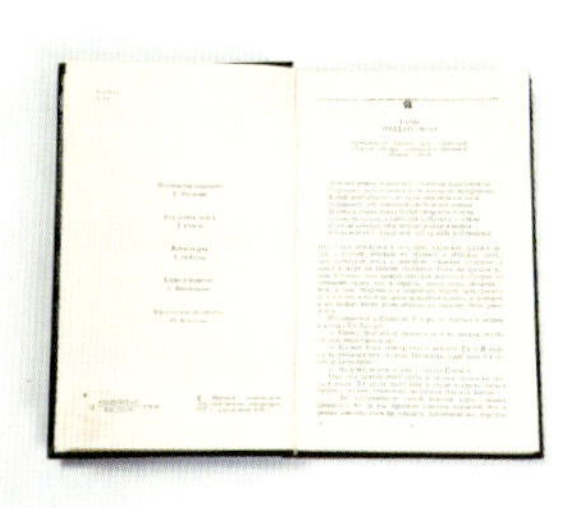

图 5-4-2　1986 年俄文版《金瓶梅》，精装两卷，马努辛译，莫斯科国家艺术文学出版社

图 5-4-3　1994 年俄文版《金瓶梅》，精装三卷本，版画插图版

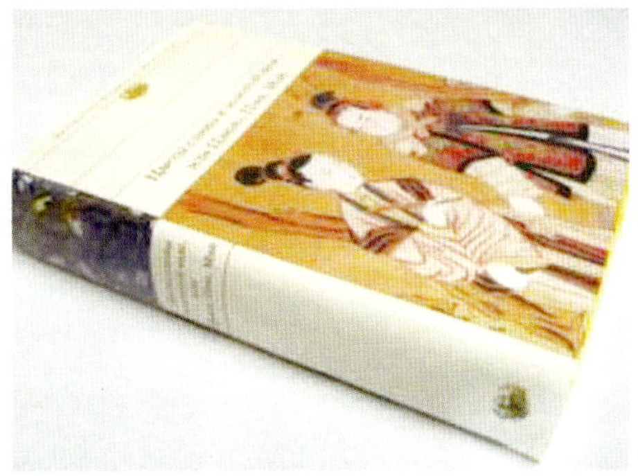

图 5-4-4　2007 年俄文版《金瓶梅》，精装一卷本

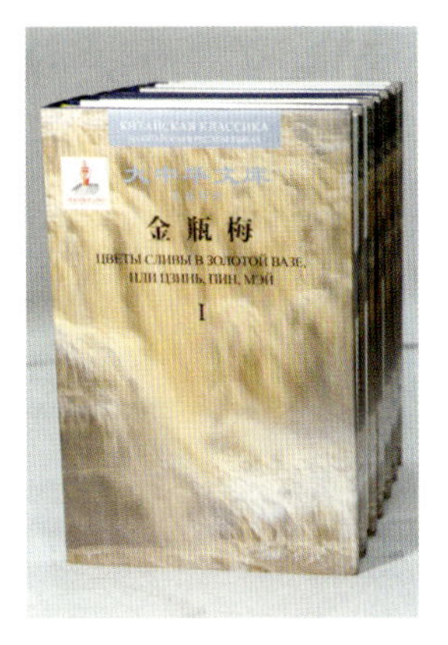

图 5-4-5　汉俄对照《金瓶梅》六卷本，马努辛译，人民文学出版社，2017 年 10 月版

5-5 日文译本（图 5-5-1 ~ 24）

日本是翻译《金瓶梅》时间最早、译本最多的国家，在 1827 年到 1832 年间，荷塘一圭根据一百回《金瓶梅》张竹坡评本，花了五年时间，翻译出《金瓶梅》全书，此书至今留存的是一个抄本，高阶正巽是此书的抄录者，这个抄本十分珍贵，现存日本鹿儿岛大学图书馆。

1831 年至 1847 年间，日本通俗作家曲亭马琴改编自《金瓶梅》，出版了《草双纸新编金瓶梅》。此后的 1882 年，松村操翻译出版了《金瓶梅》前九回。

1923 年，井上红梅翻译出版了《金瓶梅与支那社会状况》，此书于 1923 年经上海日本堂书店发行，分为上中下三册，这是一个节译本，到全书第七十九回结束，每回中的文字删节较多。

1925 年，日本光林堂出版了由夏金畏和山田政合译的《全译金瓶梅》。此版本只有 22 回。

“二战”之后，日本翻译《金瓶梅》的版本较多：1947 年，井上红梅节译了 79 回《西门庆》，由东京柳泽书店出版发行。

1948 年，由小野忍和千田九一联手翻译的四卷本《金瓶梅》开始出版，次年出齐。这一版本在 1960 年改为三卷修订本出版，1974 年收入“岩波文库”口袋本的时候变成了十册，这一版本影响很大，广泛发行。直到目前还在不断印刷。

1948 年，日本政法大学教授尾坂德司根据张竹坡评本翻译，日本东西出版社出版了四册《全译金瓶梅》，分为春、夏、秋、冬四册。这一版本在 1949 年再次以四册本出版。1953 年，苍空出版社重版了这个四卷本。1967 年，金玲出版社再版。

1967 年，上田学而翻译了《金瓶梅》，由东京人物往来社出版发行，这是一个四卷全译本。

1971 年，由冈本隆三翻译的四卷本《完译金瓶梅》，由日本讲谈社出版发行。1974 年，日本东京角川书店出版发行了村上知行的四卷本全译《金瓶梅》。此书后来也发行有四册口袋本。

另外，林房雄、富士正晴、矶村谦、驹田信二、山田风太郎等都曾翻译出版过节译本的《金瓶梅》。

图 5-5-1　1831 年《新编金瓶梅》，日本江户时期戏作家滝沢（曲亭）马琴作，浮世绘名家歌川丰国绘，文政十三年（1831）序。10 册线装，每册图版满载，总计 400 余幅精美人物版画，封面封底压花

新編金瓶梅 九

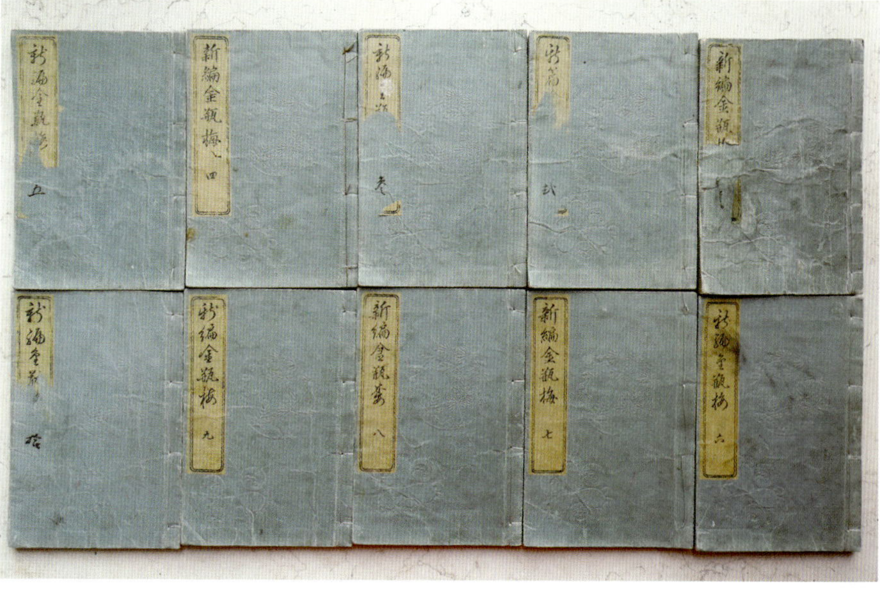
新編金瓶梅 四
新編金瓶梅 九
新編金瓶梅 七
新編金瓶梅 六

图 5-5-2　1923 年日文版《金瓶梅》，书名副题为《支那の社会形态》，井上红梅译，硬皮精装三卷

图 5-5-3　1947 年日文版《西门庆》，平装一卷，东京柳泽书店

图 5-5-4　1948 年日文版《全译金瓶梅》，尾坂德司译第一奇书全本，精装四卷

图 5-5-5　1948 年日文版《金瓶梅词话》，平装一卷，32 开，东京美珠书房

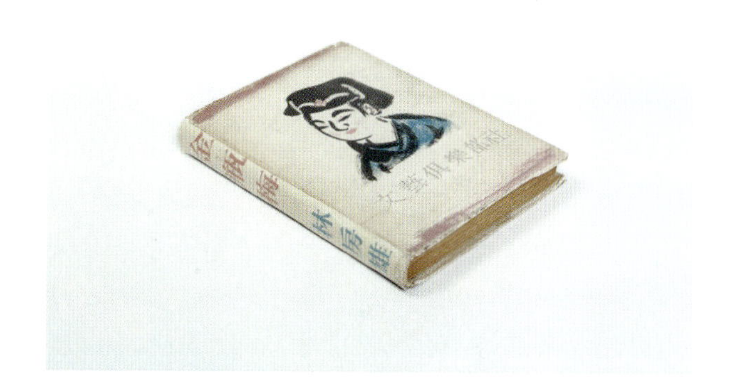

图 5-5-6　1949 年日文版《金瓶梅》，硬精装插图全一卷，林房雄译，文艺俱乐部

图 5-5-7　1953 年日文版《金瓶梅》，平装四卷，尾坂德司译，苍空社

图 5-5-8　1957 年日文版《金瓶梅》，精装一卷，64 开，富士正晴译

图 5-5-9　1962 年日文版《金瓶梅》，精装三卷，平凡社

图 5-5-10　1967 年日文版《金瓶梅》，矶村谦译，精装一卷

图 5-5-11　1967 年日文版《金瓶梅》，平装四卷，32 开，尾坂德司译，金铃社

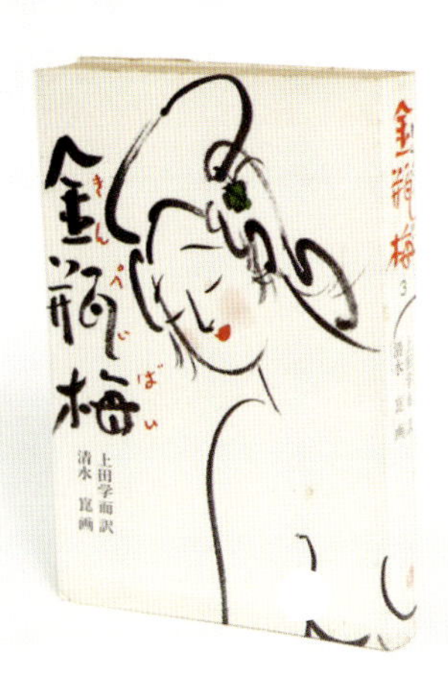

图 5-5-12　1967 年日文版《金瓶梅》，平装四卷，32 开，上田学而译、清水崑画，人物往来社

图 5-5-13　1971 年日文版《金瓶梅》，硬皮四卷，冈本隆三译，讲谈社

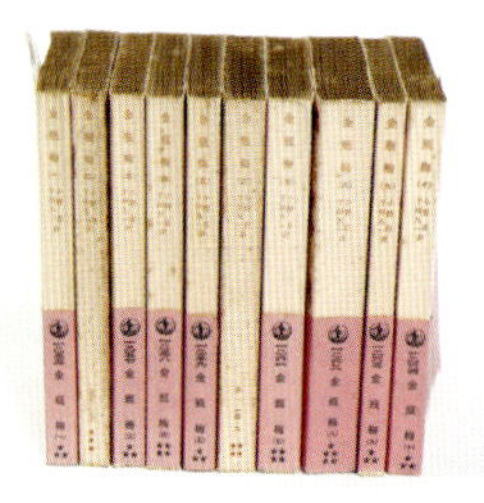

图 5-5-14　1973 年日文版《金瓶梅》，小野忍、千田九一译，平装十卷，64 开口袋本，岩波文库

图 5-5-15　1981 年日文版《妖异金瓶梅》，平装一卷，角川书店

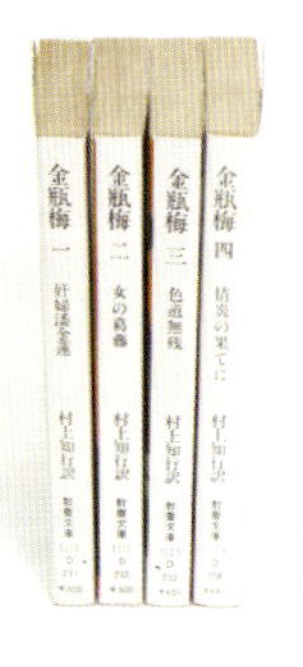

图 5-5-16　1984 年日文版《金瓶梅》，平装 64 开口袋本，村上知行译，社会思想社

图 5-5-17　1986 年日文版《私本·金瓶梅》，驹田信二译，德间文库

图 5-5-18　1989 年日文版《金瓶梅》漫画，平装一卷

图 5-5-19 1994 年日文版《金瓶梅》平装三卷，小野忍、千田九一译，平凡社

图 5-5-20　1995 年日本版《金瓶梅》连环画，两卷，庆昌堂

图 5-5-21　2009 年日文版《本朝金瓶梅》，平装一卷，文艺春秋社

图 5-5-22　2010 年日文版《金瓶梅》漫画，平装一卷

图 5-5-23　2015 年日文版《金瓶梅》，平装一卷，大 16 开塑封

图 5-5-24　汉日对照《金瓶梅》八卷本，千田久一译，人民文学出版社，2018 年 2 月版

5-6　意大利文译本（图 5-6-1～4）

意大利文版的《金瓶梅》主要有以下版本：

1. 1964 年出版的平装两卷本，转译自库恩的德文译本。

2. 1988 年版三册本，是根据早期的意大利文版改写。

3. 1956 年意大利出版了精装一卷本。

4. 1982 年精装一卷本，是上一版本的再版。

以上这些意大利文版《金瓶梅》全都是节译本，译者为因拿地·特里诺。年轻的意大利汉学家、翻译家傅雪莲女士目前在准备翻译意大利新的全译本《金瓶梅》。她的老师是意大利文《红楼梦》的译者，所以对这一艰难的翻译工程，她准备得很充分。

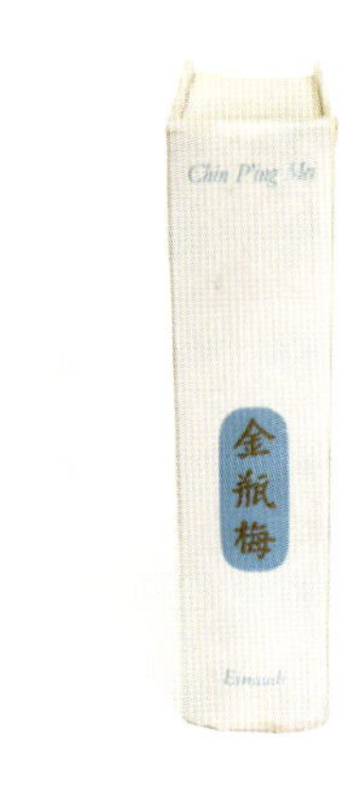

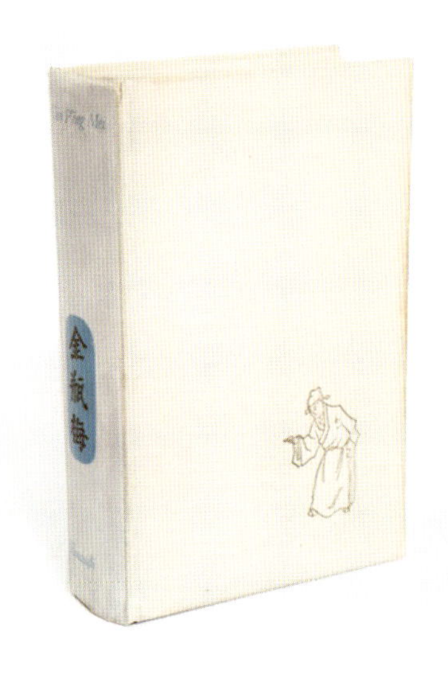

图 5-6-1　1952 年意大利文版《金瓶梅》，精装一卷

图 5-6-2　1982 年意大利文版《金瓶梅》，精装一卷

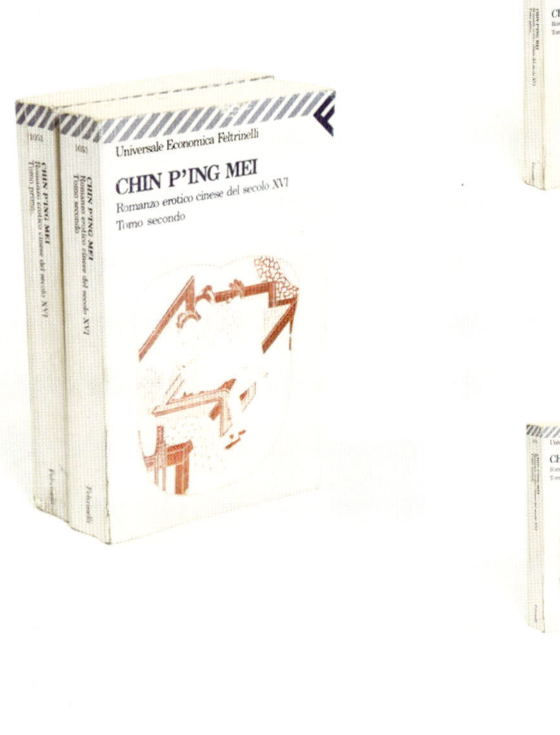

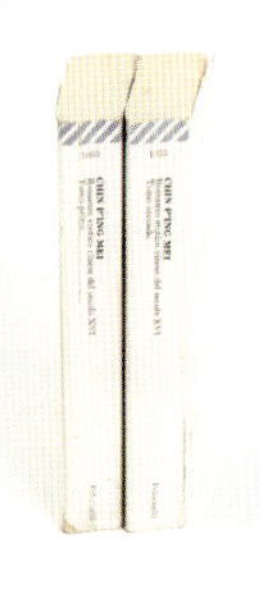

图 5-6-3　1986 年意大利文版《金瓶梅》，平装两卷

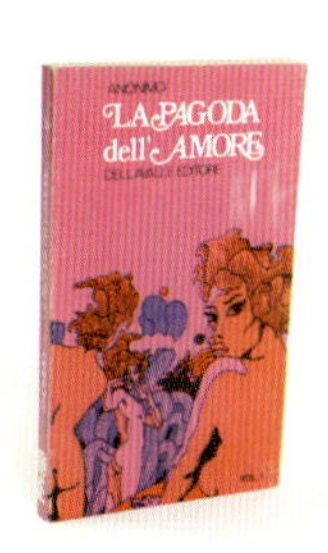

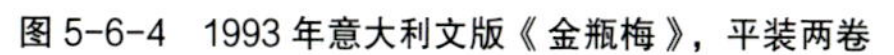
图 5-6-4　1993 年意大利文版《金瓶梅》，平装两卷

5-7　波兰文译本（图 5-7）

波兰文《金瓶梅》翻译者是华裔学者胡佩芳，她和赫米耶莱夫斯基、霍奇沃夫斯基三个人一起翻译，由她主译，把《金瓶梅》（七十九回本）翻译成波兰文。

2014 年 2 月，波兰籍华裔女作家、翻译家胡佩芳女士去世。她的葬礼在波兰的华沙军事公墓殡仪馆举行。葬礼上，波兰文化遗产部副部长斯莫伦、中国驻波兰大使徐坚、波兰电影家协会主席博罗姆斯基及中波各界友人出席了葬礼。

胡佩芳女士旅居波兰近 60 年，始终积极致力于向波兰民众传播中国传统文化、民间艺术以及文学作品，为宣传中国、促进中波文化交流以及加深两国人民的了解做出了突出贡献。斯莫伦副部长代表波兰文化遗产部特追授胡佩芳女士代表国家至高荣誉的“荣耀艺术”文化勋章，以表彰她为中波两国文化交流做出的贡献。波兰总统夫人科莫洛夫斯卡也出席了当天的葬礼。

胡佩芳女士因病在华沙去世，享年 83 岁。她一生撰写过不少作品，致力于把《金瓶梅》翻译成波兰文，参与拍摄了中波合作电影《虎年之恋》。

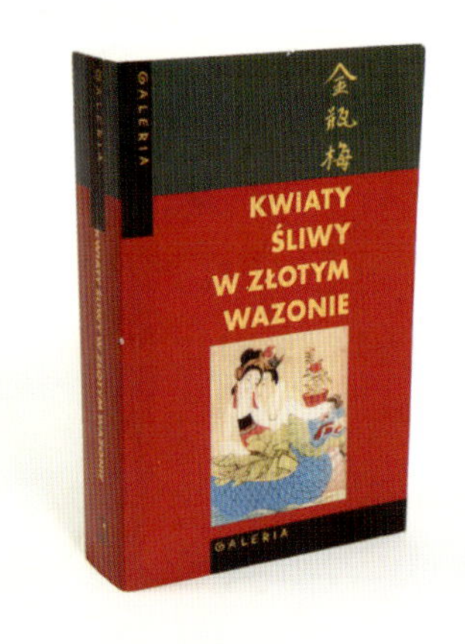

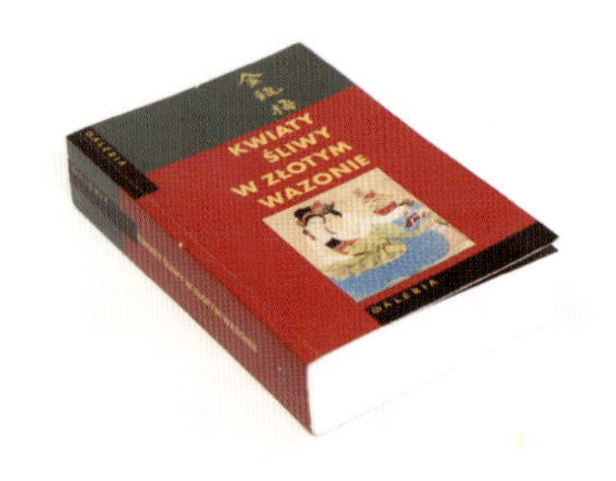

图 5-7　2001 年波兰文版《金瓶梅》，胡佩芳译

5-8　西班牙文译本（图 5-8-1 ~ 4）

1. 笔者所见最早的西班牙语翻译版为 1961 年墨西哥出版的节译本《金瓶梅》一小册。

2. 1984 年，西班牙出版了《金瓶梅》节译本。

3. 2010 年和 2011 年，西班牙当代翻译家、汉学家雷爱玲（Alicia Relinque）女士，翻译了两卷本《金瓶梅》，在西班牙亚特兰大出版社出版。这是《金瓶梅》首次以全貌的方式，展现在西班牙读者面前。

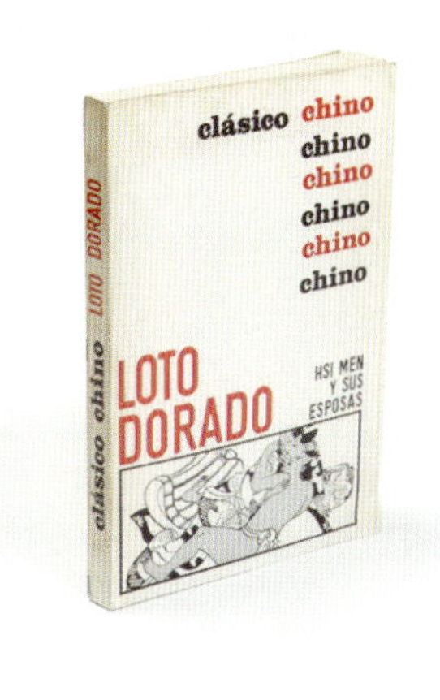

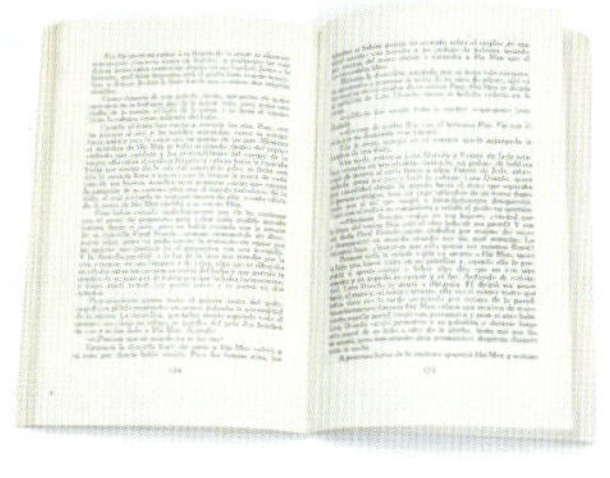

图 5-8-1　1961 年西班牙文版《金瓶梅》，平装一册

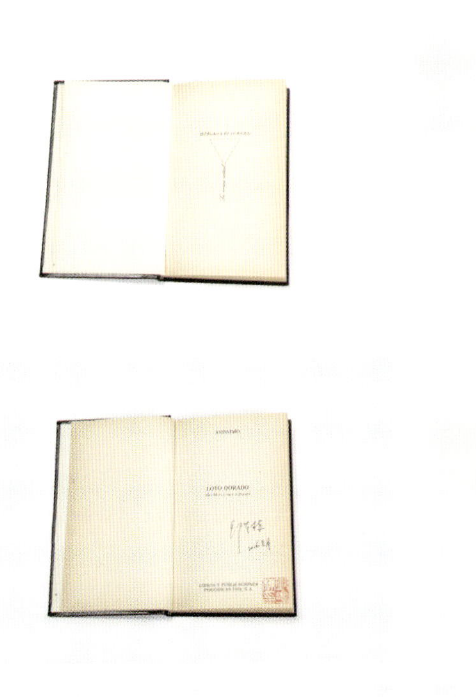

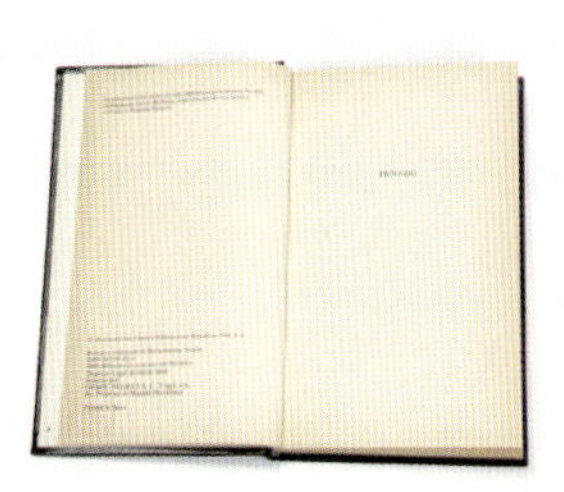

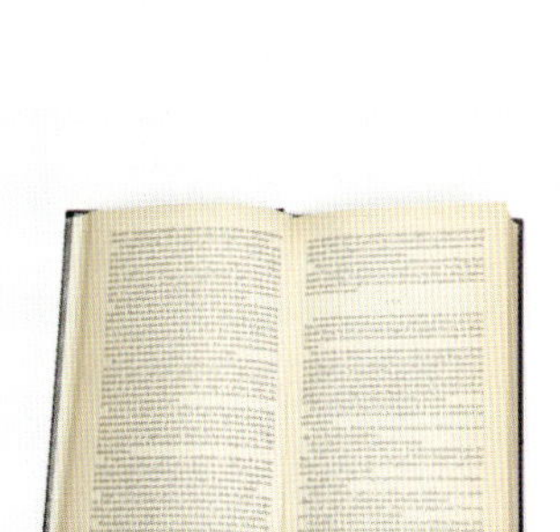

图 5-8-2　1984 年西班牙文版《金瓶梅》，精装一册

图 5-8-3　2010 年西班牙文版《金瓶梅》，精装两卷，Ediciones Atalanta 出版

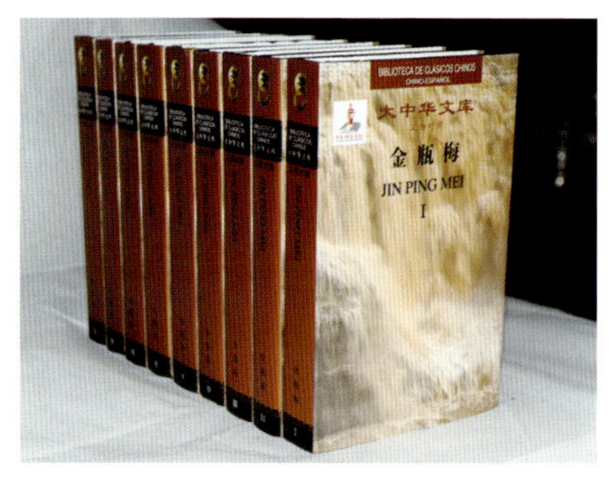

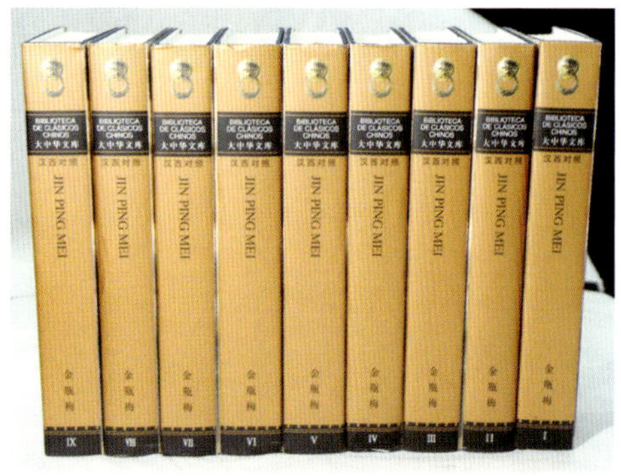

图 5-8-4　2016 年汉西对照《金瓶梅》，人民文学出版社，大中华文库精装九卷本

5-9　荷兰文译本（图 5-9 阙如）

根据友人提供的信息，荷兰文版《金瓶梅》节译本转译自德文版库恩译本，第一版在 1946 年就出版了。1965 年出版了荷兰文第三版。笔者未见到。

5-10　匈牙利文译本（图 5-10-1 ~ 3）

《金瓶梅》的匈牙利文译本是根据莱比锡德语版，也就是库恩译本转译的，翻译时间最早为 1964 年。匈牙利文《金瓶梅》是由匈牙利科学院出版社出版的，这个出版社只出字典和学术研究著作，不出小说，可见《金瓶梅》被认为是面向学术研究的古典文学著作。

旅居匈牙利的中国作家余泽民将匈牙利语版本的《金瓶梅》信息提供给本书作者。笔者收藏最早的匈牙利译本出版于 1968 年，此外还有 1983 年版，已经是第五次印刷了，说明这本书一直有生命力，在匈牙利不断再版。

匈牙利语《金瓶梅》的书名直译为《豪门中的美人们》，译者一共有两个人，正文译者是马特洛伊·托马什（Mátrai Tamás），书中的诗歌译者为普尔·尤迪特（Pór Judit）。这个版本的后记作者为汉学家特凯伊·费伦茨（Tökei Ferenc，1930—2000）先生，他在后记中详细分析评论了这一版本的价值。

余泽民研究发现，虽然匈牙利文版《金瓶梅》不是从中文直译的，但写后记的特凯伊·费伦茨是匈牙利汉学家中地位最高的，生前是匈牙利科学院院士，不仅是汉学家，还是文学史学家、哲学史学家、翻译家，中文名杜克义。在匈牙利汉学界影响最大。他能亲自作后记，说明对这部经典小说的重视，而且是在匈牙利的社会主义时期由院士推荐，是当作正经学术书推介的。

但这个匈牙利文版《金瓶梅》是节译本，目前，匈牙利另一位汉学家陈国正在翻译匈牙利语全译本。

陈国于 1923 年出生，匈文名为 Csongor Barnabás，他是匈牙利罗兰大学中文系前系主任，现在已经九十多岁了。他是匈牙利罗兰大学中文系建立后的第一位学生，后来当了中文系主任，是在匈牙利的古典文学上最有影响的汉学家，翻译过《水浒传》和《西游记》，他也是杜克义的老师。退休后，他一直在翻译《金瓶梅》，由于年岁大了，翻译速度很慢，据说全译本《金瓶梅》快翻译完了，如果今后他的译本出版，将是第一个从中文翻译的匈牙利文译本。

陈国对从德语转译的译本不满意，删节很多（是“节本”，但不是“洁本”），更何况是转译，所以，他把这本书视为自己汉学生涯的总结，也足以看出他对这部书的重视。

另外，匈牙利著名戏剧家、导演、功勋艺术家、科树特奖得主（匈牙利最高的国家级奖）卡兹米尔·卡洛伊（Kazimir Károly，1928—1999）在 1984 年将《金瓶梅》搬上话剧舞台，在布达佩斯的塔利奥剧院首演。他曾导演过莎士比亚、裴多菲的戏剧，还把但丁的《神曲》搬上舞台，从年代看，排演话剧《金瓶梅》是他的晚期之作。

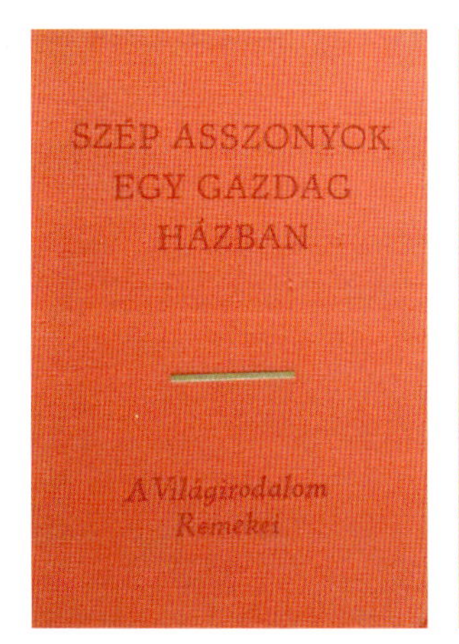

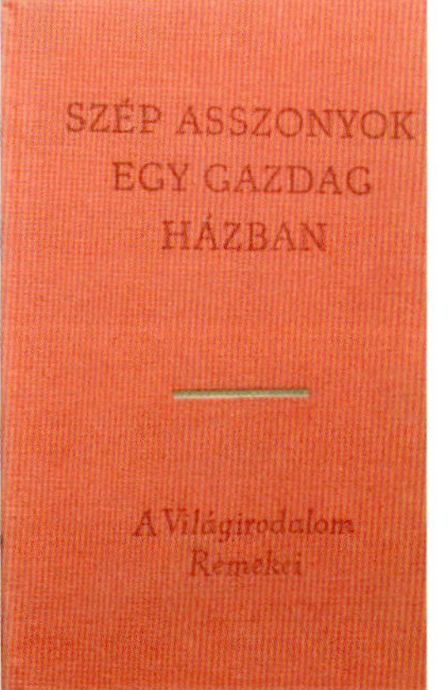

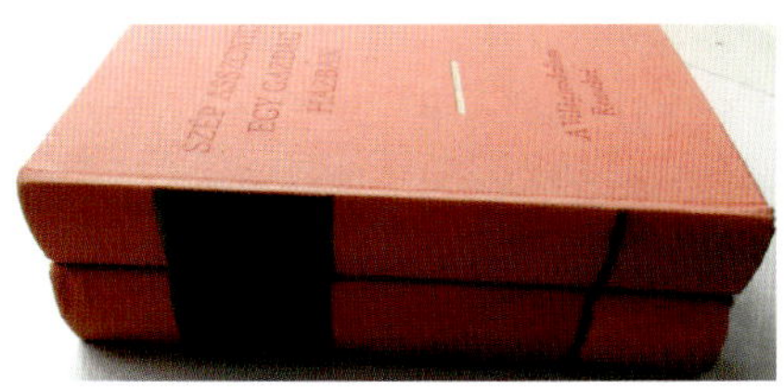

图 5-10-1　1968 年匈牙利文版《金瓶梅》，布面精装两卷

图 5-10-2　1983 年匈牙利文版《金瓶梅》，精装两卷带书衣，匈牙利社科出版社

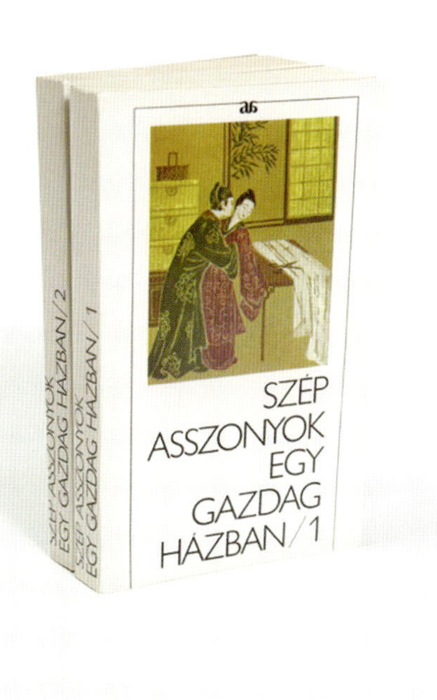

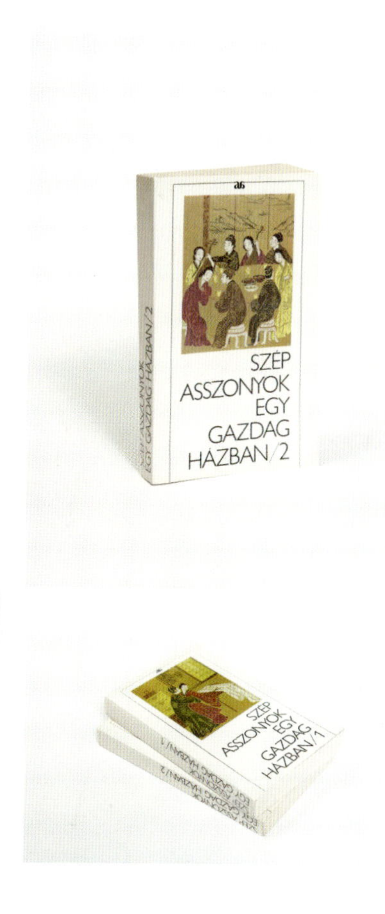

图 5-10-3　1983 年匈牙利文版《金瓶梅》，平装两卷

5-11 罗马尼亚文译本（图 5-11）

1985 年，罗马尼亚出版了由翻译家、汉学家鲁博安先生翻译的《金瓶梅》两卷本平装版。鲁博安长期任职于罗马尼亚中国文化中心，是卓有成就的翻译家，翻译了大量中国古代和当代作家的作品。

笔者曾得到鲁博安先生亲赠的签名本两卷《金瓶梅》，收入本书的就是这一版本。

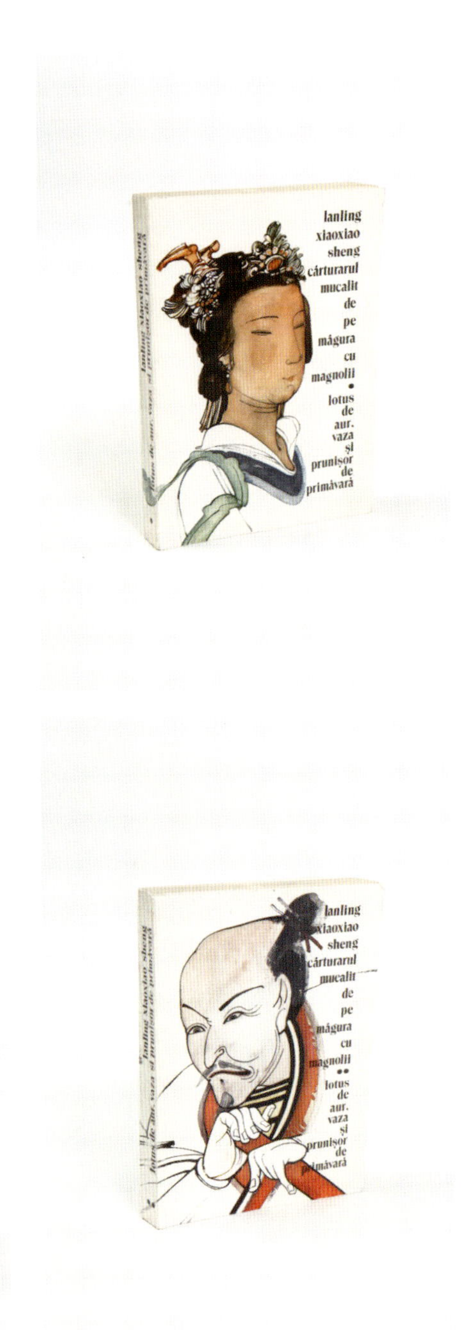

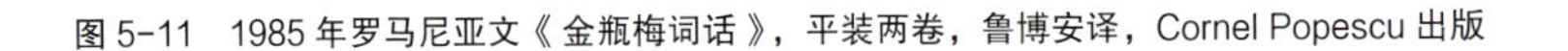
图 5-11　1985 年罗马尼亚文《金瓶梅词话》，平装两卷，鲁博安译，Cornel Popescu 出版

5-12　捷克文译本（图 5-12-1 ~ 2）

1948 年，捷克就出版了转译自库恩节译本的毛边本《金瓶梅》。

1992 年，又出版了一个节译的新版本。这个版本有《金瓶梅》崇祯本的版画插图。

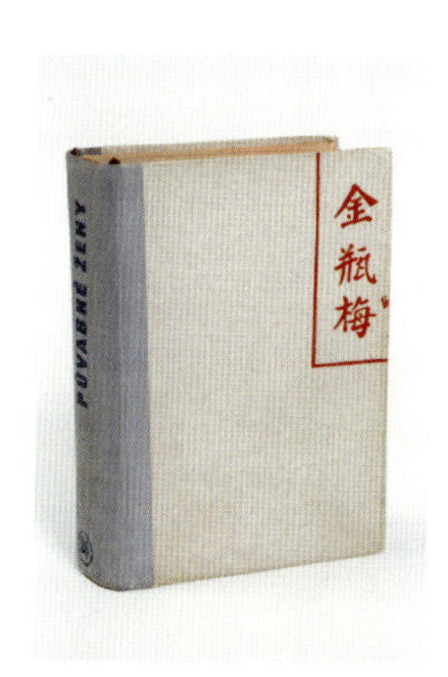

图 5-12-1　1948 年捷克文版《金瓶梅》，精装一卷

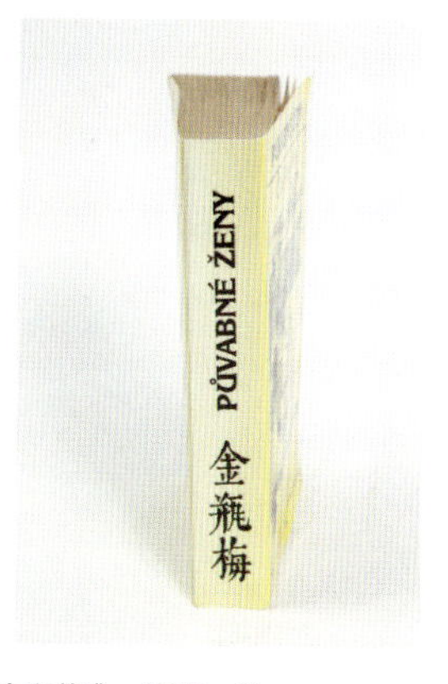

图 5-12-2　1992 年捷克文版《金瓶梅》，平装一卷

5-13　芬兰文译本（图 5-13-1 ~ 3）

1955 年，芬兰出版了第一个《金瓶梅》芬兰文节译本，后来在 1966 年、1971 年再版。

1988 年出版了一个新的节译本，是精装一厚本。

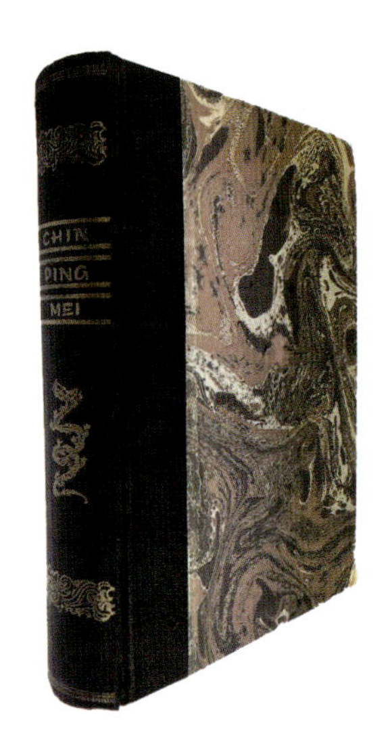

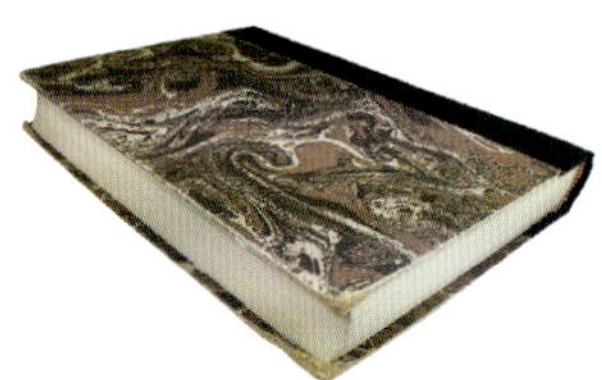

图 5-13-1　1955 年芬兰文版《金瓶梅》，精装一卷，775 页

图 5-13-2　1966 年芬兰文版《金瓶梅》，精装一卷带书衣，K. J. GUMMERUS OSAKEYHTIO 出版

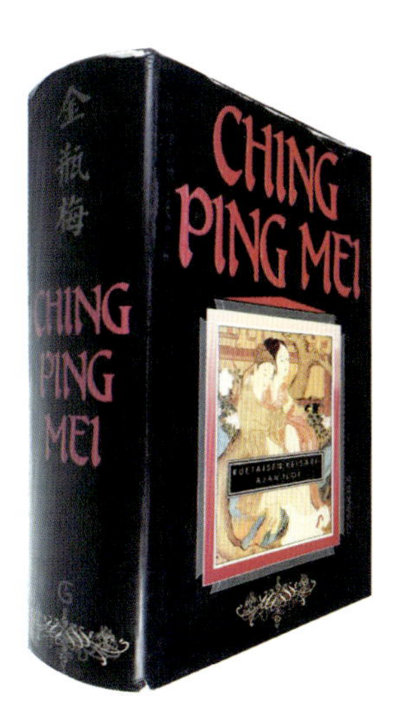

图 5-13-3　1988 年芬兰文版《金瓶梅》，精装一卷

5-14　朝鲜文（韩文）译本

（图 5-14-1 ~ 6）

中国的很多古代小说很早就大量流传到韩国，从《山海经》《搜神记》《太平广记》至《剪灯新话》等都在韩国产生过很大影响。从15 世纪中叶起，《三国演义》等通俗小说也开始逐步广泛地传入韩国。

《金瓶梅》自明代万历年间在社会上出现后，也很快传到了韩国。在韩国，翻译出版了多种《金瓶梅》的全本。主要版本有：

1956 年，金龙济评译本五卷本，韩国正音出版社出版，根据张竹坡评本翻译，1962 年再版。

1962 年金东成根据张评本翻译的三卷本，乙酉文化史出版社出版。

1971 年，赵诚出翻译的六卷本全译本《金瓶梅》，系根据词话本翻译。

1986 年，李周洪翻译，语文阁出版了五卷本。

1993 年，朴秀镇翻译了《金瓶梅》六册本，底本为《金瓶梅词话》。出版社为汉城青年社。

此外，我国的朝鲜文译本出版于 2013 年，是朴正阳翻译的四册本，黑龙江朝鲜民族出版社出版。

21 世纪以来，翻译家金泰成翻译的全译本《金瓶梅》六卷，出版于 2010 年。

图 5-14-1　1988 年朝鲜文版《金瓶梅》，精装四卷，语文阁

图 5-14-2　1993 年朝鲜文版《金瓶梅》，精装五卷，赵诚出译

图 5-14-3　2002 年朝鲜文版《完译金瓶梅》，全六卷

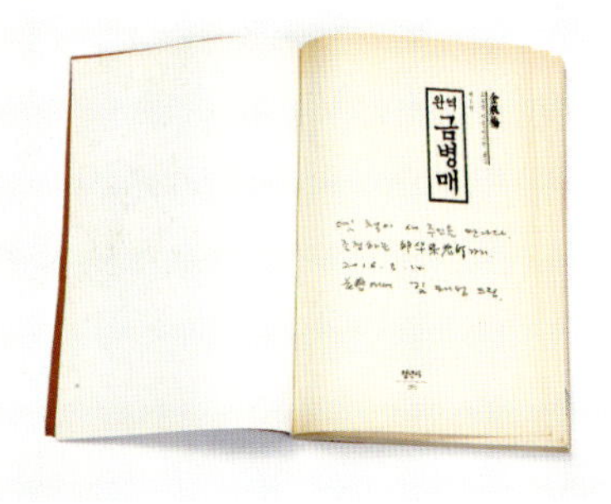

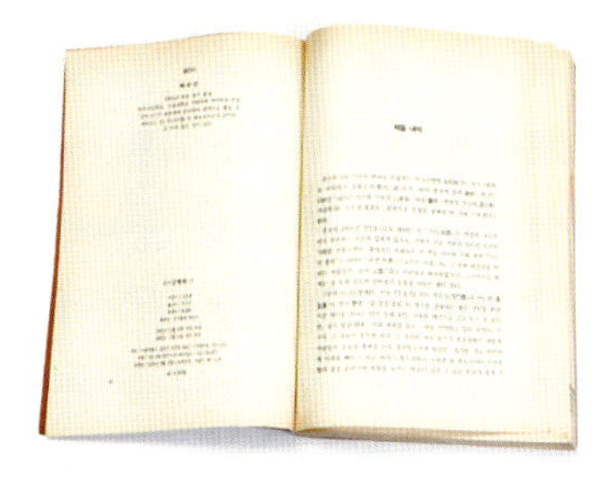

图 5-14-4　2010 年朝鲜文版《金瓶梅》，金泰成译，平装六卷

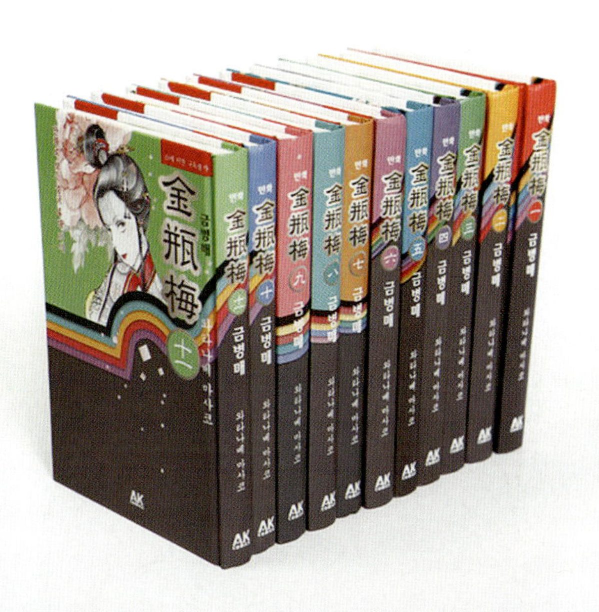

图 5-14-5　2011 年朝鲜文版《金瓶梅》漫画版，精装十一卷，32 开

图 5-14-6　2015 年朝汉对照《金瓶梅》，外文出版社，大中华文库六卷本

5-15 满文译本（图 5-15-1 ~ 5）

满文本可以说是最早出现的《金瓶梅》翻译本，现存的有手抄本满文十六册五回本，现藏于吉林大学图书馆；一百回三十二册抄本，现藏于大连市图书馆，书名显示为《世态炎凉》。1708 年，根据张竹坡评本翻译的满文本《金瓶梅》出版，四十册、一百回本全译本，刊刻本出版。目前，此刊刻本国内存有完整的四十卷本两部，残本三部。1975 年，美国旧金山中国资料中心翻印出版了精装 2 开十册本。这一版本后来继续翻印出版。

根据学者研究，译者为满族人和素（1652—1718）。还有一种说法，译者为徐蝶园。和素，字存斋、纯德，完颜氏，清康熙年间满洲人，隶属内务府镶黄旗。累官至内阁侍读学士，御试清文第一，赐巴克什号，充皇子师傅，翻书房总载，精通满文及汉文。他教授皇子多年，谦谨俭约敦厚诚实，备受尊敬，被誉为最富有才能的满族翻译家之一。

学者认为和素是满文本《金瓶梅》译者，主要依据有二条。其一，他是康熙朝著名的翻译家，曾参与翻译过许多著名汉籍；其二，努尔哈赤第二子代善之后、宗室昭梿在其《啸亭杂录》的“翻书房”一条中说：“有户曹郎中和素者，翻译绝精，其翻《西厢记》《金瓶梅》诸书，疏节字句，咸中萿肯，人人争诵焉。”

和素一生译著较多，主要有《左传》《黄石公素经》《琴谱合璧》等。昭梿在其《啸亭续录》中说和素通满汉文，曾翻译过《太古遗音》《菜根谭》《西厢记》和《金瓶梅》。

和素的父亲阿什坦也是清代著名的翻译家，译有《大学》《中庸》《孝经》等书。1691 年问世的中国史书《资治通鉴纲目》便由他主持翻译。同时，他也是 1708 年刊行的包括满文全部词汇、用满文释义的《清文鉴》的主编。他是通晓满汉两种文字最杰出的满族人之一。

1.《金瓶梅》满文刻本

内府刻本，40 卷 100 回，6 函 40 册。正文半叶 9 行，满文特点，每行字数不等。竖排自左往右阅读。半框尺寸：18.5 厘米 ×14 厘米。序署：康熙四十七年五月穀旦序。根据崇祯本及第一奇书本翻译。译本删去每回前的总评、文中的眉批、旁批、读法、闲话、张颐的序言，无插图。在人名、地名、官名以及成语、熟语、曲文名等旁附有汉文。国家图书馆、中央民族大学图书馆藏。根据《世界满文文献目录》（初编）、《全国满文图书资料联合目录》等资料著录，中国社会科学院民族研究所图书馆、中国社会科学院近代史研究所、民族文化宫、首都图书馆（存 8 册）、内蒙古自治区图书馆（存 10 册）、内蒙古社会科学院图书馆、赵则成藏本（半部）；日本天理图书馆、日本东京大学东洋文库、美国普林斯顿大学葛思德东方图书馆、俄罗斯等处均有收藏。中国嘉德拍卖 2000 年 11 月拍过一套 8 册残本。

2.《金瓶梅》满文抄本

残存 5 回，分别为第 48 回、49 回、55 回、56 回、57 回。约抄于乾隆年间。藏吉林大学图书馆。另有《全国满文图书资料联合目录》

著录，首都图书馆藏有满文抄本 16 册。

3.《翻译世态炎凉》满文抄本

2 函 32 册。100 回。此书实为《金瓶梅》满文译本。正文半叶 10 行，序文前盖有“南满洲铁路株式会社图书馆”章。藏大连图书馆。

4.《满文本金瓶梅》成文出版社〔影印本〕

台湾成文出版社 1975 年版，精装全 10 册，32 开，封皮有朱红色、绿色、浅灰色等多种版式。收入该社《中国研究西文译著五百种》中的满文著作系列。根据扉页英文标注，此书于 1975 年翻印于美国旧金山中国资料中心。之后有再版。

5.《满文金瓶梅译注》早田辉洋译注

《满文金瓶梅译注：序至第十回》，日本第一书房 1998 年版。16 开，精装 1 册。引用底本主要是静嘉堂文库藏《满文金瓶梅》。满文以拉丁字母拼写，日文在下方加注。然后依次是日文翻译、中文原文。

《满文金瓶梅译注：第十一回至第十五回》，大东文化大学语学教育研究所《语学教育论坛》第 4 号 2000 年 3 月发表。

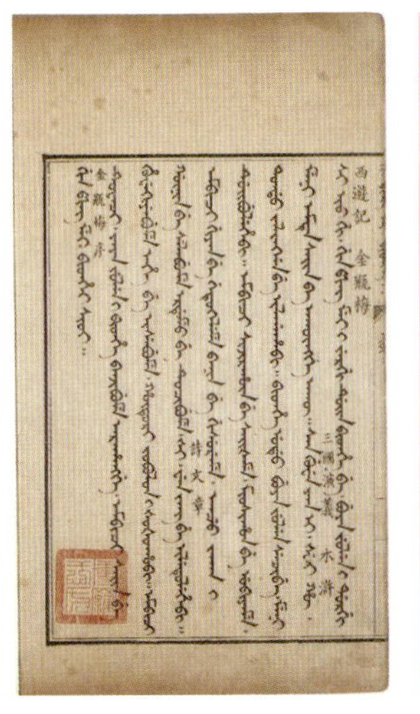

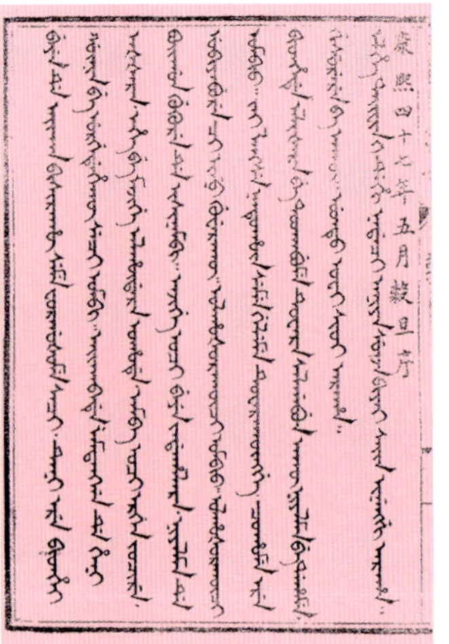

图 5-15-1 《金瓶梅》满文刻本

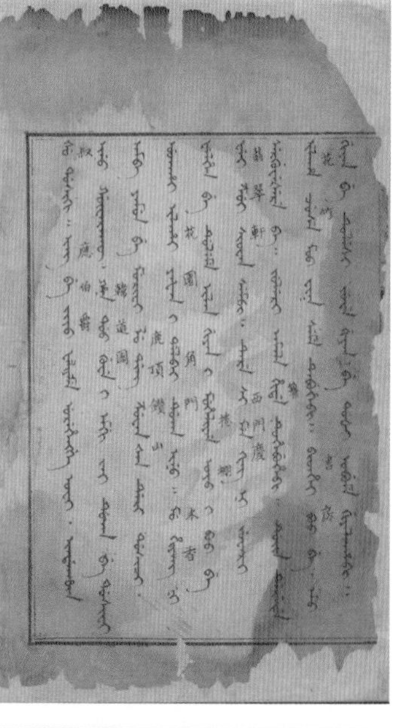

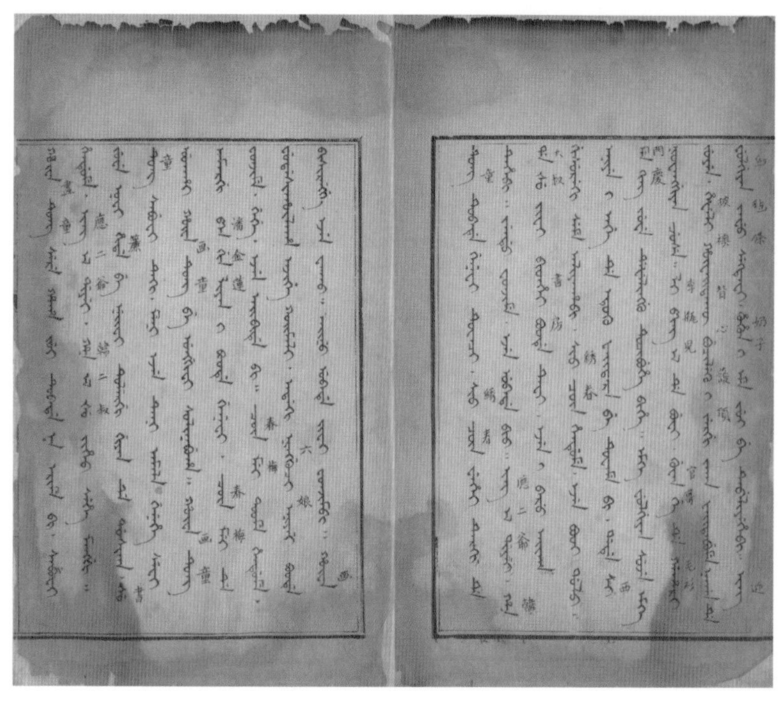

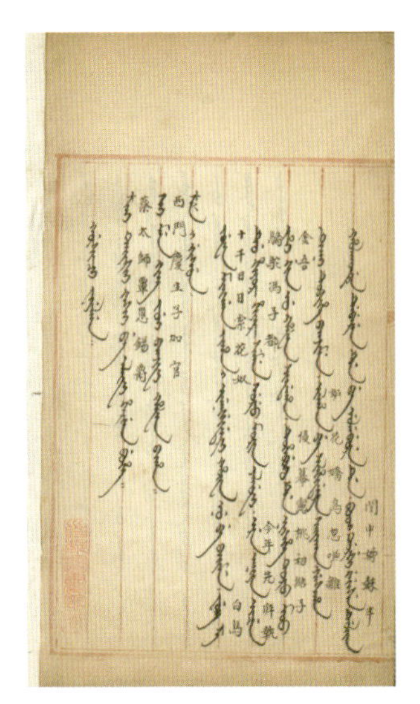

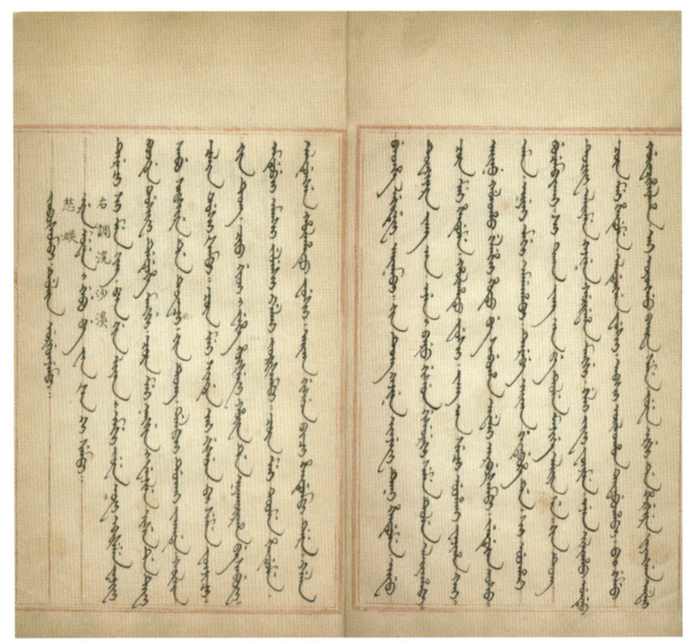

图 5-15-2 《金瓶梅》满文抄本

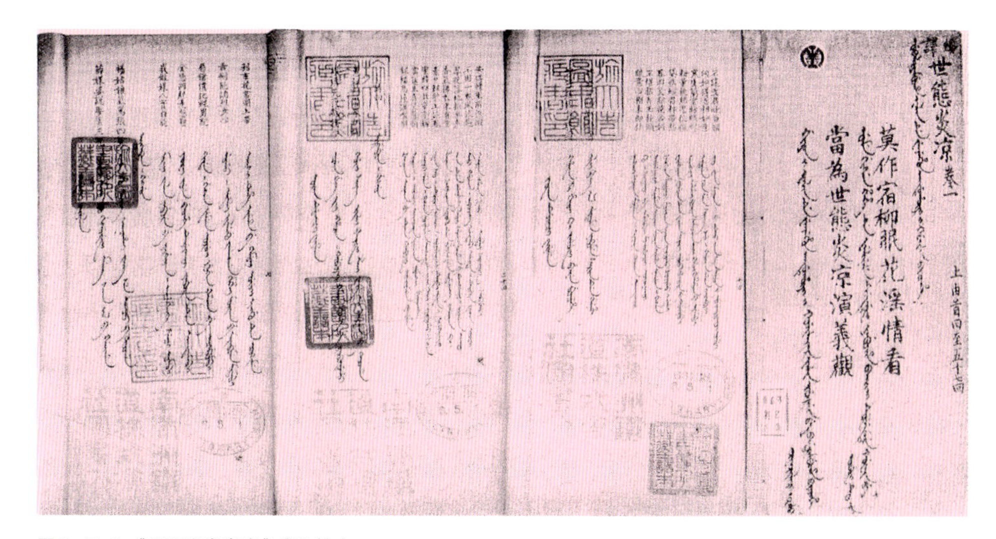

图 5-15-3 《翻译世态炎凉》满文抄本

图 5-15-4 1975 年满文版《金瓶梅》，精装十卷，32 开影印本

图 5-15-4　1975 年满文版《金瓶梅》，精装全十卷，32 开影印本

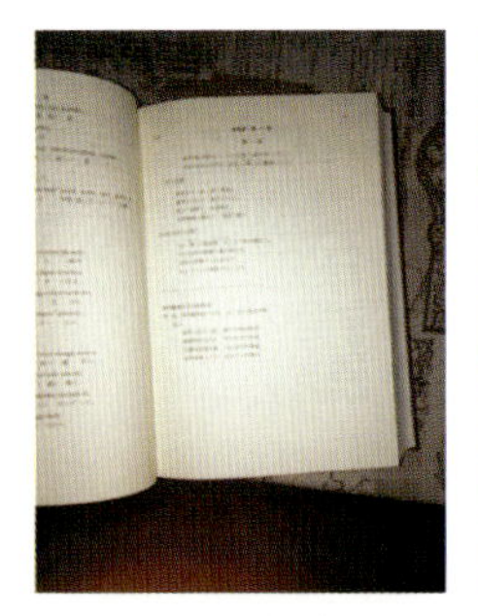

图 5-15-5 《满文金瓶梅译注》，早田辉洋译注

5-16 蒙古文译本（图 5-16）

现存的蒙译汉语小说，绝大多数以抄本存世，刻本出现于民国年间。通过抄写来保存书籍是蒙古族文人的一个历来的传统，如：《阿勒坦汗传》《黄金史纲》《大黄册》《黄金史》《阿萨拉格齐史》《卫拉特法典》《一层楼》《泣红亭》《青史演义》等很多传世抄本，都是依靠传抄和精心保存流传于世。另外，清代刻印蒙古文图书的场所主要有官刻图书场所和藏传佛教寺院附设的刻经场所。按照传统的观点，小说既不能求取“经义”，也不能求取功名，是“闲书”，创作和翻译小说也属于“小道”，处于图书文献的边缘状态，因此不在刻印的范围之内。

蒙古文译汉语小说以抄本存世，还和清代的数次禁封汉语小说有关。乾隆时期，《水浒传》《金瓶梅》就被列为禁书，禁止翻译、刻印、流传，乾隆十八年乾隆皇帝更是对《水浒传》《西厢记》等加以痛批，十九年下旨成为禁书，除旧有的满文官刻本外，将其他私刻本的版与书，尽行销毁。

据“东方所汉译蒙图书目录”的著录，《水浒传》《金瓶梅》在 1864 年之前被翻译成蒙古文，但是现在见到的这两部书的抄本，大多是清末到民国年间的抄本。可见《水浒传》《金瓶梅》等蒙译汉语小说翻译和流传受到相当的限制，只能私下传抄，具有秘不宣人的私人把玩性质。

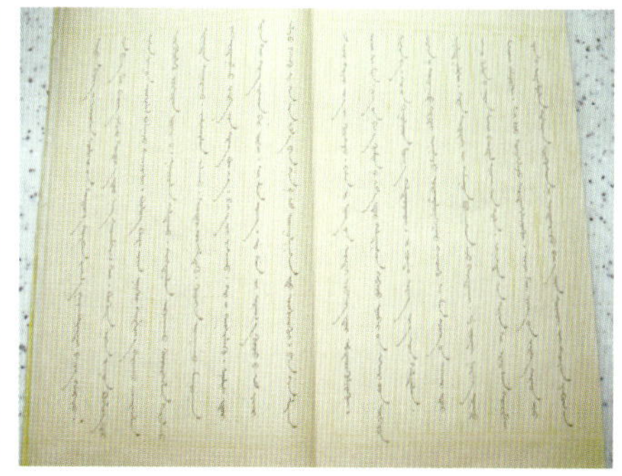

图 5-16 《金瓶梅》蒙文译本，蒙古国国立图书馆藏本

5-17 越南文译本（图 5-17-1 ~ 4）

越南文《金瓶梅》的翻译较晚。1969 年，越南昭阳出版社在西贡出版了阮国雄译本《金瓶梅》。全书共 12 册，2700 多页。

1989 年，河内社科出版社再版了这一版本，分为四册。此后，另有多种精装全译本出版发行。

2010 年之后，越南有多种精装两卷本的《金瓶梅》行销市面，成为中国古典文学的经典作品。

图 5-17-1　1989 年越南文版《金瓶梅》，平装四卷，32 开，河内社科出版社

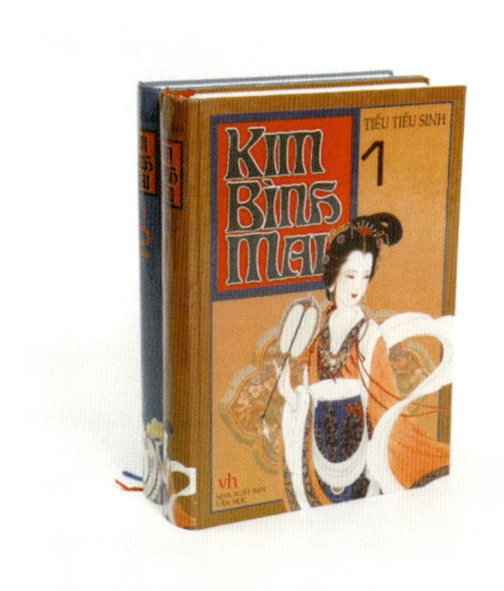

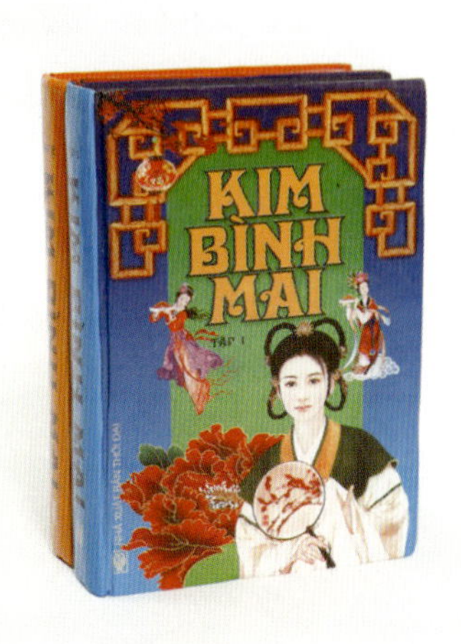

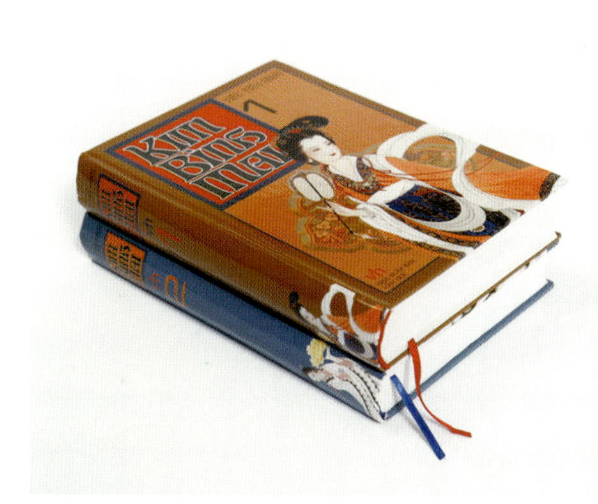

图 5-17-2　2005 年越南文版《金瓶梅》，精装两卷，32 开

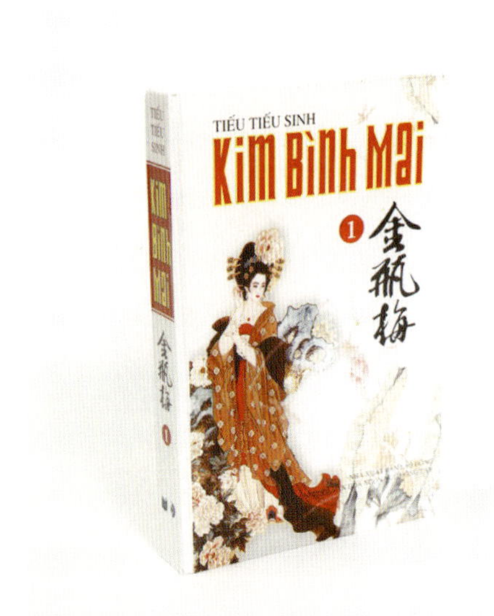

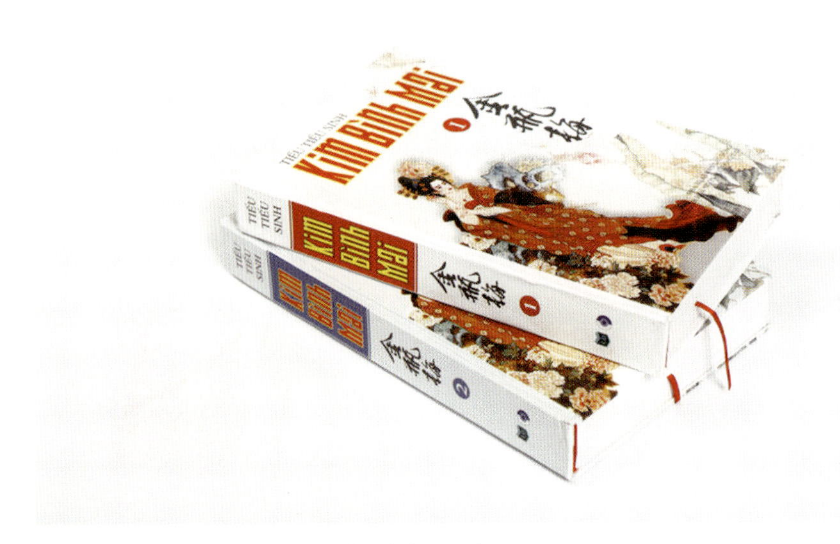

图 5-17-3　2011 年越南文版《金瓶梅》，精装两卷，大 16 开

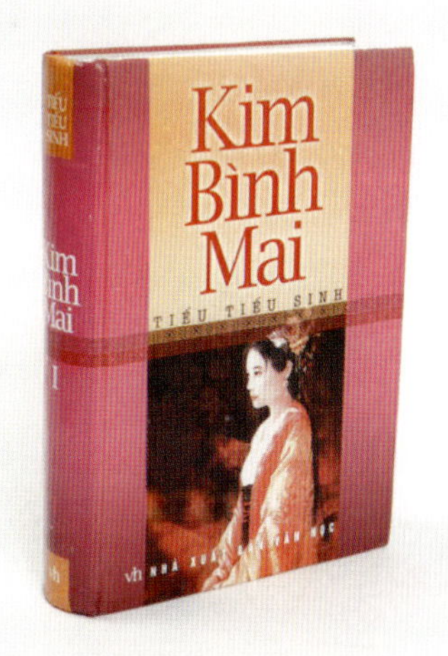

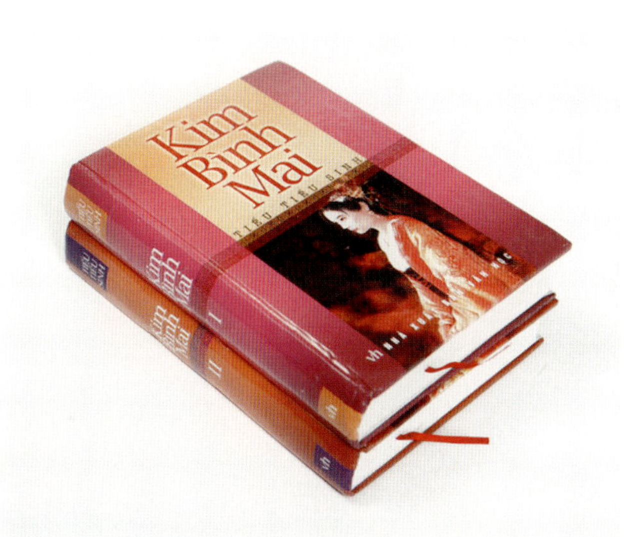

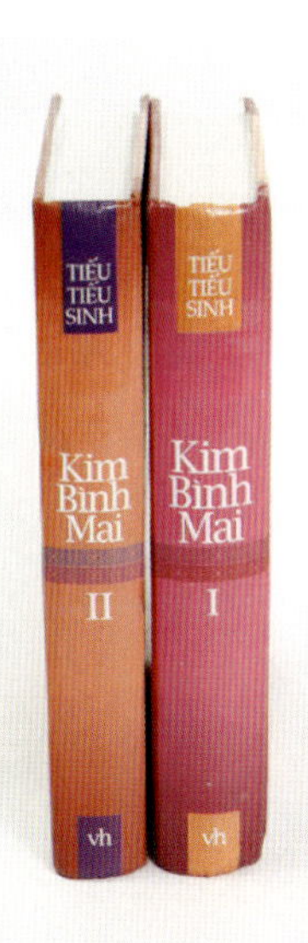

图 5-17-4　2015 年越南文版《金瓶梅》，精装两卷，大 32 开

5-18 丹麦文译本（图 5-18）

丹麦文《金瓶梅》是根据词话本翻译的，从 2011 年开始，已经出版了三册，这个版本是全译本，计划出版十册，是汉学家易德波翻译的。易德波女士曾受河北省作家协会的邀请进行文化访问。在当年举行的文学交流座谈会上，易德波说，中国古典名著《红楼梦》《水浒传》已经翻译到丹麦等北欧国家，所以她选择翻译《金瓶梅》，而《金瓶梅》的艺术价值非常高，是北欧人了解中国古代灿烂文化的一个窗口，这也是她认为这项工作非常值得做的原因。

易德波说，翻译中国古典名著《金瓶梅》是一项辛苦的工作，她每天工作 12 至 14 小时，只能翻译三页，按照这个工作进度，需要好几年的时间才有可能完成。

5-19 塞尔维亚文译本（图 5-19 阙如）

1966 年，塞尔维亚文一卷本《金瓶梅》在贝尔格莱德问世。此书 32 开，蓝色布面精装带护封，830 页。

图 5-18　2016 年丹麦文版《金瓶梅》，精装十卷（已出三卷），32 开带护封

5-20 瑞典文译本（图 5-20）

1950 年瑞典斯德哥尔摩一家出版社出版了一卷本的《金瓶梅》瑞典文译本，系从英文转译，763 页，16 开精装一册。

目前，年轻的瑞典翻译家、汉学家陈安娜女士表示，她正在进行《金瓶梅》瑞典文全译本的翻译准备。陈安娜女士是莫言小说瑞典文的主要译者，这一瑞典文译本肯定值得期待。

还有其他一些国家的中青年汉学家，也在继续研究翻译《金瓶梅》，相信不断会有新的译本出现。由此可见，《金瓶梅》这一杰出的中国古典文学名著，在当代世界各国的翻译家、汉学家那里，仍旧是一个未竟的事业和兴趣点，这一中国古代小说杰作也将持续地被翻译成世界各国各民族的语言文字，继续流传下去。

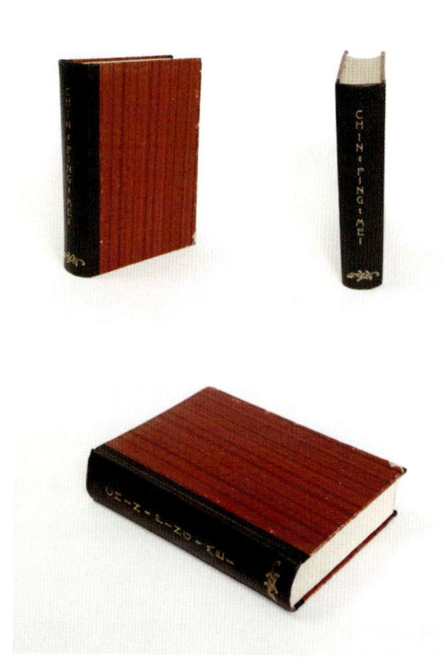

图 5-20　1950 年瑞典文版《金瓶梅》，精装一卷，763 页，斯德哥尔摩 Stockholm Fahlcrantz & Gumælius 出版

参考书目

1 姚灵犀：《瓶外卮言》，天津书局民国二十九年（1940）版。

2 孙楷第：《中国通俗小说书目》，人民文学出版社 1982 年 12 月。

3 王重民：《中国善本书提要》，上海古籍出版社 1983 年 8 月。

4 刘辉：《金瓶梅成书与版本研究》，辽宁人民出版社 1986 年 6 月。

5 胡文彬：《金瓶梅书录》，辽宁人民出版社 1986 年 10 月。

6 黄霖、王国安：《日本研究〈金瓶梅〉论文集》，齐鲁书社 1989 年 10 月。

7 殷登国：《千年绮梦》，台湾文经出版社有限公司 1991 年 2 月。

8 黄霖：《金瓶梅大辞典》，巴蜀书社 1991 年 10 月。

9 王清原、牟仁隆、韩锡铎：《小说书坊录》，北京图书馆出版社 2002 年 4 月。

10 梅节：《金瓶梅词话校读记》，北京图书馆出版社 2004 年 10 月。

11 杨鸿儒：《细述金瓶梅》，东方出版社 2007 年 3 月。

12 黄霖：《金瓶梅讲演录》，广西师范大学出版社 2008 年 10 月。

13 国家图书馆古籍馆：《西谛藏书善本图录（附西谛书目）》，中华书局 2008 年 12 月。

14 ［美］高居翰（James Cahill）：*Pictures for Use and Pleasure*：*Vernacular Painting in High Qing China*（《致用与娱情的图像：大清盛世的世俗绘画》），加利福尼亚大学出版社 2010 年 9 月。

15 ［韩］宋真荣：《论韩国梨花女子大学所藏的〈皋鹤堂批评第一奇书金瓶梅〉》，《徐州工程学院学报·社会科学版》2010 年 9 月第 5 期。

16 沈津：《〈金瓶梅〉的绘图——兼说胡也佛》，《收藏》2011 年第 3 期。

17 李金泉：《苹华堂刊〈皋鹤堂批评第一奇书金瓶梅〉版本考》，台湾《书目季刊》2012 年 3 月第 4 期。

18 首都图书馆：《首都图书馆藏绥中吴氏赠书目录》，国家图书馆出版社 2014 年 5 月。

19 秀云：《满译〈金瓶梅〉研究述评》，《赤峰学院学报·汉文哲学社会科学版》2015 年 1 月第 36 卷第 1 期。

20 吴敢：《金瓶梅研究史》，中州古籍出版社 2015 年 6 月。

21 王汝梅：《金瓶梅版本史》，齐鲁书社 2015 年 10 月。

22 苗怀明、宋楠：《国外首部〈金瓶梅〉全译本的发现与探析》，《上海师范大学学报·哲学社会科学版》2015 年 11 月第 44 卷第 6 期。